译文纪实

The Ten Year War
Obamacare and the Unfinished Crusade for Universal Coverage

Jonathan Cohn

[美]乔纳森·科恩 著　　温华 申迎丽 译

十年之战

上海译文出版社

谨以此书献给我的爸爸和妈妈

目 录

引子　十年之战 / 001

第一部分　1991—2008

一、上次失败 / 015

二、美国之路 / 018

三、医疗保健权 / 031

四、哈里和路易丝 / 043

五、自由之路 / 059

六、勇气 / 081

七、论争 / 102

八、老黄牛 / 114

第二部分　2008—2010

九、硬骨头总是难啃的 / 139

十、不，我们可以 / 143

十一、党派路线 / 158

十二、众议院规则 / 172

十三、在车上 / 189

十四、死亡咨询小组 / 203

十五、女议长大人 / 229

十六、要么前进，要么等死 / 243

十七、真他妈的是个大法案 / 265

第三部分　2010—2018

十八、背水一战 / 285

十九、尊敬的法庭 / 288

二十、反全民医保俱乐部 / 303

二十一、净化 / 313

二十二、休克 / 330

二十三、蓄意破坏 / 351

二十四、让医保再次伟大 / 371

二十五、童子军 / 390

二十六、拇指朝下 / 413

结论　变化的样子 / 443

资料和信息来源 / 455

致谢 / 459

引子　十年之战

1.

约翰·麦凯恩站在参议院议席上，伸出一只手臂示意书记员注意，而他的参议院同僚以及整个国家无不注视着他接下来的举动。

这是 2017 年 7 月 28 日，星期五，凌晨一点半左右，大约六个月前唐纳德·特朗普就任总统之时便已开始的一场辩论此时正值高潮。共和党人最终决定废除《平价医疗法案》，这项 2010 年出台的法案曾深刻改变了美国的医疗保健制度。

"奥巴马医改"（Obamacare）代表了保守派人士对大政府的所有深恶痛绝。他们将其视为一个庞杂的体系，牵扯到税收、支出和监管，干扰了自由市场的运作，强行将资金从一个社会群体重新分配给另一个社会群体。但在该法案颁布后的几年里，将其废除已不仅仅是一项议事日程。它已然成为共和党的核心事业，成为将不同派别聚拢在一起并激发了共和党最热情的支持者的战斗口号。

而现在废除即将成真。众议院已经通过了自己的废除议案。如果参议院也通过，那么参众两院达成妥协并将立法送至白宫交由总统签署，只是时间问题。

特朗普显然急于让自己在史书上留下好名声，也许更重要的是，抹掉奥巴马在史书上的位置——特朗普无比心切，因此，他是否理解或关心废除法案将会带来的影响，我们不得而知。但废除《平价医疗法案》的影响必是巨大的。

两千多万人靠着《平价医疗法案》获得了医疗保险。美国没有保险的人数已经骤降至不足总人口的10%，这是有史以来的最低比率。而且普通民众的生活在不断向好。能看得起医生、能做得起需要做的各种检查的人越来越多。因为医院账单而倾家荡产的人，变得越来越少。他们可能是罹患癌症后得到有效医治的酒店保洁人员，可能是家有患罕见疾病子女的零售业从业者——他们所有人都得到了以前从未有过的保障，而这保障突然岌岌可危。①

尽管如此，即使有了《平价医疗法案》，"全民医保"仍然是一个遥不可及的愿望。数百万人没有保险，还有更多的人仍在为医疗费用而挣扎。在《平价医疗法案》生效前，一些人已经购买了相对便宜的保险，结果却看到承保的保险公司取消了这些险种——可他们明明记得奥巴马承诺过，如果他们愿意，他们是能够保留原承保范围的。他们对奥巴马和民主党人的愤怒，便是共和党能够获得国会控制权并夺回白宫，让废除《平价医疗法案》变得指日可待的原因之一。

共和党人迅速行动，采用一种特殊的议会程序，使参议院只需50票就可以通过立法，而不是通常所需的60票。党鞭清点票数让大家知道，参议院52名共和党人中，有49人投了赞成票。但是两位相对温和的共和党人——缅因州的苏珊·柯林斯和阿拉斯加州的莉萨·穆尔科夫斯基，投了反对票。她们说，她们的很多选民将会受到影响。麦凯恩的这一票，将是决定性的一票。

麦凯恩对国内政策的天然反应大多是保守的，这使他对《平价医疗法案》所带来的税收问题和各项法规持怀疑态度，而当他说到《平价医疗法案》是一场"灾难"，让他的选民"失望"时，口气跟他那些更为强硬的参议员同事如出一辙。在亚利桑那州，但凡涉及法律之事，成本会无比巨大，以致该州保费飙升，保险公司因为亏得太

---

① 我有多种方法估量没有保险的人，所有方法都显示在2017年创下了历史新低。根据美国人口普查局的数据，官方公布总人口中未参保者达8.8%。Edward R. Berchick, Emily Hood, and Jessica C. Barnett, *Health Care Coverage in the United States: 2017* (Washington, DC: U.S. Census Bureau, September 12, 2018), https://www.census.gov/library/publications/2018/demo/p60-264.html。

多而纷纷离开此州。这些问题是麦凯恩 2016 年第一个竞选广告的焦点,它宣扬"约翰·麦凯恩正在领导阻止奥巴马医改的战斗"。①

麦凯恩去亚利桑那州接受了脑瘤治疗,而脑瘤不久就会夺去他的生命,但是自从麦凯恩戏剧性地从亚利桑那州飞回来后,整个星期他都让共和党领导人们紧张不安。作为一名战斗英雄和曾经的总统候选人,麦凯恩是出了名的变幻无常,而且有跟党的领导层背道而驰的前科。他是参议院现存的为数不多的制度主义者之一,是把"审议"和"两党合作"这样的词看得很重的人。他最引以为豪的成就之一,就是与威斯康星州自由派民主党人罗斯·费因戈尔德共同发起了竞选资金法的重大改革。

相比之下,废除《平价医疗法案》纯粹是一个党派之间的议案,共和党领导人正试图让它尽快在议会中通过。通常的那些委员会无需举行听证会,其成员甚至还没来得及了解他们所需斟酌的基本内容就被要求投票。几天前在参议院辩论开始之时,麦凯恩就提出了极其明确的警告。当时他站在参议院发言席上,最近手术留下的一道长长的伤疤在太阳穴下方清晰可见,麦凯恩信誓旦旦地说:"我不会照今天这样投票支持这项议案。"

大多数共和党领导人觉得难以相信麦凯恩会在性命攸关的癌症治疗期间从亚利桑那州飞回来投出反对票,而这一票将令他的众多同事和支持者疏远他,更不必说会让一个由总统选举中大败他的人签署生效的法案得救了。周三,就是最终投票的前一天,他对政府官员说,他很可能对废除投赞成票。但几个星期以来,他一直心存疑虑。就在从亚利桑那州返回华盛顿之前,他在电话里向他的老朋友、前康涅狄格州参议员乔·利伯曼透露,自己正在认真考虑投反对票。②

---

① Carl Hulse, "John McCain, Seeking Reelection, Releases Ad Against Likely Opponent," *New York Times*, May 18, 2016.
② Senior Trump administration officials, Joe Lieberman, author interviews; Mark Salter, *The Luckiest Man: Life with John McCain* (New York: Simon and Schuster, 2020), Kindle edition, 527-533.

投票日当晚,就在即将投票之时,副总统迈克·彭斯,作为在场的政府首席说客及有可能打破参议院平票局面的人,把麦凯恩拉到一边谈了谈。彭斯离开时脸上带着明显的阴郁表情。几分钟后,麦凯恩站在参议院议席上和民主党人开玩笑,而参议院共和党领导人米奇·麦康奈尔则和他的几个副手凑在几英尺外。根据多方说法,特朗普打电话给麦凯恩,麦凯恩只是听着,几乎没说什么。①

当点名开始时,几位共和党领导人仍站在那里。离开参议院席位的麦凯恩从议事厅大门走了回来,在主席台前停下。他无法将手臂举过肩膀,这是他在越南作为战俘的五年中遭受酷刑的后遗症。他只能僵硬地伸出右手,等待书记员的注意。一时间,他看起来仿佛一位罗马皇帝,等着对某个角斗士做出生杀予夺的裁决,等到书记员抬头时,麦凯恩迅速而又急促地做了一个拇指朝下的手势。"反对。"他说。

一位民主党参议员惊得倒吸了一口气,另一位民主党女参议员向空中挥了下拳头。而在后面,在旁听席的正下方,两位民主党参议员欢呼起来,直到少数党领导人查克·舒默忙不迭地挥手示意他们安静。②

在议事厅靠前的位置,麦康奈尔一动不动地站着,双手在胸前交叠,低头盯着自己的脚。麦凯恩下来,走向议事厅共和党一侧的几排座位,坐回自己的老位子上。他一次也没有朝麦康奈尔那边看。

2.

这是一代人的时间以来参议院议事厅内最具戏剧性的时刻,当然

---

① John McCain, *The Restless Wave* (New York: Simon & Schuster, 2018), 346-369.
② For a breakdown of the scene in the Senate chamber on the night of the repeal vote, see David Mack, "Watch the Shocking Moment John McCain Killed the Republican Health Care Bill," *Buzzfeed*, July 28, 2017, https://www.buzzfeednews.com/article/davidmack/back-and-to-the-left; and "McCain's Dramatic 'Thumbs Down' on Health Care Bill," *PBS Frontline*, Season 2018, Episode 7, https://www.pbs.org/video/thumbs-down-6wiayp/.

也是将产生极其重大的后果的时刻之一。一年半后,共和党人在一场毁灭性的中期选举中失去了对众议院的控制,随之一同失去的还有共和党人让废止法案的立法获得通过的能力——一场 10 年前奥巴马赢得 2008 年总统大选的那天便正式开始的政策与政治之争就此结束。

当奥巴马还是总统候选人时,曾发誓要签署一项全民医疗保健法案,实现民主党人自哈里·杜鲁门时代以来一直追求的目标,那时奥巴马的话感觉就像是又一个空洞的政治承诺。奥巴马将成为总统这件事似乎仍然令人难以相信,而一个 47 岁的国家政治新手企图实现全民医保这样一个如此宏大而有争议的目标的前景是完全荒谬的。但是奥巴马将一举赢得大选,尽管来自其核心圈子内外的压力无不要求他放弃自己的竞选承诺,而他却说话算话,立即着手推行重大的医疗改革。

他得到了很多帮助。改革的倡导者们已经花了数年时间默默地为这一时刻做准备,制定了一份详细的政策建议和一套使其在国会获得通过的战略。许多人是经历过这类事情的老手,他们下定决心不犯同样的错误。他们在国会里的同盟也是如此,特别是马萨诸塞州参议员泰德·肯尼迪,当时的他与后来的麦凯恩一样,正在同脑瘤作斗争。他知道这次改革的机会也是他最后的机会了。

接踵而至的政治斗争是残酷的,其旷日持久超过了所有人的预期,贯穿了奥巴马当政的第一年后还在继续。民主党领导人必须在不失去那些坚持认为立法应该少管些事的人的情况下满足那些希望立法做得更多的党的骨干的要求,同时还要考虑那些代表病患、工会、雇主和医疗保健行业本身的各种组织之间往往相互冲突的要求。

民主党领导人还必须与共和党人不屈不挠的立场作斗争,而像科赫兄弟①那样的资助者、像福克斯新闻那样的忠实媒体,以及使怀俄明州获得了与纽约州相同票数的美国参议院的分配制度放大了共和党

---

① 查尔斯·科赫与大卫·科赫兄弟,出自全球最富有的家族,共和党的大金主,斥巨资推动美国的保守政策。——译者

人的权力。在多个场合，这一努力似乎举步维艰，甚至无比热情的支持者也准备接受失败。然而奥巴马没有放弃，他的伙伴们也没有放弃，2010年3月21日晚些时候，众议院最终批准了这项立法。

两天后，欢欣鼓舞的民主党人聚集在白宫东厅举行签字仪式时，奥巴马提醒他们为什么这项法律如此重要——他们花了几十年的时间试图创建一个这样的项目，因为许多人无比迫切地需要帮助。奥巴马说："这项法案一经我签署，就意味着我们已然确立了一个核心原则，即每个人在医疗保健方面都应该享有一些基本的保障。"乔·拜登当时是副总统，他拥抱了奥巴马，对奥巴马说这项立法"真他妈的了不起"。

没有人质疑这样的评价。但国会里的辩论早已暴露了两党之间新的严重分歧。民主党人认为医疗保健应该是一项权利。共和党人则不以为然。这是最近才开始的一个转变，因为就在不久前，大量的共和党人还至少在口头上对全民医保的理念赞赏有加。这标志着共和党的思想和战略定位发生了多大的变化。

共和党人也不会放弃。他们致力于推翻民主党人所做的一切，并在接下来的几年里试图在联邦法院质疑这项法律的合宪性，把它的不足之处变成一根政治大棒，利用国会和各州首府的影响力来破坏它的实施。

尽管废除该法案的立法以失败告终，但这些努力的许多都取得了成功，共和党人即使在失去众议院的多数席位后也没有停手。在特朗普总统任期的最后几年里，共和党人改写了保险规则，大幅削减了外展资金，并寻求各种手段来减少联邦医疗补助的申请人数。

另外，他们还提起了一项诉讼。

3.

2019年，在中期选举结束之后，我决定写这本书，当时我以为，公众对共和党控制国会的热议已经平息，关于《平价医疗法案》去留的问题也不再是热点。结果我错了。当这本书即将出版时，最高法院的法官们正在权衡一项新的诉讼，指控目前的计划存在一个致命的宪法缺陷。

随着2020年9月鲁思·巴德·金斯伯格法官去世，该案胜诉的几率增加了，因为金斯伯格法官生前是这个计划开明且坚决的捍卫者。事实上，现在出现任何结果，似乎都是有可能的，其中包括将《平价医疗法案》废除的裁决。但是法律专家，包括先前对《平价医疗法案》提出质疑的人，都认为这一最新的案子没有赢面。在11月的口头辩论中，甚至一些保守派法官似乎也显露出怀疑态度。而废除这项法律的裁决可能会引起严重的政治反弹，因为大多数美国人不想放弃这项法律的关键内容。

共和党人在过去两次选举中的表现或许是最好的证明。在抨击奥巴马医改并承诺将其废止这么多年之后，无论是在2018年还是在2020年，共和党人都尽了一切可能避免这个话题。当他们无法回避问题时，就愤怒地否认其废除之举会剥夺数百万人的保险，会剥夺该法律对已有承保险种的保护。一些人如此强调并反复承诺支持这些条款，以至于听起来倒像奥巴马本人。

但2020年的竞选活动亦是在新冠肺炎大流行的背景下进行的。尽管现在通过《平价医疗法案》获得医疗保障的人有数百万之众，但仍有数百万人没能从中获得医疗保障。在平价医疗比以往都重要的时候，很多人却无从获得。

乔·拜登承诺继续推动全民医保，从而赢得了大选。这是民主党人继续秉持的目标，尽管党内对如何实现这一目标存在分歧。一些人希望在《平价医疗法案》的基础上再接再厉，另一些人则希望代之以一个覆盖所有人的政府运营的保险计划。

"全民医保"，正如倡导者所说，并不是一个新概念。它可以追溯到20世纪30年代和40年代，当时国家医疗保险这一理念首次在美国政坛引起了广泛关注。从20世纪60年代开始,这个理念在政治上和思想上就已经过时了。但它在简化医疗、通过强大的政府力量控制医疗价格以及最终确保全民医保等方面的潜力,却赢得了新的关注。

共和党对此发出警告,称全民医保将导致配给、更高的税收以及过多的政府控制。差不多100年前,批评家们反对每一次重大医疗改革时,用的都是这些"社会化医疗"① 的理由。

这提醒我们,这些年来,关于医疗保健的争论的确已经发生了很大的变化,但也有不变的部分,而探索未来之路时,以史为鉴无疑将大有裨益。

4.

本书所要做的,就是回顾《平价医疗法案》的历史,它无疑是过去几十年里最为重要和最有争议的立法。是什么促成了该法案的通过?它为什么最终以这样的面目出现?法案的哪些部分奏效了,哪些没有?为什么它会引起如此旷日持久和激烈的争论?关于我们的各种管理机构,这个法案给了我们怎样的启示?

《十年之战》之十年,指的是从2008年11月奥巴马当选起,到2018年11月众议院共和党多数党落败的十年。但是本书所追溯的历史要更为久远,因为如果不了解促成《平价医疗法案》的政治、经济和心理环境,就不可能回答上述所有关于《平价医疗法案》的问题。

这本书借用了我身为一名医疗保健方向记者的经验,它远不止十年,可以追溯到20世纪90年代末,当时我第一次从华盛顿特区开始

---

① socialized medicine,也译作公费医疗制度。——译者

报道这个问题。特别是从业的最初几年,我的报道所聚焦的都是那些负担不起医疗费用的人,因为他们没有保险,或者他们的保险不能覆盖他们需要的东西。

我的报道把我带到了首都之外,足迹遍布全国各地。在芝加哥,我遇到了一位没有保险的前修女,她因未支付急诊费账单而被一家天主教医院起诉。在洛杉矶,我遇到一位保安,他的眼睛问题一直得不到医治,最终他再也看不见了。有一位佛罗里达州的房地产经纪人,她患有糖尿病,因此无法上保险。最终,她成功上了保险,但由于是通过造假获得,以致她生生被宰了数千美元。田纳西州某乡村有一位退休人员,他买不起药品,因为该州政府削减了过去负担这些药品的项目资金。他最终死于本可预防的心脏病发作。

有一个故事一直萦绕在我心头。是关于加里·罗茨勒的,他和妻子贝齐以及他们的三个年幼子女住在纽约州卡茨基尔山脉里的一个村庄。在一次裁员中,加里失去了在一家国防承包公司的工作,此后他和贝齐勉强共同维持一份兼职工作,但永远没有办法获得保险,即便他回到了原来的工作岗位上也不行,因为当他返回原单位时,雇主将他归类为临时工,而不是全职雇员。贝齐开始感到虚弱,背痛严重,但体检一拖再拖,因为她觉得自己的病可能需要频繁去医院,会花很多钱,想等到自己或丈夫找到一份有保险的工作再说。最后,痛得实在太厉害了,她去了一家免费诊所。她被诊断患有转移性癌症,很快就被夺去了生命,给加里留下了巨额的医院账单,而他不得不宣布破产。

我把这些故事中的一些写进了一本名为《生病》(Sick)的书里,并将它们作为支持全民医保的例证,而我理想中的全民医保,可能看起来非常类似于欧洲某些更为高效的医保项目。那本书是 2007 年春天出版的,当时民主党的总统竞选正在进行中,包括奥巴马在内的候选人正在制订各自的竞选计划。我这才得以报道了竞选过程中以及奥巴马上任后有关医保的争论。

在白宫东厅①的一次高层会议上，奥巴马接待了国会领导人、社会活动家和卫生行业官员，提出了一项需要得到两党广泛支持的改革方案，当时我就在现场。一年后，我再次去白宫东厅，观看奥巴马的签字仪式。我去国会山参加了委员会的最后审定和现场辩论，最高法院审理最初两个质疑《平价医疗法案》合宪性的案件之时，我也在场。《平价医疗法案》颁布之前和之后，我几乎跑遍了全国各地——加州和艾奥瓦州、佛罗里达州和爱达荷州、北卡罗来纳州和我的家乡密歇根州，我四处走访，听人们谈论这项法案对他们的影响是好是坏，抑或好坏兼而有之。

本书结合了我这些年来的所见所闻以及一些新的报道，包括对数十位以某种方式塑造了《平价医疗法案》及其后果的人物的采访。我的访谈名单，既包括以奥巴马为首的最高权力层的官员，也包括那些颇有影响力但基本上不为公众所知的幕僚、顾问、倡导者，而且他们对公共政策的贡献常常鲜少在历史叙事中被提及。我竭尽个人所能去收集多方观点，并与两党的代表性人物进行了交谈。特朗普没有接受我的正式采访，但为他工作并与他关系密切的一些共和党人接受了我的采访。

我的目标之一是写一部未来的研究人员会发现具有一定参考价值的编年史。关于我从哪里获得的信息，我已经通过注释或正文尽可能坦言相告了。对于依赖某人对某一陈述或事件的回忆之处，我已明白告知；在各种说法间存在出入时，我也明确指出。在我援引未具名的知情人提供的消息时，也尽可能提供具有辨识度的细节，这样读者至少可以了解知情人的总体观点，并据此对其陈述或回忆做出判断。

这一点很重要，因为人们所讲述的并不总是能准确或全面地描述实际发生的事。这并不是因为知情人想故意误导或操纵什么，尽管这

---

① East Room，白宫接待新闻记者的房间。——译者

样的情况时有发生；而是因为人的记忆是容易出错的，人们会看或听他们想要的东西，即使是最客观公正的观察者，也只能从有限的视角出发。官员们对记者说的话，甚至他们在日记或备忘录中写的话，皆是如此。总是会有一些偏见的。

记者也概莫能外。正如我的上一本书明确表达了我对全民医保的信念一样，我过去的作品说得很清楚，我认为《平价医疗法案》是一项有价值的立法——存在缺陷，这是肯定的，但总的来说利大于弊。在我为本书所做的报道中，我经常要求知情人想一想他们自己的误解和言行上的错误；在写作中，我试图以同样的方式要求我对自己的决定和行为负起责任。几乎所有参与这一辩论的人都会有错处，我当然也不例外。有着形形色色观点的人们愿意与我交谈，我希望，这表明他们相信我有能力以诚实和开放的心态来处理这些问题。

5.

了解《平价医疗法案》的成功与失败，对于探讨美国医疗保健制度中那些令人抓狂有时甚至是悲剧性的缺点至关重要。但是，《十年之战》不仅仅是一本关于政策的书，这也是一本关于我们的政治制度及其变化的书。国会和法院、利益集团和媒体、民主党和共和党——它们的运作方式都与二三十年前不同了。选民也不可同日而语了。

弄清楚如何解决美国的医疗保健问题从来不是完全看哪种制度最有效，这甚至都不是最主要的。还要看什么样的变革能够真正地在政治进程中幸存下来。如果说《平价医疗法案》的故事说明了什么，那就是政治进程并不会因为议案成为法律而停止。一场政治斗争持续的时间可能要比国会的辩论长得多，形成一项计划要跟联邦法典里的权威语言一样万无一失。

在2009年和2010年，奥巴马总统常说，医疗改革的努力实际上是对美国是否仍能面对其最严重问题的一次考验。在签字仪式上，当奥巴马准备用22支仪式笔在法律文本上签名时，他又谈起了这个主题。他说："有时候我们很容易怀疑自己是否有能力做这么大这么复杂的事情，但今天，我们确认了一个基本事实……我们不是一个对自身理想不断退而求其次的国家……。我们是一个勇于面对挑战并承担责任的国家。我们是一个敢啃硬骨头的国家。一个对该做的事绝不回避的国家。"

现在是时候回过头来看看奥巴马说的是对是错了。

第 一 部 分

1991—2008

一、上次失败

又是一年,又是一位总统,又一次向国会发表讲话,呼吁制订一项全国性的医疗保健计划。这是一个熟悉的场景,从哈里·杜鲁门时代开始,它几乎一直以同样的方式上演:满怀热情地发起渐渐让位于混乱的谈判,然后不可避免地遭受灾难性的失败。尽管如此,这一次的情况还是有所不同,公众迫切希望采取行动,在现场传递公众这番愿望的是一位新当选的年轻总统。①

他冷静而自信,甚至可能有点自大,比大多数人都更清楚他和他的盟友即将进行的大胆尝试。但这位总统也相信,共同的价值观可以超越党派间的分歧,因此总有一天,美国人会"发现有些事简直令人难以置信,即这个国家历史上曾有一段时间,辛勤工作的家庭仅仅因为孩子生病或不得不换份工作就失去了家园、储蓄和营生,甚而一切。"

总统驾轻就熟、引人入胜的演讲,掩盖了幕后发生的事情。在从白宫赶来的途中,工作人员直到最后一刻还在电脑上奋力编辑讲稿,而操作提词器的助手一次错误的按键,意外地将新的演讲稿加载到了前一稿的下方。直到总统站在讲台上看到那篇改动前的演讲稿时,才有人注意到这个失误。当这位助手急急忙忙向下滚动到新的演讲稿,显示器上出现一段飞速移动的模糊文字时,总统已经凭着记忆开始发言了。②

此次讲话持续了一个多小时,充满了政策细节,吸引了很多本来可能在观看情景喜剧或是橄榄球比赛的观众。但是这位总统有一种特殊的天赋,他以普通美国人能够理解的方式阐述了自己的观点。他谈到了对于一个不能独自负担医疗保险的人，对于一个担心员工的小企业主，对于一个只想为病人做正确事情的医生，他的改革计划意味着什么。虽然夹杂着对美国理想主义的召唤，但对实质内容的认真关注使得讲话大受欢迎，甚至一些共和党人也承认了这一点。一位共和党参议员随后表示："这是一个漫长而艰难旅程的良好开端，他会让公众始终在我们的背后支持我们完成这件事。"③

唉，这是不可能的。还记得1993年9月，时任总统是威廉·杰斐逊·克林顿。一年后，在离克林顿发表演讲的地点不远的国会大厦一个不起眼的地方，参议院多数党领导人乔治·米切尔将会对一群叽叽喳喳的记者说，在此次议会会期里他不会对改革抱什么希望。在春季和夏季进行过谈判的自由派民主党、温和派民主党和温和派共和党的派系分歧越来越大。离中期选举还有几周时间，却没有一项法案有机会通过。④

"我们将继续战斗。"克林顿随后说。但在选举日，民主党失去了在参众两院的多数席位。根据亨利·J.凯撒家庭基金会的一项选后民意调查，尽管医疗保健问题并不是失败的唯一原因，但三分之一的选民称这是他们的头等大事。虽然公众还没有完全放弃，但民调主任罗伯特·布伦登解释说："公众所理解的医疗改革，现在极其接近于一种更温和的愿景：一个范围更有限的渐进式愿景，政府在其中的作

---

① Howard Markel, "69 Years Ago, a President Pitches His Idea for National Health Care," *PBS Newshour*, November 19, 2014, https://www.pbs.org/newshour/health/november-19-1945-harry-truman-calls-national-health-insurance-program.
② Haynes Johnson and David Broder, *The System: The American Way of Politics at the Breaking Point* (Boston: Little, Brown, 1996), 4–10.
③ Paul Starr, "What Happened to Health Care Reform?," *American Prospect*, winter 1995, 20–31; Carol Jouzatis, "On the Road Again: Clinton Sells His Plan," *Chicago Tribune*, September 24, 1993, D7; Clifford Krauss, "Congress Praises President's Plan But Is Wary of Taxes and Costs," *New York Times*, September 23, 1993, A20.
④ Karen Tumulty and Edwin Chen, "Mitchell Declares Health Reform Dead for Session," *Los Angeles Times*, September 27, 1994.

用也更有限。"[1]

民主党人把这一教训铭记于心,后来又得到了一些教训。党的领导人甚至要过几年才能谈论推行克林顿那样规模的医保计划,更不用说真正努力去通过一项医保计划了。但改革的倡导者明白,下一个机会终会到来,因为病入膏肓的美国医疗体系不会自行痊愈。不断上涨的成本将继续给政府和雇主带来更大的压力,而摇摇欲坠、拼拼凑凑的保险体系将使越来越多的人无力支付医疗费用,并因此深受伤害。

当公众再次向政客寻求帮助时,民主党人及其支持者决心做好准备。在会议和私人晚宴上,在网络论坛和学术期刊上,他们一遍遍分析究竟哪里出了问题,以及为什么不仅 1993 年和 1994 年,而且之前为全民医保所做的很多努力都出了问题。

他们不是第一个成功的。但也许,只是也许,他们会是最后一个失败的。

---

[1] Adam Clymer, "National Health Program, President's Greatest Goal, Declared Dead in Congress," *New York Times*, September 27, 1994, A1; Henry J. Kaiser Family Foundation, "National Election Night Survey of Voters," press release, November 14, 1994, https://www.kff.org/health-costs/poll-finding/national-election-night-survey-of-voters-1994-2/.

二、美国之路

1.

至克林顿担任总统之时，美国政客们已经就医疗保健政策争论了将近70年之久。

这场争论始于20世纪20年代，当时医学正进入其现代发展阶段。在此之前，去看医生主要是在通往死亡的路上得到安慰和精神上的帮助的一种方式。随着麻醉技术的发展和对如何预防感染的深入了解，一切都发生了改变。医疗专业人员这时可以进行阑尾切除术和扁桃体切除术，也可以修复骨折。

但是刚刚被医学发展赋能的医生需要更多的培训。医院需要新的设施。这需要钱，医疗机构把这笔费用转嫁给了患者。以前，生病或受伤就意味着失去工作和收入。现在有了一个新的担忧：正如一位纽约慈善家在1929年所注意到的，医疗账单是"绝大多数人负担不起的"。[1]

正如一个名为"医疗照护成本委员会"（Committee on the Costs of Medical Care）的一系列开创性报告所表明的那样，人们正在倾家荡产、失去家园，或者干脆有病得不到医治。这是比尔·克林顿所描述的同一场危机的早期版本。但"医疗照护成本委员会"解释说，有一个解决办法。保险可以解决医疗成本的问题，因为那时医疗支出的方式是分散的，而且今天依然如此。[2]

事实证明，在任何一个大的相对随机的群体中，都是一小部分人在负担绝大多数人的医疗保健费用。这些人往往是受重伤、患有心脏病或慢性病的。如果这个群体中的每个人都将小额款项存入一个共同基金，那么就有足够的钱来支付所有费用。在任何时候，对一些健康的人来说，这似乎都是一笔不划算的交易。但任何人都可能生病或受伤；长远来看，大多数人都不会一生无虞。③

医疗费用的分散式承担，在任何地方都是一样的：在任何时候，都是大约80%的费用来自20%的人。众所周知，二八定律（80/20 rule）之于健康经济学，就如公式 $E = mc^2$ 之于物理学一样重要。在20世纪的发展过程中，世界上其他所有发达国家都以同样的方式处理这一问题：建立某种国家卫生体系。

每个国家的制度都以不同的方式和速度演变。今天，一些像瑞典这样的国家有一个政府计划，直接为人们提供保险，承担他们绝大多数的医疗费用。像这样的体系被称为单一支付（single-payer）。其他国家，如法国，既有政府经营的保险计划，也有作为补充的私营保险。还有一些国家，如荷兰，完全依赖私营保险，尽管保险公司在异常严格的监管下运营以至于它们更像公共事业而非私营企业。

这些安排有几个共同点。政府是牢牢掌握权力的管理者，使用某种形式的税收或强制性保费来为福利提供资金。政府还规定有多少资金须流向医疗保健的提供者和生产者，即医生、制药商等。最重要的是，每个人都向这个体系付费，每个人都从中得到保障，这样，来自年轻人和健康人的钱就可以有效地支付老人和病

---

① " $6,000,000 Sought for New Hospital: The Gotham Is Projected for Persons of Moderate Means Who Do Not Want Charity," *New York Times*, October 3, 1929, 19.
② "The Committee on the Costs of Medical Care," *Journal of the American Medical Association*, December 3, 1932.
③ 今天仍是如此。参见 Bradley Sawyer and Gary Claxton, "How Do Health Expenditures Vary Across the Population?," Peterson-KFF Health System Tracker, January 16, 2019, https://www.healthsystemtracker.org/chart-collection/health-expenditures-vary-across-population/#item-family-spending-also-is-concentrated-with-10-of-families-accounting-for-half-of-spending_2016。

患的账单。①

20世纪30年代，美国有了第一次也可能是最好的一次机会去建立一个类似的体系，当时富兰克林·罗斯福的一些顾问敦促他将医疗保险纳入新政。罗斯福因小儿麻痹症而瘫痪，他比所有人都明白医疗保健的重要性。国家医疗保险的理念正好契合他的基本理念——政府的主要目的是在民众有需要的时候提供帮助；如果没有广泛的公众监督，经济的某些部分根本无法为大多数美国人服务；当大家团结起来保护自己免受共有的脆弱性的影响时，每个人都会从中受益。

但罗斯福也是一位实用主义者。身处进步时代却动了实行"强制医疗保险"的念头，这引起了国家医疗行业的愤怒，因为他们担心这最终意味着政府将干预其自主性和收入。为了不激起类似的反对，从而殃及社会保障或其他提案，罗斯福把医疗保健问题放在了一边。②

在政府没有采取行动的情况下，私营部门全权决定如何处理问题。毕竟那是大萧条时期，所有刚刚落成、设施到位的医院此时都挤满了付不起医疗费用的病人。

很多医院深陷严重的财务困境，其中就有位于得克萨斯州达拉斯市的贝勒医院，这家医院的一位新任管理人员曾担任该市学校的督学，他向他管过的那些教师提供了一个处理办法：任何愿意每月支付50美分的老师，都可以得到每年最多21天的医疗服务，大部分服务都在全额支付范围内。老师们报名了，1929年圣诞节那天，贝勒医

---

[1] 欲知更多关于国际医疗体系的情况，参见 T. R. Reid, *The Healing of America* (New York: Penguin, 2009) and Ezekiel Emanuel, *Which Country Has the Best Health Care?* (New York: PublicAffairs, 2020)。

[2] Paul Starr, *The Social Transformation of American Medicine* (New York: Basic Books, 1982), 275-279; Jill Quadagno, *One Nation, Uninsured: Why the U.S. Has No National Health Insurance* (New York: Oxford University Press, 2005), 17-23; and the Committee on Economic Security, *Report on Health Insurance and Disability*, preliminary and unpublished draft, March 7, 1935, accessed at https://www.ssa.gov/history/reports/health.html.

院的医生为一名在冰上滑倒的女老师做了脚踝复位。医院没向她收取任何治疗费用,这很可能使她成为第一个用现代医疗保险支付医疗费用的美国人。①

其他医院也纷纷仿效贝勒医院的做法。1934 年,明尼苏达州一位富于创新的高管用海报为新的医保计划做了广告,海报上画着一个蓝色的十字,类似于护士们常穿的制服上的那种图案。一个标志就此诞生。②蓝十字(The Blue Cross)这个基于雇主的医疗计划之所以流行,一方面是因为划算,另一方面是因为联邦政府使得这个计划更具吸引力——政府首创性地将雇主医疗保险从二战工资和价格控制中免除,这样雇主就可以利用医疗福利来吸引工人。工会后来赢得了就保险讨价还价的权利,使隶属工会的劳工在这个体系中占有一席之地。③

到了 20 世纪 40 年代末,美国大约一半的人口拥有私营保险,大部分是通过雇主购买的,而且这个数字还在不断上升。美国现在走上了自己独有的有组织的医疗保健之路。随着时间的推移,另辟蹊径将变得越来越困难。④

2.

哈里·杜鲁门是第一个尝试另辟蹊径的总统。作为一战中的一名士兵,他对新兵的健康状况感到震惊。作为密苏里的一名县法官,他对有多少选民无力支付医疗费用的情况感到担忧。他提议建立一个新

---

① Robert Cunningham III and Robert Cunningham Jr., *The Blues: A History of the Blue Cross and Blue Shield System* (Dekalb: Northern Illinois University Press, 1997), 3–6.
② 同上,13–14。
③ Jacob Hacker, *The Divided Welfare State: The Battle over Public and Private Social Benefits in the United States* (Cambridge: Cambridge University Press, 2002), 212–243; Quadagno, *One Nation, Uninsured*, 25–76.
④ Hacker, *The Divided Welfare State*, 214.

的政府计划来支付每个人的医疗费用，换言之，一个美国版的单一支付计划。

和罗斯福一样，杜鲁门认为自己的提议类似于"社会保障"。"我只是不明白，怎么会有人反对我的健康计划呢。"杜鲁门一度这样说过。但是大多数共和党人，甚至那些最终接受了新政的人，全都反对再制订一个新的政府计划。南方的民主党人担心国家医疗保险会迫使他们所在的州整合实行种族隔离的医院。然后是利益集团，以美国医学会（AMA）为首，他们警告杜鲁门说他的计划将使社会主义在美国站稳脚跟。在冷战的背景下，这是一项特别有力的指控。①

公众的支持力度还没有大到足以克服这些障碍；新兴的私营保险体系运作良好，足以让足够多的人参与进来将其维持下去。但私营保险体系也存在一些巨大的缺口，而且随着时间的推移，这些缺口变得越来越明显，这在一定程度上要归因于同时进行的私营保险转型。

一旦蓝十字计划从雇主那里获得了足够的业务量，他们就开始直接向个人售卖保险。他们见人就卖，不分年龄和医疗状况，收取同样的保费——或者，正如后来众所周知的，收取一个社区费率（community rate）。但蓝十字业务的增长引起了商业保险公司的注意，这些商业保险公司在20世纪20年代曾短暂尝试过将医疗保险作为人寿保险方案的补充。而当时购买的只有那些已经有或可能有医疗方面问题的人。这推高了支出，迫使保险公司提高保费，而这样是很难营利的。这种逆向选择的模式让商业保险公司确信，医疗业务

---

① Harry S. Truman, "Address at the Dedication of the Norfolk and Bull Shoals Dams," July 2, 1952, in *The Heart of Power: Health and Politics in the Oval Office*, David Blumenthal and James Morone (Berkeley: University of California Press, 2009), Kindle edition, locations 961 – 962, 5789 – 5790; Harry S. Truman, "Remarks at the National Health Assembly Dinner," Washington, D.C., May 1, 1948; "Special Message to the Congress on the Nation's Health Needs," April 22, 1949; Jonathan Oberlander, "Lessons from the Long and Winding Road to Medicare for All," *American Journal of Public Health*, November 2019, 1497 – 1500; Quadagno, *One Nation, Uninsured*, 17 – 47.

这一块无利可图，事实也的确如此，直到他们从蓝十字的成功中看到了商机。

承保公司明白，随便哪一年里，医疗方面的风险都是因人而异的。糖尿病患者或被诊断患有癌症的人，很可能要支付高额的医疗费。对从事有碍身体健康的工作的人来说也是如此。年轻人倾向于保持身体健康，而上了岁数时，女性比男性更健康，尽管女性在年轻时由于生殖健康和怀孕，平均来说需要更多的医疗照护。这些倾向性也适用于群体。一家员工年龄较大的公司会比一家大多数员工都在20多岁的公司产生更多的账单。

社区费率的全部目的在于对每个人一视同仁，从功能上来讲，它意味着个人的蓝十字计划与国外的国家卫生体系一样，遵循平等主义精神。健康的人补贴病人，年轻人补贴老人。另一方面，像安泰保险和保诚保险这样的保险公司是为了赚钱。他们瞄准了员工更年轻、更健康的公司，考虑到可以预见的较低支出，他们要的保费比蓝十字低。通过这种方式，他们拉到了很多生意。①

对于自己直接购买而不是通过雇主购买医疗保险的个人，商业保险公司也有一种非常不同的方法来为其投保。他们会核查这些人投保前的健康状况和风险因素，比如说是否在煤矿工作，是否有癌症家族史。然后，他们会向这些客户收取更多的保费，或者干脆拒绝承保，这就使得这些人只能选择蓝十字计划，而蓝十字计划又不得不提高保费，因为他们正在失去最健康的受益人。随着蓝十字保险费的上涨，更多的客户选择了更便宜的商业保险方案。事实上，大多数蓝十字保险公司被迫放弃他们招徕生意的老办法，放弃了社区费率以及向所有

---

① Herman Miles Somers and Anne Ramsey Somers, *Doctors, Patients and Health Insurance: The Organization and Financing of Medical Care* (Washington, DC: Brookings Institution, 1961), 308–316; Rosemary Stevens, *In Sickness and in Wealth*, 2nd ed. (Baltimore: Johns Hopkins University Press, 1999), 171–189; Cunningham and Cunningham, *The Blues*, 119; Hacker, *The Divided Welfare State*, 197–242.

能买保险的人提供保险的承诺。①

到了20世纪50年代末,在全国的大片地区,医疗费用高风险人群没有现实的方式获得综合保险。其中一个群体在政治上特别有同情心,这就是参与杜鲁门医保规划的老手们决定下大力气的地方。

3.

1962年5月,又一位民主党总统就医疗保健问题发表了演讲。他说,想象一下,一个人"辛苦工作了一辈子,退了休。他可能是一位职员,一名推销员,可能在马路上或者在工厂、商店以及别的什么地方工作。他总是想费用自己承担。他不要求任何人照顾他;他想自己照顾自己"。然后,这个人的妻子生病了,医院的账单开始纷至沓来。"先是掏了2 500美元,一下子就花没了。接下来,他把房子抵押了,即使他可能很难靠他的社会保障来支付款项。然后,他去求助孩子们……现在,他该怎么办呢?他的积蓄已经花光了,孩子们的积蓄也快花光了,尽管孩子们各自都需要养家糊口,但还是尽力支援父亲。最终,这个人只能走进去签了一份申请书,说他已倾家荡产,需要帮助。"②

---

① Institute of Medicine, *Employment and Health Benefits: A Connection at Risk* (Washington, DC: National Academy Press, 1993), 66 - 69; "20,000,000 in Blue Cross: John R. Mannix Predicts Full Coverage," *New York Times*, January 14, 1946; Melissa A. Thomasson, "Early Evidence of an Adverse Selection Death Spiral? The Case of Blue Cross and Blue Shield," *Explorations in Economic History* 41 (2004): 313 - 328; J. F. Follmann Jr., "Experience Rating vs. Community Rating," *Journal of Insurance* 29, no. 3 (1962): 402 - 415; Oliver Dickerson, Health Insurance, 3rd ed., *Irwin Series in Risk and Insurance* (Homewood, IL: Irwin, 1968), 328 - 329; *Comparing Blue Cross and Blue Shield Plans with Commercial Insurers* (Washington, DC: General Accounting Office, July 11, 1986).

② John F. Kennedy, "Address at a New York Rally in Support of the President's Program of Medical Care for the Aged, May 20, 1962," John F. Kennedy Presidential Library and Museum, https://www.jfklibrary.org/asset-viewer/archives/JFKWHA/1962/JFKWHA-096/JFKWHA-096.

这位总统就是约翰·肯尼迪，他当时正在主张实行针对老年人的全民医保，拥趸将其称为老年医疗保险计划（Medicare）。像杜鲁门一样，他也构想了一个通过社会保障运作的单一支付计划。像杜鲁门一样，他也无法从委员会那里获得一项法案。

接着是肯尼迪遇刺和1964年大选，结果林登·约翰逊继续留在白宫，民主党在国会的多数席位也增加了。即便有了这个任期，约翰逊也需要用上所有强大的立法技巧并借助其国会盟友的一些精明手段才能通过老年医疗保险计划。他们的决定包括：选择美国医学会看好的方案——仅针对最低收入老年人的一项政府计划，并将其转变为一项名为医疗补助（Medicaid）的计划，与老年医疗保险计划一同实施。[1]

这项法律的设计者认为，老年医疗保险计划将采用旧的蓝十字计划的模式，即支付医院收取的任何费用。这确保了医院行业的支持。它也意味着该计划无法控制支出，酿成一个财政问题，正如批评者警告的那样，未来几代立法者将不得不解决这个问题。[2]

但这场辩论会在稍后到来。1965年，林登·约翰逊选择在杜鲁门的家乡举行了签字仪式，当时年迈的杜鲁门就站在约翰逊的身边。随后，政治对话转移到了老年医疗保险的设计者所希望的地方：把这个制度扩展到其他所有人。这个目标变成了"全民医疗保险"（Medicare for All），尽管当时没有人真的这么称呼它；而且全民医保最引人注目的拥护者是约翰·肯尼迪最小的弟弟爱德华·肯尼迪，当

---

[1] Julian Zelizer, "How Medicare Was Made," *New Yorker*, February 15, 2015, https://www.newyorker.com/news/news-desk/medicare-made; W. J. Cohen, "Reflections on the Enactment of Medicare and Medicaid," *Health Care Financing Review*, suppl, December 1985: 3–11. 为了更全面了解医疗保险计划的历史，有两个最好的来源：Theodore Marmor, *The Politics of Medicare* (Piscataway, NJ: Transaction Publishers, 1970) and Jonathan Oberlander, *The Political Life of Medicare* (Chicago: University of Chicago Press, 2003)。

[2] Zelizer, "How Medicare Was Made"; see also Joseph A. Califano Jr., "The Last Time We Reinvented Health Care," *Washington Post*, April 1, 1993.

时他已经接过了其兄在参议院的席位。①

20世纪70年代初,爱德华·肯尼迪对国家医疗保险的推动激起了理查德·尼克松总统的反应,就像任何与肯尼迪家族有关的事情所经历的那样。但这种反应并不是带有敌意的。尼克松的哥哥和弟弟死于肺结核,他自己还是个孩子的时候可能也得过,只不过病情较轻,事情的前后经过在学者大卫·布卢门撒尔和詹姆斯·莫龙写的关于总统的健康及其对政策的影响的一本书中有所记载。尼克松长大成人以后,会经常反思病痛带来的影响,包括他的家庭在医疗账单方面的困难。他承诺支持全民医保,并于1974年正式提出了一项反提案,保留了雇主计划,但纳入了一项针对未参保者的新的政府计划。保险受益本身不会像自由派民主党人所希望的那么慷慨,而且参保将是自愿的。但它希望的是让几乎所有人都能得到保险。②

尼克松的姿态对当时的共和党人来说并不罕见。虽然大多数共和党议员都反对老年医疗保险计划,但仍有少数人一直支持,而且在最后的议院投票中,当某项提案的通过已是大势所趋时,半数的众议院共和党人和近半数的参议院共和党人投了赞成票。尽管尼克松警告不要把"整个医疗保健体系置于华盛顿社会规划者的统治之下",但当他谈到自己所提方案的优点时,听起来很像约翰逊、肯尼迪和杜鲁门。"没有足够的医疗保健,任何人都无法充分利用自己的才能和机会。"尼克松在某次对国会发表讲话时说。③

---

① Julie Rovner, "Kennedy's Lasting Devotion to Health Care for All," NPR, August 26, 2009, https://www.npr.org/templates/story/story.php?storyId=112242975; Committee on Finance, *National Health Insurance: Brief Outline of Pending Bills*, United States Senate Committee on Finance, 1974.
② Blumenthal and Morone, *The Heart of Power*, location 2903; Harold M. Schmeck, "Nixon Sees Passage in '74 of a Health Insurance Plan," *New York Times*, February 6, 1974, 16.
③ 委员会投票是讲党派的,在众议院尤其如此。"Social Security History," Social Security Administration, https://www.ssa.gov/history/tally65.html; Catharine Richert, "Dean Claims Social Security and Medicare Were Passed Without Republican Support," PolitiFact, August 28, 2009, https://www.politifact.com/factchecks/2009/aug/28/howard-dean/dean-claims-social-security-and-medicare-were-pass/; Richard Nixon, "Special Message to the Congress Proposing a Comprehensive Health Insurance Plan," February 6, 1974。

通过秘密渠道进行的讨论随后展开。有一次，爱德华·肯尼迪和尼克松的幕僚在华盛顿的一座教堂秘密会面，试图敲定一笔交易。但是尼克松早在 1974 年 2 月就已经在公开场合为其立场定下了基调，到这时，随着水门事件的升级，民主党及其盟友可以感觉到中期选举即将大胜。劳工组织向民主党施压，要求他们再缓一缓，认为额外的杠杆作用将带来一个更好的整体方案。①

而事实并非如此。支持医保改革的联盟内部出现分歧，经济饱受通货膨胀之苦，再加上一位国会领导人出了职业生涯尽毁的丑闻，这些因素交织在一起，使得立法在杰拉尔德·福特短暂的总统任期内变得异常困难。吉米·卡特关于控制医院价格的提议，是一项姗姗来迟的改革尝试，但轻轻松松就被医疗行业挫败了。这让卡特的努力几乎没有什么可以炫耀的，倒是让选民多了一个理由去考虑投票给卡特的共和党对手。②

4.

罗纳德·里根的崛起，预示着一场更为广泛的政治转变，这将使全民医保成为一项更难企及的事业。

早在 20 世纪 60 年代初，里根就曾做过美国医学会反对老年医疗保险行动的代言人，录制了一段该组织向妇女咖啡团体发布的讲话。

---

① 作者对大卫·内克松的采访；Stuart Altman and David Shactman, *Power, Politics, and Universal Health Care* (Amherst, NY: Prometheus, 2011), Kindle edition; "Obama's Health Care Dilemma Evokes Memories of 1974," *Kaiser Health News*, September 3, 2009, https://khn.org/stuart-altman/。

② Richard Pearson, "Wilbur Mills Dies at 82," *Washington Post*, May 3, 1992; Matt Campbell, "One Night in the Tidal Basin: How a Stripper Doomed Health Care Reform in 1974," Blue Hog Report, November 21, 2013, https://www.bluehogreport.com/2013/11/21/one-night-in-the-tidal-basin-how-a-stripper-doomed-health-care-reform-in-1974/; Altman and Shactman, *Power, Politics, and Universal Health Care*; Quadagno, *One Nation, Uninsured*, 114 – 132.

里根说：“将国家统制主义（statism）或社会主义强加于人民的传统方法之一，便是通过医学的方式。”里根预言，如果老年医疗保险计划成为法律，那么"接踵而至的将是其他五花八门的联邦计划，这些计划将侵犯我们国家已知的每一个自由领域……等到你我垂暮之年，我们将告诉我们的孩子，还有我们孩子的孩子，当人们还自由的时候美国是什么样的"。①

尽管里根未能阻止老年医疗保险计划，但到了20世纪70年代，他对政府的看法在共和党乃至整个国家都占了上风。原因之一是，通过智囊团、倡导团体和校园组织有条不紊地掀起了一场反对公共部门的运动。支持这些活动的资金，来自渴望摆脱监管和税收束缚的大亨和商界领袖。反政府运动的智力支持，来自像《国家评论》杂志的创刊编辑威廉·巴克利这样的人物。他和其他保守派人士认为，大型公共项目不仅低效——因为它们扼杀了市场竞争的影响，而且不公——因为它们抢走了人们通过辛勤劳动挣来的钱。②

这些论点在公众当中引起了广泛的共鸣，在越南战争和水门事件之后，公众正迅速对联邦政府失去信心。皮尤研究中心的民意调查显示，1964年末，在老年医疗保险法案颁布前夕，有77%的美国人相信华盛顿的官员在大多数时候都会做正确的事情。而到了1979年末，就在里根当选前，只有28%的人持有这样的看法。反政府思想也引起了大批白人选民的共鸣，他们对联邦政府打着为非裔美国人争取利益的旗号而进行各种干预感到愤怒。这些干预，从法院下令的学校整

---

① Matthew Green, "Back in the Day, Medicare Had Its Haters Too," KQED, August 3, 2015, https://www.kqed.org/lowdown/19169/50-years-ago-medicare-had-its-haters-too-and-we-never-did-awake-to-socialism; Jon Schwarz, "Medicare Celebrates Its 50th Birthday, Despite Ronald Reagan," *Intercept*, July 30, 2015, https://theintercept.com/2015/07/30/medicares-50th-birthday-lets-forget-ronald-reagans-insane-diatribe-trying-stop/; and Zelizer, "How Medicare Was Made."

② 欲知更多关于"保守的基础设施"的创建和发展的情况，参见Michael Tomasky, *If We Can Keep It* (New York: W. W. Norton, 2019), 116–121; 更宽泛的情况，参见John Judis, *The Paradox of American Democracy* (New York: Routledge, 2001)。

合，到创建以穷人为重点的"伟大社会"（Great Society）计划，简直无所不包。①

里根利用了这种愤怒，最著名的事例是他怒斥"福利女王"②，指责那些人本可以工作，却堂而皇之地伸手向政府要钱，这也是里根在 1980 年总统大选中获胜的原因之一。当选总统后，里根在大幅减税的同时削减了用于食品券、公共住房和医疗补助的资金。他还继续在言辞上攻击政府，比如 1986 年，在一次新闻发布会上，他说："英语中最可怕的九个词是：'我来自政府，我是来帮忙的。'"③

具有讽刺意味的是，里根避免攻击的一个大项目是老年医疗保险计划，原因很可能是民意调查显示，70% 到 80% 的美国人支持它。1988 年，里根甚至签署了《医疗照护大病保险法》（Medicare Catastrophic Coverage Act），这是一项两党联立的法案，旨在填补福利缺口，使老年人在处方药和其他大项开支方面无须再自掏腰包。该法案还设立了一个委员会，以佛罗里达州民主党众议员、老年人权利捍卫者克劳德·佩珀的名字命名，负责引荐一种新的全民医保办法。④

该法案的两个要素都没起到什么作用。在融资方案遭到强烈反对

---

① "Public Trust in Government: 1958 – 2019," Pew Research Center, April 11, 2019, https://www.pewresearch.org/politics/2019/04/11/public-trust-in-government-1958-2019/; 关于 20 世纪 70 年代和 80 年代白人选民与民主党疏远的背景情况，参见 Thomas Byrne Edsall and Mary D. Edsall, *Chain Reaction: The Impact of Race, Rights, and Taxes on American Politics* (New York: W. W. Norton, 1992) and E. J. Dionne Jr., *Why Americans Hate Politics* (New York: Simon & Schuster, 1991)。
② welfare queens，讽刺黑人妇女是专靠揩政府的油过好日子的人。——译者
③ Spencer Rich, "Reagan Welfare Cuts Found to Worsen Families' Poverty," *Washington Post*, July 29, 1984; Susan Popkin, "Proposed Cuts to Public Housing Threaten a Repeat of the 1980s' Housing Crisis," Urban Institute, May 31, 2017, https://www.urban.org/urban-wire/proposed-cuts-public-housing-threaten-repeat-1980s-housing-crisis; "News Conference, August 12, 1986," Ronald Reagan Presidential Foundation & Institute, https://www.reaganfoundation.org/ronald-reagan/reagan-quotes-speeches/news-conference-1/; 更多关于里根的背景、福利女王最早的故事及其在里根竞选中的角色，参见 Josh Levin, *The Queen: The Forgotten Life Behind an American Myth* (Boston: Little, Brown, 2019)。
④ John D. Rockefeller IV, "The Pepper Commission Report on Comprehensive Health Care," *New England Journal of Medicine*, October 4, 1990, 1005.

后，国会在老年医疗保险福利增强措施生效之前将其废止了。而佩珀委员会建议的全民医保体系，跟尼克松曾经提议的大同小异，几乎没有引起多少关注。尽管老年医疗保险是安全的，但没有什么压力能让政府继续有所建树，直到里根卸任两年后，宾夕法尼亚州的一场悲剧将全民医保重新推上了国家议程。[1]

---

[1] Thomas Rice et al., "The Medicare Catastrophic Coverage Act: A Post-Mortem," *Health Affairs*, fall 1990; 作者对朱迪·菲德和克里斯·詹宁斯的采访。

三、医疗保健权

1.

1991年4月4日正午刚过,一架双螺旋桨包机的飞行员在接近费城东北机场时注意到一个指示灯,显示飞机的前起落架没有打开。在他们中止降落后,附近一架直升机的飞行员主动提出进行目视检查。当两架飞机接近彼此时,螺旋桨飞机的机翼撞上了直升机的一个旋翼,或者可能是旋翼撞上了机翼,对此调查人员一直不太确定,结果这两架飞机爆炸了,炽热的碎片雨点般地落在了下面一所学校的院子里。在7名遇难者中,有包机上唯一的乘客:参议员约翰·海因茨。①

时年52岁的海因茨,在美国众议院连任三届后,于1976年首次赢得参议院选举。他是个极受欢迎、广受尊敬的人物,是个有着良好声誉的共和党人,曾领导过共和党的参议院选举委员会。但他并不是里根式的革命者,他经常与民主党人合作,帮助人们获得医疗照护。科罗拉多州民主党参议员、海因茨的密友蒂姆·沃思在他的追悼会上说:"他是体面的医疗保健事业迄今最勇猛的支持者。"②

宾夕法尼亚州州长、民主党人罗伯特·凯西不得不提名一位临时参议员,此人随后可以参加特别选举,以填补海因茨的任期。但该州的选民已经快有30年没有选出民主党参议员了,而共和党可能的候选人是政治上令人敬畏的理查德·索恩伯格,他当过两任州长,在乔治·H.W.布什政府担任过司法部长。由于未能从一系列经常在人前亮相的人中招募到可以与其一较高下者,凯西转而求助于他的内阁官员之一——劳工和工业部部长哈里斯·沃福德。③

沃福德是一名受过专业训练的律师,早期职业生涯是在学术界度过的,1960年加入肯尼迪的竞选班底之前,一直活跃于民权运动,并为马丁·路德·金提供咨询。之后,沃福德进入了肯尼迪政府,并在林登·约翰逊执政早期任职,帮助建立了和平队。1966年,他重返学术界,最终成为宾夕法尼亚州布林莫尔学院院长,又在1988年加入了凯西的行政班子。④

为了管理沃福德的竞选活动,凯西招募了保罗·贝加拉和詹姆斯·卡维尔,这对顾问搭档曾在几场艰难的国会和州选举中策划了民主党的获胜。他们的专长是一种特别好斗的民粹主义,攻击共和党人在其他人都已到了努力保住饭桌上的食物的时候还在护着大公司和富人。随着失业率的上升,经济衰退的到来,他们的做法似乎是让宾夕法尼亚州参议院竞选发挥作用的一种方式,这也非常契合沃福德在政策上的直觉,包括支持工会、提高最低工资和建设基础设施项目以创造就业机会。⑤

前几周的民意调查显示,在政界之外相对默默无闻的沃福德落后

---

① Don Phillips and Michael Specter, "Sen. Heinz Dies in Plane Crash," *Washington Post*, April 5, 1991; Pete Leffler, "Heinz Crash Report Raps Pilots' Judgment," *Morning Call*, September 18, 1991.

② Tim Wirth, "Senator John Heinz Memorial Service," C-SPAN video, 1:19:23, April 12, 1991, https://www.c-span.org/video/?17526-1/senator-john-heinz-memorial-service, 39:45 mark.

③ Dan Balz, "Casey Names Wofford to Succeed Sen. Heinz," *Washington Post*, May 9, 1991; Michael Decourcy Hinds, "In Pennsylvania Politics, It's a Season of Turmoil," *New York Times*, July 7, 1991.

④ 沃福德是催促肯尼迪总统给科丽塔·斯科特·金打电话的两名助手之一,后者的丈夫马丁·路德·金当时在伯明翰的监狱里。许多分析人士认为,这通电话(以及随后的交情)帮助肯尼迪在非洲裔选民中赢得了赢得大选所需的优势。Steven Levingston, "John F. Kennedy, Martin Luther King Jr., and the Phone Call That Changed History," *Time*, June 20, 2017, https://time.com/4817240/martin-luther-king-john-kennedy-phone-call/。

⑤ Katharine Seelye, "The Democrats' Gunslinger Can Carve Another Notch," *Philadelphia Inquirer*, November 10, 1991.

了 30 到 40 个百分点。一项内部调查显示落后了 49 个百分点。然后，在费城一家医院的筹款活动中，沃福德遇到了一位老朋友，也是位眼科医生。这位眼科医生说，美国人在被控犯罪时有权请律师，那为什么他们生病时没有权利请医生呢？在随后和贝加拉通的电话中，贝加拉听到筹款活动所得少之又少时，感到很失望。但沃福德没有纠结于筹款所得，而是提到了那位眼科医生的观点。这成了他演讲的主要内容，沃福德的民调中的支持率开始飙升。①

索恩伯格以对国家医疗保险的一贯攻击作为回应，称之为"一个庞大的联邦官僚体系在华盛顿特区之外运行一个由中央指挥的医疗体系"。但这一次，这样的说辞没有起作用。随着医疗保健越来越昂贵，而就业作为保险来源变得越发不可靠，焦虑正从穷人蔓延到中产阶级。②

率先注意到这一转变的是普林斯顿大学的社会学家、以关于美国医学史的作品荣获普利策奖的保罗·斯塔尔。斯塔尔新近与人共同创办了一份名为《美国瞭望》（*The American Prospect*）的自由派政策杂志，在其创刊号中，他发表了一篇文章，名为《中产阶级与国家医疗改革》，认为这项事业有更大的成功潜力，因为有更多的人需要帮助。当卡维尔读到这篇文章的节选时，他安排斯塔尔去沃福德在费城郊外的住宅会面，在那里他们就政策谈了几个小时。③

在选举日，沃福德以 55% 的得票获胜，政治阶层注意到了这一点。"这传递出了一个非常戏剧性的信息，"舆论专家丹尼尔·扬克

---

① 作者对保罗·贝加拉的采访；Harris Wofford, "Harris Wofford Oral History, Senator, Pennsylvania; CEO of the Corporation for National and Community Service (AmeriCorps)," Miller Center, November 2, 2017, https://millercenter.org/the-presidency/presidential-oral-histories/harris-wofford-oral-history-senator-pennsylvania-ceo。
② Michael Decourcy Hinds, "Race for Senate Shows Big Split on Health Care," *New York Times*, October 31, 1991.
③ 作者与保罗·斯塔尔的通信；Paul Starr, "The Middle Class and National Health Reform," *American Prospect*, summer 1991, 7；作者与斯塔尔的通信。

洛维奇告诉《纽约时报》，"医疗保健是1992年选举的前沿问题之一。"①

2.

回想起来，比尔·克林顿当上总统的可能性比哈里斯·沃福德当上参议员的可能性还要低。事实上，任何民主党人在1992年拿下白宫的想法似乎都很难理解，因为该党候选人在过去的六次大选中输了五次。里根在1980年的胜利以及1984年赢得49个州的全胜连任，似乎证实了卡特1980年要赢只能是意外，尽管对于民主党人来说，布什1988年的胜利可能是最令人沮丧的。

迈克尔·杜卡基斯那曾经充满希望的总统候选人资格，在共和党人抨击这位马萨诸塞州州长是个"彻头彻尾的自由主义者"的时候，已经枯萎了。共和党人这话，实际上意味着杜卡基斯不够爱国，太急于增税，对犯罪过于软弱。与里根一样，布什声称民主党的新支出和监管计划将扼杀商业，从而扼杀经济。和里根一样，布什利用了白人的种族感情，只是没有把重点放在"福利女王"身上，而是集中抨击杜卡基斯批准了一项监狱休假计划，人们声称该计划允许一名被定罪的黑人罪犯实施强奸。在选举日，杜卡基斯只赢得了10个州的支持，反对力量主要来自白人工人阶级选民，他们曾经是罗斯福新政联盟的基石。这次重创为一些论点提供了新的依据，即民主党的生存取决于与"自由派原教旨主义"保持距离并接受"新民主党"的思维方式。②

---

① Michael Decourcy Hinds, "The 1991 Election; Wofford Wins Senate Race, Turning Back Thornburgh; GOP Gains Edge in Trenton," *New York Times*, November 6, 1991.
② 获准暂时休假的囚犯威利·霍顿否认实施了强奸；欲了解更多他的故事、广告及其对1988年总统选举的影响，参见Beth Schwartzapfel and Bill Keller, "Willie Horton Revisited," Marshall Project, May 13, 2015, https://www.themarshallproject.org/2015/05/13/willie-horton-revisited；更多关于民主党在20世纪80年（转下页）

这种办法究竟应该包含什么取决于新民主党人在谈论什么。但通常，这意味着明确否定传统的自由主义立场，并拥护更保守的立场，这不仅体现在要求对已定罪的罪犯处以更严厉的刑罚，还体现在要求接受公共救济的人想办法找工作。新民主党人表示，他们并不是在简单地考量政治，而是实事求是地说，是时候摆脱新政和"伟大社会"的大政府做法了。在帮助人们获得医疗保健方面，新民主党人希望通过私营保险而不是公共计划来提供保险。①

新民主党人的一大重点是，夺回自20世纪60年代以来一直倾向于共和党的南部各州，因此，身为阿肯色州州长的克林顿成为这一运动的旗手也就不足为奇了。他在州长第一个任期内一直试图彻底改革公立学校，重组该州的累退税法，结果疏远了该州较为保守的选民，并与小石城的企业游说者发生龃龉。在州长连任失败后，他重新当选，然后通过推行一项顺应行业意见并且没有把选民推到他们的舒适区之外的议程，又赢得了三个任期。②

作为1992年的总统候选人，克林顿提出了福利方面的工作要求，并标榜他对死刑的支持，还回到阿肯色州签署了一名被定罪的非裔美

(接上页) 代的选举命运及其引发的反思，参见 E. J. Dionne Jr., *Why Americans Hate Politics* (New York: Simon & Schuster, 1991); 该运动的宣言中包括学者威廉·加尔森和伊莱恩·卡马克的一份名为《逃避政治》的报告，它表明，如果不重新定位该党，就不可能在全国选举中获胜；William Galson and Elaine Kamarck, *The Politics of Evasion: Democrats and the Presidency The Politics of Evasion: Democrats and the Presidency* (Washington, DC: Progressive Policy Institute, 1989), https://www.progressive policy.org/wp-content/uploads/2013/03/Politics_of_Evasion.pdf。

① See Kenneth Baer, *Reinventing Democrats* (Lawrence: University Press of Kansas, 2000); and Lily Geismer, "Democrats and Neoliberalism," *Vox*, June 11, 2019, https://www.vox.com/polyarchy/2019/6/11/18660240/democrats-neoliberalism. 有时，很难说新民主党的政治使命在多大程度上是为了迎合心怀不满的白人工人阶级选民的反政府情绪，以避免受到里根式的福利攻击，又有多少是为了迎合那些支持新民主党候选人和事业的富有个体和公司的意愿。

② Elizabeth Kolbert, "The Governor: Clinton in Arkansas—A Special Report," *New York Times*, September 28, 1992, A1。

国杀人犯的死刑执行令，此人在杀害一名警官后企图自杀，但未遂，却伤及自己的脑叶。克林顿还向选民保证，他将谨慎地管理联邦财政，通过削减现有项目中的浪费，控制预算赤字，并更依赖商业而非政府来创造财富——他将这种方法描述为"不再是涓滴经济，但也绝不是以收定支的经济"。①

但民主党传统身份的某部分是克林顿不想摆脱的。"以人为本"是他的竞选口号；民粹主义者贝加拉和卡维尔是他的战略专家。他对像沃福德在宾夕法尼亚州遇到的那类医疗保健故事印象深刻，特别是新罕布什尔州一个没有保险的小商人罗恩·马科斯无力支付儿子心脏手术费的故事。

克林顿后来说，马科斯是"我1992年所做的一切努力的象征"。②

3.

沃福德的当选，确保了医疗保健将成为1992年竞选活动的一个重要组成部分，而在早些时候，克林顿的某位竞争对手曾表明过一个差不多的立场。

这位候选人是鲍勃·克里，内布拉斯加州参议员，越战老兵，在越战中失去了小腿，并赢得了国会荣誉勋章。这使他成为被谴责逃避征兵的克林顿的一个特别强大的对手。克里希望实现全民医保，一个既有公共计划又有私营保险替代方案的体系，但联邦政府要以单一支

---

① 正如记者罗恩·富尼耶后来观察到的，"州法律不要求州长在场，但政治要求他在场：克林顿想提高自己在全国的知名度，扭转民主党对待犯罪手软的形象"。Ron Fournier, "The Time Bill Clinton and I Killed a Man," *Atlantic*, May 28, 2015, https://www.theatlantic.com/politics/archive/2015/05/the-time-bill-clinton-and-i-killed-a-man/460869/; Mitchell Locin, "Clinton Says He's a 'New Democrat,'" *Chicago Tribune*, October 22, 1992。

② 作者对保罗·贝加拉的采访；Marc Lacey, "In New Hampshire, Clinton's Heart Is on His Sleeve," *New York Times*, January 12, 2001。

付计划的方式制定预算并监管价格——换句话说,克里所追求的全民医保并不完全是杜鲁门式的,但也差不太多。①

克林顿也呼吁实行全民医保,但表示他更倾向于一种更加依赖私营保险的方式。最初,他支持一个名为"要么付费,要么服务"的想法,即企业可以为员工提供保险(服务),也可以向一个基金捐款,以覆盖未投保的人(付费)。这基本上是尼克松和佩珀委员会提议的一个版本。但克林顿在获得民主党提名前一直避免透露细节,因为他的话缺乏针对性而招致了布什的批评。②

获得民主党提名后,克林顿抛出了一个名为"有管理的竞争"的概念,是将全民医保的宽泛目标与依赖自由市场的保守原则相结合的最新尝试。这个想法是让所有人都购买医疗保险,鼓励保险公司在价格和质量上进行竞争。在大公司工作的人会通过他们的雇主购买保险,雇主会挑选一组计划供雇员选择。其他人则会通过政府或独立的第三方组织建立和运营的新市场购买医疗保险。

在任何一种情况下,政府都会对保险公司进行监管,使每个人都能得到保险,不论其投保前的健康状况如何;政府还将对穷人的保险进行补贴,使每个人都能负担得起保险,不论其收入如何。但这个想法是为改革单一支付制提供一个替代方案,从理论上说,过多的政府控制将错配支出,或导致浪费,或导致定量配给,或两者兼而有之。而根据管理竞争理论,消费者会做出比政客和职业官僚更好的决策。

"当前不受监管的市场允许保险公司歧视慢性病患者,"《纽约时报》富有影响力的评论员迈克尔·韦恩斯坦在他撰写的几篇社论中

---

① Robert Kerrey, "Why America Will Adopt Comprehensive Health Care Reform," *American Prospect*, summer 1991; E. Richard Brown, "Health USA: A National Health Program for the United States," *Journal of the American Medical Association*, January 22/29, 1992, 552.

② 作者对克里斯·詹宁斯和朱迪·菲德的采访;另见 Theda Skocpol, *Boomerang: Clinton's Health Security Effort and the Turn Against Government in U.S. Politics* (New York: W. W. Norton, 1996), 30–47。

解释道,"而全面的政府监管将要求华盛顿管理一个巨大的市场,其规模接近整个英国的市场,还要对数千个价格进行控制;这简直是官僚主义的愚蠢之举。"①

有管理的竞争,就像公共政策的任何广义概念一样,有好几种。最初的迭代,源于商业领袖和健康行业高管之间的讨论,他们定期聚集在怀俄明州的杰克逊霍尔,只是设想适度的监管和政府支出。他们真的相信自由市场能够挑起重担,让美国的医疗体系更好地运转。尽管他们会谈论全民医保,但目标显然是次要的。

在加州,两位民主党州官员——保险专员约翰·格拉门迪和政策官员沃尔特·泽尔曼——都不准备给私营部门这么大的回旋余地。他们重塑国家保险体系的计划,包括对保险公司施行更为严格的规定,对消费者给予更慷慨的补贴,至关重要的是,总体支出上限大致相当于大多数欧洲国家使用的国家预算。如果出于某种原因,竞争并没有像自由市场支持者所希望的那样抑制支出,那么所设置的上限将以旧有的方式控制支出:通过政府法令。这一预算后盾,令较为保守的杰克逊霍尔帮及其商界盟友深恶痛绝,也得到了保罗·斯塔尔等全民医保的长期倡导者的青睐。斯塔尔最终与泽尔曼合作制定了该提案的一个全国版,称之为"有上限的竞争"。②

他们融合了新旧方式,考虑了左右两方,反映了克林顿的情感,于是克林顿接受了这一模式,在9月份的一次演讲中正式引入了斯塔尔-泽尔曼提案的一个版本。有时,克林顿还会援引杜鲁门的精神,谴责美国制度的专横残忍:"我们是世界上唯一一个不向所有公民提供基本医疗保障的发达国家。"但当克林顿话锋一转谈及他的计划时,他的话听起来几乎是里根式的:"我们必须停止让联邦政府去对

---

① Michael Weinstein, "The Bush-Clinton Health Reform," *New York Times*, October 10, 1992, 20.
② See Jacob Hacker, *The Road to Nowhere* (Princeton, NJ: Princeton University Press, 1997);在此书中,哈克将克林顿的计划称为杰克逊霍尔提案和更传统的民主党全民医保计划的"自由综合"。

医疗保健进行微观管理，并转而为私营部门建立管理成本的激励机制。"①

4.

克林顿在 11 月的选举中获胜，对民主党来说是一个极为振奋的时刻。才 46 岁的克林顿是美国有史以来年龄排第三的年轻总统。克林顿的竞选团队竭尽全力让他看起来像下一代的约翰·肯尼迪。他们甚至发现了克林顿十几岁时在华盛顿的学生之行中与肯尼迪握手的镜头。

但真到了执政的时候，克林顿的榜样却是另一个民主党偶像：罗斯福。克林顿可能致力于推行蔑视大政府的新民主党战略，但他这样做是为了服务于一个雄心勃勃的社会和经济议程，其中当然包括医疗保健服务。即使对于那些对有管理的竞争持谨慎态度的自由主义者来说，克林顿的胜利和在医疗保健方面取得突破的机会也是一个值得回味的时刻。"参与过卫生政策的人，没有一个不想参与其中。"曾为克林顿工作的国会山资深工作人员克里斯·詹宁斯后来回忆说。②

但克林顿的政治地位比起罗斯福要弱得多，只赢得了 43% 的选票。亿万富翁、第三党候选人罗斯·佩罗特赢得了 19% 的选票，他是通过宣传减少而非扩大政府开支的必要性赢得选民的。

不管怎样，克林顿还是继续行动了，指定第一夫人希拉里·克林顿领导一个特别工作组来起草他的提案。医疗保健问题经常出现在希拉里作为儿童法律倡导者的工作中，也经常出现在她丈夫的政治工作

---

① Gwen Ifill, "Clinton Proposes Making Employers Cover Health Care," *New York Times*, September 25, 1992, A1; David Lauter and Robert Rosenblatt, "Clinton Spells Out His Plan to Curb Health Care Costs," *Los Angeles Times*, September 25, 1992.
② 对詹宁斯的采访。

中。1992年总统竞选结束后,希拉里经常谈到那些向她讲述医疗上的难事的人,说他们的故事像电影一样在她的脑海里反复播放。为了管理特别工作组的日常工作,克林顿委派另一位值得信赖的助手艾拉·马加齐纳作为他的代表。马加齐纳是位管理顾问,来自罗得岛,他对为大而复杂的问题提供大而复杂的解决方案的热衷可以追溯到他在布朗大学求学时,那时还在读本科的他洋洋洒洒写过一份400页的备忘录,敦促校方允许学生设计自己的课程。①

近来,马加齐纳领导了一些工作组,就如何重组罗得岛州的医疗保健体系编写了报告,不过,值得一提的是,他试图说服有政治背景的医院相信收入少了也能活下去,这要比当年说服布朗大学的管理者放弃数学、科学和写作等课程的要求困难得多。没有人质疑马加齐纳的才华,但就连他的一些同事也对他如何将其转化为政策怀有疑问。其中就包括前搭档、未来的马萨诸塞州州长米特·罗姆尼,他回忆说:"艾拉生出了很多想法,但他不知道哪些有用,哪些没用。"②

为了定下解决美国医疗保健问题的办法,马加齐纳设置了一个他将用来重建公司的流程。他为特别工作组配备了专家、官员和倡导者,最终人数超过500人;并将这些人分成若干小组,分别深入研究具体问题。马加齐纳在一份备忘录中提醒克林顿,说起草出这份计划需要做出不止1 000个单独决策。但等那些单独的决策完成时,他们会想好每一个可能的政策挑战,并设计出一种克服挑战的方法。③

至少计划是这样的。但事情很快就出了岔子,正如戴维·布罗德和海恩斯·约翰逊后来在《体制》(*The System*)中讲述的那样,此

---

① 对贝加拉的采访;Ira Magaziner, "A New Order," *Brown Alumni Magazine*, 2014。
② Haynes Johnson and David Broder, *The System*: *The American Way of Politics at the Breaking Point* (Boston: Little, Brown, 1996), 106; see also Magaziner, "A New Order."
③ Robert Pear, "Ending Its Secrecy, White House Lists Health-Care Panel," *New York Times*, March 27, 1993; Dana Priest and Michael Weisskopf, "Health Care Reform: The Collapse of a Quest," *Washington Post*, October 11, 1994.

书是他们所写的克林顿在医疗保健方面的斗争史。马加齐纳行事的一个主要目标是想出更具创造性的思维方式。这必然意味着要推开有经验的老手的反对意见，因为老手会认为新想法不切实际而拒绝接受。马加齐纳在竞选期间就开始这样做了，当时他与乔治敦大学公共政策教授朱迪·菲德等顾问争夺影响力。朱迪·菲德曾帮助制定了佩珀委员会"要么付费，要么服务"（即要么缴税，要么提供保险）的方案，并敦促克林顿坚持这一模式，原因之一是它在打破现状时不会太过激进。

马加齐纳曾将国会工作人员代表纳入特别工作组，但那些人与菲德和其他更有经验的人一样，认为自己更像是观察家而不是撰稿人。他们当中很多人多年来一直致力于医疗保健问题，有些人已经工作了几十年。不管这种经历最终是加分项还是减分项，或者两者兼而有之，这些人对这项提议的支持都是至关重要的，因为他们最终将向各自的老板提供如何投票的建议。尽管马加齐纳认为他是通过让这些人加入特别工作组的讨论将他们带入这一工作过程的，但这些人觉得自己是被排斥的，因为马加齐纳似乎不听他们的话。[1]

特别工作组提起了诉讼，指控这些私下里的会议违反了联邦透明度法。这也引起了共和党人的口诛笔伐，他们说政府正秘密策划其计划。这样的抨击是愚蠢的。官员和立法者总是在提出提案之前私下起草提案，无论如何，有这么多人参加特别工作组的会议，没有什么重要的东西能长久保密。（"世界上最糟糕的，不是真正的秘密，而是对秘密的看法。"克里斯·詹宁斯后来调侃道。）但这些对特别工作组不利的议论，引起了共鸣。克林顿解散了这个小组，留下一小群重要顾问来起草法案，而到了秋天，整个工作都陷入了极大的危险之中。[2]

1993 年 9 月，克林顿带着胜利姿态在国会发表了演讲，似乎他

---

[1] Johnson and Broder, *The System*；作者对詹宁斯、莱恩·尼科尔斯的采访。
[2] 作者对詹宁斯的采访。

的医疗保健计划重现光明前景。演讲过去一周后，希拉里·克林顿在国会山就该计划作证。议员们认为她比总统更令人印象深刻，筹款委员会（Ways and Means）的委员在她退场之时报以热烈的掌声——正如《纽约时报》所说，"这样的致敬几乎闻所未闻"。①

"我们以为自己站在了发射台上，我们就要展翅高飞了，"多年后，从事医疗保健工作的白宫经济学家莱恩·尼科尔斯回忆道，"直到回过头来看，我们才意识到她的证词就是我们所能抵达的最高点。"②

---

① Adam Clymer, "Hillary Clinton, on Capitol Hill, Wins Raves, If Not a Health Plan," *New York Times*, September 29, 1993, A1.
② 作者对尼科尔斯的采访。

四、哈里和路易丝

1.

美国宪法的起草者试图平衡相互矛盾的念头。他们想建立一个比独立战争后的邦联更灵活的政府，但是他们想防止新政府草率行事。他们想要代议制民主，但同时不得不兼顾那些担心大州会占主导地位的小州，特别是在奴隶制问题上。他们的解决方案之一，便是建立一个由两个议院组成的立法机构，然后确保每个州在参议院的"上院"中都拥有两个席位，而这与人口规模无关。这种结构，詹姆斯·麦迪逊在《联邦党人》中指出，将提供"障碍……阻止不正当的立法行为"。①

两个多世纪后，参议院之设计的实际效果是赋予共和党人不成比例的权力，因为他们更有可能代表人口较少的州。1805年正式通过的一种议会工具巩固了这一效果，这个工具就是阻挠议事②，它实际上允许参议员团体，甚至单个参议员，通过拒绝让出议员席让其他人发言和拒不同意投票来阻止立法。历史学家莎拉·宾德称，当时的参议院领导人并没打算赋予参议院少数派阻止立法的权力。这种情况，直到20世纪后期，南方参议员利用阻挠议事的手段来阻止民权立法时，才得以解决。克林顿上台时，反对党利用阻挠议事来阻止议案的通过已成常规操作。③

克林顿和他的盟友深知这是一个问题，因为参议院有57名民主党人，比打破阻挠议事所需的60个席位差了3席。他们的第一个想法是尝试通过"预算和解"程序来推动医疗改革，"预算和解"是一个特殊的立法路径，阻挠议事者无法在此阻止议案通过。但参议院的规定是，预算和解只适用于某些类型的财政立法，而制定有关规则的参议员、西弗吉尼亚州民主党人罗伯特·伯德表示，医疗保健立法不符合条件。纽约州民主党人、强大的财政委员会的主席丹尼尔·帕特里克·莫伊尼汉也有自己的反对意见。民主党领导人告诉白宫，实现和解需要多数票通过，而由于民主党人伯德和莫伊尼汉拒绝改变立场，民主党只能因为人数不足，眼睁睁地看着共和党阻挠这一议案。④

于是只剩下一个选择：争取少数共和党人支持立法，或者至少不让他们支持阻挠议事。这两个目标似乎都很古怪。1993年和1994年的参议院共和党党团中，仍然有大量习惯于与民主党合作的人，他们对政府实质上更多地参与医疗保健的可能性持开放态度。

罗得岛的约翰·查菲就是其中之一。在20世纪80年代，查菲参与制定了大幅扩展儿童和孕妇获得医疗补助资格的法律。据克林顿的前助理称，当克林顿赢得大选时，查菲认为这是自己所在政党的失败，但也是一个机会。克里斯汀·弗格森曾担任查菲的幕僚长，多年后回忆说，他和他志同道合的同事们都为将与新总统会面并共事而"心生渴望和兴奋"。⑤

---

① James Madison, *The Federalist*, no. 62, 1787.
② filibuster，也称阻挠议案通过，其做法之一是为拖延表决而在议会发表冗长的演说。——译者
③ Sarah Binder et al., "What Senators Need to Know About Filibuster Reform," Brookings Institution, December 10, 2010, https://www.brookings.edu/opinions/what-senators-need-to-know-about-filibuster-reform/; also see Thomas Geoghegan, "The Infernal Senate," *New Republic*, November 21, 1994, https://newrepublic.com/article/62471/the-infernal-senate.
④ Helen Dewar, "Shortcut for Health Care Plan Blocked: Obscure Byrd Rule in Senate Closes Budget 'Reconciliation' Route," *Washington Post*, March 14, 1993.
⑤ 1993/1994年的其他温和派共和党参议员包括明尼苏达州的大卫·杜伦伯格，俄勒冈州的马克·海特菲尔德和鲍勃·帕克伍德，佛蒙特州的詹姆斯·杰福兹，宾夕法尼亚州的阿伦·斯佩克特；Adam Clymer, "John Chafee, Republican Senator and a Leading Voice of Bipartisanship, Dies at 77," *New York Times*, October 26, 1999, 10；作者对克里斯汀·弗格森的采访。

1993年底,查菲提出一项议案,该议案在共和党党团得到了广泛支持,他希望这项议案能成为与克林顿达成协议的基础。他的计划和克林顿的计划的一大不同之处在于,克林顿的议案要求雇主以工资税的形式出资。查菲的计划不是这样,而是有一项个人强制保险,要求人们要么投保,要么付罚金。但根据弗格森的说法,查菲可以设想在这个以及其他悬而未决的问题上——譬如如何为大规模扩大医疗保险范围提供资金——达成一项可行的协议。①

2.

20年前,甚至10年前,这样的妥协似乎没什么了不起。从理念上来看,克林顿的医疗改革与理查德·尼克松的没有什么不同。但共和党不再是尼克松的那个共和党。他们越来越像里根的共和党,对政府计划怀有极端的敌意。

共和党也正在成为一个更具有地区性的政党,代表大平原和南方腹地②,而民主党正在成为代表东北部、上中西部和西海岸的政党。在共和党参议院党团内,权力正在从温和派手中转移,而温和派来自的州要么强烈偏向于民主党,要么正朝着这个方向发展。其中两位温和派人士——来自佛蒙特州的詹姆斯·杰福德和来自宾夕法尼亚州的阿伦·斯佩克特——最终将离开共和党,查菲的儿子林肯也是如此,他于1999年从父亲手上接过了罗得岛州的参议院席位。

随着共和党温和派在自己的党内失去影响力,他们的做事方式也失宠了。不仅在参议院是如此情形。在众议院,一位来自佐治亚州名

---
① 对弗格森的采访。
② Deep South,指美国最具有南方特点、最保守的地带,尤指南方的佐治亚州、亚拉巴马州、密西西比州、路易斯安那州和南卡罗来纳州。——译者

为纽特·金里奇的众议员一直在掌权,并在这个过程中把共和党改造成了一个更教条、更好斗的政党。

金里奇与他在共和党领导层的诸位前任不同,那些人是在攻击民主党和与民主党达成协议之间取得了某种平衡,而他不断对民主党发起攻击,并敦促他的同事们也这样做。在一份名为《语言:控制的关键机制》的备忘录中,金里奇建议共和党同僚在描述民主党人时使用"病态""叛徒"和"羞耻"等字眼。金里奇还敦促共和党人尽可能地阻止民主党人的立法,理由是作为执政党,民主党将承担过失,并在下次选举中失去席位。注意到金里奇此种做法的人当中,有一位(当时的)新晋参议员,名叫米奇·麦康奈尔。他调侃说,金里奇的策略"给政治僵局找了个好借口"。①

金里奇并不是唯一一个敦促全盘反对克林顿医改计划的人。1993年11月,曾在布什政府任职的政治战略专家威廉·克里斯托尔成立了一个小型保守派智库。一个月后,他拿出一份关于医疗保健的备忘录。"彻底挫败克林顿的计划……必须作为我们的目标,"他写道,并特别警告说,"若有任何共和党人要求与民主党谈判达成一个'坏处最少的'妥协方案……也应该受到抵制。"②

---

① McKay Coppins, "The Man Who Broke Politics," *Atlantic*, November 2018, https://www.theatlantic.com/magazine/archive/2018/11/newt-gingrich-says-youre-welcome/570832/;麦康奈尔这话出自 Ann Devroy, "GOP Taking Joy in Obstructionism," *Washington Post*, October 7, 1994; see also James Salzer, "The Words of Newtspeak Transformed U.S. Politics," *Atlanta Journal-Constitution*, May 15, 2017, https://www.ajc.com/news/state–regional-govt–politics/the-words-newtspeak-transformed-politics/nfWIIkAqXknLToMHnsjTxI;更宽泛的情况,参见 Julian Zelizer, *Burning Down the House: Newt Gingrich, the Fall of a Speaker, and the Rise of the New Republican Party* (New York: Penguin, 2020)。

② Josh Marshall, "The 1993 Kristol Memo on Defeating Health Care Reform," Talking Points Memo, September 24, 2013, https://talkingpointsmemo.com/edblog/the-1993-kristol-memo-on-defeating-health-care-reform;马绍尔从网上获得备忘录,是 DailyKos 网站上传的;"William Kristol's 1993 Memo-Defeating President Clinton's Health Care Proposal | Medicare (United States) | Health Economics," Scribd, accessed September 22, 2020, https://www.scribd.com/document/12926608/William-Kristol-s-1993-Memo-Defeating-President-Clinton-s-Health-Care-Proposal。

这份备忘录对克林顿医改作为一项政策提出了反对意见,警告称,克林顿医改设置的支出限制将损害医疗质量,并导致定量配给。但其中最有力的段落是关于对政治的长期影响:"克林顿医疗保健计划的通过,无论是以何种形式,都将确保实施,并可能使联邦政府对美国经济史无前例的干预和破坏永久化,且建立自有社会保障以来最大的联邦津贴计划。它的成功将标志着中央集权福利国家政策的重生,而此时我们正好已经开始在其他领域推翻这种想法。"克里斯托尔说,这对美国将是场悲剧,对共和党亦是如此,因为这将"重振一个爱花钱和监管的政党——也就是民主党——的声誉,使其被视为中产阶级利益的慷慨保护者"。[1]

当克里斯托尔在共和党参议员的一次务虚会上陈述自己的观点时,他遭到了犹他州参议员罗伯特·班内特的指责。班内特可不像查菲和杰福兹那样温和。但他自己有与民主党合作的经历,包括在医疗保健方面。"那只是政治,"克里斯托尔后来忆及自己从贝内特那里听到的话,"而我是美国人,我想做对国家有益的事情。"克里斯托尔当时回答说他也想做对国家有益的事情,只是他认为,即使是与克林顿达成妥协,也会产生一般而言会有损于美国医疗保健乃至自由的立法。[2]

但是其他一些共和党参议员,包括多数党领导人、堪萨斯州的罗伯特·多尔,都比较认同克里斯托尔的观点。在多尔看来,医疗保健是个私人问题。二战期间,多尔在意大利服役时背部中弹,之后在医院休养了三年。高中时曾是运动员的他,一度瘦到只有 90 磅,几乎无法行动。他从小家境就很贫困,住在一所房子的地下室里,这样他的父母就可以把楼上的房间租出去;二战结束后,左邻右舍用雪茄盒到处募捐,筹钱支付他的治疗费用,包括让他能够再次行走的手术费用。多年以后,作为一名参议员,他把这个盒子摆在了办公室里,以

---

[1] Marshall, "Kristol Memo."
[2] 作者对威廉·克里斯托尔的采访。

此表示感恩，同时也提醒自己对街坊们的亏欠。①

多尔经常谈到他的住院经历如何教会他认识到对病人"同情"和"体恤"的重要性，在国会，这常常使他成为政府所管理的医疗保健项目的朋友。20 世纪 70 年代末，他是较早倡导加强医疗保险福利的人，这便是将处方药纳入其中，并保障老年人不必支付过高费用。20 世纪 80 年代初，他与儿童保护基金会———一个与希拉里·克林顿有着密切关系的组织———合作，为孕妇免除当时里根政府正引入医疗补助计划的自付费部分。②

多尔在医疗保健问题上的首席顾问是希拉·伯克，一位注册护士。她是民主党人，出身工会成员的家庭，这两件事，在多尔为一个初级政策职位第一次面试她时，她就明说了。多尔说他不在乎这些。他想找一个有临床经验的人，这样他就可以在充分考虑病人福祉的情况下做出政策上的决策。到 1993 年，希拉已成为他的幕僚长，而多尔已成为少数派领导人。③

多尔曾是查菲的议案的共同发起人，后来，他又与人共同发起了另一项相对温和的共和党提案，这一提案来自俄勒冈州参议员鲍勃·帕克伍德。但参议院共和党党团内部从一开始就存在着紧张气氛。星期二的政策会议往往会变得令人烦躁，有时让人感觉极为不舒服，比如像得克萨斯州新当选的菲尔·格拉姆这样的保守派议员会严厉斥责领导层和温和派竟会考虑妥协。查菲没有动摇。但是每过去一周，就有越来越多的共和党人与格拉姆站在一起，很快，多尔也朝着这个方向而去。④

---

① Ronald Brownstein, "Dole's Hometown Folks Turn Out to Rally for 'Their Boy,'" *Los Angeles Times*, April 3, 1995.
② Bernard Weinraub, "Dole, in Hospital Visit, Returns to Past," *New York Times*, January 7, 1988, A22; Timothy Clark, "The Clout of the 'New' Bob Dole," *New York Times*, December 12, 1982, 65.
③ 作者对希拉·伯克的采访。
④ 同上。

1994年1月，在对国情咨文的正式回应当中，多尔对克林顿计划发起了全面攻击。他甚至还带来了一个道具：一张固定在海报板上的图表，上面画满了方框和纵横交错的箭头，展示了克林顿计划中混乱不堪的资金状况和法规。多尔说："总统的想法，是要在你和你的医生之间设置堆积如山的繁琐程序。"此时，多尔不仅仅是在抨击克林顿的提议。他是在攻击克林顿计划的基本原理。"我们的国家有医疗保健上的问题，但没有医疗保健危机。"多尔说，在这一点上他与共和党的言论大相径庭。①

在接下来的几个月里，多尔将放弃查菲议案，并会在适当的时候放弃帕克伍德议案。"政府参与得太多了。"他说。②

3.

对许多亲历过克林顿医疗保健之争的人来说，难忘的不是比尔·克林顿发表演讲、希拉里·克林顿在国会作证，也不是罗伯特·多尔手指着那张意大利面条般横七竖八的说明立法的图表，而是一对大概来自"未来"的中产阶级夫妇，他们坐在厨房的餐桌旁，翻看着医疗账单，抱怨着克林顿的医疗计划对他们造成的影响。这对夫妇是美国健康保险协会广告宣传攻势中的明星人物。两位演员名叫哈里·约翰逊和路易丝·凯尔·克拉克，这就是为什么这些广告被称为哈里和路易丝广告。

在广告的第一期中，路易丝发现了一张未被新的政府医疗保健计划覆盖的医疗账单。"但这在过去是能报销的。"她说道，一脸的目

---

① Robert Dole, "State of the Union Response," C-SPAN video, 12：48, January 25, 1994, https://www.c-span.org/video/?54051-1/state-union-response, 2:01 mark.
② Paul Starr, "What Happened to Health Care Reform?," *American Prospect*, November 19, 2001, 20–31.

瞪口呆。"是啊，以前可真好。"哈里回应道。这时，一个旁白插话，解释说，"事情正在改变，但并不是一切都变得更好。政府可能会强迫我们从政府官员设计的一些医疗保健计划中挑选。"随后，广告画面回切到这对夫妇身上，他们仍在为自己的保险问题而苦恼。路易丝说："别无选择根本就不是选择。"哈里说："做选择的是他们。"路易丝说："遭殃的是我们。"①

关于限制选择这一点，已经成为反对克林顿计划的主要攻击思路之一。这对于共和党人来说是一个真正的意识形态上的反对点，而他们即使在以前政治上不那么两极分化的时代，也对政府制定商业运作规则持提防态度。这一攻击点，还利用了克林顿计划的一个实际特点。那就是一旦颁布，政府将制定一个所有保险公司都必须达到的福利标准。

但这些广告中从未提及为何克林顿计划会包含这样的要求：为数千万保险中遗漏了心理健康或处方药等关键福利的人提供保险。对绝大多数美国人来说，克林顿计划的覆盖范围将变得更全面，而不是更狭窄。尽管克林顿计划涉及的大多数人会像广告中所说的那样，从相对较少的保险方案中选购，但这个可选范围依然超过了目前大多数人已选择的。②

哈里和路易丝式的攻击之所以引起广泛共鸣，其中一个原因是，绝大多数美国人已经买了私营保险，不管他们对此心存怎样的疑虑，他们都会对转而选择一个新的、未经测试的体系感到惶恐不安。这个问题，这个自20世纪40年代以来一直存在的改革障碍，克林顿和他的顾问们曾希望现在不再是个问题，因为即便那些拥有"好的"医疗保险的人也正在发现它更昂贵、更不可靠了。但自克林顿上台以来，人们对政府的信心进一步下降，到1994年年中，随着医疗保健

---

① "'Harry and Louise' Health Care Advertisements," YouTube video, 2:46, posted by C-SPAN, July 20, 2009, https://www.youtube.com/watch?v=CwOX2P4s-Iw.
② James Fallows, "A Triumph of Misinformation," *Atlantic*, January 1, 1995.

辩论渐渐得出结论，人们对政府的信心下降到20%以下。①

在平面媒体上，与哈里和路易丝广告相类似的是《新共和》杂志和《华尔街日报》社论版上刊登的一系列文章。这些文章的作者是伊丽莎白·麦考吉，此人拥有的是美国宪法史博士学位，而非卫生政策方面的。她的论点之一是一个错误说法，称克林顿计划禁止医生接受私人付款作为诊费。《新共和》随后刊登了两篇文章对麦考吉的文章予以驳斥，但为时已晚，《新闻周刊》专栏作家乔治·威尔和脱口秀节目主持人拉什·林博此时已经把麦考吉的观点传进了千家万户。②

在克林顿的医疗保健斗争中，事情通常就是这样。正如《大西洋月刊》的詹姆斯·法洛斯后来所说，歪曲事实和谎言，只有在影响了公众舆论，最终"错误信息占了上风"之后，才会被认真推敲。③

4.

曾为保险贸易集团工作的前共和党工作人员奇普·卡恩后来表示，哈里和路易丝系列广告的目的只是为了引起政府的注意。甚至克林顿的许多官员事后也在想，如果白宫及其盟友索性无视这些广告，那么它们还会不会引起如此大的轰动。④

但保险业的敌意是真实存在的。规模小一些的保险公司，尤其将克林顿计划视为一种生存威胁，部分原因是该计划取缔了作为其主要

---

① Pew Research Center, "Public Trust in Government: 1958 – 2019," April 11, 2019, https://www.people-press.org/2019/04/11/public-trust-in-government-1958-2019/.
② Mickey Kaus, "No Exegesis," *New Republic*, May 8, 1995.
③ Fallows, "A Triumph of Misinformation."
④ 作者对奇普·卡恩、克里斯·詹宁斯的采访。

收入来源的保险种类和销售行为。

要阻挠改革的不仅仅是保险公司。克林顿的计划要求政府像其他国家的政府一样，直接与制药商谈判价格。制药业不想失去收入，它有的是办法通过广播、电视广告和国会山的直接游说让人们听到这个行业的声音。

制药业论点的实质是，监管和减少支付将阻碍创新，剥夺人们获得可能的救命稻草的机会。各领域的许多专家都质疑利润和创新是否真的如此相关，质疑克林顿提议的削减幅度是否大到足以产生制药业所说的那种后果。但归根结底，起作用的是这些论点背后的真金白银，而不是它们蕴含的智力。根据公共诚信中心①（Center for Public Integrity）的一份报告，1993年至1994年期间，特殊利益集团累计花费超过1亿美元用于影响医疗保健辩论。②

克林顿政府及其盟友曾希望争取到一些传统反对者的支持，比如医生和医院，因为他们将会看到更多的付费患者，还有雇主的支持，因为对雇主来说，为福利付出的代价是一个不断增加的负担。但医生和医院的态度很矛盾，因为克林顿计划对支出的控制也可能限制他们的收入。医生们还有一个额外的担忧：许多雇主都是小雇主，不想被强制要求支付员工的保险费用。

考虑到这一点，民主党人将对雇主的要求限制为有至少50名员工的公司。1994年7月，美国医学会也加入到包括美国退休人员协会在内的其他团体，对克林顿计划的原则予以广泛的支持。考虑到美国医学会对改革的一贯敌意，这是一个了不起的表态，但这让它招致

---

① Center for Public Integrity，也译公共廉政中心、公正廉洁中心，在《华尔街日报》前总编领导下1989年成立的美国新闻调查组织。——译者
② 对这个问题的两个不同视角，参见 Merrill Goozner, *The $800 Million Pill* (Berkeley: University of California Press, 2004) and Craig Garthwaite and Benedic Ippolito, "Drug Pricing Conversations Must Take the Cost of Innovation into Consideration," *STAT*, January 11, 2019, https://www.statnews.com/2019/01/11/drug-pricing-conversations-include-cost-innovation/; *Well-Healed: Inside Lobbying for Health Care Reform* (Washington, DC: Center for Public Integrity, 1994).

较为保守的医生成员的攻击,一个月后,也招致共和党官员的攻击。"我们对美国医学会领导层的行为感到失望",金里奇和他的副手在给美国医学会的一封信中写道,并警告说,该会的领导人"这是在自绝于普通医生"。当时,美国医学会的官员也发表了一份声明,明确表示他们并非专为支持克林顿的计划。①

事实证明,雇主是一个更善变的盟友。克林顿和他的支持者竭力争取美国商会的信任,有一段时间,他们似乎取得了成功。但商会并不是唯一一个代表雇主的行业组织。全美独立企业联合会(NFIB)也是代表雇主的行业组织,只有它那里集中了20世纪90年代不太可能为员工提供保险的小公司。全美独立企业联合会强烈反对克林顿的计划,相较于哈里和路易丝系列广告,该联合会投放的广告对个别国会议员的影响可能更大。

克林顿政府在面对商业团体时非常困难,最能说明这一点的例子可能发生在1994年2月,一位名叫罗伯特·帕特里切利的美国商会官员在众议院筹款委员会作证时。帕特里切利领导了一个商会特别工作组,它最终选择支持全民医保的概念,包括要求雇主支付保险费用。这对克林顿政府来说是一次真正的成功之举,有可能改变辩论的风向。在帕特里切利向委员会提交的事先准备好的证词中,他重申了这一立场。但几天之后,当帕特里切利亲自到场作证时,他却偏离了事先准备好的声明,说商会反对克林顿计划对雇主的要求。

民主党人大吃一惊,直到后来通过记者约翰·朱迪斯发表的一篇文章,才知道了其中原委。俄亥俄州众议员约翰·博纳当时是众议院筹款委员会一名正在崭露头角的共和党议员,他看到了事先准备好的证词,并策划了一番,让当地众多企业主给商会打电话,要求该组织出面反对克林顿计划。②

---

① Robert Pear, "Health Care Tug-of-War Puts A.M.A. Under Strain," *New York Times*, August 5, 1994.
② John Judis, "Abandoned Surgery," *American Prospect*, spring 1995, 65.

另一种打击来自一个公认的盟友：劳工运动。在医疗保健斗争中，政府也在推动批准与加拿大和墨西哥的新贸易协定。由于担心该协定会加速高薪制造业工作岗位在南部边境的外流，工会花费了大量的财力和时间与之抗争，而不是推动医疗改革。为表明抗议的姿态，美国劳联-产联（AFL-CIO）对民主党全国委员会的定期捐款暂停了6个月，而后者的职责本是开展几场大的草根运动以支持克林顿的医疗保健提案的。①

5.

尽管有这些艰难险阻，如果克林顿政府在民主党国会中的合作伙伴能够团结一致的话，克林顿政府还是有可能会成功的。但是，尽管民主党人基本上同意改革的必要性，但他们并没有就改革应采取的形式达成一致。

这场争论，一端是那些赞成将取代几乎所有私营保险的单一支付方案的民主党人。另一端是那些希望完全依赖私营保险的民主党人，而在许多情况下，他们安于现状，对远远达不到全民医保的状态没有丝毫不满。处于这两个极端之间的那部分民主党人，因各自的意识形态和狭隘偏好而持有不同的立场。

每一个立场都需要权衡取舍，因此众口难调。例如，较为保守的民主党人反对克林顿方案对雇主的要求，这与企业团体的观点一致，认为这将导致企业不愿意雇用新员工。但雇主缴纳的钱减少，意味着整个项目的资金减少，也就意味着要么在别的地方找到钱，要么只能让很少人获得保险。这两种选择都不是自由派民主党人想要看到的，

---

① Thomas Friedman, "Adamant Unions Zero In on Clinton," *New York Times*, November 16, 1993; Haynes Johnson and David Broder, *The System: The American Way of Politics at the Breaking Point* (Boston: Little, Brown, 1996), 292.

因为他们认为克林顿的计划要显得更慷慨,而不是更小气。

克林顿政府漫长的内部审议,并没有使这些不同派别走到一起,而一旦白宫递交提案,国会山的领导人就明确表示,他们会努力自己解决内部分歧。"你们的议案一到议院就夭折了,"众议院能源和商业委员会主席约翰·丁格尔的一位顾问在政府官员组成的代表团到场向他介绍该计划时对他们说,"所以,还是让我们来谈谈下一步要做些什么吧。"两个众议院委员会接下来批准了克林顿计划的若干版本,但丁格尔主持的众议院能源与商业委员会根本无法就立法达成一致。[1]

参议院也存在类似的分歧。泰德·肯尼迪当时主持的劳工和人力资源委员会批准了它自己版本的克林顿提案。但财政委员会主席莫伊尼汉几乎无法掩饰他对克林顿夫妇、对他俩的提案乃至对他俩拒绝在医疗改革之前进行福利改革之举的蔑视。有一次,莫伊尼汉把一位顾问拉到一边说:"克林顿两口子是不知道我是财政委员会主席,还是他们根本就没把我放在眼里?"财政委员会最终批准了一项议案,但它远没有卫生委员会批准的那项议案那么全面。[2]

参众两院的领导人都尽了最大的努力,试图拼凑出可能在现场投票中通过的提案,并为妥协打下了基础。但是众议院领导层已然倾向于设计一个更慷慨、更昂贵的保险计划,并进一步朝着这个方向推进,以确立一个有力而开明的谈判地位。保守派民主党人和温和派共和党人朝着相反的方向推进,不仅在参议院,甚至在众议院民主党党团内也是如此,例如其中田纳西州的吉姆·库珀,就在兜售他自己的一项缩小了规模的改革法案。

处于幕后的白宫在为库珀和查菲提供技术援助。政府官员长期以来一直认为,为确保某项提案通过,他们必须接受一项不如最初版本

---

[1] 作者对莱恩·尼古拉斯和拉里·莱维特的采访。
[2] 作者对杰克·迈耶的采访;杰克·迈耶此时是经济与社会调查研究所的主席,医疗保健问题的知名专家。

那么全面、激进的议案；保罗·斯塔尔后来把最初的提案比作一颗洋葱，民主党领导人可以在必要的时候剥掉一层。但只有当所有各方都致力于达成协议时，这一策略才会奏效。到 1994 年夏天，民意调查显示，公众不仅对克林顿的计划不满，也对全面改革的想法怨声载道。①

保守派民主党人变得尤为焦虑，因为他们通常来自选民对该计划最为敌视的州，而温和派共和党人受到的越来越大的压力，则来自领导层及其盟友，这些人要求他们一劳永逸地甩掉这项计划。从政治上讲，失败远没有成功那么可怕。当多尔宣布他打算阻挠议事时，很明显，他有足够的共和党选票撑腰。

6.

1994 年夏末，当克林顿的努力在明显走向失败时，白宫顾问克里斯·詹宁斯遇到了一位特别严厉的批评者：他的母亲，她也是一位医疗保健活动家。她参加了民主党全国委员会组织的一次巴士巡回旅行，在抵达华盛顿后，她问了儿子一个问题：为什么他和他的同事们没有尝试单一支付？

在接下来的几个月和几年里，许多进步人士也会提出同样的问题。人们的思路是，一个单一的政府医疗保险计划将激励基层，并更容易向公众解释。这将使立法更容易抵御来自行业的攻击——要知道，尽管克林顿的私营部门全民医保模式本应消除反对意见，但还是遭到了行业攻击。进步人士认为，最终的产品会更好，因为单一支付计划定会消除私营保险中的浪费、常常令人沮丧的繁冗程序。

但是，正如詹宁斯向他母亲解释的那样，对国会有所了解的人，

---

① 对尼古拉斯的采访；Starr, "What Happened to Health Care Reform?"。

没有哪个认为单一支付会获得多少赞成票。既没有民众运动推动,在知识分子和商界领袖中也没有支持者。如果克林顿真的尝试了,将会有更多的行业团体起来反对,而对参众两院都有影响力的保守派民主党人将更难控制局面。①

在媒体和职业政治圈子里,主流的批评或多或少是相反的:克林顿想要做的太多了。按照这种批评调性,克林顿忽略了民主党过去贪功致败的政治教训。克林顿的提案设想私营保险公司提供保险,这没错,但联邦政府仍要告诉保险公司如何采取行动,然后通过税收和支出每年动用数千亿美元。选民们肯定会对此持怀疑态度,尤其是在这样一个时代,有那么多美国人认为政府容易大手大脚,而且(在美国中产阶级白人看来)是在用纳税人的钱来帮助其他人。

这当然也是金里奇的观点。这就是为什么在 1995 年接任议长后不久,他立即对政府计划发起了全面攻击,包括攻击对老年医疗保险制度和医疗补助制度的大改,这些变动将随着时间的推移减少给它们的资金,并最终结束它们的基本保障范围。由此引发的与克林顿的冲突导致了一场全面、长期的政府停摆,公众将这主要归咎于共和党。共和党不得不退让。②

克林顿的策略的一个关键因素,是对老年医疗保险制度和医疗补助制度进行公开、明确的辩护。有证据表明,人们并没有那么强烈反对政府管理的医疗保健,尤其是当他们觉得自己从中受益时。更多的证据仍然来自对克林顿注定失败的医疗保健提案所做的民意调查。人们喜欢个别条款,比如要求保险公司不能歧视已患有疾病的人。他们

---

① 对詹宁斯的采访。他回忆说,他语带讽刺地回答他母亲:"天哪,妈妈,我希望我早就想到了。"她说她理解了,然后他们去吃午饭,在那里他们换了个话题,并开始谈论她新得的孙子,克里斯 3 岁的儿子。

② E. J. Dionne, *Why the Right Went Wrong: Conservatism: From Goldwater to Trump and Beyond* (New York: Simon & Schuster, 2016), 127 - 128. 捍卫医疗保险计划和医疗补助计划是更广泛战略的一部分,包括反对政府称为 M2E2 的削减教育和环境项目的提案。

The Ten Year War

还支持对那些买不起医保的人提供补贴。整个提案不受欢迎,但其中一些部分倒是很得人心。①

许多对此失望的改革者得出结论,他们更多是败在过程而非计划的实质上。他们说,最大的错误是让白宫起草议案并交给国会,而国会根本就没有主人翁意识。到1993年秋天,等国会的一些委员会着手这项工作之时,公众对克林顿提案的热情已然减弱,而且政治注意力正转向中期选举。

克林顿的辩论也强化了人们的看法,即医疗保健行业几乎不可能被打败。克林顿与保险公司和制药公司较量,又疏远医院。他争取雇主的努力也失败了。未来的改革者要么将更多的政治力量团结到自己一方,要么想办法压制对手。

克林顿计划的失败给未来的改革者们带来了另一个教训:从雇主那里得到私营保险的美国人是不愿意将其放弃的。克林顿承诺让选民得到更好的东西,对此选民并不相信,而反对者的大力宣传进一步强化了他们的疑虑。下一次,改革者将需要一个不至于让这些选民惊慌不安的计划。

当然,在下一场关于医疗保健的辩论开始之前,全民医保的支持者们是无法对这些教训学以致用的。这在一段时间内是不会发生的。民主党人需要时间从政治创伤中恢复过来,然后他们需要一些证据来证明医疗保健计划实际上可以成为法律。

这需要十多年的时间,但他们终将拿到。这证据将来自一名共和党人。

---

① Robert Blendon, Mollyann Brodie, and John Benson, "What Happened to Americans' Support for the Clinton Health Plan?," *Health Affairs*, summer 1995.

五、自由之路

1.

马萨诸塞州议会大厦是波士顿最具标志性的建筑之一,有着红砖砌就的联邦风格的外墙,在该市相当长的历史当中,人们在数英里之外就能看到这座建筑物的金色圆顶。不愿走马观花的游客会发现,州议会大厦所在的土地曾为约翰·汉考克所有,是保罗·里维尔给圆顶上了铜涂层,在此基础上最终上了 23 K 的镀金层。地面上的雕像是为了纪念丹尼尔·韦伯斯特、霍勒斯·曼和约翰·F.肯尼迪,这些人不仅曾经在州议会任职,还曾一度住在街对面的一所公寓里。这些纪念雕像提醒人们,马萨诸塞州的政治一直影响着美国的政治,有时甚至会改变历史的进程。①

米特·罗姆尼在 2003 年成为州长时是否有这样的抱负,我们不得而知。作为一个拘谨、滴酒不沾的摩门教徒,罗姆尼在以狭隘著称的马萨诸塞州政坛是个不同寻常的人物,要知道爱尔兰和意大利裔美国人的核心组织经常在天主教堂或当地酒吧做交易。罗姆尼在密歇根州长大,20 多岁的时候来到波士顿,在哈佛大学获得了商业和法律联合学位。从那以后,他开始了咨询和风险投资的职业生涯,就此积累了大量的财富。

鉴于罗姆尼的职业道德和精明头脑,没有人对他在商业上的成功感到惊讶。(他以最优异的成绩从杨百翰大学毕业。)鉴于他的家世,没有人对他在政治上的兴趣感到惊讶。(他的父亲曾任密歇根州州长,后来又成为理查德·尼克松的内阁秘书。)1994 年,当州共和党人找到他，动员他出来竞选参议员与泰德·肯尼迪一较高下时，他答应了，并轰轰烈烈大干了一场，虽然没有成功。不久之后，犹他州官员招他来拯救陷入困境的2002年盐湖城冬季奥运会。罗姆尼策划并实现了形势好转，这使他有机会再次进击公职。这次是竞选州长，他赢了。②

罗姆尼在竞选期间做出的93项具体政策承诺中，并没有医疗改革。但在上任前不久，罗姆尼与汤姆·斯坦伯格就自己的日后议程进行了一次谈话，斯坦伯格是史泰博公司的创始人兼首席执行官，也是罗姆尼长期的商业伙伴和朋友。斯坦伯格建议罗姆尼，要解决医疗费用问题，就要设法覆盖未投保人，因为这些人对急诊室护理的依赖迫使医院提高价格，从而推高了其他所有人的成本。③

斯坦伯格后来说，他没有想到罗姆尼会认真对待这个建议。而罗姆尼是第一次当选州长一职，通过州立法机构解决医改这样庞大而复杂的事情几乎不太可能。但罗姆尼确实认真考虑了斯坦伯格的建议，并确实让立法机构通过了一项议案，这就是为什么在2006年4月，他站在殖民地时期集会场所的法尼尔大厅的台上签署了一项法律，以确保该州基本上人人都享有医疗保险。

罗姆尼的幕僚雇用了一支带有殖民地风格的军乐队，这让他开玩笑说是美国大导演塞西尔·B.德米尔④组织了活动和仪式。与罗姆尼一同上台的是两位最有权势的州立法委员，皆为民主党人，他们就法

---

① "Massachusetts Facts: Part Three," William Francis Galvin, Secretary of the Commonwealth of Massachusetts, accessed June 21, 2020, https://www.sec.state.ma.us/cis/cismaf/mf3.htm.
② W. Mitt Romney and Brittany Karford Rogers, "Forty Years On," *BYU Magazine*, winter 2013.
③ Brian Mooney, "Romney and Health Care: In the Thick of History," *Boston Globe*, May 30, 2011, http://archive.boston.com/lifestyle/health/articles/2011/05/30/romney_and_health_care_in_the_thick_of_history/?page=full; Martha Bebinger, "Personal Responsibility: How Mitt Romney Embraced the Individual Mandate in Massachusetts Health Reform," *Health Affairs* 31, no. 9 (2012): 2105-2113.
④ 这位导演有舞台表演和剧场工作经历，擅长拍摄场面壮阔的影片。——译者

案的内容以及法案是如何落到罗姆尼办公桌上的谈了很多。该法案试图通过传统上的保守手段来实现传统上的开明目标，靠的是私营保险来填补现有保险体系的漏洞，并强制要求每个人都得到某种保险。"今天，"罗姆尼说，"在为全民提供医疗保险方面，马萨诸塞州领先了一步，不必政府接管，也没有加税。"[1]

不止一位观察家认为，这些改革将使罗姆尼在最终的总统竞选中增加可圈可点的一笔。但是该法律对全国影响最大的是关于医疗保健政策的全国性辩论，因为马萨诸塞州的成功之处，恰恰是克林顿时代的改革者的失败之处——未能通过吸引两党支持并最大限度减少干扰来实现全民医保，或者说非常接近全民医保的东西。

没有人比泰德·肯尼迪更清楚这一点。他曾与昔日的对手罗姆尼携手合作，从华盛顿获得监管许可，并为对该计划中较为保守的内容感到不安的自由派人士提供政治掩护。在签字仪式上，肯尼迪拿这其中的拧巴之处开玩笑说："我儿子说了……当肯尼迪和罗姆尼支持一项立法时，通常他们当中的一个人没有读过法案。"但随后肯尼迪言归正传。"这是一个可以尽情回味的时刻，是充满希望、承诺和成就的时刻，对马萨诸塞州全体人民如此，或许对美国其他州的人民也是如此。"[2]

肯尼迪的预言将被证明是正确的；马萨诸塞州的改革最终成为了《平价医疗法案》的催化剂和模板。但应从马萨诸塞州汲取的教训，远没有局外人甚至有些局内人当时所理解的那样简单。

除此之外，该州的成功取决于罗姆尼所扮演的政治角色，而这一角色在全国共和党政治中已经过时。很多人都曾扮演过这样的角色，

---

[1] Ryan Lizza, "Romney's Dilemma," *New Yorker*, May 30, 2011; John McDonough, *Inside National Health Reform* (Berkeley: University of California Press, 2012), 37–38.
[2] "Romney's CEO Style Rankled Mass. Lawmakers," MassLive, August 2, 2012, https://www.masslive.com/politics/2012/08/gov_mitt_romneys_ceo_style_ran.html; Lizza, "Romney's Dilemma."

罗姆尼的父亲便是其中之一。

2.

乔治·罗姆尼1907年出生于墨西哥，他的父母是美国人，但在墨西哥加入了摩门教。乔治从小家境贫寒，进了大学，但从未毕业，他从底特律三大汽车公司的竞争对手——美国汽车公司的一个初级职位开始，努力工作，最终晋升为该公司的首席执行官。他在商场的成功，引起了当地政客的注意，他们请乔治出面领导拯救底特律各学校的工作，然后是改写州宪法。这导致了州长竞选的成功。他对法规和税收很谨慎，通常共和党商人都是这个作派。但他与工会合作得很好，是民权的倡导者，甚至支持提高最低工资。

乔治·罗姆尼绝不是唯一一个持此类立场的北方共和党人。但到了20世纪60年代初，他也看得出自己党派的典型做派受到了一些保守派的攻击，这些保守派对劳工和民权都更为敌视，对福利国家的敌意也逐渐增强。1964年，这些保守派打赢了一场党内大战，他们中的一员、亚利桑那州参议员巴里·戈德华特成为共和党提名人。在那一年于旧金山的牛宫（Cow Palace）举行的大会上，乔治·罗姆尼迫切要求修改党的纲领，以表明许多极端保守派在党内是没有立足之地的。

他的诉求失败了，在发表了慷慨激昂的演讲后，乔治·罗姆尼做出了退出大会的姿态。此举为他赢得了全国性的赞誉，并助他成为1968年共和党提名的领跑者，但在他指责很多将军和外交官对他进行"洗脑"要他支持越战后，竞选也就无望了。美国历史上的几大假设之一是，如果乔治·罗姆尼是1968年共和党提名的候选人，美国政治将会发生怎样的变化。很难想象罗姆尼会像尼克松一样，采取在愤怒的白人选民中激起种族仇恨的南方战略①。以高道德标准著称的罗姆尼也不可能参与导致"水门事件"的非法活动。②

米特·罗姆尼是家里四个孩子中最小的一个。在底特律郊区昂贵的克兰布鲁克学校学习时，他取得了很好的成绩，但人们对他的学业所知甚少，更熟知的是他乐天派的性格和对恶作剧的热衷，比如他和朋友曾从他父亲的安保人员那里偷了制服，然后让超速行驶的同学靠边停车。

尽管如此，罗姆尼的成长也是伴随着义务的。乔治决心不让他的孩子们产生有权便可为所欲为之感，当克兰布鲁克的很多孩子暑期都在混迹于乡村俱乐部时，他却让自己的孩子去打工。米特身上也有一股子韧劲。有一次，他顶替一名田径队选手参赛时，在比赛的最后一圈差点体力不支倒地，但他拒绝了别人的帮助，跟跟跄跄地冲到了终点。"他不断地站起来，又一再摔倒，但一直冲我们大喊，叫我们不要碰他，"米特的一位朋友说，"那一天，他赢得了很多人的尊敬……这么多年来，我从没见过有谁比他更有种。"③

米特一开始在斯坦福大学就读，但两个学期后，他前往法国替摩门教传教两年。朋友们后来说，就是在那段时间里，远离家乡、走出父亲视线范围的他似乎找到了自己。回国后，他转学到杨百翰大学，与高中时的心上人安结了婚。从那里，他去了波士顿求学，再后来步入商界。他喜欢说，那时他的人生目标是成为福特或通用的总裁，而

---

① 南方战略，是作为共和党总统候选人的尼克松和一些共和党政客利用种族主义和白人对有色人种的恐惧，在南方各地的白人选民中争取政治支持时所采取的做法。当时，尼克松打出了恢复"法律与秩序"的竞选口号，利用大量南方白人对民权运动进展和种族问题的不满，并反击"年轻人中的虚无主义"，以获取保守派的支持。最终他成功入主白宫。——译者
② Neil Swidey, "The Lessons of the Father," *Boston Globe*, November 9, 2012; David Kirkpatrick, "For Romney, a Course Set Long Ago," *New York Times*, December 18, 2007; Benjamin Wallace-Wells, "George Romney for President, 1968," *New York*, May 18, 2012.
③ 这位朋友是埃里克·缪尔黑德，我在2007年采访过他，听到了包括这段话在内的其他故事。参见 Jonathan Cohn, "Parent Trap," *New Republic*, July 7, 2007.

不是美国总统。但是他父亲总爱念叨，竞选公职的最佳时机是在你赚了钱之后，这样就没有人能掌控你了，而米特在1994年共和党动员他去挑战肯尼迪时，就处于这样的人生阶段。①

那一年，是肯尼迪政治上最脆弱的时候，一方面是因为全国的民主党人都陷入了这样的困境，另一方面是因为马萨诸塞州的选民似乎不太愿意忽视他长期以来的种种行为不端。那几桩臭名昭著的事件中包括1969年查帕奎迪克事件，在那场车祸中，一位与他同乘之人溺水身亡，而他逃离了现场；还有早就从国会不断流传出来、登上备受推崇的杂志的关于他酗酒且玩弄女性的各种传闻。②

罗姆尼在很多方面都正好是"泰德·肯尼迪的反面"，正如《纽约时报》所说，因为他头脑清醒，身家清白。尽管罗姆尼从外貌来看是典型的政治家，下巴方正，深色头发一丝不苟地向两边分开，但他似乎可以作为一个政治局外人参选，因为他从未担任过公职。在整个竞选过程中，罗姆尼都强调自己的商业头脑，并与纽特·金里奇所谓的"与美利坚的契约"③保持距离。当被问及克林顿的医疗保健计划时，罗姆尼说他认同寻求折中方案的温和派的观点："我愿意投票给我不太感冒的事情。"④

2002年，罗姆尼在成功竞选州长时也采取了同样相对温和的姿态，强调自己作为局外人，可以"清理"州政府并控制预算。这也许有助于解释为什么汤姆·斯坦伯格关于医疗保健的诉求引起了他的

---

① 作者对埃里克·费恩斯特伦的采访。费恩斯特伦是罗姆尼多年的顾问。
② 1969年7月的一个晚上，肯尼迪开的车从岛上的一条路驶入池塘。肯尼迪游到安全地带；车上的玛丽·乔·科佩奇内去世。肯尼迪直到次日早上才报告此事。他承认逃离现场，被判2个月缓刑，并承认自己的行为"无可辩解"。关于其中一些故事的详情，参见 Michael Kelly, "Ted Kennedy on the Rocks," *GQ*, February 1, 1990.
③ Contract-With-America，为共和党人金里奇提出，主张放松对经济、环境、劳工权利和国际贸易等领域的严格管理，废除联邦规制和福利国家政策，把权力归还给州政府和私人市场，这些思想主张被称为"金里奇革命"。——译者
④ Sara Rimer, "Perfect 'Anti-Kennedy' Opposes the Senator," *New York Times*, October 25, 1994, A1; John Judis, "Stormin' Mormon," *New Republic*, November 7, 1994.

注意。在马萨诸塞州，一如其他每个州，医疗保健正在超越教育成为最大的单一支出项目。想办法提高这项项目的效率，正是罗姆尼在职业生涯中一直在解决的问题。上任伊始，他就着手查看各项数据并咨询专家，很方便的是，其中一位专家恰好就在查尔斯河对岸的一间办公室工作。

3.

直到20世纪60年代，当个人、企业和政府面临的财政压力将医疗保健变成了一个紧迫的、理念上全新的课题时，经济学界才对其予以颇多关注，而此时整个经济学界正越来越注重对实际数据的数学分析，以得出真知灼见。那个时代开拓性的研究人员包括约瑟夫·纽豪斯，他在20世纪70年代早期为兰德公司做的实验证明，如果自付费用上升，人们的医疗保健消费就会减少，结果好坏参半；还有马丁·费尔德斯坦，其早期研究表明，联邦政府对雇主保险的税收减免如何导致了工人和企业在福利上花费更多。[①]

纽豪斯和费尔德斯坦两人都曾在哈佛大学任教，和其他顶尖大学

[①] 作者对约瑟夫·纽豪斯的采访；Joseph Newhouse, *Free for All? Lessons from the RAND Health Experiment* (Cambridge, MA: Harvard University Press, 1993); Michael Rich, "At 40, a Pioneering Health Care Experiment Remains Relevant," RAND blog, April 16, 2016, https://www.rand.org/blog/2016/04/at-40-a-pioneering-health-care-experiment-remains-relevant.html; Aviva Aron-Dine et al., "The RAND Health Insurance Experiment, Three Decades Later," *Journal of Economic Perspectives* 27, no. 1 (2014): 197–222; James Poterba and Lawrence Summers, "Public Economics and Public Policy: The Ideas and Influence of Martin Feldstein, 1939–2019," VoxEU, September 25, 2019, https://voxeu.org/article/ideas-and-influence-martin-feldstein-193902019; Martin Feldstein, "The Welfare Loss of Excess Health Insurance," *Journal of Political Economy* 81 (March/April 1973): 251–280, https://www.jstor.org/stable/1830513?seq=1; Sapna Maheshwari and Ben Casselman, "Martin Feldstein, 79, a Chief Economist Under Reagan, Dies," *New York Times*, June 12, 2019, https://www.nytimes.com/2019/06/12/us/martin-feldstein-dead.html。

的一些同时代人一起培养出了一批志同道合的医疗保健领域的经济学家,后者担任了一些组织、候选人和最终当选的官员的顾问,其对政策的影响在未来几十年都看得见。其中最具影响力的是麻省理工学院的一位名叫乔纳森·格鲁伯的教授。

格鲁伯在麻省理工学院读本科时接触了经济学。他是一个数学奇才,渴望找到一种运用数学的方法,而不是为学数学而学数学。大学也是格鲁伯发现自己政治认同的地方,因为他看到更多的人试图通过政治左派而不是政治右派来解决人类处境。在哈佛大学读研期间,他师从费尔德斯坦教授的门生拉里·萨默斯,所受的培训坚定了格鲁伯成为一名经验主义者的决心,即用数据说话,无论数据会把他带向何处。但更多的时候,遵循数据的步伐止步于民主党人所在的地方。例如,格鲁伯是医疗补助计划的大力支持者,部分原因是他与人合作完成的一项开创性研究表明,该计划显著改善了新生儿的健康状况。①

上世纪 90 年代末,格鲁伯在克林顿的白宫工作了两年,提供分析,以帮助制定有关儿童健康保险、吸烟和气候变化的政府举措。他喜欢自己在财政部的工作对现实世界的影响,在回到麻省理工学院任教之前,他与仍在克林顿白宫的克里斯·詹宁斯坐下来谈了谈,看看如何让自己的学术继续产生现实的价值。詹宁斯建议格鲁伯将重点放在为决策者提供有关新卫生政策举措影响的预测上,因为要不然改革者只能依赖独立的承包商(其调查结果不太可靠)或是国会预算办公室(其程序缓慢且不透明)。②

离开政府几个月后,格鲁伯接到了拉里·莱维特的电话,此人也曾为克林顿的医保议案效力,目前在凯撒家庭基金会工作,后者是一

---

① 作者对乔纳森·格鲁伯的采访;另见 Janet Currie and Jonathan Gruber, "Saving Babies: The Efficacy and Cost of Recent Changes in the Medicaid Eligibility of Pregnant Women," *Journal of Political Economy* 104, no. 6 (1996): 1263 – 1296; David Cutler and Jonathan Gruber, "Medicaid and Private Insurance: Evidence and Implications," *Health Affairs* 16, no. 1 (1997): 194 – 200。
② 作者对格鲁伯和克里斯·詹宁斯的采访。

家总部位于加州、专注于医疗保健的非营利组织。那是1998年，政客们，尤其是共和党人，越来越多地提出新的税收抵免来抵销保险价格。莱维特建议他来评估影响。格鲁伯答应下来，并利用人们对不同经济激励措施的反应的现有数据，建立了一个模型，得出了好些结论，包括共和党总统候选人乔治·W.布什的一项提案将只为典型的未投保家庭支付三分之一的保费。格鲁伯不断完善该模型，将其变成指导政策的通用工具。①

消息传开了，其中一个听说此事的人是马萨诸塞州一家医疗规划机构的政策专家和咨询顾问埃米·利施科。她聘请格鲁伯对不同保险方法的影响做了一些初步评估，这些材料派上用场是在罗姆尼上任后不久，其顾问把利施科叫去向州长简要介绍一下未投保者都是些什么人，该州政府在如何支付那些人的医疗费用，以及更有效地重新分配资金的办法有哪些。

利施科后来回想起自己当时有多紧张，在一次会上，她正好对上罗姆尼的两位顾问抛出的尖锐问题。州长也问了很多问题，但总是彬彬有礼。而且，利施科很快发现，罗姆尼对数字简直是过目不忘。她在演讲前分发了纸质讲稿，而后罗姆尼不止一次打断她，就她那一刻与10分钟或20分钟前说的话明显不一致的地方发问。"你可以看出他对此很兴奋，"利施科说，"他喜欢那种思考，喜欢复杂的问题，喜欢把它们一块块地拆解开来。"

利施科列出的政策建议包括让雇主为医保缴款的各种办法，以及设立新的州基金的建议，当然后者将不可避免地要大幅增税。这两种声音，罗姆尼都不喜欢，并指示他的顾问们开始考虑替代方案。利施

---

① 作者对格鲁伯和拉里·莱维特的采访。他们最后合写了一篇文章：Jonathan Gruber and Larry Levitt, "Tax Subsidies for Health Insurance: Costs And Benefits," *Health Affairs*, January/February 2000; Robin Toner, "Bush's Approach to the Uninsured May Be Vulnerable in Its Details," *New York Times*, April 24, 2000；作者对格鲁伯、詹宁斯、莱维特的采访。

科后来回忆说,直到那时,她仍然不太相信努力会有什么结果。①

但是其他的力量正在推动它前进。

4.

马萨诸塞州作为美国改革运动的先锋,其历史可追溯到1630年约翰·温斯罗普名为"山巅之城"的布道,这个州几十年来一直在就主要的医疗保健计划展开辩论。1988年,时任州长迈克尔·杜卡基斯当时正在参与总统竞选,他签署了一项本州全民医保法案,保证这将成为国家立法的典范。在他输给布什后,这个梦想破灭了,而几年后,当立法机关一再延期、最终废除了杜卡基斯签署的这项法律时,马萨诸塞州的全民医保梦也破灭了。该计划最大的政治弱点是商界从未完全接受它对雇主的要求,而且这要求后来还被人抨击为扼杀了工作机会。②

杜卡基斯的高级顾问南希·特恩布尔后来说:"从精神上讲,你无法想象我们在如此卖力地工作后却看到杜卡基斯计划失败时有多失望。"但没过几年,马萨诸塞州的活动人士和利益相关者又开始谈论未参保和参保不足的居民人数何其多,谈论高昂的医疗保健费用给公共预算和雇主带来了何等压力——只是这一回,上次失败的幽灵把注意力集中在寻找一个能在政治上持续的共识模式上。③

马萨诸塞州蓝十字蓝盾基金会,是该州首屈一指的保险公司于2001年创建的旨在帮助改善医疗保健的组织,该基金会定期召开峰

---

① 作者对埃米·利施科的采访。
② 作者对约翰·麦克唐纳、安德鲁·德雷福斯、蒂姆·墨菲的采访。
③ Irene Wielawski, *Forging Consensus: The Path to Health Reform in Massachusetts*, Blue Cross Blue Shield Foundation of Massachusetts, July 2007, 14, https://www.bluecrossmafoundation.org/publication/forging-consensus-path-health-reform-massachusetts.

会，并为两份重要报告买单，一份是（民调专家、哈佛大学教授罗伯特·布伦登写的）有关公众舆论的，另一份是（总部位于华盛顿的城市研究所写的）关于扩大保险覆盖的成本及其收益的。"全民医疗"（Health Care for All）是一个自20世纪80年代以来一直存在的倡导团体，它组织了一个包括基于信仰而建的团体和劳工团体在内的联盟。该联盟起草了一份关于全民医保的投票倡议书并收集签名，尽管这一努力既是为了向立法机构施压，也是试图绕过它。联盟的许多成员的基本立足点在于，向居民提供有关经济适用房和其他公共服务方面的一对一的援助。他们把重点放在具体的、可实现的措施上，希望这些措施能够帮助目标人群迅速获得医疗照护。①

即使有了这样的政治活动，如果不是因为另一个关键因素的话，改革可能也永远都不会发生，那个关键因素便是：联邦政府威胁要切断提供给医疗补助的大部分资金。

对于该计划，马萨诸塞州根据一项特别豁免实施的是自己的版本，这一豁免允许该州打破一些通常的规则，以提高穷人获得医疗照护的机会。豁免在医疗补助制度中比较常见，各州获得批准的能力不可避免地取决于主管行政部门的倾向。马萨诸塞州在克林顿政府时期获得了最初的豁免，当时克林顿政府的官员非常乐于支持扩大医保范围，并且对该州的提议兴致勃勃，因此他们实际上投入了额外的资金来补贴波士顿的安全网医院②对未参保者的医疗照护。③

豁免需要展期，2001年底，肯尼迪利用最近两党教育改革产生的影响力赢得了总统乔治·W.布什的批准。当这项豁免将于2005年到期时，罗姆尼的医疗保健首席顾问蒂姆·墨菲得到了一些坏消息。布什政府愿意为豁免展期，但不愿为安全网医院提供额外补贴。

---

① 作者对麦克唐纳、德雷福斯的采访。
② safety-net hospitals，指美国医疗系统中主要依赖政府财政的公立医院，为低收入人群和没有医保的人群提供相当大一部分的医疗服务，起的是兜底作用。——译者
③ 作者对麦克唐纳的采访；Dan Morgan, "States Clamor for Medicaid Funds," *Chicago Sun-Times*, October 24, 1994。

有关该州将损失 3.85 亿美元的消息,很快在马萨诸塞州的政治机构中传开。罗姆尼政府关于卫生政策的对话突然变得更加紧迫,尽管豁免的情况也创造了一个机会。布什政府表示,如果马萨诸塞州把钱用于为民众提供保险,而不是补贴安全网医院,那它可以保留这笔额外的资金。这实际上正是罗姆尼和他的顾问们以及游说团体和商界一直在讨论的问题。他们以前之所以犹豫,部分原因是政治上强大的安全网医院会反对这种变化。现在,医院无论如何都会损失这笔钱。问题就变成了马萨诸塞州能否找到一种方法来获得这笔钱,并将其用于不同的目的。

2004 年底,州参议院民主党主席鲍勃·特拉瓦格利尼公布了一项提案,将豁免的资金用于扩大保险覆盖范围,这将覆盖到几乎所有居民。特拉瓦格利尼的声明促使罗姆尼写了一篇评论文章,许诺他很快就会有自己的计划。这篇文章并不太具体,但他提前给肯尼迪等关键人物发了一份,肯尼迪认为这篇文章证实了罗姆尼是认真的。"如果他愿意为此而努力,那就让我们和他一起努力吧。"根据《波士顿环球报》的布赖恩·穆尼的一份回顾性文章,肯尼迪当时是这样说的。[1]

2005 年 1 月 14 日,肯尼迪和罗姆尼会见了卫生与公众服务部部长汤米·汤普森。这是汤普森在任的最后一天,在他签署豁免书后,三人去隔壁参加了告别派对,肯尼迪和罗姆尼在派对上拿他们之间几乎不太可能的合作关系开了玩笑。回到波士顿,还有更多的庆祝活动,尽管在庆祝之余人们意识到通过立法突然变得更重要了。[2]

"马萨诸塞州用一把金融的枪对准了自己的脑袋,""全民医疗"的执行主任约翰·麦克多诺后来写道,"而布什政府提供了子弹。"[3]

---

[1] 作者对格鲁伯、利施科、麦克唐纳、墨菲的采访; Mooney, "Romney and Health Care"; Lizza, "Romney's Dilemma"。
[2] Robert Draper, "The Mitt Romney That Might Have Been," *New York Times Magazine*, October 7, 2012; Wielawski, *Forging Consensus*, 20.
[3] McDonough, *Inside National Health Reform*, 39.

5.

党的领导人、利益相关者和倡导者已经就改革应该是什么样子达成了普遍共识,因为他们早就从杜卡基斯的努力中吸取了教训,并且早就见识过当克林顿提出计划时在全国上下都发生了些什么。

立法将主要关注那些还没有保险的人,而不是试图通过单一支付计划或一些类似的改革来颠覆整个体系。该州已经有了一些规定,为已患有疾病的人提供保险,但规则必须更加完备,以确保人人都能以统一的社区费率获得全面的保险。付不起保险费的人需要得到某种方式的财政补助。

问题是,究竟需要什么样的规定以及补贴组合,以及该组合中还必须包含其他哪些要素。克里斯汀·弗格森曾在克林顿医保之争期间担任参议员约翰·查菲的医疗问题顾问,她就是由此成为这个故事的一部分的。离开国会山后,她加入罗姆尼政府,担任卫生专员。早些时候,她提出了个人强制保险的话题,即要求那些没有保险的人支付某种罚金,就像她以前的老板查菲提议的那样。

弗格森告诉罗姆尼,个人强制保险将让健康的人有更多理由在生病之前购买保险。这将使他们免于被医疗费用压垮,此外,还将确保保险公司有大量健康的客户支付保费,以抵销重病和重伤患者的高昂医疗费用。换言之,保险公司将得到众所周知的80—20组合或某种接近于此的东西,并能够保持普遍较低的保费。①

格鲁伯对个人强制保险的影响进行了预测。他的估计需要比平常更多的猜测,因为没有关于国家强制令的真实数据,但他相信他自己可以模拟其影响。他的计算表明,在规定和补贴之外再增加一项强制

---

① 作者对克里斯汀·弗格森采访;Lizza,"Romney's Dilemma"。

令,将使该计划覆盖3倍的人口,几乎达到全民覆盖,成本增加却不到一倍。而豁免的资金可以弥补成本的增加。①

罗姆尼的政治顾问提出了反对意见,指出倾向自由主义的共和党人可能会唱反调,认为这是政府在摆布个人的决定。罗姆尼有不同的看法。未参保的问题首先引起他注意的一个重要原因是,对未参保者的免费医疗实际上并不是免费的;医生和医院只是把费用转嫁给了其他人。虽然不是每个人都买得起保险,但有些人是买得起的。罗姆尼说,通过选择不购买保险,这些人将自己未来的医疗问题的经济责任转移到了其他人身上。"实际上,是他坐在那里与他的政治顾问争论,说对个人采取强制是正确的做法,我们能做到,我们能负担得起。"格鲁伯后来回忆说。②

罗姆尼以福音派的热情接受了这项强制规定,在公开和私下场合都宣传它是"终极保守主义理念",并一度邀请纽特·金里奇到州议会进行长达数小时的幻灯片演示。"这不像是一次典型的政治家会议——不过是走马观花,谋求政治利益,"一位参加会议的助理说,"这是一次深入的政策讨论。"金里奇当时正在运营自己的小型医疗政策智囊团,他对罗姆尼几乎全程都在自顾自地讲话,甚少征求他的意见感到恼火。但在该计划成为法律后,金里奇发的新闻简讯不吝溢美之词:"罗姆尼州长本月签署成为法律的医疗法案极有可能将对美国医疗体系产生重大影响。"③

罗姆尼的计划,在赢得了一些保守派赞扬的同时,也招致了一些自由派人士的批评,尤其是在谈到罗姆尼似乎准备保障的利益时。罗

---

① 对格鲁伯的采访;另见 Peter Dizikes, "How Jonathan Gruber Became 'Mr. Mandate,'" *MIT News*, October 29, 2012, http://news.mit.edu/2012/profile-gruber-economics-mr-mandate-1029。

② 对格鲁伯的采访。

③ 作者2019年12月17日对格鲁伯、里克·泰勒的采访;泰勒当时是金里奇的顾问。Brody Mullins and Janet Adamy, "Gingrich Applauded Romney's Health Plan," *Wall Street Journal*, December 27, 2011。

姆尼总是喜欢用汽车来打比方，他喜欢说他的计划会给人们足够的经济援助，这样，每个人都可以得到的保险相当于"土星"，而非"凯迪拉克"。民主党人和他们的支持者担心，太多的居民最终得到的不过是一辆"优格"。（"土星"是通用汽车公司生产的一款廉价、实惠的汽车；"优格"是从南斯拉夫进口的一款质量出了名差的廉价车。）

特别是在众议院，在议长萨尔瓦托雷·迪马西的领导下，自由派民主党人强烈地要求有更全面的保险，其办法是为保险合同必须涵盖的内容设定了更高的标准，然后提供更多的财政补贴，让人们能负担得起更慷慨的保险服务。自由主义者还希望确保雇主必须直接支付保险费用。如果有一项针对个人的强制令（大多数工会都会反对这个），那么也需要有一项针对雇主的强制令。

两者之间的差别很大。但是，眼看要失去医疗补助拨款彻底颠覆了人们对通常的政治当务之急的认知，因为无所作为——而不是做了什么——会让本州付出代价。交易达成。将出台一项个人强制保险，但经济困难无力投保者的罚款会有相当大的豁免。雇主必须支付保险费用，但数额不大。低收入人群将通过类似医疗补助的制度获得全额补贴保险。

这项法律将一些关键的决定，如保险范围的最低标准等，踢给了一个准独立委员会，它将监督整个计划，包括一个新的在线市场，人们可以在此购买保险。这种在线"交易"的想法来自"传统基金会"（Heritage Foundation），这是华盛顿的一家保守智库，那里的学者认为这样的市场会给医疗保健带来更多的竞争。[1]

---

[1] Edmund Haislmaier, *The Significance of Massachusetts Health Reform* (Washington, DC: Heritage Foundation, April 11, 2006), https://www.heritage.org/health-care-reform/report/the-significance-massachusetts-health-reform; Edmund Haislmaier and Nina Owcharenko, "The Massachusetts Approach: A New Way to Restructure State Health Insurance Markets and Public Programs," *Health Affairs*, November/December 2006; David Broder, "For Romney, a Healthy Boost Insurance Plan an Asset for '08," *Washington Post*, April 30, 2006.

该法案于 2006 年 4 月通过。罗姆尼动用他的单项否决权否决了他不喜欢的若干条款，包括对雇主的要求，但民主党立法机构推翻了罗姆尼的否决。这样一来，对于罗姆尼认为最不受保守派待见的东西，同时给了民主党一些类似于雇主要求之类他们一直想要的东西，罗姆尼可以进行政治上的推诿了。

6.

距离新体系的推出还有不到一年的时间，官员们决定在现有医疗补助体系的基础上保持注册过程的简化，这样州政府就不必在几个月内建成一个复杂的 IT 系统。为了运营这个新的被称为"健康联结"（Health Connector）的保险市场，官员们请来了乔恩·金斯代尔，他曾先后在蓝十字和"塔夫茨健康计划"① 工作过。没有人对马萨诸塞州的保险市场颇为了解，改革倡导者没有被金斯代尔六位数的薪水吓到，尽管这比金斯代尔在私营部门的收入要低，但对一个州政府官员来说是相当高的。"听着，这容不得半点不专业，"麦克多诺记起曾对某位记者这样说过，"我们没有失败的余地。我们来不及让人们在工作中学习……我们百分之百支持他。"②

倡导者和利益攸关方之间的这种合作精神延续到了执行其他任务的过程当中。签字仪式过去几天后，几乎所有对医疗保健感兴趣的主要组织的代表都围坐在保诚大厦 11 楼的一张会议桌旁。保诚大厦是一座 750 英尺高的玻璃和钢结构的摩天大楼，俯瞰着波士顿附近居民区的红砖结构联排住宅。医院和保险公司、雇主和劳工、宗教领袖和

---

① 美国评级最高的非营利性健康保险公司之一，以提供高质量的医疗照护和出色的会员体验而闻名。——译者
② 作者对乔恩·金斯代尔、麦克唐纳的采访。

活动家——都在会议室里，为制定一项能确保人们参保的策略出谋划策。①

大家关注的一大焦点是广告，在场的团体同意尽其所能，无论是出钱、出力，还是两者兼而有之。就连波士顿人深爱的棒球队"红袜"队也加入进来。"红袜"队在芬威公园球场打比赛期间，（通过其社区基金会）发布了有关新法律的通告，还出借了该队最有人气的球员之一、资深投球手蒂姆·韦克菲尔德，让他上了马萨诸塞州蓝十字蓝盾基金会的公益广告。②

广告的主角是一位 20 多岁的妇女，在获得医疗保险后，去看医生，检查乳房肿块。结果是癌症，但仍然可治。"如果我没有医疗保险，"她坐在芬威的看台上说，"我今天可能就不会出现在这里讲述我的故事，所以医疗保险基本上可以说是救了我的命。"然后韦克菲尔德出现在镜头前。"杰基的故事只是一个例子，说明了每个人都有健康保险是多么重要，而我们马萨诸塞州，在这方面是领头羊。"这位著名的不旋转球投手（knuckleballer）说道，然后他告诉广告观众可以去哪里报名参保。金斯代尔后来把红袜队的合作，比作纳尔逊·曼德拉为接触该国白人而与南非国家橄榄球队的合作。③

即使有了红袜队为这一体系担保，该项目的设计者还是担心将于 2007 年 1 月 1 日生效的保险要求会遭到强烈反对。"我们都在紧张地咬手指头，"麦克多诺说，"那一天是新年前夜，人们在外面欢聚，而我们在盯着看他们是否在街上游行。"但没有发生大的抗议活动。尽管最终会有成千上万的居民支付罚款，但面对法律，人们的反应大

---

① 作者对麦克唐纳、德雷福斯的采访。
② 作者对金斯代尔的采访。
③ Blue Cross Blue Shield of Massachusetts Foundation, "Breast Cancer Survivor Jaclyn Michalos and Pitcher Tim Wakefield," Vimeo video, 0:46, posted 2011, https://vimeo.com/23865113; quoted in Jonathan Cohn, "Can the NBA Sell Obamacare to the American People?," New Republic, June 19, 2013, https://newrepublic.com/article/113547/can-nba-sell-obamacare-american-people.

多是签约参保，一切正如倡导者所希望的以及格鲁伯的模型所预测的。从2006年到2008年，处于工作年龄的成年人的未参保率下降了70%，达到4%，这是美国有史以来最低的数字。"2006年马萨诸塞州的医疗改革倡议已经完成了它的大部分计划，"城市研究所的一项研究得出结论，"该州几乎所有的成年人都有了健康保险。"[1]

并不是每个有保险的人都对保险感到满意，也并不是每个人都能很好地支付医疗费用。单一支付的倡导者，包括"公共公民"[2] 以及"支持全民医疗计划医生团体"（PNHP）[3] 在内的组织发布的报告均显示，13%的马萨诸塞人仍然没有足够的钱支付药费。"支持全民医疗计划医生团体"的联合创始人之一、剑桥的一位名叫施特菲·伍尔汉德勒的医生警告说，马萨诸塞州的改革并没有降低成本，而且很可能是在加强现有的激励措施，刺激人们寻求他们并不需要的昂贵（有时具有临床危险的）高科技药物。记者特鲁迪·利伯曼报道称，对于没有穷到有资格去申请补贴的地步，但其中产收入又负担不起保费的许多人来说，保险仍然太贵了。"即使根据当时的医疗改革法，平价的医疗保险也是他们无法企及的。"利伯曼如此写道。[4]

---

[1] 作者对麦克唐纳的采访；利施科记得有过类似的焦虑；Sharon Long and Karen Stockley, *Health Reform in Massachusetts: An Update on Insurance Coverage and Support for Reform as of Fall 2008* (Washington, DC: Urban Institute, September 2009), 3, https://www.urban.org/sites/default/files/publication/30646/411958-Health-Reform-in-Massachusetts-An-Update-on-Insurance-Coverage-and-Support-for-Reform-as-of-Fall—.PDF。

[2] Public Citizen，美国的一个消费者权益倡导组织。——译者

[3] Physicians for a National Health Program，是一个支持全民医疗、单一支付医疗体系的倡导组织。——译者

[4] Trudy Lieberman, "Health Reform Lessons from Massachusetts, Part I: Critical Analysis Begins to Trickle In," *Columbia Journalism Review*, March 23, 2009, https://archives.cjr.org/campaign_desk/health_reform_lessons_from_mas.php; Trudy Lieberman, "Health Reform Lessons from Massachusetts, Part V: Finding Affordable Health Insurance," *Columbia Journalism Review*, August 5, 2009, https://archives.cjr.org/campaign_desk/health_reform_lessons_from_mas_4.php.

但该法案最大的支持者明白,这将是一项任重道远的工作,几年后,民主党人州长德沃尔·帕特里克和共和党人州长查理·贝克分别与州议会合作制定了旨在控制成本的后续立法。到那时,研究人员已经掌握了评估该项目影响所需的数据,他们的发现毫不含糊。马萨诸塞州的人民有更好的机会获得医疗照护,他们在经济上也更有保障。[1]

还有证据表明,马萨诸塞州的人更健康,寿命更长。这听起来似乎很主观,但对研究人员来说,在保险和更好的健康状况之间建立联系历来就是一件困难的事。一位名叫本杰明·萨默斯的哈佛大学经济学家找到了解决这个问题的办法。他对马萨诸塞州几个社区的各种健康结果进行了统计,并将其与康涅狄格州、罗得岛和其他相邻州的人口统计学上相似的社区进行了比较。结果显示,马萨诸塞州的医疗保险计划开始实施后,该州居民的寿命延长了。[2]

7.

该计划给罗姆尼带来的政治利益更为明显。罗姆尼医改赢得了许多知名共和党人的赞扬。较为保守的"传统基金会"的专家们对保险交易感到兴奋,并没有对强制令持保留意见。该计划"从根本上改变了该州的医疗保健体系,使之朝着赋予患者和消费者更大的权利

---

[1] Michael Levenson, "Health Bill Signed Amid Hopes for $200b in Savings," *Boston Globe*, August 6, 2012, https://www.bostonglobe.com/metro/2012/08/06/governor-deval-patrick-signs-new-health-care-cost-measure-bill-builds-law-passed-when-gop-candidate-mitt-romney-was-governor/I9Voe8cHZOLZCmX7iyCeBO/story.html; "Charlie Baker's Health Care Bill Could Make a Real Difference," *Boston Globe*, October 26, 2019, https://www.bostonglobe.com/opinion/editorials/2019/10/26/charlie-baker-looks-for-health-care-revolution/diuzsAcySIO17MrNZiuCmN/story.html.

[2] 作者对本杰明·D. 萨默斯的采访; Benjamin D. Sommers, Sharon K. Long, and Katherine Baicker, "Changes in Mortality After Massachusetts Health Care Reform," *Annals of Internal Medicine* 162, no. 9 (2015): 668, https://doi.org/10.7326/115-5085-2。

和支配力的方向发展",“传统基金会"的学者埃德蒙·海斯尔迈耶写道,"其他州的州长和立法者最好将这一基本模式视为他们自己州的医疗改革的框架。"①

但这些支持者并不能代表保守运动中的所有人。《华尔街日报》的社论版对罗姆尼在医疗保健问题上的举措表示了祝贺,然后抨击他通过了一项泰德·肯尼迪可能会（而且确实）喜欢的计划。"马萨诸塞州正在迫使人们购买许多人需要补贴才能负担得起的保险,这给未来加税和政府的进一步干预以理由,"《华尔街日报》警告说,"通过把'全民'医保捧得老高,罗姆尼州长引入了一场竞购战,而笑到最后的必定是民主党人和社会化医疗的倡导者。"②

崇尚自由意志的卡托研究所学者迈克尔·坦纳称,这项强制令是"对个人选择和决策的前所未有的干预"。他说,尽管"大政府"保守派可能会喜欢,但"小政府保守派"不会喜欢。"毫无疑问,这种分歧将成为未来几年总统竞选和共和党内部的关键论战。"坦纳预测。③

这些警告背后隐藏着一种担忧,即罗姆尼的成功会激发效仿者。这种担忧是有根据的。全国各地的改革倡导者都抓住了马萨诸塞州的成功作为证据,认为这样一个计划在政治和政策上都能取得成功。

但是,如果说马萨诸塞州的例子是理念的证明,那这种证明是附带警告的。官员们不必削减开支或大幅增加收入来资助这项新举措。正如加州的未来改革者所发现的那样,任务真正实施起来的时候要艰巨得多。尽管拥有同样有利的政治环境,包括一位渴望与民主党立法

---

① Haislmaier, *The Significance of Massachusetts Health Reform*.
② "RomneyCare," *Wall Street Journal*, April 12, 2006.
③ Stephanie Ebbert, "Conservatives Split on Mandate and Business Fees," *Boston Globe*, April 13, 2006, http://www.boston.com/news/local/articles/2006/04/13/conservatives_split_on_mandate_and_business_fees/.

机构合作的温和派共和党人州长，但在资金拨付问题上的谈判破裂了。①

马萨诸塞州还是幸运的，因为该州已经有了一些载入史册的重要立法。其中包括对投保前已患病者的部分保护。那些规定意味着保险公司已然不得不接受一些重病患者投保。向人们提供全面的保险，无论其健康状况如何，这并不是个很大的转变，这意味着保险公司不必大幅提高保费来支付新的费用。但美国其他大部分地区并不是这样，因而几年后，当《平价医疗法案》全面生效时，这将成为一个大问题。"这是一种完全不同的状况。"金斯代尔说。②

起草和实施马萨诸塞州法律的官员在许多小事上都做对了。一个例子是马萨诸塞州决定以精算研究为参考，设定一个固定的保费范围，这相当于宽松的价格管制。担心定价过低之余也会担心过高；如果保险公司为抢占市场份额而将保费定得太低，他们可能会承担巨额损失，随后迫不得已退出。《平价医疗法案》如果实施，许多州也会发生这种情况。③

马萨诸塞州的另一大优势是许多个人和团体都致力于让该项目获得成功。虽然这与活动人士、利益相关者及立法者多年的合作有很大关系，但也与罗姆尼密不可分。

罗姆尼的出发点并不是要确保每个居民都能负担得起医疗保健。他最初只是想更有效地利用州资源，同时阻止人们将医疗保健的经济负担转嫁给他人。但是，如果说罗姆尼对建立新的保险保障体系不感

---

① Jordan Rau, "State Health Plan Killed," *Los Angeles Times*, January 29, 2008; Anthony Wright, "Lessons from California," *American Prospect*, April 18, 2008, https://prospect.org/special-report/lessons-california/.
② 作者对金斯代尔和麦克唐纳的采访。
③ 作者对格鲁伯、金斯代尔、提摩西·雷顿的采访。雷顿是哈佛医学院研究医保开发接口的经济学家。另见 Louise Norris, "Massachusetts Health Insurance Marketplace: History and News of the State's Exchange," HealthInsurance.org, June 25, 2020, https://www.healthinsurance.org/massachusetts-state-health-insurance-exchange/。

兴趣的话，他也不反对。他明白进步有时需要妥协，通常是与持不同政治观点的人达成折中。罗姆尼并不喜欢福利国家。但他可以忍受。他也可以和泰德·肯尼迪合作。①

如果改革者试图照马萨诸塞州的剧本行事，但又没那么多钱，还缺懂得正确处理细节的行政管理人员，也没有致力于使该计划成功的广泛的两党领导人联盟，情况又会怎样呢？

全国其他地方很快就会给出答案。

---

① 罗姆尼对普遍福利本身的矛盾心理是他可能与父亲不同的一个方面，他父亲更关心团结。更多信息，参见 Robert Putnam with Shaylyn Romney Garrett, *The Upswing: How America Came Together a Century Ago and How We Can Do It Again* (New York: Simon and Schuster, 2020)。

六、勇 气

1.

2007年1月25日，巴拉克·奥巴马在总部位于华盛顿的医疗保健倡导团体"美国家庭"（Families USA）的年会上发表讲话时，展示了他的绝佳口才。他说，"修修补补的计划和不温不火的措施"是不够的，"我们在政治上的小气"没法与政客们追求更崇高、更有雄心的目标的杜鲁门和约翰逊时代相比。他宣称："现在是时候做些突破了。"然后，他立下了一个使他上了全国新闻头条的誓言：

"让全民医保惠及每个美国人不是一个应不应该的问题，而必须是一个怎么实现的问题……我心意已决，到下届总统的第一个任期结束时，我们应该已在这个国家实现了全民医保。"①

这是一个大胆的承诺，尽管奥巴马团队中的任何人都没有考虑太多。奥巴马不过是处于第一个任期的参议员，不到两周前才刚刚宣布成立总统探索委员会②。尽管竞选总统一事他已经考虑一年多，尽管媒体已经把他视为最有可能问鼎的候选人，但他才刚刚开始组建一个团队。"我们当时的处境是，我们必须说一些与总统候选人身份相符的话，"奥巴马的顾问丹·法伊弗告诉我说，"但我们还没有具体的政策。"

几年后，奥巴马的前助手们都不太确定究竟是谁首先想到了发下这一誓言。这个承诺雄心勃勃，是奥巴马一直说他想做到的，这与他经常说的追求全民医保的愿望也是一致的。与此同时，这一承诺也够含糊，作为总统候选人或作为总统的他都不会因此被束住手脚，尽管助手们后来明确表示，当时没有人真的想到那么远。"在竞选活动的第三天、第五天或第十天,或者不管什么时候,"法伊弗说,"实际上,在第一个任期内必须通过医保改革似乎是一个需要处理的高级问题。"有时候,演讲稿交给奥巴马审阅,他也签了字,不过,没人真的记得他是否认真考虑过这个问题。"这真滑稽,"演讲稿撰写人乔恩·法夫罗回忆说,"通过医保改革方案的承诺,不过是一句引发新闻关注的话。"③

几周后,也就是3月,奥巴马再次就医疗保健问题发表讲话——这次是在拉斯维加斯。当时,"服务业雇员国际工会"(SEIU)和"美国进步行动基金中心"正在举行一个论坛,前者是美国最强大的劳工组织之一,后者是与民主党建制派有着密切联系的一个自由主义倡导团体。候选人一个一个轮流上台,接受提问。

奥巴马的主要竞争对手之一、北卡罗来纳州参议员约翰·爱德华兹利用这个机会解释了一项新公布的提案,该提案已经赢得了专家们的赞誉。参议员希拉里·克林顿也参加了此次论坛,她没有带计划来,也不需要,因为她是希拉里·克林顿。总统候选人当中,没有人比她更了解医疗改革,也没有人在医疗改革这项事业上投入过比她更多的政治生命。她就好比温布尔登网球场上的小威廉姆斯,在梅多兰兹体育场开演唱会的布鲁斯·斯普林斯汀。

轮到奥巴马的时候并不顺利。他没有政策蓝图,也没有观众的信任。在问答环节中,一位年轻女士说,她查了奥巴马的网站,但一无所获。"没错,"奥巴马回答说,"可是,要知道,我们的竞选活动才开始八周多一点。"他向大家保证他正在制订一个详细的提案,并解

---

① Barack Obama, "Remarks by Senator Barack Obama (D-IL) to the Families USA 2007 Conference," Vote Smart, January 25, 2007, https://votesmart.org/public-statement/292061/remarks-by-senator-barack-obama-d-il-to-the-families-usa-2007-conference-topic-health-care#.X2ue_5NKiqB; Marie Horrigan, "Obama Adopts Universal Health Care as Policy Theme," New York Times, January 25, 2007.
② presidential exploratory committee,美国政治人物通常在宣布竞选总统前成立这样一个团体,好为大选铺路。——译者
③ 作者对乔恩·法夫罗和丹·法伊弗的采访。

释了其中的一些核心原则,例如确保医疗保健更加注重预防。主持人、记者凯伦·图姆尔蒂继续追问,可否请他谈一谈更重要、政治上更有难度的改革问题,比如说,他是否预计将来大多数人仍将通过雇主获得医保。奥巴马婉拒了,称他的竞选团队正在与一线工人和消费者举行圆桌会议,征求他们的意见以便他做出最终决定。①

"服务业雇员国际工会"的主席安迪·斯特恩,是当时美国最具影响力的全民医保倡导者之一,他一直认为奥巴马是一个潜在的明星。但在那晚,他心中一凉。"我当时感觉他就像某个致告别辞的优秀毕业生碰上了别的致告别辞的优秀毕业生,突然意识到他自己可能不再是班里最聪明的孩子了。"斯特恩说。果不其然,活动一结束,奥巴马就给一位竞选助手打了电话,说:"刚才我在那里简直是乱喷。"他需要做得好一点。他需要一个计划。②

2.

克林顿的医保斗争,不仅让民主党人筋疲力尽,也给他们带来了创伤。他们设法通过的一项主要立法是两党联立的《联邦儿童健康

---

① 法伊弗回忆说,在最初几个月里,该组织只是想赶上更成熟的竞争对手。"飞机起飞时,我们正在为它系上翅膀。我们正在努力发布公告。我们正在试图雇用员工。我们正在获得办公空间——基本上,克林顿和爱德华兹在过去两年里一直在做的所有事情,我们都是在 2007 年头三个月做的。"对法伊弗的采访;拉斯维加斯论坛在奥巴马医保进展的故事中占据了几乎传奇的地位。阿克塞尔罗德和普洛夫在回忆录中都提出了自己的看法。参见 David Axelrod, *Believer* (New York: Penguin, 2015), Kindle edition, 221-222; David Plouffe, *The Audacity to Win* (New York: Penguin, 2010), Kindle edition, 46-47. The SEIU posted a video of the event: "Health Care Forum: Barack Obama (1 of 3)," YouTube video, 9:34, posted by SEIU, March 29, 2007, https://www.youtube.com/watch?v=EbJCBP_2RvI. See also Karen Tumulty, "Obama's Health Care Learning Curve," *Time*, August 3, 2009, https://swampland.time.com/2009/08/03/obamas-health-care-learning-curve/。
② Jonathan Cohn, "How They Did It," *New Republic*, May 21, 2010, https://newrepublic.com/article/75077/how-they-did-it; Plouffe, *The Audacity to Win*, 47.

保险计划》(State Children's Health Insurance Program)。但该法案在 1997 年获得国会通过，只是因为它针对的是一个在政治上招人同情的群体，即贫困劳动者的子女，而且按照预算标准，它只需要适度增加支出。"在 93 年和 94 年之后，民主党非常害怕医疗改革，即使只是谈论孩子的医保覆盖也很难。"珍妮·兰布鲁说，她是克林顿政府的医疗保健顾问，后来继续从事民主党的政治事务。①

医疗保健方面的变化使得民主党更加沉默寡言。20 世纪 90 年代末，收入增加，失业率下降，至少在中产阶级当中不安全感有所缓解。保险依然昂贵，但保费并没有像往年那样逐年上涨。造成这种情况的一个主要原因是，雇主的选择从传统的保险转向健康维护组织（HMOs）和其他形式的管理式医疗照护，后者通过对治疗进行审查并将受益人限定在愿意接受较少付费的特定医生群体来省钱。②

这些变化引起了医疗保健服务提供者和患者之间的对立。对管理式医疗照护的怨恨是如此普遍，以至于最终反映在了流行文化中，在女演员海伦·亨特主演的一部电影中，当扮演的角色——一个哮喘男孩的母亲脱口而出"该死的健康维护组织王八蛋"时，观众们爆发出由衷的掌声。几年来，出台"健康维护组织权利法案"以保护消费者免受保险公司的欺压，这个想法一直是国会争论的话题。但是，尽管管理式医疗照护造成了种种困难，有些是想象出来的，有些是确有其事的，这种新的安排也的的确确在抑制医疗通胀。③

更广泛的政治环境也在发生变化。克林顿对 1994 年的指责做出了回应，重新确立了他中间派民主党人的身份，并在 1996 年在国情

---

① 作者对珍妮·兰布鲁的采访。
② "1994—1998 年是医疗保险费和基本医疗费用增长率创历史新低的时期。" Christopher Hogan, Paul B. Ginsburg, and Jon R. Gabel, "Tracking Health Care Costs: Inflation Returns," *Health Affairs*, 19, no. 6 (2000): 217, https://doi.org/10.1377/hlthaff.19.6.217。
③ David Hilzenrath, "Art Imitates Life When It Comes to Frustration with HMOs," *Washington Post*, February 10, 1998.

咨文讲话中宣布"大政府时代已经结束"。那年夏末,他签署了总统任期内最具争议的立法之一,一项福利改革法案,该法案增加了工作要求,并终止了对贫困儿童的联邦补贴保证。

这个虽是两党联立的,但实际上更像是共和党人而不是民主党人的提议,可以说,这是金里奇的共和党人对一项重大政府计划的最大打击。克林顿内阁的几乎每个成员都反对这项法案,卫生与公众服务部的三位官员也因此辞职。其中一人名叫温德尔·普里莫斯,他曾进行过内部分析,预测这将使 100 多万儿童陷入贫困。"继续留任,就等于否认我的办公室对该法案影响做出的所有分析。"普里莫斯在其宣布辞职的信中写道。[1]

医疗保健问题在 2000 年大选中的作用反映了这些逆流。在初选中,新泽西州参议员比尔·布拉德利和副总统阿尔·戈尔提出的医疗保健计划远不及克林顿的提议。在大选中,戈尔试图在医疗保健问题上做文章,他把火力集中在乔治·W.布什在得克萨斯州的记录,因为布什在该州曾反对扩大儿童的医保范围。戈尔还抨击布什反对新的管理式医疗法规。这两点都没有给人留下什么深刻印象。布什获胜后,政治辩论又回到了里根时代的样子,没有认真考虑全民医保问题。[2]

但美国仍然是工业化国家中唯一一个不把医疗保健视为一项基本权利的国家。这种特殊形式的美国例外主义的后果越来越明显,这在一定程度上要归功于一家独立的政府特许研究机构——美国医学研究所 2002 年发布的一份具有里程碑意义的报告。在对现有文献进行了详尽的回顾之后,该报告的作者得出结论,称每年有 1.8 万人因没有保险而过早死亡。确切的数字值得商榷,但报告的要点无可辩驳。在医疗费用委员会的那些报告发表 70 年后,同样的老问题仍然存在,

---

[1] Alison Mitchell, "Two Clinton Aides Resign to Protest New Welfare Law," *New York Times*, September 12, 1996, A1.
[2] Jonathan Cohn, "True Colors," *New Republic*, July 22, 1999; Jonathan Cohn, "Yuck Yuck," *New Republic*, November 6, 2000.

只是问题变得更糟了。①

在公众视野之外,政策专家们正忙于思考新的解决办法,或者至少想出新办法来包装旧问题。有一个早期的、影响深远的项目来自一个名叫"经济与社会调查研究所"的小型智库,它用罗伯特·伍德·约翰逊基金会的资金去委托完成一系列新的医疗改革提议,并对每项提议的运作方式进行了详细的精算预测。项目负责人、经济学家杰克·迈耶招募了自由派、温和派和保守派人士。唯一的要求是,每项提议都必须实现或接近全民覆盖。"激励因素是,在克林顿计划失败后,我们如何让它继续下去,"迈耶说,"我们如何让这个想法不会消亡?"②

主要的利益集团也在思考同样的问题,其中一个尤其会产生重大影响,那就是代表工会组织的利益集团。

3.

工会在促进全民医保方面有着悠久的历史,即便在他们已经成功

---

① 关于最初的报告,参见 Institute of Medicine, *Coverage Matters: Insurance and Health Care* (Washington, DC: National Academy Press, 2001) and Institute of Medicine, *Care Without Coverage: Too Little, Too Late* (Washington, DC: National Academy Press, 2002). 最新情况一览,参见 Richard Kronick, "Health Insurance Coverage and Mortality Revisited," Health Services Research 44, no. 4 (2009): 1211–1231. 对于国际移民组织的报告和其他对死亡率影响的大量估计,参见 Megan McArdle, "How Many People Die from Lack of Health Insurance?," *Atlantic*, February 11, 2010, https://www.theatlantic.com/business/archive/2010/02/how-many-people-die-from-lack-of-health-insurance/35820/;关于回应,参见 Ezra Klein, "When Opinions on Health-Care Insurance Stop Being Polite and Start Getting Complicated," *Washington Post*, February 15, 2010, http://voices.washingtonpost.com/ezra-klein/2010/02/when_health-care_insurance_get.html#more。

② 作者对杰克·迈耶的采访。成本和覆盖范围的估计来自精算公司 Lewin Group。有关该项目的更多信息,参见 M. B. Geisz, "Covering America Project Develops Proposals to Increase Health Insurance, but Finds Federal Money Tight," Robert Wood Johnson Foundation, November 1, 2006, https://www.rwjf.org/en/library/research/2006/11/covering-america-project-develops-proposals-to-increase-health-i.html。

地为自己的成员争取到医疗保障之后也是如此。沃尔特·鲁瑟从 1946 年起担任美国汽车工人联合会主席,直到 1970 年去世,他有一个务实的动机:他认为,如果美国其他地区没有同等的保险,慷慨的工会福利会引起强烈的不满。但正如记者罗杰·洛文斯坦所说,他也"认为自己会为所有的工人呼吁,而不仅仅是美国汽车工人联合会的代言人"。①

后来几年,当劳工的影响力下降时,一些工会更注重保护自己业已赢得的福利,而不是为其他人争取福利。尤其是在建筑行业(如木匠、管道安装工等),许多工会都有自己的计划,经办这些计划的劳工官员的薪酬明显很高,这使他们推动改革的动力变小了。而劳工本身正在发生变化,发展最快的工会是"服务业雇员国际工会",其成员主要是门卫、保安和护工,其中包括许多低工资工人,他们的雇主提供的保险要么少得可怜,要么根本就没有。②

在组织竞选活动期间,工会主席安迪·斯特恩不断地听到人们的苦难遭遇,比如艾奥瓦州的一位妇女,她说自己的女儿患有哮喘,因为以前有医疗账单没有付清,医生把她女儿拒之门外,四天后她女儿去世了。这个故事一直萦绕在他心头,因为多年前,他因医疗失误失去了一个女儿。"当时很生气,"他对我说,"而且,你知道,很多人都在说,'我不敢相信,在这个国家,竟然能发生这样的事。'"③

到了 2004 年的大选前,斯特恩在民主党身上又看到了同样的事情,而党内人士珍妮·兰布鲁也早就对此司空见惯。"民主党人可以为任何事情出头,但你绝对找不到一个愿意为最渐进的医疗保健计划

---

① Roger Lowenstein, "The Prophet of Pensions," *Los Angeles Times*, May 11, 2008.
② Robert Fitch, "Big Labor's Big Secret," *New York Times*, December 28, 2005;更多关于斯特恩和"服务业雇员国际工会"在其任期早期的信息,参见 Chris Lehmann, "Andy Stern: The New Face of Labor," *Washingtonian*, March 1, 2010; Matt Bai, "The New Boss," *New York Times Magazine*, January 30, 2005; Steven Greenhouse, "A Union with Clout Stakes Its Claim on Politics," *New York Times*, October 30, 2007.
③ 作者对安迪·斯特恩的采访。

出头的人。"斯特恩说。"服务业雇员国际工会"致力于改变这种心态,安排了州一级的宣传活动,在广告牌上面写着:"想竞选总统?最好为医疗保健做点什么。"新加入"服务业雇员国际工会"的护士们去参加了候选人活动,有时身穿工作服,有时身穿工会标志性的紫色衣服。"2004 年在新罕布什尔州和艾奥瓦州,我们基本上都是追在这些候选人后面,"斯特恩说,"我们有一队人马……去每个论坛,他们会问,你在医疗保健方面有什么计划?"①

在 2004 年的民主党初选中,"服务业雇员国际工会"支持佛蒙特州州长霍华德·迪恩,他是一位家庭医生,成功地推动了一项倡议,使他所在的州几乎实现了儿童的全面医保。如果当选,他承诺会做同样的事情,并帮助成年人获得保险。尽管在竞选前几乎寂寂无名,但迪恩对共和党人的直白攻击引起了渴望打击布什的初选选民的共鸣,而且有一段时间,看起来他真有可能赢得提名,但在艾奥瓦州表现不佳之后,他的候选资格很快就化为泡影。最终获得提名的是约翰·克里,他支持的一项医疗计划承诺将大幅扩大保险范围,尽管它远没有迪恩的计划那么雄心勃勃,也离可以信心满满地称为"全民"还很远。②

"服务业雇员国际工会"决定更加努力地推动医改。在 2008 年大选期间,该组织宣布,寻求其支持的候选人必须做如下三件事:第一,跟在该工会的一位医疗工作者身后一天;第二,提出一个接近全

---

① 作者对安迪·斯特恩的采访;更多"服务业雇员国际工会"在 21 世纪初促进医疗保健方面的作用,参见"Anatomy of an Election Strategy: The Facts on SEIU's Role in Bringing Home a Victory for America's Working Families," P2004. Org, November 1, 2004, http://p2004.org/interestg/seiu110104pr.html. 批评者认为,医护人员的存在使工会的优先事项偏向于任何对其成员意味着更多工作的事。斯特恩及其盟友回应说,其成员中有大量护士,这让他们能够以更大的权威和更正义凛然的态度来谈论这个问题。斯特恩喜欢说,他们之所以如此热情,是因为他们每天都会近距离看到人们在无法支付医疗费用时的痛苦。

② 有关迪恩的医疗记录和 2004 年总统竞选的更多信息,参见 Jonathan Cohn, "Invisible Man," *New Republic*, July 1, 2002, https://newrepublic.com/article/66351/invisible-man-0。

年龄段全民医保的详细计划；第三，在类似公开访谈的情况中回答该工会成员关于医疗保健的所有问题。而这第三件事，就是为什么民主党候选人纷纷在 2007 年 3 月出现在拉斯维加斯，为什么在这样的试演中表现糟糕的人知道自己还有很多工作要做。

4.

谁也不用去告诉巴拉克·奥巴马那些付不起医药费的人有多艰难困顿。

他的母亲斯坦利·安·邓纳姆 1995 年死于癌症，享年 52 岁。包括奥巴马自己在内的所有人都说，她是塑造奥巴马性格的主心骨——她让他在清晨做额外的家庭作业，以此提高他的学习成绩，她让他听马丁·路德·金的演讲，以此培养他的政治良知，她还让奥巴马坚强起来，准备去面对一个复杂的、有时充满敌意的世界。"从很小的时候起，我就一直感觉到自己被爱着，感觉到我的母亲认为我很特别。"奥巴马对《特立独行：奥巴马母亲的传奇》这本传记的记者詹尼·斯科特说。他将自己为人称道的从容镇定，归功于母亲对他的关注，以及这种关注带给他的安全感。[①]

奥巴马的母亲是一位精力充沛、无所畏惧、成就卓著的人类学家。但后来，癌症袭来，使她变得虚弱、消瘦，还得为医药费伤脑筋。"我永远不会忘记我的母亲在生命的最后几个月里与癌症作斗争，同时还要担心她的保险是不是会拒绝支付她的治疗费用。"奥巴马在 2009 年说。斯科特后来发现，拒绝理赔的是一家伤残保险公司，

---

① Janny Scott, *A Singular Woman* (New York: Penguin, 2011), Kindle edition, 354; Janny Scott, "Obama's Young Mother Abroad," *New York Times Magazine*, April 20, 2011. See also David Maraniss, "The 44th President Was His Mother's Son," *Washington Post*, May 11, 2012; Todd Purdum, "Raising Obama," *Vanity Fair*, February 4, 2008.

而非健康保险公司。但基本原则是一样的。①

母亲去世时正值奥巴马人生的关键时刻，当时他正准备出版《我父亲的梦想》一书，一本关于混血儿在美国长大成人的回忆录。这本书追溯了奥巴马是如何试图追寻他父亲的一生的。他父亲出生在肯尼亚，在儿子出生后不久离开美国，去世时奥巴马还未成年。父子二人几乎不相识，这段寻父之旅，以发生在肯尼亚的一幕结束：站在父亲和祖父的坟墓旁，奥巴马哭了，因为他终于接受了自己的非裔身份，理解了父子二人在截然不同的生活中所面临的挣扎。他的朋友和顾问们后来会猜测，奥巴马并不确定自己在世界上的位置——虽是众多社区和家庭的一部分，却不完全属于任何一个社区和家庭——这对他的政治身份产生了深远的影响，向他灌输了一种打造一个没有人会觉得自己是局外人的世界的决心。②

这本书完稿时，正好奥巴马即将结束在芝加哥的三年社区组织者生涯，进入哈佛法学院，并最终成为《哈佛法学评论》的编辑。他获得编辑候选人资格的关键，是他受到所有派系的喜欢。虽然他是自由派，但他与激进派和保守派相处得很好，他们都很欣赏他能认真对待他们的观点。他是《哈佛法学评论》第一位非裔美国编辑，因此他当选编辑一事在全国和哈佛大学校园里都是大新闻。哈佛大学校报《深红》的一位记者问奥巴马，法学院毕业后希望做些什么，他说他打算继续从事公共服务工作，甚至有一天可能会竞选公职。③

说到做到，奥巴马放弃了进入更有利可图的私营部门的机会，加

---

① Scott, *A Singular Woman*. See also Angie Drobnic Holan, "Obama's Mother Fought for Disability Coverage, Not Treatment, According to Book," PolitiFact, July 21, 2011, https://www.politifact.com/factchecks/2011/jul/21/barack-obama/obamas-mother-fought-disability-coverage-not-treat/.
② Barack Obama, *Dreams from My Father: A Story of Race and Inheritance* (New York: Times Books, 1995).
③ Jeffrey Toobin, *The Oath: The Obama White House and the Supreme Court* (New York: Doubleday, 2012), 26; Philip M. Rubin, "Obama Named New Law Review President," *Harvard Crimson*, February 6, 1990.

入了芝加哥一家公司,该公司受理民权案件,在房客与房东的纠纷中代表房客的利益,并在政界有深厚的人脉。奥巴马还曾在芝加哥大学讲授宪法,他后来说,这段从教的经历让他保持思维敏锐,因为他要解释和捍卫他并不赞同的立场。随后,他所在的芝加哥地区有州参议员席位空缺。奥巴马参加竞选并获胜了。[1]

尽管作为社区组织者时,医疗保健问题也曾出现在他的工作中,但当他竞选公职并开始从政后,医疗保健问题就出现得更为频繁了。他经常从选民那里听到他们谈论自己的医疗账单,并特别注意到那些收入没有低到有资格享受医疗补助的上班族的困境。"很多全职工作的人,也许打两三份工,仍然没有医疗保险。"奥巴马在当地一家有线电视台播出的采访中说道。这个主题在大概20年后我采访他时他又再次谈起,他告诉我,他尤其记得比起那些有资格获得医疗补助的人,"没有资格享有的人往往更容易受到伤害"。[2]

帮助没有保险的人得到照护成为一个重中之重,正如大卫·加罗在他那本关于奥巴马的详尽的传记作品《新星》(*Rising Star*)中所写的那样。奥巴马每年都会提出一项宪法修正案,将医疗保健定为一项"基本权利"。这项修正案纯粹是象征性的,但作为一名少数派的初级议员,奥巴马认为这是他所能做的。别的不说,他希望,这至少可以推进对话:"在与倡导者讨论这一问题时,我们的想法是,如果我们至少能够确立一个原则,即全民医疗是本州追求的一个重要目标,那么你就等于插上了一面旗帜,并在此基础上建立起了开始提供医疗服务的一些机制。"[3]

---

[1] Dan Morain, "Obama's Law Days Effective but Brief," *Los Angeles Times*, April 6, 2008.
[2] Jack Van Der Slik, "Barack Obama—1998 UIS Interview," YouTube video, 25:55, posted by "uistube," https://www.youtube.com/watch?v=42gbXMCbtAE, 5:20 mark;作者对奥巴马的采访。
[3] David Garrow, *Rising Star* (New York: William Morrow, 2017), Kindle edition;对奥巴马的采访。

在扩大儿童保险计划适用资格的立法方面，奥巴马取得了更大进展，他获得了共和党的支持，后者做出让步，允许家庭选择私营保险，这正是保守派希望的结果。该法案获得通过，树立了奥巴马作为一名可以与共和党合作的民主党人的声誉。"别人不能指责他搞党派挑衅，但他得手了。"约翰·博曼回忆道，作为施赖弗反贫困法律中心①的主任，他是这场辩论中的关键人物。②

5.

奥巴马的州参议院席位在2002年变得更为重要，此时民主党获得了多数席位，奥巴马成为医疗保健委员会主席。他任职后的第一通电话打给了吉姆·达菲特，后者是一个名为"改善医疗保健运动"的倡导组织的执行主任。两人一起讨论，制定了后来的《医疗保健正义法案》(Health Care Justice Act)，当时这项提案授权一个州委员会推荐一项全民医保计划，然后指示立法机构在规定的日期前投票表决到底通不通过。③

争取公众支持，是他们战略的一个重要组成部分。奥巴马走遍全州推销他的计划，特别关注选民更保守的州南部地区。"你必须对这些政客施加政治压力，你必须不断施压再施压，"根据爱德华·麦克莱兰撰写的传记《年轻的奥巴马先生》(Young Mr. Obama)中的一段描述，奥巴马对一位听众这样说，"如果那些政客说'不'，也不

---

① Shriver Center on Poverty Law，萨金特·施赖弗建立，声称为经济公平和种族正义而战，50年来在全国范围内进行诉讼，制定政策，培训和召集由律师、社区领袖和活动家组成的跨州网络，以建设一个所有人在法律面前享有平等尊严、尊重和权力的未来。——译者
② Jonathan Cohn, "Medical History," *New Republic*, January 30, 2008, https://newrepublic.com/article/65704/medical-history.
③ 作者对吉姆·达菲特的采访；Cohn, "Medical History"。

要放弃。如果他们是共和党人,不支持这件事,就继续给他们施压,因为他们回到选区后会说,'哦,天哪,这个问题我真是受够了。到底怎么回事?'碰到民主党人也要如法炮制。"①

保险业游说者反对该提案,共和党人持敌对态度,保守的民主党人大多摇摆不定。奥巴马锲而不舍,有时在办公桌前工作到深夜,而坐在奥巴马附近沙发上的达菲特则会拨通心存疑虑者的电话,争取他们的支持。"我会说,你知道,'他们没有动摇,他们没有动摇',"达菲特后来对我说,"而奥巴马肯定会说,'再试一次,再试一次。'"②

有一次,达菲特和他的一些盟友私下会见了奥巴马。他们知道奥巴马已经在考虑2004年竞选美国参议员。他们也知道推动医疗改革会带来政治风险,因为这可能会疏远关键的权力掮客,也会使奥巴马成为共和党人越来越使劲攻击的目标。达菲特及其盟友告诉奥巴马,如果他想让其他一些议员带头推动医疗改革,他们会理解的。

据达菲特说,奥巴马完全不接受:"他说,'别说了……肯定会成的,我一定要让它成为现实。没错,我受到了攻击。是的,他们叫我社会主义者……但你反击得很好啊,更何况那些不过是胡说八道,我们会解决的。'"③

他们做到了,尽管这需要做出很大的让步。奥巴马同意委员会的建议不具约束力,部分原因是尚不清楚强制投票是否合宪。奥巴马还修改了措辞,以安抚保险业游说者(以及他们所支持的议员),这些人认为奥巴马最初的措辞明显倾向于单一支付这一建议。

即使做出了这些让步,共和党人还是反对这项议案,有时反对声甚至非常尖锐。州参议员(也是未来的美国众议员)彼得·罗斯卡姆曾是共和党在医疗保健问题上的出头人,他说这项议案是"社会

---

① 对达菲特的采访;Edward McClelland, *Young Mr. Obama: Chicago and the Making of a Black President* (New York: Bloomsbury, 2010)。
② 对达菲特的采访;Cohn, "Medical History"。
③ 对达菲特的采访。

The Ten Year War

化医疗"的跳板，还说民主党人正企图在立法机构强行通过往日克林顿计划的一个新版本。

根据多份描述，这一声明让奥巴马明显怒了，虽然他在回应时措辞严肃、有条不紊，没有提高嗓门。"我倒是希望你能从中找到任何与社会化医疗有瓜葛的东西。"奥巴马说。然后，他讲述了一个失业工人的故事，那个人付不起儿子移植手术所需的 4 500 美元的处方费。"他想不出来，一旦失去了工作和医疗保险，他到底该怎样搞到药物来维持儿子的性命……可能有人觉得一切还算不赖，可能觉得可以用一堆人身攻击的话来描述这事，可以就此玩弄一下政治，可这么想问题并不能满足那位工人和他的妻子的需要，"奥巴马说，"如果你想对这项议案投反对票，那就投吧，但不要撒谎。"①

该法案在没有共和党人支持的情况下获得通过并成为法律。几年后，当奥巴马在华盛顿时，委员会在审议后达成一致，建议实行以相互竞争的私营保险计划为基础的全民保险计划。当州长罗德·布拉戈耶维奇提出该计划的一个缩小版时，立法机构拒绝通过。伊利诺伊州许多进步人士已经对原法案中的妥协感到不满，他们说，现在的结果证明奥巴马做出的让步太多了。②

其中最失望的是委员会里的医生昆汀·杨，他对委员会的最终建议投了反对票。杨是一位民权活动家，曾是"支持全民医疗计划医生团体"全国协调员。他的私人诊所合伙人恰好是奥巴马的私人医生，多年来，杨一直把奥巴马说成是一个志同道合的人，部分原因是奥巴马经常这样描述自己，包括在 2003 年的美国劳

---

① Michael D. Shear and Ceci Connolly, "In Illinois, a Similar Health-Care Fight Tested Obama as State Senator," *Washington Post*, September 9, 2009; McClelland, *Young Mr. Obama*; Garrow, *Rising Star*.
② *State of Illinois Adequate Health Care Task Force* (Chicago: Illinois Department of Public Health, 2007), http://www.idph.state.il.us/hcja/AHCTF%20Final%20Report%201.26.07.pdf and Public Act 093 – 0973, 2004, https://www.ilga.gov/legislation/publicacts/fulltext.asp?name=093-0973&GA=093; Cohn, "Medical History"; Shear and Connolly, "In Illinois"; McClelland, *Young Mr. Obama*; Garrow, *Rising Star*.

联-产联的一次会议上,当时他说:"我碰巧是支持单一支付全民医保计划的。"①

但在关于《医疗保健正义法案》的最后一场辩论中,奥巴马说:"我想正式表个态,我不赞成单一支付计划。我不认为我们可以制定这样的计划,如果我们真的要尝试某种全国性的医疗保健,那么显然必须在联邦一级的保险公司进行。"杨说,奥巴马"倒向保险公司那一边了"。②

达菲特的观点有所不同。在花了那么多时间试图争取敌对的立法者之后,他开始相信最终的立法会一如他们希望的那么坚挺有力。达菲特指出,奥巴马对单一支付计划的支持是有保留的,每每谈起该计划,他总会说这可能无法立即实现。达菲特说,如果委员会最终没有导致医保覆盖范围的大幅扩大,奥巴马就可以合情合理地将先前通过的关于医疗补助的立法归功于自己,特别是因为他是在当时民主党仍占少数的情况下通过了这项立法。

"他在医疗保健方面是积极推进的吗,从1分到10分,我给他打几分?"达菲特反问道,"你知道,在那种环境下,我可能会给他打8.75分或者9分。"③

---

① Marwa Eltagouri, "Dr. Quentin Young, Chicago Activist for Civil Rights and Public Health, Dies at 92," *Chicago Tribune*, March 8, 2016, https://www.chicagotribune.com/news/ct-quentin-young-dead-20160308-story.html; Robert Zarr, "Statement in Memory of Dr. Quentin Young, 1923 – 2016," Physicians for a National Health Program, March 8, 2016, https://pnhp.org/news/statement-in-memory-of-dr-quentin-young-1923-2016/; "Barack Obama on Single Payer in 2003," Physicians for a National Health Program, June 4, 2008, http://www.pnhp.org/news/2008/june/barack_obama_on_sing.php; Angie Drobnic Holan, "Obama Statements on Single-Payer Have Changed a Bit," PolitiFact, July 16, 2009, https://www.politifact.com/factchecks/2009/jul/16/barack-obama/obama-statements-single-payer-have-changed-bit/; Garrow, *Rising Star*.
② Shear and Connolly, "In Illinois"; Garrow, *Rising Star*. 奥巴马对杨印象深刻,对我说他是一个"令人愉快的人"。2007年,我在芝加哥的一次活动中也见过杨一次。我没有做笔记,但我记得他既表达了对奥巴马的喜爱,也对他没有更努力实现单一支付而感到失望。
③ 对达菲特的采访。

6.

在奥巴马2004年参加美国参议院竞选期间,《医疗保健正义法案》在立法机构正式通过,而几周之后,他将在波士顿的民主党全国代表大会黄金时段发表主题演讲,这是他首次在全国亮相。此次演讲让那一周所有的演讲都黯然失色,奥巴马在演讲中提出了后来指导他2008年总统竞选的一大主题:他认为政治领导人正在分裂美国人,而美国人实际上比人们熟悉的红州和蓝州地图所暗示的共同点要多得多。"并没有所谓自由的美国和保守的美国,"奥巴马的话令人难忘,"只有一个美利坚合众国。"①

奥巴马赢了,并在第二年1月就任参议员时,发现自己再次成为少数派。对此,正如他在伊利诺伊州议会所做的那样,他主动与共和党人展开了接触。他与俄克拉何马州坚定的保守派参议员汤姆·科伯恩建立了友谊,并与印第安纳州的理查德·卢格在核裁军问题上达成了伙伴关系。②

然而,尽管奥巴马喜欢强调礼让和共同目标,但他也表示,领导人必须拓展可能的边界,为有价值的事业承担政治风险。尽管许多政

---

① Mark Leibovich, "The Speech That Made Obama," *New York Times Magazine*, July 27, 2016.
② 更多关于奥巴马在2004年竞选美国参议员的信息,参见 Noam Scheiber, "Race Against History," *New Republic*, May 31, 2004; William Finnegan, "The Candidate," *New Yorker*, May 31, 2004; Laura Meckler, "The Capital's Unlikely Pals: Obama and Senate's 'Dr. No,'" *Wall Street Journal*, February 11, 2011, https://www.wsj.com/articles/SB10001424052748703313304576132581361058672; Andrew Prokop, "Losing Obama's Favorite Republican," New Yorker, May 8, 2012, https://www.newyorker.com/news/news-desk/losing-obamas-favorite-republican; Angie Drobnic Holan, "Obama-Lugar Measure Included Weapons of Mass Destruction," PolitiFact, July 15, 2008, https://www.politifact.com/factchecks/2008/jul/15/barack-obama/obama-lugar-measure-included-weapons-of-mass-destr/。

客都说过类似的话，但奥巴马可以举出他身体力行的一个具体的、引人注目的事例：早在 2002 年 10 月，他就公开反对伊拉克战争，尽管当时大家对 9·11 袭击事件的记忆仍然鲜活，而且这种反对对一个中间名为侯赛因的深色皮肤民主党人来说尤其危险。

这一立场，使得奥巴马成了进步活动家中一群骨干眼里的英雄，这些人正在推动民主党摆脱克林顿时代的守势。他们影响力的一个主要指标是"继续前进"（MoveOn）的发展，这是一个基于互联网的民间草根组织，始于 20 世纪 90 年代末，当时是作为反对克林顿被弹劾的一种方式，它早已成为一种通用的、高效的工具，传递了对 2000 年佛罗里达州重新计票和对伊拉克发动战争的愤怒。截至 1998 年，该组织有 50 万名成员；截至 2004 年，其成员已经达到 280 万人。①

奥巴马通过民主党全国代表大会的演讲获得的知名度，以及他早期对伊拉克战争的反对态度所赢得的尊重，成为了 2008 年潜在总统候选人的话题人物之一。最后，奥巴马也开始考虑这个问题，根据理查德·沃尔夫的《叛逆者》（Renegade）一书中的说法，部分原因是布什的支持率直线下降使得民主党在 2008 年获胜的可能性更大。但首先，奥巴马必须以前所未有的方式认真对待政策问题。这也非常适用于他对医疗保健的思考。②

奥巴马已经对美国及其如何运作有了一套完备的理论。一个关键原则，他在诺克斯学院 2005 年毕业典礼的演讲中指出，是政府在提

---

① 作者对安娜·杰兰德的采访。杰兰德在 2007—2019 年是"继续前进"组织的高级领导人。另见 Marc Andrew Eaton, "From the Seats to the Streets: MoveOn. org and the Mobilization of Online Progressive Activists," University of Colorado at Boulder, January 1, 2011, https://scholar.colorado.edu/cgi/viewcontent.cgi?article=1004&context=socy_gradetds; David Karpf, "The MoveOn Effect: The Unexpected Transformation of American Political Advocacy," Harvard Kennedy School Ash Center for Democratic Governance and Innovation, April 3, 2013, https://ash.harvard.edu/event/moveon-effect-unexpected-transformation-american-political-advocacy; Matt Bai, "Profiting from the Pummeling," *New York Times*, September 23, 2007。
② Richard Wolffe, *Renegade* (New York: Crown, 2009), Kindle edition, 43 – 58。

供经济保障（包括让人们获得医疗保健）方面发挥着至关重要的作用，因为它"基于我们相互尊重的意识，即每个人都于国家有利害关系，每个人都是构成国家的一部分"。但他并没有对具体的国家医疗改革提案进行深入研究，在 2004 年的竞选活动中，医疗改革也没有成为真正的话题。①

这个教育过程，是在顾问凯伦·科恩布勒的指导下进行的，简报会有时在奥巴马位于参议院的办公室召集，有时在华盛顿的餐馆开。科恩布勒本人就是一位政策专家和有影响力的思想家，她十分有资格担任政策主管一职，这说明了奥巴马希望他身边的人有高水平。据一些描述称，在讨论过程中，奥巴马是一位异常积极的对话者，尽管他很少宣布自己的想法。哈佛大学经济学家大卫·卡特勒（未来将加入奥巴马的总统竞选班底）后来回忆说，奥巴马会打断他的话，总结一下他刚才所说的，以确保自己没有遗漏细节，然后让他继续进行，但从不表态自己是否同意他所说。②

卡特勒曾参与过克林顿的医疗计划，另外几位与奥巴马交谈过的医疗专家也是如此，其中一个阶段包括珍妮·兰布鲁、肯·索普和克里斯·詹宁斯。詹宁斯后来说，他能感觉到奥巴马的雄心超越了近年来的渐进主义做法。"我记得当时印象很是深刻，虽然我心里也在想他可能过于自信了，以为他能够克服几十年来困扰其他人的诸多障碍。我想历史证明我错了。"③

到了 2006 年，民主党建制派内部已经就改革的理想结构达成了大致共识。重点是尽量减少对现有保险安排的干扰，因为克林顿的计

---

① "Commencement Address: Barack Obama-Knox College," Knox College, July 18, 2013, https://www.knox.edu/news/president-obama-to-visit-knox-college-speak-on-economy/2005-commencement-address.
② 凯伦·科恩布勒与作者的通信；Wolffe, *Renegade*, 291–292; Tom Daschle, *Getting It Done* (New York: St. Martin's, 2010), Kindle edition, 70; 作者对大卫·卡特勒的采访。
③ 作者对克里斯·詹宁斯的采访。

划变得如此有害，似乎就在于它试图扰乱既有秩序。雇主要买的保险将基本保持不变。医疗补助计划也是如此，但其覆盖范围将扩大到所有穷人，而不仅仅是保障像孕妇这样的狭窄人群。然后，会有某种私营保险选项的新市场，为剩余人口提供补贴和保险保障，当然也对投保前已患有疾病的人提供补贴和保障。当珍妮·兰布鲁与人合写的一篇描述上述概念的论文在《健康事务》（Health Affairs）杂志上发表时，这仍然是一个纯粹的假设。后来罗姆尼和他的盟友在马萨诸塞州通过了类似的一个计划。①

这是概念的证明，它引起了包括奥巴马在内的所有人的注意。他仍然认为自己在原则上是支持单一支付计划的，但他也思考这样的大动作在实际操作上以及政治方面将会面临的种种挑战。正如长期担任顾问的芝加哥大学经济学家奥斯坦·古尔斯比经常指出的那样，只有大幅减少付给医生、医院和其他医疗保健提供者的钱，单一支付才能省钱。这很难一蹴而就——多年后，奥巴马在接受我们的采访时提到了这一点。"我们不是从零开始。我们旧有的医疗体系占经济总量的六分之一。你可以以这样或那样的办法拆除整个旧体系，甚至将其完全改为单一支付体系，这种想法在政治上看起来不切实际，很可能真的具有破坏性。"②

奥巴马承认，马萨诸塞州的模式"并不简洁完美"。但它已经成为法律，值得注意的是，它得到了一位著名的共和党州长的支持。"我们中的任何人都清楚，考虑到美国参议院的阻挠议事规则，即使我们获得了多数票，我们也可能需要并希望得到两党的支持，"奥巴

---

① Jeanne Lambrew, John D. Podesta, and Teresa L. Shaw, "Change in Challenging Times: A Plan for Extending and Improving Health Coverage," Health Affairs 24, suppl 1 (2005): W5-119 – W5-132, https://doi.org/10.1377/hlthaff.w5.119. 此文基于三人为美国进步中心提出的一项建议。
② 作者对奥斯坦·古尔斯比的采访。古尔斯比也在专栏中写过他对单一支付的担忧：Austan Goolsbee, "The Problem with Michael Moore's Policy Ideas," Slate, July 1, 2007, https://slate.com/technology/2007/07/the-problem-with-michael-moore-s-policy-ideas.html；对奥巴马的采访。

马说,"而且有一个经过测试、已经证明有效的模式,而且它还有一些保守的、自由市场的诚意,看起来是一个有吸引力的选择。"[1]

来自北卡罗来纳州的民主党参议员约翰·爱德华兹是克里的副总统候选人,他的竞选活动中也出现了类似的思考过程。到2006年时,爱德华兹已开始草拟一份议程,他希望这份议程能帮助自己确立最进步、最注重政策的顶级候选人的身份。他之所以这样做,部分是因为他的妻子伊丽莎白与癌症的斗争使她对健康政策非常感兴趣,爱德华兹希望他的第一个大计划是实现全民医保。他的政策顾问詹姆斯·科瓦尔和彼得·哈贝奇准备了一份备忘录,描述了三种不同的方法:单一支付计划、每个美国人都有代金券用于购买受监管的私营保险的一种制度,以及类似马萨诸塞州的计划。[2]

爱德华兹立刻拒绝了单一支付计划。科瓦尔说,尽管爱德华兹很有雄心壮志,但"他立刻觉得这不是他能推销给这个国家的东西"。爱德华兹和伊丽莎白一样,对代金券的想法更感兴趣,因为它有可能彻底消除雇主体系中积存已久的所有不公平和扭曲的经济激励。有一次,顾问们召开了一个电话会议,让伊齐基尔·伊曼纽尔可以和乔纳森·格鲁伯辩论,前者是医生兼政策专家,曾与他人合著了一本讲述代金券制度的书,后者是马萨诸塞州计划最著名的拥护者。根据科瓦尔的说法,爱德华兹听了二人的辩论之后认为,代金券计划和单一支付计划一样,对旧体系的破坏性太大了。[3]

爱德华兹和他的政治顾问们整个圣诞节期间一直在忙于敲定医保方面的计划,为1月的正式竞选活动做准备,但后来他们决定将计划

---

[1] 作者对奥巴马、杰弗里·利伯曼的采访。哈佛大学经济学家利伯曼于2007年1月加入了这场运动,当他到达时,他告诉我"他们基本上已经确定了采用马萨诸塞州的方法"。
[2] James Kvaal and Peter Harbage, memo to Senator John Edwards, "Health Issues and the Uninsured," April 18, 2006.
[3] 作者对詹姆斯·科瓦尔的采访;James Kvaal and Peter Harbage, memo to Senator John Edwards, "Tomorrow's Health Care Call," January 12, 2007。

的公布推迟到 2 月,以便让他们的提议得到更多关注。事情果真如此。"除非总统候选人提供足够的细节,表明他们既了解问题,又愿意在必要时面对艰难的选择,否则我是不会信任他们提出的医疗保健计划的,"颇有影响力的经济学家、《纽约时报》专栏作家保罗·克鲁格曼写道,"前参议员约翰·爱德华兹刚刚就树立了一个很好的榜样。"[1]

推迟宣布计划还有一个重要原因。这使得爱德华兹有时间对他的计划进行最后一次非常重要的调整,而他的竞争对手也会做出调整,在未来两年内,这将成为辩论的关键部分。

---

[1] Paul Krugman, "Edwards Gets It Right," *New York Times*, February 7, 2007, https://www.nytimes.com/2007/02/09/opinion/09krugman.html.

七、论 争

1.

政治学家雅各布·哈克并没有参与制订克林顿的医疗保健计划。但他也许是对此研究得最为深入的。在为撰写论文而考察该计划的由来时，哈克去国家档案馆亲手翻阅了数千页的内部管理备忘录。查完资料后，他对克林顿计划的了解可能比得上希拉里了。

哈克是一个毫不掩饰的自由主义者，当时这个标签仍然被认为是有放射性危害的。他相信，比起私营部门的替代方案，公共部门的卫生项目更有效、更人性化。但他对克林顿计划的研究得出的结论，与奥巴马和其他所有人当时得出的结论是相同的：单一支付计划在政治上行不通。他认为，有太多人会害怕发生这种太过剧烈的变化，而那些从现有安排中获利的行业会成功阻止这种变化的发生。

但哈克认为，也许有一种办法可以铺就一条新路，随着时间的推移通向一个单一支付体系，那就是创建一个纯粹自愿的政府运行项目。如果自由主义者的直觉是正确的，那么这项计划将以其更低的价格和更高的质量吸引越来越多的人，使私营保险在市场中的份额不断缩小，也许有一天，小到只能在利基市场的夹缝中求生。如果直觉是错的呢？那么，政府项目仍然可以作为有需要的人群的一种选择。①

这个想法，就像医疗保健政策中几乎所有的想法一样，实际上并不新颖。泰德·肯尼迪的许多关于全民医疗保健提案中，有一项已经设想过提供一个政府运营的项目，作为私营保险的自愿替代方案。这个概念也出现在对克林顿计划的数次审议中。在 21 世纪初，加州官员制定了自己的版本，作为可能的改革计划的一部分。但是，就在全民覆盖提议有需求时，哈克充实了这个想法，"全民覆盖"首先是作为杰克·迈耶"覆盖美国"（Covering America）系列的一部分出现，然后，总部位于华盛顿的自由派智库经济政策研究所也提出这个想法。哈克称这个想法为"公共计划选项"。渐渐地不知从何时起，人们开始称之为"公共选项"。②

在哈克的构想中，一大卖点是，公共选项将以与老年医疗保险体系相同的低费率向医院、医生和其他医疗服务提供者支付费用。这样，公共选项就能提供比私营保险公司更低的保费，而私营保险公司将通过降低价格或将他们的客户转给新的政府计划来应对。无论怎样，最终的结果将是保险变得更便宜，更实惠。③

公共选项迫使私营保险公司降低价格的能力，正是许多健康经济学家（包括一些为民主党提供建议的经济顾问）所反对的一点；他们认为，定价过低或过高都会扭曲正常的竞争力。在政治上，公共选项势必会引起行业团体的反对，不仅包括保险公司，还包括医生和医院，他们会认为自己的收入来源受到了威胁。跟以前一样，他们说，为享受老年医疗保险的患者看病在让他们赔钱。

但公共选项吸引了自由主义者，这些人不喜欢马萨诸塞州式的改革将这么多人分流给了私营保险业的做法。这一想法也得到了"普及美国医疗"（HCAN）的支持，这是一个倡导组织，有自由派的大西洋慈善组织为其提供的 2 700 万美元资金。该组织的联合创始人罗杰·希基和董事黛安·阿彻在 2007 年和 2008 年的大部分时间里都在

---

① 作者对雅各布·哈克的采访。
② Jacob Hacker, "Health Care for America: A Proposal for Guaranteed, Affordable Health Care for All Americans Building on Medicare and Employment-Based Insurance," Economic Policy Institute, January 16, 2007, https://www.epi.org/publication/bp180/; Helen Halpin and Peter Harbage, "The Origins and Demise of the Public Option," *Health Affairs* 29, no. 6 (2010): 1117−1124, https://doi.org/10.1377/hlthaff.2010.0363.
③ 对哈克的采访。

宣传这一想法，主要对象是那些他们知道更偏爱单一支付计划的自由主义者。"好消息是人们已经准备好迎接巨大的变化，"希基对一位新泽西州的听众说，"但是，在我们所有了解单一支付制度的效率和简洁性的人看来，严峻的现实是，我们的民调专家一致告诉我们，大量美国人不愿意为了被纳入一个政府运营的大型医疗计划中而放弃他们现在所拥有的很好的私营保险。"①

希基提到的这项调查来自赛琳达·莱克，一位知名的民主党民调专家。她的分析结果也与其他民调结果一致，一如克林顿计划的参与者的直觉，威胁雇主无异于在政治上求死。这也引起了国会里一些民主党人的共鸣，阿彻作为医疗保险问题的资深倡导者，安排哈克向他们做过简要汇报。其中最赞同这个想法的是乔治·米勒，来自加州的众议员，也是新任议长南希·佩洛西的亲密盟友。米勒还是教育与劳工委员会主席，该委员会是众议院三个对卫生政策有管辖权的委员会之一。这使他成为一个非常有价值的盟友。

公共选项还吸引了另一个群体：民主党的顶级候选人，他们都渴望获得知名自由主义者的支持。（爱德华兹对此热情，还有另外一个理由：他的健康问题顾问彼得·哈贝奇曾研究过加州的早期方案。）爱德华兹经常吹捧公共选项，不断告诉采访者和讲话对象，如果消费者一股脑地选择公共选项，最终将其变成了默认的单一支付体系，他也一点不会介意。②

据杰弗里·利伯曼说，奥巴马和他的团队也接受了这个想法。利伯曼是哈佛大学经济学家，从 2007 年初开始为竞选活动提供建议。他说："我们在 3 月和 4 月花了大量精力，考虑以不同方式将哈克的方案嵌入我们的计划中，最后我们看准了公共选项来替换原有的一些

---

① "Health System Reform," Atlantic Philanthropies, https://www.atlanticphilanthropies.org/subtheme/health-system-reform; Roger Hickey, quoted in Mark Schmitt, "The History of the Public Option," *American Prospect*, August 18, 2009, https://prospect.org/article/history-public-option/.
② Halpin and Harbage, "The Origins and Demise of the Public Option."

内容。"尽管如此,奥巴马后来在竞选活动中谈及公共选项时,远没有爱德华兹那般热情,这是表明他支持这一想法但也许并不像他的一些支持者那样认为它很重要的一个早期迹象。①

5月2日,奥巴马和他的顾问们在一次会议上做出了一系列关键决定,会议由两部分组成,由大卫·卡特勒主持。但他们仍不得不在一个大问题上打了口水仗:个人强制保险。奥巴马从包括他团队的专家在内的众多专家那里得到的建议是,经济处罚很重要。如果没有这个,购买保险的健康人就会变少。与保险公司纠缠在一起的都是些健康状况相对较差的受益人,这会迫使保险公司提高价格,而这反过来又会吓跑更多的人。主流经济模型反映出了这一点。这足以说服爱德华兹,并在赢得罗姆尼的支持这件事上发挥了关键作用。②

奥巴马仍然没有被说服。他理解专家们所说的,但据卡特勒说,在尚不清楚到底要付出什么代价时,奥巴马也"不愿意强制人们购买"。奥巴马还认为,只要降低保费,就会令更多的人购买保险,甚至是健康的人。"人们没有医疗保险的原因,并不是因为他们不想要,"奥巴马后来说,"而是因为他们负担不起。"奥巴马的政治顾问们对这项强制令有他们自己的看法:选民可能会因为这样的要求而退缩,认为买不买医疗保险的决定属于个人决定,政府无权代劳。"我记得有一种观点认为这是大选中的一场灾难。"丹·法伊弗对我说。③

---

① 对杰弗里·利伯曼的采访;Zaid Jilani, "Flashback: Obama Repeatedly Touted Public Option Before Refusing to Push for It in the Final Hours," Think Progress, December 22, 2009, https://archive.thinkprogress.org/flashback-obama-repeatedly-touted-public-option-before-refusing-to-push-for-it-in-the-final-hours-380cbf31b6e0/; Kip Sullivan, "Bait and Switch: How the 'Public Option' Was Sold," PNHP, July 20, 2009, https://pnhp.org/2009/07/20/bait-and-switch-how-the-public-option-was-sold/; Tom Daschle, *Getting It Done* (New York: St. Martin's, 2010), Kindle edition, 74。
② 作者对奥巴马的几位竞选顾问的采访。
③ 作者对大卫·卡特勒的采访;John McCormick, "Obama Defends Health Care Plan," *Chicago Tribune*, November 24, 2007;作者对丹·法伊弗的采访。

奥巴马的政策团队确实有一个备选方案：自动让人们参加医疗保险，就像私营公司处理401(k) 退休计划①一样，但人们可以选择拒绝参加。对于401(k) 计划，通常很少有人拒绝缴存。劝说奏效了。这对奥巴马来说已经足够了。他认为，对儿童的强制令是有道理的，因为儿童的保险成本很低，而且他很乐意强制为儿童购买保险。但对于成年人，他会选择让大家自动参保，并推迟实行强制，至少要等到有人证明这么做绝对必要的时候。

2.

制定竞选提案的过程和时机受制于各种影响，有些是政治影响，有些是个人影响。卡特勒和利伯曼住得很近，两人的孩子年龄相仿，因此有时会在当地的一个操场上碰面商议一下事情；格鲁伯有一次告诉竞选班底，由于要参加他孩子的成年礼，他没办法赶在周一简报会之前及时将某项计算推倒重来。但是到了5月底，这个计划已经准备好了，在阵亡将士纪念日过后的星期二，奥巴马去艾奥瓦大学演讲时正式介绍了这一计划。②

在令人沮丧的拉斯维加斯论坛之后，他一路艰辛走到今天。他增强了竞选团队的实力，找来了政策主管希瑟·希金博特姆。作为首次展示的一部分，他的团队就这项提案编写了一份长长的白皮书，即使按照民主党竞选的标准，也算得上厚重翔实。它还包括了一份特别补充文件，关于医疗体系全面改革的，奥巴马承诺，这将使每个接受医

---

① 指美国1978年《国内税收法》新增的第401条的k项条款的规定，它逐渐取代了传统的社会保障体系，成为美国诸多雇主首选的社会保障计划。其保费由企业和员工共同缴存，企业向员工提供多种可供其自由选择的证券投资组合计划，可投资于股票、基金、年金保险、债券、专项定期存款等金融产品，属于基金式养老保险制度。——译者
② 作者对格鲁伯、利伯曼的采访。

疗保健服务的人的费用降下来。①

这对奥巴马来说是件大事。多年来与他分享自身艰难苦楚的许多选民已经有了保险。但他们几乎跟不上保费和自付费用的上涨,而奥巴马知道,这主要是因为有太多的钱流向了医生、医院和制药商。

从前,改革者曾提议像欧洲国家那样,通过规定费用或制定预算来解决这个问题。如今美国政界已经没有人再谈论这个了。反倒是将重点转向了"医疗服务提供机制改革"(delivery reforms),旨在提高效率,而无需政府进行价格监管。奥巴马的竞选文件中包含了一些深受专家欢迎的想法,比如简化账单以减少浪费和开销;鼓励医生和医院建立一体化的医疗体系,使医疗服务提供方能够更方便地沟通并协调医疗服务。总而言之,该文件预测,这些办法可以大幅减少医疗开支,最终,每个美国家庭每年将节省2 500美元。

这个数字在奥巴马的言辞中占据了显著的位置,尽管一些人觉得这个数字听起来像是杜撰的,但其实这并不是凭空而来的。奥巴马团队中的专家(卡特勒、利伯曼和哈佛医学院教授大卫·布卢门撒尔)花了数周时间回顾了关于各种改革理念影响的文献,随着他们越来越相信证据足以支撑他们的判断,对节约的钱数的估算也逐渐增加。但这个数字旁有一个星号,即另有注释。这2 500美元的节省是跟预计的基线相比,换言之,如果现有趋势继续下去,公共政策没有任何改变,这比预测的平均家庭支出少了2 500美元。最有可能的情况是,大多数家庭的医疗保健费用每年仍在上涨。普通人不会想到,如果没有奥巴马的干预,医疗开销可能会涨得更快。

这种误解将在辩论的后期产生政治影响。但奥巴马手头有一个更紧迫的问题。他决定暂不推行个人强制保险,这引起了专家和评论员的密切关注,他们认为这表明奥巴马对全民医保并不认真。"对于奥

---

① Karen Tumulty, "Obama Channels Hillary on Health Care," *Time*, May 29, 2007, http://content.time.com/time/nation/article/0,85 99,1626105,00.html.

巴马的计划,没有比它并不覆盖全民更惊人的事实了,"记者埃兹拉·克莱因在《美国瞭望》中写道,"有点讽刺的是,它的失败在于缺乏勇气。"①

我也有同样的反应,在为《新共和》撰写一篇文章时,我问乔纳森·格鲁伯,他认为缺了强制令会带来多大的不同。格鲁伯说,他没有专门模拟奥巴马的最终计划,并提醒说,对奥巴马提出的自动参保,其效果很难预测。但粗略估计,投保的人数将减少多达1 500万。②

五天后,爱德华兹在新罕布什尔州的一场电视辩论中用这个数字攻击了奥巴马。"我们有一个门槛问题,那就是我们是否会真的做到全民医保,"爱德华兹说,"据《新共和》估计,他的计划将无法顾及大约1 500万人。这事他说他稍后会处理。我觉得,除非我们有一部法律规定美国的每个男人、女人和孩子都得有医疗保障,否则我们会有数百万人覆盖不到。"③

希拉里·克林顿当晚没有就个人强制保险发表自己的看法,部分原因是她尚未公布自己的扩大医疗保险覆盖的计划。但她已经暗示,她也将推荐一种类似马萨诸塞州的医保覆盖方式。她的顾问们对奥巴马的声明做出了回应,明确表示她的计划,就像爱德华兹的提案一样,将含有惩罚措施——他们在 9 月公布计划时就是这样做的。④

在接下来的几个月里,随着提名竞争迅速缩小到两人对决,围绕强制令的争论成为了冲突的支点。这些争论,在许多专家看来冗长乏

---

① Ezra Klein, "A Lack of Audacity," *American Prospect*, May 30, 2007, https://prospect.org/article/lack-audacity/.
② See Jonathan Cohn, "So, About That 15 Million Figure You've Been Hearing …," *New Republic*, December 3, 2007, https://newrepublic.com/article/38373/so-about-15-million-figure-you've-been-hearing and Jonathan Cohn, "Wading Pool," *New Republic*, May 28, 2007, https://newrepublic.com/article/64506/wading-pool.
③ "Transcript: New Hampshire Democratic Presidential Candidates Debate," CNN, June 3, 2007, http://transcripts.cnn.com/TRANSCRIPTS/0706/03/se.01.html.
④ Patrick Healy, "Clinton Unveils Health Care Plan," *New York Times*, September 17, 2007, https://www.nytimes.com/2007/09/17/washington/17cnd-clinton.html.

味,有一次,《周六夜现场》在对其中一场辩论进行模仿时,对希拉里开起了玩笑。"如果你刚刚开始收看我们的节目,今晚辩论的第一部分,总时长 3 小时 40 分钟,从头到尾讨论医疗保健问题——还有可爱的乔治亚·布朗,这比你想象的无聊多了,"扮演全国广播公司主持人布莱恩·威廉姆斯的男演员说,"当然,那是一个极其重要的问题,但当这一位(指着扮演希拉里的女演员)开始谈论这个问题时,所有人能做的就是努力让大脑别死机。"

但这场争论也有令人厌恶的一面。希拉里毫不留情地抨击奥巴马,暗示他的计划不包含强制令意味着他非常乐意让那 1 500 万人得不到医疗保障,就好像他在整个政治生涯中从没有谈论过实现全民医保一样。奥巴马的竞选团队用邮寄广告进行回应,其中一份邮寄广告是这样说的:"希拉里的医疗保健计划强迫每个人都购买保险,即使你买不起。"但事实上,希拉里(像所有的强制令倡导者一样)已经明确表示,将设置困难豁免,也就是说,处罚只适用于那些按照法律标准能够负担得起保险费用的人。①

这份邮寄广告让许多评论家想起了昔日哈里和路易丝的系列广告。在克利夫兰的一次竞选活动上,一位助手把其中一份邮寄广告递给希拉里后,希拉里召集记者举行了一场临时的新闻发布会,要给奥巴马点颜色看看:"从什么时候开始,民主党人也在全民医保问题上开始互相攻击了?我以为我们都在竭力实现哈里·杜鲁门的梦想,"希拉里说,"真为你感到羞耻,巴拉克·奥巴马。"②

---

① "Clinton vs. Obama," FactCheck. Org, November 16, 2007, https://www.factcheck.org/2007/11/clinton-vs-obama/; Ben Smith, "More Negative Mail," *Politico*, January 31, 2008, https://www.politico.com/blogs/ben-smith/2008/01/more-negative-mail-005783.

② Paul Krugman, "Obama Does Harry and Louise, Again," *New York Times*, February 1, 2008, https://krugman.blogs.nytimes.com/2008/02/01/obama-does-harry-and-louise-again/; Howard Wilkinson, "The Day Hillary Clinton Got Really, Really, Really Mad in Cincinnati," WVXU, July 27, 2018, https://www.wvxu.org/post/day-hillary-clinton-got-really-really-really-mad-cincinnati#stream/0.

奥巴马经常表示他对这种你来我往的相互攻击不胜其烦，尤其是辩论，奥巴马说那些辩论"水平不够"，因为辩起来更多的是说些俏皮话，而不是进行有理有据的论辩。在模拟辩论时，奥巴马有时会厉声斥责那些充当对手或主持人的顾问。但他也明白，他得好好比赛才能赢，甚至他后来也承认，当他赢得提名时，他已经成了一个比当初犀利很多的辩手。①

3.

共和党医保政策的一个不变点是，它主要是被动的；他们只在必要的时候提出建议，因为民主党人已经先提出了。理查德·尼克松和约翰·查菲在他们的时代都是这样做的。2008年，轮到总统候选人约翰·麦凯恩了。

尽管麦凯恩在很多问题上有一些更为自由的本能，但在医疗保健方面，他是一个更传统的共和党人，换言之，他不喜欢听到增加开支、提高税收或加强监管的声音。他的提议由一些资深顾问给出，反映了他的这些偏好。他们想出的计划是，为自己购买保险的人提供税收抵免；为了支付这笔费用，麦凯恩将取消雇主支付保险获得的税收减免。其根本想法是让更多的人不再接受雇主买的保险，而是自行购买保险，那么为了争夺新客户，保险公司就会为所有人提供更便宜、更优质的保险方案。

跟奥巴马的计划一样，麦凯恩计划的一个前提是不同保险方案之间的竞争可以导致成本降低和医疗保健质量的提高。但奥巴马的计划

---

① 作者对奥巴马的几位高级助手的采访；Jon Favreau, "Despairing the Debates," *Ringer*, September 23, 2016, https://www.theringer.com/2016/9/23/16041068/presidential-debates-are-not-on-the-level-b85266ea53fa；作者对大卫·阿克塞尔罗德和法伊弗的采访。

为低收入人群提供了更多的财政补贴,因此根据预测,奥巴马计划的净效果将是数千万人获得保险。而麦凯恩的计划可能产生的影响要小得多,或者根本没有净影响。

与此同时,专家们表示,麦凯恩的计划可能会鼓励人们放弃雇主的保险,转而购买不太优厚的个人保险,也就是说,他们会自己直接从保险公司购买保险,赔付会更少,自付部分会更高。这对因年龄较大或病情较重而面临更多医疗费用的人来说,将是很难接受的。相比之下,奥巴马的计划有多种内置的保护措施,以确保每个人,包括那些有严重病患的人,都能得到全面的赔付。[1]

麦凯恩愿意以可能损害雇主保险的方式改变医疗保险的课税办法,这造成了一种政治负累,而奥巴马和他的战略专家们对此大加利用,表现出顽强的机会主义,就像他们在个人强制保险问题上攻击希拉里时一样。在弗吉尼亚州纽波特纽斯市的一次演讲中,奥巴马抨击麦凯恩的计划是"激进的",并警告说"根据麦凯恩的计划,至少有2 000万美国人将失去他们所依赖的从他们的工作场所获得的保险"。奥巴马的竞选广告上说:"麦凯恩将让你为医疗保险福利缴纳所得税。对健康福利征税,这是史无前例的。"

这些攻击或多或少是真实的,但它们忽略了关键的背景——比如忘了提到,在失去雇主保险的2 000万人中,大部分人或全部最终都会有其他保险选择,尽管并不那么优厚。奥巴马的这些竞选广告也引起了公众的共鸣,以至于奥巴马的政治顾问敦促他在医疗保健方面,别的问题基本就不要谈及了。民调显示,他在这个医疗保健问题上有决定性的优势(民主党人在大选中通常如此),而且到了普选时,其

---

[1] Jonathan Oberlander, "The Partisan Divide—The McCain and Obama Plans for U.S. Health Care Reform," *New England Journal of Medicine* 359, no. 8 (2008): 781–884, https://doi.org/10.1056/nejmp0804659; Shweta Jha, "Studies Analyze Costs, Impact of Obama, McCain Health Care Plans," Commonwealth Fund, September 16, 2008, https://www.commonwealthfund.org/publications/newsletter-article/studies-analyze-costs-impact-obama-mccain-health-care-plans.

他问题似乎更加紧迫。①

但奥巴马拒绝了这一建议。法伊弗忆起在芝加哥竞选总部的一次会议,当时他和其他政治顾问列举了避免继续谈论医疗保健问题的各种原因。"他说他很明白,"法伊弗回忆道,"但他说他不会放弃这个话题,因为他想保住实现的机会。"奥巴马赢得提名后聘请的曾效力于希拉里的高级顾问尼尔拉·坦顿也有类似的回忆。②

尽管奥巴马花了大量时间专注于税收问题,但他也强调了他认为他自己与共和党对手之间的根本区别——这种区别与其说是关于具体政策选择的争论,不如说是关于社会对最弱势成员承担何种义务的世界观的冲突。

10月7日,在纳什维尔举行了总统候选人三场辩论中的第二场,这是一个特别引人注目的时刻。在某个观众提问后,主持人汤姆·布罗考向总统候选人发问:"美国的医疗保健是一项特权、权利还是责任?"麦凯恩说这是一项责任,这一回答抓住了共和党思维的精髓。尽管像麦凯恩这样的共和党人乐于让政府帮助人们获得医疗保障,比如说通过提供税收抵免让保险变得便宜,但是他们反对政府应该为每个人提供医疗保障的观点。

民主党人的感受不同。自杜鲁门时代以来,他们的提议不断演变,但奥巴马明确表示,他们的动机并没有变。"我认为这应该是每个美国人的一项权利,"奥巴马说,"在我们这样一个富裕的国家里,我们有一些人因为无力支付医疗费用而濒临破产——我的母亲53岁时死于癌症,不得不在病房里度过她生命的最后几个月,与保险公司扯皮,因为保险公司说她的病可能投保之前就患有,所以他们不付她

---

① Angie Drobnic Holan, "Health Care Ad Is Right—Until the End," PolitiFact, October 3, 2008, https://www.politifact.com/factchecks/2008/oct/03/barack-obama/health-care-ad-is-right-until-the-end/; Maeve Reston and Seema Mehta, "Obama Attacks McCain Health Plan on Trail in Ads," *Los Angeles Times*, October 5, 2008, https://www.latimes.com/archives/la-xpm-2008-oct-05-na-campaign5-story.html.

② 作者对法伊弗和尼尔拉·坦顿的采访。

的治疗费用——发生这样的事情是非常不应该的。"①

出于实际原因，医疗保健问题对奥巴马来说很重要，因为他已经看到了巨额医疗账单对普通美国人意味着什么，无论这人是他自己的母亲，还是在竞选过程中接触他的人。但这对他来说也很重要，还因为他眼中的美国，没有人会被落在后面，社会最强大的力量会联合起来保护弱者。

推动全民医保肯定很困难，这一点他清楚。但他想成为一个承担起这些任务的变革型领导者。他已经准备好这样做了。但问题是，在他考虑当上总统的可能性时，党内其他人是否也准备好了。

---

① John Nichols, "Obama v. McCain: 'Fundamental Difference' on Health Care," *Nation*, October 8, 2008, https://www.thenation.com/article/archive/obama-v-mccain-fundamental-difference-health-care/.

八、老黄牛

1.

　　美国国会大厦有百余个"隐蔽处"——那是一些不会出现在公共目录中的私人办公室，经常处于人流量很小、隐蔽过道的角落里，给人一种霍格沃茨魔法学院的感觉。大多数情况下，它们是为参议员准备的，其中最好的那间就在议事厅旁边，这样议员们就可以在演讲和投票之间完成手头的工作，而无需去街对面写字楼里的办公套房。

　　泰德·肯尼迪晚年大部分时间里在国会大厦里的隐居之地是最令人羡慕的地方之一。它有一扇朝西的窗户，可以一眼望见国家广场，室内还有一些个人纪念品，可以让人瞥见他传奇的政治和家族历史。墙上有一幅丹尼尔·韦伯斯特的肖像，壁炉架上有一张泰德的哥哥小约瑟夫·肯尼迪的大幅照片，他在二战期间驾驶轰炸机飞越欧洲上空时遇难。泰德·肯尼迪把这个房间当作一个博物馆，乐此不疲地向来访者讲述壁炉背后的故事，据说 1814 年，英国军队就用这个壁炉里的火点燃了后来用来烧毁白宫的火把，这个故事纯属"爱尔兰人嘴里的真相"，一位分享过肯尼迪家族故事的助理称之为好故事，一个好得无法核实的故事。[①]

　　这位助理是大卫·鲍恩博士，神经科学家，于 1999 年加入泰德·肯尼迪委员会，2008 年 5 月的一天下午，他和泰德·肯尼迪在一起，当时他们在等一位约好会面的制药业高管。这位高管迟到了，面对这样的失礼行为，肯尼迪通常只会稍等几分钟就起身离开。但是那一天肯尼迪有点心事。所以，当他们坐在那里，隔着一张用肯尼迪家族帆船上的旧舵改成的木桌时，这位参议员给了鲍恩一个新任务：起草一份医疗保健议案。

对泰德·肯尼迪来说，将全民医保立法提交讨论是个一年两次的仪式，通常，他的议案要么呼吁单一支付，要么呼吁其他一些依赖于大型政府项目的改革方案。但是，这些提议在细节上显得单薄，因为它们纯粹是一种抱负的体现，旨在确认肯尼迪在最进步的迭代中对全民医保的承诺，而他专注于能够在国会通过的范围更窄的措施。②

现在，泰德·肯尼迪相信，全民覆盖或类似的东西触手可及，和华盛顿的所有人一样，他明白这样的时机是多么罕见和稍纵即逝。他早就说过，他在公共生活中的最大遗憾是没有在20世纪70年代初更努力地完成与尼克松的谈判。他不得不等了20年才有下一次机会，结果却看着克林顿的努力失败了。随着2008年总统竞选活动逐渐展开，政治上的顺风似乎又刮了起来，部分原因是这项事业有了一位新的、能干的拥护者：巴拉克·奥巴马。③

泰德·肯尼迪选择支持奥巴马是在南卡罗来纳州初选两天后，但在"超级星期二"——希拉里·克林顿有了可能在代表中领先的绝佳机会——之前。泰德·肯尼迪总是说他喜欢希拉里·克林顿，也敬

---

① Kevin Cullen, "Famine to Feast—Living the Dream," *Irish Times*, June 19, 2013, accessed July 14, 2020, https://www.irishtimes.com/culture/heritage/famine-to-feast-living-the-dream-1.1424566;作者对大卫·鲍恩和吉姆·曼利的采访; "Senator Ted Kennedy 'Hideaway' Office," C-SPAN, November 11, 2013, accessed July 14, 2020, https://www.c-span.org/video/?c4475195/senator-ted-kennedy-hideaway-office。
② "Kennedy's 40 Year Push for Universal Coverage," WBUR, January 21, 2009, https://www.wbur.org/commonhealth/2009/01/21/kennedys-40-year-push-for-universal-coverage;肯尼迪为国会所做的渐进努力包括关于基因不歧视和心理健康平等等法案。"Kennedy, Enzi, Snowe Celebrate Passage of Genetic Information Nondiscrimination Act," U.S. Senate Committee on Health, Education, Labor, and Pensions, April 24, 2008, https://www.help.senate.gov/chair/newsroom/press/kennedy-enzi-snowe-celebrate-passage-of-genetic-information-nondiscrimination-act;Robert Pear, "House Approves Bill on Mental Health Parity," *New York Times*, March 6, 2008。
③ 作者对鲍恩和大卫·内克松的采访。

重她，但他不禁为奥巴马叫好，他的几个侄子侄女也是如此。泰德·肯尼迪认为奥巴马激发活动人士和年轻选民的能力，可以给医疗改革带来在国会通过所需的推力。①

泰德·肯尼迪也明白时机的重要性，因为他曾目睹卡特和克林顿两届政府的拖延所造成的损害。泰德·肯尼迪告诉鲍恩，这一次，国会需要带头，这意味着现在就要准备一项议案，尽管此时距离大选还有几个月的时间，这样国会中的民主党人就可以在2009年初开始举行听证会并辩论修改（markup）。"他被唤起了热情，"鲍恩后来告诉我，"而我也是。"②

几天后，泰德·肯尼迪待在他位于科德角南端海恩尼斯港的家中。当天，他准备为一场慈善筹款活动办个招待会，该活动是自行车赛，由肯尼迪的一个侄子创办的为智障人士服务的志愿者组织"最佳伙伴国际"举办。这是泰德·肯尼迪晚年越来越热衷的事，他好像开启了人生的第二幕，并在其中找到了早年间明显缺乏的稳重和清醒。朋友们把他的这一变化归因于多方面因素，包括他甘心放弃角逐总统之位的抱负，转而专注于参议院工作，还有与律师维多利亚·雷吉相爱，并于1992年结婚。③

根据一些公开的报道，那天早上，肯尼迪像往常一样在草地上把网球打给他的两条葡萄牙水犬"阳光"和"水花"。后来，他想从房里走出去时，突然感到虚弱无力，无法走到户外呼吸新鲜空气，而是瘫坐在餐厅的椅子上。他开始抽搐。很快，他被救护车送到科德角医

---

① Jeff Zeleny and Carl Hulse, "Kennedy Chooses Obama, Spurning Plea by Clintons," *New York Times*, January 28, 2008.
② Karen Davis and Kristof Stremikis, "The Costs of Failure: Economic Consequences of Failure to Enact Nixon, Carter, and Clinton Health Reforms," Commonwealth Fund, December 21, 2009, https://www.commonwealthfund.org/blog/2009/costs-failure-economic-consequences-failure-enact-nixon-carter-and-clinton-health-reforms；对鲍恩的采访。
③ Karen Tumulty, "Vicki Kennedy: The Woman Who Saved Ted," *Time*, August 26, 2009, https://time.com/time/politics/article/0,8599,1918905,00.html.

院，然后又被直升机送往波士顿的马萨诸塞州综合医院。医生排除了最初的预感——中风，并做出了更糟糕的诊断。他得了脑癌，晚期。①

泰德·肯尼迪对癌症了如指掌。他的两个孩子都得过，包括小泰迪，他 12 岁的时候一条小腿接受了截肢手术，以阻止肿瘤扩散到骨头并造成损坏。治疗不仅包括外科手术，还包括当时的实验性化疗方案；泰德·肯尼迪晚上会陪着儿子，在他呕吐时抱着他，还学会了注射药剂，这样小泰迪就不用那么频繁地去医院了。泰德·肯尼迪意识到，尽管这很折磨人，但其他家庭的处境要更艰难。"他会和他逐渐认识的患儿父母待在一起，"大卫·内克松是泰德·肯尼迪的长期顾问兼传记合著者之一，他后来告诉我说，"他们会想，怎么才能买得起药……他们的房子必须重新抵押吗？他们的儿子或女儿能接受一半的药剂吗？他总是谈论这些。"②

现在，76 岁的泰德·肯尼迪是一个要与癌症作斗争、咨询医学专家、争取时间的人。而推动全民医保这件事他从未忘怀。7 月初，当他还在接受治疗时，老年医疗保险的一项关键拨款议案离通过所需的 60 票差 1 票。泰德·肯尼迪奇迹般地回到了参议院议事厅，投下了自己的赞成票。他得到了全场起立鼓掌，就连投了反对票的共和党人也是如此。随后，他的幕僚排队欢迎他，他一路走过去挨个跟每个人打招呼，直到他来到负责医疗保健问题的幕僚鲍恩跟前。只见他直视鲍恩的眼睛，问道："我的议案呢？"③

---

① Staff of the *Boston Globe*, *Last Lion: The Fall and Rise of Ted Kennedy*, ed. Peter S. Canellos (New York: Simon & Schuster, 2009); Ted Kennedy, "EXCERPT: Ted Kennedy's 'True Compass,'" ABC News, September 10, 2009, https://abcnews.go.com/GMA/Books/excerpt-ted-kennedys-true-compass/story?id=8563422; Edward M. Klein, "The Lion and the Legacy," *Vanity Fair*, June 2009.
② 对内克松的采访；Sally Jacobs, "Kennedy, His Children, and Cancer," *Boston Globe*, May 25, 2008, http://archive.boston.com/news/local/articles/2008/05/25/kennedy_his_children_and_cancer/?page=2。
③ David Rogers, "Kennedy Returns for Medicare Vote," *Politico*, July 9, 2008, https://www.politico.com/story/2008/07/kennedy-returns-for-medicare-vote-011638；对鲍恩的采访。

一个半月后,泰德·肯尼迪前往丹佛参加 2008 年民主党全国代表大会。这也可以说是他重返舞台,在这个舞台上他有过令人极其难忘的表现:他在 1980 年民主党全国代表大会上的演说。那次讲话是在泰德·肯尼迪试图从卡特手中夺取提名失败之后发表的,而卡特在大力推进医疗保健改革问题上的犹豫不决是肯尼迪最大的不满之一。"让我们下定决心,要让一个家庭的健康状况永远不会取决于其财富状况。"泰德·肯尼迪在演讲中说,几分钟后,他讲出了他的结束语,也是最著名的一句话:"工作还在继续,事业还在进行,希望依然存在,梦想永不破灭。"①

2008 年,这个梦想又跃跃欲试,泰德·肯尼迪迫不及待地想亲口说出。但在最后一刻,他遇到了另一个健康危机:肾结石。他在当地一家医院服了止痛药,然后直接去了会议中心,坐着高尔夫球车来到台上。肯尼迪在雷鸣般的掌声中说:"这是我一生为之奋斗的事业——我们有了新希望,我们将打破旧的僵局,保证每个美国人,无论东南西北,还是少壮年迈,都能得到体面、优质的医疗保健照护,这是我们的一项基本权利,不是什么特权。"他用这样一句话结束了演讲:"工作重新起步。希望再次升起。梦想生生不息。"②

这是他 1980 年演讲结束语的升级版,尽管这次演讲只有 6 分钟。而且他需要大量帮助,从丹佛医院治疗肾结石的医护人员到悉心护送他的家人,为防他体力不支,他们在台上也不离他左右。

事情就是这样,向前。泰德·肯尼迪将尽一切可能推进重大的医疗保健立法。但他需要合作伙伴,包括一位在许多方面都与他相左的

---

① Jon Ward, "'The Son of a Bitch Is Going to Run': Kennedy, Carter, and the Last Time a Powerful Politician Challenged an Incumbent President of Their Own Party," *Vanity Fair*, January 21, 2019, https://www.vanityfair.com/news/2019/01/the-last-time-a-powerful-politician-challenged-an-incumbent-president; Ted Kennedy, "1980 Democratic National Concession Address," speech, New York City, August 12, 1980.
② *Globe* Staff, *Last Lion*; Ted Kennedy, "Transcript: Edward Kennedy's DNC speech," CNN, August 25, 2008, https://www.cnn.com/2008/POLITICS/08/25/kennedy.dnc.transcript/index.html.

参议员。

2.

2003年那一年，马克斯·鲍卡斯正在做自己最擅长的事：与共和党人达成协议，并在这个过程中让他的民主党同僚气急败坏。

那时乔治·W. 布什还是总统，国会正努力起草一项议案，帮助老年人支付处方药的费用。来自蒙大拿州的资深参议员鲍卡斯是参议院财政委员会中老资格的民主党人，该委员会对医疗保险有管辖权。他正在与共和党主席、老资格的参议员查尔斯·格拉斯利密切合作，起草一份两党都能支持的折中议案。

成功似乎大有希望，部分原因是要求采取行动的呼声太高了。老年医疗保险不涵盖处方药，因为1965年老年医疗保险计划成为法律时，覆盖处方药并不是其标准功能，而且国会也没有与时俱进，对福利套餐加以更新。一些老年人从他们的旧雇主那里获得了退休人员药物保险，其他人可以购买补充保险，而最贫穷的老年人可以通过（作为老年医疗保险计划补充的）医疗补助制度获得处方药。但有四分之一的老年人根本没有药物保险，甚至一些有保险的人也只能被迫接受他们负担不起的分摊付款额和自付费部分。他们通过对自己的治疗进行限量来应对，这实际上意味着只服用一半剂量的药物或根本不服。①

20世纪90年代末，民主党人曾提议通过为所有老年人——不论健康状况或收入如何——提供药物福利来解决这一问题。按照他们的

---

① David Brown, "For Medicare, an Inadequate Prescription," *Washington Post*, June 26, 2000; Sue Landry, "Many Elderly Americans Forced to Skip Medications," *Tampa Bay Times*, September 14, 2005, https://www.tampabay.com/archive/1998/12/26/many-elderly-americans-forced-to-skip-medications/.

想法,这一计划将是传统老年医疗保险的一部分,并以或多或少相同的方式运作,由政府直接负责发放福利。阿尔·戈尔把这一提议作为他2000年总统竞选的一个重点,即使在他败北后,由泰德·肯尼迪和参议院多数党领袖汤姆·达施勒领导的国会民主党人也把制定一个有关处方药的提案作为他们的首要任务之一。①

通常来说,共和党人仍是更倾向于取消政府项目,而不是创建新的。但是,老年人是一个更招人同情的群体,而且日益成为共和党政治联盟的一个重要组成部分,因此,布什在2000年的竞选中提出了一项反提案,即老年人可以获得药物保险,只要他们参加了私营保险公司提供的替代传统老年医疗保险的任一保险方案。布什上台后,国会共和党人就采纳了这一想法,但民主党人认为它成功无望,民主党人直到2002年都控制着参议院,他们认为共和党的备选方案是一个诱使老年人脱离老年医疗保险制度中原本由政府管理的项目的计划,其实质是通过让其人员流失将其私有化。②

2002年,参议院成了共和党囊中之物,布什敦促国会再试一次。从这时起,鲍卡斯和格拉斯利忙活了起来。他们每周一起吃顿饭,作为来自农村州的参议员,他们把彼此视为志同道合的政治灵魂,谋求超越党派的利益。事实证明,这在有关老年医疗保险药物问题的讨论中至关重要,因为当时农村地区几乎没有私营老年医疗保险的选择。如果能有一种新的药物福利,格拉斯利想确保他的选民都能有一个简单的方法得到它。布什想把所有人从传统的老年医疗保险中赶出来以实现处方药保险,这是行不通的。

把布什的想法抛开不论,鲍卡斯和格拉斯利就能设计出一个对两党都有好处的折中方案。管理新福利的将是私营保险公司,而非联邦

---

① "Gore Presses Advantage on Prescription Plan," *Baltimore Sun*, August 27, 2000; "No Deal on Prescription Benefit," *CQ Almanac 2002*, 58th ed. (Washington, DC: CQ-Roll Call Group, 2003), http://library.cqpress.com/cqalmanac/cqal02-236-10363-664020.

② Robert Kuttner, "Bush's Troubling Medicare Plan," *Boston Globe*, September 10, 2000.

政府。(这部分是共和党人的主意。)但保险公司将不得不让那些不肯放弃传统医疗保险的老年人享受到处方药保险,而且该计划还必须保证农村地区的老年人也能享受到处方药保险。(这部分是民主党人和像格拉斯利这样来自农村的共和党人的主意。)该法案获得两党支持,以压倒性优势获得通过,泰德·肯尼迪和达施勒都表示支持。①

鲍卡斯的提案能让这两位自由派参议员产生如此大的热情,可不是件小事,因为以往他通常会招来党团那部分人的反感。鲍卡斯出身一个富裕的牧场家庭,是参议院中最保守的民主党人之一。在医疗保健方面,他第一次与自由派人士发生争执是在20世纪80年代末,当时他在佩珀委员会任职,即使与他交好的阿肯色州参议员大卫·普赖尔屡屡私下劝说,他依然拒绝支持全民医保方案。最近,在2001年,鲍卡斯与民主党领导人决裂,帮忙制订了2001年的布什减税计划,这让自由派非常鄙视。②

要说鲍卡斯以前的所作所为是他老家较保守的政治的一种表现,自由派人士可以理解和接受。若论及他与游说者及其所代表的行业过从甚密,自由派人士就没那么宽容了。《国家》杂志后来戏称他为"K街③最受欢迎的民主党人",而他与制药业的关系尤为密切。在有

---

① David Espo, "Medicare Deal Would Offer Equal Coverage," Associated Press, June 4, 2003, https://www.ourmidland.com/news/article/Medicare-Deal-Would-Offer-Equal-Coverage-7177650.php; Max Baucus, "Baucus Speaks on Bipartisan Medicare Framework," U.S. Senate Committee on Finance, June 5, 2003, https://www.finance.senate.gov/ranking-members-news/baucus-speaks-on-bipartisan-medicare-framework; David Nexon, "Senator Edward M. Kennedy: The Master Legislative Craftsman," *Health Affairs* 28, no. 1 (2009), https://www.healthaffairs.org/doi/full/10.1377/hlthaff.28.6.w1040.

② Jack Anderson and Michael Binstein, "Scrounging for Swing Votes," *Washington Post*, May 2, 1993; Mike Dennison and Charles S. Johnson, "Controversy Aside, It's Been a Long Run for Max Baucus," *Billings Gazette*, February 9, 2014, https://billingsgazette.com/news/state-and-regional/govt-and-politics/controversy-aside-its-been-a-long-run-for-max-baucus/article_f8379aae-e082-5351-9259-a9c5e111c5c5.html.

③ K Street,华盛顿的一条街道,曾经布满游说公司,后来就成了游说公司的代名词。——译者

关老年医疗保险福利的谈判中，该行业的首席战略家是鲍卡斯的前高级助理。与这个行业的来往，除了为其游说外，还有向其筹款；根据账目统计，截至2000年底，鲍卡斯已从医疗保健行业利益集团中筹集了近400万美元。①

鲍卡斯没有为此道歉。他认为行业团体可以提供专业知识，而且他觉得让他以前的员工为行业团体工作，会使立法上的伙伴关系更有效率。至于竞选资金，他表示，他完全赞成修改有关政治筹款的法律，甚至联合他人发起宪法修正案，以限制政治捐款。但他也说，只要允许金钱影响政治，他就决心比任何潜在对手更有钱。如果说他跟着共和党投票的方式有时会激怒自由派，那么他跟着自由派投票的方式有时也会激怒共和党——就像他支持1994年的攻击性武器禁令时一样，尽管蒙大拿州强烈支持拥枪权。他会告诉人们，他是民主党人，因为他相信政府应该帮助那些还在为基本需求而奋斗的人。他说，他与格拉斯利共同制定的处方药议案正是体现了这种精神。②

但药品立法也需要众议院采取行动，而在众议院，情况略有不同。在筹款委员会主席比尔·托马斯的领导下，共和党多数党提出了一项看起来更像布什最初提案的议案。这一议案大力推动私有化，对老年人的医保覆盖也没有那么慷慨。到了两院合并议案的时候，托马斯允许鲍卡斯参与谈判，但排除了约翰·布鲁以外的其他所有民主党人，布鲁是来自路易斯安那州的一位相对保守的议员，此前就支持私有化。民主党领导人对托马斯的决定感到愤怒，但他们更愤怒的是鲍

---

① Ari Berman, "K Street's Favorite Democrat," *Nation*, March 19, 2007; Jennifer McKee, "Baucus Staffers in Lobbyist Pipeline," *Missoulian*, April 13, 2008, https://missoulian.com/news/local/baucus-staffers-in-lobbyist-pipeline/article_b7a30f9e-65b8-5fa7-b921-60a58087dbc7.html; Kevin Zeese, "Max Baucus Should Not Be Deciding Health Care for America," PNHP, May 10, 2009, https://pnhp.org/news/max-baucus-should-not-be-deciding-health-care-for-america/.

② Erin P. Billings, "Democrats Sit on Cash Piles," *Roll Call*, July 3, 2008, https://www.rollcall.com/2008/07/03/democrats-sit-on-cash-piles/; Eric Alterman, "Grace Under Fire," *Rolling Stone*, June 1, 1995; 作者对马克斯·鲍卡斯的采访。

卡斯竟然赞同托马斯的决定。当他们看到最终的议案时更是火冒三丈，原因之一是，它在削减老年人的医保范围的同时，竟为私营老年医疗保险承保公司提供了额外补贴。①

民主党参议员在公开场合抨击了这项议案。私下里，他们大骂鲍卡斯。有一天，他们在走廊里见到鲍卡斯时，达施勒差点与之大吵一架，后来达施勒指示手下不要把他的电邮通讯录分享给参议院的医疗保健问题助理。鲍卡斯的助理们不得不自己重新创建电邮通讯录。在每周一次的党团会议上，时任纽约州参议员的希拉里·克林顿痛斥鲍卡斯，说鲍卡斯所做的正是批评者指责她对1993年医疗计划所做的：偷偷促成了一项可怕的交易。鲍卡斯为自己辩护说，花4 000亿美元为老年人提供医疗保健，这种机会实在不容错过——而鉴于共和党既控制了白宫又控制了国会，一些妥协是不可避免的。②

最后一轮投票过后，鲍卡斯和布鲁与格拉斯利和参议院多数党领袖比尔·弗里斯特一起参加了一个庆祝投票结果的新闻发布会。即便鲍卡斯对被民主党同僚排斥感到不安，他也是不会表现出来的。当时，他身上有两处大的瘀青，一处在眼睛下面，一处在右太阳穴上，因为几天前他在50英里的超级马拉松比赛中摔倒，头撞到了离起点8英里的一块岩石上。不管怎样，鲍卡斯还是完成了比赛，他的跑步表现已经在国会山获得了传奇的地位。"这家伙很是坚强，看看他的眼睛，"弗里斯特在记者招待会上说，"50英里啊，6毫米深的伤口，鲜血直流，他硬是撑了下来，一针没缝。"鲍卡斯笑着打断了弗里斯特的话："不是在那儿伤的，是在我们的党团会议上伤的。"③

这项议案不受欢迎，即便在布什签署生效后仍然如此，部分原因

---

① Robert Pear and Robin Toner, "Divided House Approves Expansion of Medicare," *New York Times*, November 22, 2003; Ezra Klein, "The Sleeper of the Senate," *American Prospect*, October 23, 2008, https://prospect.org/features/sleeper-senate/.
② 作者对民主党某高级助手的采访。
③ "Medicare Legislation Vote," C-SPAN video, 26: 14, November 25, 2003, accessed July 19, 2020, https://www.c-span.org/video/?179290-1/medicare-legislation-vote.

在于它为老年人提供（或不提供）的东西。即使新的老年医疗保险处方药计划（Medicare Part D）完全到位，许多老年人仍将欠下数千美元的处方药费，部分原因在于医疗保险覆盖的缺口，也被称为"甜甜圈孔"。在该议案通过后的一次民意调查中，只有21%的人表示他们对它持赞成态度。但鲍卡斯预测，随着时间的推移，它会越来越受欢迎，事实也的确如此，因此他很自豪："除非我们共同努力，否则任何重大的法律都不会在这个机构中通过。"①

事实上，鲍卡斯是如此热情，他甚至告诉幕僚他已经知道下一步要做什么：全民医保。②

3.

泰德·肯尼迪是对最终的老年医疗保险处方药计划感到光火的人之一，他说它是把老年人当作私营保险的保守实验的"小白鼠"。他之所以如此生气，是因为他早期在议案上所做的工作帮鲍卡斯掩护了自由派民主党和利益集团的关系。③

但肯尼迪促成过太多的计划，不会对此耿耿于怀。这些年来，他与参议员鲍勃·多尔合作促成了保护残疾人的法律，与犹他州共和党人奥林·哈奇合作促成了一项帮助数百万儿童获得医疗保险的法律。交友广泛的肯尼迪不仅珍惜这些关系，而且用心养护，并尽可能地进

---

① Sarah Kliff, "Part D Was Less Popular Than Obamacare When It Launched," *Washington Post*, June 21, 2013, https://www.washingtonpost.com/news/wonk/wp/2013/06/21/part-d-was-less-popular-than-obamacare-when-it-launched/?arc404=true.

② 作者对丽兹·福勒和乔恩·塞利布的采访。

③ Robert Pear and Robin Toner, "Medicare Plan Covering Drugs Backed by AARP," *New York Times*, November 18, 2003; Robert Pear and Robin Toner, "A Final Push in Congress: The Overview; Sharply Split, House Passes Broad Medicare Overhaul; Forceful Lobbying by Bush," *New York Times*, November 23, 2003, accessed July 18, 2020, https://www.nytimes.com/2003/11/23/us/final-push-congress-overview-sharply-split-house-passes-broad-medicare-overhaul.html.

行个人接触，比如派恰好具有歌唱天赋的长期助理尼克·利特菲尔德来演唱业余作曲家哈奇在业余时间创作的曲子。(肯尼迪和哈奇关系特别好，肯尼迪癌症病发后，哈奇为他写了一首歌，叫《回家》。)①

肯尼迪还做了很多一对一的游说，不管是通过手机（一部他一直称为"蓝莓"的黑莓手机，因为它的外壳是蓝色的），还是当面，即使这意味着拜访更多的初级议员，而惯常操作是反过来的。"如果你是一个初级参议员，那么你就不得不跑来跑去，如果你是高级参议员……你不用去别人的办公室，他们自会来找你，"肯尼迪的前政策顾问卡维塔·帕特尔说，"但是肯尼迪从没有觉得拜访初级参议员有失身份。只要能促成法案，他就会去做。"②

肯尼迪善于找出存在共同利益之处，从而将对手化为盟友，就像他在20世纪90年代初所做的那样，当时他赢得了南卡罗来纳州的极端保守派罗姆·瑟蒙德对一项反堕胎团体强烈反对的胎儿组织研究法案的支持。瑟蒙德的女儿患有青少年糖尿病。泰德·肯尼迪大力宣扬胎儿组织研究在开发相关疗法上的潜力。瑟蒙德因此给予支持。③

泰德·肯尼迪之所以能使这些伙伴关系发挥作用，一个原因是他在职业生涯中得到了进步团体的善意。堕胎权利倡导者不会因为他与哈奇合作就责怪他，虽然哈奇是他们最顽固的对手之一，那是因为泰德·肯尼迪曾在医疗保健立法和司法确认过程中为保护生殖权利奋战过。民权组织不会抗议他与瑟蒙德的合作关系，虽然瑟蒙德是作为种族隔离的拥护者而获得权力的，那是因为自1964年泰德·肯尼迪代表《民权法案》在参议院发表就职演说以来，一直是一位直言不讳、

---

① David Nexon and Nick Littlefield, *Lion of the Senate*: *When Ted Kennedy Rallied the Democrats in a GOP Congress* (New York: Simon & Schuster, 2015), 89; 对鲍恩的采访; Lee Davidson, "Hatch, Kennedy Made Political Theater as 'Odd Couple,'" *Deseret News*, August 27, 2009, https://www.deseret.com/2009/8/27/20336963/hatch-kennedy-made-political-theater-as-odd-couple#sen-edward-kennedy-d-mass-in-1970。
② 作者对卡维塔·帕特尔的采访。
③ 对内克松的采访。

卓有成效的盟友。①

但泰德·肯尼迪作为自由派偶像的地位有时却使他在民主党较保守的派系中成了不那么令人信服的推销员，该派系的人来自农业州和南部州，在那些州，如果与美国自由主义的符号有瓜葛，在政治上是相当危险的。这就是马萨诸塞州式改革让肯尼迪如此兴奋的原因之一。它们得到了一位共和党州长和一个保守派智库的认可，使得它们更容易在美国这些地区被接受。即便如此，泰德·肯尼迪还是需要一位特使——此人要得到他那些来自阿肯色州和路易斯安那州的同事的信任，相信此人能从更保守的世界观来评估和推动立法。在2006年民主党夺回多数席位时成为财政委员会主席的鲍卡斯，便是一个合理的人选。

鉴于他们在意识形态和性情上的差异，这种伙伴关系似乎注定不会成功。就算鲍卡斯是斯坦福大学毕业的律师，但他仍是参议院不太善于言辞的议员之一，解释起政策来磕磕巴巴，有时甚至在朗读事先准备好的稿子时也会读串了行。同事们会觉得他彬彬有礼但不够外向，和蔼可亲但不善于交际。对与他关系密切的人，他是出了名的敏感、脸皮薄，正如另一位参议员的一位高级助理所说："总是留心别人是不是瞧不起他，不管是现实中的还是想象中的。"②

尽管如此，泰德·肯尼迪和鲍卡斯都对参议院作为一个审议机构怀有无上敬意——在这里，持不同观点的立法者可以召开会议，讨论于全国有重要性的问题，并最终形成足够通过法律的强大联盟。鲍卡斯在制定两党联立的医疗保健方案方面也极富经验。除了老年医疗保险的药物福利外，他还帮助组织了一项议案，对肯尼迪和哈奇在20

---

① Amy Sullivan, "Ted Kennedy's Quiet Catholic Faith," *Time*, August 27, 2009; Ted Kennedy, "Maiden Speech," U.S. Senate, April 9, 1964, https://www.senate.gov/artandhistory/history/common/image/CivilRightsFilibuster_MaidenSpeechTedKennedy.htm.
② 作者对民主党几位官员和高级助手的采访。

世纪 90 年代制订的儿童健康保险计划重新授权。当布什以需控制联邦开支为由要限制拨款时，鲍卡斯帮忙召集共和党人来支持一项要求更多拨款的议案。①

在重新授权一事上，鲍卡斯的合作伙伴是格拉斯利，就像此前在老年医疗保险议案上一样，他相信与格拉斯利合作将是获得全民医保法案的最简单、最可靠的方法。"与格拉斯利和哈奇联手……那样齐心协力，我认为这给了我们一些把握，对医疗保健一事有了一些信心，这是我们成事的基础。"鲍卡斯的幕僚长乔恩·塞利布后来告诉我说。②

鲍卡斯还认为，两党联立的法案在政治上更具持久性。"在幕僚会议上他多次对我们说，这个国家的每一项重大社会立法都以两党多数通过了，"鲍卡斯的医疗保健问题首席顾问丽兹·福勒回忆说，"《社会保障法》、老年医疗保险制度、医疗补助制度、《美国残疾人法案》、《民权法案》。他能说出这些法案的名称，还知道当时参众两院各有多少赞成票，总之都是大票数通过。他说，'没有两党的支持，就不可能有大的社会变革，而你要它长久，这就是它长久的原因。'"③

这一次为了推动医疗改革，鲍卡斯在国会图书馆召集了为期一天的活动，名为"蓄势待发"（Prepare for Launch）。这次既是一场媒体盛会，也是一场研讨会，旨在让个别议员明白需要做什么以及为什么要做。一段介绍性视频以"发现号"航天飞机升空的片段结束，之后鲍卡斯谈到了"阿波罗 11 号"的登月任务以及现在"众星［连成］一线"是如何等待改革的。这个比喻，他可能用得并不恰当，但他传递的信息是明确的："我们必须对我们当前的制度形成共识，

---

① David Espo, "Congress Passes New Child Health Care Bill, Setting Up Another Veto Fight with Bush," Seacoastonline. com, November 4, 2007, https://www.seacoastonline.com/article/20071104/PARENTS/71102017.
② 对塞利布的采访。
③ 对福勒的采访。

不管好的、坏的……只有我们共同努力,我们才能取得成功。"鲍卡斯邀请了美联储主席本·伯南克发表主旨演讲,伯南克认为医疗改革将有利于经济发展。①

共和党人的反应正是他所希望的。"我们认为……什么都不做不是办法。"来自得克萨斯州的共和党参议员凯·贝利·哈奇森说。峰会一结束,作为嘉宾出席的众议院共和党人汤姆·普赖斯就给鲍卡斯递了一张手写的便条。"你很清楚改革的必要性和耐心的重要性,"身为整形外科医师和共和党领医疗保健问题领导人的普赖斯写道,"谢谢你带了头!如果我能帮上忙,尽管开口。"更为热情的支持来自犹他州保守派共和党参议员罗伯特·班内特:"我认为,除了一些顽固的拒不合作者,现在几乎每个共和党人都愿意接受这个想法,即每个美国人都可以,或者说应该得到保险。"②

班内特有理由相信这一点。他是《健康美国人法案》的共和党方面主要共同发起人,这是一项两党联立的法案,旨在通过相当于代金券制度的方式实现全民医保。所有的美国人,除了那些参了军或参加老年医疗保险的人,都会得到一笔可以用于购买私营保险的借款。政府将为穷人和中产阶级提供补贴。它还将密切监管保险方案,以确保每个人都能得到一份保单,无论购买保险之前是否已患病。

该法案的设计者是俄勒冈州的民主党参议员罗恩·怀登。死抠细节、毫不掩饰其热忱的怀登早在2006年12月就提出了这项计划,适逢民主党刚刚于中期选举中赢得对国会的控制权,比约翰·爱德华兹在民主党初选中公布其医疗计划早了几个星期,这也就是说,从历史

---

① Max Baucus, "Prepare for Launch Health Reform Summit Opening Statement," speech, Washington, D.C., June 16, 2008; "Fed Wary of Health Care Costs," CBS News, June 16, 2008, https://www.cbsnews.com/news/fed-wary-of-health-care-costs/.
② John McDonough, *Inside National Health Reform* (Berkeley: University of California Press, 2012), 63–64; Tom Price to Max Baucus, note, undated; Ezra Klein, "The 'Prepare for Launch' Health Summit," *American Prospect*, June 16, 2008, https://prospect.org/article/prepare-launch-health-summit/.

上讲,是怀登首先打破了民主党人自20世纪90年代中期以来对全民医保问题不成文的禁忌。"我认为这个国家希望医疗保健问题得到解决,"怀登说,"各种发言和立场文件都不算少,是时候采取行动了。"①

据国会预算办公室称,从书面上看,《健康美国人法案》无懈可击,承诺将覆盖几乎所有的美国人,并在第一年内实现自负盈亏。但世界上所有的政策记者(包括我)的赞歌也不能让民主党领导人把它当回事。②

这跟个性有关;怀登认为鲍卡斯没有认真对待他的想法,而鲍卡斯认为怀登是个讨厌鬼。但更主要是,这是个政治问题。该议案设想结束大多数现有的保险安排,包括雇主出资的。怀登认为这是好事而非错误,因为根据是否有工作而制定的各种政策是靠不住的。"靠雇主买医保,就像夏天阳光下的冰棒一样。"他说。但如果说议员们从克林顿的计划中吸取了一个教训,那就是他们从哈里和路易丝的广告中得到的那个:不要打雇主保险的主意。③

共和党人也有自己的反对意见,因为该议案需要大量的监管和新的支出。当记者追问时,6名共和党共同发起人中的大多数都承认他们不支持其中的具体细则。只有班内特看起来是真心支持。

尽管如此,在公众对《健康美国人法案》的支持与鲍卡斯在峰会上发表的乐观言辞之间,很明显,相当一部分共和党人现在看到了公开宣布支持全民医保的政治价值。相比不久前的情况,这是个转变。而这种转变的发生并非偶然。

---

① "Sen. Wyden Proposes Universal Health Plan," CBS News, December 2006, https://www.cbsnews.com/news/sen-wyden-proposes-universal-health-plan/.
② "Analysis of a Wyden/Bennett Health Insurance Proposal," Congressional Budget Office/Joint Committee on Taxation, May 1, 2008, https://www.cbo.gov/publication/24777; Ezra Klein, "Health Care's Odd Couple," *American Prospect*, February 15, 2008, https://prospect.org/article/health-care-s-odd-couple/; Jonathan Cohn, "What's the One Thing Big Business and the Left Have in Common?," *New York Times Magazine*, April 1, 2007.
③ 作者对民主党几位高级助手的采访;Drew Armstrong, "Wyden Pushes for Universal Health Care Legislation," *CQ*, December 13, 2006。

4.

医疗保健在 2008 年成为一个问题,首先(也是最主要)是因为有那么多人在苦苦挣扎。但参与过去辩论的人普遍怀疑,公众的沮丧情绪是否足以突破通常的政治障碍。其中一个叫罗恩·波拉克的人决心要做点什么。

作为科班出身的律师,波拉克自 1983 年以来一直领导医疗保健倡导工作,并在那一年帮助成立了"维勒斯基金会"(以慈善家菲尔·维勒斯和凯特·维勒斯的姓氏命名),其使命是为老年人和低收入美国人群争取更好的医疗照护。1989 年,波拉克和该组织的董事会将目标扩大到为所有美国人争取医疗照护,并将其更名为"美国家庭"。[1]

正如《纽约时报》所说,20 世纪 90 年代初,该组织成为克林顿计划"事实上的公关经理"。其行动的亮点,是一系列包括救护车在内的越野大篷车浩浩荡荡开进城市,车灯炫目,警笛鸣响,作为全民医保主题集会的前奏。克林顿随后的失败使波拉克相信,成功不仅需要来自基层民众的压力,而且需要一些传统上持敌对态度的行业团体达成共识。[2]

波拉克开始组织会议,受邀参会的人包括从工会到制药行业的各色人等,最终安排了和这些"怪异盟友"中的 18 人进行一系列更为正式的讨论。这些对话有议程,有专业的主持人,还有分析师在会议间隙对提案上的数字进行分析。罗伯特·伍德·约翰逊基金会为这个项目支付费用。(据波拉克估计,算上提高公众意识的宣传活动和其他努力,为让全民医保获得支持,该基金会投入了 1 亿多美元。)[3]

---

[1] 作者对波拉克的采访。
[2] Tamar Lewin, "Hybrid Organization Serves as a Conductor for the Health Care Orchestra," *New York Times*, July 28, 1994.
[3] 对波拉克的采访;Lisa Wangsness, "Lobbies Backing Health Reforms," *Boston Globe*, December 3, 2008, http://archive.boston.com/news/nation/articles/2008/12/03/lobbies_backing_health_reforms/?page=1。

为了组织会议，并鼓励可能持谨慎态度的行业团体参与，波拉克接联系了克林顿医保之战中的一个昔日敌手：奇普·卡恩。那件事后，卡恩从医疗保险游说团跳槽到了一家大型医院行业集团。他在共和党人中也很有信誉，因为他操持过纽特·金里奇的前两次国会竞选活动，并在20世纪80年代加入共和党筹款委员会之前为当时的参议员丹·奎尔工作。①

即使是那些从现状中获利的行业也可以看到，现状正在变得不可持续。针对那些要么没有保险、要么自掏腰包的人提供慈善照护，给医生和医院带来了巨大的压力。不断上涨的保费给商界带来了更大的负担，而20世纪90年代产生的储蓄管理型医疗看起来越来越像昙花一现。尽管行业团体仍一如既往地怀疑政府的干预，但它们愿意进行对话，而且渐渐地，行业团体也开始就全民医保的目标达成一致——虽然值得注意的是，关于如何为全民医保提供资金的共识更难达成。

波拉克的"怪异盟友"会议只是华盛顿内外发生的几次对话的其中一类，同一群体中不同的子集会遇到，有时还有一些看似不太可能产生交集的子集，比如来自"服务业雇员国际工会"的安迪·斯特恩与沃尔玛首席执行官李·斯科特一起领导某个呼吁改革的劳资联盟。②

关注这一进展的人当中，就有泰德·肯尼迪的卫生、教育、劳工与养老金委员会（HELP Committee）的工作人员，他们决定召集自己的一系列讨论。他们称之为"老黄牛小组"，因为他们想远离头条新闻（也就是说，不为作秀），而是就立法应有的样子形成真正的、持久的共识。通常情况下，老黄牛小组的会议会在波拉克那边的会议结束后立即进行，与会者会同乘出租车前往国会山。③

---

① 对波拉克的采访。
② Michael Barbaro and Robert Pear, "Wal-Mart and a Union Unite, at Least on Health Policy," *New York Times*, February 7, 2007.
③ 作者对约翰·麦克唐纳和波拉克的采访；McDonough, *Inside National Health Reform*, 50–58。

2008年10月的一次会议将特别具有启发性。参会者有波拉克和卡恩,以及凯伦·伊格纳尼——现在是"美国健康保险计划"(AHIP)的总裁,这个行业组织代表了美国大多数保险公司。出席会议的还有公共卫生学者、马萨诸塞州"全民医疗"前主任约翰·麦克多诺。肯尼迪把他招入了 HELP 的工作团队。

会上,麦克多诺提出了三种改革设想,每一种都以首都的著名大道命名。沿着"宪法大道"走下去,意味着要摧毁现有的保险和资金安排,然后代之以单一支付计划或像怀登那样的代金券计划。无论哪种,都将带来全民医保覆盖和对成本的严格控制,其结果可能最接近于建立存在于欧洲和东亚的那种医保体系。任何一种设想都会涉及美国历史上从未尝试过的变成福利国家的大规模改革。

另一条路是"独立大道"。这意味着要进行一系列范围略窄、野心略小的改革——为穷人提供补贴,对保险市场规则进行适度调整,或许会建立"高风险池",为那些被排除在个人市场之外的投保前已患有疾病的人提供最后的保险机会。这是一条政治阻力最小的路线,因为它只是对现有项目的增量扩展。不过,作为政策,这只会让医疗照护比以前略微容易获取一些,对管理医疗体系的总体成本作用甚微。相对来说,这一设想实施起来较为容易,因为它提出的目标太少了。

第三种可能性是尝试"马萨诸塞大道"——换句话说,在全国范围内推广罗姆尼的做法。这也是奥巴马赞同的方法,而且当时在民调中领先。

在 20 名参会者中,没有人想尝试"宪法大道"或"独立大道",但大约 15 人表示他们喜欢"马萨诸塞大道"的想法。"在选举之前,"麦克多诺后来写道,"在还没有真正走国会程序之前,2006 年马萨诸塞州通过的一项法律已经成为国家改革的基本模板。"[1]

---

[1] 对麦克唐纳的采访;McDonough, *Inside National Health Reform*, 35-37。

5.

另一个注意到马萨诸塞州做法的人是鲍卡斯的顾问丽兹·福勒。

福勒在堪萨斯州长大，是一个全科医生的女儿，她上大学时以为自己会去读医学预科。然后，她修了一门关于政策的课，并认定她要治愈的是美国病态的医疗保健体系，而不是个别病人。自此，福勒的轨迹包括在联邦政府（她在此担任老年医疗保险的政策分析师）、约翰斯·霍普金斯大学（她在那里获得了公共卫生博士学位）、英国（她在那里拿着奖学金研究国民医疗服务）和明尼苏达大学（她取得了法律学位）。之后，她尝试在华盛顿特区的一家律师事务所工作，但对这份工作深恶痛绝，然后便寻找重返公共部门的途径，最后如愿落脚在国会山，为财政委员会的鲍卡斯工作。[1]

《老年医疗保险药物法》2003 年通过，一方面让她感到自豪，另一方面也让她心力交瘁。在少数派中再待上几年的前景听起来并不那么吸引人，尤其是考虑到有那么多民主党人对她的老板产生了蔑视，而且美国最大的保险公司之一"维朋"（WellPoint）当时也有一个职位空缺。福勒后来告诉我，她当时心情极为复杂。但她还有学费的债要还，而且"维朋"不想让她去游说她的老同事。如果去"维朋"就职，她只是负责分析和协助制定有关公共政策的立场。

她说，"维朋"说到做到。但"维朋"将自己定位为该行业最有力的反改革者，而当时整个行业对改革的支持在上升。福勒说，她特

---

[1] Carrie Budoff Brown, "Who to Watch For in Debate over Care," *Politico*, May 3, 2009, https://www.politico.com/story/2009/05/who-to-watch-for-in-debate-over-care-021952; Mike Dennison, "Baucus Staffer Who Led Health Reform Drafting Moving to Obama Administration," *Billings Gazette*, July 13, 2010, https://billingsgazette.com/news/state-and-regional/montana/article_4a5924b4-8cd7-11df-93ce-001cc4c03286.html.

别不高兴看到"维朋"利用自身相当大的影响力来反对加州通过马萨诸塞州式立法。2008年2月，当她的上一个工作职位招人时，她立马抓住了机会。

尽管听证会和高层会议在头几个月会占用她很多精力，但她那一年的主要精力将集中于起草鲍卡斯在2003年首次发誓要制订的医疗计划。鲍卡斯最初想起草一份完整的法案。福勒说服他，编写一份详细的白皮书，描述新体系的基本结构，同时在最具政治敏感性的问题上列出选项而不承诺具体的选择，这样更有意义。她与肯尼迪的幕僚——尤其是鲍恩——保持着密切的联系，到了秋天，她开始更频繁地与奥巴马的顾问交谈，他们曾试图阻止鲍卡斯发表这份白皮书，但没有成功，最终协商结果是在发表前让他们审阅。①

选举结束一周后，鲍卡斯发表了白皮书。在这份89页的文件中，没有什么特别出人意料之处，而这正是它如此重要的原因。乍一看，鲍卡斯的提案看起来很像奥巴马的提案，而且两者都是肯尼迪支持的马萨诸塞州改革的全国版。尽管这份文件的一个明确目的是在参议院表明鲍卡斯对医疗保健问题的主张，但即便是那些对鲍卡斯持谨慎态度的人，也记得犹豫不决、怀有敌意的财政委员会主席丹尼尔·帕特里克·莫伊尼汉在克林顿执政期间对改革所造成的破坏。正如凯伦·图姆尔蒂所说："这是财政委员会主席——任何努力的最大障碍之一——发出的信号，这表明他打算继续前进。"②

泰德·肯尼迪当然是这么理解的。在白皮书发表后不久流传的一份新闻稿中，肯尼迪称赞这是"一项重大贡献"，并表示他盼望与鲍卡斯合作，而鲍卡斯立即投桃报李，在一次新闻发布会上特意向肯尼迪致谢："我想与肯尼迪参议员，HELP委员会和我所有的同事，特

---

① 对福勒的采访；作者对鲍恩、福勒、克里斯·詹宁斯、珍妮·兰布鲁的采访；对民主党多位高级助手的采访。
② Karen Tumulty, "Moving Forward on Health Care," *Time*, November 12, 2008, https://swampland.time.com/2008/11/12/moving-forward-on-health-care/.

别是两党同仁,携手合作……在过去的几周里,我已经和肯尼迪参议员就此谈了三次,我们的意见非常一致。"①

对于像罗恩·波拉克这样努力打造这种团结场面的倡导者来说,这是一个值得回味的时刻:"有意义的医疗改革的前景,从未如此美好。"②

他是对的——尽管前景有了很大的改善,但事实证明,改革的难度还是远超那些身心俱疲、久经沙场的倡导者的想象。

---

① "2009 Health Reform Plan," C-SPAN video, 37:28, November 12, 2008, https://www.c-span.org/video/?282373-1/2009-health-reform-plan.
② Robert Pear, "Senator Takes Initiative on Health Care," *New York Times*, November 11, 2008, accessed July 20, 2020, https://www.nytimes.com/2008/11/12/washington/12health.html.

第 二 部 分

2008—2010

九、硬骨头总是难啃的

2010年1月19日那天，巴拉克·奥巴马、南希·佩洛西和哈里·里德都在白宫椭圆形办公室。奥巴马就任总统已近一年，而他们通过医疗改革的努力却濒临崩溃，这一切都是因为在大约450英里外的波士顿，一位民主党人在泰德·肯尼迪留下的参议员席位的特别选举中做出了让步。

马萨诸塞州是美国最自由的州之一，在该州失败一度让人难以想象。该州颇有成就的检察官玛莎·科克利在早期民调中上升了30个百分点。而她的对手、共和党的州参议员斯科特·布朗的履历上，个人的高光时刻是22岁时在《大都会》（*Cosmopolitan*）杂志举办的美国最性感男人大赛中获胜。

但马萨诸塞州的选民和全国各地的选民一样心情糟糕。在医疗保健方面的努力是其中一个重要原因，布朗抨击这是不关心普通美国人的政界人士的营私腐败、偷偷摸摸之举。布朗说："选民们不希望万亿美元的医保法案强加到美国人民头上。"

这种观点非常奇怪，因为全美医改的范本是罗姆尼在马萨诸塞州的改革，而民调一直显示，该州大多数人对此是支持的。但事实证明，科克利在与选民建立联系方面尤为无能，这强化了布朗的论调。根据政客网（Politico）的一份统计，截至竞选接近尾声时，科克利只露面19次，而她的对手布朗是66次。当一位电台主持人问科克利为什么不多去竞选巡游路线上走走时，她问："学别人站在芬威公园外面？这种大冷天里？跟这个那个握手？"——显然，她指的是网上流传的一段视频，看起来布朗就是这么做的。①

大约在投票前一周，当政治事务主任帕特里克·加斯帕德在一次会议上宣布，民主党内部调查显示科克利的支持率正在下降时，她失利的前景开始引起白宫的关注。当时，奥巴马和他的顾问正在与参众两院的民主党领导人进行马拉松式的谈判，参众两院分别通过了各自版本的议案，希望制定一份让两院都通过的折中版本。但这要求民主党必须有60票赞成票，而科克利失利将使民主党就只有59票。②

如果民主党人因无法保住泰德·肯尼迪空出的席位而导致医疗改革失败，这对其支持者来说几乎是难以承受的。但这正是许多民主党人在投票结束后开始提出的看法，很显然，科克利已经输了。持这种看法的人当中，尤为引人注目的是巴尼·弗兰克，他是马萨诸塞州一位坚定的自由主义者。他说："我们对民主程序的尊重，必然使通过医疗保健法案的任何努力付诸东流，就好像马萨诸塞州的议员选举没有发生一样。"③

---

① Robert Blendon, Tami Buhr, Tara Sussman, and John M. Benson, "Massachusetts Health Reform: A Public Perspective from Debate Through Implementation," *Health Affairs* 27, no. 1 (October 2008); Timothy Noah, "How Romneycare Killed Obamacare," *Slate*, January 20, 2010, https://slate.com/news-and-politics/2010/01/how-romneycare-killed-obamacare.html; Tim Dickinson, "The Coakley Cockup," *Rolling Stone*, January 19, 2010; James Kirchick, "Why Martha Coakley Lost Ted Kennedy's Senate Seat to Scott Brown Is No Big Mystery," *New York Daily News*, January 20, 2010; Jason Zengerle, "Who's to Blame for a Candidate Like Martha Coakley?," *New York Magazine*, January 17, 2010, https://nymag.com/intelligencer/2010/01/whos_to_blame_for_a_candidate.html; David Graham, "Six Explanations for Why Coakley Lost in Mass.," *Newsweek*, January 19, 2010, https://www.newsweek.com/six-explanations-why-coakley-lost-mass-70775; Tracey D. Samuelson, "Coakley Concedes Race: Five Lessons from Her Campaign," *Christian Science Monitor*, January 20, 2010, https://www.csmonitor.com/USA/Politics/2010/0120/Coakley-concedes-race-five-lessons-from-her-campaign.

② 作者对吉姆·迈锡那的采访。

③ "Democrats Conflicted on Next Steps for Health Care Reform," PBS, January 20, 2010, accessed September 15, 2020, https://www.pbs.org/newshour/health/among-democrats-conflicting-ideas-on-how-to-proceed-on-health-care-reform.

奥巴马、佩洛西和里德并没有准备放弃。他们也没有就如何前进达成共识。几天前，考虑制订应急计划的白宫战略家们已经认定，唯一可行的途径是让众议院原样通过参议院的议案。但众议院领导人讨厌参议院的立法，他们认为这项立法对医疗保健行业不够严厉，在帮助中低收入美国人支付保险费用方面做得还不够。佩洛西明确表示，众议院不会对参议院的议案投赞成票，这促使奥巴马询问她是否有替代议案。她没有。里德也没有。①

会后，佩洛西向记者保证，改革还没有夭折："我们会完成这项工作。我很有信心。"

没有理由把这话当真——然而，两个月后，也就是2010年3月，他们在白宫，看着奥巴马亲笔签署了这部华盛顿的几乎每个人都相信永远不会通过的法案。改革死而复生，而且已经不是第一次了。

民主党的成功与十多年来改革倡导者所做的准备工作，以及党的领导人的技能和决心有很大关系，它从1月19日在白宫椭圆形办公室的三位领导人开始。同样重要的还有民主党人在努力完成的事情的紧迫性。如果美国的医疗保健状况没有如此糟糕，如果没有这么多人受苦并急需帮助，那么改革就不会得到通过政治程序所需的支持。

这并不是说奥巴马签署的立法承诺要解决美国人面临的全部或者至少是大部分问题。这本应是一个覆盖全民的医疗保健法案，但官方估计，它最多只能惠及92%的非老年人口。它本应使医疗费用降低，但很少有经济学家预计它会对总体成本轨迹产生重大影响。②

这部法律之所以未能实现其最初更为崇高的承诺，其中一个原因

---

① 关于这次会议有很多报道，包括我2010年在《新共和》上发表的一文。在此，我的描述基于政府内部的多个来源。它与《华盛顿邮报》2010年那次回顾中的故事非常吻合，该回顾是我发现的已发表作品中最详细的。Staff of The *Washington Post*, *Landmark: The Inside Story of America's New Health Care Law and What It Means for Us All* (New York: PublicAffairs, 2010), Kindle edition, 49–50。

② Congressional Budget Office, H.R. 4872, Reconciliation Act of 2010 (Final Health Care Legislation), Washington, D.C., March 20, 2010, https://www.cbo.gov/publication/21351.

是，法律的起草者在中和反对者或争取反对者的过程中做出了战略决策和实质性让步。但是，如果该法律的拥趸做出的选择成为事后嘲弄的对象，那么现实是，奥巴马、佩洛西和里德面对的是几乎难以想象的政治力量。他们试图摆脱困扰此类努力近一个世纪的失败影响，甚至在马萨诸塞州参议员选举之前，他们也没有任何犯错的余地。

回过头来看，他们毕竟还是通过了一项立法，这着实了不起。

十、不，我们可以

1.

奥巴马的医疗改革运动始于他的总统竞选活动结束之日，即2008年11月4日，当时25万人聚集在芝加哥的湖畔，庆祝他胜选。人群的规模，证明了刚刚发生的事的历史分量：美国选出了第一位非裔总统。就连福克斯新闻台的主播们也表示，他们能体会到这一时刻的重大意义，尤其是在看到他们自己的一位非裔美国评论员胡安·威廉姆斯哽咽着描述个人感受时更是如此。①

奥巴马从伊利诺伊州参议院获得民主党的提名是如此迅速，因而对全国大多数人来说，他仍然是一个新面孔，一个几乎没有促成过反响两极分化的立法或言论以至于其对手没法以此来攻击他的人，尽管很明显，他的对手已经试过了。随着他的候选人资格越来越确定，批评家试图把他定性为一个激进的人，一个政治上重要的白人选民应该害怕的人——他们抓住大做文章的事包括奥巴马的前牧师耶利米·赖特的布道内容，此人在布道时会鼓动教众高唱"上帝诅咒美国"，而不是"上帝保佑美国"，理由是美国有种族主义的历史。

奥巴马发表了许多人认为是他职业生涯中最伟大的演讲，谴责赖特的措辞不当，但拒绝否认他与牧师的联系，因为奥巴马说，他不能否认赖特牧师是他的过去的一部分，不能否认种族主义是美国历史的一部分，一如他不能不认自己的白人外祖母。奥巴马接着说，赖特布道的真正问题是，他"说得好像我们的社会是静止的；似乎没有取得任何进展；似乎这个国家——一个让他的族群的一员能够竞选美国

The Ten Year War 143

最高职位并建立一个由白人和黑人、拉丁裔和亚裔、富人和穷人、年轻人和老年人组成的联盟的国家——仍然义无反顾地沉浸在悲惨的过去"。

8个月后,在芝加哥湖畔,奥巴马以当选总统的身份首次发表讲话,强调了同样的观点:"这才是美国真正天才的地方——美国可以改变,"他说,"我们的联盟是可以日臻完善的。"他一次又一次地回到打造团结和治疗国家创伤的主题上,引用了林肯的话,呼应了自己在2004年民主党全国大会主题演讲中的话。"我们从来都不是红州和蓝州的集合体:我们是,而且永远是,美利坚合众国。"

在胜选之夜演讲的最后一部分,奥巴马回忆了自己在竞选巡游过程中遇到的一位名叫安·尼克松·库珀的106岁非裔美国妇女,以及她一生中目睹的机会和权利的不断扩大:妇女选举权、新政、伟大社会和民权革命。然后,奥巴马向他的支持者承诺——就像他在整个竞选过程中所做的那样——他们也可以成为这种转变的一部分。"这是属于我们的时刻……只要我们一息尚存,就有希望,当我们遇到愤世嫉俗、怀疑,有人告诉我们说我们不可以时,我们将以总结一个民族精神的永恒信条来回应:不,我们可以。"

总而言之,奥巴马相信美国能够克服种族、阶级和政治上的分歧;相信美国是一个有着巨大缺陷的国家,但同时也有弥补这些缺陷的巨大潜力;相信只要有足够的努力和决心,加上正确的领导,翻天覆地的改革仍然是可能的。尽管他在那次演讲中对政策只字未提,但据报道,医疗保健问题他一直放在心上。据记者乔纳森·奥尔特在《承诺》一书中说,奥巴马后来告诉助理们,在当天早些时候,有那么一个安静的时刻,他思考了他希望自己的总统任期能实现些什么。作为候选人,他谈到了许多关于能源和教育的雄心勃勃的计划,以及

---

① Danny Shea, "Juan Williams Tears Up: 'This Is America at Its Grandest'(VIDEO)," *HuffPost*, December 5, 2008, accessed September 15, 2020, https://www.huffpost.com/entry/juan-williams-tears-up-th_n_141242.

国家安全的新愿景。但他不断地回顾医疗保健领域,这一事业曾激励过他的多位前任,却又未能让他们得偿所愿。①

奥巴马有充分的理由拥有这样的雄心壮志。胜选之夜,民主党在参众两院的席位都有所增加,比克林顿时期民主党占国会多数席位的情况又有扩大。更为利好的是,国会领导人已经围绕着他在竞选中概述的改革的基本构想联合起来。共识已形成,其中也包括关键的利益集团。

但奥巴马的信心并没有得到外界的广泛认同,事实证明,也没有得到许多与他关系密切的人的认同。在接下来的两个月里,随着奥巴马准备上任并开始执政,他的许多顾问会质疑是否应将医疗保健问题作为执政头一年的优先事项,如果是,那么是否要推行奥巴马在竞选中简述的那种全面改革。只有少数顾问认为这两个问题的答案都应该是肯定的。

2.

其中一位顾问是珍妮·兰布鲁,她在帮助指导奥巴马的过渡时期的医疗保健问题团队。按照总统竞选的惯例,过渡工作在夏天就已经开始了,以便奥巴马为自己的政府配备人员,制定议程,并在赢得大选后做好执政的准备。在选举结束后第二天上午9点,当其他许多与竞选有关的人宿醉未起时,兰布鲁召集医疗保健团队成员开了一次电话会议。②

这是兰布鲁一向的行事风格,她对工作的异常投入和她对医疗保健问题的异常关注一样,都有着传奇色彩。这是一种家庭传统。她的祖父是全科医生,父亲是心脏病学家,母亲是护士。她的父母结识于

---

① Jonathan Alter, *The Promise* (New York: Simon & Schuster, 2010), 38.
② 作者对奥巴马政府多位高级官员的采访。

曼哈顿的一家医院，两人都特别关照那些付不起医药费的病患。有时，她的母亲甚至把病人带到缅因州海岸的家里，兰布鲁在这个家度过了她童年的后半段时光。

兰布鲁钦佩自己的父母，但她对追随父母的职业道路并不感兴趣，因为一看到血或针头，她就感到很不自在。在阿默斯特大学读本科时，她主修英语，但对公共政策很感兴趣，有一年夏天，她在老家实习，为缅因州的某个委员会研究该州的护理短缺问题。她决定在北卡罗来纳大学攻读卫生政策研究生学位，在那里她遇到了经济学家肯尼斯·索普，索普于1993年离开北卡罗来纳大学，加入了克林顿的医疗保健问题团队。9月，兰布鲁完成论文后，前往华盛顿为索普工作。克林顿的医疗保健计划无疾而终后，索普回到了北卡罗来纳大学。兰布鲁则留了下来，致力于扩大儿童健康保险等增量措施。作为一个出了名的工作狂，她经常深夜还在办公桌前，连几缕头发从她紧紧挽着的发髻上松脱下来也没有察觉。[1]

最终，在克林顿离开白宫后，兰布鲁也走了，在随后的几年里，她可以说和华盛顿的任何人一样，一直在为下一次重大改革努力奠定基础，同时还小心盯着避免出现导致上一次改革失利的错误。她偏爱老年医疗保险和医疗补助等公共项目，对私营保险公司持怀疑态度。但她说，全民覆盖的目标比其形式更重要，并力劝盟友们也这样想。

兰布鲁的大部分工作是在就职于"美国进步中心"（Center for American Progress）期间完成的，那是克林顿的密友约翰·波德斯塔建立的一个智库，旨在为未来的民主党人总统的政府酝酿想法和培养人才。兰布鲁的项目中有一系列正在进行的讨论，把从事医疗保健工作的国会工作人员与该领域的专家搭配起来。其目的是让两个群体彼

---

[1] 作者对珍妮·兰布鲁的采访；Katharine Whittemore, "The Maine Chance," *Amherst Magazine*, January 14, 2020, https://www.amherst.edu/amherst-story/magazine/issues/2020-winter/the-maine-chance/; "Obituary: Costas T. Lambrew, MD, FACP, MACC," *Portland Press Herald*, December 15, 2019, https://www.pressherald.com/2019/12/15/obituarycostas-t-lambrew-md-facp-macc/.

此了解，以便工作人员能够更多地了解医疗保健政策，专家也能够更多地了解政治进程，同时建立起工作关系以待立法再次成为可能之时。①

兰布鲁与奥巴马的主要联系来自她与前参议院多数党领袖汤姆·达施勒的合作，达施勒在 2004 年失去参议员席位后，是兰布鲁帮忙让他到"美国进步中心"就职。曾担任过空军情报官员的达施勒对医疗保健产生了浓厚的兴趣，他第一次接触到这个问题是在退伍军人事务委员会任职的时候。兰布鲁是他在这个问题上关系最亲近的顾问，后来两人还合著了一本关于医疗保健问题的书。②

在过渡期间，达施勒也成为了奥巴马最有影响力和最引人注目的支持者之一。两人初次相识是在 2004 年，当时奥巴马即将进入美国参议院，而在参议员连任选举中以微小劣势失利的达施勒即将离任。奥巴马正在为他在华盛顿的办公室寻觅资深幕僚，于是留住了达施勒手下突然失业的几名幕僚。奥巴马还开始向达施勒寻求政策和战略方面的建议，在这位说话温和、一向以钢铁般的政治神经著称的南达科他州人身上，他找到了惺惺相惜之感。③

当大部分建制派一股脑地站在希拉里·克林顿那边的时候，达施勒就支持奥巴马，这表明奥巴马是一个不容小觑的总统竞选人，值得党的领导人和金主好好考虑一下。这份忠诚，加上达施勒的政治经验，使他成为 2009 年政府高级职位的明显候选人，奥巴马差一点儿就让他当了白宫幕僚长。然后，奥巴马转而让达施勒同时担任卫生与公众服务部部长和白宫高级医疗保健顾问，这样就等于给了达施勒负

---

① 对兰布鲁的采访。
② 作者对汤姆·达施勒的采访；Alex Wayne and Drew Armstrong, "Obama Taps Daschle to Lead His Health Team," *CQ*, December 11, 2008, https://www.commonwealthfund.org/publications/newsletter-article/obama-taps-daschle-lead-his-health-team。
③ Paul West, "If Obama Wins the Election, Look for Tom Daschle Standing at His Side," *Baltimore Sun*, October 26, 2008, https://www.baltimoresun.com/news/bs-xpm-2008-10-26-0810250066-story.html。

责奥巴马政府医疗改革工作的机会。卫生与公众服务部部长的头衔是管理医保改革的执行所必需的,而白宫高级医疗保健顾问的头衔是影响立法所必需的。①

在奥巴马承诺推行全面的医疗改革,而不是小范围的渐进的措施之后,达施勒才同意担任这一职位。在堪当此任的人选当中,他并不是唯一希望得到这种保证的。②

大选结束几天后,彼得·奥萨格飞往芝加哥会见当选总统。奥萨格是一个奇才,他在政坛的第一份工作是二十出头时在克林顿政府担任白宫的经济顾问,他的看法代表了民主党建制派的典型观点。他认为政府在消除贫困、投资教育等公共产品方面可以发挥重要作用。与此同时,他对过度依赖公共项目持谨慎态度,认为减少赤字应该是当务之急。他戴着眼镜,很多人都知道他的皮带套上有两部黑莓手机,他喜欢挂在嘴边的话是经济学家应该有冷静的头脑和慈悲的心肠,这是他在普林斯顿大学的一位导师的座右铭。③

但是,如果说奥萨格在思想领域的看法中规中矩,那么他把他的聪明才智用到了一个相对不太寻常的领域:关注医疗保健的资金筹措问题。赤字持续上升的主要原因不是食品券、外国援助或五角大楼的预算。就连社会保障都不是。其主要原因在于两大政府医疗保险计划:老年医疗保险和医疗补助。虽然大多数研究预算的经济学家都清楚这一点,但他们中的大多数人对此没有更多的见地,除了建议政策制定者的主要目标应该是降低这两个项目的成本——对他们中的许多

---

① Carl Hulse and Jeff Zeleny, "Daschle Uses Senate Ties to Blaze Path for Obama," *New York Times*, February 5, 2008, https://www.nytimes.com/2008/02/05/us/politics/05daschle.html.
② 对达施勒的采访; Tom Daschle, *Getting It Done* (New York: St. Martin's, 2010), 61–63。
③ Noam Scheiber, *The Escape Artists* (New York: Simon & Schuster, 2011), 150–161; John H. Richardson, "How Peter Orszag's Budget Team Makes America Work," *Esquire*, February 1, 2010, https://www.esquire.com/news-politics/a6659/peter-orszag-1209/. 奥萨格的导师是普林斯顿的经济学家艾伦·布林德。

人来说,这只会减少福利。

相比之下,奥萨格认为,通过更明智地支付医疗费用来节省开支是可能的。在一次例行体检使他确信自己需要开始更好地照顾自己之后,他开始认真地跑步,认真学习有关医疗保健模式的新研究。这项研究,大部分由达特茅斯阿特拉斯医疗保健项目的学者完成,并由香农·布朗利等医学作家推广。研究表明,随着病人穿梭于相互不商量的医生之间,大量资金被用于无效的心脏治疗和化疗或者重复的医学检查当中。更不用说因为患者没有定期接受检查和胰岛素治疗而花在治疗糖尿病并发症上的那些钱了。①

2007年,当民主党控制国会时,他们任命奥萨格管理国会预算办公室,这是一个不受党派控制和影响的会计部门,负责评估立法将如何影响联邦预算。奥萨格把医疗保健作为一个更重要的优先事项,雇用了额外的工作人员,并委托对各种医疗服务改革进行研究,也就是说,研究政策变化有可能改变医疗保健的实际提供方式,从而降低其成本。他在这个问题上的演讲和著作获得了如此多的认可,以至于美国国家科学院的著名部门医学研究所吸纳他为其成员。②

---

① 作者对彼得·奥萨格的采访。另见 Shannon Brownlee, *Overtreated: Why Too Much Medicine Is Making Us Sicker and Poorer* (New York: Bloomsbury USA, 2007), https://www.google.com/books/edition/Overtreated/ZjegAwAAQBAJ?hl=en&gbpv=1&dq=shannon+brownlee+overtreated&printsec=frontcover; and, 关于达特茅斯的研究, 参见 Elliott Fisher, David Goodman, Jonathan Skinner, and Kristen Bronner, "Health Care Spending, Quality, and Outcomes: More Isn't Always Better," *Dartmouth Atlas*, February 27, 2009, https://www.dartmouth atlas.org/downloads/reports/Spending_Brief_022709.pdf。

② Ryan Lizza, "Money Talks," *New Yorker*, April 26, 2009, https://www.newyorker.com/magazine/2009/05/04/money-talks-4; Ezra Klein, "The Number-Cruncher-in-Chief," *American Prospect*, December 11, 2008, https://prospect.org/features/number-cruncher-in-chief/; BenSmith, "Budget to Kick Off Health Care Rewrite," *Politico*, February 19, 2009, https://www.politico.com/story/2009/02/budget-to-kick-off-health-care-rewrite-019017; Andrea Seabrook, "Budget Chief Peter Orszag: Obama's 'Super-Nerd,'" NPR, April 6, 2009, https://www.npr.org/templates/story/story.php?storyId=102723682; Peter Orszag, "Time to Act on Health Care Costs," *Issues in Science and Technology* 24, no. 3 (Spring 2008), accessed September 15, 2020, https://issues.org/orszag/.

与奥萨格一样热衷于提高医疗质量的一个人是当选总统。部分原因是奥巴马对科学有兴趣。当他还是一名初出茅庐的美国参议员时,他就对疾病管理和公共卫生措施特别关注。(其中包括全球流行病;曾担任奥巴马的参议院幕僚的多拉·休斯医生回忆说,奥巴马曾指示她研究 2006 年的一场当时不为人知的禽流感暴发,因为他在医学期刊上读到过有关文章。) 奥巴马也明白,当医疗费用太高时,人人都会觉得私营保险的保费会更高,政府项目的税收更高,或者自付费用更高。①

　　有了奥萨格的加入,就有了两位高级顾问来推动医疗保健作为优先事项,或者说实际上是三位,因为兰布鲁将投奔在白宫任职的达施勒,担任他的高级副手。但他们的观点在一个非常重要的方面有所不同。兰布鲁,以及在某种程度上的达施勒,更加强调扩大医疗普及程度并最终实现全民医保覆盖。而奥萨格专注于管理医疗成本。

　　从理论上讲,提高覆盖范围和降低成本的必要性是完全可以共存的。更多的人获得医疗服务,将带来更有效的医疗服务,从而降低帮助人们获得医疗服务的成本。毕竟,这是奥巴马在竞选中承诺过的。就实践而言,这两个目标有时会彼此冲突,这将在未来几个月引发政府内部的大量辩论。

　　只是这场辩论尚未开始。

3.

　　而焦点在于奥巴马是应该立即尝试全面改革,还是选择一个范围更窄、更容易实现的措施,然后再迁回到他的大计划上来。支持后者

---

① 作者对多拉·休斯的采访;Paul Starr, *Remedy and Reaction*: *The Peculiar American Struggle Over Health Care Reform*, revised ed. (New Haven, CT: Yale University Press, 2013), 196。

的人当中有拉姆·伊曼纽尔，在奥巴马任命他为幕僚长之前，他一直在国会代表芝加哥地区，并进入了众议院民主党领导层。

奥巴马之所以选择他而不是达施勒担任这一要职，部分原因是拉姆的强硬作风。小时候，他练过舞蹈，并拒绝了芝加哥乔弗里芭蕾舞团的奖学金。成年之后，他精力充沛，并不总是很好相处。他很苛刻，出了名的爱说粗话，为此还被奥巴马在一次慈善筹款演讲中嘲笑过，当时，奥巴马讲起了拉姆十几岁时手部受伤的情形，说："当时他在一家熟食店工作，切肉机出了事故，失去了一截中指，这使他从此不太会讲话了。"[1]

拉姆是克林顿政府的又一旧部，曾担任克林顿政府的政治事务主任。也许在奥巴马政府任职的人中，没有谁身上 1993/1994 年改革努力留下的伤痕比拉姆的更深。他记得整个过程的每一步都比克林顿总统预期的要困难。他记得民主党人之间的内讧，共和党人的敌意，以及潜在盟友的疏远，其中许多还变成了对手。最重要的是，拉姆记得，在投入了那么多时间和政治资本之后，除了民调数字骤降，随后在中期选举中被抛弃外，这份努力没有什么可资证明。在一份冗长的过渡备忘录中，达施勒和兰布鲁谈到了所有这些问题，并绘制了避免这些问题的路线，但拉姆对此持怀疑态度，而且他也不怕说出来。[2]

奥巴马的一些政治顾问也直言不讳，尤其是大卫·阿克塞尔罗德，他曾为奥巴马的竞选出谋划策。阿克塞尔罗德在创办自己的政治

---

[1] Roger Simon, "The Legendary Rahm Emanuel," *Politico*, June 25, 2009, https://www.politico.com/story/2009/06/the-legendary-rahm-emanuel-024207; Peter Baker, "The Limits of Rahmism," *New York Times Magazine*, March 8, 2010.

[2] 根据多个消息来源的说法，在早期的辩论和整个 2009/2010 年度，拉姆对试图进行全面改革持强烈怀疑态度，尽管这些消息来源中的许多人也称赞拉姆致力于推行奥巴马的议程，但战略性疑虑依然存在。以下是拉姆后来对自己立场的描述："我自己对奥巴马总统的建议是……他可以推动全民医保，但抽屉里要留一个普及某些人群的计划。"参见 Rahm Emanuel, "The ACA's Lessons for Future Health Reforms," in *The Trillion Dollar Revolution: How the Affordable Care Act Transformed Politics, Law, and Health Care in America*, ed. Ezekiel Emanuel and Abbe Gluck (New York: PublicAffairs, 2020), 326。

战略公司之前做过记者,他比大多数人都更清楚为什么医疗改革如此重要。他的女儿患有癫痫,多年来一直为保险费发愁,并在治疗问题上一直与保险公司争执不下,这让他看到了美国保险体系最糟糕的一面。但是阿克塞尔罗德的工作是给总统提供政治建议,而且,正如他经常解释的那样,医疗保健的政治要比民调的表面结果复杂得多。阿克塞尔罗德说,大多数已经购买了私营保险的美国人仍对替代方案持谨慎态度,这与民主党民调人员几十年来给出的建议相一致。这些美国人希望在支付医疗费用方面得到帮助,但他们倾向于认为改革旨在帮助没有保险的人——换句话说,是别人。①

阿克塞尔罗德早在 2007 年竞选期间就说过这些话。而且这样说的,不止他一个。但是,奥巴马的顾问们反对把重点放在医疗保健上的论点在 2008 年越来越占上风,尤其是在接近年底的时候,因为另一个问题突然引起了所有人的注意。经济处于自由落体状态。

骤降始于春季,当时住房市场的崩溃引发了金融市场的崩溃,因为银行过度倚重高风险抵押贷款(或者更具体地说,高风险抵押贷款支持的证券)。美联储迅速向经济体系注入资金,支撑陷入困境的金融机构。但投资公司雷曼兄弟在 9 月破产,同样曝出持有太多与住房相关的股份,这引发了道琼斯指数迄今为止最大的单日跌幅。至此,全国各地的企业纷纷倒闭,工人失业,房主们纷纷收到止赎通知,一场全面的经济衰退开始了。

这场灾难,很可能通过加强公众对变革(这是作为一个相对较新的政治人物的奥巴马提出的)的期待和对政府行动(这是在竞选中作为民主党和自由派候选人的奥巴马已经提出的)的支持,帮助奥巴马赢得了选举。但它也预示着会改变他的总统任期,就像它改变了竞选的面貌一样,因为经济成为了一个包罗万象的焦点。②

---

① 作者对大卫·阿克塞尔罗德的采访;Axelrod, *Believer* (New York: Penguin, 2015), Kindle edition, 370–372。
② 作者对菲尔·席利罗的采访。

金融体系仍处于崩溃的边缘；飙升的失业率和步履蹒跚的国家预算需要某种刺激措施。克莱斯勒和通用这两家标志性的美国汽车制造商的困境，也需要某种干预，因为从零部件供应商到工厂附近为工人提供饮食的餐馆，许多公司都依赖它们，而它们眼看就要倒闭，这有可能在中西部地区引发类似大萧条的局面。

在大选前通过的最初的银行救助方案，若不是众议长佩洛西的推动，在国会差点儿没有通过，因为有太多共和党人反对。鉴于华尔街日益高涨的愤怒情绪，新的银行救助方案恐怕要更难通过。（拉姆因此敦促奥巴马给华尔街一点"旧约里的正义"；奥巴马没有采纳这一建议。）也没什么人为底特律的汽车制造商说话，他们因为反对排放法规而疏远了许多民主党人，而在这个几乎所有共和党人和许多中间派民主党人都认为联邦支出已经过高的时代，经济所需的刺激措施将高达数千亿美元，甚至可能超过1万亿美元。

这些举措中的每一项都需要在政策和政治方面下功夫。但总统的时间和手下，就像总统的政治资本一样，都是有限的资源。如果奥巴马花一天时间推动他的医疗保健计划，那么为一揽子金融救市计划的条款进行辩护的事就要耽搁一天。即使是大力推动医疗保健的人也明白这一点。"每个人都在向总统提出完全正确的建议。"兰布鲁后来告诉我。[1]

4.

这些论点不断地出现，有时没那么正式，是喝咖啡时说起，有时

---

[1] 作者对奥巴马政府多位高级官员的采访。有关经济危机和奥巴马政府应对措施的更多背景，参见 Scheiber, *The Escape Artists*; David Dayen, *Chain of Title: How Three Ordinary Americans Uncovered Wall Street's Great Foreclosure Fraud* (New York: The New Press, 2017); Timothy F. Geithner, *Stress Test: Reflections on Financial Crises* (New York: Crown, 2014); Alter, *The Promise*。

正式一些，通过电子表格发出，先是在芝加哥，然后是在华盛顿，因为奥巴马的办公室搬去了那里。在总统就职典礼后的一系列会议中，辩论变得更加激烈，会议地点在罗斯福厅，那里没有窗户，位于白宫西翼的中间层，隔着主走廊与椭圆形办公室相对。关于将改革作为优先事项，最激烈的反对者之一是副总统乔·拜登，他说他不想看到医疗保健问题毁了奥巴马的任期，就像前几任总统所遭遇的那样。"拜登的话，措辞非常非常强烈，也非常冗长，我已经很多年没有听到过这样的话了。"一位与会者说。他将拜登的独白比作"长篇累牍……意思就是'这事儿我们不应该干。后果将不堪设想。我了解政治，我了解人性，我已经从政 36 年了'"。①

医疗保健问题团队的意见在这些会议中并没有充分表达出来，因为资历最高、与奥巴马关系最密切的成员达施勒当时在北卡罗来纳州，在陪伴他接受癌症治疗的哥哥。这使得兰布鲁成为了当时小组里资历最高的成员。她深思熟虑了一番自己应该怎么做，才能对得起作为总统能派上用场的顾问和良好政策的推动者。早在元旦那天，她就和克里斯·詹宁斯共进午餐，听取他的建议。在那家餐厅，他们发现奥巴马的法律顾问埃琳娜·卡根一个人用餐，于是詹宁斯提议把卡根叫过来一起。兰布鲁说不行，因为她只想谈谈医疗保健问题。（兰布鲁身高 5 英尺 10 英寸，想让人看不到她不太容易，她说自己事后对此感到很过意不去，但从没有机会向卡根道歉。她下一次见到卡根是在 2012 年，在最高法院的听证室里，卡根大法官坐在法官席上，听取首次从宪法角度对《平价医疗法案》提起的质疑。）②

在某次特别会议上，兰布鲁发现自己处境尴尬，她不得不为了将改革作为优先事项而据理力争，会议室里的一些人觉得那一刻有点不成功则成仁的架势。事情进展并不顺利。她到底说了什么以及为什么

---

① 作者对奥巴马政府多位高级官员的采访；奥尔特和达施勒在各自的书中也提到了拜登的怀疑态度。
② 对兰布鲁的采访。

不受欢迎，现在还不清楚。有很多不同的说法。但随后又重新召开了会议，这次是达施勒的另一位顾问马克·奇尔德里斯陈述医疗保健问题团队的观点。而在另一次会议上，兰布鲁和奇尔德里斯都没有出席，据一位与会者说，奥巴马叫停了对话，因为没有人反驳那些对在总统任期第一年内开展全面医疗保健工作持怀疑态度的经济顾问和政治顾问。①

会议斟酌的一个问题是，总统的第一份预算案是否应该为医疗保健"储备基金"预留一笔固定资金，如果预留，金额应该是多大。总统的预算不是一份具有约束力的文件，因为真正的预算——国会在拨款时用作指导方针的联邦支出年度模板——是由国会参众两院联合决议通过的，无须总统签字。但是，总统的预算也是很重要的，因为它是总统优先事项的一个信号，特别是当总统所在的政党控制国会，而总统正开始其任期的第一年时。拟议中的医疗保健拨款不会具体说明需要进行哪些改革；这只是为了向国会表明，奥巴马在上任第一年就认真对待改革。

奇尔德里斯曾在参议院担任达施勒和泰德·肯尼迪的幕僚，他一直认为国会需要这种信号，部分原因是，如果没有预算上的承诺，国会便会将其视为奥巴马不排斥推迟改革的迹象。某次，奥巴马要求就是否设立一个庞大的储备基金进行举手表决。一些官员后来还记得，只有奇尔德里斯一人举了手。②

奥巴马在这些会议上避免就他的计划发表明确的声明，就像他在

---

① 大卫·阿克塞尔罗德在他的书中表示记得珍妮·兰布鲁说过，总统应该立即进行改革，因为他在竞选中承诺要这样做——这使得阿克塞尔罗德反驳说，是奥巴马（而不是兰布鲁）参加了竞选并记住了这些承诺，奥巴马没有做出过如此确切的承诺。但尚不清楚这是什么时候发生的（Axelrod, *Believer*, 372）。总统的一些经济顾问后来告诉我，他们认为兰布鲁没有对不同的预算预测进行坦率的评估。（作者对奥巴马政府多位高级官员的采访。）
② 这些会议的回忆主要来自奥巴马政府的多位高级官员。较早的叙述中包括 Alter, *The Promise*, 114–115; and Daschle, *Getting It Done*, 62–63 and 110–117. 我的同期叙述，参见 Jonathan Cohn, "Stayin' Alive," *New Republic*, April 1, 2009, https://new republic.com/article/68444/stayin-alive。

2006年参议院办公室简报中所做的那样。而听说了会议过程的达施勒非常紧张，在总统就职典礼后不久，他就从北卡罗来纳州返回，并且一回来就要求与奥巴马单独会面。他在某个星期天晚上来到白宫，先见了拉姆，拉姆重申了他的担心，生怕医疗保健问题会给奥巴马总统带来不好的影响，就像克林顿总统遭遇的那样。然后奥巴马走了进来。他伸手揽了一下达施勒，又询问了其哥哥的情况，然后向达施勒保证医疗保健仍然是他当政第一年的优先事项。①

在当时和几年后，一些政府官员会说，人们对优先考虑医疗保健问题的热情比看起来更高，比如，关于储备基金的辩论，与其说关乎是否要推行医疗保健改革，不如说是关乎究竟要在预算中凸显什么样的政治诉求。至于奥巴马，一些与他关系极密切的人说，他们从不怀疑奥巴马会立即推行全面的医疗改革。他们说，他的风格就是听取各方观点，要求人们提出质疑。他们指出，他特别喜欢听取年轻顾问的意见，原因是这些人已做足了研究，足以形成见解，但可能不愿公开表达，因为他们资历尚浅；他认为这是鼓励百家争鸣的好办法。②

他们还指出，奥巴马已经组建了一支准备专门从事医疗保健工作的幕僚团队，成员不仅有达施勒、兰布鲁和奥萨格，还有立法顾问菲尔·席利罗（众议院某委员会的主席亨利·韦克斯曼的前幕僚长，韦克斯曼愿意为任何医疗工作出头）、副幕僚长吉姆·迈锡纳（鲍卡斯的前幕僚长）和国内政策负责人梅洛迪·巴恩斯（他和其他几位白宫西翼助理一样，也来自泰德·肯尼迪的办公室）等重要顾问。此外，定于3月初举行的白宫医疗保健峰会的筹备工作已于1月开始。③

尽管如此，推迟大举改革的压力仍然很大，内外部的都有。压力并没有产生什么影响的主要原因似乎是奥巴马不给机会。他一再表

---

① 作者对奥巴马政府多位高级官员的采访；Daschle, *Getting It Done*, 117。
② 作者对奥巴马政府某位高级官员的采访。
③ 同上。

示,他不会背弃自己在竞选中所做的几大承诺,尽管经济危机需要他关注——特别是在医疗改革上,他认为这对国家的长期经济健康至关重要。至于政治风险,阿克塞尔罗德和法伊弗记得奥巴马说过:"我们该怎么办,把我们的支持率高高供个8年并膜拜吗?"①

"毫不奇怪,有一些政府以外的人建议我们除了经济什么都不要做,"多年后,奥巴马在回顾他执政早起的情形时对我说,"对此我们严肃辩论过,用拉姆的话说,在中期选举前的那两年立法会议上,我们能让多少架飞机降落到跑道上。"

但是,奥巴马说,他致力于早期的一项议程,它还包括气候和金融监管的立法,而他脑子里唯一的问题是,究竟该按照什么顺序推动这些立法在国会获得通过。"

"我从没有认为我们应该放弃这三大立法举措,"奥巴马说,"我查阅了足够多的总统执政史,很清楚头两年会一去不复返,特别是当你在参众两院都拥有多数席位的时候。所以,我不会说存在关于不进行医疗保健改革的激烈争论。问题是,我们要如何把握好推动这几项立法的时机,以最大限度地提高我们实现各项立法的可能性。"②

---

① 作者对阿克塞尔罗德和丹·法伊弗的采访。
② 作者对奥巴马的采访。

十一、党派路线

1.

没有人质疑参议员马克斯·鲍卡斯和泰德·肯尼迪是否致力于医疗保健问题。2008年大选刚结束,当奥巴马还在充实他的政府之时,鲍卡斯和肯尼迪就已经转向了关于程序的一阶问题:立法究竟应该如何在他们的议院通过?

可以说,没有别的任何战略决策会对改革的结果产生更大的影响。而这个决策中最为重要的因素是参议院的构成。

开年之时,民主党党团共有58名成员,这样的多数是自林登·约翰逊以来最大的。他们有可能很快会变成59人,这取决于明尼苏达州参议院选举的结果,该州共和党现任议员诺姆·科尔曼和挑战他的民主党人阿尔·弗兰肯之间的微弱差距导致了重新计票和诉讼。但是,不受限制地使用阻挠议事程序,已经为大多数立法规定了实际上60票才能通过的要求,这意味着要想通过任何重要的法案,民主党至少需要1到2张共和党人的赞成票才行。[①]

而且,领导人也不会把民主党人投赞成票视为理所当然。阿肯色州的布兰奇·林肯、路易斯安那州的玛丽·兰德里欧和内布拉斯加州的本·纳尔逊都是更保守的民主党人,他们肯定会抵制有如此多听起来自由的支出和监管的立法。甚至有更具意识形态同情心的参议员可能会提出反对意见,理由是地区利益、捐款人偏好或者其他一些什么原因。

另一种选择是通过预算和解推动医疗保健立法,因为这一程序可以绕过阻挠议事，从而使法案能以简单多数通过。但是，大家对这个念头的考虑甚至没有 1993 年时那么认真。几位政府官员同意鲍卡斯的观点，即两党共同支持的改革在颁布后的几年里更容易在政治上持久，另外还有一些实际的考虑。迅速采取预算和解，可能会疏远更多保守的民主党人，因为这些人极度渴求两党联立法案所能提供的政治掩护。"有一大堆参议员希望，为了对他们自己的选举结果有个交代，要在实质上和政治上实现两党合作才好，"彼得·奥萨格后来对我说，"和解只会被认为是党派大棒。"②

在对和解持谨慎态度的参议员中，有北达科他州的肯特·康拉德。这非同小可，因为康拉德是预算委员会的主席，而该委员会通常负责决定应在什么方面和解。从理论上讲，哈里·里德可以绕过康拉德，也可以跟他纠缠迫使他屈服。但里德在 2004 年第一次竞选领导人时，就承诺要听从主席的意见。不顾康拉德的反对坚持和解，可能会适得其反，更糟的是，还可能会破坏里德在其他立法方面所需要的人际关系。③

---

① 2009 年初民主党参议院的党团中包括两人——康涅狄格州的乔·利伯曼和佛蒙特州的伯尼·桑德斯，他们不是该党的正式成员，但与该党一起投票选举多数党领袖并参加了会议。至于克林顿时代的参议院，民主党在他任期开始时有 57 个席位。在接下来的几个月里，民主党因填补空缺的特别选举失去了 4 个席位，其中 1 个席位是亚拉巴马州的理查德·谢尔比决定转投共和党没的。到 1994 年的选举日，民主党的多数席位减少到 53 个； Dana Milbank, "Mitch McConnell, the Man Who Broke America," *Washington Post*, April 7, 2017; Jane Mayer, "How Mitch McConnell Became Trump's Enabler-in-Chief," *New Yorker*, April 20, 2020; Fred Dews, "A Recent History of Senate Cloture Votes Taken to End Filibusters," Brookings Institution, November 21, 2013, https://www.brookings.edu/blog/brookings-now/2013/11/21/chart-a-recent-history-of-senate-cloture-votes-taken-to-end-filibusters/; Thomas E. Mann, "The Senate After Filibuster Reform," Reuters, November 25, 2013, http://blogs.reuters.com/great-debate/2013/11/25/the-senate-after-filibuster-reform/; Sarah A. Binder, "The History of the Filibuster," Brookings Institution, April 22, 2010, https://www.brookings.edu/testimonies/the-history-of-the-filibuster/; David Leonhardt, "Death to the Filibuster?," *New York Times*, February 26, 2019, https://www.nytimes.com/2019/02/26/opinion/filibuster-democrats-2020.html.
② 作者对彼得·奥萨格的采访。
③ 作者对哈里·里德的采访；作者对奥巴马政府多位高级官员以及民主党助理的采访。

同样的道理也适用于通过修改参议院规则来彻底消除阻挠议事，这个办法在领导层的严肃对话中从未出现过，很可能是因为即使在民主党参议员中，它也几乎不可能赢得多数支持。关于参议员的一个不算秘密的秘密是，60票这一要求使每个议员的决定更加可贵。个别参议员不愿意白白放弃这种影响力。①

规则，是另一个复杂的问题。采用预算和解的唯一目的是阻止小派别阻挠对政府管理或控制赤字至关重要的立法。只有对收入或支出有明确且实际的影响的法案才能达成预算和解。而且这些法案必须在头十年和接下来的十年减少赤字。

没人能否认医疗立法影响了预算。而对于参议院的一些民主党人，以及像奥萨格这样关键的政府官员来说，有可能减少赤字是把改革作为第一事项的最重要原因。但是，整饬保险市场必然会出台新的保险规则，比如对规则出台前已患病人群的保障，而这些条款与预算的关系更为脆弱。

至于哪些符合和解条件，哪些不符合，将由参议院法规专家决定，这名官员相对默默无闻，是在每届议会会期开始时任命的，而且没办法事先确定最终裁决是什么。虽然大多数参议员可以从政治上推翻法规专家的决定，但其困难程度不亚于彻底消除阻挠议事。"我们无论是花上一个月还是一小时讨论预算和解问题，"白宫负责立法战略的菲尔·席利罗对我说，"结果都是一样的。"②

当然，这会让政府官员和国会领袖都认为两党合作是可以实现的。民主党方面没有人比鲍卡斯更坚信这一点。

鲍卡斯在大选结束后马上开始工作，组织了2008年11月中旬的一次与参议院民主党人和共和党人的会议，他们的委员会管辖权使他们对医疗保健问题有最直接的影响力。对民主党人来说，除了鲍卡斯

---

① 几年后，里德加入了终止阻挠议事的呼吁中。但在2009年，他说，这个想法从未出现过（对里德的采访）。
② 作者对菲尔·席利罗的采访。

和肯尼迪，这意味着还有西弗吉尼亚州的杰伊·洛克菲勒，他是财政委员会下医疗保健问题小组委员会主席，也是医疗补助和儿童健康保险计划的坚定捍卫者；以及来自康涅狄格州的克里斯·多德，此人曾在 HELP 委员会任职，并且越来越多地承担起了泰德·肯尼迪的一些职责。代表共和党一方出席会议的有查尔斯·格拉斯利和奥林·哈奇，还有来自怀俄明州的迈克·恩齐，他是 HELP 委员会里地位极高的共和党人。

为鲍卡斯做会务准备的一份工作人员备忘录列出了三个目标，其中第二个目标是"确保得到以两党联立的方式合作的承诺"。格拉斯利与鲍卡斯共事过。就在几个月前，哈奇还悄悄派出幕僚向肯尼迪的助理大卫·鲍恩提议：如果肯尼迪愿意单干，直接与哈奇合作，他们可以一起敲定一项医疗改革议案。（肯尼迪婉拒了，但他的助手向鲍卡斯的助手递的话是对此感兴趣。）恩齐有在医疗保健方面进行两党合作的经验，主要是他曾与民主党党团小组中最为保守的成员之一、来自内布拉斯加州的本·纳尔逊共同起草过一份范围窄的、以商业为导向的议案。尽管如此，这份备忘录指出："恩齐对医疗改革充满热情，并相信共和党人可以在辩论中发挥卓有成效的作用。"①

会议于 11 月 19 日午餐后在肯尼迪在国会里的新藏身处举行，那里离参议院议事厅不过几步之遥，位置绝佳，弥补了这里氛围上的不足。（里德把这间办公室让给了生病的肯尼迪，这样他就不用走太多的路了，而肯尼迪也只是偶尔才出现在这里。）根据一位与会者的记录，鲍卡斯又念叨了一遍在"蓄势待发"那场会上说过的话，即为了改革"众星连成一线"，以此拉开了会议的序幕。肯尼迪作为此次

---

① Health team to Senator Baucus, internal memorandum, "Meeting on Health Reform with Senators Grassley, Kennedy, Enzi, Hatch, Rockefeller, Dodd," November 18, 2008；作者对大卫·鲍恩和丽兹·福勒的采访。鲍恩给我讲述了哈奇的外联活动。

The Ten Year War

会议的共同主持人，历数了医疗改革的败绩，一直追溯到20世纪初，并表示"这一次是时候把它完成了"。

会议集中讨论的主要是程序，而不是实质，鲍卡斯和肯尼迪说，各委员会之间应该进行协调，包括多数党和少数党的工作人员也要相互协调，以找出意见一致和不一的地方。鲍卡斯要求在场的每个人都要克制自己，不要发表灰心丧气或是挑剔苛责的公开言论。"我们不要通过媒体来协商。"

恩齐说"你的话让我很受鼓舞"，并建议让人列一份他们在公开言论中应尽量避免使用的负面词汇清单。哈奇更加乐观。"我们有很棒的工作人员，"他说，"他们可以着手工作了。我很感激这次会议。"格拉斯利的话可能是最鼓舞人心的："我喜欢我所听到的关于程序方面的讨论。我在这里没有听到任何我不喜欢的东西。除了堕胎，我觉得没有什么问题是不可以妥协的。而且总有可以妥协的地方。"①

2.

奥巴马在1月底刚刚重申他对医疗保健的承诺，这项努力就遇到了严重的问题。奥巴马委托负责领导这项工作的汤姆·达施勒离开了。

达施勒当卫生与公众服务部部长的任命，需要得到参议院的确认，而就在他被正式提名之前，达施勒因其以个人名义使用朋友提供的豪华轿车而缴纳了超过10万美元的欠税（包括利息和罚款）。达施勒曾表示，这是一个会计方面的疏忽。但提供汽车给他用的朋友是一位人脉广泛的民主党金融家，拥有一家投资公司，达施勒为该公司

---

① Fowler, "Notes from Member Meeting—Wednesday, December 18 @ 1:00 PM in S-219."福勒说，她的笔记记得几乎一字不差。

提供咨询服务，两年内所获酬金超过 200 万美元。①

作为候选人时，奥巴马曾承诺斩断富有的特殊利益集团对立法过程的影响，至少让他的政府中没有游说者。虽然达施勒的工作范围只包括提供战略建议，并不包括代表一个特殊利益集团联络老同事，但他所掌握的内幕消息还是帮助一家有着有钱有势客户的私营公司从华盛顿得到了它想要的东西。更糟糕的是，这一消息是在奥巴马总统提名的另一人、财政部长蒂姆·盖特纳的税务问题引发争议之后传出的。达施勒的提名必须通过财政委员会，可鲍卡斯身为该委员会负责人，似乎并不急于消除关于他的老对手的争议。2月3日，达施勒退出了卫生与公众服务部的提名，并宣布不再担任白宫医疗改革办公室主任。②

奥巴马当天接受了美国全国广播公司的采访，将这场混乱的责任揽到了自己身上："我对自己、对我们的团队感到失望。"他说。一天之后，在返回弗吉尼亚州威廉斯堡参加演讲的一次短途飞行中，奥巴马和他的助理们讨论了可能的替代人选，重点是白宫医疗改革办公室主任一职。他们很快瞄上了克林顿政府的另一位旧部，南希-安·德帕尔。③

德帕尔的履历显示出大家熟悉的学术背景，她毕业于哈佛大学法学院，并拿着罗德奖学金上了牛津大学。但她这一路走来与别人不太一样。她父母在她4岁左右就分手了，她从未真的了解自己的父亲，一位移民到美国的中国工程师。而她的母亲名叫琼·库利·明，田纳西州人，前美国陆军护士，后来带着德帕尔和她的两个兄弟回到了位于洛克伍德的家，洛克伍德是阿巴拉契亚一个小镇，小到州际公路在

---

① Noam Levey, "Taxes Plague Another Nominee," *Los Angeles Times*, January 31, 2009, https://www.latimes.com/archives/la-xpm-2009-jan-31-na-daschle31-story.html.
② Jeff Zeleny, "Daschle Ends Bid for Post; Obama Concedes Mistake," *New York Times*, February 3, 2009, https://www.nytimes.com/2009/02/04/us/politics/04obama.html.
③ "Obama:'I Screwed Up' in Daschle Withdrawal," NBCNews.com, February 3, 2009, https://www.nbcnews.com/id/wbna28994296；对席利罗的采访。

The Ten Year War   163

此不设出口。

德帕尔母亲为养家糊口，先是在一所小学当秘书，后来在州环保部当文员。在德帕尔记忆中，母亲总是哭，因为母亲买不起德帕尔非常需要的牙套。（几年后，德帕尔才有了牙套。）但她母亲的收入除了能让一家人吃上饭，尚可支付房租，后来还以抵押贷款买了一套小房子。此外又支付医疗保险，这在德帕尔高三那一年变得尤为重要，因为当时她母亲被诊断为肺癌。

她的化疗和放疗相结合的治疗，要驱车差不多一个小时前往诺克斯维尔；德帕尔会早早放学开车接送她妈妈。她妈妈活得远比医生预测的久，她看着德帕尔从高中毕业，并坚持让德帕尔按她的计划在秋季到田纳西大学读书。在第一个学期，德帕尔的母亲继续工作，部分原因是她希望增加出勤的天数。这样，如果疾病迫使她永远离开工作岗位，她可以享受的医疗保险时间也能长点。就在寒假前，在德帕尔将要放假回家的时候，她的母亲呼吸道感染住进了医院。她是在圣诞节过了两天后去世的，德帕尔在床边陪到了最后一刻。

德帕尔是一个有着坚忍性格的完美主义者，她没有缺课，也没有告诉田纳西大学的任何人有关她母亲的事。"我下定决心要取得成功，并且一路向前，我想我担心要是我开始为自己感到难过，就会一蹶不振，甚至崩溃。"她告诉我说。她后来回忆道，她最喜欢去泡图书馆的时间是周六这个有橄榄球比赛的日子，因为那是最安静的时候。她最终当选为学生会主席，这是她所在大学有史以来第一位获得这一头衔的女性，并在毕业时成为毕业典礼上致告别辞的优秀毕业生。《魅力》杂志将她列为年度十大女大学生之一。

从哈佛大学法学院和牛津大学毕业后，德帕尔加入了纳什维尔的一家私人律师事务所。但她在大学里初尝了政治的滋味，作为学生会主席的她会代表学生会游说州政府，包括从降低学费到改变校园饮酒规则等。她认识的一位民选官员是民主党人内德·麦克沃特，他把她招进了自己的州长竞选班底，并在获胜后任命她管理州公共服务机构。她上任时才 30 岁，是州内阁中最年轻的成员，专门负责公共事业。比尔·克林顿就任总统后，她到管理和预算办公室从事医疗改革工作。在改革努力结束后，她留了下来，最终接管了负责老年医疗保险和医疗补助的机构，直到克林顿的任期结束。①

德帕尔说，她对于再次与拉姆合作的前景有着复杂的感情。她上一次与拉姆有往来是在克林顿时代，就他那性格，免不了要听几句（来自拉姆的）咒骂。再次从事政府工作，也意味着陪伴两个孩子的时间会更少，德帕尔两个孩子都在上小学，此外，她离开这家私人投资公司时正好是要分她股份的时候。

在某个周末，白宫讨论这一可能性的会议上，拉姆表现得比德帕尔记忆中的更易相处和成熟。他们谈到了他们对克林顿医保努力的记忆，以及一些战略失误，二人都认为这些战略失误是在初期也就是达成协议的可能性较大的时候，没有与约翰·查菲等共和党人进行更认真的谈判所致。拉姆建议他们拉钩保证，如果他们一道工作，绝不犯同样的错误。但德帕尔仍然没有被这份工作打动。最后，拉姆绕过桌子，走到了离她只有几英寸远的地方。"你知道你必须接这份工作，"他用一根手指指着她的脸喋喋不休。啊，拉姆还是老样子，德帕尔想了想，还是说不。

拉姆随即说，他得失陪几分钟，并让德帕尔稍等片刻。德帕尔知道接下来会发生什么。她在椭圆形办公室外看到了身着制服的海军陆战队员，这意味着总统就在里面；奥巴马就要穿过把他的办公室和幕僚长的办公室连在一起的走廊，然后直接来劝说她。她觉得自己不能

---

① Nancy-Ann DeParle, author interview; "Nancy-Ann Min DeParle," Tennessee Alumnus, accessed September 15, 2020, https://alumnus.tennessee.edu/100-distinguished-alumni/nancy-ann-min-deparle/; Michael Collins, "Health Care Healer," *Knoxville News Sentinel*, March 29, 2009, accessed September 15, 2020, http://archive.knoxnews.com/news/tennessee-native-overseeing-national-system-of-reform-ep-410217678-359494311.html/.

当面拒绝总统,所以她告诉垂头丧气的拉姆,她也得走了。①

然而,回到家里之后,德帕尔发现自己脑子里一直在考虑这份工作——尤其是当她的丈夫、作家兼《纽约时报》记者杰森·德帕尔告诉她,如果现在就是全面医疗改革真的要成为法律的时候,她会后悔自己错过了。(而且,他已经准备好减少自己的工作时间,多陪陪孩子。)周日晚上,她打电话给拉姆说接受这个职位。很好,拉姆说,因为政府计划在第二天宣布对她的任命,同时提名堪萨斯州州长凯瑟琳·西贝利厄斯担任新的卫生与公众服务部部长。达施勒一走,行政官员认为将内阁和白宫的职位分开也容易了些。这对德帕尔来说意味着她可以立即开始履新,而无需经过长达数周的确认过程。②

这一切发生得如此之快,以至于德帕尔一直没有机会与奥巴马交谈,直到宣布任命之前,他们才在椭圆形办公室见了几分钟。她后来回想起来,奥巴马问起她的背景,好像是在找他们二人的共同点——当她提到自己是由一位单身母亲抚养长大,而母亲已因为癌症早逝的时候,奥巴马找到了。多年后,奥巴马在回忆录中称德帕尔是他最倚重的医疗保健问题顾问,提到了与德帕尔相似的经历,并对德帕尔身上他所称的"干脆利落的专业精神"表示钦佩。在一个充满富有表现力的专家型阿尔法男③的政府里,德帕尔被许多人认为长了一张本届政府中看得最顺眼的扑克脸,接受不同意见时不动声色。④

在德帕尔的任命宣布之后,她没有太多时间来加快内部讨论,因为两天后,也就是2009年3月4日,白宫就将举行一次医疗保健问

---

① 对德帕尔的采访。
② 同上。
③ 在竞争环境中拥有领导力和支配欲的男人,通常被认为是自信、有主见、有强大执行力的。——译者
④ 对德帕尔的采访;对奥巴马政府高级官员的采访;Barack Obama, "A President Looks Back on His Toughest Fight," *New Yorker*, November 2, 2020, https://www.newyorker.com/magazine/2020/11/02/barack-obama-new-book-excerpt-promised-land-obamacare.

题的大型峰会。所有人都会到场：来自两党的国会领导人、来自行业和倡导团体的官员，还有总统和他的团队。会议将以奥巴马在白宫东厅的演讲开场，接着是分组会议，然后是座谈会，总统请部分与会者发表意见。其中包括保险公司行业团体负责人凯伦·伊格纳尼。

"作为我们全体保险业成员的代言人，他们希望今天下午能够对你和在座的每一个人说，我们明白我们必须在谈判桌上赢得一个席位，"伊格纳尼说，"我们向你保证。我们听到美国人民谈论存在的问题。我们对此非常重视。我们向你保证我们会发挥应有的作用、做出应有的贡献，以帮助医疗改革在今年通过。"

鉴于保险公司在扼杀过去的改革中所扮演的角色，该声明是一个值得注意的姿态。奥巴马做出了实实在在的回应，明确表示他有意兼顾各方利益。奥巴马说："如果有一种办法可以做到降低成本，人们能以负担得起的价格获得医疗保险，可以选择医生，在保险方案方面有灵活性，那么我们完全可以通过市场来实现，我很乐于这样做。如果有一种办法需要更多的政府监管和参与，我也很乐意这样做。我只想弄清楚什么办法是有效的。"

当天最激动人心的事是肯尼迪的再次露面，他的出场也再次引发了长时间的掌声。他走得很慢，但看上去并不是特别虚弱或憔悴，讲话时还面露笑容。他说："如果环顾一下今天在这里举行的聚会，你会看到我们多年来会晤的所有不同团体的代表，有保险公司，有医疗行业，都以这样或那样的形式到场了。在过去，一直追溯到哈里·杜鲁门时代，也从未有过如此盛况……。我期待在这项事业中成为一名小兵，这一次，我们不会失败。"[1]

峰会结束后第二天，肯尼迪邀请鲍卡斯到他位于乔治敦的家中共进午餐。他们二人的高级助理鲍恩和福勒也来了。肯尼迪喜欢领人参

---

[1] "White House Health Care Summit Closing," C-SPAN video, 57：42, March 4, 2009, accessed September 15, 2020, https://www.c-span.org/video/?284447-3/white-house-health-care-summit-closing.

观他的房子,它就像他在参议院的办公室一样,到处都摆放着家庭物什。尽管他最喜欢的地方是隐在书房旋转书架后面的一个酒吧。肯尼迪解释说,这是禁酒令时期的遗存,是他与他的侄女侄子们玩捉迷藏的好地方。每逢此时,他会让孩子们走出书房,让他们数到一百。当孩子们回来的时候,怎么也找不到泰德叔叔,直到他神奇地从书架后面冒出来。①

用过午餐后,肯尼迪和鲍卡斯单独会面。他们讨论了各自委员会正在取得的进展,以及从各自同事那里听到的情况。但是,鲍卡斯后来说,他觉得这次会议与其说是关于立法细节,不如说是关于传递改革的接力棒。"他实际上等于在说:'马克斯,这回看你的了。'"②

3.

这次峰会上两党的友好气氛,体现了奥巴马希望自己能带给华盛顿的气象。但到那时,他和他的助理们已经看到了共和党领导层计划如何对待民主党的举措,以及国会中共和党议员在多大程度上共同进退。其中一个事件尤其具有启发意义:为解决经济危机而进行的立法之争。

来自不同意识形态领域的专家一致认为,重启增长的最佳方式是让政府向经济注入资金,这样个人和企业就可以重新开始支出。争论的焦点是注入多少资金以及如何注入。奥巴马的开价是约 8 000 亿美元的一揽子计划,这实际上比克里斯蒂娜·罗默等顾问认为必要的数字要小,却是他们认为国会将批准的最大数额。其中超过 3 000 亿美

---

① 作者对鲍恩和丽兹·福勒的采访。欲了解更多关于他住宅的情况,参见 Roland Flamini, "Inside Senator Edward M. Kennedy's House in Washington, D. C.," *Architectural Digest*, February 20, 2017, accessed September 15, 2020, https://www.architectural digest.com/story/senator-edward-m-kennedy-washington-dc-home。

② 对马克斯·鲍卡斯的采访。

元的资金支持是以共和党人支持的减税形式进行的。其余大部分资金以基础设施项目、失业救助以及对州和地方政府的援助的形式提供,这就算不是通常会让共和党人兴奋的支出类型,也不是通常会让他们大发雷霆的支出类型。①

这是一种先发制人的妥协行为,而且对共和党人几乎没有明显的影响。早在2008年12月,正如记者迈克尔·格伦瓦尔德后来为《时代》杂志报道的那样,弗吉尼亚州众议员兼少数派党鞭埃里克·坎托召集他的副手们开了一次会。坎托说:"我们来这里不是为了达成协议,得到一些面包屑,然后在接下来的40年里继续做少数派。"一个月后,在参议院共和党人的一次闭门会上,米奇·麦康奈尔发出了类似的信息,即共和党人应该团结起来反对。"奥巴马支持什么,我们就必须反对什么,"俄亥俄州共和党人、前参议员乔治·沃伊诺维奇对格伦瓦尔德说,"他所关心的只是确保奥巴马永远不会大获全胜。"②

众议院的共和党人抨击这项提议充斥着浪费,而且规模太大(尽管他们自己的方案规模也差不多),便齐齐投了反对票。至于参议院,奥巴马和民主党人最终撬走了三个共和党人。但很明显,麦康奈尔背后有党团小组大部分成员的支持。两年后,他对《大西洋月刊》的约书亚·格林说:"我们竭力不染指这些提议,因为我们认为——而且我觉得我们的想法是正确的——让美国人民知道正在进行一场伟大辩论的唯一途径,是让出台的措施不是两党联立的。如果某件事上挂上了'两党合作'的标签,人们就会认为,分歧已经解决,关于前进道路的广泛一致已然达成。"③

---

① Noam Scheiber, *The Escape Artists: How Obama's Team Fumbled the Recovery* (New York: Simon & Schuster, 2012).
② Michael Grunwald, "The Party of No," *Time*, September 3, 2012, http://content.time.com/time/subscriber/article/0,33009,2122776-1,00.html.
③ Joshua Green, "Strict Obstructionist," *Atlantic*, January/February 2011, https://www.theatlantic.com/magazine/archive/2011/01/strict-obstructionist/308344/.

当参众两院起草各自的预算决议,并一劳永逸地决定是否将和解作为解决医疗保健问题的一种选择时,刺激计划的经验就显得尤为重要了。共和党人以强硬的态度拒绝采取和解,称那将毁掉任何合作的机会。鲍卡斯在公开和私下都明确表示,他不打算先发制人地尝试和解——奥巴马、肯尼迪和里德都重申了这一承诺。但他们希望保留谈判的筹码,另外也希望在两党联立失败的情况下能有个退路。他们一致认为,解决办法是在最终预算中纳入和解指令,但向共和党人明确表示,这只是万不得已的最后一招。①

这仍然意味着要说服预算委员会主席肯特·康拉德。随后,政府来了一场全面出击。奥萨格在担任国会预算办公室主任时就倍受康拉德的信任,他强调了政府对改革的承诺,这些改革将自行承担起成本。奥巴马直接传达了同样的信息。他还送了一个礼包,包括一个给康拉德经常带到办公室的白色比熊犬"达科他"买的项圈。"拉姆出主意,奥巴马照做。"正如一位高级政府官员所说。康拉德态度软化,最终在4月份通过的最终预算决议中包含了和解指令。②

共和党人并不高兴。但对哈奇,尤其是对格拉斯利来说,更大的冒犯是奥巴马和民主党人如何应对并赢得议会会期内第一场医疗保健方面的辩论——关于儿童健康保险计划的重新授权。格拉斯利和哈奇曾希望通过某种类似于2008年法案的东西,当时那是他们与鲍卡斯和肯尼迪协商并在国会获得通过的,但后来布什行使了否决权。但上届国会审议了两个版本。根据第二个版本,合法待在美国的移民儿童将立即有资格;格拉斯利和哈奇反对这一点,大多数保守派人士也是。上任后,奥巴马推行这一版本,并依靠民主党的赞成票加上共和党的一小撮赞成票,使其在国会获得通过。格拉斯利和哈奇说,他们对民主党领导人感到愤怒。

---

① 作者对民主党某高级助手的采访。
② 作者对奥巴马政府某高级官员的采访;另见 Jonathan Cohn,"How They Did It," *New Republic*, May 20, 2010。

格拉斯利对鲍卡斯说,他仍然致力于更广泛的医疗改革,并在一次议会发言中公开如此表示,他在发言中痛斥了民主党,也承诺致力于全面改革。但根据鲍卡斯的说法,格拉斯利已经被共和党领导人伤透了心,特别是在他与鲍卡斯一起出席了一次新闻发布会讨论立法进展之后。鲍卡斯后来告诉我,那天晚些时候,格拉斯利说他不能再跟鲍卡斯一起出现在类似场合了,因为麦康奈尔威胁要"送他走"并支持初选挑战。①

格拉斯利通过发言人表示,他不记得有过这样的谈话,麦康奈尔也从未发出过这样的威胁。但是没有人对格拉斯利受到了来自他所在政党的压力这一点有异议,而且随着时间的推移,情况肯定会变得更糟。②

---

① "Senate Session," C-SPAN video, 11:46:04, January 29, 2009, https://www.c-span.org/video/?283717-1/senate-session;对鲍卡斯的采访。
② 作者与迈克·左纳的通信。左纳是格拉斯利的发言人。

十二、众议院规则

1.

在参议院备受关注的情况下,人们很容易忘记,历来在众议院通过卫生立法也是困难的,而主席之间的内讧曾在 1994 年扼杀了克林顿的医改计划。到了 2007 年,民主党夺回众议院的控制权时,当年的许多主席仍在位,他们感觉到另一个机会即将到来。像其他所有经历过克林顿医改失败的改革者一样,他们这次决心把事情做好,尤其是因为在他们这个年纪,他们明白这可能是他们最后的机会了。正如一位助理后来所说:"他们的想法还处于传统模式。"[①]

这些人中包括小约翰·丁格尔,密歇根州众议员,他已经 80 多岁了,直到布什总统任期结束,仍然主持着能源与商业委员会。国民医疗保险是他从他父亲、前众议员老约翰·丁格尔那里继承来的一项事业,老丁格尔曾在 1945 年与他人联合发起了历史学家认为的美国历史上第一份郑重其事的全民医保法案。小丁格尔接过众议员席位时,也接手了这项事业,1965 年,在对老年医疗保险计划投票时,他是监票人。此后每年,他都会提出自己的国家医疗保险议案,以此提醒他的同事和选民,这仍然是他最重要的优先事项。

另一位长期战斗于医疗保健领域的斗士是 70 多岁的皮特·斯塔克,他代表旧金山东湾区的一个选区,是众议院筹款委员会卫生小组委员会的负责人。(众议院筹款委员会控制着收入和支出,其职责大致上相当于参议院财政委员会。)斯塔克是一名麻省理工学院毕业的工程师,也是空军老兵,他创办了一家社区银行,他说这家银行的唯一目的是"满足工薪阶层的财务需求"——为实现这一宗旨,他提供免费的支票账户②、免费儿童保育还有免费班车,这样在奥克兰分行工作的非裔美国工人就可以乘上去距离海岸 15 英里的银行总部。他原本是共和党人,后来因为反对越战而加入了民主党,1973 年他进入国会。他将社会正义付诸实践的一种方式是以全民医疗作为自己的首要奋斗目标。③

丁格尔和斯塔克的一个共同点是,他们在国会山都让人畏惧,而不是喜爱——丁格尔因其对立法的严格把控而闻名,斯塔克则因对其反对者突然出言不逊而尽人皆知。2007 年,在攻击布什派遣美国士兵去"把自己的脑袋炸飞以取悦总统"之后,斯塔克心不在焉地道歉,表达了他对美军的爱,同时仍在攻击布什和他的盟友。"我既不会尊重不顾他们安危的总司令,也不会尊重国会中投票否决儿童医疗保健方案的草鸡鹰派④。"斯塔克说。⑤

丁格尔和斯塔克都偏爱单一支付。丁格尔的年度提案通常包括对最初想法的一些变动。在 1993/1994 年的辩论中,斯塔克是一项计划的主要制订者,该计划旨在创建一个新内容——老年医疗保险计划的

---

① 作者对赛布勒·比约克兰德的采访。
② checking accounts,相对于 savings accounts 而言,是为了日常交易需要而设立的账户,便于用户支取现金,用户可以用支票购物或付账,其特点是:用户可开支票付款,交易次数上的限制很少,提供很少的存款利息,可能会收取月费,有最低开户存款额,每月最低余额要求等。——译者
③ 作者对黛比·柯蒂斯的采访。柯蒂斯是斯塔克多年的医疗保健问题顾问。另见 Fortney H. "Pete" Stark Jr., "Pete's Life Story," Pete Stark Memorial, https://www.petestarkmemorial.com/pete-s-life-story and Katharine Q. Seelye, "Pete Stark, Fighter in Congress for Health Care, Dies at 88," *New York Times*, January 27, 2020, https://www.nytimes.com/2020/01/27/us/politics/pete-stark-dead.html.
④ chicken-hawks,在美国指那些强烈支持战争、自己却从未参与战斗或其他军事行动的人,尤指逃避参战义务的政客、官僚或评论员。——译者
⑤ Matt Schudel, "Pete Stark, Fiery California Congressman and Advocate of Universal Health Care, Dies at 88," *Washington Post*, January 15, 2020, https://www.washingtonpost.com/local/obituaries/pete-stark-fiery-california-congressman-and-advocate-of-universal-health-care-dies-at-88/2020/01/25/63a90284-3f91-11ea-8872-5df698785a4e_story.html.

C部分①，它将向所有没有雇主保险的人开放，虽然这不是一个全面的单一支付计划，但基本上就是雅各布·哈克十年后帮助发展为公共选项的提案的早期和雄心勃勃的版本。②

众议院筹款委员会通过了斯塔克议案的一个版本，但克林顿和民主党领导人很快就摒弃了，认为它过于自由，无法获得整个众议院（更不用说参议院）的批准。似乎是为了证明这一点，丁格尔的委员会甚至不肯批准一个仿照克林顿计划的更为市场化的提案，因为该提案里仍然有太多的监管和开支（意思是它过于自由），不符合该委员会里那些更保守的议员的偏好。"我试过了，该死的，我试过了，"丁格尔后来告诉《纽约时报》，"根本就不可能做到。"③

12年后，丁格尔、斯塔克和他们的众议院领袖同僚们决定为另一次改革努力打下基础，这样的话，如果民主党人在2008年当选总统，他们也有所准备。鲍卡斯和肯尼迪在参议院也做着同样的事情，只不过没太把注意力放在那些外部利益相关者和共和党人身上，而更多是放在他们的党团小组身上。得到的反馈令人鼓舞，很多人对马萨诸塞州的模式非常感兴趣。它有金发姑娘④的特质，即政府主导的变革既不太多，也不太少。丁格尔和斯塔克可以接受这种情况，尽管他们更偏爱单一支付。"每个人都明白这是不切实际的，"众议院筹款委员会医疗保健问题的一位工作人员赛布勒·比约克兰德后来说，"就舆论而言，就其财务而言，就其特殊利益而言……这将是立法上的渎职行为。我们最终会一无所获。"⑤

---

① Medicare Part C，即医保优势计划，A是住院保险，B是补充性医疗保险，D是处方药计划，这四部分构成了老年医疗保险计划。——译者
② Robert Pear, "Bill Passed by Panel Would Open Medicare to Millions of Uninsured People," *New York Times*, July 1, 1994.
③ David E. Rosenbaum, "For Once, Powerhouse Can't Produce the Votes," *New York Times*, July 2, 1994.
④ Goldilocks，意思是刚刚好。——译者
⑤ 对比约克兰德的采访。

斯塔克和丁格尔最终都不会在改革中扮演他们所希望的角色——斯塔克是因病无法充分参与辩论，丁格尔是因为失去了主席职位，2008 年大选后加州众议员亨利·韦克斯曼挑战他并获胜。

韦克斯曼对联邦法规影响深远，令人无法小看只有 5 英尺 5 英寸高的他。作为一名坚定的环保主义者，他一直是幕后推手，成就了 1990 年《清洁空气法修正案》、1986 年和 1996 年《安全饮用水法修正案》、1996 年《食品质量法》以及其他众多监管有毒物质排放的法律。医疗保健是他极其热衷的又一领域，对于《罕见疾病药物法案》和《韦克斯曼-哈奇修正案》（看名字就知道）的出台，他是居功甚伟的官员之一。这两个法案，前者有助于加快治疗罕见病药物的开发，后者通过让更多现有知名药品品牌的竞争来降低药品价格。[1]

韦克斯曼在众议院有许多方面都与泰德·肯尼迪相似，经常与泰德·肯尼迪在立法上合作，尽管二人来自不同的背景，行事风格也颇为不同。韦克斯曼成长于大萧条时期，在他父亲杂货店楼上的一套公寓里长大。他在加州大学洛杉矶分校读了本科，在法学院读了研究生，对政治产生了兴趣，并从州议会一路走到国会。他不是特别虔诚，但笃信犹太教"修补世界"（tikkun olam）的戒律，而且喜欢身为弱者的角色。他说："我职业生涯中的几乎每一场有价值的战斗，都是从我势孤力穷时开始的。"[2]

韦克斯曼说的是实话。他所取得的成就，大多发生在他与被认为是不可战胜的强大利益集团较量，或者他所在的政党处于少数派的时

---

[1] Joshua Green, "Henry Waxman Is Leaving Congress but Leaving Behind His Playbook," *Bloomberg Businessweek*, January 30, 2014 https://www.bloomberg.com/news/articles/2014-01-30/henry-waxman-is-leaving-congress-but-leaving-behind-his-playbook?sref=sGsy0HYh.

[2] Jeffrey Goldberg, "Henry Waxman on How Faith Informs His Politics," *Atlantic*, August 25, 2009, https://www.theatlantic.com/international/archive/2009/08/henry-waxman-on-how-faith-informs-his-politics/22943/.

候。他取得成功并不是靠魅力。乔治·米勒是来自加州的民主党众议员，他曾经说过，他认为韦克斯曼的名字应该叫"狗娘养的·韦克斯曼，因为每个人……不停地问，'你知道那个狗娘养的韦克斯曼现在想要什么吗？'"。根据凯伦·图姆尔蒂为《华盛顿邮报》所做的报道，多年后，韦克斯曼宣布退休，当消息传到了正在开闭门会的一些众议院共和党人那里时，在场的人不禁纷纷鼓掌。①

韦克斯曼极其擅长利用国会调查权来使人们注意到某些会引起众怒的行业做法。而在立法谈判过程中，他会利用自己对政策的精准把握，智取坐在他对面的人。一位前职员说："他和他的幕僚总是最聪明、最有准备的，但他最有效的武器是就无条款进行谈判，并抓住对手的政策缺陷没完没了地提问，从而让对手疲惫不堪。除了击败共和党人之外，我还看到他多次在很多民主党人面前笑到了最后——无论是（作为对手的）众议院筹款委员会的民主党人，还是在几乎每一场预算协议会议结束时财政委员会的民主党人。"②

韦克斯曼对医疗补助特别有兴趣，他将其视为消除贫困的万能武器。他发动了一场长达数十载的运动致力于增加福利，并让更多的人符合条件，通常的办法是引入随着时间的推移自动扩大医疗补助范围的计算公式，这一策略后来被称为"韦克斯曼楔子"。在21世纪初为布什政府管理医疗补助计划的汤姆·斯卡利有一次打趣

---

① Richard Simon, "Rep. Henry Waxman to Retire from Congress," *Los Angeles Times*, January 30, 2014, https://www.latimes.com/politics/la-xpm-2014-jan-30-la-pn-henry-waxman-retire-congress-20140130-story.html; Karen Tumulty, "Rep. Henry Waxman (D-Calif.) to Retire at End of Congressional Session," *Washington Post*, January 30, 2014, https://www.washingtonpost.com/politics/henry-waxman-to-retire/2014/01/30/c06485fa-892d-11e3-833c-33098f9e5267_story.html.

② Michael L. Stern, "Henry Waxman and the Tobacco Industry: A Case Study in Congressional Oversight," Constitution Project, https://archive.constitutionproject.org/wp-content/uploads/2017/05/Waxman.pdf; Jonathan Cohn, "Farewell to Henry Waxman, a Liberal Hero," *New Republic*, January 31, 2014, https://newrepublic.com/article/116418/henry-waxman-retiring-heres-why-well-miss-him.

说:"50%的社会安全网是亨利·韦克斯曼在没人注意的时候创建的。"①

2008年末的韦克斯曼希望形成有关能源和医疗保健的立法,而实现这一目标的最佳途径是执掌丁格尔希望继续担任主席的能源与商业委员会。两人之间出现的竞争,在一定程度上与个人风格有关,韦克斯曼强调,奥巴马的当选释放了渴望改革的信号,所以掌舵30年的丁格尔是时候让位了。而就实质内容而言,二人竞争的焦点是环境政策以及他们在汽车排放规则上的持续冲突。②

在医疗保健问题上,韦克斯曼和丁格尔基本上达成了一致,以至于全民医保的倡导者们发现两人之间的竞争让人不忍卒视。但这也意味着,韦克斯曼主管的能源与商业委员会在医疗保健问题上采取大行动的导向——无论是从实质上还是从战略上——是不会改变的。韦克斯曼也偏爱单一支付制度,或者至少是一种政府是所有未享有雇员保险之人的主要承保人的制度。但与丁格尔和斯塔克一样,韦克斯曼也确信这样的提议目前不会得到支持。而且韦克斯曼比任何人都清楚,

---

① Michael Hash, quoted in *Insights from the Top: An Oral History of Medicare and Medicaid* (Washington, DC: National Academy of Social Insurance, March 17, 2016), 139, https://www.nasi.org/sites/default/files/research/Insights_from_the_Top.pdf; Rep. *Henry A. Waxman's Record of Accomplishment* (Washington, DC: U.S. House of Representatives Committee on Energy and Commerce, December 2014), https://www.eenews.net/assets/2016/06/24/document_gw_10.pdf.

② Christopher Beam, "Dingell Buried," *Slate*, November 20, 2008, https://slate.com/news-and-politics/2008/11/henry-waxman-s-victory-over-john-dingell-is-the-biggest-gift-obama-could-have-asked-for.html; Kate Sheppard, "Dingell Jangle," *Guardian*, November 21, 2008, accessed September 16, 2020, https://www.theguardian.com/commentisfree/cifamerica/2008/nov/21/climate-change-waxman-dingell; John M. Broder and Carl Hulse, "Behind House Struggle, Long and Tangled Roots," *New York Times*, November 22, 2008, https://www.nytimes.com/2008/11/23/us/politics/23waxman.html; Bradford Plumer, "Why The Dingell-Waxman Dispute Matters," *New Republic*, November 9, 2008, https://newrepublic.com/article/45918/why-the-dingell-waxman-dispute-matters; Josh Israel, "Dingell vs. Waxman—Are Their Pasts Prologue?," Center for Public Integrity, November 19, 2008, accessed September 16, 2020, https://publicintegrity.org/accountability/dingell-vs-waxman-are-their-pasts-prologue/

不完善的立法会产生什么样的影响。①

2.

国会议员总是写信给白宫，要么是对某项提案表示赞同或者批评，要么仅仅是感谢总统访问了某个选区。而 2009 年 3 月 11 日，三位国会议员写给奥巴马的一封信，意义远比这大得多。

这封信来自韦克斯曼和对健康事务有管辖权的两位委员会主席：众议院教育与劳工委员会主席乔治·米勒，以及众议院筹款委员会主席查尔斯·兰杰尔。此信也可以视为要在医疗改革问题上进行合作的承诺。"作为这两个委员会的主席和过去医疗改革辩论中的老人，我们同意彼此协作、共同努力，"韦克斯曼写道，"我们意在将类似的立法提交给我们各自的委员会，并努力协调一致以确保成功。"②

政府官员说，写这封信的主意来自白宫。拉姆认为，这将是以另一种方式向媒体和华盛顿主要权力掮客表明改革具有前进势头。但三个委员会之间合作的基础是这三位主席和他们的助理。根据一份总结备忘录，在 3 月 3 日兰杰尔召集的一次国会山会议上，他们同意"在概念上和共同目标上没有芥蒂地"展开合作。1995 年至 2007 年间，民主党人一直处于少数派地位，这迫使他们搁置管辖权方面的争议，因为团结在一起可以行使更多的权力。幕僚和助理们习惯于分享笔

---

① 作者对克里斯·詹宁斯、亨利·韦克斯曼的采访。
② *House Committee Chairmen Miller, Waxman, and Rangel Pledge to Move Health Reform Forward* (Washington, DC：U.S. House of Representatives Committee on Education and Labor, March 11, 2009), https：//edlabor. house. gov /media /press-releases /house-committee-chairmen-miller-waxman-and-rangel-pledge-to-move-health-reform-forward; Alex Wayne, "House Panel Chairman Promise to Move Similar Health Care Overhaul Bills," *CQ*, March 11, 2009, https：//www. commonwealthfund. org /publications /newsletter-article/house-panel-chairman-promise-move-similar-health-care-overhaul.

记，就提案进行合作，并相互推荐雇用的人选。这一点大有裨益，因为这些助理中的大多数人都与各位领导人共事多年，这使得他们能在谈判期间作为替代供队友模拟现场。凯伦·纳尔逊是韦克斯曼的首席医疗保健顾问，为韦克斯曼工作多年，所以她基本上就是韦克斯曼肚子里的蛔虫。①

类似的事情也发生在参议院，肯尼迪的助理大卫·鲍恩和鲍卡斯的助理丽兹·福勒自丽兹2008年春天回到国会山以来一直保持联系。鉴于HELP委员会和财政委员会之间不可避免的意识形态和战略冲突，他们二人的关系更有可能紧张。感恩节期间，两人在电话里长谈了一次，他们同意将会避免在管辖权上为赌气而进行幼稚无谓的争斗，并确保这个委员会要知道那个委员会在做什么（鲍恩后来形容这是"图森动物园会议"，因为打电话的时候他和家人正在那个动物园，看着北极熊舔冻在冰块里的肉。)②

德帕尔一接手白宫事务，就邀请了两院的工作人员到白宫共进午餐。这应该是一次非正式的、认识新同事的聚会，尽管许多人已经彼此熟识，无论是通过他们之前的多次合作、参加利益相关者会议，还是通过他们在《复苏法案》（Recovery Act）上的团队合作，这一法案中包括额外的医疗补助资金和对电子病历的大笔投资。很快，这些助理每天都要和白宫工作人员通电话，开始是每天一次，最后是每天两次。③

这种程度的协调一直持续到《平价医疗法案》成为法律的那一天，这是极为不寻常的。回过头来看，不止一位工作人员注意到，在医疗保健尤其是保险覆盖问题上最紧张忙碌的十几名国会高级助理中，存在一种明显的性别模式。除了比约克兰德和纳尔逊，众议院代

---

① Cybele Bjorklund, "Leadership Meeting on Health Reform—Revised," memo to Charles Rangel, March 3, 2009；作者对奥巴马政府多位高官和民主党助理的采访。
② 作者对大卫·鲍恩和丽兹·福勒的采访。
③ 作者对奥巴马政府多位高官和民主党多位助理的采访。

表团中还包括奇基塔·布鲁克斯-拉苏尔（为众议院筹款委员会工作）、黛比·柯蒂斯（为斯塔克工作）、普维·肯普夫（为能源与商业委员会工作）、丽兹·默里（为多数党党鞭斯坦尼·霍耶工作）、梅根·奥莱利和米歇尔·瓦尔纳根（为教育与劳工委员会工作）。除丽兹·福勒外，参议院的主要工作人员还包括凯特·莱奥尼（里德的医疗保健顾问）和伊薇特·丰特诺特（福勒在财政委员会的同事）。也会有一些男性，就像政府那边的情况一样，尽管随着立法方面的工作进入正轨，德帕尔和兰布鲁越来越成为两方的主要接头人。比约克兰德后来说："商学院一直在研究这个问题，即男性和女性的领导方式如何不同"，"我只是觉得那里有了一种很强的合作精神。"[1]

白宫官员在这些讨论中扮演了两个关键角色。一个是作为协调员和信使，确保每个委员会都了解其他委员会在讨论什么。这并不总是很有趣。作为职责，兰布鲁经常在参议院财政委员会工作人员推敲手头的议案时与他们交谈，然后穿过国会大厦，向对鲍卡斯所做的选择感到困惑的众议院工作人员通报情况。另一个角色是为该计划设定基本参数，让不同的委员会的议案能足够接近，以便合并成一项奥巴马可以签署的措施。

政府官员不想撰写这项议案，原因是达施勒在 12 月的过渡备忘录中指出："如果我们在早期阶段所做的不只是提供指导，那么国会议员就没有足够的动力去研究政策和政治，只会坐等计划的到来。他们对过程和最终成果也会缺乏主人翁意识。"这就是为什么，比如说，奥巴马预算中的医疗储备基金没有储蓄来源的详情。正如财政部官员吉恩·斯珀林后来向我解释的那样，公布太多细节"会使它在被国会通过之前过早地受到攻击，以致比它大得多的法案的通过变得

---

[1] 作者对比约克兰德、柯蒂斯和凯特·莱奥尼的采访。另见 Nancy-Ann DeParle and Jeanne Lambrew, "Women's Importance in Enacting, Implementing and Defending the Affordable Care Act," Brookings Institution, September 2020, https://www.brookings.edu/essay/womens-importance-in-enacting-implementing-and-defending-the-affordable-care-act/。

更为困难。"①

尽管如此，总统还是对医保覆盖范围和成本有着明确的目标，他希望各委员会能往上靠。在覆盖范围上，马萨诸塞州模式永远无法达到欧洲医保体系的覆盖规模。太多的人不会意识到他们有资格享受公共项目或者会拒绝保险。但奥巴马想要接近欧洲医保体系的覆盖范围。他还希望有一个公共选项，尽管在顾问和立法者看来，他显然认为这是第二要务。

至于保险对投保人来说会是什么样子，奥巴马希望尽量降低医疗账单的财务风险，特别是对低收入美国人来说，尽管奥巴马指望其他大部分人会承担一些自付费。在见顾问时，奥巴马会查看受薪顾问乔恩·格鲁伯制作的电子表格，看不同的提案对处于不同假设情况下的人意味着什么。德帕尔后来回忆起了关于一个假想出来的家庭的讨论，那是一个年轻的三口之家，在弗吉尼亚州北部拥有一家小企业。"他问了一些问题，比如'他们会重视有保险这事吗？假设他们的医疗费用很低，他们会对不得不支付保费更恼火，还是更喜欢有一个低的免赔额，这样当他们要用保险时马上就能用到？'"②

奥巴马明白，这项计划对联邦政府来说将是一项耗资巨大的事业。早些时候，顾问们给他看了一些选项，说明不同的支出水平将如何导致不同的覆盖水平。奥巴马说，他可以接受在十年内超过一万亿美元这样的价格，这是所有选项中最昂贵的一个，尽管相比最近其他的联邦举措的价格，这将是联邦支出上的一个巨大承诺。

但他坚持要让这个项目能自己买单，然后开始通过一些新收入和削减现有政府医疗项目来减少赤字。尤其让他感兴趣的是彼得·奥萨格和两位高级助理伊齐基尔·伊曼纽尔（拉姆的哥哥，肿瘤专家）及鲍勃·科彻（国家经济委员会的一位内科医生）的"游戏规则改

---

① Tom Daschle, *Getting It Done* (NewYork: St. Martin's, 2010), 97；作者对吉恩·斯珀林的采访。
② 作者对德帕尔、奥巴马政府多位高官的采访。

变者"和"医疗服务改革"的提议。其中很多提案旨在目的将医疗保健的资金从每次就诊、检查和手术的单独支付,转向为每名患者或至少每种病情的一次性支付,其理论依据是一种已得到广泛认可的观点,即为每项服务付费会鼓励人们做得更多。人们希望,随着时间的推移,医疗保健成本增长能更缓慢一些,从而使联邦政府和整个社会的支出曲线"趋于缓和"。①

5月份,奥巴马盯上了《纽约客》上发表的一篇文章,作者是阿图尔·葛万德,他曾在1992年帮助比尔·克林顿制定了医疗保健政策,自此成为全美最受尊敬的医生作家之一。这篇文章关注的是位于得克萨斯州麦卡伦市的一个特殊社区,看同样的病,那里的老年医疗保险支出比附近其他社区高得离谱。部分是基于达特茅斯学院有关地区差异的研究,葛万德认为对此事的解释是治疗模式的不同。基本上,麦卡伦的医生和医院已经养成了提供更多特别护理的习惯,比如对胆结石进行防患于未然的手术,而不是先看看用药和饮食调整是否能够见效。②

奥萨格在他的官方博客上发文,重点提到了这篇文章,并指出尽管采取了各种医疗干预措施,麦卡伦的患者实际上并没有好转。奥巴马把那篇文章转发给助理们,并在参议员会议上提起,就像罗恩·怀登后来对《纽约时报》所说:"实际上,他是把那篇文章放在一大群参议员面前,说,'这就是我们必须解决的问题。'"③

3.

如何从委员会那里获得足够的支持,然后在投票时获得足够的票

---

① 作者对奥巴马政府多位高官的采访。
② Atul Gawande, "The Cost Conundrum," *New Yorker*, May 25, 2009, https://www.newyorker.com/magazine/2009/06/01/the-cost-conundrum.
③ Robert Pear, "Health Care Spending Disparities Stir a Fight," *New York Times*, June 8, 2009, https://www.nytimes.com/2009/06/09/us/politics/09health.html?scp=4&sq=atul%20gawande&st=cse.

数,由此实现这些不同的目标,这是民主党人在2009年春季和夏季试图回答的核心问题。

到处都得权衡利弊。覆盖更多的人或提高保险标准将提高该计划的价格,这需要更高的税收,或者对公共保险计划的资金筹措进行大刀阔斧的改变,或者将两种办法结合起来。每一个好处都有弊端,每一个收益都有代价。政府内部也存在地盘之争,特别是在奥萨格和德帕尔争夺影响力的早期。但最影响深远的冲突是在实质性问题上,比如是否应该大力限制保险公司的利润和管理费用,这是兰布鲁最喜欢的想法,但不为经济团队所喜。在白宫会见顾问时,奥巴马经常举起双手,就像在操纵魔方一样,把它扭来扭去,就好像医疗保健立法是一个需要找出解法的谜题。[1]

确实如此。但这是一个不止有一种解法的难题,6月份,众议院三个委员会提出了各自的解决方案。

每个收入达到贫困线133%的人都有资格享受医疗补助。收入高于这个数字,且同时没有雇主保险的人,可以通过在线交易购买私营保险。这类似于马萨诸塞州的"健康联结"计划,依据该计划,保险公司必须以统一的价格销售,无论购买保险前是否已患有某些疾病,只根据年龄进行适度的调整。收入高达贫困线标准4倍的在线投保者,即个人年收入约4.3万美元或四口之家年收入约8.8万美元(按2009年的美元购买力计算),将获得财政补贴。

设定的这个门槛(进入中产阶级的门槛),只是众议院几个委员会把医保改革向更自由的方向推进的方式之一。他们的计划也有公共选项,类似于雅各布·哈克建议以及"普及美国医疗"和"继续前进"之类的倡导组织正在推广的那种。为了向扩大医保覆盖提供资金,众议院领导人提议削减各行业的老年医疗保险支出,并提高对富

---

[1] 作者对奥巴马政府多位高官的采访。

人的税收。①

该提案包括一项个人强制保险，这个想法奥巴马曾表示拒绝（针对儿童那部分除外），随后还在2008年的初选中抨击过。奥巴马在2009年6月初正式表示接受这一想法，他给鲍卡斯和肯尼迪写了一封正式的信，表明"我对你们关于责任分担的想法持开放态度"。责任分担是支持者对这一强制令的委婉说法。②

但到奥巴马写这封信时，这一决定已是既成事实。众议院领导人早在3月初就原则上同意了颁布一项强制令，正如埃兹拉·克莱因在《美国瞭望》周刊中首次报道的那样，而鲍卡斯和肯尼迪早在那之前就接受了这一想法。至于奥巴马，2008年初选一结束，他就开始私下考虑强制令的好处——他说，他之所以被说服，既是因为希拉里·克林顿的有力论据，也是因为经济顾问的劝告，他们说这会让该计划更行之有效。在那之后，强制令便在谈话中经常被提起，到了1月，达施勒私下告诉鲍卡斯，奥巴马对强制令持开放态度。在2009年4月底与顾问的一次会议上，奥巴马原则上同意了这一想法，正如记者史蒂文·布里尔后来在其著作《美国的苦药》（*America's Bitter Pill*）中所写的那样。这封信是应鲍卡斯的要求发出的，目的是为财政委员会的议案（以及鲍卡斯）提供一些政治掩护。③

---

① *Focus on Health Reform*（Menlo Park, CA: Henry J. Kaiser Family Foundation, 2009），https://www.kff.org/wp-content/uploads/2013/01/healthreform_tri_full.pdf.

② White House Office of the Press Secretary, "Letter from President Obama to Chairmen Edward M. Kennedy and Max Baucus," June 3, 2009, https://obamawhitehouse.archives.gov/the-press-office/letter-president-obama-chairmen-edward-m-kennedy-and-max-baucus; Budoff Brown, "Obama May Support Coverage Mandate," *Politico*, June 3, 2009, https://www.politico.com/story/2009/06/obama-may-support-coverage-mandate-023298.

③ Ezra Klein, "The House Agrees on Health Reform. Will the Senate?," *American Prospect*, March 13, 2009, https://prospect.org/article/house-agrees-health-reform-will-senate/; Cybele Bjorklund, "Meeting of Tri-Committee Chairs," memo to Charles Rangel, March 3, 2009; 对民主党某位助理的采访; Steven Brill, *America's Bitter Pill: Money, Politics, Backroom Deals, and the Fight to Fix Our Broken Healthcare System*（New York: Random House, 2015）; 对民主党多位高级助理的采访。

根据国会预算办公室的估计，有了这项强制令，94%的非老年人口最终将获得保险。（剩下的未投保者中有很大一部分是无证移民；为他们提供保险被认为是在政治上有害，所以这个想法即使在民主党人中也鲜有人支持。）这并没有达到马萨诸塞州的标准，但也差得不远。对收入较高的人而言，即使是相对不优厚的保险也会很昂贵，尽管保费仍不到收入的12%。对收入较低的人而言，覆盖范围将更为全面，成本也将大大降低，尤其是对于贫困线以下和刚刚超过贫困线的人来说。他们将有资格享受医疗补助，它几乎涵盖了所有的费用。总的算下来，保险条款将需要联邦政府提供大约1万亿美元的新支出，除了将实施日期推迟两年到2013年外，该提案基本上没有立法者通常用来掩盖其提案真实成本的预算噱头。

这个提议仍然只是一个起点；三个委员会在就最终方案进行投票之前，必须各自单独审议、辩论并把修改意见加进去。米勒相对轻松地让教育与劳工委员会的议案通过了；兰杰尔的众议院筹款委员会也是如此。亨利·韦克斯曼就没有这么轻松了。他可能在2009年接管该委员会，但成员中包括了一个不容小觑的小团体，他们代表更为保守的"蓝狗"① 民主党人，是丁格尔挑选出来抵制他认为过于激进的环境立法。7月份的时候，他们的情绪变得暴躁起来。②

原因是他们的委员会刚刚通过了一个"总量控制与交易"③ 排放控制体系的立法。该立法是韦克斯曼起草、佩洛西提供支持、奥巴马推动的，因为奥巴马决心在执政第一年不放弃气候变化立法，正如他决心不放弃医疗保健一样。在国会年度野餐会上，奥巴马发出个人呼

---

① blue dog，一群以民主党身份当选国会议员，却在某些经济政策上越来越倾向于共和党的保守民主党人，1995年组建了蓝狗联盟。至于选择蓝色，有人说是源于一幅名为《蓝狗》的画作。不过他们中的一些人实在太偏右，就连当初"蓝狗"联盟创始人中的两位后来也加入了共和党。此处是指反对奥巴马医改的民主党人，他们就连自己党内的意见也不听。——译者
② 对民主党某位高级助理的采访。
③ cap and trade，指在限制温室气体排放总量的基础上，通过买卖行政许可的方式来进行排放。——译者

吁，佩洛西进行了游说，把 8 名共和党人拉到了她这边，之后，该法案于 6 月 26 日在众议院全票通过。但这项立法在参议院通过的机会似乎越来越渺茫，来自产煤区的民主党人已经站出来反对，环保组织也因为提案发起人为使该法案在众议院获得通过所做出的妥协而退避三舍。①

一位民主党助理不久后说："所有来自边缘选区并投票支持该法案的议员都被踢了出去，也没有得到环境组织的支持。在一次党团会议上，有个人站起来说，'南希，我所在的选区有一则广告，上面是你和我，这挺好，但广告上的我们都被雷劈了。'"②

现在，韦克斯曼向其中一些议员提出了一项医疗保健议案，这议案很可能会步同样的后尘——参议院持怀疑态度，失望的支持者不愿为投赞成票的议员而战。议案里有很多监管和支出，不如自由派民主党人想要的多，但比保守派民主党人要得多多了。这笔钱是通过税收和对社会关系强大的行业的报销削减来支付的，而这些行业的捐款和广告能够以这样或那样的方式左右一场势均力敌的竞争。

假设没有共和党人的支持，韦克斯曼可以承受在委员会中失去 6 张赞成票的后果，他认为有四人肯定投反对票，两人很可能投反对票——换句话说，赞成票没有再减少的余地了。在听证会的第一天，包括几位"蓝狗"在内的一群民主党人宣布反对，这足以使这项议案泡汤。更糟糕的是，据助理布莱恩·马歇尔和布鲁斯·沃尔普后来出版的一本回忆录称，韦克斯曼担心该委员会里的资深共和党人、得克萨斯州的乔·巴顿会试图让委员会里的"蓝狗"跟他一起采取某种替代措施，通过剥离温和派，把它交由全体投票表决，从而破坏整件事。这一直是真正的问题。韦克斯曼正在努力限制"蓝狗"波及他人，而佩洛西在议事厅里也需要这么做。"蓝狗"有 50 多人，这

---

① Molly Ball, *Pelosi* (New York: Henry Holt, 2020), Kindle edition, 177 - 178.
② 作者对民主党某位高级助理的采访。

意味着如果他们团结起来,就有足够的反对票来阻止立法。①

对于"蓝狗"的不满的实质内容及其影响,韦克斯曼很是恼火。他们批评该议案的政府支出过高,但也反对韦克斯曼认为降低成本最行之有效的方法。对于公共选项来说尤其如此。正如国会预算办公室所证实的那样,它可以省下钱来,办法是通过以接近老年医疗保险的支付比例支付住院和门诊费,这会远低于私营保险公司付的费用。"蓝狗"表示,这将给市场带来不公平竞争,使私营保险公司无力为继。韦克斯曼认为,低支付率证明了公共选项是可行的,而对许多"蓝狗"来说,真正的问题在于保险公司和医疗服务供应商团体的游说,它们对削减报销的前景感到不满。韦克斯曼知道,许多"蓝狗"在很大程度上依赖这些行业来资助他们的竞选活动。②

不过,韦克斯曼还是需要他们的选票,所以他做出了一个重大让步。该议案会有一个公共选项,但它得像私营保险计划一样协商报销,从而放弃其一项主要优势。随后,他请来了白宫的人,包括彼得·奥萨格,向"蓝狗"们保证白宫将支持限制支出并减少赤字的法案,即使这意味着用于医保的资金将减少。

结果发现,"蓝狗"们对奥萨格最喜欢的一个主意感到兴奋:成立一个独立的专家委员会,根据治疗是否有效对老年医疗保险的支付方式如何改变提供建议。韦克斯曼显然不看好这个点子,因为他不希望国会放弃这么多自由裁量权。但他接受了这个想法,并对"蓝狗"喜欢这个想法感到惊讶,因为专家委员会的建议可能会减少对医疗服务提供商的支付,而他认为"蓝狗"一直在想办法保护这些提供商。韦克斯曼告诉我,在一次会议上,一位"蓝狗"众议员意识到了这一可能性,以不无担忧的语气说,设立专家委员会可能意味着医疗服

---

① Bryan W. Marshall and Bruce C. Wolpe, *The Committee: A Study of Policy, Power, Politics and Obama's Historic Legislative Agenda on Capitol Hill* (Ann Arbor: University of Michigan Press, 2018), Kindle edition, 59-60.
② 作者对韦克斯曼和民主党某位高级助理的采访。

The Ten Year War

务提供商的收入减少。韦克斯曼说他只是咧嘴笑了笑，承认了这种可能性。①

最后一个障碍是与生物制品有关的问题，生物制品是药物，是从生物中提取，然后转化为血液制品、基因疗法和其他治疗慢性或严重疾病（包括某些癌症）的方法。代表这些公司的行业组织希望有一个为期12年的独占期（也就是说，在这段时间内他们不会面临来自仿制药制造商的竞争），认为这使得对研究的投资有所回报，并最终带来更多的创新。他们在安娜·埃舒那里获得了支持，此人是能源与商业委员会的一位民主党议员，她所在的硅谷地区包括许多生产生物制品的公司，她的筹款名单中包括了相当多的行业领袖。

韦克斯曼认为这个想法太离谱了，他咨询的专家们认为，创新的说法即便成立，也被夸大了。但埃舒得到了一些更保守的民主党人以及委员会里的共和党人（包括巴顿）的支持，他们将草拟的修正意见附了议案中。这是一个重大打击。在那12年里，生物制品制造商几乎可以决定他们产品的价格，提高个人和保险项目的成本，并最终提高新的医疗保健计划的成本。这是另一个例子，说明了一个团体是如何在抱怨医疗改革成本的同时，要求做出一些让成本变得更高昂的改变的。②

韦克斯曼并不是唯一感到沮丧的人。奥巴马也十分生气，以至于当他有机会会见制药行业的代表时，主动提起12年的独占期这个要求太过分了，并希望在立法交给他签字之前改改。③

但在另一个与制药行业有关的关键问题上，奥巴马不会反对这协议。他会支持的。

---

① 对韦克斯曼的采访。
② 对韦克斯曼、民主党某位高级助理的采访。
③ 对韦克斯曼、民主党多位高级助理、奥巴马政府多位官员的采访。

十三、在车上

1.

比利·陶津在政界闻名是因其在国会的所作所为。但令其更出名的是他离开时的所作所为。

陶津是一名律师,代表新奥尔良郊区一个选区,他帮助建立了"蓝狗"联盟,并做了十多年的民主党人,直到 1995 年共和党控制了众议院,他才改换门庭。他曾在能源与商业委员会任职,后来成为该委员会主席,在起草老年医疗保险计划的药物立法方面发挥了关键作用。随后,他突然退出,去当了美国药品研究与制造企业协会(PhRMA)主席。他报税的薪水是:每年至少 200 万美元。[①]

即使按照华盛顿的标准来看,从国会迅速过渡到领导他所监管的行业也是够厚颜无耻的,而奥巴马作为一位总统候选人,经常用陶津的故事来说明他决心与之对抗的是何种特殊利益权势。"我不想学习如何更好地玩这场游戏,"奥巴马说,"我想结束这种游戏。"[②]

但当奥巴马发表这些声明时,陶津正与其他所有行业协会的代表一起加入罗恩·波拉克的"怪异盟友"那群人。他参与了和肯尼迪及鲍卡斯的谈话。

对肯尼迪来说,与行业团体打交道是必要的。在杜鲁门和克林顿为医保事业而奋斗的过程中,行业团体显示出了他们扼杀改革的能力。如果民主党人这一次想取得成功,他们将不得不压制这些行业,或者至少是压制其中的大部分,就像林登·约翰逊及其盟友为通过老年医疗保险计划所做的那样。鲍卡斯不太愿意把他们看作对手。医疗保健的提供者、生产者和支付者将不得不接受新的制度。他对待这些人更像是伙伴,特别是因为他以前的一些助手现在正是他们的说客。

谈判背后的想法是,拥有保险的人越多,意味着付费客户越多,因此保险业就可以接受较低的支付——实际上,通过数量弥补他们在价格上的损失。为了指导讨论,鲍卡斯请来了会计专家托尼·克拉普西斯,他预测了各种情况——比如制药商将因为新参保者有能力支付他们的处方费而多赚多少钱。"他是我们的秘密武器。"鲍卡斯的幕僚长乔恩·塞利布这样说。当行业游说者对这些数字提出质疑时,鲍卡斯及其幕僚呼吁这些团体要看看自身利益:另一种选择可能是更大幅的削减,因为民主党人需要想方设法为他们的计划找到资金。他们的口头禅是"要么在餐桌旁要么在菜单上",有时则是"要么在车上要么在车下"。③

奥巴马接受了这一战略,在 3 月峰会上赞扬了行业的参与,并召集代表讨论如何通过更有效的医疗来节省开支。(奥巴马白宫公开的访客记录显示,陶津是经常在白宫西翼开会的人之一。)"如果没有他们中的一些人,我们永远无法完成这项工作,"吉姆·迈锡纳后来告诉我说,"我们希望把他们全都拉过来……但我们知道我们至少必须拉来一堆。"④

制药行业是第一个达成协议的。有了克拉普西斯的预测,鲍卡斯

---

① Robert Pear, "House's Author of Drug Benefit Joins Lobbyists," *New York Times*, December 16, 2004, https://www.nytimes.com/2004/12/16/politics/houses-author-of-drug-benefit-joins-lobbyists.html.
② Michael Kirk, Jim Gilmore, and Mike Wiser, "Obama's Deal," PBS, April 13, 2010, https://www.pbs.org/wgbh/pages/frontline/obamasdeal/etc/script.html; Paul Blumenthal, "The Legacy of Billy Tauzin: The White House-PhRMA Deal," Sunlight Foundation, February 12, 2010, https://sunlightfoundation.com/2010/02/12/the-legacy-of-billy-tauzin-the-white-house-phrma-deal/.
③ 作者对乔恩·塞利布的采访。
④ Paul Blumenthal, "White House Visitor Logs Show Large Lobbyist Presence for Head of White House Health Office," Sunlight Foundation, February 25, 2010, https://sunlightfoundation.com/2010/02/25/white-house-visitor-logs-show-large-lobbyist-presence-for-head-of-white-house-health-office/;作者对吉姆·迈锡纳的采访。

认为该行业可以接受政策变化，从而节省 1 000 亿至 1 300 亿美元。制药公司的想法更倾向于 200 亿至 400 亿美元，因为按照约定，立法中不包括两个受欢迎的改革建议：允许从加拿大进口更便宜的药物，以及允许联邦政府直接与制造商就价格进行谈判。制药行业代表还要求该协议得到白宫和参议院领导层的支持，这样一旦议案离开财政委员会，条款就不会改变。

4月，双方达成节省 800 亿美元的协议。众议院领导人怒不可遏——气鲍卡斯是因为他没有争取到更大的节省金额，气白宫是因为它支持这项协议。"背后捅刀子"，一个助理在对我描述这件事时这样说道。当韦克斯曼宣布自己不觉得受协议约束时，药品游说者在罗斯福厅的一次会议上要求得到保证。根据《华盛顿邮报》塞西·康诺利的报道，拉姆告诉他们："我们也加入了。"[1]

但这一安排在制药行业仍存在争议，2010 年，陶津离职，官方公布的是因个人原因，不过当时也有报道称，几位主要高管对他没有得到一笔对制药行业更为有利的交易很是生气。立法的背后波诡云谲，这只是其中一个例子；利益集团也有自己的内部政治，总有成员在优先事项上存在分歧。这几乎搞砸了另一笔交易——与医院的交易。[2]

医院不像制药商那样以贪婪著称，尽管它们因过高的医疗账单起诉未投保者和投保不足者的做法常常尴尬地见诸报端。医院也不像制药商那样有本事施展影响力，尽管医院是许多国会选区最大的雇主，

---

[1] 作者对奥巴马政府某高官、民主党某助理的采访；Washington Post Staff, *Landmark: The Inside Story of America's New Health Care Law and What It Means for Us All* (New York: Public Affairs, 2010), Kindle edition, 24.
[2] Tom Hamburger, "Drug Industry Lobbyist Billy Tauzin to Resign," *Los Angeles Times*, February 12, 2010, https://www.latimes.com/archives/la-xpm-2010-feb-12-la-na-phrma12-2010feb12-story.html; Chris Frates and Carrie Budoff Brown, "Tauzin to Step Down from PhRMA," *Politico*, February 12, 2010, https://www.politico.com/story/2010/02/tauzin-to-step-down-from-phrma-032879.

而且通常其董事会成员有着深厚的政治人脉。①

与医院达成的协议是为了节省更多的开支：10年内节省1 550亿美元。让医院放弃比制药商更多的钱，这背后的理论是，医院在国家医疗保健支出中所占的份额要大得多。但很多医院并不这么看。它们没有制药公司那样巨大的利润空间，而且无论如何，一些官员觉得他们没有提供这种交易的代理权。美国医院协会主席理查德·昂登斯托克受到了激烈的批评。②

乔恩·塞利布等助理说，这些交易是必要的，因为"每个人都知道医院和制药公司能做些什么，保险公司的所作所为就是证据"。他指的是保险公司花8 620万美元资助美国商会2009年发起的反对改革的广告活动——这事一年多后彭博社的德鲁·阿姆斯特朗才披露出来。尽管进行了广泛的谈判，但保险公司从未与白宫和参议院财政委员会达成任何协议，要是其他行业团体也花同样的巨资来反对改革，它们或可最终获胜。罗恩·波拉克后来记起，在2009年之前的会议上，美国药品研究与制造企业协会的一位官员说过，该组织有一笔2亿美元的专用资金，准备用于应对医疗改革。当波拉克问他是赞成还是反对医疗改革时，这位官员告诉他，他还不确定。波拉克回想起利益集团是如何对抗克林顿计划的，他知道这回答隐含的威胁不可轻忽。③

与此同时，迈锡纳和塞利布得到了美国药品研究与制造企业协会

---

① 参见，如，Lucette Lagnado, "Jeanette White Is Long Dead but Her Hospital Bill Lives On," *Wall Street Journal*, March 13, 2003; Lucette Lagnado, "Hospitals Try Extreme Measures to Collect Their Overdue Debts," *Wall Street Journal*, October 30, 2003; Jonathan Cohn, *Sick* (New York: HarperCollins, 2009), Kindle edition, 141 – 166。
② John McDonough, *Inside Health Reform* (Berkeley: University of California Press, 2011), 77; 作者对民主党某高级战略专家的采访。
③ 对塞利布的采访; Drew Armstrong, "Health Insurers Gave $86 Million to Fight Health Law," *Bloomberg*, November 17, 2010, https://www.bloomberg.com/news/articles/2010-11-17/insurers-gave-u-s-chamber-86-million-used-to-oppose-obama-s-health-law; 作者对波拉克的采访。

的承诺,该协会将斥资 1.5 亿美元用于支持改革的广告宣传活动。从技术上说,这并不是立法安排的一部分,尽管每个人都能看出二者是相关的。不管这些广告是否真的影响了任何人,它代表着制药商没有把这 1.5 亿美元用于阻止立法。这对白宫和鲍卡斯来说是一场巨大的胜利。但这些交易引起了大量负面的、具有政治破坏性的宣传——在《洛杉矶时报》上,记者汤姆·汉伯格首先报道了一些细节;在《赫芬顿邮报》上,记者瑞恩·格里姆公布了他拿到的一份说客备忘录;在社论版面和舆情刊物上,改革的支持者和韦克斯曼一样愤怒。蒂莫西·诺亚在网络杂志《石板》(Slate)上写道:"奥巴马总统与陶津的握手,无疑是他在领导医疗改革从国会通过的过程中犯下的最愚蠢的错误。"[1]

这些协议还严格限制了立法直接从医疗保健提供者和生产者那里节省开支的可能性。这对改革的预算计算产生了深远的影响,最终也影响了该计划对普通美国人的意义。

2.

民主党人做出的最重要的决定之一是,改革将为自己买单,然后减少赤字,因为这就等于为他们的计划能做什么和不能做什么划定了界限。

这一承诺反映了战略考量。在众议院的"蓝狗"和参议院的肯特·康拉德等自称赤字鹰派的人之间,没有哪一项法案能在支出大幅超过收入的情况下从国会通过。民调还显示,选民将赤字与民主党支

---

[1] Tom Hamburger, "Obama Gives Powerful Drug Lobby a Seat at Healthcare Table," *Los Angeles Times*, August 4, 2009, https://www.latimes.com/health/la-na-healthcare-pharma4-2009aug04-story.html; Ryan Grim, "Internal Memo Confirms Big Giveaways in White House Deal with Big Pharma," *HuffPost*, September 13, 2009, https://www.huffpost.com/entry/internal-memo-confirms-bi_n_258285; Timothy Noah, "Obama's Biggest Health Reform Blunder," *Slate*, August 6, 2009, https://slate.com/news-and-politics/2009/08/how-big-pharma-s-billy-tauzin-conned-the-white-house-out-of-76-billion.html.

出计划联系在一起，并将其作为反对民主党的理由之一，部分原因是选民将其视为民主党不负责任的执政的体现，尽管让赤字节节攀升的一直是共和党。①

然而，对奥巴马来说，减少赤字从不仅是政治问题。他认为，从长远来看，联邦政府面临着一个真正的资金筹措问题，因为支出和收入之间的差距随着时间的推移正在不断扩大。随着债务的堆积，利息支付将吸走其他用途所需的资金。美国经济也将走弱，因为华盛顿对美元的需求使企业更难（也就是说，要以更昂贵的代价）借钱维系自己的经营和扩张。②

几年后，会有更多的经济学家质疑赤字是否如此危险，或者至少质疑减少赤字是否需要成为政策制定的重点。但在2009年，奥巴马的观点在美国的政治和经济机构中得到了广泛的认同，并得到了白宫官员的大力支持。据一位与会者透露，在7月的一次会议上，阿克塞尔罗德向与会者展示了民调数据，数据显示赤字已成为选民的第二大担忧，而蒂姆·盖特纳表示，赤字中立至关重要。与此同时，彼得·奥萨格明确表示，减少赤字不仅仅是医疗改革的先决条件；在他看来，这是一个首要目标。③

---

① Kathy Ruffing and James R. Horney, "Downturn and Legacy of Bush Policies Drive Large Current Deficits," Center on Budget and Policy Priorities, October 10, 2012, https://www.cbpp.org/research/downturn-and-legacy-of-bush-policies-drive-large-current-deficits. 关于公众舆论，有充分的证据表明，民意调查相对具有误导性，正如范德比尔特政治学家约翰·塞德斯后来对我说的那样，"我倾向于认为，公众对于《平价医疗法案》对赤字的影响的感受——就他们想过或知道的程度而言——可能是他们把自己出于其他原因形成的对该法案的态度合理化了"。作者与塞德斯的通信。
② Barack Obama, *The Audacity of Hope: Thoughts on Reclaiming the American Dream* (New York: Crown, 2006), Kindle edition, 183.
③ 在奥巴马任期即将结束时，许多（可能是大多数）中间偏左的经济学家认为，短期内增加赤字支出是有充分理由的。一个较小的左翼团体认为，也有可能无限期地增加赤字。这方面最著名的倡导者是纽约州立大学石溪分校教授斯蒂芬妮·凯尔顿，她曾是参议院预算委员会民主党工作人员中的经济学家，曾为佛蒙特州的伯尼·桑德斯提供建议。Stephanie Kelton, *The Deficit Myth: Modern Monetary Theory and the Birth of the People's Economy* (New York: PublicAffairs, 2020). 会议的消息来源是奥巴马政府一名前高官的一组笔记。

有关政府开支的问题,一直是重大医疗保健法案的争论中反复出现的主题,可以追溯到最初关于老年医疗保险计划的辩论。但奥巴马必须在一个医疗保健支出和债务水平高于林登·约翰逊时代的世界里为他的改革辩护。尽管约翰逊可以满不在乎地将对赤字的担忧视为少数政府精算师粗略的、依据信息不够充分的猜测所致,但奥巴马要应对的,是华盛顿最强大、最受尊敬的机构之一——国会预算办公室做出的估算。[1]

国会预算办公室是尼克松和国会在 20 世纪 70 年代早期斗争的产物,此前尼克松试图扣下住房、环境项目和国会批准的其他举措的开支。尽管法院制止了这种做法,但国会修改了预算制定规则,并决定需要自己的独立机构来对联邦财政进行研究和预测。在 30 年的时间里,国会预算办公室的工作人员不断增加,任务急剧扩大,其可信度也大幅提高——这在一定程度上要归功于任命了一些负责人,无论他们的意识形态或党派背景如何,他们都抵制以特定立法者所希望的方式调整估算的行为。在一个媒体、智库和大学等独立机构因越来越党派化而失去公众信任的时代,国会预算办公室是一个罕见的例外。[2]

奥萨格已经准备好让国会预算办公室在医疗改革中发挥积极作用,他将 2007 年《怀登-贝内特法案》的估计作为某种试运行,并

---

[1] 筹款委员会主席威尔伯·米尔斯多年来一直阻挠这项提案,他一直说,这项计划不会为自己买单。Julian Zelizer, "How Medicare Was Made," *New Yorker*, February 15, 2015, https://www.newyorker.com/news/news-desk/medicare-made; Julian Zelizer, *Taxing America*: *Wilbur D. Mills*, *Congress*, *and the State*, 1945–1975 (New York: Cambridge University Press, 1988), 244; Jonathan Cohn, "Obamacare, Medicare, and Baseball's Greatest Pitchers," *Yale Journal of Health Policy*, *Law*, *and Ethics* 15, no. 1 (2015), https://digitalcommons.law.yale.edu/cgi/viewcontent.cgi?article=1224&context=yjhple。

[2] David Dayen, "Congress's Biggest Obstacle," *American Prospect*, January 28, 2020, https://prospect.org/politics/congress-biggest-obstacle-congressional-budget-office/; Ezra Klein, "What Does the Congressional Budget Office Do?," *Washington Post*, September 7, 2009, http://voices.washingtonpost.com/ezra-klein/2009/09/what_does_the_congressional_bu.html; Jonathan Cohn, "Numbers Racket," *New Republic*, June 3, 2009, https://newrepublic.com/article/64725/numbers-racket.

将降低医疗保健成本的办法单独编写成册,他设想在2009年,也就是在他签约为新总统工作之前,将此册交给国会和新总统。奥萨格的继任者是道格·艾尔蒙多夫,他也认识到医疗保健将是一件大事。他告诉两党的立法者,他的办公室将主动分享有关国会预算办公室评分方法的信息,并尽最大努力迅速做出估算。艾尔蒙多夫说,这意味着工作人员经常要计算到凌晨2点,而习惯早起的艾尔蒙多夫则在凌晨4点开始工作。①

但是,预测卫生立法的影响本身就很困难,因为其中有许多变量。要预测立法对预算的影响,就必须考虑立法提供的新的财政激励措施将如何影响人们购买保险以及随后医疗消费的倾向——这反过来又会影响保险的价格,这价格随后改变了联邦补贴的成本。基础数据从来都不是完美的,这就要求国会预算办公室需要就如何权衡数据做出判断。

在一个关键问题上,这种猜测是必要的:个人强制保险的影响。"我记得关于……在马萨诸塞州,强制保险似乎真的很重要的那个讨论。"艾尔蒙多夫告诉我。但他手下的一些经济学家想知道,这在其他州是否同样奏效,因为在开明的马萨诸塞州,居民以接受和遵循政府指示而闻名。在研究了这个问题之后,国会预算办公室决定承担起重大影响,部分是基于这样的理论,即如果国会通过了包含一项强制内容的立法,"那么也许这个国家在这方面就会更像马萨诸塞州了"。②

两党工作人员对国会预算办公室的合作精神以及对公正性的秉持表示赞赏。但民主党人对国会预算办公室计算中的诸多假设感到沮丧,也对削减成本的许多举措深表怀疑。国会预算办公室的立场是,如果没有确凿证据表明这些改革措施真能省钱,那么无论这些想法看起来多么有前景,它都无法相信这会省下大笔的开支。

---

① 作者对奥巴马政府某高官的采访;作者对道格拉斯·艾尔蒙多夫的采访。
② 对艾尔蒙多夫的采访。

7月,艾尔蒙多夫在国会山定期向众议院筹款委员会和参议院预算委员会作证后,民主党的愤怒情绪爆发到公众视野中。"我真的会让你难堪,"参议院预算委员会主席康拉德说,"由你从各委员会提交的成果中看到的情况来看,你认为有正在成功地让长期成本曲线趋于平缓的举措吗?"艾尔蒙多夫的回答是否定的。他解释说,立法也许能够自付成本,但国会预算办公室"没有看到大幅减少联邦医疗支出的一贯增长所需的那种根本性的变化"。

没过几个小时,各大新闻网站就登出了"医改法案不会降低成本"之类的头条新闻,共和党人也发起了攻击。时任印第安纳州共和党众议员的迈克·彭斯说:"独立的国会预算办公室今天所发表的声明,证实了共和党人一直在说的话:国会的民主党人的医疗保健提案相当于政府接管了我们的医疗保健经济。"《华尔街日报》新闻版的经济学专栏作家大卫·韦塞尔称之为"皇帝没穿衣服的时刻"。①

3.

在白宫内,总统的团队处于"慌乱"状态,一名助理当时这样说道。就连奥萨格也发现国会预算办公室对一些成本控制方案的极端怀疑令人恼火。但与经济团队的其他成员一样,奥萨格同意国会预算办公室的观点,即立法缺少成本控制的一个基本要素。这一要素是对

---

① Jeanne Sahadi, "Health Reform Bills Won't Reduce Costs," CNN, July 16, 2009, https://money.cnn.com/2009/07/16/news/economy/health_care_reform/index.htm?postversion=2009071616; Robert Pear, "House Committee Approves Health Care Bill," *New York Times*, July 16, 2009, https://www.nytimes.com/2009/07/17/us/politics/17cbo.html; David Wessel, "Man Who Wounded Overhaul Effort Could Also Save It," *Wall Street Journal*, July 24, 2009, https://www.wsj.com/articles/SB124829913479973605.

雇主健康福利的税收待遇的某种改变。[1]

早在20世纪40年代，联邦政府就做出了一个关键的决定：如果雇主为雇员提供保险，保险费就不需缴纳所得税。其结果是让一美元的医疗保险比一美元的工资更有价值，从长远来看，它有助于巩固以工作为基础的保险作为处于工作年龄的美国人的主要保险来源。但这项豁免（或正式说法为"免除"）激励了工人和雇主将更多的钱投到医疗保健上——大多数经济学家认为，这一激励抑制了医疗保健的成本意识，导致了更多的支出，最终导致每个人的成本上升。

这种看法可以追溯到马丁·费尔德斯坦过去的研究，全国各地大学的经济学者将其作为医疗资金筹措的基本原则教给学生。他们会说，最直接的解决办法就是取消这种特殊待遇，这样一美元的保险就跟每个人的一美元正常收入一样。随着时间的推移，工人和雇主会就如何在保险和工资之间进行权衡做出更好的决定，倾向于成本不那么高的保险方案，支出也会下降——因为根据定义，较便宜的保险方案会设法减少支出。[2]

并不是每个经济学家都认同"免除"的影响。调整或者消除这种"免除"绝不是降低成本的唯一途径。在国外，拥有全国性卫生体系的国家通过单单调整价格便降低了成本，也就是说，通常在与提供医疗照护或生产设备的人进行某种谈判后，为从医生就诊到核磁共振扫描的所有医疗服务制定固定费用。但这种价格管制在美国早已失

---

[1] 作者对奥巴马政府某高官的采访；Ezra Klein,"The Congressional Budget Office vs. the White House," *Washington Post*, July 25, 2009, http://voices.washingtonpost. com/ezra-klein/2009/07/the_congressional_budget_offic_2.html; Peter Orszag,"CBO and IMAC," OMB Blog (preserved at the Obama White House online archive), July 25, 2009, https://obamawhitehouse.archives.gov/omb/blog/09/07/25/CBOandIMAC/。

[2] U.S. Library of Congress, Congressional Research Service,"The Tax Exclusion for Employer-Provided Health Insurance: Policy Issues Regarding the Repeal Debate, by Bob Lyke, RL34767 (2008)," https://www.everycrsreport.com/files/20081121_RL34767_902970b14cf5c5056a020befbaaedeb2951b87fb.pdf; Jonathan Gruber,"The Tax Exclusion for Employer-Sponsored Health Insurance," *National Tax Journal* 64, no. 2 (2011), https://www.nber.org/papers/w15766.

宠，部分源于数十年来知识界和政界对大政府的反弹。尽管像众议院法案这样的改革计划承诺通过削减老年医疗保险计划和医疗补助计划的服务费来降低这两者的成本，但如果不对这种"免除"做些改变，就无法对私营保险施加类似的压力——这一点奥萨格、伊曼纽尔和白宫经济团队的其他成员一直在强调。①

为了确保达成协议，奥巴马的顾问们邀请艾尔蒙多夫和另外几位经济顾问去椭圆形办公室与总统见面。奥巴马也对国会预算办公室感到厌倦；正如《纽约客》的瑞安·利扎后来报道的那样，有一次，奥巴马叫顾问们以后称这个机构为"香蕉"，因为他听腻了。但他还是像去2006年参议院的简报会一样参加了会议，要求艾尔蒙多夫解释国会预算办公室的建模以及对医疗支出的主要假设。共和党人后来抨击奥巴马试图恐吓艾尔蒙多夫。据在场的几位人士说，谈话的语气恰好相反——奥巴马对艾尔蒙多夫和该机构态度相当恭敬，在一种学术研讨会的气氛下深入探讨了经济学的棘手问题以及为什么美国的医疗保健体系如此糟糕。②

对奥巴马的一些战略顾问来说，改变保险税收待遇的想法几乎是不可想象的，他们还记得2008年有过就类似的提议对约翰·麦凯恩的攻击。大卫·阿克塞尔罗德计医疗团队看了10分钟过去的竞选广告，为的就是强调这一点，诺姆·沙伯尔后来在《脱身大师》(The Escape Artists)一书中这样写道。但身为领导人能做到在必要时采取不受欢迎的立场，奥巴马为此感到自豪，他也开始相信，正如他的经济顾问所坚信的那样，税收改革对于控制医疗保健成本是必要的。在致鲍卡斯的一封公开信中，奥巴马表示愿意进行某种修改，尽管他没有具体说明应该采取什么样的形式。

---

① 作者对奥巴马政府某高官的采访。
② 作者对艾尔蒙多夫和奥巴马政府某高官的采访；Ryan Lizza, "The Obama Memos," *New Yorker*, January 23, 2012, https://www.newyorker.com/magazine/2012/01/30/the-obama-memos。

这位蒙大拿州参议员对此感到高兴，因为他长期以来一直将对"免除"做些改变视为两全其美之事，既能为扩大保险覆盖范围提供资金——因为更多的应税收入将意味着更多的税收，也能让支出曲线趋于平缓。比起众议院推出的资金筹措方案，他更喜欢这个，因为前者极其依赖于向富人征税。康拉德也很高兴。①

考虑到他们俩在各自委员会中的地位以及对更保守的民主党人的影响力，让这两人满意在政治上很重要。但是，如果改掉"免除"条款解决了国会山的一些政治问题，那还会产生其他问题，特别是在自由派民主党人和那些与有组织劳工有关系的人当中。

多年来，工会一直在为其成员协商更慷慨的医疗保险福利，并经常为此放弃争取加薪。改变他们的税收待遇将使这些保险方案更加昂贵。经济理论认为，工人最终会以更高的工资把这笔钱收回来。但正如工会所说，也正如许多经济学家默认的那样，这种情况不可能毫无波澜地发生，也不会立即发生。这将取决于讨价还价的情况。②

对工会来说是实情，对其他工人来说也是如此。在乐观的情况下，企业对税收变化的反应将是要求保险公司提供更好的产品，促使保险公司要求供应商提供更低的价格或更有效的医疗照护。换言之，市场力量将推动整个医疗保健体系以更少的钱获得更好的质量。但也有可能（而且在某些情况下很有可能）雇主会开始削减福利，让个人承担更高的免赔额及共付金额。身体健康的人可能还好。但是那些患有慢性病的人，尤其是那些收入较低的人，会决定不开处方药或者

---

① 作者对奥巴马政府多位高官的采访；Noam Scheiber, *The Escape Artists: How Obama's Team Fumbled the Recovery* (New York: Simon & Schuster, 2012), 157。

② David Leonhardt, "How a Tax Can Cut Health Costs," *New York Times*, September 29, 2009, https://www.nytimes.com/2009/09/30/business/economy/30leonhardt.html; Paul B. Ginsburg, "Employment-Based Health Benefits Under Universal Coverage," *Health Affairs* 27, no. 3 (2008), accessed September 19, 2020, https://www.healthaffairs.org/doi/full/10.1377/hlthaff.27.3.675.

不做为避免更严重的并发症而需要做的检查。①

令自由派民主党人感到沮丧的另一个原因是，推动这一税收改革的竟是像康拉德这样的参议员，他们一贯坚持的财政责任似乎在他们自己的利益受到威胁时就不那么坚持了。康拉德曾公开批评参众两院的 HELP 委员会法案，因为他说，这些法案对减少赤字并不认真。但是，当财政委员会（他也在其中）正在起草自己的提案时，康拉德为一项关键条款进行了游说：增加老年医疗保险计划支付给大平原和西部各州农村医院的费用。这样的增加，鲍卡斯也想像康拉德一样为自己的选区争取，但这会让该法案变得更加昂贵。②

这项最终被称为"边疆地带一揽子计划"的举措有其合情合理的理由。农村地区的医院往往利润空间较小，有时甚至会赔钱，因为它们没有城里大医院那样的规模经济。例如，重症监护病房的初始成本是巨大的，这使得一家只有 50 张床位的小医院负担起来要比一家有 500 张床位的大医院难得多。但自由派民主党人想要的大多数优先事项，也有政策依据。不知怎的，他们的优先事项受到了严格的预算

---

① 这种影响的例子，参见 Robyn Tamblyn et al., "Adverse Events Associated with Prescription Drug Cost-Sharing Among Poor and Elderly Persons," *JAMA* 285, no. 4 (2001), https://jamanetwork.com/journals/jama/fullarticle/1108322; Vicki Fung et al., "Financial Barriers to Care Among Low-Income Children with Asthma Health Care Reform Implications," *JAMA* 168, no. 7 (2014), https://jamanetwork.com/journals/jamapediatrics/fullarticle/1872780; Dana P. Goldman, Geoffrey F. Joyce, and Yuhui Zheng, "Prescription Drug Cost Sharing: Associations with Medication and Medical Utilization and Spending and Health," *JAMA* 298, no. 1 (2007), https://www.ncbi.nlm.nih.gov/pmc/articles/PMC6375697/. 有关兰德公司最初的研究结果及其多年来的影响的更多讨论，参见 Michael E. Chernew and Joseph P. Newhouse, "What Does the RAND Health Insurance Experiment Tell Us About the Impact of Patient Cost Sharing on Health Outcomes?," *American Journal of Managed Care*, July 15, 2008, https://www.ajmc.com/view/jul08-3414p412-414; Aviva Aron-Dine, Liran Einav, and Amy Finkelstein, "The RAND Health Insurance Experiment, Three Decades Later," *Journal of Economic Perspectives: A Journal of the American Economic Association* 27, no. 1 (2013), https://www.ncbi.nlm.nih.gov/pmc/articles/PMC3943162/#R9。

② David M. Drucker, "Conrad Has Doubts About House, HELP Versions of Health Care Reform," *Roll Call*, July 16, 2009, https://www.rollcall.com/2009/07/16/conrad-has-doubts-about-house-help-versions-of-health-care-reform/.

限制，但康拉德提出的却没有。①

如果遵循国会预算办公室的指导方针有助于他们在公共关系战中胜出，那些上述所有对很多自由派民主党人来说可能更容易接受一点。但民主党仍然是以增加赤字来支付新项目而闻名的政党，而共和党事实上是一次又一次在没有办法买单的情况下制定了新项目，就像乔纳森·查伊特和保罗·克鲁格曼等作家一再指出的那样。最近的一个例子是老年医疗保险计划的药物福利，它实际上没有抵销收入或削减支出。甚至连奥林·哈奇后来也承认，在布什执政期间，"很多东西都没有买单，而这是不对的"。②

当然，现实是，大多数选民根本没那么关注医疗改革的细节。他们所能看到的只是这个过程很难看。而且会变得更加难看。

---

① 作者对民主党某高官的采访。另见"Conrad Cites Benefits of Higher Medicare Reimbursements," *Grand Forks Herald*, March 31, 2010, https://www.grandforksherald.com/news/2123418-conrad-cites-benefits-higher-medicare-reimbursements; Robert Pear, "Deep in Health Bill, Very Specific Beneficiaries," *New York Times*, December 20, 2009, https://www.nytimes.com/2009/12/21/health/policy/21healthcare.html/。
② 医疗保险药物计划是一个特别有说服力的事件，因为在投票前，特朗普政府官员拒绝传阅另一个官方会计的来源，即医疗保险内部精算师的成本估算。（布什政府的一名官员实际上威胁过精算师，如果不听话就采取报复。）参见 Jacob Weisberg, "Are Republicans Serious About Fixing Health Care? No, and Here's the Proof," *Slate*, December 12, 2009, https://slate.com/news-and-politics/2009/12/are-republicans-serious-about-health-care-no-and-here-s-the-proof.html；关于共和党赤字的虚伪性，参见 Jonathan Chait, *The Big Con: Crackpot Economics and the Fleecing of America*, reprint ed. (Boston: Mariner Books, 2008) and Paul Krugman, *Arguing with Zombies: Economics, Politics, and the Fight for a Better Future* (New York: W. W. Norton, 2020)。

十四、死亡咨询小组

1.

在美国政坛，若说起与现代共和党的崛起最有关系的人，当属民调专家和战略专家弗兰克·伦茨。

伦茨生在康涅狄格州一个牙医家，拥有宾夕法尼亚大学和牛津大学的学位，1994年，他帮助纽特·金里奇策划了共和党对国会的接管，给美国政坛留下了第一个深刻印象。伦茨有一张稚气未脱的面孔，有天生好奇的魅力，在电视上很有观众缘，他一直在电视台主持辩论和演讲结束后的焦点人群讨论。伦茨游刃有余地穿梭于这些临时工作、政治任务和公司工作以及演讲之间，事业发展得相当不错。他多年来一直住在位于洛杉矶的豪宅里，它价值600万美元，里面还有保龄球馆。①

伦茨的天才在于他其实是一个政治语言大师，能够把政治失败者重新包装成赢家。他建议，共和党人不要试图废除"遗产税"，而应该谈论"死亡税"。而且不要用"在北极钻探"这个词，要说成"能源勘探"。"我不是个在意政策的人，"他对《纽约时报》的黛博拉·所罗门说，"我在意的是语言。"②

尽管如此，他还是有自己的看法。他宣扬努力工作的重要性和政府管得太多的危险性，他说这会造成依赖。"你不应该指望得到施舍，"他告诉记者莫莉·鲍尔，"你甚至不应该指望有一个安全网。如果我的房子被烧毁了，要重建，我不应该去找政府。我应该有储蓄，如果没有，我的邻居们应该帮我，因为发生同样的情况，我也会

The Ten Year War   203

帮他们的。"③

这种世界观使他对民主党的医疗改革计划存疑。2009年4月，在各委员会开始工作之际，他散发了一份备忘录，列出了"阻止'华盛顿接管'医疗保健的十条规则"，重点是医疗配给问题。"没有什么比出于这样或那样的原因被剥夺了所需医疗照护的机会更让美国人愤怒的了，"伦茨写道，"这样说吧，民主党提出的计划将让人们无法得到他们所需要的治疗，而就算是允许接受的治疗也要让他们左等右等。"

为了让发生在加拿大等国家的恐怖故事引起共鸣，伦茨建议，共和党人应该让人产生代入感。"在政府经办医疗保健的国家里，政客们是为你的医疗保健做决定，"伦茨建议共和党人这样说，"他们决定你是否会做你需要的手术，决定你是否会因为治疗费用太高或年龄太大而被取消资格。我们不能让这样的事发生在美国。"④

---

① "Frank Luntz Debate Focus Group Favors … Obama!," YouTube video, 3:08, posted by "johnny dollar," September 26, 2008, https://www.youtube.com/watch?v=i23rDuymLwk; Elizabeth Kolbert, "The Vocabulary of Votes; Frank Luntz," *New York Times Magazine*, March 26, 1995; Peter Kiefer, "GOP Pollster Frank Luntz Reveals Replicas of the Oval Office, Monica Lewinsky's Blue Dress in His L.A. Home," *Hollywood Reporter*, October 12, 2016, https://www.hollywoodreporter.com/news/gop-pollster-frank-luntz-reveals-replicas-oval-office-monica-lewinskys-blue-dress-his-la-home-photos-937141/.

② Deborah Solomon, "The Wordsmith," *New York Times Magazine*, May 21, 2009; "NOW with Bill Moyers Transcript," PBS, July 2, 2004, https://www.pbs.org/now/transcript/transcript327_full.html; Ann Herold, "All the Presidents' Man," *Los Angeles Magazine*, June 13, 2013.

③ Molly Ball, "The Agony of Frank Luntz," *Atlantic*, January 6, 2014, accessed September 19, 2020, https://www.theatlantic.com/politics/archive/2014/01/the-agony-of-frank-luntz/282766/.

④ Mike Allen, "Luntz to GOP: Health Reform Is Popular," *Politico*, May 5, 2009, https://www.politico.com/story/2009/05/luntz-to-gop-health-reform-is-popular-022155; Igor Volsky, "Deconstructing Frank Luntz's Obstructionist Health Care Reform Memo," ThinkProgress, May 6, 2009, https://archive.thinkprogress.org/deconstructing-frank-luntzs-obstructionist-health-care-reform-memo-83e78d209e86/; Randy James, "How Republicans Should Talk About Health Care," *Time*, May 7, 2009, http://content.time.com/time/nation/article/0,8599,1896597,00.html.

很快,像埃里克·坎托和米奇·麦康奈尔这样的共和党领导人就"政府接管"和医疗配给展开了争论——这些指控,无论是否受到了伦茨备忘录的启发,都与民主党人的实际提议毫不相干。众议院及参议院的委员会出来的计划,就像奥巴马还是总统候选人时草拟的那份计划一样,并不存在加拿大和欧洲医疗体系中的中央控制(顺便说一句,它们实际上并没有像保守派经常说的那样对医疗实施配给)。采用马萨诸塞州式计划的这个决定,不管是好是坏,意味着联邦政府根本就没有这种权力。①

民主党人指出了这一点。媒体事实核查人员也予以支持。但这并没能阻止这些争论的流传,也没能阻止这些争论随着时间的推移变得越来越离谱。6月份,保守派分析师伊丽莎白·麦考吉出现在一档电台脱口秀节目中,称她要披露一个爆炸性的真相:民主党的立法"将强制享受老年医疗保险的人每五年接受一次必要的咨询,这咨询将告诉他们如何更快地结束自己的生命"。

麦考吉的再次现身,让一些经历过克林顿医保斗争的老兵回忆起了此人1993年以来的欺骗性说法。而现在,她又对奥巴马的努力发表了煽动性的言论,而这些言论毫无疑问是极不准确的。民主党人所提议的只是,如果医生花时间为那些想得到医生的预立医疗指示(advance directives)的病人提供咨询,老年医疗保险计划就应支付这些医生费用。此举是希望通过这笔补偿,让医生专注在病人身上不止匆匆几分钟,这样可以更好地写下医嘱。

事实核查人员再一次宣布麦考吉搞错了。这一次,依然没能阻止新闻的传播,尤其是在福克斯电视台,较保守的选民越来越依赖福克斯电视台作为他们的新闻来源。几周后,前阿拉斯加州州长、共和党

---

① David Welna, "Health Care Debate So Far: A War of Words," NPR, June 16, 2009, https://www.npr.org/templates/story/story.php?storyId=105451905; Arthur Delaney, "Luntz Health Care Talking Points Become GOP Message," *HuffPost*, June 14, 2009, https://www.huffpost.com/entry/luntz-health-care_n_203508.

副总统候选人莎拉·佩林提出了自己的观点。"政府医疗保健不会降低成本；它只会拒绝支付成本，"她在自己的脸书上发帖称，"当他们实施医疗配给的时候，谁是最大的受害者？当然是那病人、老人和残疾人。"佩林有一个患有唐氏综合征的孩子，她接着说："我所了解和热爱的美国，不应该是一个让我的父母或是我患有唐氏综合征的孩子将不得不站在奥巴马的'死亡咨询小组'面前，由他的那帮官僚依据他们对'社会生产力水平'的主观判断来决定我的亲人配不配得到医疗照护的国家。这样的制度是彻头彻尾的邪恶。"①

那时，佩林是保守派圈子里的名人，也是许多有特殊需求孩子的父母所喜爱的人物。但她的发言毫无意义。这项立法中唯一与佩林所描述的小组有点相似的，是另一个条款：奥萨格提出的、亨利·韦克斯曼勉强同意接受的老年医疗保险支出咨询小组。这个想法，像即将形成的立法中的很多想法一样，即便对那些认真研究医疗保健的人来说也是一个真正值得辩论的话题。但是，拒绝对唐氏综合征儿童进行治疗的想法和麦考吉关于临终咨询的说法一样，纯属无稽之谈。

这些歪曲的说法让人无比愤怒，比如来自佐治亚州的保守派共和党参议员约翰尼·伊萨克森，是他撰写了关于临终咨询的条款，并最终被纳入了参议院 HELP 委员会的提案。伊萨克森告诉记者埃兹拉·克莱因："这是为了保护孩子或配偶不被置于必须做出可怕决定的境

---

① Angie Drobnic Holan, "PolitiFact's Lie of the Year：'Death Panels,'" PolitiFact, December 18, 2009, accessed September 20, 2020, https://www.politifact.com/article/2009/dec/18/politifact-lie-year-death-panels/; Trudy Lieberman, "Straight Talk, Part I," *Columbia Journalism Review*, August 13, 2009, https://archives.cjr.org/campaign_desk/straight_talk_part_i.php; Betsy McCaughey, "'End-of-Life Counselling'：Death Panels Are Back," *New York Post*, July 12, 2015, https://nypost.com/2015/07/12/end-of-life-counselling-death-panels-are-back/; James Fallows, "Let's Stop This Before It Goes Any Further," *Atlantic*, February 12, 2009, https://www.theatlantic.com/technology/archive/2009/02/lets-stop-this-before-it-goes-any-further/555/; James Fallows, "I Was Wrong," *Atlantic*, August 13, 2009, https://www.theatlantic.com/technology/archive/2009/08/i-was-wrong/23254/; Justin Bank, "Palin vs. Obama：Death Panels," FactCheck.org, August 14, 2009, https://www.factcheck.org/2009/08/palin-vs-obama-death-panels/.

地，也为了保护医生不会因为辩护律师而陷入必须从事防御性医疗的境地。"至于这项提议怎么就得了个鼓励安乐死的恶名，伊萨克森说："我真不明白……怎么会有人接受临终指示或者生前预嘱这种愚蠢的东西。"①

但在共和党内部，伊萨克森孤掌难鸣。大多数共和党人不置一词，还有不少共和党人津津乐道这种无稽之谈。现任众议院共和党领袖的俄亥俄州众议员约翰·博纳发表了一份官方声明，警告说，临终咨询条款"如果成为法律，可能会让我们走上一条通往政府鼓励的安乐死的危险道路"。②

来自共和党支持者的接力转发的邮件更是危言耸听。其中一封，Factcheck.org③ 网站说是一位读者发来的，邮件中警告称，民主党人正着手"鼓励自杀，以削减医疗保险支出！！！"。④

2.

对白宫及其盟友来说，关于死亡咨询小组的荒诞说法是一种具有政治破坏性的干扰。对一位政府官员来说，这也是一次人身攻击。这位官员便是伊齐基尔·伊曼纽尔。

伊曼纽尔三兄弟成就斐然，伊齐基尔是他们之中最年长的一位，

---

① Ezra Klein, "Is the Government Going to Euthanize Your Grandmother? An Interview with Sen. Johnny Isakson," *Washington Post*, August 10, 2009, http://voices.washingtonpost.com/ezra-klein/2009/08/is_the_government_going_to_eut.html.
② Glenn Thrush, "Obamacare Will Put Seniors 'to Death,' says Foxx," *Politico*, July 28, 2009, https://www.politico.com/blogs/on-congress/2009/07/obamacare-will-put-seniors-to-death-says-foxx-020247; Julie Rovner, "Kill Grandma? Debunking a Health Care Scare Tactic," *Kaiser Health News*, August 13, 2009, https://khn.org/news/npr-debunking-killing-grandma-claims/.
③ 一个无党派、非营利的媒体，专门查证不实的新闻或言论。——译者
④ Jess Henig, "False Euthanasia Claims," Fact Check. org, July 29, 2009, https://www.factcheck.org/2009/07/false-euthanasia-claims/.

不止一个人把他们三兄弟比作现代版的肯尼迪家族，只不过三兄弟是犹太人，也不太关注政治。除了担任奥巴马幕僚长的拉姆，还有代表好莱坞人才的阿里，他建立了娱乐业最大、最强的经纪公司之一。在成长过程中，这三个男孩精力充沛，非常健谈，相互间竞争激烈。长大之后，他们基本上没有太大变化，只是伊齐基尔的谈话风格不像他两个弟弟那样风趣幽默。（阿里·伊曼纽尔被认为是阿里·戈尔德的原型，这个虚构人物是 HBO 电视剧《明星伙伴》［Entourage］中骂骂咧咧的特工。）在这三兄弟当中，伊齐基尔是最偏向学术研究的一个，成就也最大。他在哈佛大学获得医学学位和博士学位，还获得了政府部门年度最佳论文奖"托潘奖"（Toppan Prize）。

他们的父亲本杰明·伊曼纽尔是一名儿科医生，不过伊齐基尔总是说，医学并不像很多人以为的那样是他命中注定要走的路。他有其他兴趣，并考虑追求自己的喜好。但他欣然承认，他从家庭中继承了其他东西：参与公共生活和解决世界问题的动力。他的祖父是一名工会组织者，母亲是一名热心的民权活动家，父亲为禁止住宅使用含铅油漆而不懈斗争，为的是保护儿童，特别是低收入地区的儿童。

作为一名医科学生和未来的肿瘤学家，伊齐基尔目睹了一些家庭面对无法再做出自己决定的垂死病人的治疗陷入了艰难的抉择。基于自己的人生哲学，他和当时的妻子琳达创建了一种基本表格，他们称之为"医学指示"，旨在让患者仔细思考并详细说明他们对四种医疗场景的偏好，在这些场景中，他们无法有意识地为自己做决定。伊曼纽尔夫妇在《美国医学会杂志》上发表了这一表格，并表示可以提供此表，只需支付一美元，外加一个写好地址、贴好邮票的信封。它后来成为广泛使用的生前预嘱模板。后来，伊齐基尔加入了美国国立卫生研究院，在那里他成立了生物伦理部门，并出版了几本书，其中包括 2008 年引起约翰·爱德华兹的顾问们注意的全民覆盖蓝图。清瘦结实、精力充沛的伊齐基尔不知怎的竟还能挤出时间，成为了一名知名美食家，最终开发并生产出了自己的异国风味巧克力系列。①

　　作为奥萨格的一名幕僚，伊齐基尔的主要关注点是医疗保健领域改变游戏规则的人，因为他近距离看到过医疗保健体系中的浪费。他与同为内科医生的鲍勃·科彻密切合作，并且会见了来自医疗保健行业的各个团体，试图说服他们，像"捆绑支付"（一种摆脱了按服务收费的方式）这样的改革，并不像看上去那样具有威胁性。在华盛顿，伊齐基尔以直言不讳、大声表达自己的观点而闻名，有时甚至不请自答。但与他走得比较近的人都知道，他默默行善是出了名的，比如帮相对陌生的人复查病历，寻求癌症治疗建议。②

　　伊齐基尔既不看电视，也不关注社交媒体，所以几天以后他才意识到，关于死亡咨询小组的争议，已经变成关于他本人的争议。麦考吉大致了解了一下伊齐基尔的工作经历，她在《纽约邮报》上写道，伊齐基尔认为"医疗照护应该用在非残疾人士身上……翻译过来就是说：不要给患有帕金森病的老奶奶或是患有脑瘫的儿童太多照顾"。③

---

① "A Multiple-Choice Living Will," *New York Times*, December 28, 1990; Linda L. Emanuel and Ezekiel J. Emanuel, "The Medical Directive: A New Comprehensive Advance Care Document," *JAMA* 261, no. 22 (1989); 更多关于伊齐基尔·伊曼纽尔的背景，参见 Carrie Budoff Brown, "Health Care Zeke: The Other Emanuel," *Politico*, February 26, 2009, https://www.politico.com/story/2009/02/health-care-zeke-the-other-emanuel-019368; Charlotte Alter and Diane Tsai, "What Rahm, Zeke and Ari Emanuel Were Like Growing Up," *Time*, August 25, 2016, https://time.com/4464757/rahm-zeke-and-ari-emanuel-growing-up/; Sarah Auerbach, "Come for Dinner, Stay for Life," *Amherst Magazine*, summer 2009, https://www.amherst.edu/amherst-story/magazine/issues/2009summer/emanuel。

② Zeke Emanuel, "Saving by the Bundle," *New York Times*, November 16, 2011, https://opinionator.blogs.nytimes.com/2011/11/16/saving-by-the-bundle/; Amol S. Navathe et al., "Spending and Quality After Three Years of Medicare's Voluntary Bundled Payment for Joint Replacement Surgery," *Health Affairs* 39, no. 1 (2020), https://www-healthaffairs-org.proxy.lib.umich.edu/doi/10.1377/hlthaff.2019.00466.

③ Michael Scherer, "Ezekiel Emanuel, Obama's 'Deadly Doctor,' Strikes Back," *Time*, August 12, 2009, http://content.time.com/time/nation/article/0,8599,1915835,00.html; Betsy McCaughey, "Deadly Doctors," *New York Post*, July 24, 2009, https://nypost.com/2009/07/24/deadly-doctors/.

在众议院，资历尚浅的共和党人米歇尔·巴赫曼很快在保守派圈子里有了自己的追随者，她读了麦考吉文章的节选，然后讲述了她已故的公公在临终前几周里受到的医疗护理。"显然，根据民主党的医疗保健计划，我的公公不会得到他生命最后两个月所得到的高质量的护理。所以说，如果你是个患帕金森病的老奶奶或脑瘫儿童，你就要当心啦。"①

在朋友们看来，伊曼纽尔真的无比震惊，尤其是因为他把职业生涯的大部分时间都花在了努力改善临终关怀上。麦考吉引述的话来自关于真正稀缺的资源的学术论文，比如用于移植的器官，以及不同的分配标准可能引发的伦理问题。在其他出版物中，伊齐基尔发表过数篇文章反对医生协助自杀，在一本关于临终关怀的书中，他批评了一个备受瞩目的庭审案件，此案中，法官允许医生出于患者父母的意愿而停止对一个丧失行为能力的病人的治疗。

"我是一名肿瘤专家，照护过即便没有上百也有几十个垂死的病人。"在麦考吉名为《致命的医生》一文开始引起关注后，伊齐基尔这样告诉《华尔街日报》，"这是对我所做一切的曲解，完全断章取义地引用一两句话，省去了我加的所有限定词，然后加以歪曲。"②

白宫进行了全面防御。与伊齐基尔有密切来往的人和他的支持者也是如此，其中包括一些知名的保守派人士，比如斯图尔特·巴特勒，他是传统基金会的一位学者，自里根时代以来就参与共和党政治。"这些对伊齐基尔这样的好人的人身攻击令人愤慨，"巴特勒说，"确实有一些政策问题应该进行激烈的辩论，但诋毁一个好人的名声

---

① Robert Farley, "Bachmann Says Obama Health Adviser Thinks Health Care Ought Not to Be Extended to the Disabled," PolitiFact, August 12, 2009, https：//www.politifact.com/factchecks/2009/aug/12/michele-bachmann/bachmann-says-obama-health-adviser-thinks-health-c/; Jim Rutenberg, "Bioethicist Becomes a Lightning Rod for Criticism," New York Times, August. 24, 2009, https：//www.nytimes.com/2009/08/25/health/policy/25zeke.html.

② Naftali Bendavid, "Emanuel's Brother Becomes a Target," Wall Street Journal, August 13, 2009, https：//www.wsj.com/articles/SB125012376373527721.

不在此列。"另一位是长期担任共和党顾问的盖尔·威伦斯基,她当时是全球卫生组织"世界健康基金会"(Project HOPE)的高级研究员,她说她"对有关伊齐基尔的评论感到震惊"。①

威伦斯基的声音一度在共和党圈子里很有分量。她是美国最令人敬畏的卫生政策专家之一,密歇根大学培养的经济学家,曾在老布什总统政府中负责老年医疗保险计划和医疗补助计划。当她说政府项目容易浪费和低效时,她是以一个近距离看到过浪费和低效行为的人的身份说的。她很早就对最终成为《平价医疗法案》的立法提出过批评,因为她认为该法案试图做得太多太快,并且过于依赖政府机构的智慧,而根据她的经验,政府机构并没有那么明智。

但是,威伦斯基对民主党立法的批评最惹人注目的地方在于她批评了立法所没有包含的东西。她并没有从理念的角度抨击个人强制保险,因为作为一名健康经济学家,她认为只有这种激励才能使私营保险市场正常运转。"原则上,我并不反对强制保险,"威伦斯基在两年后的一次采访中向我解释说,"我们已经承诺不让人们死在街上。"尽管她不喜欢政府支出,但她也承认:"如果我们要解决未投保人的问题……我们必须先把钱摆在桌子上。"②

这种细微的差别与共和党的言辞并不一致,也没有激起保守派的兴趣,这或许就是像麦考吉这样的人总是受到所有关注的原因。"我并不是不知道怎么让自己更能迎合当时共和党内部最响亮的声音,无非就是发表更极端的言论,"威伦斯基说,"我只是不认为这最终会

---

① 作者 2009 年对斯图尔特·巴特勒和盖尔·威伦斯基的采访;第一次发表在:Jonathan Cohn, "Top Conservatives: Enough with the 'Death Panel' Lie," *New Republic*, August 18, 2009, https://newrepublic.com/article/51605/top-conservatives-enough-the-quotdeath-panelquot-lie;另见 Jim Rutenberg and Gardiner Harris, "Conservatives See Need for Serious Health Debate," *New York Times*, September 2, 2009, https://www.nytimes.com/2009/09/03/health/policy/03conservatives.html。
② 引自 2011 年的文章——Jonathan Cohn, "Second Opinion," *New Republic*, March 17, 2011, https://newrepublic.com/article/85323/wilensky-health-care-republicans—were consistent with her tone in 2009。

对解决问题最有帮助。"

3.

2009年7月17日，吉姆·德明特在一次电话会议上向来自全国各地的保守派活动家发表了讲话。德明特是南卡罗来纳州参议员，此时是第一任期，他在阻止医疗改革通过的运动中成为了领导者。8月份的休会临近，此次电话会议的主办方是一个叫"为患者争取权利的保守派"的组织，正在协助组织抗议活动，以迎接返乡的国会议员。

"如果我们能在这件事上阻止奥巴马，那将是他的滑铁卢，"德明特对活动人士说，"这会让他崩溃。"[1]

德明特似乎并不总是那么反对全民医保。2007年，他赞扬了罗姆尼在马萨诸塞州的改革，并在他的民主党同僚罗恩·怀登起草的一封信上签下了自己的名字，发誓将致力于两党立法，以"确保所有美国人都能获得平价的、高质量的私营医疗保险，同时保护当前的政府项目"。[2]

但在2009年，德明特抨击民主党的改革是"政府接管"。他还推出了自己的计划，即《医疗保健自由法案》，它带有一套非常不同的、大多数人熟悉的保守观点，比如改革医疗事故法和允许跨州购买

---

[1] Ben Smith, "Health Reform Foes Plan Obama's 'Waterloo,'" *Politico*, July 17, 2009, https://www.politico.com/blogs/ben-smith/2009/07/health-reform-foes-plan-obamas-waterloo-019961.

[2] Brian Beutler, "DeMint Tries to Spin Away His Past Support for Romney Care," Talking Points Memo, May 6, 2011, https://talkingpointsmemo.com/dc/demint-tries-to-spin-away-his-past-support-for-romneycare-video; Office of U.S. Senator Ron Wyden, "Bipartisan Blueprint for Health Reform: Ten Senate Leaders Say, 'Let's Fix Health Care Now,'" United States Senate, April 4, 2007, https://www.wyden.senate.gov/news/press-releases/bipartisan-blueprint-for-health-reformten-senate-leaders-say-lets-fix-health-care-nowsenators-of-both-parties-hope-to-work-with-the-president.

保险,加上一项税收抵免,但抵免额度小到无法帮助大多数未投保人支付保费。如果该法案能够通过,所需的支出和监管将远低于民主党人的提议。但它也远远不能确保所有美国人都拥有平价保险。①

德明特来自营销界。他之所以开始对政治产生兴趣,源于一个在美国众议院任职的客户,这位众议员代表的是该州最为保守的选区之一。参议院有席位空缺后,德明特开始竞选,他一度表示同性恋——还有未婚孕妇——不应该被允许在公立学校任教。他后来为这些言论道歉,但没有否认其潜在的态度。他轻而易举地赢了选举。②

有一种理论认为民主党通过向穷人和非裔美国人提供福利,使他们依赖政府,从而巩固了对民主党的支持,也因此保护了支持这些福利的政党,德明特就是这种理论的早期支持者。(他最终在一本名为《拯救自由:我们可以阻止美国滑向社会主义》的书中充实了这一理论。)

"美国人越是依赖政府,就越没有安全感,越是活在恐惧之中,"德明特写道,"民主党人利用这种恐惧在选举时操纵自己的选票。"他接着写道,但是如果说民主党人对创建这个刚刚起步的社会主义国家负有罪责,那么共和党人就对阻止民主党此举做得太少负有罪责。太多的共和党议员已经适应了福利国家的扩张,只要他们能为自己的选区弄到项目——他将这称为"民主党精简版"的策略。③

---

① U.S. Senate, Health Care Freedom Act of 2009, S. 1324, 111th Cong., 1st sess., introduced in Senate June 23, 2009, https://www.congress.gov/bill/111th-congress/senate-bill/1324/summary/.

② Kate Zernike, "Tea Party Kingmaker Becomes Power unto Himself," *New York Times*, October 30, 2010; Pema Levy, "Is Jim DeMint the Most Hated Man in Washington?," *Politico*, March 3, 2014, https://www.politico.com/magazine/story/2014/03/jim-demint-the-most-hated-man-in-washington-104209; Kelefa Sanneh, "The Evolution of Jim DeMint," *New Yorker*, December 8, 2012; "DeMint Apologizes for Saying Unwed, Single Mothers Shouldn't Teach in Public Schools," WIS News 10, October 6, 2004, https://www.wistv.com/story/2394024/demint-apologizes-for-saying-unwed-single-mothers-shouldnt-teach-in-public-schools/.

③ Jim DeMint, *Saving Freedom: We Can Stop America's Slide into Socialism* (Nashville: Fidelis Books, 2009), 49-50。

先后担任了众议员和参议员的德明特,身负国会有史以来最为保守的投票纪录之一——与党内领导层决裂,与布什总统对着干,反对老年医疗保险计划的药物福利和布什后来以失败告终的两党移民改革。在2008年大选后麦康奈尔采取了完全反对的策略,这意味着德明特重新与领导层步调一致,尽管两人之间存在着重大差异。麦康奈尔主要专注于为他的政党赢得并保住权力。德明特则试图改变这个党本身。①

德明特有很多同路人。由保守派金融家查尔斯·科赫和大卫·科赫资助的"繁荣美国人协会"(Americans for Prosperity)等倡导组织,多年来一直在推动共和党对政府支出和监管采取更加强硬的立场。2009年,他们和德明特一样决心制止民主党的医疗改革。他们通过一个名为"医疗保健自由联盟"的伞式组织运作,资助巴士送人们去参加活动和打反改革的广告,并让共和党官员知道,支持民主党法案将在2010年见识到他们的愤怒。例如,他们会指出他们对帕特·图米的支持,后者是宾夕法尼亚州的一位保守派众议员,在共和党参议员阿伦·斯佩克特投票支持奥巴马的经济刺激方案后,宣布将与斯佩克特竞争他的参议员位子。②

图米的挑战对医疗改革产生了重大影响,因为这促使斯佩克特在4月份改换门庭,加入了民主党,使民主党在参议院有了59票。两个月后,明尼苏达州最高法院驳回了对该州有争议的参议院选举重新计票的最终质疑,以法律的方式将席位授予了阿尔·弗兰肯,并使民主党的多数席位增加到60个,这意味着民主党有足够的票数来克服阻挠议事。如果保守派想要阻止改革,他们必须说服至少一位民主党参议员或一群众议院民主党人投反对票。

---

① Peter J. Boyer, "Getting to No," *New Yorker*, September 21, 2009, https://www.newyorker.com/magazine/2009/09/28/getting-to-no.
② Jane Mayer, "Covert Operations," *New Yorker*, August 23, 2010; Paul Starr, *Remedy and Reaction: The Peculiar American Struggle over Health Care Reform*, revised ed. (New Haven, CT: Yale University Press, 2013), 215.

市民大会①好像是实现这一目标的好地方。7月下旬,就在德明特的滑铁卢新闻发布会即将召开之际,保守派活动家开始发起攻击,许多人似乎都在照着同一份脚本来,后来"思想进步"(ThinkProgress)网站的李芳(音译)弄到了一个,是一名志愿者贴在网上一个读者很多的保守派公告栏里的。

"大家在大厅里分散开来,尽量站在前半部分,"志愿者写道,"应该让众议员感到,即便不是大多数人,也至少有相当一部分听众反对华盛顿的社会主义议程。"这个帖子里,包括来自反改革联盟里的另一个组织"自由行得通"(Freedom Works)等团体有关政策谈话的要点,还鼓励活动人士扰乱正常的对话。"你需要在众议员开始陈述时就捣乱。一有机会就大声喊叫,并尽早对众议员的声明提出质疑……我们的目标是让他紧张不安,让他脱离事先准备好的脚本和议程。如果他说了一些离谱的话,立马站起来大喊大叫,然后坐下来。"②

4.

8月初的一个晚上,底特律西部郊区就上演了这样的一幕。来见约翰·丁格尔的人实在是太多了,工作人员同意在第一场见面会之后马上举行第二场。一位活动人士带来了一张海报,上面的奥巴马被画上了希特勒的胡子。另一人举了块牌子,写着:"堕胎不是医疗保健。"

---

① Town hall meetings,一种由来已久的非正式的公开会议,意在与群众直接对话,拉近与群众的距离。不只是政治候选人会这么做,企业也会如此。——译者
② Lee Fang, "Right-Wing Harassment Strategy Against Dems Detailed in Memo: 'Yell,' 'Stand Up and Shout Out,' 'Rattle Him,'" ThinkProgress, July 31, 2009, https://thinkprogress.org/right-wing-harassment-strategy-against-dems-detailed-in-memo-yell-stand-up-and-shout-out-rattle-him-94e9af741078/; Ian Urbina, "Beyond Beltway, Health Debate Turns Hostile," New York Times, August 7, 2009.

当丁格尔准备发言时，最初的掌声渐渐平息，一个叫迈克·索拉的人开始喊道："丁格尔先生，我有个问题！"然后他推着坐在轮椅上的已成年的儿子走上前来，停到了距离众议员只有几英尺远的地方。

"我有个问题要问，是关于这个年轻人的，"索拉重复了好几次，每次都用手指使劲地戳向地板，"我是他父亲，我想和你谈一谈，面对面地，而不是把问题写在纸上，因为那样的话你就会避而不答。根据奥巴马的医疗保健计划，我们知道你是支持的，这个年轻人将不会得到任何照顾，因为他是一个脑瘫残疾人。"丁格尔开始摇头，说这不对。索拉继续说道："伊曼纽尔博士说，脑瘫患者是没用的。"几十年来以锐利的目光吓到过华盛顿不少委员会的证人的丁格尔，此时倒被这人吓了一跳，竟谈论起了该提案中的修正意见。索拉根本就不听，大喊道："你投票判了这个年轻人死刑⋯⋯你是个骗子，你是在按奥巴马的计划判这个人死刑。"这一幕的片段在当晚网络新闻上播放，并在右翼留言板上疯传开来。[1]

一天后，丁格尔邀请索拉与他的一位幕僚单独见面。没有得到任何回应后，他给索拉发了一封公开信，陈述了民主党的改革，特别提到他认为这改革将如何帮助残疾人。恰巧，这也是丁格尔希望在见面会上传达的信息之一。见面会开场发言人是马西娅·贝姆，当地一位残疾社工和小企业主。贝姆谈到了由于她之前的疾病，她在购买保险时遇到的困难，并表示此次辩论是关于"谁应得到医疗保健，谁不配"。[2]

---

[1] "Mike Sola Approaches Congressman Dingell at Town Hall," YouTube video, 4:04, posted by "ChrisUM11," August 8, 2009, https://www.youtube.com/watch?v=GJyMpAcLVV8&url=http%3A%2F%2Fwww.fightingforourhealth.com%2Fchapter%2F11%2Fvideos%2F&feature=player_embedded; Robert Draper, "John Dingell and the Tea Party," *Politico*, February 25, 2014, https://www.politico.com/magazine/story/2014/02/john-dingell-and-the-tea-party-103955.

[2] Jonathan Oosting, "U.S. Rep. John Dingell Writes Letter to Mike Sola After Confrontation at Romulus Town Hall Meeting," MLive, August 14, 2009, https://www.mlive.com/news/detroit/2009/08/us_rep_john_dingell_writes_let.html; "Marcia E. Boehm," Temrowski & Sons, http://temrowski.tributes.com/obituary/show/Marcia-E.-Boehm-95571330.

她也被打断了。"她是一株植物。"一位观众这样说贝姆,因为她身高不足4英尺。"回家吧,女士。"另一个观众说。①

改革的支持者也来了不少,这并非偶然。7月下旬,抗议活动即将到来的消息一经传开,"继续前进"和"普及美国医疗"等自由派组织就开始提醒其成员,并动员他们响应。到7月底,他们的到场人数经常超过反改革活动人士,尽管他们获得的媒体关注较少。②

他们强调的发言要点之一是,那些据称是为了保护残疾人和老年人的大型保守组织,长期以来一直在推动对美国残疾人和老年人所依赖的老年医疗保险计划及医疗补助计划进行削减或私有化。自由派人士还指出,召集德明特滑铁卢呼吁会的"为患者争取权利的保守派",是由里克·斯科特资助和领导的。斯科特因其身为哥伦比亚/HCA医院集团公司的负责人而声名赫赫,且身家不菲,在他离职后,该公司不得不为欺诈性老年医疗保险账单支付超过17亿美元的刑事罚金和民事赔偿金。③

这段历史导致一些改革者将医保抗议活动斥为"草根营销",即宣扬不受欢迎立场的倡导组织会资助草根的示威活动,让其诸般议程看起来深得民众支持。但丁格尔事件发生时也在现场的密歇根州自由派活动家克里斯·萨维奇警告不要做出假设。他在一篇博客中写道:"我知道最近几天谈论草根营销和企业赞助抗议者的话题很热,不过,我不认为今晚发生了那样的事。这些人不过又生气又害怕……这些人今晚到场,只是因为他们想去。"④

---

① Chris Savage, "Rep. Dingell Town Hall: A Teabagger Extravaganza," Daily Kos, August 7, 2009, https://www.dailykos.com/stories/2009/8/6/762925/-.
② 作者对安娜·杰兰德的采访;Richard Kirsch, *Fighting for Our Health: The Epic Battle to Make Health Care a Right in the United States* (New York: Rockefeller Institute Press, 2012), 208。
③ Amy Sherman, "Rick Scott 'Oversaw the Largest Medicare Fraud' in U.S. History, Florida Democratic Party Says," Politi Fact, March 3, 2014, https://www.politifact.com/factchecks/2014/mar/03/florida-democratic-party/rick-scott-rick-scott-oversaw-largest-medicare-fra/.
④ Savage, "Rep. Dingell Town Hall."

他们也是更广泛的保守派鼓噪的"茶党运动"的一部分，它可以追溯到2009年4月美国消费者新闻与商业频道（CNBC）的评论员里克·桑泰利对奥巴马的经济计划的咆哮怒骂。桑泰利最大的抱怨是，根据奥巴马的计划，救济金将流向拖欠住房贷款的人，而他们中的许多人本来就不应该贷款。正如桑泰利所说，奥巴马和民主党人希望"拿钱补贴那些废柴的抵押贷款"。①

这种应得与不应得的区别，以及自由派总是用来自应得之人所纳的税款去支持不应得之人的相关论点，一直以来在政治上都是保守派言论的有力支柱，这可以追溯到里根攻击"福利女王"② 的时代。这也是茶党运动背后的一种鼓动人心的情绪，这是包括西达·斯考切波在内三位哈佛政治学家后来在对民意数据进行详尽梳理和对活动人士深入采访后得出的结论。"茶党对政府的敌意并非铁板一块，"三位学者写道，"他们对政府项目做了区分，认为一种是给像他们这样努力工作为美国社会做贡献者的项目，另一种是给那些不应享有或不劳而获之人的'施舍'。"③

民主党人极其清楚福利耻辱对医疗改革构成的政治危险。尤其是在白宫，官员们尽最大努力给自己和立法打预防针，强调改革应如何降低已经有保险的中产阶级的成本，不强调有多少钱将用于大幅扩展的医疗补助计划。④

但降低成本的承诺激起了人们的希望和怀疑，而即将出现的立法确实设想了大幅增加对低收入美国人的支出。他们中的许多人是

---

① Ben McGrath, "The Movement," *New Yorker*, February 1, 2010.
② welfare queen，里根时代出现的词，把黑人妇女说成专靠揩政府的油过好日子的人。典型例子之一是芝加哥的琳达·泰勒，她有4个假名，被控诈骗8 000美元，后被判入狱。——译者
③ Vanessa Williamson, Theda Skocpol, and John Coggin, "The Tea Party and the Remaking of Republican Conservatism," *Perspectives on Politics* 9, no. 1（2011）, https://scholar.harvard.edu/files/williamson/files/tea_party_pop_0.pdf.
④ 作者对民主党多位高级助理的采访。

深肤色的。①

5.

保守党派反弹背后的种族潜台词是不容忽视的，部分原因是它有时候就是台词。拉什·林博说，这项新的立法实际上是"一项民权法案，这就是赔偿款，不管你怎么称呼它"。在茶党抗议活动中，经常出现把奥巴马画成非洲巫医的海报。②

保守派领导人认为，这种种表现是边缘因素的产物。但这些标志和口号与调查信息一致，即茶党选民比起其他美国人，甚至其他保守派，更有可能同意"如果黑人再努力一点儿，他们就会和白人一样富裕"之类的说法。③

西达·斯考切波和她的同事们发现，这些情绪根植于一位非裔美国总统的当选所引发的更深层次的焦虑之中。"这些种族仇恨不是有意识的、蓄意的、公开表达的种族主义，而是对代际社会变革的模糊恐惧的一部分。正如我们所看到的，许多茶党人深为担忧他们所生活

---

① 在给奥巴马的一份备忘录中，大卫·阿克塞尔罗德悲观地概述了公众的不满态度，以及（根据他的阅读）有多少选民将该计划的总体成本解读为改革是一个负担不起的大政府的徒劳之举。阿克塞尔罗德写道："尽管我们尽了最大努力来解释，但许多美国人只是发现自己很难把增加1万亿美元作为削减成本战略的一部分。""他们怀疑这是为了照顾别的什么人而增加支出和税收。即使他们认为全民医保是一个值得赞的目标，却也认为现在就这样做是不负责任的——这是我们负担不起的自由放纵。"（David Axelrod, *Believer* [New York: Penguin, 2015], 377）
② Paul Waldman, "Yes, Opposition to Obamacare Is Tied Up with Race," *Washington Post*, May 23, 2014, https://www.washingtonpost.com/blogs/plum-line/wp/2014/05/23/yes-opposition-to-obamacare-is-tied-up-with-race/; Ashley Fantz, "Obama as Witch Doctor: Racist or Satirical?," CNN, September 17, 2009, https://www.cnn.com/2009/POLITICS/09/17/obama.witchdoctor.teaparty/.
③ Williamson, Skocpol, and Coggin, "The Tea Party"; Angie Maxwell, "How Southern Racism Found a Home in the Tea Party," *Vox*, July 7, 2016, https://www.vox.com/2016/7/7/12118872/southern-racism-tea-party-trump.

的国家让他们的年轻人无法立足,而他们自己也不再被美国政府代表。"①

不可能确切知道这些情绪在多大程度上影响了人们对新兴立法的看法。当然,有很多保守派人士反对民主党改革,是出于与种族无关的实质性原因或政治原因。但是据一项研究显示,在奥巴马医疗保健问题上的黑白分歧,较比尔·克林顿时期大了 20 个百分点。另一项研究发现,有证据表明,奥巴马主张医疗改革是触发白人种族仇恨的"源头所在"。②

政府官员意识到这些动态,以及奥巴马赢得持怀疑态度的白人选民的能力如何推动了他在政坛的崛起,因此他们急于把话题从种族问题上引开。"如果我们把反对奥巴马政策的行为视为种族主义,就将激怒所有对他的立法优先事项有真心实意担忧的人,包括数百万投票给他的人。"大卫·阿克塞尔罗德在回忆录中写道。但是,阻止有关医疗保健的对话变成有关种族问题的对话,这对奥巴马和他的团队来说是一场持续的斗争——没有比 7 月下旬在白宫东厅举行的新闻发布会更能说明这一点了。③

这是在德明特发表滑铁卢言论一周之后,奥巴马在自己的讲话中一直在借德明特的话来谴责共和党的策略。现在奥巴马有了一次机会

---

① Ezra Klein, "White Threat in a Browning America: How Demographic Change Is Fracturing Our Politics," *Vox*, July 30, 2018, https://www.vox.com/policy-and-politics/2018/7/30/17505406/trump-obama-race-politics-immigration.

② Michael Tesler, "The Spillover of Racialization into Health Care: How President Obama Polarized Public Opinion by Racial Attitudes and Race," *American Journal of Political Science* 56, no. 3 (2012): 690 - 704, https://onlinelibrary.wiley.com/doi/abs/10.1111/j.1540-5907.2011.00577.x; Katherine T. Mc Cabe, "The Persistence of Racialized Health Care Attitudes: Racial Attitudes Among White Adults and Identity Importance Among Black Adults," *Journal of Race, Ethnicity, and Politics* 4, no. 2 (2019): 378 - 398, https://www.cambridge.org/core/journals/journal-of-race-ethnicity-and-politics/article/persistence-of-racialized-health-care-attitudes-racial-attitudes-among-white-adults-and-identity-importance-among-black-adults/71AE14950A86B01BA0FCC94B2B31BB16.

③ Axelrod, *Believer*, 379.

来回答来自右翼的一些政策攻击——他讲了几分钟,还解释了为什么获得医学治疗有效性的数据与设立死亡咨询小组根本就不是一回事。但第二天的报道,几乎完全集中在昨晚的最后一个问题上,而这个问题与医疗保健无关。这个问题是关于哈佛大学一位非裔美国教授的,在一名路人报警称可能发生了一起入室盗窃案后,他在家中被警方逮捕。①

这位名叫亨利·路易斯·盖茨的教授,无法打开自家前门,最后绕到后门,用钥匙打开房门进了屋。实施逮捕的警官是白人,他说警察到达后,盖茨在警方询问时反应过激。奥巴马谴责了警方,指出"在这个国家,长期以来,非裔美国人和拉丁裔人被执法部门拦下的比例高得异乎寻常"。随后几天争议不断,警察工会要求道歉,批评者指责奥巴马毫无必要地将这场逮捕变成了种族事件。②

奥巴马把自己的大部分政治生命都押在了弥合种族分歧上,他后来也说,他希望自己当时能说得更小心一些,以免有诋毁实施逮捕的警官或剑桥警方之嫌。他还邀请这名警官和盖茨前往白宫,在露台上喝东西聊天。这个后来人们所称的啤酒峰会,或多或少平息了争议,尽管人们对这一事件的反应再次提醒了种族问题在政治中的影响力。美国有线电视新闻网的一项民意调查显示,26%的黑人认为奥巴马的

---

① Linda Feldmann, "How Jim DeMint Did Obama a Favor," *Christian Science Monitor*, July 21, 2009, https://www.csmonitor.com/USA/Politics/2009/0721/how-jim-demint-did-obama-a-favor; "News Conference by the President," United States Office of the Press Secretary, July 22, 2009, accessed September 19, 2020, https://obamawhitehouse.archives.gov/realitycheck/the_press_office/News-Conference-by-the-President-July-22-2009; Jonathan Cohn, "Obama Has a Grown-up Talk with America (Gulp)," *New Republic*, July 22, 2009, https://newrepublic.com/article/51074/obama-has-grown-talk-america-gulp.
② John R. Lott, "No Apology for Sergeant Crowley?", *Fox News*, July 27, 2009, https://www.foxnews.com/opinion/no-apology-for-sergeant-crowley; Katharine Q. Seelye, "Obama Wades into a Volatile Racial Issue," *New York Times*, July 23, 2009, https://www.nytimes.com/2009/07/23/us/23race.html.

行为愚蠢。在白人中，这一比例高达63%。①

6.

无论种族问题在公众认知中扮演什么角色，对医疗保健立法一事的支持率都在下降。皮尤研究中心的数据显示，4月，51%的人赞成奥巴马处理医疗保健问题的方式，只有26%的人不赞成。到了7月，只有42%的人赞成，43%的人不赞成。②

最初的计划是让法案离开委员会，甚至可能在8月休会前通过两院的现场投票，这样两院就可以在初秋就最终版本进行谈判，奥巴马也可以在感恩节前签署法案。参众两院的HELP委员会就在这个时间表上。财政委员会则不在，因为鲍卡斯仍在不切实际地争取共和党的支持。③

在春末的某个时候，鲍卡斯让他的助手根据过去几个月他在一对一会议上得到的反应，列出了一份所有可能投票支持改革的共和党参议员的名单。其中共有16名共和党人。但这份名单很快就被筛得还剩下4位谈判伙伴，到了6月份，其中之一的奥林·哈奇表示他也退出了。④

---

① "How One Scholar's Arrest Tainted the President's Image as a Racial Healer," *Washington Post*, April 22, 2016, https://www.washingtonpost.com/graphics/national/obama-legacy/henry-louis-gates-jr-arrest-controversy.html; Paul Steinhauser, "Poll: Did Obama's Reaction to Gates Arrest Hurt Him?," CNN, August 4, 2009, https://www.cnn.com/2009/POLITICS/08/04/obama.gates.poll/.

② "Obama's Ratings Slide Across the Board," Pew Research Center, July 30, 2009, https://www.pewresearch.org/politics/2009/07/30/obamas-ratings-slide-across-the-board/. 更多关于2009/2010年争论中的公众观点，参见Mollyann Brodie, Drew Altman, Claudia Deane et al., "Liking the Pieces, Not the Package: Contradictions in Public Opinion During Health Reform," *Health Affairs* 29, no. 6 (2010), https://www.healthaffairs.org/doi/pdf/10.1377/hlthaff.2010.0634。

③ 作者对奥巴马政府多位高官和民主党助理的采访。

④ Senate Finance Staff, "All Possible HCR Votes," memorandum to Baucus, undated (该文件的一位作者说，它是在晚春写的，这与它把阿伦·斯佩克特列为民主党人以及明尼苏达州第二个席位空缺的事实相符。斯佩克特在4月底改换门庭，弗兰肯在6月底被宣布为获胜者)；作者对奥巴马政府某位高官的采访。

和任何一位共和党参议员一样,哈奇也向民主党人示好,这可以追溯到 2008 年底,当时他让他的助手就一对一的合作与肯尼迪进行了接触。南希·德帕尔在一年中会见了几十位共和党议员,后来她回忆说,在国会大厦与哈奇的那次会晤可能持续的时间最长——因为他们已经深陷政策的泥潭,哈奇想让谈话继续下去,却又不断走出去参加现场投票。她最后在那里待了几个小时。①

但是,不管哈奇对立法认不认真,他的实质性观点与民主党的都重合不了,不足以达成协议。他反对新规定,反对扩大医疗补助计划的提议,他说这会给州财政带来太大的压力。他同样反对任何支出接近 1 万亿美元的法案,而民主党的法案恰恰如此。简言之,他仍然是一个代表保守州的保守派,他认为民主党人试图做的事情于国家不利。"我真的很赞赏他们的努力,"哈奇宣布离职时说,"我不想在我不赞同他们前进的大方向时继续与他们谈下去,从而误导人们。"②

在剩下的三位共和党人中,怀俄明州的迈克·恩齐似乎最不可能答应,甚至一些共和党幕僚也想知道他为什么会在那里。在"六人帮"会议期间,恩齐很少说话;然后,在共和党党团会议上汇报最新情况时,他会说,他正在埋头苦干,推动谈判朝着共和党想要的方向发展。"我们都旁听了,然后说,'什么?'"一位共和党助理后来说。"我不想说某位现任参议员不诚实,但事情不像他说的那样。"③

来自缅因州的奥林匹亚·斯诺又是另一回事。她代表的是一个新

---

① 作者对南希·德帕尔的采访。
② David M. Drucker, "Hatch Withdraws from Bipartisan Health Talks," *Roll Call*, July 22, 2009, https://www.rollcall.com/2009/07/22/hatch-withdraws-from-bipartisan-health-talks/; Ted Barrett, "Hatch Shuts Door on Bipartisan Health Care Talks," CNN, July 22, 2009, https://web.archive.org/web/20120229062444/https://politicalticker.blogs.cnn.com/2009/07/22/hatch-shuts-door-on-bipartisan-health-care-talks/.
③ 作者对共和党某位助理和民主党某位助理的采访。

The Ten Year War

英格兰州，尽管有一些更为保守的人，但农村地区总体上是偏自由派的，对民主党持支持态度。她还喜欢埋头钻研政策细节。奥巴马和她见过好几次面；彼得·奥萨格也是，他是在缅因州度假时去拜访斯诺的。在这些讨论中，斯诺会提供与民主党的优先事项经常一致的要求清单。例如，她谈了很多关于确保补贴足够慷慨，使医保能真正平价的问题。但是每当鲍卡斯和白宫同意她的要求之时，她就会说她需要更多的时间再考虑考虑。①

如果说斯诺在许多民主党人看来是非常优柔寡断，那么查尔斯·格拉斯利似乎是非常纠结。在整个春天和夏天，他都会用自己的推特账号发布杂乱无章、难以捉摸的推文。当奥巴马在访问法国期间说他希望参议院能更快地推进时，格拉斯利迅速做出了回应。"奥巴马总统你在巴黎观光时，你说'是时候实行医疗保健了'，当你是一个'锤子'时，你认为一切都是钉子，我不是钉子。"但有时格拉斯利会说总统的好话，有一次对艾奥瓦州一个商界领袖代表团说，奥巴马"恨不得这件事昨天就完成了，这是奥巴马总统唯一不够灵活的地方。在关键问题上，他愿意考虑妥协"。②

尽管如此，格拉斯利还是受到了共和党同僚的压力，包括他的参议院同僚。在一次党团会议上，新罕布什尔州的贾德·格雷格猛烈抨击了他，不管不顾地大喊（根据一位助手的描述）说格拉斯利是在无视保守主义原则，并通过参与谈判来帮助奥巴马。在家乡，格拉斯利面临着来自右翼的初选挑战。"现在有很多关于查尔斯·格拉斯利面临初选挑战的说法。"艾奥瓦州保守派人士比尔·萨利尔在一次广播节目中说道。他接着说："如果格拉斯用这种权力所做的就是与马克斯·鲍卡斯合作，试图推进社会化医疗，那也就是说他坐这个位子

---

① 作者对奥巴马政府多位高官和民主党助理的采访。
② "Grassley Scolds Obama on Twitter," *Wall Street Journal*, June 7, 2009, https://www.wsj.com/articles/SB124439441435992013; Shailagh Murray, "Sen. Grassley at Eye of Healthcare Storm," *Los Angeles Times*, June 28, 2009, https://www.latimes.com/archives/la-xpm-2009-jun-28-adna-grassley28-story.html.

没有任何意义。"①

这些话有助于解释为什么格拉斯利希望恩齐留在谈判桌上。他经常说，他不想成为唯一一个支持改革的共和党人。至于来自新英格兰的叛徒斯诺不能算在内。②

格拉斯利一直告诉鲍卡斯他想继续讨论下去。鲍卡斯也一次次向白宫报告了，并一再承诺协议几乎唾手可得。根据一位助理的笔记，早在6月底，鲍卡斯就曾表示，他将在7月1日前获得"主席模板"（参议院财政委员会用来起草法案的格式）。日子到了，又过去了，仍然没有模板出现。谈判仍在继续，有时奥巴马会直接打电话给鲍卡斯，把他从正在进行的"六人帮"对话中叫出来；鲍卡斯会告诉总统他们正在取得进展，然后回到谈判桌上。在国会山，沮丧的民主党人想方设法地争取格拉斯利。一位民主党助理告诉我，讨论中提出的想法包括向格拉斯利承诺，如果他支持这项立法，服务业雇员国际工会将会为他进行游说。（目前还不清楚这次讨论有多严肃，也不清楚服务业雇员国际工会是否会同意。）③

7月的一天晚上，德帕尔来到格拉斯利的办公室，赴一次迟到的会面。在她等待的时候，格拉斯利的一位助理把她拉到一边，说这位参议员仍然想找到一个办法争取投赞成票，但他的决定可能取决于他

---

① 对共和党某位助理的采访；Jason Noble, "4 Other Times Grassley Has Faced Political Fire," *Des Moines Register*, April 3, 2016, https://www.desmoinesregister.com/story/news/politics/2016/04/03/4-other-times-grassley-has-faced-political-fire/82523876/; "Alternate History: A Grassley Primary Challenger," Bleeding Heartland, October 9, 2010, https://www.bleedingheartland.com/2010/10/09/alternate-history-a-grassley-primary-challenger/; Tim Alberta, "Kent Sorenson Was a Tea Party Hero. Then He Lost Everything," *Politico*, September 21, 2018, https://www.politico.com/magazine/story/2018/09/21/kent-sorenson-was-a-tea-party-hero-then-he-lost-everything-220522; Jackie Calmes, "G. O. P. Senator Draws Critics in Both Parties," *New York Times*, September 22, 2009, https://www.nytimes.com/2009/09/23/us/politics/23scene.html。
② 对共和党某位助理的采访；Starr, *Remedy and Reaction*, 211; Axelrod, *Believer*, 376。
③ 对奥巴马政府某位高官的采访；对民主党某位助理和共和党某位助理的采访；对民主党某位助理的采访。

是否决定寻求连任。格拉斯利在一个农场里长大，现在家里还有一个农场，在办公室里与德帕尔见面时，正值太阳落山时分，他凝视着窗外，回想着自己有多么喜欢开拖拉机。德帕尔把这视为他倾向于参选的一个迹象，这也就意味着他的那一票仍在发挥作用。当月晚些时候，随着8月休会期的临近，格拉斯利在国家公共广播电台接受的一次采访中为这些希望注入了动力。"我们正拭目以待，差不多成了。"他说。①

但对于格拉斯利身上每一个充满希望的迹象，都有令人沮丧的一面。无论他参与谈判的意图如何，无论他对改革的真实感受是什么，都越来越清楚地表明，他不会与他的领导层决裂。在白宫与"六人帮"的一次会上，格拉斯利和奥巴马进行了一对一的谈话。究竟是谁说了什么，按什么顺序说的，很久之后仍然是争论的话题，但多位消息人士回忆说，奥巴马曾问格拉斯利，如果他的每一个要求都得到满足，他是否会承诺投赞成票，格拉斯利说不会。②

对于许多官员来说，能说明格拉斯利真实意图的是他在8月中旬在艾奥瓦州一个选民活动上公开说的一些话。"人们有些担心，因为在众议院的法案中，有关于生命终结的咨询内容，"格拉斯利说，"从这个角度来看，你完全有权担心……我对生前预嘱之类的东西没有任何问题。但是这样的事情应该在家里完成。我们不应该出台一项政府计划来决定你是否要终止你老祖母的生命。"德帕尔后来说，她个人是白宫助理中最希望两党合作的人之一，但在看到这个视频后，

---

① 对德帕尔的采访；Tom Daschle, *Getting It Done*（New York：St. Martin's，2010），195；Steven Brill, *America's Bitter Pill：Money, Politics, Backroom Deals, and the Fight to Fix Our Broken Healthcare System*（New York：Random House，2015），145。
② 作者对政府和国会山多人的采访。另见 Starr, *Remedy and Reaction*，195. 奥巴马政府的一位高官是这样说的："巴拉克·奥巴马说，'查克，如果我给你你想要的一切，你能支持这个法案吗？格拉斯利拒绝了。你知道，这一切都是因为他担心初选。"据发言人迈克·左纳称，在此之前，"格拉斯利告诉总统，他希望与参议员鲍卡斯合作，制订一个真正的两党计划，在参议院获得65或70票"。

她意识到该走开了。①

鲍卡斯的手下也这么做了。但他们的老板没有。他一直在谈论他是如何超越党派界限在老年医疗保险计划的药物法案上支持格拉斯利及其所有想法的,比如要求药品和设备公司披露付给医生的酬劳,鲍卡斯已经把它们纳入了法案。他"仍不肯松口",一位参议院高级助理这样说道。②

7.

关于特殊利益协议的争议,市民大会上的抗议,向格拉斯利示好的徒劳——这一切正是怀疑论者一直预测的那种政治泥潭,对总统及其顾问来说,这是一个潜在的拐点。

在8月份白宫椭圆形办公室的一次会上,阿克塞尔罗德介绍了令人沮丧的私人民调最新情况,这与令人沮丧的新闻机构公共民调结果相吻合。拉姆比以往任何时候都更加确信自己正在重温克林顿的噩梦,他提议总统寻求一个规模小得多的一揽子计划,也许是主要针对儿童的。

菲尔·席利罗没有那么悲观。席利罗个子瘦瘦高高,眉毛永远都是高高耸起,脸上总是带着灿烂的笑,他是如此镇定,有时会让同事们感到不安。在几个月前与德帕尔和西贝利厄斯的一次会议上,他在一张纸的背面,而不是备忘录上,勾勒出了自己对立法如何在国会通过的设想。他画了一条大约一英寸长的直线,然后是一堆弯弯曲曲、忽上忽下的线,然后又画了一英寸长的直线。("他在中间画了很多

---

① Sam Stein, "Grassley Endorses 'Death Panel' Rumor: 'You Have Every Right to Fear,'" *Huff Post*, September 12, 2009, https://www.huffpost.com/entry/grassley-endorses-death-p_n_257677;对德帕尔的采访。
② 对民主党某位高级助理的采访。

起起伏伏的线条。"后来西贝利厄斯沉思道。)他说,这张图就是从局外来看这件事的样子:一个有组织的开始,接着是一连串的混乱,直到国会奇迹般地团结起来,通过了一些东西。①

到了夏天,这场辩论显然已经进入了混乱曲折的阶段。席利罗问奥巴马是否感到幸运,奥巴马重复了一句关于他万万没想到会入主白宫的陈词滥调,他说:"我叫巴拉克·奥巴马。我是美国总统。每天醒来,我都感到很幸运。"②

一位没有奥巴马或席利罗那么自信的助理记得自己离开会议时想:"我的天哪,我们做的一切是因为总统感到很幸运。"阿克塞尔罗德也持怀疑态度,他后来告诉我,他并不感到惊讶——他回想起几周前在椭圆形办公室的一次谈话,当时总统刚刚结束威斯康星州之行回来不久。③

"我向他汇报说,我们的支持率正在下降,医疗保健是其中一个重要原因,"阿克塞尔罗德回忆道,"而他说,'是的,但我刚从绿湾回来,我遇到了一位女士,她36岁,有两个孩子,已婚,有医疗保险,她乳腺癌三期,生命即将走到终点。你知道,她害怕会死,弄得家人生活无着……这不是我们所信仰的国家,所以让我们继续战斗吧。'"

"有很多人怂恿他放弃,"阿克塞尔罗德说,"他都拒绝了。"④

---

① 作者对德帕尔、菲尔·席利罗、凯瑟琳·西贝利厄斯的采访。
② 这次会面的故事在很多地方都有记载,包括乔纳森·奥尔特和史蒂文·布里尔的书,以及大卫·阿克塞尔罗德的回忆录。它也在我2010年的作品回顾中出现,这次回顾邀请了参与讨论的政府官员。除了那句"我都感到很幸运"外,这些说法都是一致的。席利罗似乎对这件事记得最清楚,所以我在这里引用了他的版本,他也在PBS《前线》的采访中提供了这个版本。"Phil Schiliro, Obama Adviser," PBS, January 17, 2017, accessed September 19, 2020, http://apps.frontline.org/divided-states-of-america-the-frontline-interviews/transcript/phil-schiliro.html。
③ 对奥巴马政府某位高官的采访;第一次报道是在Jonathan Cohn, "How They Did It," *New Republic*, May 20, 2010。
④ 作者对大卫·阿克塞尔罗德的采访。

十五、女议长大人

1.

对民主党人来说，8月的低谷是泰德·肯尼迪的去世，他最终死于脑癌。

这对任何人来说都不意外，而且尽管肯尼迪一直与他的幕僚保持着密切联系，直到接近生命的尽头，但几个月来，他一直在移交自己在卫生立法方面的职责——从面上讲是移交给了正在财政委员会领导谈判的鲍卡斯，实际上则是移交给了他的朋友克里斯·多德，后者正在管理着肯尼迪的 HELP 委员会。这位康涅狄格州的民主党人是另一位有促成交易之能的资深政治家，而且让肯尼迪感到骄傲的是，7月15日，在多德的主持下，HELP 委员会是五个致力于改革的委员会当中率先通过议案的。肯尼迪在一份由多德代他大声朗读的声明中说："当你们今天投票时，要知道我的心、思想和灵魂都与你们同在。"[1]

没有一个共和党人投赞成票，尽管它实际上包括了几十条共和党人的修正意见，曾在 HELP 委员会和财政委员会任职的恩齐抨击这份议案是"政府接管"的基础。也曾在这两个委员会任职的哈奇后来说，当肯尼迪不能再领导讨论时，委员会中两党合作的机会就已经结束了——尽管导致哈奇不支持鲍卡斯所提议案的那些保留意见，可能也导致了他与肯尼迪分道扬镳。[2]

悼念和葬礼弥撒在波士顿一座有130年历史的教堂内举行，这让人们暂时放下了医疗保健辩论中的党派之争，在众多吊唁礼物中，有一首诗，哈奇说是他在来马萨诸塞参加悼念仪式的路上亲手写的："他让世界变得更好。最后，美好的事物赢了。他关心所有的人类……我会想念你，我的爱尔兰朋友。上帝与你同在，直到我们再次相见。"奥巴马的悼词充分展现了肯尼迪的一生，细腻地谈及了肯尼迪"个人的失败和挫折"，同时赞扬他的个人气度和政治包容，高度认可他对美国社会的深刻影响。"他得到了他的兄弟们所没有得到的时间馈赠，"奥巴马说，"他用这份馈赠，惠及了尽可能多的生命，纠正了尽可能多的错误。"

一周后，奥巴马回到华盛顿，和几位官员就是否应收缩他们的雄心壮志进行了又一次谈话。这场对话与其他所有此类对话的结局相同：奥巴马说他决心继续追求一项全面的法案，而不是一项范围狭窄的法案。"此为美国总统亲口所言。我不想只保障小部分人，遗漏大部分人。"一位助理当时这样记录。③

但奥巴马和他的顾问们也认为，现在是时候对这一进程加强控制了。

他们决定，首先，起草自己的立法，并让鲍卡斯知道他们正准备把它交给里德。他们认为，最好的情况是，将控制权让给白宫的前景会促使鲍卡斯向他的全体委员会提交一份议案，以供讨价还价。最坏的情况是，鲍卡斯什么也不做。在这种情况下，他们仍会把白宫起草的法案交给里德，里德可以把它和 HELP 委员会的议案结合起来，提交给参议院全体议员审议。这项立法将是一个秘密项目，只有一份纸

---

① Karen Tumulty, "Ted Kennedy's Health Bill," *Time*, July 15, 2009, https://swampland.time.com/2009/07/15/ted-kennedys-health-bill/.

② Jeffrey Young, "Senate Panel Passes Health Reform Bill," *Hill*, July 15, 2009, https://thehill.com/homenews/senate/50280-senate-panel-passes-health-reform-bill; Ezra Klein, "The White House's Definition of Bipartisanship," *Washington Post*, July 15, 2009, http://voices.washingtonpost.com/ezra-klein/2009/07/the_white_houses_definition_of.html.

③ 作者对奥巴马政府某位高级助理的采访。

质版，助理们只有进入一间上锁的房间才能看到。"没有他妈的泄密。"一位助理记得拉姆的警告。另一位助理回忆说，拉姆曾威胁要割掉泄密者的某些关键部位。①

奥巴马也将发表演讲。他对自己的说服能力非常有信心，他希望有机会在黄金时段出现在全国观众面前，以他希望的方式阐述自己的观点。

演讲定于劳动节后的星期三举行。演讲稿撰写人乔恩·法夫罗拼命工作，希望能够在周末前完成初稿，因为他的朋友兼白宫同事本·罗兹将在洛杉矶举行婚礼。法夫罗提出要留在华盛顿；奥巴马也认识罗兹，他说法夫罗应该去参加婚礼。但是在加州时间早上6点钟的时候，在婚礼后的第二天早上，法夫罗醒来时接到了奥巴马私人助理雷吉·洛夫的电话；老板需要他马上回来，因为他有大量的修改要讨论。

法夫罗坐了最早的航班，当他降落在华盛顿时，他的黑莓手机里充满了同事们关于他行踪的新的、越来越紧急的信息。法夫罗直奔白宫，穿着一件啤酒图案的T恤和破洞牛仔裤的他，磨破嘴皮才进了西北大门，因为他的白宫安全徽章忘在家里了。（特勤人员最后找了个认识他的特工来。）"你怎么了？"当法夫罗终于抵达白宫西翼时，奥巴马笑了起来，"你看起来不太好。"

奥巴马像往常一样，用工整的手写体写下了他的修改，段落之间的空白和文稿两侧的空白处填得满满当当，并小心地画出箭头指向需要修改的段落。通常，奥巴马希望更猛烈地回应批评人士对该法案的抨击。这与传播战略专家通常的建议大相径庭。一般认为，回应批评就是重复并放大批评。但奥巴马说，此次情况不同。关于死亡咨询小组、扩大赤字和破坏雇主保险的争论已经存在。这是他反驳这些的最

---

① 作者对奥巴马政府多位高官的采访。

The Ten Year War

好机会。①

在演讲当晚,奥巴马就这么做了,那一刻令许多人无比难忘。保守派中流传的说法之一是,改革将为无证移民提供保险。这是一个特别有力的指控,因为它直接助长了茶党关于应不应得的比喻。事实上,民主党领导人已经竭力避免把政府的钱花在无证工人身上——尽管许多人认为这样做是对的——因为他们知道这在政治上是有害的。②

当奥巴马说了许多,解释说"我提议的改革,不适用于那些非法移民"时,来自南卡罗来纳州的共和党众议员乔·威尔逊大喊:"你撒谎!"在讲台后面,佩洛西摇着头,张大嘴巴,睁大眼睛,难以置信。拜登看了过去,然后目光朝下,厌恶地摇着头。奥巴马没有急于开始讲下一句话,而是停顿了一下,说:"你这话不对。"③

演讲的最后一部分也是最激动人心的部分——在最后一次的医疗保健辩论中,是泰德·肯尼迪提供了灵感。在演讲的前一天,肯尼迪的遗孀薇姬传真过来泰德春天写的一封信,交代要在他死后寄出。这封信的主题是医疗改革,肯尼迪称之为"我们社会尚未完成的伟大事业",奥巴马决定引用这句话。"'它不仅关乎物质。我们所面对的,'肯尼迪写道,'首要是道德问题;这不仅仅关系到政策的细节,更关系到社会正义的基本原则和我们国家的品格。'"

奥巴马对与会的议员们说,演讲的最后一部分让他想起了肯尼迪的一生,以及何以肯尼迪自由主义的基本理念并非政府拥有所有的答案,而是政府是美国人在需要时团结起来互相帮助的方式。"泰德·

---

① 作者对乔恩·法夫罗的采访。
② 一些保守派人士表示,该体系仍将以允许非法移民通过新制度购买私人保险——或一种公共保险,如果它像众议院法案设想的那样成为法律——的方式间接补贴这些人。但即使是众议院的法案也明确表示,非法移民没有资格获得政府补贴。
③ Angie Drobnic Holan, "Joe Wilson of South Carolina Said Obama Lied, but He Didn't," PolitiFact, September 9, 2009, https://www.politifact.com/factchecks/2009/sep/09/joe-wilson/joe-wilson-south-carolina-said-obama-lied-he-didnt/.

肯尼迪的激情,不是源于某种僵化的意识形态,而是源于他的亲身经历,"奥巴马说,"那是有两个孩子被癌症折磨的经历。他从未忘记当孩子病得很重时,任何父母都会感到的恐惧和无助。他能够想象那些没有保险的人会是什么样子;对妻子、孩子或年迈的父母说有办法可以让你好起来,但我负担不起,又会是什么样子。"

"那种宽阔的胸怀——对他人困境的关心和关注——不是一种党派之情,"奥巴马接着说道,与多年前他在斯普林菲尔德提出的一些观点相呼应,"这也是美国人性格的一部分——我们能够站在别人的立场上感同身受;认识到我们是一体的,当命运对我们其中一人不利时,其他人会伸出援手;相信在这个国家,辛勤工作和坚守责任应该得到某种安全和公平的回报;承认有时政府必须介入以帮助兑现一些承诺。"

没有迹象表明奥巴马对两党合作的最后赞歌感动了任何共和党人。但是,肯尼迪的号召以及威尔逊的爆发,成功地把这个国家尤其是众议院的共和党人团结在了一起。

"他不必感动所有的公众,"一位顾问后来说,"他需要感动的是坐在他演讲房间里的那100个紧张的人。"①

2.

演讲开始前几个小时,鲍卡斯宣布他不再等"六人帮"了。他正式公布了一份提案摘要,其中反映了迄今为止的谈判情况,并表示财政委员会将在两周内正式着手处理,而不管届时是否有任何共和党议员签字加入。

尚不清楚是不是奥巴马的讲话和提交其议案的威胁刺激了鲍卡斯

---

① 对奥巴马政府某高官的采访。

采取行动；政府和财政委员会的助理各执一词。无论怎样，这一进程又开始向前推进了——不仅在参议院，而且在众议院，而佩洛西曾在众议院推迟将立法付诸表决。在她确信参议院也在向前推进之前，她不会像上次在有关总量控制与交易问题上那样，让她的议员们再次面临艰难的投票。

但奥巴马发表演讲后，佩洛西很生气。原因不是乔·威尔逊的举止不当，而是因为演讲中的一小段话，奥巴马在这段话中解释说，改革"将在10年内花费约9 000亿美元"。

在过去的几个月里，尽管死亡咨询小组、药品行业协议以及市民大会的抗议活动吸引了所有媒体的注意力，但改革立法的体量，即政府根据该计划将额外花费多少美元，一直是民主党官员和立法者关注的问题。新支出的绝大多数将通过医疗补助或联邦补贴的私营保险来支付人们的医疗保险。因此，该法案的金额规模是衡量它将为美国人民提供多少帮助的唯一最佳方式，而这又是衡量医疗保险将变得有多"平价"的唯一最佳方式。

整整一年，这场争论一直徘徊在1万亿美元的支出上。它还不足以为每个人提供保险资金，也不足以保证像欧洲、加拿大和东亚医疗体系提供的那种慷慨的保险。但它代表了许多政治战略专家所认为的立法者可以（或愿意）在选民面前为之辩护的最大限度。而现在奥巴马又将其削减了1 000亿美元。

这个数字不是凭空出现的。保守派民主党人，尤其是参议院的民主党人，一直在推动将支出控制在9 000亿美元以下。但是众议院领导人觉得，他们已经省到了极限——例如，他们更多地依赖医疗补助制度，其人均支出比私营保险便宜——同时在很大程度上避免了国会多余的搭售，因为那无疑将导致法案的总价上升。进一步减少支出意味着对需要帮助的人的帮助会减少。①

---

① 作者对民主党某位高级助理的采访。

最糟糕的是，众议员领导人后来说，白宫甚至没有提前告诉他们将宣布9 000亿美元这个数字。佩洛西和她的副手们是在阅读演讲稿或在演讲过程中听到这个数字时才知道的。一位前助理后来回忆称，这是给"我们所有人的一记重拳和出其不意"。①

随后，几名政府官员前往佩洛西的办公室。这位众议长大人没用脏字，只是含沙射影。大家听说她说了"这是什么狗屁？"之类的话。但她让官员们接下；他们向她保证，这个数字有一些内在的灵活性。佩洛西接受了这一点，并与她的领导团队和幕僚一起，开始敲定一项法案，她认为这项法案可以拿下获得通过所需的218票。②

3.

佩洛西很擅长这一点，甚至连她的批评者也不得不承认，她也许和现代任何一个担任过这一职务的人一样出色。

她从她父亲小托马斯·达历山德罗那里学到了交易政治的艺术，她父亲当过众议员，后来成为巴尔的摩市市长。她明白，关键是要对每个议员的喜好和需求有一个详细的了解——记在纸上，做成索引卡片，但最好记在脑子里。她确保自己了解每位议员的政治弱点，同样重要的是，她确保每位议员都知道她了解他们的政治弱点——这样，当她需要叫议员进行艰难的表决时，他们会相信她仍在为他们的福祉着想，并会在日后找到回馈他们的方法。她还认为，个人的善举会起作用。当她得知某位议员的父母或近亲去世时，她会确保在假期打电话或写个条子，只是告诉对方她知道在失去亲人之后，那段时间会有

---

① 作者对民主党某位高级助理的采访。
② 作者对奥巴马政府多位高官和民主党助理的采访。

The Ten Year War

多么难过。①

佩洛西一直是政府健康计划的支持者，这可以追溯到 1980 年代末，当时她是来自旧金山的新晋众议员，为抗击艾滋病争取支持。她并不介意被贴上"自由主义"标签，至少对她自己来说是这样，她会对创建欧洲式医疗体系的立法感到高兴。从这个意义上说，她是一个老派民主党人，认为政府的职责是为公民提供福利，而且认为没有必要依赖私营保险公司来做这件事。

但佩洛西对她的党团内部相互冲突的要求，以及党内对金融家的依赖非常警醒，而这些金融家对过多的政府支出和监管持怀疑态度。她是一个能干的筹款人，甚至在她进入国会之前，早在 20 世纪 70 年代和 80 年代初，她就一直在家里为民主党人举办活动。她不认为"妥协"是个肮脏的字眼，她周围的人也不这样认为。她的医疗保健问题顾问是温德尔·普里姆斯，此人曾公开从克林顿政府辞职，也不愿支持一项他认为会对穷人不利的福利改革法案。但他会将一项他认为会伤害弱势群体的法案，与一项尽管不符合他的理想但会帮助数百万弱势群体的法案区分开来。②

佩洛西于 10 月下旬拿给众议院全体的立法达到了这一标准，与它所依据的三个委员会的法案相比，只做了几处明显的修改。新提案设想将更多的人纳入医疗补助计划，将资格门槛设定为贫困线的 150%，而不是 133%。中产阶级在新交易所购买保险的最低保险标准

---

① 作者对德鲁·汉弥尔的采访。（汉弥尔长期担任佩洛西的助手。）关于佩洛西的成长经历和政治生涯的全面描述，参见 Molly Ball, *Pelosi*（New York：Henry Holt, 2020）; Karen Tumulty, "A Troublemaker with a Gavel," *Washington Post*, March 25, 2020, https://www.washingtonpost.com/opinions/2020/03/25/how-nancy-pelosis-unlikely-rise-turned-her-into-most-powerful-woman-us-history/?arc404=true；对奥巴马政府多位高官和民主党助理的采访。
② Clare Malone, "Even as a Freshman, Nancy Pelosi Was a Political Insider," *FiveThirtyEight*, January 31, 2019, https://fivethirtyeight.com/features/even-as-a-freshman-pelosi-was-a-political-insider/; David Dayen, "A Leader Without Leading," *American Prospect*, July 7, 2020, https://prospect.org/culture/books/nancy-pelosi-a-leader-without-leading/.

没有那么高；换言之，新法案在福利方面的"下限"更低。

新的众议院法案有一个公共选项，但它不会占老年医疗保险的低支付率的便宜，这让更保守的民主党人和他们在医疗保健行业的支持者感到满意。后几代立法者必须在这一点上改进，就像他们对其他条款上所做的那样。但这项法案的影响力仍然很大；根据国会预算办公室的数据，3 500 万至 3 600 万人将获得保险，只有 4% 的非老年合法居民没有保险。[①]

随着立法的公开，佩洛西开始盘算投票的情况，以她典型的疯狂节奏工作。日复一日，这位身材矮小的 69 岁议员会把年轻的众议员赶出去做事——也把她的幕僚们支使得精疲力尽——通过把议事厅的同僚分个三六九，让他们在不同的会议之间奔走，让他们只要她有空就打电话过来。据《洛杉矶时报》报道，在某天的医疗保健谈判中，她与党团小组的 50 名成员分别通了电话。她仍然有时间参加筹款活动、演讲和仪式，通常工作到深夜，甚至凌晨。"显然，她不睡觉也不吃饭。"来自纽约的民主党众议员路易丝·斯劳特这样对《洛杉矶时报》说。[②]

但截至 11 月初，该法案距离通过所需的 218 票还差 18 到 20 票。即使有了公共选项的让步，即使获得了与保守派民主党人关系较好的多数党党鞭斯坦尼·霍耶的大力帮助，"蓝狗"还是站出来反对这项法案，说政府干预太多、支出太多。佩洛西和她的盟友们试图修改地区资助公式、具体的雇主要求——任何能赢得一两票的东西。奥巴马

---

① "Selected CBO Publications Related to Health Care Legislation, 2009 – 2010," Congressional Budget Office, December 2010, https://www.cbo.gov/sites/default/files/111th-congress-2009-2010/reports/12-23-selectedhealthcarepublications.pdf; Robert Pear, "Pelosi Backs Off Set Rates for Public Option," New York Times, October 28, 2009, https://www.nytimes.com/2009/10/29/health/policy/29health.html.
② Faye Fiore and Richard Simon, "She Had to Leave Left Coast Behind," Los Angeles Times, November 9, 2009, https://www.latimes.com/archives/la-xpm-2009-nov-09-na-pelosi9-story.html.

亲自游说摇摆不定的议员。怎么做都没有奏效。①

佩洛西还有一场大戏要演，一场她非常希望不要上演的戏。

4.

每次国会考虑启动或重新授权一项为妇女提供医疗保健的计划时，堕胎问题就会出现。1972年最高法院将堕胎合法化4年后，来自伊利诺伊州的共和党众议员亨利·海德的一项新要求获得通过，它的有效期为一年，禁止医疗补助基金支付堕胎费用。自此之后的每一年，众议院反对堕胎权的人都会在卫生与公众服务部年度拨款法案中引入海德修正案，最终将其应用到所有的联邦医疗项目中。它每次都获得了通过，部分原因在于民主党议员的支持，他们表示支持堕胎合法化，但要求不能用纳税人的钱。（乔·拜登就是其中之一。2019年，他在准备竞选总统之际改变了立场，放弃了对海德修正案的支持。）②

民主党方面对于堕胎权的主要倡导者早就想取消海德的要求，尽管他们并不指望在医疗改革法案中实现。他们不想连累此项立法，而且认为众议院三个委员会起草的法案实际上与海德的要求是一致的。根据这些提案中的措辞，通过新的受监管市场提供的私营保险计划必须有一个单独的资金池用于堕胎服务。而这个资金池不能包括任何来自政府保险补贴的资金。一些州在其医疗补助计划中采用了类似的安排。③

---

① Carl Hulse and Robert Pear, "Sweeping Health Care Plan Passes House," *New York Times*, November 7, 2009, https://www.nytimes.com/2009/11/08/health/policy/08health.html.

② Alina Salganicoff, Laurie Sobel, and Amrutha Ramaswamy, "The Hyde Amendment and Coverage for Abortion Services," Kaiser Family Foundation, September 10, 2020, https://www.kff.org/womens-health-policy/issue-brief/the-hyde-amendment-and-coverage-for-abortion-services/.

③ Timothy Noah, "Don't Be Stupak," *Slate*, November 4, 2009, https://slate.com/news-and-politics/2009/11/abortion-foes-and-rep-bart-stupak-meddle-with-private-health-insurance.html.

由密歇根州的巴特·斯图帕克领导的一群民主党反堕胎人士表示，他们认为拟议中的资金隔离毫无意义。斯图帕克代表了密歇根州的上半岛，一个在政治上与阿巴拉契亚更为相似而与底特律相去甚远的农村地区。他告诉佩洛西，他正在遵循天主教主教会议的指导，这一组织几个星期以来一直在讨论这个问题。这个话题甚至还在泰德·肯尼迪的葬礼出现过，正如《华盛顿邮报》随后报道的那样，当时波士顿大主教把奥巴马拉到一边，说主教们对改革充满热情，但对堕胎安排有很大的担忧。①

这对堕胎权倡导者来说人难接受了。根据每次预测，大多数通过新市场购买私营保险的人都会得到某种联邦资助。如果承保堕胎的保险公司不得不拒绝这些客户，那么他们只会决定不承保堕胎，而不是失去生意——这实际上使数百万个人出资购买私营保险的人无法获得堕胎保险。这些民主党人说，这不是尊重海德修正案，而是在扩展它。

佩洛西也有同感。她在一个虔诚的天主教家庭长大，还珍藏着一张八年级时全家去罗马旅行时拍摄的照片，当时她陪父亲去见教皇。她经常谈到自己的信仰是道德的源泉，并说她个人反对堕胎。但在国会，她是堕胎权的坚定捍卫者，因为她说，妇女控制生育决定的能力是人类的基本自由。多年后，她在接受《纽约时报》采访时解释说："教会有他们的立场，我们也有我们的立场，那就是女人拥有上帝赋予她的自由意志。"②

但是佩洛西需要斯图帕克以及跟着他投票的那些议员。当她找不到妥协的办法时，她邀请支持堕胎的党团小组领导人到她的办公室，

---

① Washington Post Staff, *Landmark*: *The Inside Story of America's New Health Care Law and What It Means for Us All* (New York: PublicAffairs, 2010), Kindle edition, 28.
② Jennifer Steinhauer, "In Pelosi, Strong Catholic Faith and Abortion Rights Coexist," *New York Times*, September 21, 2015, https://www.nytimes.com/2015/09/22/us/politics/in-pelosi-strong-catholic-faith-and-abortion-rights-coexist.html.

并告诉他们她别无选择：她必须给斯图帕克他想要的。[1]

听后，有人流泪，有人暴怒——据某人说，来自康涅狄格州的自由派民主党人罗莎·德拉罗冲着佩洛西的心腹乔治·米勒大吼大叫。（德拉罗后来说，她实际上并没有大吼大叫，她只是表达了自己的愤怒。）但当他们看到佩洛西的党鞭清点票数，看到没有斯图帕克阵营的赞成票就没有办法得到218票时，他们说他们会接受佩洛西的决定。"我坚持我的立场，"德拉罗后来这样告诉政治新闻网站"政客"，"议长大人这么做，米勒先生这么做，霍耶这么做。我们都坚持自己的立场。我们也知道，我们都知道，你必须把注意力放在最后阶段，那就是通过医疗保健立法。"[2]

即使有了斯图帕克的交易，危险仍是一触即发。由威斯康星州的罗恩·金德领导的一群众议院民主党人仍犹豫不决，因为他们认为该法案在让老年医疗保险支付与质量相符方面做得不够，而且认为现有的方案会对那些医疗机构已经找到提高效率的方法的州不利。这些关于地区差异的争议几乎没有引起全国媒体的注意，但它们一直是紧张局势的根源，在投票前的一次深夜会议上，当沮丧的金德起身离开时，它们甚至有毁掉整件事的可能。佩洛西立刻堵住了通往门口的路，紧紧抓住金德的双手，说他需要听她把话说完。大约一分钟后，金德坐下倾听，佩洛西恳请他从实用性（她说，他的选区仍会看到巨大的益处）和历史（她提醒他，这将是一代人中只有一次的成就）

---

[1] Timothy Jost, "The House Health Reform Bill: An Abortion Funding Ban and Other Late Changes," *Health Affairs*, November 9, 2009, https://www.healthaffairs.org/do/10.1377/hblog20091109.002832/full/; Rachel Morris, "The Price of Health Reform: Abortion Rights?," *Mother Jones*, November 9, 2009, https://www.motherjones.com/politics/2009/11/price-health-reform-abortion-rights/.

[2] 这篇关于佩洛西与支持堕胎团体会面的报道基于多个已出版的消息来源，包括《华盛顿邮报》的 *Landmark* 一书和鲍尔的佩洛西传记，以及我2010年在《新共和》对前民主党工作人员和议员的采访。另见 Patrick O'Connor and John Bresnahan, "Tears, Tempers Fly in Pelosi Campaign," *Politico*, November 8, 2009, https://www.politico.com/story/2009/11/tears-tempers-fly-in-pelosi-campaign-029305.

角度想想，同时承诺以后再找时间重新讨论这个问题。金德最终同意投赞成票。①

既然把摇摆不定的派系争取过来了，是时候投票了。首先是共和党的改革方案，俄亥俄州的少数党领袖约翰·博纳几天前提出的。与国会和保守派智库中流传的其他很多共和党医保计划一样，这份改革方案主要依靠税收减免来使保险变得平价。据国会预算办公室称，财政补贴总额不到众议院民主党人提议的十分之一，因此，共和党的法案将覆盖不到十分之一的人。而且，通过允许跨州购买保险（这是保守派最喜欢的改革），这将破坏现有的关于保险涵盖范围的规定。（像信用卡公司一样，保险公司可能会被规定最少的州所吸引。）一个副作用是，即使保险对一些健康人来说变便宜了，但对一些有严重健康问题的人来说会变得更贵了。该议案没有通过。

然后轮到民主党的议案了，该议案以220票获得通过，其中包括一位单独行动的共和党人的赞成票，此人是来自路易斯安那州的高光映，在斯图帕克带领他的阵营投了赞成票之后，高光映也改投了赞成票。但不管怎样，这是一次党派路线投票，许多共和党人对此予以严厉谴责。威斯康星州共和党人保罗·瑞安称："这可能是我在国会11年来看到的最糟糕的议案。"

甚至一些民主党人也表示，他们投赞成票并非心甘情愿。"这项议案会在参议院得到改进。"田纳西州保守派民主党议员吉姆·库珀说，他曾表示这项立法成本太高，条例太多。"如果我们在这里扼杀它，它就没有机会变得更好。"科罗拉多州众议员、支持堕胎合法化党团小组的联合主席戴安娜·德吉特明确表示，她仍然对斯图帕克的妥协感到愤怒。

佩洛西了解改革的历史，因此并没有表示出此类不安。"多么美好的夜晚，"她在投票后的新闻发布会上说，"近一个世纪以来，各

---

① 作者对罗恩·金德和民主党某位高级助理的采访。

个政党和持不同政治哲学的领导人——早在泰迪·罗斯福时代——就呼吁为美国人民提供医疗保健。好几代以来，美国人民一直在呼吁为他们的家庭提供平价、高质量的医疗保健。今天，这一呼吁将得到回应。"

但这一呼吁尚未得到回应，因为改革之路还要经过参议院。

十六、要么前进，要么等死

1.

随着鲍卡斯在 9 月 22 日上午敲下木槌，参议院财政委员会的会期正式开始："我的各位同事们，这是我们创造历史的机会。"一年多来，他一直在为这一时刻而努力，这可以追溯到 2008 年夏天他主持"蓄势待发"峰会时。当时的目标是为改革组建一个广泛的两党联盟。这就是为什么他花那么多时间与格拉斯利、恩齐和斯诺的"六人帮"谈判。但格拉斯利出局了，而恩齐，从表面上看，从未真正参与其中。斯诺是剩下的唯一一位共和党人。①

鲍卡斯向其全体委员会提交的提案，与格拉斯利在 7 月下旬所说的"差不多了"的那个版本基本相同。这是迄今为止 5 个国会委员会提出的法案中金额最少的一个，预计未来 10 年的支出总额不到 9 000 亿美元。其部分原因是，它提议将受惠对象缩到最少，将财政补贴削减到贫困线的 300%而不是 400%。实际上，这意味着会有更多的中产阶级在不享有联邦补贴的情况下购买保险。

就像鲍卡斯一直说的那样，鲍卡斯法案有个人强制保险，但没有公共选项。在资金筹措方面，它在很大程度上依赖于对雇主医疗保险税收待遇的倍受争议的改变。因此，国会预算办公室表示，随着时间的推移，这是最有可能"让曲线趋于平缓"的法案。②

但税收改革有一个转折。鲍卡斯与白宫合作，就缩减雇主税收减免的方式达成了一致，而在理论上依然信守了奥巴马不向美国中等收入者加税的承诺。这个想法来自约翰·克里，意味着只要保费超过一定的金额门槛,就直接向保险公司征税。这是一种迂回方式,为的是抑制给予慷慨保险的动力。这就是为什么国会预算办公室认为它会降低医疗支出。雇主会敦促保险公司避税;保险公司的应对办法将是寻找新的效率或干脆提供不太慷慨的保险。③

支持者称之为"凯迪拉克税",因为该税只会影响那些最昂贵的保险方案(即凯迪拉克方案)。但很多有这些保险方案的人,都是那些在现实生活中开雪佛兰的人。他们只是碰巧为那些提供丰厚福利的公司工作,而这样的福利,通常是工会在集体谈判中争取来的。对经济学家来说,这不失为一种政治上聪明的方式,可以减少医疗支出失控的根本原因;对工会来说,这是一种故意欺骗的方式,让工会成员和其他一些中产阶级工人接受不那么慷慨的保险。④

财政委员会举行了为期8天的听证会,其间审议了135项修正案。其中几项来自斯诺,包括与纽约民主党人查克·舒默共同发起的一项,旨在降低对没有保险的人的个人强制处罚。该修正案给保险业敲响了警钟,尽管进行了广泛的谈判,但保险业从未与鲍卡斯达成任何协议。⑤

与谈判桌上的其他群体一样,保险公司也有出于自身利益考虑的种种理由。现状似乎是不可持续的,而且他们作为一个通过将病人拒之门外而获利的行业,声誉越来越差。在某个时刻,采取行动的压力

---

① Max Baucus, "Baucus Opening Statement on Health Care Reform," YouTube video, 7:10, posted by "Senator Baucus," September 22, 2009, https://www.youtube.com/watch?v=sUWJ1lIqidU.

② Carrie Budoff Brown, "Baucus Releases Health Care Bill," *Politico*, September 16, 2009, https://www.politico.com/story/2009/09/baucus-releases-health-care-bill-027225; *Focus on Health Reform* (Menlo Park, CA: Henry J. Kaiser Family Foundation, 2009), https://www.kff.org/wp-content/uploads/2013/01/healthreform_tri_full.pdf.

③ Ben Smith, "Cadillac Tax," *Politico*, July 26, 2009, https://www.politico.com/blogs/ben-smith/2009/07/cadillac-tax-020192.

④ Jenny Gold, "'Cadillac' Insurance Plans Explained," Kaiser Health News, March 18, 2010, https://khn.org/news/cadillac-health-explainer-npr/.

⑤ John McDonough, *Inside National Health Reform* (Berkeley: University of California Press, 2012), 88.

将变得无法抗拒。根据立法的细节，改革最终可能会给保险公司提供更多的客户，从而帮助其改善财务状况。提出这一观点的人之中就有"美国健康保险计划"负责人凯伦·伊格纳尼，她曾是国会的民主党工作人员，也曾为美国劳联-产联效力。

但保险公司仍对太多的变化持谨慎态度，尤其担心某些要求他们承保已患病者的规定会使他们被迫负担太多的受益人，而这些受益人将产生巨额的医疗费用。他们认为，防止这种情况发生的最好办法是有一个强硬的个人强制保险，让大量健康的人投保。随着舒默-斯诺修正案的出台，他们担心软弱的强制令会变得更加软弱。

在9月和10月，一些保险公司发布了他们委托私人精算师编写的两份报告。每份报告都预测，如果该议案成为法律，保费会大幅上涨。业内人士后来表示，这两份报告的目的只是为了显示强制不足的危险。但民主党人及其盟友将这些报告解读为试图破坏立法，并且是一种具有欺骗性的行为，因为这些报告有选择地将重点放在了改革当中最有可能推高保费的部分。[1]

此举被认为是保险公司在下狠手，这激怒了像杰伊·洛克菲勒这样的参议员，他们此前就曾因保险公司那样对待已患有疾病者而指责其"强盗行为"。洛克菲勒是否投赞成票一直存疑，部分原因是鲍卡斯拒绝在议案中加入公共选项。但他投了赞成票，委员会所有民主党人也投了。[2]

---

[1] Igor Volsky, "Insurance Industry Report Promises to Increase Premiums by 111% Under Health Reform," ThinkProgress, October 12, 2009, https://archive.thinkprogress.org/insurance-industry-report-promises-to-increase-premiums-by-111-under-health-reform-27ec40639b2e/; Jonathan Cohn, "Not All Bad," *New Republic*, October 21, 2009, https://newrepublic.com/article/70403/not-all-bad; Lori Robertson, "The PricewaterhouseCoopers Premium Problem," Fact Check.org, October 13, 2009, https://www.factcheck.org/2009/10/the-pricewaterhousecoopers-premium-problem/.

[2] Robert Pear and David M. Herszenhorn, "Democrats Call Insurance Industry Report Flawed," *New York Times*, October 12, 2009, https://www.nytimes.com/2009/10/13/health/policy/13health.html; Carrie Budoff Brown, "Insurers Face Blowback After Report," *Politico*, October 12, 2009, https://www.politico.com/story/2009/10/insurers-face-blowback-after-report-028213.

斯诺也投了赞成票，给了鲍卡斯和白宫一张宝贵的共和党选票——这是对花了那么多时间浏览她列出的单子以及把所有修正意见添加到最终议案中的奖励。但是，斯诺警告说，她可能在议事厅全体投票时依然反对立法。①

"我今天的投票只代表我今天的投票，"她说，"它不能预测我明天会投什么样的票。"

2.

内华达州的瑟奇莱特是一个老矿镇，距离拉斯维加斯以南约一小时车程。19世纪末20世纪初，在淘金热达到顶峰之时，内华达州的一些领导人认为这里应该成为本州首府。但事实证明，该镇的矿产很难开采，而大萧条来势汹汹，只有胡佛大坝项目的繁荣阻断了这一势头，而大坝项目在完工时破了产。到了20世纪30年代末，哈里·里德在那里出生时，矿场基本已关闭，而瑟奇莱特的人口在几十年前曾达到1 500人的峰值，现在已经下降到500人左右。②

里德的房子部分建筑材料是旧铁路的枕木，既没有热水，也没有室内厕所。十几岁时，他在矿井里工作。他在父亲的虐待下长大，父亲最终自杀了。里德是拳击手的苗子，一位高中老师看到后引导他正式学起了拳击。"对我来说，黑眼圈和肿痛是第二天戴在身上的荣誉

---

① Robert Pear and David M. Herszenhorn, "Republican's Vote Lifts a Health Bill, but Hurdles Remain," *New York Times*, October 13, 2009, https://www.nytimes.com/2009/10/14/health/policy/14health.html.

② "Searchlight, Nevada Lives On," Legends of America, https://www.legendsofamerica.com/nv-searchlight/; K. J. Evanslas, "George Colton," *Las Vegas Review-Journal*, February 7, 1999, https://www.reviewjournal.com/news/george-colton/; Cecil Anderson, "A Look at Life in Searchlight, Nevada," KVVU TV, November 11, 2019, https://www.fox5vegas.com/news/local/a-look-at-life-in-searchlight-nevada/article_a62be0ac-04e7-11ea-a596-575b29707a36.html; "A Little History," Searchlight Historical Museum, https://searchlightmuseum.org/os/history.html.

徽章，"里德在回忆录中写道，"我会抓住每一个机会去战斗。"①

瑟奇莱特没有高中；里德说，他会搭便车去附近小镇的那所。他还说瑟奇莱特没有医生。几十年后，他仍然记得州营的结核病治疗车开过来，他母亲的 X 光片上反映出阳性的那一刻。母亲被吓呆了，但负担不起也找不到地方医治，所以什么也没做，只抱着最好的希望，然而幸运的是，那天的检查结果弄错了。他们也以同样的方式对待其他病情。"我哥哥骑自行车时摔断了一条腿，"里德在一次采访中告诉我，"他只能躺在床上，腿甚至到今天还是弯的。那么医疗保健对我来说意义重大吗？当然了。一点没错。"②

即便如此，里德从未把医疗改革作为优先事项。他开始从政时是一名市检察官，后来一路晋升：州议员、副州长、内华达博彩委员会主席、美国国会众议员，最后在 1987 年成为参议员。他不是鲍卡斯或肯尼迪，不是洛克菲勒或怀登，不是没事儿就坐在那里琢磨怎么修复美国医疗保健体系的人。

但在 2009 年 1 月，里德是新当选的民主党总统的民主党多数党领袖，这个总统希望通过医疗改革，而且他有两位有权势的委员会主席一道致力于这项事业。"我们得开始学习了，"他的医疗问题顾问凯特·莱奥尼回忆起里德在一次幕僚会议上告诉她的话，"你每周都要选 个主题，我们将花一两个小时来研究。你得让我跟上这方面的进度。"③

---

① Josh Rosenblatt, "Harry Reid Returns to His Boxing Roots to Attack Trump," *Vice*, July 28, 2016, http://fightland.vice.com/blog/harry-reid-returns-to-his-boxing-roots-to-attack-trump; Harry Reid and Mark Warren, The Good Fight: Hard Lessons from Searchlight to Washington (New York: G. P. Putnam's Sons, 2008).
② Benny Johnson, "7 Badass Things You Should Not Forget About Harry Reid," BuzzFeed, July 17, 2013, https://www.buzzfeednews.com/article/bennyjohnson/very-badass-things-you-should-not-forget-about-harry-reid；作者对哈里·里德的采访。他在跟内华达大学医学院院长的一次谈话中也谈及过这些经历。参见 Barbara Atkinson, "Harry Reid's Health Care Legacy," University of Nevada-Las Vegas, June 19, 2019, https://www.unlv.edu/news/article/harry-reid-s-health-care-legacy。
③ 作者对凯特·莱奥尼的采访。

如果说里德对医疗保健立法应该是什么样子没有强烈感觉，那他对立法该如何在国会通过却有强烈的感觉。里德素以使用赤裸裸的手段而闻名，例如几年后的 2012 年，他就指责当时竞选总统的罗姆尼从未纳税。（罗姆尼缴税了，尽管税率很低；但里德拒绝道歉。）

但里德是抵制和解的民主党领导人之一，整个春夏，他都会告诉同事以及白宫要对鲍卡斯表现出耐心——这让一些参议员和政府官员感到懊恼，因为他们以为里德可能会步步进逼。"马克斯把很多人都惹毛了，"里德告诉我说，"但我理解马克斯·鲍卡斯。"一位顾问说，里德想把他的政治资本留给鲍卡斯，用在实质性问题上，此外，他还认为让各委员会通过各法案，会给犹豫不决的立法者时间去逐渐熟悉并接受这个想法，培养一些主人翁意识，从而提高法案通过的机会。"这是永无止境的，"里德说，"但没有人觉得他们被催逼了。"①

一旦财政委员会投票通过，里德就着手将他们通过的议案与 HELP 委员会的合并，就像佩洛西对她那些委员会的工作所做的。但与众议院的三项法案（某位助理将其比作兄弟姐妹）相比，参议院的法案更像是一对表亲——多年来一直怀恨在心的那种。HELP 委员会里的民主党成员比财政委员会的成员更开明，它制定的立法将为更多人提供更慷慨的保险，而政府付出的成本要高得多。里德必须提出一个融合方案，既要忠实于白宫的指导方针和鲍卡斯与行业达成的协议，又要从意识形态各异的党团小组成员中获得 60 票。

让事情变得更复杂的是，里德不得不考虑具体的政策让步，那些政策是个别参议员已经赢得并决心保护的，还要考虑那些他们还没有得到但仍要做的让步。据一份长达 14 页的内部备忘录显示，一些参议员提出了十多个要求，少数几位参议员提出了二十多个要求。

这份清单包括一些主要的政策优先事项，比如怀登努力争取豁免，这样各州就可以尝试不同的改革模式，比如洛克菲勒坚持将儿童

---

① 作者对民主党某位高级助理和里德的采访。

健康保险计划（CHIP）作为一个单独的项目，因为他担心私营保险公司无法始终如一地满足儿童的需求。但这份汇总清单中也包括了范围更窄、更狭隘的要求，比如舒默提出的对学术医疗中心提供额外资助的要求。（纽约有很多教学医院。）来自路易斯安那州的玛丽·兰德里欧希望为她的州提供更多的医疗补助资金。埃文·贝赫希望减少对设备行业拟议的税收，因为设备行业在印第安纳州有着重要的影响力，并且一向资助他本人的竞选活动。与他要求差不多的还有来自马萨诸塞州和明尼苏达州的参议员，这两个州是美国一些最大的医疗器械制造商以及其他一些制造商的所在地。[1]

其中一些要求比其他要求更有说服力。特别是路易斯安那州的卫生体系，还没有从 2005 年卡特里娜飓风的打击中恢复过来。但不管这些要求如何，它们对整个立法的影响和里德的任务是一样的。他同意在某个参议员的项目或优先事项上花费的每一美元，都意味着花在其他用途上的钱就少了一美元，包括更慷慨的补贴。[2]

然后是公共选项的问题，这是更开明的一些民主党人的首要事项。

他们对与行业达成的协议并不看好，认为这些协议是出格的馈

---

[1] 作者对民主党多位高级助理的采访；"Sen. Evan Bayh-Indiana, Top Industries 2003 - 2008," Center for Responsive Politics, https://www.opensecrets.org/members-of-congress/industries?cid=N00003762&cycle=2008&recs=0&type=C; Manu Raju, "Evan Bayh's Private Schedule Details Ties with Donors, Lobbyists," CNN, November 1, 2016, https://www.cnn.com/2016/10/31/politics/evan-bayh-indiana-senate/index.html; Dan Eggen and Ceci Connolly, "Medical Device Makers Court Unlikely Allies in Health Debate," *Washington Post*, October 18, 2009, https://www.washingtonpost.com/wp-dyn/content/article/2009/10/17/AR2009101700718.html; Max Baucus, "Letter Regarding Medical Device Tax," *New York Times*, September 16, 2009, https://www.nytimes.com/2009/09/16/health/policy/16prescriptions.text.html; Suzy Khimm, "Is Bayh Backing Off His Threat?," *New Republic*, October 29, 2009, https://newrepublic.com/article/70751/bayh-backing-his-threat; Alec MacGillis, "Um, About That Medical Device Tax …," *New Republic*, September 28, 2012, accessed September 19, 2020, https://newrepublic.com/article/107878/why-evan-bayh-elizabeth-warren-and-others-are-wrong-about-medical-device-tax。
[2] 作者对奥巴马政府多位高官和民主党高级助理的采访。

赠，其目的（往好了说）是为了收买潜在的对手，或（往坏了说）用利益换取未来的竞选支持。他们怒不可遏，而鲍卡斯却拖延了整个过程来讨好少数几个共和党人，后者当中可能除了斯诺之外，对全民医保都没有兴趣。

来自俄亥俄州的进步民主党人谢罗德·布朗后来对我说："我们知道，如果鲍卡斯能拿出一份迈克·恩齐和查尔斯·格拉斯利都支持的协议，那就不值得了。"谢罗德·布朗尤其难过，因为"六人帮"成员只占人口的一小部分："他们在这些州的国会选区，全部加起来都没有俄亥俄州多。"布朗的计算是正确的。当时，"六人帮"所在州的国会席位加起来共有 13 个。而俄亥俄一个州就有 18 个。"[①]

在合并后的参议院法案中，公共选项并不是自由派唯一希望看到的。但公共选项是最容易解释的，它受到了全体公众的欢迎，激起了进步活动家的热情。这些人既然表明了立场，里德就不能忽视他们。

与此同时，里德知道，至少有 6 名民主党人已经站出来反对这一想法，还有更多的民主党人私下里表达了他们的保留意见。其中一个保留意见可能会是很难让人接受的。[②]

3.

康涅狄格州的乔·利伯曼是个政治上不合时宜的人。他所在的州和东北大部分州一样，是美国最可靠的自由主义州之一。但在包括经济和外交政策在内的关键问题上，利伯曼是党团小组中最保守的成员之一。正如活动家理查德·基尔希后来在《为我们的健康而战》(Fighting for Our Health) 一书中所指出的那样，在克林顿医疗保健计

[①] 作者对谢罗德·布朗的采访。
[②] 对民主党多位高级助理的采访。

划的斗争中，利伯曼是"梅森-迪克森线①以北唯一一位不支持全民医改法案的民主党参议员"。②

这一纪录并没有阻止阿尔·戈尔在 2000 年选择他作为竞选搭档，而利伯曼成为美国第一位犹太副总统的前景足以令持怀疑态度的进步人士对他的提名感到兴奋。但是，利伯曼和该党的自由派基础之间的裂痕越来越大，因为作为伊拉克战争直言不讳的支持者，在大多数民主党人反对伊拉克战争很久之后，利伯曼仍为此辩护。2006 年，康涅狄格州一位更传统的自由派民主党人，后来的州长内德·拉蒙特，在参议院初选中挑战利伯曼并获胜。

利伯曼以独立候选人的身份参选，保住了自己的席位。之后，他决定继续与民主党人进行党团会议，民主党人同意让他继续担任国土安全委员会和政府事务委员会主席。双方对这个安排都不满意，但这是互利的。这样民主党仍将拥有 51 票对 49 票的多数票，只要共和党副总统握有能打破平局的那一票，他们就需要这样的多数票，而利伯曼仍将掌管他的委员会。

接着是 2008 年的总统竞选，此时利伯曼支持麦凯恩。两人是老朋友，曾在国家安全问题上密切合作。但当利伯曼在共和党全国代表大会上发言，并借此机会批评奥巴马是一个不愿意与他的政党或特殊利益对抗的新手时，即使是倾向于放利伯曼一马的民主党人也感到震惊。选举结束后，许多民主党人想罢免利伯曼的委员会主席职务。事情没成，因为里德和奥巴马都反对。他们希望表现出的宽恕姿态能让利伯曼转变为一个更可靠的盟友。③

在医疗保健方面，利伯曼说他支持党的基本方针。但他对公共选

---

① 美国北方和南方的分界线。——译者
② Richard Kirsch, *Fighting for Our Health*: *The Epic Battle to Make Health Care a Right in the United States* (New York: Rockefeller Institute Press, 2012), 304.
③ Carl Hulse and David Stout, "Democrats Hand Lieberman a Slap on the Wrist in Senate," *New York Times*, October 18, 2008, https://www.nytimes.com/2008/11/18/world/americas/18iht-congress.4.17937906.html.

项表示担忧,他预测这将导致赤字,并需要额外的纳税人补贴。自由派人士怀疑利伯曼的立场与国债规模关系不大,而更多地与一些大型保险公司的影响力有关,包括总部位于哈特福德地区的安泰保险和信诺保险。还有一些人认为,利伯曼的行为只是表达他对那些在2006年初选后支持拉蒙特的党领导人怀恨在心。①

里德弥合分歧的首次尝试是在参议院法案中加入了一个公共选项,并规定各州可以拒绝。利伯曼不买账,甚而威胁要支持阻挠议事程序。(斯诺也这么做了。)里德随后要求由10名参议员组成的一个小组周密制定一个妥协方案。俄亥俄州的谢罗德·布朗,加上洛克菲勒和舒默,都属于自由派,利伯曼应该属于温和派。当利伯曼拒绝露面,而是派一名助手参加之时,特拉华州的汤姆·卡珀取代了他的位置。②

这个小组相中了刚刚结束民主党全国委员会主席任期的霍华德·迪恩在谈话中提到的一个想法:允许55岁及以上的人购买某个版本的老年医疗保险。对自由派来说,这不仅仅是一个安慰奖。许多人早就着眼于逐步放宽享有老年医疗保险的资格,将其作为向单一支付转变的一种方式,而且他们知道,在美国最难找到保险的往往是临近退休的老年人。利伯曼在2006年竞选参议员时就支持这一想法,并在2009年接受康涅狄格州一家报纸采访时对这一想法表示了赞同。

---

① 作者对乔·利伯曼的采访; Glenn Thrush and Manu Raju, "Democrats Downplay Lieberman Threat," *Politico*, October 27, 2009, https://www.politico.com/story/2009/10/democrats-downplay-lieberman-threat-028517; Max Fisher, "Why Lieberman Is Making Democrats' Lives Miserable," *Atlantic*, December 14, 2009, https://www.theatlantic.com/politics/archive/2009/12/why-lieberman-is-making-democrats-lives-miserable/347286/。

② Janet Hook and Noam Levey, "Reid Hopes to Sway Enough Senators on Public Option," *Los Angeles Times*, October 28, 2009, https://www.latimes.com/archives/la-xpm-2009-oct-28-na-healthcare-senate28-story.html; Brian Beutler, "Lieberman: Sure, I'd Filibuster a Health Care Reform Bill with a Public Option," Talking Points Memo, October 27, 2009, https://talkingpointsmemo.com/dc/lieberman-sure-i-d-filibuster-a-health-care-reform-bill-with-a-public-option; McDonough, *Inside National Health Reform*, 91。

2000年，戈尔-利伯曼的官方纲领上也出现了类似的提议。①

里德在12月8日星期二晚间宣布了这桩交易。接下来发生的又是各执一词的情况。利伯曼说，他从一开始就对这一想法持谨慎态度，觉得里德是在利用这一通告来围堵他，并给多数党领袖发了一封信，列出了他的反对意见。里德说，利伯曼原则上认可了允许部分原本不符合申请条件的人购买老年医疗保险，直到周六晚上，他还认为利伯曼是同意的。"他同意这么做，"里德告诉我，"然后一夜无话，结果他第二天早上打电话给我说，'我现在不打算这么做了。'"②

无论两人之间发生了什么，周日上午，利伯曼在哥伦比亚广播公司《面向全国》（Face the Nation）节目中正式宣布反对这一想法。"我们必须开始剔除一些有争议的东西，"利伯曼说，"你得把允许部分原本不符合申请条件的人购买老年医疗保险这块拿掉。"③

里德在办公室召开了紧急会议。主要领导人一个接一个地走进来：参议院的鲍卡斯、布朗、多德和舒默；白宫的德帕尔和拉姆。"每个人都极为震惊，"布朗说，"我记得多德转过身我对我说，'我们甚至都不能在这帮人中通过一项该死的民权法案。'"利伯曼最终

---

① Patrick O'Connor and Carrie Budoff Brown, "Reid: Dems Reach 'Broad Agreement,'" Politico, December 8, 2009, https://www.politico.com/story/2009/12/reid-dems-reach-broad-agreement-030371; Nick Baumann, "Joe Lieberman's Medicare Dodge," Mother Jones, December 3, 2009, https://www.motherjones.com/politics/2009/12/joe-liebermans-medicare-dodge/; Michael Scherer, "Joe Lieberman Says He Didn't Change on Medicare Buy-In, Things Did," Time, December 15, 2009, https://swampland.time.com/2009/12/15/joe-lieberman-says-he-didnt-change-mind-on-medicare-buy-in-things-did/; "Lieberman Supported Medicare Expansion," NBC News, December 14, 2009, accessed September 20, 2020, http://www.nbcnews.com/id/34420961/ns/politics-capitol_hill/t/lieberman-supported-medicare-expansion/#.X2bgsZNKjBJ.

② David Drucker, "Lieberman Disputes Claim He Blindsided Reid," Roll Call, January 13, 2010, https://www.rollcall.com/2010/01/13/lieberman-disputes-claims-he-blindsided-reid/; 对利伯曼和里德的采访。利伯曼向我重申，他相信自己已经表明了自己的反对意见，尽管他承认自己的意思可能有些混乱。

③ "Face the Nation-December 13, 2009, Transcript," CBS News, December 13, 2009.

应里德的召唤而来，两人进行了一对一的交谈。一天之后，里德下了决心，他别无选择；他打算在没有公共选项的情况下继续前进。①

星期二，当里德将自己的决定公之于众时，进步人士对此表示愤怒。"这实质上是医疗改革在美国参议院崩溃了，"迪恩在接受电台采访时说，"老实说，现在最好的办法是否决参议院的法案，回到众议院，开始和解进程，在那里你只需要 51 票，那将是一个简单得多的法案。"②

民主党领导层不同意，奥巴马也不同意，这并不奇怪，因为奥巴马和他的顾问从来没有像自由派所希望的那样积极推动公共选项。"公共选项，不管我们有没有，都不是医疗改革的全部，"奥巴马在夏天的某次市民大会上已经说过，"这只是其中的一小部分，一个方面。"他对左派中诋毁该法案者的不满，甚至在十年后依然挥之不去。奥巴马在其 2020 年回忆录中有这样一段话，他说他觉得这场"风波令人恼火"，并回忆起对手下发牢骚说："60 票是怎么回事，难道这些人不明白吗？"③

这种愤怒完全是相互的。到了秋天，进步活动家们已经列出了一

---

① 作者对大卫·鲍恩、布朗、莱奥尼的采访。《华盛顿邮报》的 Landmark 一书也对里德办公室的会议有详细叙述，包括莱奥尼劝参议员们不要放弃。参见 Washington Post Staff, *Landmark: The Inside Story of America's New Health Care Law and What It Means for Us All* (New York: Public Affairs, 2010), Kindle edition, 44。

② Huma Khan and Jonathan Karl, "Howard Dean: Health Care Bill 'Bigger Bailout for the Insurance Industry Than AIG,'" ABC News, December 16, 2009, https://abcnews.go.com/GMA/HealthCare/howard-dean-health-care-bill-bigger-bailout-insurance/story?id=9349292.

③ Sheryl Gay Stolberg, "'Public Option' in Health Plan May Be Dropped," *New York Times*, August 17, 2009, https://www.nytimes.com/2009/08/18/health/policy/18talkshows.html; Craig Gordon, "Liberals: Why Didn't Obama Fight?," *Politico*, December 15, 2009, https://www.politico.com/story/2009/12/liberals-why-didnt-obama-fight-030648; Helen Halpin and Peter Harbage, "The Origins and Demise of the Public Option," *Health Affairs* 29, no. 6 (2010): 1117–1124, https://doi.org/10.1377/hlthaff.2010.0363; Barack Obama, "A President Looks Back on His Toughest Fight," *New Yorker*, November 2, 2002, https://www.newyorker.com/magazine/2020/11/02/barack-obama-new-book-excerpt-promised-land-obamacare.

长串对奥巴马的不满，他们认为奥巴马太快放弃了他们认为的优先事项，对顽固的参议员施压太过瞻前顾后，也太过受制于中间派顾问，那些中间派顾问要么与普通美国人脱节（奥萨格就是个例子，他一直在推动凯迪拉克税），要么与医疗保健行业有瓜葛（德帕尔就是个例子，她在加入政府之前曾在医疗保健公司董事会任职）。"他们非常善于让自己看起来像是想在最终法案里有那么一个公共选项，而实际上却没有付诸任何行动，"博主简·哈姆舍在谈及奥巴马和里德时对新闻网站"政客"说，"很难相信，这个国家——可以说是全世界——最有权势的两个人 ——除了把钥匙交给乔·利伯曼之外，在实现他们所期望的目标方面竟不能有更多作为。"①

"继续前进"组织呼吁在白宫守夜，并制作了一段袜子木偶视频，该视频很快在网上疯传，视频中脾气暴躁的利伯曼拒绝了民主党同僚为找到他可以支持的妥协方案所做的一切努力。"我宁愿看到所有的医疗改革都夭折，"木偶利伯曼在视频中说，"然后顺从于我的选民的要求。对了，顺便说一句，诸位，我自己也有一些要求。我想终身都当参议员。我想把我的名字插入效忠誓词里'国旗'那个词所在的地方。我还想要一匹小马。"②

据报道，"继续前进"组织在两天内通过这段视频筹集了超过100万美元，它呼吁其成员与立法者联系，敦促他们阻止参议院法案

---

① Kenneth P. Vogel, "Health Firms Paid DeParle $5.8 Million," *Politico*, June 12, 2009, https://www.politico.com/story/2009/06/health-firms-paid-deparle-58-million-023688; Craig Gordon, "Liberals: Why Didn't Obama Fight?," *Politico*, December 15, 2009, https://www.politico.com/story/2009/12/liberals-why-didnt-obama-fight-030648; Jon Walker, "Really, Peter Orszag!?! Your Critics Have No Ideas for Controlling Cost?," *Shadowproof*, November 28, 2009, https://shadowproof.com/2009/11/28/really-peter-orszag-your-critics-have-no-ideas-for-controlling-cost/.

② Chris Good, "Move On Raises $1 Million to Attack Lieberman ... Plus: Lieberman as Obstinate Sock Puppet," *Atlantic*, December 17, 2009, https://www.theatlantic.com/politics/archive/2009/12/moveon-raises-1-million-to-attack-liebermanplus-lieberman-as-obstinate-sock-puppet/32368/; "Sock Puppet Lieberman Demands Pony in Exchange for Health Care Vote," *HuffPost*, December 17, 2009, https://www.huffpost.com/entry/sock-puppet-lieberman-dem_n_397463.

The Ten Year War

通过。但没有一位立法者这么做,就连知名的进步派拥护者也没有。尽管他们发誓要在协商委员会谈判中争取一个公共选项,但真到了参众两院必须解决彼此分歧的时候,他们又表示,这项立法太过重要——而且政治进程太过微妙——无法威胁采取更为激进的行动。

"我觉得没有理由放弃,"谢罗德·布朗后来告诉我说,"我不那么想。我认为你得抓住你能得到的。然后你继续前进。"①

4.

伯尼·桑德斯也没有准备好阻止改革。但他也没有准备好保证自己一定投赞成票。

来自佛蒙特州的参议员桑德斯和国会山的任何人一样关心医疗保健问题。他的关注源于个人经历,不过,与大多数政客不同的是,他几乎从不谈论此事。根据西德尼·恩伯在《纽约时报》上发表的一篇文章所说,桑德斯的母亲在儿时患上了风湿热,导致心脏受损,经过漫长的住院治疗,在 40 多岁时去世了,当时桑德斯才十几岁。她人生的最后几年都在煎熬,因为病痛,因为家人无力支付医疗费用。多年以后,当桑德斯成为佛蒙特州伯灵顿市市长时,他开始注意到那些在加拿大单一支付体系下获得跨境医疗服务的人,并确信美国也应该这样。②

1991 年桑德斯第一次以国会议员身份来到华盛顿时,他加入了

---

① 对布朗的采访。
② 即使在几年后,桑德斯仍不愿公开谈论他母亲的经历,当时他正在竞选总统,他的战略专家认为这个故事会引起选民的共鸣。西德尼·恩伯在《纽约时报》上发表了为数不多的详细讨论这个故事的文章之一,他不得不在很大程度上依赖对家人和朋友的采访。Sydney Ember, "Bernie Sanders Went to Canada, and a Dream of 'Medicare for All' Flourished," *New York Times*, September 9, 2019, https://www.nytimes.com/2019/09/09/us/politics/bernie-sanders-health-care.html。

单一支付运动,这是民主党议员保罗·威尔斯通(明尼苏达州参议员)和吉姆·麦克德莫特(华盛顿州国会众议员)等民主党人以及"支持全民医疗计划医生团体"等外部团体发起的。但在随后的几年里,他们的影响力没有增加。非但没有增加,反而减弱了,因为民主党建制派团结起来支持破坏性较小的改革计划,并最终支持马萨诸塞州式的改革,后者强调使用私营保险,而不是公共保险。单一支付制并没有得到最有资历和影响力的经济学家的太多关注,因为他们认为政府如此多的控制措施弊大于利。[①]

桑德斯自称是一个民主社会主义者,不会正式加入民主党,不介意扮演意识形态牛虻的角色。2009年,他坦率地承认,单一支付制远远没达到通过所需的票数。和其他进步人士一样,他把改革的希望寄托在一个强有力的公共选项上,部分原因是希望这将是迈向外部支持者希望的单一支付制的第一步。和其他进步人士一样,他对温和派将单一支付制排除在外感到愤怒。

素闻桑德斯喜欢独来独往,喜欢发表激烈的演讲,介绍政治上异想天开的立法,而不愿与同事一起进行政策谈判。几年后,他在接受《纽约时报》编辑部采访时承认:"我不擅长互相吹捧,也不擅长客套。"这也让他变得更加难以捉摸,整个秋天,德帕尔都担心他会拖延改革法案,以此向白宫及其盟友索要他们付不起的赎金。德帕尔会定期在国会山与一些议员会面,见到桑德斯时,他很少像大多数议员那样提出具体问题。正如德帕尔后来回忆的那样,桑德斯只是坐在政府配的样式单调的沙发上(与参议院大多数办公室的华丽陈设相比,

---

[①] Olga Khazan, "The Stunning Rise of Single-Payer Health Care," *Atlantic*, November 21, 2019, https://www.theatlantic.com/health/archive/2019/11/why-people-support-medicare-all/602413/; "History of Single-Payer Legislation," Healthcare Now!, accessed September 20, 2020, https://www.healthcare-now.org/legislation/national-timeline/; Paul D. Wellstone and Ellen R. Shaffer, "The American Health Security Act—A Single-Payer Proposal," *New England Journal of Medicine* 328, May 1993, https://www.nejm.org/doi/full/10.1056/NEJM199305203282013.

桑德斯的沙发非常朴素），听着德帕尔的说教。然后，他会交叉抱臂，皱起眉头，用浓重的布鲁克林口音说："叫巴拉克·奥巴马给我打电话。"①

对桑德斯比较熟悉的白宫官员并不那么担心，里德也不担心，因为他已经对桑德斯和他的粗鲁态度产生了好感。去年12月，里德听说桑德斯狮子大开口，要求为社区卫生所提供100亿美元的新资金时，也并不感到惊讶，因为社区卫生所照顾的是那些自己无力支付医疗费的人。桑德斯提醒里德，即使立法通过，数百万人仍然没有保险。即使是那些有保险的人，如果他们住在低收入社区，也可能很难找到医疗服务，因为医生通常不太可能去那里执业。②

这100亿美元给了卫生所，里德就派不了其他用途，比如用于补贴。但是，毕竟这100亿美元是直接用于为有需要的人提供医疗服务，而不是用于比如说埃文·贝赫决心保护的医疗器械公司。里德签字同意，桑德斯保证投赞成票，但还有另外一个条件——他要有机会在议事厅提出单一支付修正案。后来，当共和党人威胁要利用修正案来拖延程序，强行要求大声宣读③修正案时，桑德斯收回了这一要求——里德后来说，这证明桑德斯要比外面传言所暗示的有团队合作意识。④

桑德斯承诺支持，意味着里德还差一张赞成票了，理论上，斯诺是个选择。但是里德遇到了白宫和鲍卡斯所遇到的同样的问题。斯诺是不会表态投赞成票的。相反，她正在推动将投票推迟到圣诞节假期

---

① *New York Times* Editorial Board, "Bernie Sanders, Senator from Vermont," *New York Times*, January 13, 2020, https://www.nytimes.com/interactive/2020/01/13/opinion/bernie-sanders-nytimes-interview.html；作者对南希·德帕尔的采访。
② Ezra Klein, "Sen. Bernie Sanders: Health-Care Bill Could Spark 'a Revolution in Primary Health Care,'" *Washington Post*, December 30, 2009, http://voices.washingtonpost.com/ezra-klein/2009/12/sen_bernie_sanders_health_care.html.
③ 美国国会审议议案有三读程序。——译者
④ 对里德的采访。另见 "Single-Payer Health Care Plan Dies in Senate," NBC News, December 16, 2009, http://www.nbcnews.com/id/34446325/ns/politics-health_care_reform/t/single-payer-health-care-plan-dies-senate/#.X2bkbZNKjBJ。

之后,因为她说,无论是她个人还是其他议员,都没有足够的时间研究立法中的细节。

民主党领袖们都惊呆了。他们从春天开始就一直在辩论改革问题,花了数百个小时举行听证会,还有数百个小时花在了私下谈判上,其中很大一部分时间是和斯诺谈判。她与包括总统在内的政府官员相处的时间,比其他任何共和党人和许多民主党人都多。(奥巴马曾经开玩笑说,如果对事情有助益的话,他愿意搬进一间公寓,把白宫让给斯诺。)但她的立场是明确的。如果12月有议案提出,她会投反对票。

这样就只剩内布拉斯加州参议员本·纳尔逊了,民主党党团小组中最后一个拒不退让者。他是一名科班出身的律师,从政前曾在保险业工作,是内布拉斯加州保险专员。他后来回到了这个行业,然后重返政坛,这一次他担任内布拉斯加州州长,在两个任期内,他在全州范围内实行减税、削减开支,比比尔·克林顿更早推行福利改革。自从进入参议院以来,他创下了所有民主党人中最保守的投票纪录。

尽管如此,他毕竟不是共和党人,他的投票纪录包括支持政府帮助内布拉斯加州低收入人群,特别是儿童的项目。在今年年初的经济刺激之争中,他曾受里德派遣,前去说服斯诺、斯佩克特以及缅因州的苏珊·柯林斯这三位共和党人,三人最终投了赞成票。纳尔逊曾经说过,他想支持这项立法,但如果其中包含某些关键特征,他就不能支持。其一是公共选项,这已经被利伯曼扼杀。其二是允许将资金用于堕胎的表述,这个问题,里德已经通过类似于众议院版本但限制比它小的表述解决了。在与另外两位自由派参议员——加州的芭芭拉·博克瑟和华盛顿州的帕蒂·默里进行了一番谈判后,纳尔逊同意投赞成票。[1]

---

[1] Jeffrey Young and Michael O'Brien, "Nelson a 'No' on Health Reform Bill Pending Further Changes," *Hill*, December 17, 2009, https://thehill.com/blogs/blog-briefing-room/news/72767-nelson-a-no-on-health-bill-pending-further-changes.

纳尔逊名单上的最后一项是让医疗补助计划惠及更多人，纳尔逊说他反对是因为这将迫使各州在这上面花更多的钱。这是另一个让自由主义者抓狂的论点。在即将出台的立法中，联邦政府将承担所有新加入医疗补助计划者的几乎全部费用。尽管惠及更多人确实需要额外的州支出，尤其是在以后几年，但各种预测表明，各州的财政状况总体向好，因为额外的医疗补助支出将产生更多的经济活动（从而产生更多的税收），同时减少对公共诊所和医院慈善医疗的补贴。[1]

纳尔逊倾向于让医疗补助计划的扩展变成可选方案；在选择不这么做的州，低收入居民可以在联邦政府全额资助的补贴帮助下，通过新市场获得私营保险。里德知道，这样做的问题在于它会破坏改革微妙的预算计算。对政府来说，补贴私营保险要比扩展医疗补助贵得多。一项通过私营保险覆盖更多人的法案要么成本更高，要么覆盖更少的人。两个结果都不被大多数党团小组成员或白宫所接受。

里德后来说他向纳尔逊建议的替代办法（而不是提个相反的方案）是让联邦政府承担全部费用，让内布拉斯加州（只有内布拉斯加州）免除任何新的医疗补助费用。整个国家都这么做，将使法案又要多花数百亿美元。但是如果只在内布拉斯加州施行，因为那是全国人口最少的州之一，则只意味着多花几千万。纳尔逊接受了。[2]

---

[1] Don Walton, "Nelson Welcomes Role as Swing Vote," *Lincoln Journal Star*, September 3, 2009, https://journalstar.com/news/local/govt-and-politics/nelson-welcomes-role-as-swing-vote/article_c5a5c8b2-9823-11de-8c15-001cc4c03286.html; Bowen Garrett, John Holahan, Allison Cook et al., "The Coverage and Cost Impacts of Expanding Medicaid," Kaiser Commission on Medicaid and the Uninsured, May 2009, https://www.kff.org/wp-content/uploads/2013/01/7901.pdf; Susan Jaffe, "Coverage for Low-Income People," *Health Affairs*, July 24, 2009, https://www.healthaffairs.org/do/10.1377/hpb20090724.745708/full/.

[2] 对里德和莱奥尼的采访。另见"Sen. Ben Nelson's Chronology," PBS, February 2010, https://www.pbs.org/wgbh/pages/frontline/obamasdeal/etc/cronnelson.html; Carrie Budoff Brown, "Ben Nelson's Medicaid Deal," *Politico*, December 19, 2009, https://www.politico.com/livepulse/1209/Ben_Nelsons_Medicaid_deal.html; Brian Montopoli, "Tallying the Health Care Bill's Giveaways," CBS News, December 21, 2009, https://www.cbsnews.com/news/tallying-the-health-care-bills-giveaways/。

里德的幕僚们去调整法案中的措辞,并考虑如何掩饰这一条款,这样就不会让人一眼看出事关哪个参议员和哪个州。这是在这种情况下的标准做法,他们在路易斯安那州的医疗补助计划补充规定中有过类似操作,规定它只适用于州内所有县最近几年都被宣布为联邦灾区的州。(由于卡特里娜飓风,路易斯安那州是唯一一个符合这一标准的州。)但他们认为,任何掩盖这一特别规定的企图都注定会适得其反,所以他们干脆把内布拉斯加州的名字写进了立法。①

在接下来的几天和几周内,这项交易逐渐被称为"给剥玉米皮②的乡巴佬的回扣",它将引发源源不断的重大争议,这对左派和右派的批评者来说,证明了该立法充满了腐败的讨价还价。它就连在内布拉斯加州都不受欢迎,纳尔逊只好在当地为这笔交易辩护,说他只打算把它作为一个占位符,寄希望于所有的州最终都能得到同样的交易。③

里德从来都不明白这有什么好大惊小怪的。最终法案中的"步枪射击"(rifle shots,指内布拉斯加州协议等立法条款的术语),按照主要立法的标准来看都相当微不足道,甚至与 2003 年布什老年医疗保险药物法案中的赠品不在一个量级,那实际上是共和党送给制药业的大礼包。立法完全是为了平衡来自有不同利益需求的州的参议员的需求,而纳尔逊只是坚守他的州保守选民的偏好。"我认为纳尔逊

---

① 对莱奥尼的采访。
② Cornhusker 是内布拉斯加州居民的绰号。——译者
③ Manu Raju, "Nelson Tries to Repair Damage at Home," Politico, January 14, 2010, https://www.politico.com/story/2010/01/nelson-tries-to-repair-damage-at-home-031488; "Nelson: Medicaid Deal Can Help Other States," Lincoln Journal Star, December 22, 2009, https://journalstar.com/news/local/govt-and-politics/nelson-medicaid-deal-can-help-other-states/article_067a266c-ef5e-11de-a09f-001cc4c03286.html; Steve Jordon, "What Was the 'Cornhusker Kickback,' the Deal That Led to Nelson's Crucial ACA Vote?," Omaha World-Herald, July 20, 2017, https://omaha.com/livewellnebraska/obamacare/what-was-the-cornhusker-kickback-the-deal-that-led-to-nelson-s-crucial-aca-vote/article_a2eb3a1d-df14-513b-a141-c8695f6c258e.html.

处理得不对，"里德说，"我想他应该回去好好吹嘘一番。"①

尽管如此，里德说自己对纳尔逊满是钦佩之情，因为他曾告诉里德，医保投票可能会结束他的从政生涯。这个预测被证明是正确的。2011年末，面对共和党人一再抨击"给剥玉米皮的乡巴佬的回扣"和令人沮丧的民调数字，纳尔逊宣布他不会寻求连任。②

次年11月，他的席位落入一位共和党人手中。

5.

与医疗改革相关的事情从来都不简单，在里德拿出供全体投票的议案前，他面临着最后一个程序障碍。

参议院有一系列必须通过的法案要在年底前通过。里德已经安排对它们一个接一个连着快速投票，以便参议院能够在圣诞节前及时完成工作。他还确保每一项立法都有必需的60张赞成票，以打破共和党人试图拖延进程和对医保问题的考量而采取的阻挠议事程序。

国防部的年度拨款构成了一个特别的挑战，因为来自威斯康星州的进步民主党人拉斯·费因戈尔德一直投票反对这一计划，以此表明他对伊拉克战争的不满。里德开始游说共和党人，并认为他得到了密西西比州的萨德·科克伦的承诺，这样的话，结束辩论的动议仍将有60票。但在议案进入全体辩论投票时，科克伦警告里德，他还是倾向于支持阻挠议事。③

---

① 对里德的采访。
② Aaron Blake, "Sen. Ben Nelson Won't Seek Reelection," *Washington Post*, December 27, 2011, https://www.washingtonpost.com/blogs/the-fix/post/sen-ben-nelson-wont-seek-reelection/2011/12/27/gIQAmDWnKP_blog.html.
③ Ron Elving, "More Kabuki Than Christmas in the Senate," NPR, December 21, 2009, https://www.npr.org/sections/watchingwashington/2009/12/more_kabuki_than_christmas_in.html.

没有其他共和党人愿意违抗指令。到目前为止，白宫官员基本上是里德的党鞭行动的延伸，他们认为试图赢得费因戈尔德的支持是没有希望的，并且正在考虑其他办法来推动国防法案的通过。奥巴马说他想直接和费因戈尔德通话，并从"空军一号"上给他打了过去。在那次谈话之后，费因戈尔德在民主党党团小组宣布他将对国防法案投赞成票，这引起了同事们长时间的热烈欢呼。①

这年秋天的党团小组会议变得越来越紧张，尤其是在里德与利伯曼谈判的时候。但是，尽管自由主义者没有得到公共选项，他们却得到了其他一些人的让步，包括 HELP 委员会法案中的一些保险条例，以及提高几项补贴，以便能惠及达到贫困线 4 倍而不是 3 倍的人。无论是出于决心还是厌倦，或者两者兼而有之，党团小组已经做好了前进的准备——特别是在毕业于西点军校、曾是美国陆军游骑兵的罗得岛州的杰克·里德，他用他的口头禅向大家发出号召："要么前进，要么等死。"②

投票时间到了，在圣诞节前一天早上 7 点钟，里德以向肯尼迪致敬作为议会会议的开场："工作还在继续，事业生生不息……而我们离做其他人尝试过但没有实现的事情还有几分钟的时间。"当点名点到里德时，里德因为太累了，不小心说成了"反对"，等意识到自己的错误之后，他急忙在空中挥舞双手，把投票改成了"赞成"。几分钟后，桑德斯到了，他轻快地穿过议事厅，来到自己的座位上，并给出了立法通过所需的最后一个"赞成"。③

投票最终结果是 60：39，一名共和党参议员缺席。正如承诺的那样，斯诺投了反对票，称该法案及其最后辩论"极其令人失望"。格拉斯利同样态度鄙夷，麦康奈尔则将该法案形容为"无比丑陋的

---

① 对莱奥尼和菲尔·席利罗的采访；Meredith Shiner, "Feingold Vote Advances Health Bill," *Politico*, December 17, 2009, https://www.politico.com/story/2009/12/eingold-vote-advances-health-bill-030773。
② 对莱奥尼的采访。
③ *Washington Post Staff, Landmark*, 48.

大怪物",并发誓"这场斗争远未结束"。①

两党的情绪与立法在众议院通过时一样喜忧参半,布朗和洛克菲勒等更偏向自由派的民主党人,发誓要在两院议员联席的协商委员会(conference committee)谈判期间推动公共选项和其他让步;而利伯曼和纳尔逊等更偏保守的议员则警告说,如果最终立法改变太多,他们将投反对票。

但这一时刻的历史意义是显而易见的,特别是在白宫,奥巴马说:"这将是自20世纪30年代《社会保障法》颁布以来最重要的一项社会政策,也是自20世纪60年代老年医疗保险计划通过以来我们最重要的医疗保健制度改革。"②

奥巴马告诫说,还有更多的工作有待完成:"我们现在必须迈出最后也是最重要的一步,就我可以签署成为法律的最终改革法案达成一致。"但这一步还需要等待。国会领导层认为议员们需要休息一下,需跟家人共度假期。当然,多等十天也不会有什么影响。

---

① Robert Pear, "Senate Passes Health Care Overhaul on Party-Line Vote," *New York Times*, December 24, 2009, https://www.nytimes.com/2009/12/25/health/policy/25health.html; Jeffrey Young, "Senate Passes Historic Healthcare Reform Legislation in 60-39 Vote," *Hill*, December 24, 2009, https://thehill.com/homenews/senate/73537-senate-passes-historic-healthcare-reform-bill-60-40.
② "Presidential Remarks on Health Care Legislation Vote," C-SPAN video, 4:46, December 24, 2009, https://www.c-span.org/video/?290900-1/presidential-remarks-health-care-legislation-vote.

十七、真他妈的是个大法案

1.

关于最终法案的正式谈判,于 2010 年 1 月 6 日星期三在白宫和邻近的艾森豪威尔行政办公楼开始。参众两院领导人必须讨论出一个折中方案,然后他们可以带回各自的议院进行最后的批准投票,以此为奥巴马的签字做好准备。

没有人认为谈判会很容易。很少有人料到谈判会这么艰难。

远看,两院的法案看起来很相似,与奥巴马竞选计划和 2008 年鲍卡斯白皮书中它们的前身非常相似。但是众议院的法案更偏重帮助人们获得保险,因为它扩大了医疗补助和私营保险补贴的支出。而参议院的法案承诺要采取更多措施降低成本——至少据国会预算办公室估计,这主要是因为凯迪拉克税。①

参众两院的代表团参加了 1 月份的谈判,决心朝着自己的方向达成最终妥协。但每个团队都划分了需满足需求的内部选区。较为自由的众议院不得不考虑那些认为众议院的法案有太多的支出和监管的"蓝狗"。较为保守的参议院不得不考虑那些仍希望获得公共选项的自由派参议员。白宫也有自己所熟悉的紧张局势,一些顾问更关注医保覆盖,另一些顾问则更关注成本。而他们所有人都在听取那些担心整件事要花多长时间的政治顾问的意见。

国会的计算似乎有可能推动最终协议更接近参议院的法案。事实是,佩洛西在她的党团里还有富余的选票。里德却没有。而由于参议院的小州偏见(small-state bias),较为保守的议员在那里拥有不成比例的权力。这些参议员中的一些人就是不喜欢做的更少、成本更低的法案。他们对整个改革项目的投入程度似乎弱了,这给了他们额外的筹码——正如谢罗德·布朗在秋天警告自由派活动家时说的那样,当时里德第一次在公共选项上做出让步:"问题是他们愿意扼杀改革,转身走开。而我们不是。我们已经尽力了,我和你一样沮丧。问题是,谈判桌上并不公平。"②

佩洛西想改变这些动态。就她和她的副手而言,众议院的法案不只是更进步。它是精心制定的,因为直到投票前的最后一刻她这一方还在疯狂地修改措辞,收集选票。她知道,公共选项也许是不可能的,但她认为,即使是更为保守的民主党人也能理解为有私营保险的人提供更多财政补助的逻辑,这将表现为中产阶级消费者的积蓄,以及单一国家保险市场的简单性,而不是50个州和哥伦比亚特区加起来的51个版本。

当主要讨论围绕内阁会议室的长桌展开时,佩洛西的策略在许多与会者听起来就像迈克尔·科里昂在《教父2》中说的那句话:她开的条件毫无意义。

佩洛西倒是会谈论她所说的参议院法案的许多不足之处——它过于依赖州政府的善意才能正常运作,它太轻易地放过了制药公司。里德和他的主席的反应混杂着防御、乖顺和理解,同时提醒佩洛西,他们必须确保无论讨论中出现任何情况,都能得到更保守的党团成员的支持。佩洛西知道所有这些限制,但一直在推进,即使这意味着要与自己的代表团决裂。有一次,在参议院代表团提出让步后,韦克斯曼

---

① 众议院法案将医疗补助的收入门槛设定为贫困线的150%,而不是参议院法案中的130%。众议院法案还提供了比参议院法案更多的财政援助总额,因此2019年投保者的平均补贴将为6 800美元,而不是5 600美元。补贴以不同的方式与收入挂钩,因此众议院法案实际上比参议院法案在更高收入水平下提供的帮助更少。但众议院的法案也在自付费用方面提供了更多帮助,并为最低福利制定了更高的标准。

② Richard Kirsch, *Fighting for Our Health: The Epic Battle to Make Health Care a Right in the United States* (New York: Rockefeller Institute Press, 2012), 301–302.

表示，他认为这是一个令人鼓舞的姿态。佩洛西则说韦克斯曼"并不代表众议院发言"。①

会议室里的很多人同意佩洛西的意见自有其缘由。鲍卡斯自己的顾问也认为佩洛西的许多要求是有道理的。在1月的一通电话中，白宫官员告诉里德，他们可以接受增加1 600亿至1 850亿的新支出，因此总支出约为1万亿美元。但是，像往常一样，还要经过一番权衡取舍。新的支出需要新的补偿，而新的补偿很难找到。"我们在这样一个框框里，"韦克斯曼的医疗保健问题顾问凯伦·纳尔逊告诉我，"我们只能花这么多钱，在这项法案中我们还有一些事情要做，要帮助分担成本和补贴。但这需要钱，而且我们一直在为如何实现平衡而斗争。"②

2.

主持全局的是总统。传统上，两院的领导人各选出一个代表团，通过一个正式的协商委员会来解决国会立法上的分歧。在白宫西翼很少举行这样的讨论，更罕见的是总统就在谈判桌旁。

而且他负责得很。他对两院法案的细节已经很熟悉了，但他还是让德帕尔又向他做了一次详细的介绍。和韦克斯曼一样，奥巴马也知道在这种情况下信息是一种优势。他想要尽可能多地掌握信息。③

一开始，奥巴马相信，正如他一直相信的那样，理智会占上风。但随着讨论持续了数小时，然后是数天，他发现这种理智会占上风的信念越来越难以维持。据一位当时在场的官员说，一天晚上，在休息

---

① 作者对奥巴马政府多位高官和民主党助理的采访；Molly Ball, *Pelosi* (New York: Henry Holt, 2020), Kindle edition, 188–189.
② 丽兹·福勒，电话会议笔记；作者对凯伦·纳尔逊的采访。
③ 对奥巴马政府多位高官和民主党助理的采访。

时间，当几个顾问挤在椭圆形办公室时，拉姆鼓励奥巴马表现出沮丧，然后退出谈判。当这群人回来，双方再战时，奥巴马宣布他不需要继续待在那里了，因为他们被困在太多的小问题上，而双方都不肯让步。房间里的许多人都记得奥巴马的斥责，根据在场者的一些复述，奥巴马说，参加协商的议员们表现得像孩子；还有人说，奥巴马当时说他打算花时间去陪陪他的孩子们。①

几年后，当我问起这段插曲时，奥巴马说他不记得其中的细节了，但怀疑自己会需要拉姆的敲打来表达他的不满。"我不认为要你来谋划我的沮丧。"他苦笑着说。他记得拒绝在不同议员的优先事项上妥协（"我们在一大堆各方喜爱的项目上陷入了困境"），拒绝在双方之间的恶意上妥协（"参众两院谈判代表之间的猜疑和厌恶程度，着实让人难以忍受"）。

奥巴马说，考虑到政治环境和在两院获得共和党选票的难度，他可以表示同情。"我认为，在整个过程中为民主党辩护时，有一件重要的事要记住，那就是我们正在精简压缩一个非常庞大、复杂的法案，并试图非常迅速地完成，而当时的环境是，另一个政党整个认定我们将不惜一切代价去击败和阻挠，"奥巴马说，"那可不是闹着玩的。"

不过，奥巴马说，他认为谈判代表中似乎很少有人能理解现实世界的政治制约因素和向前迈进的紧迫性。"我完全理解众议院的挫败感，因为这是他们一整年都在经历的事，"奥巴马继续说道，"到那时，众议院已经通过了经过一年努力的一项进步立法，结果却要亲眼看到它被稀释、枯萎乃至死亡，或者他们不得不接受他们不喜欢的妥协。实际上，我同意众议院的许多立场……但到了那个时候，很明显，我们正在用一个稍纵即逝的窗口期来完成历史性的立法。双方都

---

① 对奥巴马政府多位高官和民主党助理的采访；凯特·莱奥尼后来回忆道："我们呆在那里，感觉有点怪，因为这好像你在别人家，而主人都不在。"作者对凯特·莱奥尼的采访。

没有让步的意识。有人仿佛觉得我们有大把大把的时间,好像我们周围的政治世界并没有恶化。"

"这有点不真实,"奥巴马继续说道,"所以在那一刻,我的确记得我站起来说,'你知道吗?就是这样,我们得继续前进。我们必须做出决定。我要走了,我希望当我回来的时候,你们会做出一些决定。否则,我会让他们、让公众意识到一点,此时此刻,阻碍我们前进的是民主党人无法合作。'"①

当奥巴马离开会议室时,对话仍在继续,拉姆策划了一些交易,这些交易加在一起,使双方的分歧少了数百亿美元。在其他方面也取得了进展。经济顾问杰森·弗曼与工会合作,促成了一项关于凯迪拉克税的协议,这样一来,协议一开始影响的计划较少,且分阶段实施的速度会更快。珍妮·兰布鲁在推动扩大覆盖范围方面的记录,使她在自由派中获得了额外的信誉,她说服众议院民主党人员,全国交易系统和以州为基础的系统之间的区别被夸大了,因为无论在哪种情况下,选择不自建交易系统的州都可以使用全国交易系统。②

最初的目标是在 1 月 21 日或 22 日之前准备好在众议院进行最终表决的立法,几天后在参议院进行最终表决,然后在月底左右由总统签署。总统可以随后发表国情咨文,此时还沉浸在成功的喜悦中,然后启动他在第二年的议程,将重点放在就业和经济以及为中期选举安排民主党人选等事宜上。③

三周后,这一时间表变得不再现实。但是谈判双方的分歧越来越

---

① 作者对奥巴马的采访。
② Jonathan Cohn, "How They Did It," *New Republic*, May 20, 2010;作者对黛比·柯蒂斯的采访。在谈判进行期间,她也给我发了很多电子邮件。她说:"我真的认为交易所的事已经变成了题外话。"几年后,我写下了这封电子邮件,当时它提供了对金诉伯韦尔案的深入了解,这是一场针对《平价医疗法案》的诉讼,已提交最高法院。Jonathan Cohn, "One More Clue That the Obamacare Lawsuits Are Wrong," *New Republic*, July 29, 2014, https://newrepublic.com/article/118867/email-house-aide-undermines-halbig-lawsuit-obamacare-subsidies。
③ 作者对民主党某位高级助理的采访。

小,他们可能只需要再有几天时间——他们也的确有了,直到斯科特·布朗在马萨诸塞州获胜。

3.

马萨诸塞州大选后的第二天早上,人们还在消化斯科特·布朗获胜的消息时,一些谈判代表出现在白宫。其余的人留在国会山,提早离开去了酒吧。"我们有一种心往下沉的感觉,"黛比·柯蒂斯后来说,"我们中的一些人十年前就经历过这种情况。我们以前淹死过。你真的很想让自己往好的一面看,但在那个时候,你真的会说,'哇,事情怎么会这样?'"①

唯一让人怀有希望的原因是,民主党人在这项工作中投入了太多时间,而且,在两院投票支持立法后,这些民主党人已经担起了改革的政治责任。提出这一观点的人之一是克里斯·詹宁斯。他没有加入政府,因为根据奥巴马的新规定,他过去的游说工作使他失去了资格,但他认识白宫和国会中几乎所有从事医疗保健工作的人。他们会向他寻求指导,有时还会寻求情感上的支持。

詹宁斯预计到了国会山的恐慌。他还预测,民主党人将克服恐慌,完成这项工作,众议院会通过参议院法案,然后两院会和解,通过他们可以通过的修改,和解的门槛只有 50 票。关键是要确保领导层中没有人宣布这一努力已经结束。他在私下谈话中说过很多,在马萨诸塞州选举三天后,他在《新共和》杂志上发表了这些想法。"事实是,除了通过医疗改革立法,没有其他政治选择。"詹宁斯写道。②

---

① 对柯蒂斯的采访。
② 这封信最初是给我的一封电子邮件,当时我请他进行评估,而他允许我一字不漏地发表,只要我只透露他是"民主党高级战略专家"。詹宁斯允许在此使用他的名字。Jonathan Cohn, "The Abyss," *New Republic*, January 22, 2010, https://newrepublic.com/article/72685/the-abyss-0。

罗恩·波拉克同意这一点，而且为了防患于未然，他在马萨诸塞州大选前几天向国会和政府的联系人发送了一份备忘录，建议采取同样的和解策略。但是，尽管白宫官员也在考虑这一方案，但他们不确定奥巴马是否会接受这个，也不确定这是否可行。波拉克说他很快接到来吉姆·迈锡纳打来的电话，迈锡纳非常愤怒，因为这份备忘录将迫使政府在没有人决定如何回应的情况下做出回应。（迈锡纳后来告诉我，他不记得打过这样一个电话。）①

优柔寡断是一个真正的问题。奥巴马、佩洛西、里德和委员会主席们正以不同程度的精力推动立法的通过。但在如何具体实施的问题上存在着困惑和分歧，因为前进的唯一道路取决于众议院批准参议院的法案，而佩洛西告诉所有人目前还没有足够的赞成票。有一次，亨利·韦克斯曼让佩洛西知道他认为这个策略是有道理的："是啊，去把它推销给党团吧。"他回忆起佩洛西这样说。在2月初的一次民主党参议院闭门会上，愤怒的阿尔·弗兰肯问大卫·阿克塞尔罗德，为什么白宫不干脆告诉佩洛西要通过参议院法案，阿克塞尔罗德回击道："如果你有一张218个赞成票的纸片，给我，我现在就把它交给议长大人。我认为她没有这样的名单。"②

她没有。她至少缺了30票，也许更多，这取决于谁来计票。更糟糕的是，奥巴马在接受美国广播公司新闻频道记者乔治·斯特凡诺普洛斯的采访时，传递出了模棱两可的信号。他否决了在斯科特·布朗宣誓就职前几天争取通过立法的想法，并说："我们可以做许多不同的事情来推进医疗保健，但我们现在没有做出任何决定。"奥巴马指出，参众两院的法案大部分是重叠的，这可能意味着他仍然想通过一个版本。但随后他谈到了在民主党和共和党都支持的"核心要素"上走到一起，这听起来很像是在寻求大幅缩减的折中方案，以争取一

---

① 作者对罗恩·波拉克、吉姆·迈锡纳的采访。
② 作者对亨利·韦克斯曼的采访；David Axelrod, *Believer* (New York: Penguin, 2015), 385; 对奥巴马政府多位高官和民主党助理的采访。

些共和党人的支持。①

拉姆一直在考虑这个选择，由于没有明确的途径通过全面的立法，他让一些官员重新制订一个规模小得多的计划，只为儿童投保。但奥巴马并没有向这个方向倾斜。如果说有的话，那就是他似乎越来越坚定地要用完整的法案再试一次，首先是在国情咨文演说中全力辩护。几天后，也就是1月底，他在巴尔的摩的众议院共和党一次闭门会上发表了讲话，并接受了长达90分钟的有关详细政策的提问。尽管这些问题涉及各种各样的话题，但奥巴马的表现向他的盟友发出了一个信号：他不会在他的议程上退缩。②

在白宫内部，奥巴马告诉顾问们，他们在两码线上，他不想满足于一个三分球。他们成功挺过了市民大会的抗议和参议院内近乎破裂的谈判。他们这回也能挺过来。

在那次会议的前一天晚上，伊齐基尔·伊曼纽尔给我发了一条短信，报告状态："完了，完了，完了。"第二天早上，伊齐基尔又发了一条，就一个词："还活着。"③

4.

奥巴马和他的顾问们认为，他们需要再次改变形势，一是通过和解进行一些修改，勾勒出参议院法案可能的样子，二是召开两党峰

---

① Tom Daschle, *Getting It Done* (New York: St. Martin's, 2010), 234; Karen Travers, "Exclusive: President Obama Says Voter Anger, Frustration Key to Republican Victory in Massachusetts Senate," ABC News, January 20, 2010, https://abcnews.go.com/Nightline/Politics/abc-news-george-stephanopoulos-exclusive-interview-president-obama/story?id=9611223.

② Peter Baker and Carl Hulse, "Off Script, Obama and the G. O. P. Vent Politely," *New York Times*, January 29, 2010, https://www.nytimes.com/2010/01/30/us/politics/30obama.html.

③ Cohn, "How They Did It."

会。作为总统候选人时，奥巴马曾在有线电视 C-SPAN 上承诺要对主要的法案进行谈判——这是夸下了一个极不现实的海口，可以想见批评者用它来表明民主党人一直在关起门来密谋。两党峰会不会成为一个替代品，但也是朝这个方向迈出一步了。他还将有机会最后一次就政策实质问题与共和党人接触。①

一位政府官员后来承认自己认为这个想法"傻透了"。在华盛顿，许多人都说这似乎是在浪费时间。但也有少数人，如长期担任民主党权力掮客的约翰·波德斯塔，认为时间具有重大价值。"这只是暂时冻结了比赛，"波德斯塔说，"每个人只好决定，'好吧，让我们看看一个月后（在峰会上）会发生什么。'这阻止了一些人弃船逃跑。"②

这给了佩洛西一个机会。

在过去的一年里，里德的工作更加困难。他是个没有余票的人。他是那些态度模棱两可、总是威胁要放弃改革的中间派之一。他同时属于两个截然不同的委员会，其中一个的主席是马克斯·鲍卡斯，而党团中的大部分人都受不了鲍卡斯。

现在佩洛西面临着更大的挑战。在公开场合，她的策略是不断声明改革正在向前推进。"我们会通过大门的，"她在 1 月 28 日的新闻发布会上说，"如果大门关了，我们就越过栅栏。如果栅栏太高，我们就撑竿跳过去。如果还不行，我们就跳伞进去。无论如何，我们都决意让医保改革通过。"她还通过媒体和多次私下会议向白宫明确表示，她不想参与拉姆那个只帮助儿童的法案，她将其称作"小蜘蛛，小得不能再小的"法案。③

---

① Carrie Budoff Brown, "The Obama Plan," *Politico*, February 22, 2010, https://www.politico.com/story/2010/02/the-obama-plan-033275; "Full Text: Obama's Health Care Proposal," *Kaiser Health News*, February 22, 2010, https://khn.org/news/obama-health-care-proposal/.
② 对民主党某高级助理的采访；Cohn, "How They Did It"。
③ Eleanor Clift, "Nancy Pelosi's Tireless Obamacare Push Vindicated by Supreme Court Ruling," *Daily Beast*, July 4, 2012, https://www.thedailybeast.com/nancy-pelosis-tireless-obamacare-push-vindicated-by-supreme-court-ruling.

对她的党团会议上，佩洛西主张倾听，但不要动摇。在马萨诸塞州选举后的一次会上，初级的和脆弱的议员排着队走到麦克风前，谴责改革是"自杀式任务"。佩洛西在霍耶的陪伴下，听取了每一个人的意见，然后发表了自己的演讲，宣布她决心继续前进，因为他们已经走了这么远。

在 2010 年结束第二个任期的克里斯·墨菲，当时代表的是康涅狄格州哈特福德郊外的一个众议院选区，他后来说："我只是觉得势头正朝着投降的方向发展。佩洛西只是不允许这样的事情发生。她凭着意志扭转了方向。像我这样的人，我还是想这么做，但我不知道我竟有信心顶住这股浪潮。她给众议院每个想坚持到底的人注入了信心。"①

佩洛西还承诺有办法解决参议院法案的弱点，由此开始让她的议员们支持和解策略。许多助理后来想知道，这是否一直是她的意图，她坚称众议院不会通过参议院法案——也许还有她在斯科特·布朗之前的谈判中表现出的顽固姿态——实际上是行为艺术，旨在保持她在参议院的影响力，同时让持怀疑态度的众议院议员相信她支持他们。

有一次，佩洛西请来德帕尔向众议院议员简要介绍一下参议院的法案，作为开场白，佩洛西说德帕尔已经承认众议院法案是"历史上通过的最好的法案"。但是，佩洛西叹了口气，说那已经不再是一个选项了，因此，德帕尔来这里谈一谈他们将如何修改参议院的立法。②

2 月初，加州最大的营利性保险公司安森蓝十字（Anthem—Blue

---

① 作者对克里斯·墨菲的采访。对于佩洛西在哪些会议上说了什么，各方说法不一；有人回忆说，她是在斯科特·布朗当选后的第二次而非第一次党团会议上宣布继续前进的。参见 Ball, *Pelosi*, 190。
② 对奥巴马政府多位高官和民主党助理的采访；Jeffrey Young and Jonathan Cohn, "What the Obamacare Fight Says About Nancy Pelosi," *Huff Post*, November 27, 2018, https://www.huffpost.com/entry/nancy-pelosi-obamacare-leadership_n_5bfdc95de4b030172fa7f593。

Cross）宣布客户人数增加 39%时，佩洛西和改革的努力从保险业得到了一些出乎意料（当然，也不在计划中）的帮助。这是自购医保人数连续第二年出现两位数的大幅增长，为民主党提供了新的证据，表明现状需要改革。"在医疗保健问题还在讨论中的时候，你们给政客递红肉，"一位惊讶的福克斯商业频道主持人在采访中对安森保险母公司"维朋"的某高管说，"是你们给他们的。"①

众议院议员们慢慢接受了和解策略这一想法，但担心参议院会出尔反尔。众议院的人向白宫和参议院提出的一个选项是，让参众两院先通过和解法案，然后再让众议院通过参议院的法案。凯伦·纳尔逊和温德尔·普里姆斯甚至为这个办法设计了措辞。但事实证明，以通过一项法案来修改一项尚未成为法律的法案，这其中的技术性细节太难实现了。②

在 2 月 25 日峰会召开的时候，不信任仍然是一个问题。总统出席了峰会，和将近 40 名政府官员及国会领导人坐在围成正方形的长桌旁。尽管谈话长达 7 个小时，但没有产生任何新的理解。更多的是双方在重申自己的基本论点。但是座位安排让佩洛西在里德旁，一位高级行政助理注意到两人聊了很多。"他们挨着彼此，窃窃私语，交头接耳。这并不是说他们以前不友好，但毕竟这段时间关系紧张……现在你几乎可以看到他们正在意识到，'我在这个世界最好的朋友就坐在这里，我们要完成这件事。'"③

此时，政府官员和国会山的人正在兴致勃勃地研究他们在和解方面能做些什么，这个问题包括两方面，即什么能让至少 50 名参议员留在谈判桌上，什么能得到参议院议事法规专家批准。担心议事法规专家可能取消某些关键立法条款的资格，并将法案变成多孔的"瑞士奶酪"，这是民主党最初没有尝试和解的原因之一。但现在，他们

---

① Paul Krugman, "California Death Spiral," *New York Times*, February 18, 2010, accessed September 20, 2020, https://www.nytimes.com/2010/02/19/opinion/19krugman.html.
② 对奥巴马政府多位高官和民主党助理的采访。
③ 对奥巴马政府多位高官的采访。佩洛西还一度与南希·德帕尔、珍妮·兰布鲁和凯瑟琳·西贝利厄斯抱团，重申她反对拉姆针对儿童的提案。

谈论的是一套范围窄得多的解决方案,而最重要的解决方案,如补贴的变化和对凯迪拉克税的修改,很容易获得审议资格,因为它们对预算有明显的影响,尽管和解的要求——立法在第二个十年减少赤字——束缚了民主党的手脚。

还有两个关键步骤。众议院里的拒不合作者希望得到某种保证,即和解将在参议院获得通过。里德给了佩洛西一封信,59名民主党参议员中的55人签了名,承诺会投赞成票。这一步完成之后,是关于堕胎权的最后一场争论,因为参议院最终法案中对堕胎权的限制没有众议院法案中那么严格。(这是参议院法案中为数不多的可以说比众议院法案更进步的地方之一。)好不容易与"支持堕胎党团"进行谈判并就巴特·斯图帕克的修正案达成一致意见,愿一同阻止向保险范围覆盖堕胎的保险公司提供补贴,可4个月后,佩洛西发现自己再度与斯图帕克谈判,以争取他对参议院法案的同意。

佩洛西计划在周末,即3月20日进行投票,尽管斯图帕克仍然持反对意见,而这意味着佩洛西距离多数票还缺5到15票。随后进行了更多的谈判,先是斯坦尼·霍耶发出呼吁,接着是同为密歇根人、被斯图帕克视为导师的约翰·丁格尔。白宫提议了一项行政命令,其效果与众议院最初的法案措辞几乎相同。天主教主教会议说这并不令人满意,但天主教医疗协会负责人卡罗尔·基恩修女说这令人满意。斯图帕克终于点头了。①

5.

在马萨诸塞州选举后的头几个星期,奥巴马相对较少公开谈论众

---

① Jay Newton-Small,"Health Care Clincher: The Importance of Being Stupak,"*Time*, March 21, 2010, http://content.time.com/time/politics/article/0,8599,1973963,00.html.

议院的情况，以避免给人留下白宫欺负议员的印象。但随着势头的发展，还有曾被许多专家宣布无望的医保大业突然焕发出希望，奥巴马开始发表集会式演讲。一次是在克利夫兰郊区丹尼斯·库奇尼奇的选区，丹尼斯是进步的民主党人，他支持单一支付，并为了表达抗议在11月投票反对众议院的法案。在奥巴马称赞库奇尼奇"任劳任怨地代表劳动人民"之后，一名听众高喊："投赞成票！"奥巴马讲到一半停了下来，说："你听到了吗，丹尼斯？再说一遍！"两天后，库奇尼奇宣布，这一次，他将投赞成票。①

奥巴马的最后一次演讲是投票前一天在国会大厦发表的，是对着众议院民主党党团小组全体。他承认参议院法案有不完善之处。即使有和解方案，该立法也会使购买保险的人面临比众议院谈判代表（或奥巴马）想要的更高的成本。尽管如此，奥巴马说，这项计划仍将帮助数百万人。"你们当中的一些人知道，我每天收到4万封信，我会读其中的10封，"奥巴马说，"我读了今天早上收到的一些。'亲爱的奥巴马总统，我的女儿，一个很好的人，没了工作。她没有医保。她脑袋里有个血块。她现在残了，得不到治疗'，'亲爱的奥巴马总统，我还没有资格享受老年医疗保险。COBRA保险②马上就要到期了。我绝望了，不知道该怎么办'。"

奥巴马说，他知道这对许多议员来说是一次冒险的投票，甚至提到了一些议员的名字。然后奥巴马提醒那些人想想他们为什么一开始就来到国会，他畅想着："每隔一段时间，每隔一段时间某个时刻就会降临，这时你有机会证明你对自己、对这个国家所有最好的希望，

---

① "President Obama Rallies for Health Care," C-SPAN video, 0:23, May 31, 2013, https://www.c-span.org/video/?c4454328/president-obama-rallies-health-care; Sabrina Eaton, "Rep. Dennis Kucinich to Vote 'Yes' on Health Care: Video," Cleveland.com, March 17, 2010, https://www.cleveland.com/open/2010/03/rep_dennis_kucinich_to_vote_xx.html.
② COBRA，即《综合预算协调法》，该保险相当昂贵，通常要求投保人支付100%的保费。投保者可以在失业时保留上一份工作的保险长达18个月，必须在失业后60天内注册COBRA。——译者

你有机会兑现你在所有城镇会议、所有的选民早餐会以及在对选区各地的所有走访中做出的承诺,你看着所有那些人的眼睛说,你知道吗,你是对的,这个体制不适合你,我会让它变得更好一点儿。而此刻就是这样一个时刻。"

这个周末本身就是一场大戏,茶党的活动人士在国会山外集会,其中一些人在国会办公楼的大厅里闲逛。闹事者辱骂巴尼·弗兰克是恐同分子。包括民权偶像约翰·刘易斯在内的三名非裔美国国会众议员说他们听到抗议者用了"黑鬼"这个词。在众议院议事厅内,当审议进行时,一些反改革的活动人士开始在旁听席上大喊大叫。几位共和党国会议员欢呼起来,然后走到阳台向草坪上的抗议者致敬。为了表示决心和团结,佩洛西、霍耶、刘易斯和另外几位议员挽起手臂,穿过街道从众议院办公楼走到国会大厦。佩洛西手里拿着丁格尔在 1965 年老年医疗保险计划投票中使用过的木槌,她计划当晚再次使用。①

晚餐时间刚过,旁听席就挤满了参与立法工作的人和行政官员。南希-安·德帕尔带了儿子来,让他坐在自己腿上;从来没有进过众

---

① 一些保守派人士后来反驳了有关恐同和种族歧视的说法,并引用了当天 youtube 上的一段视频,其中并未出现这样的言论。但正如美联社随后的一篇报道所指出的,这段视频拍摄于那天中的其他时间。一名 CNN 制片人确实听到了反同性恋的辱骂,还有两名国会议员——南卡罗来纳州的吉姆·克莱伯恩和马里兰州的伊曼纽尔·克利弗说,他们和刘易斯一样听到了抗议者使用反同性恋字眼。参见 Sam Stein, "Tea Party Protests: 'Ni**er,' 'Fa**ot' Shouted at Members of Congress," *Huff-Post*, May 20, 2010, https://www.huffpost.com/entry/tea-party-protests-nier-f_n_507311; Ted Barrett, Evan Glass, and Lesa Jansen, "Protesters Hurl Slurs and Spit at Democrats," CNN, March 20, 2010, https://web.archive.org/web/20161010170710/http://politicalticker.blogs.cnn.com/2010/03/20/protesters-hurl-slurs-and-spit-at-democrats/; Jesse Washington, "Did Spit, Slurs Fly on Capitol Hill?," *Seattle Times*, April 13, 2010, https://www.seattletimes.com/nation-world/did-spit-slurs-fly-on-capitol-hill/. 我那天也在国会山。我没有听到任何人说这种话;我确实看到茶党积极分子走过国会办公大楼的大厅。情绪高涨。Steve Brusk, "Pelosi to Use Historic Gavel to Preside over Vote," CNN, March 21, 2010, https://web.archive.org/web/20191013013008/http://politicalticker.blogs.cnn.com/2010/03/21/pelosi-to-use-historic-gavel-to-preside-over-reform/.

议院议事厅的珍妮·兰布鲁,坐到了凯瑟琳·西贝利厄斯旁边。伊齐基尔·伊曼纽尔得到了美国劳联-产联主席里奇·特鲁姆卡的拥抱,尽管伊齐基尔曾为工会所痛恨的凯迪拉克税而战;杰森·弗曼和佩洛西的家人坐在一起。进入旁听席的队伍迅速变长,最后蜿蜒着排到了走廊的两段大理石楼梯上。当丽兹·福勒通过时,已经没有空位了。楼梯过道上还有几平方英尺的空地,她赶紧站到那里,但很快那儿也挤满了人。①

在议事厅里,来自两党的议员进行了最后的辩论,佩洛西和她的几位党鞭最后核了 遍选票。最后一位共和党演说者是约翰·博纳,他指责民主党人违背公众意愿,秘密制定了一项法案。"我们真可耻,"他说道,近乎是在大喊了,"为这个团体感到羞耻。为你们每一个将自己的意志、自己的私欲凌驾于同胞之上的人感到羞耻。"

众议院共和党一方激动的怒吼声,令旁听席上的人们侧目,并且暗示了一个几乎无人能想象的政治未来。

然后轮到佩洛西了。她的入场,引得全场起立鼓掌,这比她的演讲更具戏剧性,她的演讲是一贯不接地气,听起来更像是一份经过民意测验筛选出的流行用语清单,而不是对过往情况的回顾。但佩洛西的工作从来就不是向公众说明改革的理由。她的任务是建立一个能够通过法案的联盟。而她做到了。在议员们的注视下,赞成票达到了215票,在多数票的边缘徘徊了好一会儿。"再来一票……再来一票。"他们齐声高喊,直到牌子上的数字变成了216,全场顿时一片掌声。②

几分钟后,监选员敲了小木槌,宣读了最后的计票结果:219票赞成,210票反对。最后,佩洛西还有3张富余的选票。

---

① 对民主党政府某高官的采访,加上我那晚在媒体旁听席上的观察。
② "House Session," C-SPAN video, 10:59:06, March 21, 2010, https://www.c-span.org/video/?292637-1/house-vote-health-care.

The Ten Year War

6.

奥巴马在白宫罗斯福厅里通过电视观看了投票过程,当时他坐在拜登边上的长桌旁,几十名顾问和幕僚站在他们周围。赞成票达到216票之后,奥巴马起立鼓掌,然后在房间里走了一圈,停下来与拉姆击掌,与席利罗长时间地拥抱。

奥巴马出去发表了事先准备好的电视讲话,但在离开前他告诉罗斯福厅在场众人,稍后到他官邸参加招待会。对于3月来说,这是一个异常温暖的夜晚,招待会在杜鲁门阳台上举办,可以俯瞰广阔的后花园,还可以远望华盛顿纪念碑。

客人喝了香槟。奥巴马喝了一杯马提尼。他特别重视和周围人打成一片,因此对几乎每个人在过去一年里所做的工作表示了感谢,并把他们当作一个群体向他们致辞,提醒他们,得益于他们的辛勤工作,数百万美国人现在将获得医保,但同时提醒说重要的工作还在后面。他带头为德帕尔和席利罗欢呼。当他注意到兰布鲁不在场(她留在了国会大厦),他借了一名幕僚的手机打电话感谢她。他们谈了几分钟。然后他向人群道了晚安,不过他请大家再待一会儿。"你们都比我年轻,"他说,"所以你们可以只睡3个小时的觉。但我不行。"[①]

签字仪式两天后在白宫东厅举行,一年多前,奥巴马就是在那里发起了医保运动。这次没有共和党人出席。只有民主党人,大约200多人,这些人自发地通过了这项法案。特邀嘉宾包括薇姬·肯尼迪和卡罗尔·基恩修女,她们帮助打破了堕胎僵局;这些嘉宾每人将得到

[①] 对奥巴马政府多位高官的采访;"Behind the Scenes: The Affordable Care Act," YouTube video, 8:52, posted by Obama White House, December 8, 2016, https://www.youtube.com/watch?v=SBBu5Fz4moc。

22 支仪式签字笔中的 1 支。观众就座，正式程序开始，拜登首先发言。当他走下讲台，给奥巴马一个兄弟般的拥抱时，麦克风未关，人们听到了他在总统耳边说的粗话："这真他妈是个大法案！"

奥巴马谈到了美国人马上就会看到的一些好处，比如允许年轻人在 26 岁之前一直享有父母保险的条款，他还谈到了民主党刚刚所做的事的历史意义，回顾了从西奥多·罗斯福开始、新近由奥巴马自己的国务卿希拉里·克林顿继续进行的改革。在演讲即将结束时，他预测争论将会转移到其他事情上，因为编号为 H.R.3590 的《病人保护与平价医疗法案》即将成为美国的法律。"国会本周通过这项具有历史意义的立法恰逢其时，因为在我们迎来春天之际，我们也宣示美国进入了一个新的季节。再过一会儿，当我签署这项法案时，所有关于改革的过热言论最后都将直面改革的现实。"

他对即将到来的对峙的预判是正确的，尽管，正如他后来承认的那样，他并没有料到对峙究竟会怎样展开。

公平地说，其他人也没有料到。

第 三 部 分

2010—2018

十八、背水一战

唐纳德·特朗普即将成为美国总统，这条新闻发布还不到 48 小时。他在 2016 年大选中的胜利，让人感觉像是对奥巴马和奥巴马任期的全盘否定。但这位即将离任的总统，还没有做好放弃的准备。特朗普正在前往华盛顿的途中，对白宫的正式访问很早就列入了日程。奥巴马以为他仍然可以影响特朗普，也许还可以挽救《平价医疗法案》。

他们的会面本应持续 15 分钟。结果持续了 90 分钟。奥巴马决心向特朗普展示乔治·W. 布什向他展示过的礼貌，走过了总统交接的步骤，并谈了特朗普将面对的一些事关重大、正在进行的议题，特别是国家安全方面的。然后，他话锋转到了医疗保健法案，就连他自己都已称之为"奥巴马医改"。没错，特朗普曾誓言要废除该法案，而共和党占多数席位的国会也已做好了准备。但也许特朗普应该考虑保留该法案受欢迎的一些方面。特朗普说他会的，并在接受《华尔街日报》和《60 分钟》的采访时也有类似的表示，他在采访中说，保护投保前已患有疾病的人"会增加成本，但这是我们将尽力保留的东西"。[①]

一个月后，特朗普回到纽约特朗普大厦的办公室里，又召集了一场关于他总统任期的冗长会议。战略专家史蒂夫·班农和即将卸任的共和党全国委员会主席雷恩斯·普里巴斯以及特朗普的女婿贾里德·库什纳都出席了会议。他们一同听取了众议院共和党议长保罗·瑞安的讲话,他带来了一套甘特图②,列出了第一年的议程。③

废除奥巴马医改是第一项。瑞安建议通过预算和解来废除这项法律,因为共和党人在参议院只有52个席位,然后再将生效日期推迟一两年或三年。这就有时间制订并通过一个替代计划——理想情况下,按照常规,一旦废除旧法之事木已成舟,理论上,共和党可以得到一些保守派民主党人的支持。

随着谈话的展开,正如一位知情人士后来描述的,特朗普几次"岔开话题"。他谈到了他更新"空军一号"的计划,以及他对亚马逊没有缴纳更多税款的不满,还接了MSNBC主持人乔·斯卡伯勒的一个电话。但这位当选总统的注意力足够集中,大声质疑,如果选民不知道共和党人打算用什么来取代,他们是否会对废除该法案感到不安。瑞安承认有这可能性,但表示这并不会妨碍法案的通过。他指出,现任共和党议员在通过奥巴马否决的一项2015年的法案时,已经投票赞成了废除法案。这意味着他们现在可以像特朗普所希望的那样迅速行动了。④

特朗普给瑞安的行动开了绿灯,几天后,众议院的共和党领袖拟

---

① David Remnick, "Obama Reckons with a Trump Presidency," *New Yorker*, November 18, 2016, https://www.newyorker.com/magazine/2016/11/28/obama-reckons-with-a-trump-presidency; Julie Hirschfeld Davis, "Trump and Obama Hold Cordial 90-Minute Meeting in Oval Office," *New York Times*, November 10, 2016, https://www.nytimes.com/2016/11/11/us/politics/white-house-transition-obama-trump.html; Lesley Stahl, "President-Elect Trump Speaks to a Divided Country," CBS News, November 13, 2016, https://www.cbsnews.com/news/60-minutes-donald-trump-family-melania-ivanka-lesley-stahl/; Monica Langley and Gerard Baker, "Donald Trump, in Exclusive Interview, Tells WSJ He Is Willing to Keep Parts of Obama Health Law," *Wall Street Journal*, November 11, 2016, https://www.wsj.com/articles/donald-trump-willing-to-keep-parts-of-health-law-1478895339?ns=prod%2Faccounts-wsj.
② Gantt charts,用于项目任务管理,显示各阶段的起迄时间,并将已完成工作量和计划工作量进行对比。——译者
③ 作者对一位知情人的采访; Tim Alberta, *American Carnage* (New York: HarperCollins, 2019), Kindle edition, 420; Rachel Bade, "Ryan: GOP Will Replace Obamacare, Cut Taxes and Fund Wall by August," *Politico*, January 25, 2017, https://www.politico.com/story/2017/01/republican-agenda-retreat-obamacare-wall-tax-cuts-234176。
④ 作者对此次谈话的一位知情人的采访。

出了他们的计划：在特朗普政府执政的头100天内，他们将通过一项废除《平价医疗法案》的法律。他们将利用和解程序来这样做，这样该法案只需50票就可以在参议院通过。但废除令在两年内不会生效，因而有时间拿出替代方案。众议院筹款委员会主席凯文·布雷迪在12月份表示："共和党人将提供一个充分的过渡期，让人们放心，让他们知道在我们努力解决这个问题时，他们将有这些选择。"

布雷迪看起来很自信，瑞安也一样，原因不难理解。《平价医疗法案》从来就没有像老年医疗保险那样稳定或受欢迎；很多人对此并不满意。但这项法律所取得的成就比特朗普及其盟友所承认的要多得多，而且也许比他们所意识到的要多得多。数千万人得到了他们以前从未得到过的医保，或者省了钱，或者尽管他们的慢性病医疗问题还在继续，但感到很安心。这些故事媒体报道不多，但它们是真实的，它们将使《平价医疗法案》更难废除。

奥巴马和其他人一样很清楚这一点。他还记得通过医改法案有多困难，记得民主党人想做的每一个调整都会遭到新的政治选区的反对，记得改变——任何改变——是如何把选民吓得魂飞魄散。在2009年和2010年，这种情绪对奥巴马及其盟友不利；在2017年，这无疑会对特朗普及其盟友不利。

奥巴马一直说，共和党人根本不知道他们将要面对什么。他们可能会失败。

十九、尊敬的法庭

1.

共和党对《平价医疗法案》的攻击于 2010 年 3 月 23 日正式开始，也就是奥巴马签署该法案的当天，当时他签名的墨水可能还没干。

共和党人的攻击发生在几条战线上。其中之一是联邦法院，弗吉尼亚州总检察长肯·库奇内利在那里提起诉讼。诉的是个人强制保险，这是奥巴马在 2008 年竞选期间反对的条款，但在专家（和希拉里·克林顿）劝说他这将促使健康人获得保险后，奥巴马接受了这一条款。如果不这样，保险公司将不得不把保费越提越高，结果很有可能是有保险的人越来越少。

但法庭上质疑的不是强制令是否明智，而是它的合法性。为证明这项强制令的正当性，支持者必须证明它至少符合宪法明确赋予国会的某项权力，比如像组建军队。或者最起码，他们必须证明这是一种隐含的权力，可以合理地从宪法授予国会权力的文件中解读出来。

《平价医疗法案》的倡导者相信他们可以轻而易举地做到这一点。未能获得保险的后果是罚款，作为年度所得税的一部分缴纳。该法案的设计者指出，国会有权征税。没人对这一点有争议。此外，该法的支持者说，这项强制令是一种促使医疗保险市场更好运作的方式。这意味着它属于国会拥有的"在各个州内……监管商业"的权力范围。对这一权力，没有人提出异议，尽管这种权力的含义随着时间的推移而改变。①

直到 20 世纪 30 年代末，最高法院对有关商业条款的解释都过于狭隘，推翻了关键的新政计划，因为它们对跨州贸易没有足够的直接影响。1941 年一项关于俄亥俄州某位名叫罗斯科·菲尔伯恩的农民的关键性裁决，标志着一种转变。菲尔伯恩饲养家禽和牛，还种植小麦，主要供给人畜食用。由于大萧条时期农业经济崩溃后，联邦政府正试图稳定小麦价格，菲尔伯恩在小麦种植量上受到限制。1941 年，官员对菲尔伯恩处以 117 美元罚款，因为他种植了 23 英亩小麦，是规定允许种植的 11.1 英亩的 2 倍多。菲尔伯恩提起诉讼，声称如果他不出售粮食，联邦政府就无权限制他的粮食产量。

最高法院驳回了他的论点。法院裁定，菲尔伯恩是否出售农作物并不重要。他在改变公开市场对小麦的需求，从而影响了小麦的价格。虽然他额外种植的约 12 英亩小麦对全国的影响可能微乎其微，但很多农民这样做的累积效应将是巨大的。②

大约 70 年后，《平价医疗法案》的支持者认为"威卡德诉菲尔伯恩案"的裁决，为一项旨在稳定保险价格的强制令提供了权力。他们还认为，医疗保健法符合"威卡德诉菲尔伯恩案"和相关案例所支持的新政计划的精神。与罗斯福及其盟友一样，奥巴马和民主党人也在利用监管和支出让一个破碎的市场重新运转起来。

---

① Jack Balkin, "The Health Care Mandate Is Clearly a Tax—and Therefore Constitutional," *Atlantic*, May 4, 2012, https://www.theatlantic.com/politics/archive/2012/05/the-health-care-mandate-is-clearly-a-tax-0151-and-therefore-constitutional/256706/; Jack Balkin, "From Off the Wall to On the Wall: How the Mandate Challenge Went Mainstream," *Atlantic*, June 4, 2012, https://www.theatlantic.com/national/archive/2012/06/from-off-the-wall-to-on-the-wall-how-the-mandate-challenge-went-mainstream/258040/.

② James Ming Chen, "The Story of Wickard v. Filburn: Agriculture, Aggregation, and Commerce," in *Constitutional Law Stories*, 2nd ed., ed. Michael C. Dorf (St. Paul, MN: Foundation Press, 2008), University of Louisville School of Law Legal Studies Research Paper Series No. 2008-40, September 15, 2008, https://papers.ssrn.com/sol3/papers.cfm?abstract_id=1268162.

《平价医疗法案》的批评者,包括自由主义学者、乔治敦大学教授兰迪·巴内特,资深保守派诉讼律师大卫·里夫金和乔治梅森大学教授伊利亚·索明,都不同意这一观点。他们说,这项强制令是对联邦权力的一种前所未有的、不同寻常的运用,因为它强迫人们参与商业活动,而不是为已经发生的商业活动制定规则。他们一致认为,国会拥有广泛的权力来监管活动,但宪法中没有任何规定不活动它也要管,"威卡德诉菲尔伯恩案"的司法意见中也没有任何说明。①

全美独立企业联合会急于将这部法律从法典中抹掉,于是聘请了一名律师提起诉讼,提出了这一主张。这是联邦地区法院受理的几个案件之一。密歇根州和弗吉尼亚州的法官驳回了诉讼,做出对《平价医疗法案》有利的判决,佛罗里达州法官罗杰·文森站在原告一边,宣布这项法律违宪。他还引用了一个比喻,这个比喻后来成为保守派质疑该法的口头禅:文森说,如果联邦政府能逼你买保险,就没什么能阻止它逼你买西蓝花。

文森的裁决尤其令该法的支持者感到震惊,因为他说整个法规必须废除。通常,法律包括可分割性条款,这表明,如果法院发现法律的一部分违宪,其余部分仍可成立。《平价医疗法案》中没有这样的条款,很可能是因为在参议院原始法案的紧张起草和改写过程中,没有人想过增加这样一个条款。在协商委员会协商过程中,也没有人发现这个失误,就像通常发生的那样,因为斯科特·布朗的当选意味着这个过程从未存在。

原则上,缺乏可分割性条款并不应该是问题。存在已久的信条认

---

① Randy Barnett, "Commandeering the People: Why the Individual Health Insurance Mandate Is Unconstitutional," Georgetown Law Faculty Publications and Other Works, 2010, https://scholarship.law.georgetown.edu/facpub/434/; Ilya Somin, "A Mandate for Mandates: Is the Individual Health Insurance Case a Slippery Slope?," *Law and Contemporary Problems* 75, no. 3 (2012): 75–106; Josh Blackman, Unraveled (New York: Cambridge University Press, 2016), 357; Andrew Koppelman, *The Tough Luck Constitution* (New York: Oxford University Press, 2013), 72–76.

为，法院在使某法律的一项条款无效时，应尽可能保留该法律的其余部分。文森坚信这样的明智之举并不适用，因为法律的各组成部分相互关联太甚。

2.

1983年，共和党人罗纳德·里根任命文森为联邦法官。每一位后来做出不利于《平价医疗法案》的裁决的法官也都是共和党任命的。这样的人有很多——部分要归因于保守派活动家耐心而有效的讨伐。

领导讨伐的是联邦主义者协会。它始建于20世纪70年代，是法学院学生发起的一个组织；它很快发展为一个社团，吸纳了处于职业生涯各个阶段的保守派、政治上活跃的律师和学者。其成立的目的是挑战保守派所认为的自由主义对学术界和法院的霸权。其议程，包括从推翻堕胎裁决（保守派称其基于不存在的隐私权）到限制政府执行《投票权法案》的权力（基于司法部侵犯州权力的理论）的所有内容。最初的教师发起人之一是安东宁·斯卡利亚，当时是芝加哥大学教授，后来成为最高法院大法官，另外还有罗伯特·博克，当时是耶鲁大学教授。

博克也本应是最高法院大法官。但当里根任命他时，民主党人开始加以阻挠。带头发难的是泰德·肯尼迪，他警告说，如果博克做了最高法院大法官，那么美国妇女以后只能私下堕胎，而非裔美国人将仍然坐在为他们专设的午餐区。他指的是博克的著述质疑法院裁决堕胎合法化和执行公民权利的逻辑；共和党人反对肯尼迪歪曲博克的观点，使博克听起来有性别歧视和种族主义色彩。民主党占了上风，结果给保守派的心理留下了深深的创伤。几十年后，共和党人会引用这段插曲作为证据，证明是民主党人而不是共和党人打破了公平竞争的惯例，使政治变得更苦涩、不诚实和党派化。①

博克的插曲也让共和党人确信要加倍努力，在司法机构中增加人手，而这些努力产生了影响——包括在最高法院，最高法院在 2011 年秋天同意审理强制令案。最高法院的 9 位大法官中，有 5 位是共和党任命的，这使得保守派占了多数，尽管有时其中一位或几位大法官会脱离阵营。

安东尼·肯尼迪是 5 位保守派大法官之中最有可能加入自由派的，就像他在堕胎案和其他一些备受瞩目的判决中所做的那样。但他也渴望做出重大的、影响广泛的判决。如果他不相信政府关于强制令的论点，他可能会认为这需要清除一大片或是整部法律，甚至像文森大法官所想的那样，把整件事一笔勾销。

斯卡利亚也是有可能站在民主党一边的，尽管他被誉为最高法院最直言不讳的保守派。在 2005 年关于禁止大麻的一项判决中，他确认了联邦政府有权采取一切"必要和适当"的行动来行使宪法赋予的权力。《平价医疗法案》的捍卫者也使用了同样的论点。他们说，这项强制令是监管保险价格的一种"必要和适当"的方法，而保险价格又属于国会制定州际贸易规则的权力范围。②

还有首席大法官约翰·罗伯茨。作为曾在里根和布什政府任职的人，罗伯茨有着作为一名坚定的保守派和忠诚的共和党人的司法记录。自 2005 年加入最高法院以来，他撰写或支持过限制联邦政府执行《投票权法案》和限制独立团体的政治献金的权力的决定。一项研究发现，他是现代最有可能推翻先例的法官之一。尽管如此，罗伯

---

① 民主党人可以提出一个同样令人信服的理由，即鉴于其意识形态意图，对博克的任命本身就是违反惯例的。参见 E.J. Dionne, "Capitulating to the Right Won't End the Judicial Wars," *Washington Post*, September 23, 2010, https://www.washingtonpost.com/opinions/capitulating-to-the-right-wont-end-the-judicial-wars/2020/09/23/5402f378-fdd5-11ea-9ceb-061d646d9c67_story.html。

② Lawrence Lessig, "Why Scalia Could Uphold Obamacare," *Atlantic*, April 13, 2012, https://www.theatlantic.com/national/archive/2012/04/why-scalia-could-uphold-obamacare/255791/.

茨还是要保护法院的机构声誉；首席大法官尤其经常将此视为其职责的一部分。做出反对强制令的裁决，肯定会引起争议。①

随着案件在法院的审理，原告请来了一批擅长上诉的颇有才华的律师。全美独立企业联合会选择了迈克尔·卡文，他是一位资深的保守派倡导者，曾在里根政府任职，他过去提起的上诉包括代表烟草业以及2000年佛罗里达州布什对戈尔重新计票案中获胜的一方。他对本案持乐观态度，因为他认为政府律师无法确定一个"限制原则"——也就是说一条明确的界限，表明政府何时可以强迫某人购买某产品，何时不能。或者，正像文森大法官所说的那样，政府没有明确的答案来解释为什么它可以逼你买保险，却不能逼你买西蓝花。②

处理此案的奥巴马政府律师是唐·韦里利，他在不到一年前成为司法部副部长，但从一开始就参与了此案，那时他在白宫法律顾问办公室工作。他也认为，鉴于最高法院在1995年和2000年分别对监管商业的权力设定了新的限制，以商业条款为论点可能会遇到麻烦。自20世纪30年代以来，这种情况从未发生过，这表明法官们可能有兴趣再次限制权力。"在20年前的世界里，我想我会说，根据商业活动的权力，这显然是合宪的——我本可以轻松赢得这场官司，"韦里利后来对我说，"但现在我真的很担心。"③

韦里利的所有耗时耗力的准备工作包括关于医疗保健经济和《平价医疗法案》运作的简单通报。他进行了多次模拟法庭练习，针对他将要辩护的不同部分各进行了两次，关于强制令的辩护额外进行了一次（共计三次）。在模拟开庭期间，他再次感觉到，依据商业条

---

① Aaron Belkin and Sean Mc Elwee, "Don't Be Fooled. Chief Justice John Roberts Is as Partisan as They Come," *New York Times*, October 7, 2019, https://www.nytimes.com/2019/10/07/opinion/john-roberts-supreme-court.html.
② 另一位著名的保守派律师保罗·克莱门特代表多个州质疑《平价医疗法案》，并与卡文一起工作；作者对迈克尔·卡文的采访。
③ 作者对唐·韦里利的采访。

The Ten Year War

款来进行辩护，并没有像他所希望的那样顺利。

尽管这一论点在政治上对政府来说有些棘手，但在实际操作中，根据征税权来辩护强制令合宪，这样的论点更站得住脚。奥巴马还是总统候选人时曾承诺不会提高中产阶级的税收，在2009年的一次电视采访中，奥巴马曾特别指出，他不认为这项强制令是在增税。在法庭上进行税收辩护会让共和党人抓住把柄，说奥巴马撒谎。

早在2010年，当政府首次准备在下级法院为强制令辩护的案情摘要时，韦里利曾帮助准备了一份裁决备忘录，它每晚都放在奥巴马公文包里。这份备忘录解释了情况（包括奥巴马在电视上的声明），并建议使用税收论点，尽管存在政治风险。备忘录的末尾有三个方框：同意，不同意，讨论。韦里利把备忘录拿回来，看到"同意"框里做了个记号。奥巴马是一位政治家，但他首先是一位宪法学教授。

税收问题在下级法院没有引起太多的关注。但在最高法院的听证会上，大法官们留出了三天时间进行辩论，每天都涉及案件的不同方面。这将给韦里利一个最后充实这一论点的机会。韦里利还想做的事之一是强调宪法回避原则，即如果法院能够为一项法律找到宪法上合理的理由，就不应推翻它。换言之，光是税收方面的争论就足够了。①

在司法部副部长办公室之外，税收争论的可能性受到的关注要少得多。几年后，卡文承认他对这个案子几乎没有把握。但他告诉我，其中一个原因是，仅仅因为征税权，这项强制令是成不了的。②

3.

肃静，肃静，肃静。上帝保佑美国及此尊贵的法庭。

2012年3月26日星期一上午10点，书记员宣布最高法院开庭审

---

① 作者对韦里利和约瑟夫·帕尔默的采访。
② 作者对卡文的采访。

理"全美独立企业联合会诉西贝利厄斯案"及相关案件。被告人凯瑟琳·西贝利厄斯出庭。其他一些参与该法律制定的官员和议员也到庭了，包括丽兹·福勒和珍妮·兰布鲁。罗恩·波拉克也出席了，他碰巧是最高法院律师协会成员。审判可能的结果包括：全盘维护法律，全盘推翻，或者兼而有之——只允许部分项目继续进行。①

第一天是大多数人认为可以忽略的一天。焦点是一项相对不太知名的法律——《反禁令法》（Anti-Injunction Act），该法其实是禁止对政府尚未征收之税提出质疑的诉讼。政府的立场是，根据《反禁令法》，这项强制令不是一项税收，因此法院现在就可以对此案做出裁决，而不是等到2014年法律和强制令全面生效之后。

在提出这一点时，政府谨慎地表示，其论点仅适用于反禁令听证会。当谈到法院将在星期二受理的宪法权威的问题时，这项强制令仍然是一项税收——擅长讽刺自由主义倡导者的保守派法官塞缪尔·阿利托冷淡地指出："今天你争辩说，罚款不是税收。明天你又会回来争辩说罚款是税收。"

罗伯茨还问了一个问题，这个问题将被证明意义重大。他指出，当违反强制令的唯一处罚是交更高的税时，这一强制令似乎并不像是一个强制买保险的"命令"。如果你不上报会怎样？答案是什么后果都没有——也就是说没有刑事制裁。尽管韦里利注意到了这一点，但他的完整评论有点难以从语法上分析，当时也几乎没有引起关注，他说："当时我说，'哦，他明白了我们的意思'。首席大法官明白了，唯一的后果就是你要纳税，因此强制令可以被解释为不是命令，只是行使征税权。"②

---

① 我在法庭并看到了他们所有人。
② 新闻网站 Talking Points Memo 的布莱恩·比特勒是少数几个注意到的记者之一。"罗伯茨可能已经走漏了风声。"比特勒在周一的快讯中写道。参见 Brian Beutler, "John Roberts May Have Tipped His Hand on 'Obamacare' Reasoning," Talking Points Memo, March 26, 2012, https://talkingpointsmemo.com/dc/john-roberts-may-have-tipped-his-hand-on obamacare reasoning。

The Ten Year War

星期二的重点是强制令，这是戏剧化的一天。对韦里利来说，开局并不顺利。那天早上他很累，有点不舒服，因为他家的警报系统在夜里误响了两次。肾上腺素缓解了他的疲劳，但在他开口说话之前，喝下的一小口水呛进了气管。开场白几秒钟后，他不得不停下来再喝一杯。"对不起。"他说，玻璃杯的叮当声在宽阔而寂静的法庭里回荡。

韦里利继续说着，很快就找到了自己的节奏。但他几乎是立马受到了保守派的攻击，尤其是斯卡利亚、罗伯茨和肯尼迪，他们坐在位置较高的议员席当中，这使他们的架势和言辞都很令人生畏。"你能为了监管而创造出商业吗？"肯尼迪发问，引用了质疑者简述过的一个论点。罗伯茨表示他也想知道答案。作为一名资历较浅的大法官坐在一边的阿利托，提出了一个关于葬礼的假设，假设的场景是他和韦里利在午餐时间去华盛顿的市中心散步，随机询问年轻人，并让他们提前支付葬礼费用。斯卡利亚问了西蓝花的问题。

就这样，四位保守派大法官表达了对商业条款论点的极度怀疑。（第五位是克拉伦斯·托马斯，他从未在口头辩论中提问，但可能会投票推翻这项强制令。）当原告的律师卡文和保罗·克莱门特做陈述时，自由派法官对他们提出了一些不容易应答的质询，特别是奥巴马任命的埃琳娜·卡根和索尼娅·索托马约尔，作为资历最浅的法官，他们坐在法官席的两端。但他们的夹击和韦里利所遭遇的质问，完全不可同日而语。

第三天为《平价医疗法案》辩护也并没有好到哪里去。上午的焦点是，如果发现法律的某一部分违宪，是否需要宣布整个法律无效。考虑到法官们星期二对这项强制令的怀疑，这个问题突然变得很重要。安东尼·肯尼迪的问题，凸显了法官们在试图找出法律的哪些部分是相互关联的、哪些部分是独立于其他部分时将面临的困难，这听起来像是他准备否决整部法律了。

下午的环节讨论了医疗补助计划的扩大，这是该案中本来不受注意却突然变得重要的问题。诉状称，融资安排对各州是强制性的，因为拒绝扩大其项目的州就会失去所有联邦医疗补助资金，包括运营现有医疗补助计划的资金。换句话说，这是一个各州无法拒绝的提议。反驳的理由是，法院从来没有质疑过政府是否有权以各州遵循联邦指导方针为条件提供资金。甚至许多保守派人士也认为原告的论点牵强——尽管奇怪的是，大法官们似乎对此很认真。

听证会后达成的共识是，《平价医疗法案》遇到了大麻烦，韦里利的表现于事无补。共和党全国委员会把他开场结结巴巴的音频变成了攻击对手的广告，有选择性地进行编辑，使停顿听起来比实际时间要长。最后，成了："奥巴马医改：难以接受。"[1]

韦里利的同事认为这种反应是不公平的。尽管质询异常难以对付，但韦里利还是表达了自己所有观点。包括总统在内的几位政府成员都对韦里利进行了声援。韦里利说他自己还好，他特别查看了自己副手们的情绪，并坚称他们仍然有很大的机会获胜。

没几个人相信他。[2]

4.

法官们在口头辩论之后的星期五立即讨论案件。他们单独碰头，没有书记员或其他工作人员在场，而且这些谈话的细节即使公开的话，通常也只有在事情发生多年后。

在《平价医疗法案》一案口头辩论两天后进行的讨论是一个例外，这要感谢三位消息灵通的记者的报道，这三位记者是：琼·比斯

---

[1] Julie Hirschfeld Davis and Greg Stohr, "Republicans Tampered with Court Audio in Obama Attack Ad," *Bloomberg*, March 30, 2012, https://www.bloomberg.com/news/articles/2012-03-29/republicans-tampered-with-court-audio-in-obama-attack-ad?sref=sGsy0HYh.

[2] 对帕尔默和韦里利的采访。

库皮克、简·克劳福德和杰弗里·图宾。根据他们的文章，关于那次会面的一些事情后来变得清晰起来。所有五位保守派大法官都表示，奥巴马政府利用商业条款作为论点，没有说服他们，正如韦里利所怀疑的那样，他们准备再次限制这一条款。罗伯茨说自己跟大多数人意见一致。另外四位保守派大法官在那次会面后认为罗伯茨会和他们一起投票推翻强制令，剩下的唯一问题是，是否要保留法律的其余部分。[①]

只有罗伯茨才清楚他当时到底在想些什么。但他知道，支持该法案和反对该法案的区别在于 2 000 多万美国人有医疗保险还是没有医疗保险。还有数百万人将从保险公司的做法中获得或失去保护，这些做法使已患有疾病的人很难获得体面的保险并支付账单。这一决定还将影响到一个产业部门，粗略地说，它每年占全国经济产出的六分之一。

可以说，在法院最近的历史中，只有屈指可数的几项判决能够对如此多的美国人的日常生活产生如此直接、如此重大的影响——比如"布朗诉教育委员会案"，也许"罗伊诉韦德案"也算得上，还有另外一两项判决。但是"布朗诉教育委员会案"是 7 比 2 获胜，"罗伊诉韦德案"是 6 比 3 获胜。有一次，在接受记者杰弗里·罗森的采访时，罗伯茨思考了这样一个事实：人们记住首席大法官，往往是因为他们的失败而不是成功——而依据分歧非常不明显、按党派划分的投票结果去推翻法律和先例的法庭，在未来的历史学家看来将是一次失

[①] Jan Crawford, "Roberts Switched Views to Uphold Health Care Law," CBS News, July 2, 2012, https://www.cbsnews.com/news/roberts-switched-views-to-uphold-health-care-law/; Joan Biskupic, *The Chief* (New York: Basic Books, 2019), Kindle edition, 227-248; Jeffrey Toobin, *The Oath* (New York: Doubleday, 2012), 272-293. 克劳福德的陈述在判决后几天就出现了，引发了后续报道和对所发生事情沸沸扬扬的猜测。参见 Avik Roy, "Leaks Galore! More on the Inside Story of John Roberts' Obamacare Supreme Court Flip-Flop," *Forbes*, July 5, 2012, https://www.forbes.com/sites/aroy/2012/07/05/leaks-galore-more-on-the-inside-story-of-john-roberts-obamacare-supreme-court-flip-flop/#3a4d1ed81177。

败。然而，自从成为首席大法官以来，他主持了大量5比4的裁决。废除《平价医疗法案》的判决也将以同样的方式失败。①

过去的那些案子还有其他共同点。它们对政府是否有权实现特定的政策成果提出了根本性问题。政府能禁止堕胎吗？它能禁止种族隔离吗？在这些案件中，法院努力解决的真正争论是，联邦政府是否有义务甚至是努力去实现那些目标。倡导质疑《平价医疗法案》的人当然认为，他们的案例关乎一个同样重要的问题；他们试图阻止政府强迫人们购买商业产品。但即使是他们也没有质疑政府是否有权广泛提供医疗保险。他们明白，像老年医疗保险这样的计划是完全合宪的。②

不管罗伯茨在想什么，根据后来的新闻报道，他在某个时候决定，他还没有准备好废除整部法律。这使其与保守派产生了冲突，包括肯尼迪，因为正如肯尼迪在口头辩论中所暗示的那样，他准备扔掉整个计划。虽然罗伯茨并不打算改变他对商业条款限制的看法，但正如他在口头辩论中提出的问题所表明的那样，他已经在考虑征税权了。他已着手起草一项决定，支持将强制令作为一项税收。

当消息传到共和党任命的其他大法官那里，他们中的一些人或他们的一些书记员开始在法官办公室之外的地方宣泄不满，因为罗伯茨可能倒戈的消息很快在政界保守派圈子里流传开来。这导致保守派作家在《新闻周刊》《华尔街日报》和《华盛顿邮报》上发表了一系列含义隐晦的专栏文章，每一篇都在担心罗伯茨可能会让这项法律继

---

① Jeffrey Rosen, "Roberts's Rules," Atlantic, January/February 2007, https://www.theatlantic.com/magazine/archive/2007/01/robertss-rules/305559/.
② 一位在巡回法院对一项强制执行诉讼做出裁决的联邦法官，提出了一个重要的相关观点。他指出，通过取消强制性购买要求，法院可能会破坏"社会安全网私有化"的企图，而这正是许多保守派想要做的。这位法官就是布雷特·卡瓦诺，特朗普于2018年任命他为最高法院法官。参见Kavanaugh, Dissenting Opinion, Seven-Sky v. Holder, 661 F. 3d 1-Court of Appeals, Dist. of Columbia Circuit 2011.

续有效。①

然后，在 6 月 2 日，《国家评论》的编辑拉梅什·庞努鲁在普林斯顿大学校友聚会上说："根据我从最高法院得到的消息，我做出了一个有根据的猜测，那就是——嗯，我相信大家都知道，在口头辩论的星期五所在的那个周会有一次初步投票。我的理解是，5 票对 4 票推翻强制令，也许还有一些相关条款，但不是整个法案。有趣的是，从那以后，似乎又有了新的考虑。不是肯尼迪大法官，而是首席大法官罗伯茨，他似乎有点摇摆不定。"②

韦里利也听过这些传言。他不相信，因为有关即将做出的判决的传言很少是准确的。他也不知道什么时候会有判决，因为法院事先没有说。法院只是表明它打算在多少日内宣判。随着日期的临近，韦里利每天都去法院，坐在政府律师的席上听裁决，直到只剩下一个。③

5.

6 月 28 日，法庭里和口头辩论时一样挤满了人，气氛也一样紧张，不过这一次，该法支持者的惶恐不安更甚。哨声响起，法官们各自从法官席后面用帘子遮住的地方走了出来，分别就座。罗伯茨先宣读了一些例行的决议。然后，他以公事公办的口吻说："我在此宣布 11-393 号案件'全美独立企业联合会诉西贝利厄斯案'及相关案件的判决。"

法官们从法官席上宣读他们的判决摘录或摘要，因为如果全部读完这些判决需要花很长时间。即便如此，罗伯茨还是花了大约 6 分钟

---

① George Will, "Liberals Put the Squeeze to Justice Roberts," *Washington Post*, May 25, 2012; "Targeting John Roberts," *Wall Street Journal*, May 23, 2012.
② 作者对拉梅什·庞努鲁的采访。
③ 对韦里利的采访。

的时间说到了政府就强制令提出的商业条款论点,以及为什么在五位大法官看来,这些论点是错误的。这几乎一字不差都是质疑该法律之人的逻辑。政府可以管活动,但不能管不活动;政府的律师们还没有提出一个可接受的、可界定的限制来阻止政府发出其他命令。西蓝花的论点占了上风。

然后罗伯茨说到了征税权。

罗伯茨在这一点上或在宣读判决的任何一点上,都没有改变他的语调。从他的声音里流露出的情感来看,就跟在读购买软件的条款没有太大区别。但是韦里利不需要语气提示就能意识到这是一个转折点,罗伯茨说:"根据我们的先例,如果对一项法规有两种可能的解释,而其中一种解释违宪,那么法院应该采纳允许维持该法规的解释。"

这里用的是宪法回避理论。正如罗伯茨接下来解释的那样,如果征税权的论点有些许合理,那么最高法院就有责任维护这一强制令的合宪性。这就是法院的判决,罗伯茨加入了那四位自由派法官的行列。

法庭外,双方的活动人士都聚集在一起,先是闹哄哄,接着乱成一团。美国有线电视新闻网看到大法官们否决了商业条款的论点就宣布法院推翻了这项强制令。福克斯新闻也有样学样,引得质疑该法律的人纷纷庆祝。随后,美联社和美国最高法院博客(SCOTUSblog)——一个在该案发生后政客们趋之若鹜的网站——发布了一份实情报告,称由于征税权,这项强制令和该法的大部分内容都继续有效。很快,美国有限电视新闻网和福克斯新闻出言更正。现在,轮到这项法律的支持者欢呼了。[①]

他们欣喜若狂,以至于几乎没有人注意到罗伯茨裁决的第二部分,在这部分中,他在医疗补助问题上站在了原告一边,支持一个即

---

① Alexander Abad-Santos, "CNN Got the Supreme Court's Health Care Ruling Exactly Wrong," *Atlantic*, June 28, 2012, https://www.theatlantic.com/business/archive/2012/06/cnn-got-supreme-courts-health-care-ruling-exactly-wrong/326465/.

使是该法律的一些批评者也认为牵强的论点。罗伯茨说，联邦政府是在拿枪指着各州主事者。罗伯茨说，法院不会因为这个问题而否决整部《平价医疗法案》，但法院宣布对现有各州医疗补助资金的威胁无效。做出这部分决定的人中有两位自由派大法官斯蒂芬·布雷耶和埃琳娜·卡根，许多人认为这决定是隐含协议的一部分，目的是巩固罗伯茨对强制令的支持。①

医疗补助计划的裁决将产生巨大的、长期的后果，因为它实际上使扩大范围成为可选项，使保守的州有能力拒绝扩大。但对于捍卫该法律的人来说，这要留待日后去讨论和斗争。在回司法部的路上，韦里利接到一个电话。是奥巴马，向他表示祝贺和感谢。"这是我的荣幸。"韦里利说。后来，在办公室，团队用小店买来的片状蛋糕庆祝。律师乔·帕尔默从一开始就在处理此案，一直坐在韦里利旁边的那张桌子，他走进办公室，关上门，大哭起来——终于能释放出他在过去 17 个月里累积的焦虑和惶恐。②

这场战斗的另一方的情绪有震惊，也有愤怒，愤怒是因为罗伯茨背叛了他们，提出了一个他们认为极不严肃的论点。失败情绪也随之而来。他们曾那么努力地用保守派人士填补司法系统内的空缺，但他们在其标志性事业上输了，他们再也没有机会了。

除非他们能另觅机会。

---

① Sara Rosenbaum and Timothy W. Westmoreland, "The Supreme Court's Surprising Decision on the Medicaid Expansion: How Will the Federal Government and States Proceed?," *Health Affairs*, August 2012, https://doi.org/10.1377/hlthaff.2012.0766.
② 对韦里利和帕尔默的采访。

二十、反全民医保俱乐部

1.

迈克尔·坎农说,他并不总是一个自由论者。他在华盛顿州的弗吉尼亚郊区长大,从小就聆听并接受天主教有关社会正义的教义。然后,他上了弗吉尼亚大学,开始读弗雷德里希·哈耶克的著作,这位奥地利经济学家宣扬了自由市场的优点。坎农正在摆脱他年轻时的"经济和社会威权主义"思想,他后来这样对我说。他越来越相信,政府的财富转移是浪费,而不受规范性监管的独创性比社会福利计划带来更多的进步和繁荣。"于是我问高年级本科生导师,'为什么我们的教学大纲上没有[自由市场拥护者米尔顿·]弗里德曼或哈耶克?'"

1994年大学毕业后,坎农先后在右翼组织"健全经济公民"(Citizens for a Sound Economy)和参议院共和党政策委员会找到了工作,专注于医疗保健,他说,因为要做的工作很多,人手却很少。这是他第一次意识到两党之间存在的"专家差距"。在民主党的大圈子里,云集着活动家和专家,他们把医疗保健作为自己的毕生工作。共和党当中把医疗保健作为毕生事业的人屈指可数,而他们中的许多人,像坎农一样,是偶然才走上了医疗保健工作之路。"我喜欢讲一个笑话,"坎农说,"基督教科学家和共和党人有什么共同点?那就是他们就是不搞医疗保健。"

坎农认定,共和党人对医疗保健问题没有兴趣,一定程度上是政治环境的副产品。自由派民主党人开始着手创建并维护能给人们带来明确、切实利益的计划。没有人因为向老年人承诺新的医疗保险福利而失去选票。共和党人会试图缩小或取消这些项目。这通常是不受欢迎的，于是共和党人倾向于像税收和国家安全等其他问题，因为在这些问题上，他们可以把自己描绘成提供救济或保护的人。

坎农认为不必这样。他认为，取消政府的规章制度和补贴将带来更便宜、更好的医疗保健，而且选民会投桃报李。这些政策需要投入时间和政治资本，很少有共和党人愿意这样做。但他愿意。在国会山待了大约4年之后，坎农加入了卡托研究所，这是一个自由主义智库，以前叫查尔斯·科赫基金会，以纪念其最初的捐款人。卡托研究所主要关注的是经济政策，重点是取消监管和税收。①

2006年米特·罗姆尼签字同意马萨诸塞改革时，坎农说过"说是'恐慌'都不为过"，当时他就注意到，看到美国传统基金会的顶尖学者参与其中也并不令人惊讶。马萨诸塞州的体系有对计划和个人强制保险的监管，如果它的目标是确保每个人都有保险，那该体系完全有道理的。但坎农一直认为，全民医保最终会导致人们更难获得医疗，医疗质量也会更糟糕，要求人人都有保险，无论是公共保险还是私营保险，从根本上讲都是不道德的。2007年，他宣布自己是"反全民医保俱乐部"的主席。②

坎农说，在2008年的选举中，他没有投票给任何一个大党候选人，尽管他补充说，他更喜欢奥巴马，一来他反对伊拉克战争，二来美国终于有一位非裔美国总统将是个重要的里程碑。但坎农强烈反对

---

① Michael Hiltzik, "David Koch's Real Legacy Is the Dark Money Network of Rich Right-Wingers," *Los Angeles Times*, August 23, 2019, https://www.latimes.com/business/story/2019-08-23/david-kochs-legacy-dark-money-network; Jane Mayer, "The Kochs v. Cato," *New Yorker*, March 1, 2012, https://www.newyorker.com/news/news-desk/the-kochs-vs-cato.

② 作者对迈克尔·坎农的采访; Michael Cannon, "The Anti-Universal Coverage Club Manifesto," Cato Institute, July 6, 2007, https://www.cato.org/blog/anti-universal-coverage-club-manifesto.

奥巴马的医疗保健提案，并承认民主党在斯科特·布朗当选后仍能通过该提案，实在令人惊讶。他尊重甚至钦佩民主党人所取得的成就。很明显，全民医保非常重要，重要到总统和他的盟友愿意为此赌上自己的政治生涯。而他，也不会低头认输。

尽管废除一项重要的社会福利立法几乎是闻所未闻的，但坎农知道，美国历史上唯一的例外是《医疗保障大病保险法》（Medicare Catastrophic Coverage Act），这是里根时代填补老年医疗保险计划福利结构空白的举措。该法案在两党的大力支持下通过，但反对者不断攻击它，瞄准的是一些老年人将面临更高的成本。法案变得如此不受欢迎，以至于一年后，几乎相当于两党联手投票决定废除这项法律。坎农认为，类似的情况也可能发生在《平价医疗法案》上，因为他认为《平价医疗法案》的名称就错得离谱，甚至在它成为法律之前就已经引起了强烈的反弹。

这种反弹帮助全国各地的共和党州长和州议员候选人在2010年的选举中获胜。坎农认为，他可以通过教育这些新当选的共和党人来尽个人最大能力为这项事业服务，这些共和党人中有许多曾吹嘘自己反对医改法，但并不真正了解医改法是如何运作的，也不知道自己有多大的权力来破坏它。"我首先意识到的一件事，"坎农后来解释说，"就是如果你想让否定意见保持高位，一个好办法就是说服各州不要执行这项法律。"

当时，在选举结束后、最高法院对全美独立企业联合会案做出裁决之前，坎农认为各州面临的主要选择是是否建立和运作新的保险交易所。另一种选择是让华盛顿的卫生与公众服务部来做。坎农明白，为什么各州自己管理这一模式可能会对州长和州议员有吸引力，尤其是那些渴望避开联邦控制的保守派。但他告诉州政府官员，这是一个误解，因为法律并没有给他们留下他们所以为的那么多余地。法律规定了保险公司如何为其产品定价；各州在设定福利方面有一定的灵活性，但最关键的是，即使卫生与公众服务部管理交易所，各州也会保持这种灵活性。正如坎农后来回忆的那样，他传达的信息是，"别想着做点什么——就站在那里。我要求他们袖手旁观，而政客们实际上非常精于此道"。①

坎农开始巡访，弗吉尼亚是他的第一站。2011年6月，坎农出现在该州医疗保健联合委员会，他强调，建立一个交易所将会导致资源分流："弗吉尼亚州在交易所每花一块钱，道路、教育或警力上就少一块钱。"坎农补充说，如果拒绝参与此事，弗吉尼亚州的立法者将传达出一个信息，表明民众反对这项法律的力量，从而使他们自己的司法部长协助发起的针对强制令的诉讼更有可信度。②

坎农后来说，在那次会后，他收到了乔纳森·阿德勒的电子邮件，阿德勒在凯斯西储大学教授宪法，和坎农一样是自由论者。这封电子邮件讨论的是《平价医疗法案》中存在的一个小问题，某个段落里的特殊措辞，似乎造成了一个重大的法律漏洞——尽管就连阿德勒似乎都没有意识到它的重要性。③

2.

"出于政治卫生考虑，这个混蛋必须干掉。我不在乎究竟怎么做——是否被肢解，是否用木桩刺穿它的心脏，是否涂上焦油粘上羽毛然后把它赶出市镇……我不在乎是谁干的，不管是某个地方的法庭还是美国国会。不管怎样，为这个目标上花费的任何一美元都是值得的。为此提出的任何诉讼都是值得的。为此目的所做的任何演讲或座

---

① 对坎农的采访。
② Michael Cannon, "Should Michigan Create a Health Insurance Exchange?," Mackinac Center for Public Policy, June 2011, https://www.mackinac.org/15237.
③ 对坎农的采访；作者与乔纳森·阿德勒的通信。

谈，都是在为美国效力。"①

这位演讲人是迈克尔·格里夫，乔治梅森大学的法学教授，隶属于保守的美国企业研究所。会场原本是一个令人昏昏欲睡的美国企业研究所论坛，讨论针对《平价医疗法案》提起诉讼的可能性。那是2010年12月，针对强制令的诉讼已经开始。这个论坛的目的是寻找新的攻击方法，其他专家之一，南卡罗来纳州一名叫托马斯·克里斯蒂纳的律师认为他已经找到了一种。

曾在里根任内的司法部任职的就业福利专家克里斯蒂纳早已开始研究《平价医疗法案》，因为他的公司为需要遵守该法案规定的客户提供咨询服务。正是在这项工作中，他遇到了一个关于计算税收抵免的条款，即让交易所的私营保险更实惠的联邦补贴。该条款提到了"由州建立交易所"，并没有提到在州拒绝采取行动时由联邦政府建立交易所。"这可能是一个意想不到的后果，"他在美国企业研究所论坛上说，"但结论似乎是，如果所在州拒绝执行联邦法律，那么该州纳税人将不会得到税收抵免。"②

阿德勒把这个信息告知了坎农，坎农马上就知道这有多重要。如果没有补贴，交易所将难以为继。就会有太多人买不起保险。

坎农将税收抵免的模糊性纳入了他为共和党州政府官员提供的专业咨询中。"我明确地提醒，如果你想阻止《平价医疗法案》，那么作为一名州政府官员，这是你所能做的最重要的事情。因为如果他们坚持按字面意思来，[许多]州不建交易所，国会将不得不重新审议

---

① "Who's in Charge? More Legal Challenges to the Patient Protection and Affordable Care Act," *American Enterprise Institute*, December 7, 2010, https://www.aei.org/press/whos-in-charge-more-legal-challenges-to-the-patient-protection-and-affordable-care-act/; "Who's in Charge? More Legal Challenges to the Patient Protection and Affordable Care Act," YouTube video, 2:02:46, posted by American Enterprise Institute, March 11, 2014, https://www.youtube.com/watch?time_continue=4292&v=C7nRpJURvE4&feature=emb_logo.
② Stephanie Armour, "The Lawyer Who Helped Spark This Week's Affordable Care Act Rulings," *Wall Street Journal*, July 24, 2014, https://www.wsj.com/articles/the-lawyer-who-helped-spark-this-weeks-affordable-care-act-rulings-1406231596.

这项法律。总统将不得不达成某种协议。"坎农和阿德勒也开始在巡回演讲和各种会议上大谈在法庭上质疑的可能性,在全美独立企业联合会案以令人失望的结果告终后,这再次提振了保守派的士气。最终,竞争企业研究所(Competitive Enterprise Institute)资助并协调了两起诉讼,这是一家自由主义智库,其律师萨姆·卡兹曼跟坎农一样认为,这两起诉讼有可能挫败《平价医疗法案》。

该研究所做了法律方面的大部分繁重工作,找到了有资格起诉的原告(其中一人是坎农帮忙找到的),并支付了他们的律师费用。坎农和阿德勒专注于此案的研究。和托马斯·克里斯蒂纳一样,他们二人最初认为关键条款的措辞是一个意外——不是起草错误,而是没有认识到该法律语言暗含的意思。这不是一个打赢官司的好办法,因为法官们不愿意仅仅由于措辞草率就阻止法律的实施。但在深入研究了立法历史之后,他们提出了一个新的论点,即起草该条款的立法者"百分之百地打算限制对各州建立的交易所的补贴",目的是确保各州做好自己的分内事。①

这一论点,在费城一个叫里奇·温斯坦的金融顾问挖出了YouTube上一直被称颂的乔纳森·格鲁伯过去的一些学术讲座后,有了可信度。格鲁伯在讲座中说:"有关此事,政治上要记住的重要一点是,如果你是一个州,你不建个交易所,就意味着你的公民得不到税收抵免。"既是改革者的顾问,又是《平价医疗法案》的倡导者,格鲁伯这身份使得这段视频特别要命。②

---

① 对坎农的采访。
② Peter Suderman, "Watch Obamacare Architect Jonathan Gruber Admit in 2012 That Subsidies Were Limited to State-Run Exchanges (Updated with Another Admission)," *Reason*, July 24, 2014, https://reason.com/2014/07/24/watch-obamacare-architect-jonathan-grube-2/. 在这件事中我也留下了小小的印记,因为我2010年初在美国国家公共电台(NPR)的 *Fresh Air* 节目上发表了评论;我能重建我当时的想法是因为我找到了一封当时的电邮,其中非常强烈地表明坎农-阿德勒理论是错误的。参见Jonathan Cohn, "My Obamacare Truther Moment," *New Republic*, July 31, 2014, https://newrepublic.com/article/118915/my-obamacare-truther-moment-what-i-told-terry-gross-about-exchanges; Jonathan Cohn, "One More Clue That the Obamacare Lawsuits Are Wrong," *New Republic*, July 29, 2014, https://newrepublic.com/article/118867/email-house-aide-undermines-halbig-lawsuit-obamacare-subsidies。

那些视频出来以后，格鲁伯说他不记得自己为什么会那么说。他说，该计划的全部意义是确保各地都能获得财政补助，而不是依赖于州官员。在支持这一观点的人中，有丽兹·福勒，她和华盛顿的许多人一样近距离地参与了法律的起草。尽管她面对媒体一向腼腆，但她直言，坎农-阿德勒的观点并不代表她的想法——与她老板马克斯·鲍卡斯或她听到的任何其他立法者的想法也都不一样。曾帮助起草该法律，后来又就这部法律写了一部权威性的鸿篇巨著的约翰·麦克多诺也说了同样的话。华盛顿与李大学的法学教授蒂莫西·约斯特全程为民主党人提供建议，和很多人一样对该法了如指掌，他讲起话来毫不含糊："这些说法完全是错的。《平价医疗法案》的立法历史表明，国会明白通过联邦和州交易所都可以获得保费税收抵免。"[1]

做跟踪报道的记者也同样感到困惑。"作为一个报道奥巴马医改并写了五年相关报道的人，在我看来，国会实际上不知道它打算如何让补贴发挥作用的说法听起来很空洞。"莎拉·克利夫写道，她在转投《华盛顿邮报》（以及后来的 Vox 传媒和《纽约时报》）之前为"政客"网报道该法律的制定过程。"立法者清楚地知道这些补贴如何发挥作用，而且他们打算让这些补贴在每个州都发挥作用，不管是谁建立了交易所。"朱莉·罗夫纳在自己的 Fackbook 上发贴，她是国家公共电台的记者，从 20 世纪 80 年代就开始做医疗保健领域的报道，她写道："我在 2009 年和 2010 年间与起草该法案的人进行了上百次对话，我从未听到有任何人提到过补贴只在州交易所提供的想法。"[2]

---

[1] Timothy Jost, "Tax Credits in Federally Facilitated Exchanges Are Consistent with the Affordable Care Act's Language and History," *Health Affairs*, July 19, 2012, https://www.healthaffairs.org/do/10.1377/hblog20120719.021337/full/; Jonathan Cohn, "The Legal Crusade to Undermine Obamacare—and Rewrite History," *New Republic*, December 5, 2012, https://newrepublic.com/article/110770/legal-challenge-obamacare-insurance-exchanges-full-holes.

[2] Sarah Kliff, "Congress Never Fought About Ending Tax Credits," *Vox*, July 26, 2014, https://www.vox.com/2014/7/26/5937593/obamacare-halbig-gruber-tax-credits; Julie Rovner, "What Jon Gruber Says He Was Thinking," Facebook, July 25, 2014, https://www.facebook.com/julie.rovner/posts/10204540021609085.

至于为什么关键的立法条款会这样表述，格雷格·萨金特和拉里·莱维特提供了一个观点，前者是《华盛顿邮报》专栏作家，后者在凯撒家庭基金会的职位上定期向从事卫生立法工作的人士提供政策反馈。最初的参议院财政委员会法案里只有州交易所；HELP委员会的法案，设想了一个有联邦交易所作为后备的州交易所。当哈里·里德的幕僚将两个法案合并后，他们从每个法案里提取了一些表述——出自HELP委员会法案的相关条款的含义突然变得更加模棱两可，问题就出在这里。在任何地方都允许税收抵免的意图却从未动摇过。①

这些关于立法过程的回忆和理论，在法庭上是没有分量的。但是，密歇根大学法学教授尼古拉斯·巴格利指出，将失去税收抵免作为对各州的威胁，然后使这种威胁难以察觉，这种逻辑是荒谬的。当《教父》中的维托·科里昂向一个人开出一个"他不能拒绝"的条件时，科里昂不会拐弯抹角：'要么把脑浆洒在合同上，要么把名字签在合同上。'你得这样威胁人。'通过州建立的交易所'这句话，并不能戳中要害。"②

尽管引用《教父》的话可能不足以说服法官，但像巴格利这样的专家知道一个有力的法律论据或许会。依据公认的原则，政府对模棱两可的措辞的解释不见得是最好的。它只需要是合理的。

3.

2014年11月，最高法院同意受理此案，此前巡回法院的裁决相

---

① Greg Sargent, "Senate Documents and Interviews Undercut 'Bombshell' Lawsuit Against Obamacare," *Washington Post*, July 29, 2014, https://www.washingtonpost.com/blogs/plum-line/wp/2014/07/29/senate-documents-and-interviews-undercut-bombshell-lawsuit-against-obamacare/.
② Nicholas Bagley, "Hello, Justices? It's Reality Calling," *New York Times*, March 2, 2015.

互矛盾，其中，反对《平价医疗法案》的法官再一次都是共和党任命的。"金诉伯韦尔案"的听证会在3月初举行，距离全美独立企业联合会案庭审已近3年。

这一次开庭，只是一次口头辩论，而不是四次。虽然唐·韦里利再次与迈克尔·卡文对决，但双方的势头明显不同。现在，卡文面临的问题越来越棘手，包括为什么法律的制定者会将如此重要的条款塞进法规中一个相对模糊的部分。"我的意思是，"卡文说，"人们花了一年半的时间才注意到这种表述。"

索托梅厄提到了造成"死亡螺旋"的可能性，因为补贴（比强制令）对促使健康人参保更重要。她正在接受捍卫该法律之人提出的另一个关键论点，即《平价医疗法案》的设计者，永远不会故意创建一个包含自毁成分的方案，好让它"跟自己过不去"。①

这种可能性也引起了肯尼迪的注意。他似乎特别担心联邦政府实际上是在胁迫各州做出选择——要么管理自己的交易所，要么冒着其保险市场的死亡螺旋风险。正如他在全美独立企业联合会案中投票推翻医疗补助条款时所明确表示的那样，他不认为联邦政府应该拥有这种权力。"如果我们采纳你的论点，就会有严重的违宪问题。"肯尼迪对卡文说。

判决是在6月份做出的：又是一个支持该法的裁决，这次是6票对3票。税收抵免将继续适用于所有各州。罗伯茨起草了判决书，肯尼迪投了第六票，正如他提出的问题所暗示的那样。

按照法庭的标准，罗伯茨的判定算得上直截了当，言简意赅。他承认，"由各州建立"这一表述使这一条款含糊不清。但是，他接着说，国会打算危害关系到数百万人的保险，并冒着严重损害各州保险市场的风险，这是"不合情理的"。"国会通过《平价医疗法案》的目的是改善而不是破坏医疗保险市场。如果可能的话，我们必须以与

---

① Jonathan Cohn, "The Legal Crusade to Undermine Obamacare and Rewrite History."

改善相一致的方式去解释该法案，而不是以后者。"

这位首席大法官小心翼翼地避免对法律本身做出判断："在民主国家，制定法律的权力在于人民选出的人……在任何情况下，我们都必须尊重立法机关的职能，而且要慎之又慎，尽量不要撤销它所做的事。"

在某些方面来看，这是对司法机构在美国治理体系中作用的套话。但这也感觉像是罗伯茨向在街对面工作的共和党议员发出的信息：如果你愿意，就干掉奥巴马医改，只是不要让我替你干你的活。

在干掉奥巴马医改这一点上，共和党议员乐意效力。

二十一、净　化

1.

2010 年 3 月 23 日，美国参议院书记官收到了第一份提议废除《平价医疗法案》的议案，就在第一次违宪质疑开始在联邦法院受理的同时。该议案的发起人是南卡罗来纳州参议员吉姆·德明特，他曾希望 2009 年茶党的抗议活动能给奥巴马来个滑铁卢。该议案共有 22 个共同提案人，这个人数实际上比概括该立法实质的那句话的总字数还要多："《病人保护和平价医疗法案》及其修正案将被废除。"①

众议院和参议院的共和党人将在 2010 年提交更多废除该法的议案，每一项议案的实质性内容都与德明特议案的大致相同。"废除并取代"是该党的官方座右铭，但他们提出的所有议案都是废除，没有取代。这项立法主要是为了向选民、金融支持者和同情他们的利益集团展示，共和党人对奥巴马的医疗改革努力是坚决反对的。他们必须赢回国会才能真正废除它。

共和党人此时称之为奥巴马医改，他们用电视广告来抨击像威斯康星州的拉斯·费因戈尔德这样的弱势民主党人，警告医改法案将意味着更高的税收、更高的保险费以及更低的质量，而且还会从老年医疗保险中削减 5 000 多亿美元。最后一项主张的依据是该法律减少了对老年医疗保险的支付，包括民主党已经与医院和其他团体协商的那些削减，此举为的是抵销扩大医保范围的成本。②

事实上，民主党已经千方百计保护老年人的福利。退休人员可能亲眼看到和切身感受到的一个变化是在处方药费用方面的额外补助，

The Ten Year War

因为《平价医疗法案》将填补老年医疗保险药物覆盖范围中的"甜甜圈孔"缺口。但这种情况的发生将从2011年逐渐开始。特别是对于那些只接触右翼媒体的选民来说,有关削减老年医疗保险的争论似乎证实了这样一种怀疑:奥巴马和民主党正在减少辛勤工作的美国人的福利,拿去发给不太有资格享有福利的那部分人口。挑战费因戈尔德的茶党共和党人罗恩·约翰逊预测,奥巴马医改"将摧毁我们的医疗保健体系"。③

在选举日当天,民主党遭遇了"惨败"(奥巴马事后用了这个词),净损失了参议院的6个席位和众议院的63个席位,足以将众议院的控制权交回给共和党。佩洛西的众议院议长任期仅4年就结束了,奥巴马通过重大立法的机会也随之消失。他将把余下的任期花在防守而不是进攻上。

但在选举中,还有其他东西在变。共和党人在意识形态上和气质上变得更加极端。

---

① Bill to Repeal the Patient Protection and Affordable Care Act, S. 3152, 111th Cong. (2010).
② "Johnson TV:'Listening,'" YouTube video, 0:30, posted by Ron Johnson, September 27, 2010, https://www.youtube.com/watch?v=ZbIUW0qFCNM; Matthew Kaminski, "Tea Partier Beats Feingold," *Wall Street Journal*, October 8, 2010, https://blogs.wsj.com/ojelection/2010/11/02/tea-partier-beats-feingold/; Jonathan Cohn, "Playing Offense on Health Care Reform," *New Republic*, October 1, 2010, https://newrepublic.com/article/78098/russ-feingold-campaign-ad-defends-health-care-reform.
③ Dave Umhoefer, "Ron Johnson Says Sen. Russ Feingold Cut Medicare by \$523 Billion," PolitiFact, October 8, 2010, https://www.politifact.com/factchecks/2010/oct/08/ron-johnson/ron-johnson-says-sen-russ-feingold-cut-medicare-52/; Mary Bottari, "Pants on Fire: The Whoppers of the 2010 Elections," PR Watch, November 15, 2010, https://www.prwatch.org/news/2010/11/9615/pants-fire-whoppers-2010-elections; Juliette Cubanski, Tricia Neuman, and Anthony Damico, "Closing the Medicare Part D Coverage Gap: Trends, Recent Changes, and What's Ahead," Henry J. Kaiser Family Foundation, August 21, 2018, https://www.kff.org/medicare/issue-brief/closing-the-medicare-part-d-coverage-gap-trends-recent-changes-and-whats-ahead/; Jim VandeHei, "The Wisconsin Race That Says It All," *Politico*, October 12, 2010, https://www.politico.com/story/2010/10/the-wisconsin-race-that-says-it-all-043844.

在众议院，共和党领袖约翰·博纳在《平价医疗法案》通过当晚发表了反对该法案的慷慨激昂的演讲，这对他的许多同事来说仍然在情绪上起着指引作用。2010年晚些时候，博纳在号召保守派选民时，发誓说："我们将全力以赴——我是说，我们将尽一切所能——干掉它，阻止它，减缓它，我们将竭尽所能。"尽管如此，博纳还是一个老派的立法者，擅长前一分钟还在对对手大喊大叫，下一分钟就与他们达成协议。他是一个非常教条的共和党人，但他没有肩负改写联邦法规的使命。他甚至不像其他一些党团成员那样憎恨奥巴马。他和总统相处得还不错。①

而即将上任的预算委员会主席保罗·瑞安则是一位坚持不懈的斗士，他的信念更能说明共和党渐渐露头的在政策上的做法。人们经常看到瑞安穿着猎装在威斯康星州四处走动，在国会山拿着海报大小的财政图表，他通过绘制更低税收和更精简、更私有化的福利国家的蓝图，在保守派知识分子中吸引了一批追随者。他认为，大型的政府补贴项目正在使政府破产，而针对穷人的项目则造成了依赖性。对于老年医疗保险制度和医疗补助制度，他提议终止这两者提供的福利保障，并随着时间的推移大幅减少对它们的支出。②

当然，这正是共和党人指责民主党人用《平价医疗法案》干的事，只是瑞安的计划真的有可能削减福利，让老年人面临更大的医疗账单。但是党内并没有对瑞安的提议有什么担忧。相反，他得到了共和党党团上下的支持，因为他的议程将历史更久、更受重视的政府项

---

① Andy Barr, "The GOP's No-Compromise Pledge," *Politico*, October 28, 2010, https://www.politico.com/story/2010/10/the-gops-no-compromise-pledge-044311; Glenn Thrush and Sarah Wheaton, "Boehner and Obama: Caught in a Bad Bromance," *Politico*, September 25, 2015, https://www.politico.com/story/2015/09/obama-boehner-bromance-214094.
② "Fussbudget," *New Yorker*, August 6, 2012, https://www.newyorker.com/magazine/2012/08/06/fussbudget.

目（这令建制派保守人士及其财政支持者高兴）与《平价医疗法案》（这令茶党及其盟友高兴）拢在一块反对。瑞安也很受其所在州的白领和蓝领工人的欢迎，尽管他想对老年医疗保险动手，大概是因为他反奥巴马和反奥巴马医改的姿态也吸引了他们。

如果说瑞安是共和党的自我，那么米歇尔·巴赫曼就是共和党的本我。巴赫曼是明尼阿波利斯北部郊区的一名律师，生了第四个孩子后决定待在家里。在帮忙为自己的孩子建了一所特许学校后，她与州教育官员发生了冲突，因为后者学校的基督教取向违反了法律。她成为了一名保守派活动家，赢得了州议会的一个席位，6年后又进入了美国众议院。①

2011年，她刚刚开始第三个任期，还没有经手过重大的立法。根据国会旧的不成文的规则，她本应是一个典型的后座议员，默默无闻地埋头干活，直到最终有足够的资历来制定法律并为其家乡争取到一些项目。但巴赫曼已经是茶党的英雄了。她第一次受到全国的关注是在2008年的竞选活动中，当时，作为一名茶党新人，她称奥巴马及其盟友为"反美人士"。2009年在科罗拉多州的一次演讲中，她将税收比作"奴隶制"，并号召她的支持者反对民主党的医疗保健法案——"不能让它通过，"巴赫曼说，"我们今天要做的是立下誓约，歃血为盟。"大约在同一时间，她在国会宣读了自己写的东西，与《国会议事录》中收录的贝特西·麦考伊的死亡咨询小组的长篇大论异曲同工。②

巴赫曼在右翼的名人身份给了她权力。据"政客"网的蒂姆·

---

① Sheryl Gay Stolberg, "Roots of Bachmann's Ambition Begin at Home," *New York Times*, June 22, 2011, https：//www. nytimes. com /2011 /06 /22 /us /politics /22bachmann.html.
② Ernest Luning, "Bachmann：'Slit Our Wrists, Be Blood Brothers' to Beat Health Care Reform," *Colorado Independent*, September 31, 2009, https：//www.coloradoindependent.com /2009 /08 /31 /bachmann-slit-our-wrists-be-blood-brothers-to-beat-health-care-reform/.

艾伯塔随后的一篇报道，在中期选举之后，巴赫曼威胁要公开攻击博纳，因为博纳拒绝了她想在委员会中担任更好职务的要求。"我要去找拉什、汉尼蒂、马克·莱文和福克斯新闻台，"她说，"我要告诉他们，约翰·博纳正在打压帮助共和党夺回众议院的茶党。"博纳觉得他没法说不。"她抓住了我的要害，"他告诉艾伯塔，"她拥有无与伦比的影响力，她知道这一点。"①

参议院也在发生类似的变化。罗恩·约翰逊接替了费因戈尔德的威斯康星州席位，帕特·图米接替了宾夕法尼亚州阿伦·斯佩克特的席位。他们强大的保守派资历并没有阻止他们拿下两个摇摆州，这表明即使是温和派选民也是多么愿意在 2010 年将民主党赶下台。犹他州的新当选参议员是共和党人迈克·李，又一位茶党宠儿。在该州的提名大会上，他击败了现任共和党人罗伯特·贝内特，后者备受尊敬，从没有人被人误认为是自由派，但其罪过不少，包括与民主党人罗恩·怀登合作制定两党的医疗保健法案。②

随着这些新人的到来，对奥巴马医改的敌意加剧了，2011 年 1 月，议会会期刚一开始，德明特就决定提出一项新的废除议案。大多数党团成员马上签字加入，少数掉队者也很快跟了上来，尽管该议案并没有兑现共和党人所承诺的——包括一个许多共和党人信誓旦旦说很快会到位的替代办法。一些资深顾问注意到了这一点。③

"此处的共和党人当中有 2009 年以前就在位的，也有 2009 年以后新来的，而这部分是完全不同的一类人，"在 2015 年以前一直是格拉斯利助理的罗德尼·惠特洛克后来告诉我，"我们这些以前就在这

---

① Tim Alberta, *American Carnage* (New York: Harper Collins, 2019), Kindle edition, 84.
② Stu Woo, "Overthrow a Sign of Tea-Party Clout," *Wall Street Journal*, May 10, 2010, https://www.wsj.com/articles/SB10001424052748704307804575234541365605122.
③ 作者对多位民主党高级助理的采访。

里的人开始意识到规则已经变了，规则不再——怎么说呢，我讨厌用这个词，但它是准确的——'理性'……。2010年大选后，转变几乎立马就开始了，这里没有和平可言了。"①

这种缺乏和平的局面，将是未来国家政治的一个决定性特征。这将使民主党人和一些共和党人的境况变得悲惨，尤其是那个盯着总统宝座的人。

2.

米特·罗姆尼仿佛置身于他最舒服自在的环境：他站在一个礼堂里，穿着一件清爽的领尖钉有纽扣的白色衬衫，正在放PPT。

时间是2011年5月12日，地点在安娜堡的密歇根大学医学院。在正式宣布之前，罗姆尼的总统竞选活动仍处于软启动阶段。自从2008年输给约翰·麦凯恩以后，罗姆尼就一直计划参选。这次，他是领先者，拥有很高的知名度、大量的竞选资金以及来自共和党建制派的支持。但他也有一个政治上的大麻烦，残酷的是，这个大麻烦他认为就是他在马萨诸塞州取得的成就。

罗姆尼为自己签署的马萨诸塞州医疗保健法感到自豪。一份该法案的印刷制品按他要求作为他官方肖像里的两件物品之一，将永远挂在马萨诸塞州议会大厦。（另一件是他办公桌上相框里他妻子安的照片。）但当奥巴马将其作为国家改革的原型时，保守派对该计划尤其是个人强制保险的支持就消失了。拒绝接受个人强制保险的人当中，包括格拉斯利和哈奇，他们在2009年时还对这一概念表示过赞同。两年后的今天，罗姆尼因个人强制保险受到攻击。《华尔街日报》的一篇社论以"奥巴马的竞选搭档"为大标题，称罗姆尼"违背原则，

---

① 作者对罗德尼·惠特洛克的采访。

并不可信"。①

罗姆尼并没有像许多保守党派人士所希望的那样否认与这项法律的关联,而是为其辩护。"我要为50万选了我的人服务,他们很害怕,因为他们没有医疗保险,"罗姆尼在密歇根州的活动上说,"由于我制订的计划,40万人得到了保险,我很高兴我们能够做到这一点。"然后,罗姆尼用PPT向观众介绍了强制令的逻辑,并重复了他在州议会会见埃米·利施科、蒂姆·墨菲、乔恩·格鲁伯时完善的论点:"我们告诉人们,要么你为你的保险买单,要么我们向你收费,因为如果你不买保险,州政府就不得不为你的医疗买单。"②

罗姆尼明确表示,虽然他认为这项强制令对马萨诸塞州来说是有意义的,但这并不是非要像奥巴马所做的那样强加给美国其他地区。这只是《平价医疗法案》的问题之一,罗姆尼说,联邦法律提高了一些所得税,而马萨诸塞州的计划并没有。接近尾声时,罗姆尼勾勒出了一旦他当上总统希望推行的一些想法。这是保守派改革常见的一种模糊清单,包括税收抵免和允许跨州购买保险。

罗姆尼试图把罗姆尼医保和奥巴马医保区分开来,但忽略了一些相当重要的背景。是的,马萨诸塞州的计划没有对个人增税。但这主要是因为马萨诸塞州从联邦政府那里得到了额外的钱来扩大医保范

---

① Noam Levey, "Many in GOP Who Oppose Health Insurance Requirement Used to Favor It," *Los Angeles Times*, May 28, 2011, https://www.latimes.com/health/la-xpm-2011-may-28-la-na-gop-insurance-mandate-20110529-story.html; Michael Cooper, "Conservatives Sowed Idea of Health Care Mandate, Only to Spurn It Later," *New York Times*, February 14, 2012, https://www.nytimes.com/2012/02/15/health/policy/health-care-mandate-was-first-backed-by-conservatives.html?referringSource=articleShare; "Obama's Running Mate," *Wall Street Journal*, May 12, 2011, https://www.wsj.com/articles/SB10001424052748703864204576317413439329644.

② Jonathan Cohn, "Romney v. Romney," *New Republic*, May 12, 2011, https://newrepublic.com/article/88357/romney-obama-massachusetts-mandate-health-reform; Karen Tumulty, "Mitt Romney Defends His Health-Care Record," *Washington Post*, May 12, 2011, https://www.washingtonpost.com/politics/mitt-romney-defends-his-health-care-record/2011/05/12/AFNf9U1G_story.html

围。虽然罗姆尼在2011年表示,这项强制令要各州自己去试,但几年前,他在自己写的一本书中自豪地将其吹捧为全国的榜样。(该书的平装本删去了这些文字。)①

尽管如此,他的基本立场——强制令在马萨诸塞州可能是行得通的,在美国的其他地方却是不行的——在逻辑上是一致的。这也跟保守派律师正在向最高法院提起的诉讼一致。全美独立企业联合会案的核心主张是关于联邦权力的,具体来说,宪法中没有赋予国会实施这一要求的权力。这起诉讼没有提到各州是否可以自行决定要不要强制执行。

罗姆尼面临的问题是,保守派挺身而出反对奥巴马医改,并不是提出一个关于联邦制或者宪法细节的细致入微的观点。他们反对的是要求人们必须参加全民医保的整个想法,更广泛地说,是对奥巴马执政的一种反对。正如瑞安·利扎在《纽约客》上所说:"罗姆尼可以在艾奥瓦州和新罕布什尔州的每家每户的客厅里放PPT,直到每个共和党人都明白这两个计划在技术上的不同,但这并不会改变他进退两难的实质。"②

罗姆尼在初选中最强大的对手是前宾夕法尼亚州参议员里克·桑托勒姆,此人毫不留情地抨击了罗姆尼在医保方面的作为。"我们有位候选人……此人是最不适合在此次竞选中对这一根本问题说三道四的人,这个人就是罗姆尼州长,"桑托勒姆在一次活动中说,"他在马萨诸塞州制订的计划,实际上是州一级的'奥巴马医改'。"③

---

① Ryan Lizza, "Romney's Dilemma," *New Yorker*, https://www.newyorker.com/magazine/2011/06/06/romneys-dilemma; Timothy Noah, "The $10,000 Question," *New Republic*, December 12, 2011, https://newrepublic.com/article/98448/the-10000-question; Emily Friedman, "Romney Book Changed to Remove Line About National Health Reform," ABC News, September 23, 2011, https://abcnews.go.com/blogs/politics/2011/09/romney-book-changed-to-remove-line-about-national-health-reform.
② Lizza, "Romney's Dilemma."
③ Shushannah Walshe, "Rick Santorum Goes After Mitt Romney on Health Care: 'He Should Not Be the Nominee,'" ABC News, February 6, 2012, https://abcnews.go.com/blogs/politics/2012/02/rick-santorum-goes-after-mitt-romney-on-health-care-he-should-not-be-the-nominee; Alexander Burns, "Santorum Blitzes on Health Care," *Politico*, January 19, 2012, https://www.politico.com/blogs/burns-haberman/2012/01/santorum-blitzes-on-health-care-111571.

罗姆尼在这次挑战中幸存，部分原因是桑托勒姆在早期的竞选中受福音派的支持一路过关斩将，甚至疏远了很多立场更为极端的共和党选民。他不仅反对同性婚姻，还反对允许同性恋公开在军队服役。桑托勒姆也没有足够的钱跟罗姆尼一路较量下去，而罗姆尼能够出钱拍广告宣扬桑托勒姆本人的前后行为不一。事实证明，桑托勒姆和其他许多共和党人一样，也曾经对保险强制令的想法发表过好评。①

罗姆尼获得提名后，他选择保罗·瑞安作为竞选搭档，给候选人名单带来了一点额外的活力（瑞安只有42岁），也让对罗姆尼作为奥巴马医改煽动者的角色感到不满的保守派放了心。但是，瑞安的加入让罗姆尼不得不接受一个更为广泛的政策议程，无论《华尔街日报》的观点编辑多么喜欢这个议程，一旦它曝光，就变得非常不受欢迎了。老年医疗保险计划和医疗补助计划是瑞安最关注的项目，它们受到了大多数美国人甚至是那些加入了茶党的人的喜爱。②

共和党当权阶层（他们希望将所有的补贴项目或缩减或私有化）和共和党基层中算不上高消费阶层的部分（他们希望保留和加强他们直接受益的那些补贴项目）之间的这种紧张关系，是一个长期存在的问题，民主党人以前成功利用过——最令人印象深刻的是20世纪90年代，当时比尔·克林顿利用纽特·金里奇对老年医疗保险和医疗补助制度的攻击来重振自己的总统地位以及在中产阶级选民当中的声誉。奥巴马也采取了同样的攻击路线，强调了瑞安削减老年医疗

---

① Timothy Noah, "Rick Santorum, Individual-Mandate Fraud," *New Republic*, January 27, 2012, https://newrepublic.com/article/100133/rick-santorum-individual-mandate-fraud; Pete Leffler, "Wofford Declines to Give Info to Voter's Guide," *Morning Call*, April 7, 1994, https://www.mcall.com/news/mc-xpm-1994-04-07-2983594-story.html.

② Michael Shear and Trip Gabriel, "Romney Faces Pressure from Right to Put Ryan on Ticket," *New York Times*, August 9, 2012, https://www.nytimes.com/2012/08/10/us/politics/a-conservative-bid-for-paul-ryan-to-be-mitt-romneys-running-mate.html; "Romney's Pick of Ryan as His Running Mate Energizes Conservatives, Opponents," CNN, August 12, 2012, https://www.cnn.com/2012/08/11/politics/romney-ryan/index.html.

保险可能产生的冲击，以及这些削减对普通美国人意味着什么。①

奥巴马还开始更多地谈论《平价医疗法案》，接受了"奥巴马在乎/医改"的双关叫法，并将其与福利国家中更受珍视的部分联系了起来。"你知道吗？"他在得克萨斯州的一次集会上说，"他们是对的。我确实在乎。"2010年，奥巴马和政党领导人一直在小心翼翼尽量不拔高这一问题，担心这会伤害摇摆选区的弱势候选人。但在2012年，一场关于医疗保健的辩论凸显了与罗姆尼的反差，罗姆尼在风险投资方面的记录让人们攻击他是一个没有灵魂的企业掠夺者，这与1994年马萨诸塞州参议员竞选时的情形如出一辙，当时罗姆尼输给了泰德·肯尼迪。②

奥巴马11月的胜利让华盛顿的许多人觉得是一个转折点。在最高法院支持《平价医疗法案》几个月后，选民们也认可它，但这种认可并不是认可该法案本身，而是认可了创造该法案的总统。"奥巴马医改是国家的法律。"博纳在选举后的一次采访中承认。

但几乎紧接着，博纳的办公室发表了一份声明，重申了博纳对废除该计划的承诺，并在推特上写道："我们的目标仍然是#完全废除。"博纳和他的助理们可以感觉到，不管政治大环境如何，共和党的广大基层仍然致力于摧毁该计划。③

"我们从2010年到2012年一直都在传递信息，我们让所有人相信我们将废除并取代奥巴马医改。"一位共和党前助理后来说道，"不知何故，共和党核心保守派的每个人都没有理解备忘录上的

---

① Donovan Slack, "Obama Campaign Launches Medicare Attack Against Romney-Ryan," *Politico*, August 13, 2012, https://www.politico.com/blogs/politico44/2012/08/obama-campaign-launches-medicare-attack-against-romney-ryan-131911.

② Peter Baker, "Democrats Embrace Once Pejorative 'Obamacare' Tag," *New York Times*, August 3, 2012, https://www.nytimes.com/2012/08/04/health/policy/democrats-embrace-once-pejorative-obamacare-tag.html；作者对丹·法伊弗的采访。

③ Sabrina Siddiqui and Sam Stein, "John Boehner: Obamacare Is the Law of the Land," *Huff Post*, November 8, 2012, https://www.huffpost.com/entry/john-boehner-obamacare_n_2095172.

内容，那就是要废除并取代奥巴马医改，我们实际上需要一位共和党总统。"①

3.

2012年12月，吉姆·德明特宣布他将离开参议院去接管传统基金会。这个决定并不像乍一看时那样令人惊讶。尽管他没有博士学位，也没有智囊团领导人应该具备的那种典型的温文尔雅的敏感性，但他前往传统基金会的时机正是该机构处于转型的最后阶段，而这种转型反映了共和党的变化及保守主义运动的变化。

传统基金会作为保守派在20世纪70年代建立的政策基础设施的支柱，它曾为里根政府提供了治理议程，并在国会每周一次的共和党会议上长期留有一席之地。其中最具影响力的学者是斯图尔特·巴特勒，他把对撒切尔时代主张私有化的认知，从他的祖国英格兰搬到美国的辩论中，例如，试图将社会保障制度转变为投资账户体系。②

在医疗保健方面，巴特勒发现美国的医疗体系既高深莫测，又不可靠。这与许多进步人士的反应相同，只是巴特勒认为最好的解决办法是让每个人都获得私营保险。他在20世纪80年代末提出的一项计划，后来又进行过微调，设想了最低限度的"大病"政策，但他的计划里也包括了个人强制保险。这使他在克林顿医疗改革斗争中站在主流辩论的正确一侧，当时他正在帮助共和党人设计他们的替代方

---

① 作者对共和党某高级助理的采访。
② Molly Ball, "The Fall of the Heritage Foundation and the Death of Republican Ideas," *Atlantic*, September 25, 2013, https://www.theatlantic.com/politics/archive/2013/09/the-fall-of-the-heritage-foundation-and-the-death-of-republican-ideas/279955/; see also Stuart Butler and Peter Germanis, "Achieving a 'Leninist' Strategy," *Cato Journal* 3, no. 2 (fall 1983), https://www.cato.org/sites/cato.org/files/serials/files/cato-journal/1983/11/cj3n2-11.pdf.

案。十年后,正是巴特勒在传统基金会的同事为罗姆尼提供建议,并在其中包含一项强制令的马萨诸塞州的改革成为法律时为其摇旗呐喊。①

2009年罗姆尼接受强制令时,传统基金会感受到了来自一些保守派人士的更强烈的悲愤,而当时奥巴马和民主党也在他们的计划中加入了一项强制令。传统基金会竭尽所能与强制令这个想法保持距离,巴特勒也是这样,他指出,他对《平价医疗法案》还有很多其他的反对意见。但传统基金会在保守派圈子里的地位受到了打击。(巴特勒的工作越来越侧重于帮助低收入家庭儿童,他最终将离开传统基金会。)②

2010年,也就是《平价医疗法案》成为法律的那一年,传统基金会对其结构做出了关键决定。它效仿与其意识形态一致的智库(包括自由派的"美国进步中心"),剥离出一个单独的、技术上独立的组织。这一名为"遗产行动"(Heritage Action)的组织属于税法第501c(4)条款的范围,这意味着它不能接受可减税的捐款。作为放弃这类支持的交换,它可以进行直接的政治宣传,比如通过支持国会候选人或出资做广告来影响立法者。

---

① 作者对斯图尔特·巴特勒的采访。
② Stuart Butler, "Don't Blame Heritage for Obama Care Mandate," Heritage Foundation, February 6, 2012, https://www.heritage.org/health-care-reform/commentary/dont-blame-heritage-obamacare-mandate; Avik Roy, "The Tortuous History of Conservatives and the Individual Mandate," Forbes, February 7, 2012, https://www.forbes.com/sites/theapothecary/2012/02/07/the-tortuous-conservative-history-of-the-individual-mandate/#126bf4b455fe; Ezra Klein, "Stuart Butler Explains His Change of Heart on the Individual Mandate," Washington Post, February 6, 2012, https://www.washingtonpost.com/blogs/ezra-klein/post/stuart-butler-explains-his-change-of-heart-on-the-individual-mandate/2011/08/25/gIQAnEDptQ_blog.html; Timothy Noah, "The Heritage Foundation Disowns Its Baby," MSNBC, August 21, 2013, http://www.msnbc.com/msnbc/the-heritage-foundation-disowns-its-baby; Brief of Amicus Curiae, the Heritage Foundation in Support of Plaintiffs-Appellees, State of Florida, et al. v. United States Department of Health and Human Services, et al., U.S. Court of Appeals for the 11th Circuit, Nos. 11-11021 and 11-11067, filed May 11, 2011, https://www.dailysignal.com/wp-content/uploads/Heritage-Foundation-Amicus-Brief-05-11-11.pdf.

"遗产行动"组织直奔主题,着手与《平价医疗法案》做斗争。2010年第一批提交废除法案的国会议员当中有史蒂夫·金,他是来自艾奥瓦州的共和党人,因其排外的本土主义观点而臭名昭著。让史蒂夫·金恼火的除了移民问题就是奥巴马医改了,为了让他的废除议案能够被提上议程,他正试图用一份申请撤销的请愿书迫使进行一场民主党无法阻止的全体投票。关键是要得到多数人的签名。"遗产行动"组织将这一事业视为自己的事业,向基金会60多万个电子邮件地址发出警报,建议收件人与国会议员联系并游说他们签字。"如果我们不去反对联邦政府对医疗保健的大规模干预,那要保守党派还有什么意义?""遗产行动"组织的联合创始人迈克尔·李约瑟告诉《纽约时报》的罗伯特·德雷珀。[1]

签署请愿书的共和党众议员当中有当时分别代表佐治亚州和印第安纳州的众议员汤姆·普赖斯和迈克·彭斯。尽管请愿书还差大约40个签名,但2010年共和党接管众议院壮了"遗产行动"组织的胆,让它继续推动全盘反对——这一努力有时会使其与一些完全致力于或者自认为是在致力于废除这项法律的共和党人发生冲突。2012年,当弗吉尼亚州众议员兼多数党党鞭埃里克·坎托正在推动一项法案,以取消《平价医疗法案》的老年医疗保险支付委员会时,"遗产行动"组织站出来反对这项提案,因为它可能会"把水搅浑",分散对全面废除法案的注意力。[2]

几个月后,德明特来到传统基金会,在那里,他对智库和宣传部门都有权威,他的第一项大业就是通过撤资来扼杀奥巴马医改。

---

[1] Robert Draper, "Will Obamacare Really Go Under the Knife?," *New York Times Magazine*, February 14, 2017, https://www.nytimes.com/2017/02/14/magazine/will-obamacare-really-go-under-the-knife.html.
[2] 对共和党某高级助理的采访;"Letter to Speaker Boehner and Leader Cantor 'Don't Muddy the Water,'" Heritage Action for America, March 15, 2012, https://heritageaction.com/blog/letter-to-speaker-boehner-and-leader-cantor-dont-muddy-the-water。

4.

时机简直太完美了。奥巴马医改在最高法院胜诉，奥巴马在连任中胜出。第一条规定，包括允许年轻人继续享有父母的保单，已经开始实施。但是，医疗补助的大规模扩展和有补贴保险的交易所开业，要到2014年才能开始，或者从更实际的角度来看，要到2013年10月1日，人们才能开始注册。10月1日也是财年的结束日，这意味着在国会批准新的支出之前，政府的基本运作无法继续。

德明特及其盟友想让众议院共和党人通过一项拨款法案，为《平价医疗法案》提供零资金，并将其作为一项"要么接受要么放弃"的提议提交参议院。哈里·里德可能会说不，但德明特说公众的愤怒会迫使里德让步。然后，这项法案将到奥巴马手里，他同样会在压力下屈服，最终同意重新就医改法展开谈判，最终废除医改法。

或者诸如此类吧。这项计划在华盛顿的大多数人看来似乎很疯狂，包括像查理·登特这样的众议院共和党人，他是一个温和的共和党党团"星期二集团"（Tuesday Group）的联合主席。自从金里奇时代以来，政府停摆的策略都适得其反，因为选民总是指责共和党人。唯一比里德的让步更牵强的是奥巴马同意放弃他的国内政策成就。"没有成功的机会，"登特后来说，"从来就没有。每个人都知道。"[①]

不仅仅是共和党日渐萎缩的温和派议员这样认为。"在我们唯一能控制的，而且是勉强控制的，就是众议院之时，给人留下一种我们实际上撤销对奥巴马医改的拨款的印象有点自欺欺人。"保守派俄克拉何马州参议员汤姆·科伯恩说。一位共和党前助理听到一位"遗产行动"组织官员说，关闭政府会让奥巴马看起来很可笑。"或许看

---

① 作者对查理·登特的采访。

起来可笑的是我们吧。"这位助理想。①

但是，取消对奥巴马医改拨款的运动有一个强大的盟友：特德·克鲁兹，新当选的得克萨斯州参议员。

作为一名有着长期政治抱负的颇有成就的律师，克鲁兹曾在共和党初选中挑战现任副州长大卫·德赫斯特，这场初选演变成了共和党建制派和茶党派系之间的一场激战。德赫斯特得到了州长里克·佩里和一些本州知名官员的支持。克鲁兹有莎拉·佩林和里克·桑托勒姆背书。克鲁兹在共和党的最后一轮决选中以57%的选票获胜，然后在大选中相对轻松地击败了他的民主党对手。

克鲁兹是古巴移民的儿子，他的父辈第一次来到美国时，身上只有100美元，缝在裤子里。他凭借一场高度依赖社交媒体的创新运动获胜，并抨击奥巴马试图将"欧洲式"社会主义带到美国。"他的思想实质是极其危险的，"克鲁兹派头十足地说，"我认为，奥巴马是这个国家精英学术机构的产物，他反映了那些机构的极左激进思想。"②

克鲁兹也是这些机构的产物，至少是它们的产品，拥有普林斯顿和哈佛法学院的学位，还有顶尖大学辩手的良好记录。后来，他担任最高法院书记官，当时的首席大法官是威廉·伦奎斯特。克鲁兹没有试图对选民或其他任何人隐瞒这些资历。他恃才傲物的名声可以追溯到他在法学院的时候，正如杰森·曾格尔后来在 GQ 上报道的那样，克鲁兹更喜欢他的研究小组都是哈佛、耶鲁和普林斯顿的毕业生，而不是像

---

① Liz Halloran, "Tom Coburn, GOP Budget Hawk and Obama Friend, to Leave Senate," NPR, January 17, 2014, https://www.npr.org/sections/itsallpolitics/2014/01/17/263484054/tom-coburn-gop-budget-hawk-and-obama-friend-to-leave-senate; 对共和党某高级助理的采访。
② Jake Silverstein, "Ted Cruz's Excellent Adventure," *Texas Monthly*, October 2012, https://www.texasmonthly.com/politics/ted-cruzs-excellent-adventure/; Rick Jervis, "Ted Cruz's Come-from-Behind 2012 Win Could Influence His Presidential Bid," *USA Today*, November 19, 2015, https://www.usatoday.com/story/news/politics/elections/2015/11/19/ted-cruz-senate-race-dewhurst/75934248/.

布朗大学和宾夕法尼亚大学那样的"小常春藤"来的毕业生。①

　　这样的态度并没有让他在参议院特别受欢迎,南卡罗来纳州的另一位共和党人林赛·格雷厄姆后来调侃说:"如果你在参议院杀了特德·克鲁兹,而审判就在参议院进行,没有人会判你有罪。"但让这么多参议员感到不爽的不仅仅是克鲁兹的个性。而是他攻击那些不认同他意识形态的共和党同僚的意愿,甚至是渴望。可几乎所有的共和党同僚都不认同他的意识形态。②

　　在党团里,克鲁兹已在扮演德明特扮演过的角色,只是德明特仍然从外部参与,两人结伴发起了撤销对奥巴马医改拨款的运动。克鲁兹派他的父亲跟德明特一起参加由"遗产行动"组织赞助的九城巴士之旅。当到达达拉斯时,克鲁兹意外现身。"我们以前都看过这部电影,"克鲁兹说,"奥巴马总统和哈里·里德会大喊大叫'那些卑鄙、下流的共和党人威胁要关闭政府'。"不用担心,克鲁兹向围观人群保证;他和共和党人可以克服这一点。"总有一方要退让。我们如何赢得这场战斗呢?千万别退让!"③

---

① 在1991年的全国比赛中,克鲁兹输给了耶鲁大学那一队,这支队伍中有奥巴马未来的顾问奥斯坦·古尔斯比。Emma Roller, "Ted Cruz Couldn't Help Himself from Taking the Shots," *Slate*, August 21, 2013, https://slate.com/news-and-politics/2013/08/ted-cruz-on-the-princeton-debate-circuit.html; Jason Zengerle, "Ted Cruz: The Distinguished Wacko Bird from Texas," *GQ*, September 23, 2013, https://www.gq.com/story/ted-cruz-republican-senator-october-2013。

② Catherine Treyz, "Lindsey Graham Jokes About Murder of Ted Cruz," CNN, February 26, 2016, https://www.cnn.com/2016/02/26/politics/lindsey-graham-ted-cruz-dinner/。

③ Ali Vitali, "Cruz to GOP:'How Do We Win This Fight? Don't Blink!,'" MSNBC, August 20, 2013, http://www.msnbc.com/msnbc/cruz-gop-how-do-we-win-fight-dont; "Hundreds in Dallas Join Sen. Ted Cruz to Urge Congress to Stop Affordable Care Act," *Dallas News*, August 21, 2013, https://www.dallasnews.com/news/politics/2013/08/21/hundreds-in-dallas-join-sen-ted-cruz-to-urge-congress-to-stop-affordable-care-act/; Ashley Parker and Jonathan Martin, "Amid Talk of White House Run, Texas Senator Targets Obama's Health Plan," *New York Times*, August 20, 2013, https://www.nytimes.com/2013/08/21/us/politics/fueling-talk-of-a-2016-run-texas-senator-renounces-canadian-citizenship.html。

回到华盛顿后,克鲁兹也如法炮制,这次他亲自面对一群保守派众议院议员,敦促他们在领导层中对抗"投降党团"。保守派不需要人说服,尽管有几个人认为更明智、更现实的策略是只要求把奥巴马医改资金的拨付推迟一年。至于较为温和的众议院议员,两种立场他们都不喜欢。但他们害怕"遗产行动"组织、茶党团体和右翼媒体的愤怒。正如一位前共和党助理所说,这次政府停摆成为一次"净化队伍的考验"。①

博纳与他的议员们面临着同样的压力,尽管他自己也心有疑虑,但还是将撤销奥巴马医改拨款的提案交付投票,并予以支持。它通过了,引发了一场对抗,就像所有怀疑论者预料的那样。

里德甚至拒绝考虑众议院的立法,而是要求拿出一项"干净的"支出议案,不要含有任何撤销《平价医疗法案》拨款的特别条款。在白宫,奥巴马抨击众议院共和党人利用边缘政策来实现与公众情绪格格不入的目标。克鲁兹在参议院为众议院喝彩,德明特也在传统基金会那边为众议院欢呼,尽管两人都没能说服更多的参议员加入这项事业。共和党在民调中的支持率直线下降,最终,麦康奈尔与里德达成了一项干净的支出协议。博纳失败了,两个多星期后政府停摆结束了。

这是又一个为《平价医疗法案》进行政治辩护的时刻,或者说至少会是这样,如果该计划本身奏效的话。

---

① 作者对共和党某高级助理、共和党某战略专家的采访;对共和党某高级助理的采访。

二十二、休 克

1.

咔哒……咔哒……咔哒。

白宫幕僚长丹尼斯·麦克多诺在白宫西翼办公室，试图登录联邦医疗保险交易所的新网站 HealthCare.gov。他不断点击鼠标，看着屏幕刷新，结果屏幕上每次都会出现相同的错误。①

麦克多诺预料到了会出小故障。总统也想到了。其他人亦是如此。但出的远不是个小故障。

想在网上注册投保的人，几乎没有一个能够通过网上的注册页面。就算有人通过了，也遇到了其他的问题。10 月 1 日这一天，政府官员起初很激动，因为他们的数据显示流量激增。但该网站没有插件可以显示人们进展到哪一步了。只有通过社交媒体、传闻以及很快就出来的新闻报道，官员们才知道这个系统已经彻底崩溃。第一天只有六人成功注册投保。②

有些州经营着自己的交易所，它们的表现更好。康涅狄格州和肯塔基州的网站大多运转良好。但是马里兰州和其他州也遇到了和联邦交易所一样的问题，这令新培训好的注册顾问非常沮丧。"目前的 IT 系统太混乱了。"华盛顿附近的马里兰州郊区乔治王子县一家诊所的外展服务主任说。工作人员打发走了怀着希望而来的申请者，并告诉他们两周后再试一次。③

如果没有特德·克鲁兹和政府停摆转移人们的注意力，HealthCare.gov 将成为一个耗时费力的政治争议和一场真正的政策危机——正如密歇根州共和党众议员弗雷德·厄普顿所说,"简直是一场灾难"。这一挫折对奥巴马来说尤其具有毁灭性,因为他曾表示,人们将可以像在亚马逊上购买电子产品或在客涯网(Kayak)上购买机票那样找到保险。④

奥巴马的变革理论之一是成功催生成功,这可以追溯到他作为社区组织者时期。只要向民众展示,政府项目可以给他们的生活带来有意义的改变,他们就会在未来支持这些项目,让公共部门恢复它 20 世纪 60 年代以前拥有的那种信任。

但前提是项目必须发挥作用,这是在幕僚简要介绍《平价医疗法案》实施情况时奥巴马所传达出的一个信息。"所有这些都挺好,"他会说,"可如果这个网站不好用,其他一切都不重要。"⑤

2.

奥巴马政府认为有能力做到这一点。2008 年和 2012 年的竞选活

---

① 我当时是从一位白宫官员那里听到这事的;多年后,奥巴马政府的一位高级官员证实了这一点。
② "HealthCare. gov: CMS Management of the Federal Marketplace: A Case Study," Office of Inspector General, February 2016, https://oig.hhs.gov/oci/reports/oei-06-14-00350.pdf; Robert Pear, Sharon LaFraniere, and Ian Austen, "From the Start, Signs of Trouble at Health Portal," *New York Times*, October 12, 2013; Sheryl Gay Stolberg and Michael Shear, "Inside the Race to Rescue a Health Care Site, and Obama," *New York Times*, November 13, 2013.
③ Maggie Fox, "Come Back in 2 Weeks: Even the Pros Struggle with New Health Exchanges," NBC News, October 23, 2013, https://www.nbcnews.com/healthmain/come-back-2-weeks-even-pros-struggle-new-health-exchanges-8C11443270; Lena Sun, "Maryland Struggling with Technological Problems with Online Insurance Exchange," *Washington Post*, November 19, 2013; Andrea Walker and Scott Dance, "Maryland Health Insurance Exchange Stumbles out of the Gate," *Baltimore Sun*, October 1, 2013.
④ Tom Cohen, "Contractors Blame Government for Obamacare Website Woes," CNN, October 25, 2013, https://www.cnn.com/2013/10/24/politics/congress-obamacare-website/index.html.
⑤ Amy Goldstein and Juliet Eilperin, "HealthCare. Gov: How Political Fear Was Pitted Against Technical Needs," *Washington Post*, November 2, 2013.

动，都因他们利用技术作为一种组织工具而赢得了赞誉。总统还聘请了托德·帕克，一位备受推崇的科技企业家，来担任首席技术官，先是卫生与公众服务部的，然后是整个联邦政府的。这两个职位都是新设立的。

但帕克的任务是找到改善医疗服务的方法。他不是 HealthCare.gov 的直接负责人。政府将管理权交给了卫生与公众服务部下辖的"老年医疗保险和医疗补助服务中心"（CMS）。

这个庞然大物般的机构，有管理大型政府保险项目和与私营部门合作的经验。但"老年医疗保险和医疗补助服务中心"获得这份工作的一个重要原因是政治环境。在起草《平价医疗法案》的最后阶段，民主党领导人同意将该法案项目的管理资金从 150 亿美元减至 10 亿美元，以省出钱用于补贴。他们认为，他们总是可以通过常规拨款从国会获得资金来管理该项目，却没有意识到共和党人会在几个月内拿下众议院，并利用这一杠杆来阻止用于这项法律的新支出。①

将《平价医疗法案》的管理放在管理老年医疗保险和医疗补助的机构内，使其拥有一个不受共和党干涉的相对安全的基础设施——尽管即使有这样的安排，该项目的管理人员也觉得他们没有足够的钱来做好这项工作。"工作人员不畏艰难、无比敬业，但我们没有足够的钱，我们都知道这一点。"唐·贝维克说，他在 2010 年和 2011 年担任了"老年医疗保险和医疗补助服务中心"的首席行政官。②

这不是对政治攻击的恐惧影响发布前准备工作的唯一方式。法律将有关保险设计和影响交易所网站的其他因素的关键决策交到了卫生与公众服务部部长的手里，部分原因是为了保持灵活性。但随着选举的临近，政府等着发布一些关键的指导方针和规则，因为每一次宣布都必然会在某个地方引起反对。"他们把这些规定搁置太久了，因为他们担心 2012 年的选举，担心做了任何可能前功尽弃的事。"一位前

---

① 作者对奥巴马政府多位高官的采访。
② Pear, LaFraniere, and Austen, "From the Start."

政府高级官员后来说。"他们完全进入了这种防守姿态,"另一人说,"他们只是待着不动。如果他们能避免争斗或推迟到以后,他们就这样做了。"①

这些延迟产生了后果,因为让人们参加保险比兜售书籍或机票要复杂得多。该系统必须核实身份状态,将收入与可用的工资数据交叉核对,确定是否有资格获得医疗补助或税收抵免,以对用户友好的方式向准备买保险者展示他们面前的选择——然后,对于买了私营保险的人,要向保险公司发送一个包含所有相关信息的数据包,保险公司可以把它们加到名册上并收取付款。

这一过程中的每一步都有其独特的挑战。实时核实居民和移民身份,这是一件至关重要的事情,因为决定中不包括无证居民,这需要与国土安全部的计算机建立一个接口,而这反过来又需要特殊的法律和技术安排。即使是像确定家庭人口规模这样简单的事(这是决定是否有资格获得医疗补助和联邦保险补贴所必需的),也是复杂的,因为每个项目的标准不同。②

"老年医疗保险和医疗补助服务中心"雇了承包商,这是此类大型项目的通常做法。但政府采购规则主要是为了防止欺诈和偏私,它将投标限制在已经获准从事这类工作的公司——即使像许多人后来所说的,其他科技公司可能更适合这项工作。随着工作的进行,承包商抱怨他们接到的指示不一致,无法快速答复问询,因为每个决定都需要多名官员的签字。政府经管人员则表示承包商错过了最后期限,没有相互协调,而且不断地将失误归咎于对方。③

---

① Goldstein and Eilperin,"HealthCare.Gov";对奥巴马政府某高官的采访。
② 医疗补助计划考虑妇女是否怀孕,以确保在婴儿出生的那一刻就已经有了额外的保护和服务。《平价医疗法案》的补贴方案没有考虑到这一点。实际上,只有新生儿出生才能触发税收抵免规模的变化。作者 2020 年 6 月 25 日对凯特·斯蒂德曼的采访。斯蒂德曼是卫生与公众服务部的保险专家。
③ Bethany McLean," Accounting for Obamacare: Inside the Company That Built Healthcare.Gov," *Vanity Fair*, December 23, 2013, https://www.vanityfair.com/news/politics/2013/12/obamacare-website-cgi.

2011年9月，一份政府内部报告警告称，包括网站开发在内的实施工作已经滞后于计划。2013年6月，政府问责局发现了一长串未完成的工作，其中包括"资格审查和注册、计划管理和消费者补助等交易所核心功能方面"。报告指出，"在相对较短的时间内，仍有许多工作亟待完成"。总之，根据监察长随后的调查，"老年医疗保险和医疗补助服务中心"在2011年7月至2013年7月期间收到了18份关于网站建设问题的"书面警告"。报告说，有些"措辞严厉"，但全都"详细说明了该项目的缺点"。①

2013年夏末秋初，官方推迟了西班牙语版本等关键功能的推出，仓促收敛了自己的雄心。但在9月下旬，正如《华盛顿邮报》后来所报道的，一次只有500个假想客户的测试就让系统卡壳了。凯特·斯蒂德曼是卫生与公众服务部一名年轻的工作人员，她在弄网站注册页面，她记得在发布前最后几周她以为肯定有人要推迟发布。并没有这样的命令。其中一个原因是担心推迟，或者说，只要承认一切并非那么顺利，都会招来共和党的批评。"他们非常明确地表示，他们不希望我们在发布前公开谈论问题。"一位发出警告的州官员这样说道。②

保险公司一直在与"老年医疗保险和医疗补助服务中心"合作并对系统进行测试；它们可能并不支持《平价医疗法案》，但网站的

---

① Pear, LaFraniere, and Austen, "From the Start"; "Patient Protection and Affordable Care Act: Status of CMS Efforts to Establish Federally Facilitated Health Insurance Exchanges," U. S. Government Accountability Office, no. GAO-13-601（June）, https://www.gao.gov/products/GAO-13-601; "HealthCare.Gov," OIG.

② Eric Lipton, Ian Austen, and Sharon LaFraniere, "Tension and Flaws Before Health Website Crash," *New York Times*, November 22, 2013, https://www.nytimes.com/2013/11/23/us/politics/tension-and-woes-before-health-website-crash.html?pagewanted=2; Lena H. Sun and Scott Wilson, "Health Insurance Exchange Launched Despite Signs of Serious Problems," *Washington Post*, October 21, 2013, https://www.washingtonpost.com/national/health-science/health-insurance-exchange-launched-despite-signs-of-serious-problems/2013/10/21/161a3500-3a85-11e3-b6a9-da62c264f40e_story.html; 对斯蒂德曼的采访；作者对州民主党高级官员的采访。

正常运行符合它们的利益。在发布前几天的一次会议上，它们提议推迟，却被"老年医疗保险和医疗补助服务中心"官员拒绝了。[1]路易斯·拉德诺夫斯基与人合写的一篇《华尔街日报》上的文章中转述了保险公司的担忧，此文引起了类似的回应，官员们对即将发生的灾难的预测提出了质疑。[2]

预测会出麻烦的人当中有大卫·卡特勒，他是帮奥巴马制订竞选计划的经济专家。早在2010年5月，他就给自己以前的学术顾问拉里·萨默斯发了一份备忘录，提醒"老年医疗保险和医疗补助服务中心"的领导层没有能力执行这项法律，并质疑该机构管理大型项目的能力。

卡特勒说他是在跟他有同样担忧的行政官员的敦促下写这份备忘录的，该备忘录是关于新项目管理问题的更广泛冲突的一次爆发。这场冲突有一些常见情形，如经济和卫生政策团队再次出现分歧。经济团队希望自己管理实施，或者指定一个机构来确保医疗服务改革得到足够的重视。结果，奥巴马把实施工作交给了南希-安·德帕尔，因为在努力通过立法的过程中，他对她产生了极大的信任。德帕尔转而依赖起了医疗问题团队，特别是在2011年1月她成为白宫副幕僚长之后并接过了新的职责之后。

2013年1月，德帕尔彻底离开了政府，事情交到了已经成为总统特别助理的珍妮·兰布鲁手里。但她职责广泛，几乎涵盖了医疗改革实施的方方面面，不仅仅是网站，在"老年医疗保险和医疗补助服务中心"内部，没有一个人对整件事负有直接责任。（德帕尔曾试图招募乔恩·金斯代尔，此人曾在罗姆尼领导下管理马萨诸塞州的健康联结计划；但他拒绝了。）根据监察长的报告，权力结构划

---

[1] 作者对保险业高级官员的采访。
[2] Louise Radnofsky, Christopher Weaver, and Timothy W. Martin, "Health Law Hits Late Snags as Rollout Approaches," *Wall Street Journal*, September 29, 2013, https://www.wsj.com/articles/health-law-hits-late-snags-as-rollout-approaches-1380497103.

分是不透明的，不仅一线工作人员如此，高级官员来说也是如此。有时人们害怕告诉别人坏消息，有时他们又不确定谁应该知道那个坏消息。①

指挥系统中究竟谁应该对这些失败负有最大责任，这是后来许多愤怒对话的主题。有人指责德帕尔和兰布鲁；有人则指责西贝利厄斯，因为她毕竟是卫生与公众服务部的负责人，还有人指责玛丽莲·塔弗纳，此人曾是护士，多年任职公务员，于2011年末接管了"老年医疗保险和医疗补助服务中心"。当然，是奥巴马把HealthCare.gov 交到了他们手里，尽管他们都没有管理此类项目的经验。"我们从来没有搞过这样的东西，"塔弗纳告诉《美国的苦药》一书的作者史蒂文·布里尔，"我们对我们不知道的东西一筹莫展。"②

最后，奥巴马政府的官员并没有玩忽职守，因为他们根本就不知道职守所在。正因为如此，总统标志性的国内政策计划实际上并没有发挥作用。

这甚至不是他们面临的最大问题。

3.

奥巴马在医疗保健方面做出的最臭名昭著的承诺，实际上可能始于他 2008 年的竞选对手希拉里·克林顿。"如果你有自己喜欢的私营保险，什么都没变——你可以留着这种保险。"希拉里在一次描述她的医疗改革计划的演讲中说，《华盛顿观察者报》的丽贝卡·伯格多年后如此报道。在某个时刻，奥巴马也开始在他的提案中提出同样的

---

① "HealthCare.Gov," OIG.
② Steven Brill, *America's Bitter Pill*: *Money, Politics, Backroom Deals, and the Fight to Fix Our Broken Healthcare System* (New York: Random House, 2015).

主张，他的提案基本上有着相同的结构。①

希拉里言辞中这一承诺的可能来源是关于其最初意图的一条线索。民主党人希望将这项新计划与1993/1994年的计划区别开来，其办法是表明它将在很大程度上保留雇主出资的保险范围。"一个是在希拉里关于健康问题的辩论期间人们对失去现有保险的紧张情绪，一个是奥巴马总统承诺你可以保留现有保险，在这两者之间你可以画出一条清晰的界线。"拉里·莱维特后来指出。②

但改革总是会对少数人自掏腰包购买的保险，或者政策专家所说的"非团体"市场产生更为深远的影响。事实上，改变这种保险是改革的主要目标之一。③

正是在这里，保险公司会收取更高的保费，或拒绝承保已患有疾病的人。正是在这里，保险公司销售的保单存在消费者很难发现的巨大缺口，直到他们生病或受伤，去接受治疗，才发现他们的保单不管用。

有时，当受益人提出大额索赔时，保险公司会查以前的医疗记录，寻找证据证明这是一种投保前就已患有的疾病，然后，要么拒绝支付账单，要么干脆将保单作废。在佛罗里达州，一家保险公司不肯为受益人支付卵巢癌检查费用，因为患者之前曾说过她有月经不调的情况。在艾奥瓦州，一家保险公司将一名有心脏病的女性的保单作废，因为他们说她填报的身高和体重与实际不符，身高差了1英寸，体重差了5磅。在加州，一家保险公司根据分析师作废的保

---

① Rebecca Berg, "Hillary Clinton in 2007: 'If You Have a Plan You Like, You Keep It,'" *Washington Examiner*, November 14, 2013, https://www.washingtonexaminer.com/hillary-clinton-in-2007-if-you-have-a-plan-you-like-you-keep-it.
② 作者对拉里·莱维特的采访。
③ Maggie Mahar, "Did President Obama 'Lie' When He Said 'If You Like the Policy You Have, You Can Keep It'? Context Is Everything," *Health Beat*, February 5, 2014, https://healthbeatblog.com/2014/02/did-president-obama-lie-when-he-said-if-you-like-the-policy-you-have-you-can-keep-it-context-is-everything/.

单数量来支付奖金；另一家保险公司给医生发了患者保险申请的副本，要求医生立即报告他们认为患者没有坦白的任何投保前已患有的疾病。①

但与医疗保健立法的其他部分一样，改变行业的行为也是有权衡取舍的。保险公司将拿出更多的钱来支付他们之前躲过的医疗账单。他们不会吃下这些成本。他们将以更高的保费或更多的自付费用的形式将其转嫁给客户。

《平价医疗法案》的税收抵免旨在减轻这种影响，对数百万消费者来说，它做到了。但对一些只得到一点经济补助或根本没有的中产阶级，这些钱不足以弥补差额。

在法律起草过程中，自由派民主党人曾对此表示担忧。这就是为什么他们一直在推动让税收抵免更加慷慨。这就是为什么他们对支出不得不控制在1万亿美元以下感到如此沮丧——而当奥巴马在9月份向国会发表的讲话中把支出降到9 000亿美元时，他们近乎崩溃。这也是他们想要公共选项的原因之一，他们相信这将可靠地提供更便宜的保险替代。在媒体上，迫不及待的博主乔恩·沃克和马西·惠勒仔细分析了这些数据，并有先见之明地警告说，新出来的改革立法仍将使一些人的花费变本加厉。"对于中产阶级，"惠勒写道，"……这仍

---

① Jonathan Cohn, "Insurance Denied," *Self*, August 18, 2008, https://www.self.com/story/unable-to-buy-health-insurance; Julie Rovner, "Retroactive Cancellation Now Banned," Kaiser Health News, September 23, 2010, https://khn.org/news/npr-cancellation-banned/;《洛杉矶时报》的丽莎·吉瑞安报道了加州的这一事件，引起了广泛的关注，并导致几个州出台了限制或禁止撤销婚姻的法律。Lisa Girion, "Doctors Balk at Request for Data," *Los Angeles Times*, February 12, 2008, https://www.latimes.com/business/la-fi-bluecross12feb12-story.html; Lisa Girion, "Health Insurer Tied Bonuses to Dropping Sick Policyholders," *Los Angeles Times*, November 9, 2007, https://www.latimes.com/business/la-fi-insure9nov09-story.html; Lisa Girion, "Insurer Cited in Policy Rescissions," *Los Angeles Times*, July 3, 2007, https://www.latimes.com/business/la-fi-insure3jul03-story.html; Trudy Lieberman, "Impressive Coverage at the LA Times," *Columbia Journalism Review*, February 20, 2008, https://archives.cjr.org/campaign_desk/impressive_coverage_at_the_la.php.

然是负担不起的。"①

该法律还有另一条款，使已经有保险的人在新制度下不必支付更多的保费。根据一条祖父条款②，保险公司可以保留 2010 年 3 月《平价医疗法》成为法律时已经存在的保单。它们不能把这样的保险计划卖给新客户，但它们可以为那些想继续持有的现有客户保留那些保险计划。

但非团体市场的动荡是出了名的。很多人自己购买保险的时间只有一两年，或者几个月。然后他们可能找到了一份新工作或结了婚，或经历生活环境的其他重大变化——一旦这样，他们就会签下雇主保单、医疗补助或其他类型的保险。保险公司则在不断地减少和增加保单，并对现有保单进行更改。"在正常的商业过程中，交易额是如此之大，"法学教授蒂莫西·约斯特在 2010 年指出，"因此保留祖父条款的保单相对较少。"③

兰布鲁和其他一些官员的一大担忧是，如何防止保险公司利用祖父条款来支持法律试图消除的那种劣质保险。根据政府发布的最终规定，保险公司可以增加福利，或小幅增加保费和自付费用。但它们无法大调价格，也不能取消福利——根据政府自己的估计，鉴于保险公司频繁修改这些保单，这意味着每年有多达三分之二的保险方案将失去祖父条款的保护。④

---

① Marcy Wheeler, "'Affordable' Health Care," Emptywheel, December 27, 2009, https://www.emptywheel.net/2009/12/27/affordable-health-care/; Jon Walker, "The Fight for a Public Option Is the Fight for Affordability," *Shadowproof*, September 25, 2009, https://shadowproof.com/2009/09/25/the-fight-for-a-public-option-is-the-fight-for-affordiblity/. 惠勒和我在网上就此展开了辩论，现在回想起来，她比我意识到的更正确。
② grandfather clause，指法律、法规中的不回溯条款或例外条款。新的法律、法规中规定的某些限制，不适用于已经开始的活动并允许其继续进行。——译者
③ Timothy Jost, "Implementing Health Reform: Grandfathered Plans," *Health Affairs*, June 15, 2010, https://www.healthaffairs.org/do/10.1377/hblog20100615.005412/full/.
④ 同上；对奥巴马政府多位高官的采访；Brill, *America's Bitter Pill*, 154, 208-214。

保险公司警告说这些规定将导致大混乱,史蒂文·布里尔后来报道称。而在2013年秋天,一些保险公司发出的关于取消方案的信件开始出现在全国各地的邮箱中。从来都不清楚保险公司停掉的旧保单,有多少是因为规则的要求,有多少只是因为它们觉得这是个好的商业决策。但受益人并不在意,他们大多没有意识到他们的保险新方案填补了旧方案的缺口。他们所知道的只是奥巴马承诺他们可以保留他们的保险——这个承诺只是表面上的,不能推而广之。①

这种期望和现实之间的冲突并非不可预见,尽管很多政界人士和媒体人士(包括我)都没有预见到。这个问题在2012年末和2013年初开始引起严重关注,当时,行业顾问罗伯特·拉泽夫斯基开始警告"医疗保健博客"的读者要"为一些惊人的费率上涨做好准备",而当时曼哈顿研究所的学者阿维克·罗伊开始在保守派出版物上以"费率冲击"为题撰写文章。②

关于费率冲击的文章经常淡化这部法律所提供的补贴的影响,有补贴意味着即使是标价高的保单对低收入者来说也不贵(有时还非常便宜)。那些文章很少提到为什么保费更高了:因为保险更全面了,而且那些已患病的人终于可以有保险了。但是,人们得知这些第一手资料的唯一方法是查看 HealthCare.gov 或某个州的网站,而大多

---

① Jonathan Weisman and Robert Pear, "Cancellation of Health Care Plans Replaces Website Problems as Prime Target," *New York Times*, October 29, 2013, https://www.nytimes.com/2013/10/30/us/politics/cancellation-of-health-care-plans-replaces-website-problems-as-prime-target.html; Mike Dorning, "Obama Administration Under Fire for Individual Health Policy Cancellations," *Insurance Journal*, October 30, 2013, https://www.insurancejournal.com/news/national/2013/10/30/309752.htm.

② 在广泛报道了非团体保险的福利差距和其他问题后,我没能意识到有多少人喜欢旧保单; Robert Laszewski, "The (Not So) Affordable Care Act—Get Ready for Some Startling Rate Increases," Health Care Blog, December 5, 2012, https://thehealthcareblog.com/blog/2012/12/05/the-not-so-affordable-care-act-get-ready-for-some-startling-rate-increases/; Avik Roy, "Rate Shock: In California, Obamacare to Increase Individual Health Premiums by 64 – 146%," *Forbes*, May 30, 2013, https://www.forbes.com/sites/theapothecary/2013/05/30/rate-shock-in-california-obamacare-to-increase-individual-insurance-premiums-by-64-146/#6e12cf4e4df4.

数州的网站在2013年10月和11月都看不了。没有这些信息，投保人就会认为他们必须全额支付标价——或者根本不能被保险覆盖到。

言辞激烈的新闻报道紧随其后，其中包括NBC新闻的一则报道，报道指出，发表在《联邦公报》上的2010年监管指导意见已经预测将出现一波保费上调和保单作废的浪潮："白宫知道数百万人无法在奥巴马医改下维持已有的保险方案"，这是网络版的标题。奥巴马向人们承诺他们可以保留他们的保险方案的视频片段在新闻中反复播放。"政治真相"（PolitiFact）新闻网宣布奥巴马的这番话为"年度谎言"，这一殊荣2009年颁给了"死亡咨询小组"。[1]

在国会，民主党人几乎和共和党人一样无情。"我不知道他是怎么把事情搞得这么糟的。"一位民主党人在谈到总统时对"政客"网说。美国广播公司和《华盛顿邮报》联合进行的一项民意调查显示，公众对《平价医疗法案》的反对率达到57%，而对奥巴马的反对率达到55%。这两项都是奥巴马担任总统期间的最高历史纪录。[2]

4.

安迪·斯拉维特了解美国医疗保健问题的方式跟大多数人一样：

---

[1] Lisa Myers and Hannah Rappleye, "White House Knew Millions Could Not Keep Plans Under Obamacare," CNBC, October 29, 2013, https://www.cnbc.com/2013/10/29/white-house-knew-millions-could-not-keep-plans-under-obamacare.html; Angie Drobnic Holan, "PolitiFact-Lie of the Year: 'If You like Your Health Care Plan, You Can Keep It,'" PolitiFact, December 12, 2013, https://www.politifact.com/article/2013/dec/12/lie-year-if-you-like-your-health-care-plan-keep-it/.

[2] Jonathan Allen and Jake Sherman, "Trust Frays Between Obama, Dems," *Politico*, November 14, 2013, https://www.politico.com/story/2013/11/trust-frayed-between-obama-dems-099897; Dan Balz and Peyton M. Craighill, "Health-Care Flaws Send Obama Ratings Tumbling," *Washington Post*, November 19, 2013, https://www.washingtonpost.com/politics/obamas-ratings-tumble-after-health-care-flaws/2013/11/18/c9cdbc2c-507c-11e3-9fe0-fd2ca728e67c_story.html; Thomas Edsall, "The Obamacare Crisis," *New York Times*, November 19, 2013, https://www.nytimes.com/2013/11/20/opinion/edsall-the-obamacare-crisis.html.

通过某人的悲惨故事。

斯拉维特三十出头,住在加州,处在金融和管理方面职业生涯的相对早期阶段,但这已经使他变得富有。当他接到大学室友杰夫·尤尔科夫斯基的电话时,他已婚,刚有了一个孩子。尤尔科夫斯基得了脑癌,晚期。尽管他是一名医生,但他刚结束住院医生实习期,几乎没有存款,也没有人寿保险。他想让斯拉维特照顾其妻和刚出生的双胞胎。

5个月后,尤尔科夫斯基去世,他的遗孀和双胞胎从大老远搬过来,与斯拉维特及其家人住在一起。尤尔科夫斯基接受治疗期间的自付医疗费用账单随之而来,总计约6万美元,斯拉维特意识到这些费用很高,部分原因是尤尔科夫斯基的遗孀没有得到大型保险公司与医疗机构协商的折扣。

斯拉维特通过讨价还价把费用降了下来,并发现了一个商机。他创建了一家名为"健康联盟"(HealthAllies)的公司,为没有保险的病人协商降低医疗费用。"联合健康"(UnitedHealth)后来收购了"健康联盟",斯拉维特留了下来,最终成为这家总部位于明尼阿波利斯的保险公司的执行副总裁。

尽管履历上还包括在高盛和麦肯锡工作的经历,但斯拉维特的兴趣远远超出了金融和商业领域。他在伊利诺伊州的埃文斯顿长大,那里是芝加哥的北郊,父母一直对他宣扬社会正义的重要性。在看过电影《危险年代》(*The Year of Living Dangerously*)和梅尔·吉布森对记者的刻画后,斯拉维特梦想成为一名海外记者。他是他所在高中的校报编辑,尽管他从宾夕法尼亚大学沃顿商学院获得了学位,但他也获得了英国文学学位——后来在麦肯锡工作时,他被涉及制定公共政策的项目所吸引。"健康联盟"是一家营利的企业,但是斯拉维特说,吸引他的东西之一是有可能帮助那些在医疗账单上痛苦挣扎的人。[①]

[①] 作者对安迪·斯拉维特的采访。另见 Eric Boodman,"Andy Slavitt Can't Stop: How a Health Care Wonk Became a Rabble-Rouser," STAT, May 25, 2017, https://www.statnews.com/2017/05/25/andy-slavitt-aca-town-halls/。

2013 年，斯拉维特成为"联合健康"的高管，其职责包括监督 HealthCare.gov 的承包商之一 QSSI 公司。QSSI 公司的工作是创建用于交换信息的数据中心，这似乎是该网站为数不多的在大多数情况下都能正常工作的部分之一。当 HealthCare.gov 崩溃时，斯拉维特打电话来帮忙修复，并提供了自己的专业知识。很快，他就和杰夫·齐恩斯通了电话，后者本来准备加入奥巴马政府的经济政策团队，却接手了 HealthCare.gov 的危机。

齐恩斯正在组建一个外部团队，包括一些谷歌和推特的老手，与托德·帕克合作拯救这个项目。他希望斯拉维特成为其中一员，并希望 QSSI 公司处理合同事宜。几天后，斯拉维特踏上了前往华盛顿的路途，接下来的几个星期他将在那里和其他成员一起工作。当斯拉维特到达时，这个小组已经做出了一个关键的决定：修复网站比把一切推倒重来更有意义。他们将系统投入运行的最后期限定在 11 月下旬。

没有人对时间表有十足信心，相信它是现实的；该系统缺乏关于其架构和编码的基本文档，因此很难确定故障所在。但是一些参与过这个项目的工程师都渴望看到问题解决，"老年医疗保险和医疗补助服务中心"的工作人员也是如此。尽管他们加班加点，士气低落，但他们的能力解决 HealthCare.gov 的崩溃绰绰有余。

这些新来者引入了硅谷的思维方式，并立即认识到最大的错误之一是：试图一次推出整个系统，而不是通过一系列规模较小的软启动来推出。"在这个国家的历史上，你找不到一个重大的技术项目没有超出预算，没有迟于指定时间，或立即交付了所有正确的特性和功能，"斯拉维特后来说道，"因此，第一个问题是，不能容忍这种情况。在技术上发生的那种很正常的事情，比如你发布简易版，你进行测试和改进等工作，在这里都没有发生。"①

有些修复非常简单易行，从修复浏览工具开始，以供那些只想查

---

① 对斯拉维特的采访。

看自己的选项而不是建立账户的网站访客使用。这有助于消除最初的瓶颈。尽管问题有一长串，最多时有超过 400 个遗留问题，但分析师、工程师和编码人员还是渡过了难关。到 11 月下旬，HealthCare.gov 开始运行；到 12 月中旬，它已准备好每日接待 100 万访客。①

当时最大的遗留问题之一，是网站发送给保险公司的注册信息错误百出，政府官员担心，到了 1 月 1 日，需要处方的人将无法得到处方，因为保险公司还没有整理好记录。

类似的事情，在 2006 年老年医疗保险的药物福利生效时也发生过。为免重蹈覆辙，"老年医疗保险和医疗补助服务中心"官员与行业协会合作，以确保药剂师无论如何都会给这些处方配药，然后让工作人员在日历翻到 2014 年时准备好处理电子邮件和热线电话。菲尔·席利罗于去年 12 月返回白宫协助实施，他说："我们有一整队人马，他们大多自愿在除夕夜的白天和晚上、元旦当天以及之后的几天工作，这样，不管什么人出现在什么地方的急诊室，不管对他们的保险状态有什么不明白，我们都可以解决。"②

结果证明这些准备工作没必要。尽管媒体高度关注，人们有保险方面问题的报道还是零星出现，而且很快得到了解决。自推出以来，有关 HealthCare.gov 的新闻第一次是关于其运营者如何成功避免了灾难。

但技术人员和志愿者对祖父条款的问题、费率冲击以及奥巴马"继续持有你的保险方案"的承诺却无能为力。这有待总统和他的高级政策顾问解决——而奥巴马的解决办法是从道歉开始，尽管他说话时用了很多华盛顿特有的转弯抹角，听起来很像他仍没有承担全部责

---

① Larry Buchanan, Guilbert Gates, Haeyoun Park, and Alicia Parlapiano, "How HealthCare.Gov Was Supposed to Work and How It Didn't," *New York Times*, December 2, 2013; "What Went Wrong with HealthCare.Gov: 10 Things to Know," Becker's Health IT, 2013, https://www.beckershospitalreview.com/healthcare-information-technology/what-went-wrong-with-healthcare-gov-10-things-to-know.html.
② 作者对菲尔·席利罗的采访。

任。"我很抱歉,他们因为听了我的承诺才会发现自己处于这种境地。"他如此告诉全国广播公司。在白宫的一次简报会上,他更直截了当,承认自己在 HealthCare.gov 的推出一事上"搞砸"了,还说他有责任恢复选民的信任。"我认为,他们期待我在这部医疗保健法上,尤其是在一系列相关问题上重获一些信誉是合理的。"①

11月,在奥巴马的批准下,政府发布了监管指导意见,指出州官员可以允许保险公司继续提供截至 2013 年仍然有效的任何保险方案,无论这些方案是否符合旧的祖父条款标准。现在,更多的人可以继续持有他们的保险方案,只要州同意、保险公司可以做到。②

创设这种"祖母式"规则的权威是有待商榷的;即使是富有同情心的法律学者也认为这超出了法规允许的范围。医疗保健专家发声,担心这一变化会影响新市场的稳定。保险公司越是维持旧的不合新规的方案——而且持有这些方案的健康人越多——新方案的受益人就越倾向于那些不健康的人,从而推高价格。因此,加州等州的官员并没有放弃更严格的标准。③

"人们本可以继续持有他们更便宜的、不那么好的保险,而这些

---

① Chuck Todd, "Exclusive: Obama Personally Apologizes for Americans Losing Health Coverage," November 7, 2013, http://usnews.nbcnews.com/_news/2013/11/07/21352724-exclusive-obama-personally-apologizes-for-americans-losing-health-coverage?lite=; Roberta Rampton and Susan Cornwell, "An Apologetic Obama Unveils Fix on Health Law," Reuters, November 14, 2013, https://www.reuters.com/article/us-usa-healthcare-obama-plan/an-apologetic-obama-unveils-fix-on-health-law-idUSBRE9AD10520131114.
② Juliet Eilperin, Amy Goldstein, and Lena H. Sun, "Obama Announces Change to Address Health Insurance Cancellations," *Washington Post*, November 14, 2013, https://www.washingtonpost.com/politics/obamato-to-announce-change-to-address-health-insurance-cancellations/2013/11/14/3be49d24-4d37-11e3-9890-a1e0997fb0c0_story.html.
③ 质疑奥巴马政府权威的人包括密歇根大学法学教授尼古拉斯·巴格利,他在全诉伯韦尔案中曾是该法最直言不讳的捍卫者之一。Nicholas Bagley, "President Obama Flouted Legal Norms to Implement Obamacare. Now Trump May Go Further," *Vox*, February 1, 2017, https://www.vox.com/the-big-idea/2017/2/1/14463904/obamacare-executive-power-trump-law。

The Ten Year War

人不会成为共同风险池的一部分。""加州健保"（Covered California）的董事彼得·李说，他提到他收到了自己嫂子的投诉，她的保险费率上涨了50%。"我们都加入新方案，情况才会好转。我们正在改变个人市场，使之变得更好。"①

尽管许多政府官员也有同样的担忧，但他们认为他们在政治上别无选择，尤其是在民主党参议员、路易斯安那州的玛丽·兰德里欧放话要通过立法做出同样的改变。这些政府官员说，他们必须兑现总统"继续持有你的保险方案"的承诺，不管它已被如何误导和误解。

5.

截至1月1日，已有超过200万人通过交易所获得了保险。但总体而言，这一速度仍远远低于预期。进入开放注册期，国会预算办公室曾预测将有超过700万人获得保险。在网站出问题后，它将预测降到了600万，但这一数字在政界大多数人看来仍然显得过于乐观。②

但让人们注册参保，是奥巴马政府真正考虑过的实施工作的一部分。它也有一些外援。在《平价医疗法案》成为法律之后，罗恩·波拉克和"美国家庭"成立了一个新的非营利组织"参保美国"（Enroll America），其唯一的使命是向人们宣传新的保险选择，并帮人们注册。其创始董事安妮·菲利皮克，是波拉克从白宫公众参与办公室招募过来的，这在很大程度上得到了白宫的支持。③

---

① Chad Terhune, "Some Health Insurance Gets Pricier as Obamacare Rolls Out," *Los Angeles Times*, October 26, 2013, https://www.latimes.com/business/la-fi-health-sticker-shock-20131027-story.html#axzz2j16CeysZ.
② "Health Insurance Marketplace: January Enrollment Report," HHS, January 13, 2014, https://aspe.hhs.gov/system/files/pdf/177611/ib_2014jan_enrollment.pdf. 关于马里兰州的情况，参见Joshua Sharfstein, *The Public Health Crisis Survival Guide: Leadership and Management in Trying Times* (New York: Oxford University Press, 2018).
③ 作者对罗恩·波拉克的采访。

"参保美国"有数百万美元预算,并用于在佛罗里达州和俄亥俄州等州部署资源(广告、顾问、活动),这些州的人口统计和保险市场的具体情况意味着很可能会存在重大的利益。该组织的部分资金来自保险公司,其中几家抱怨说,它们觉得是迫于与白宫关系密切而捐款,特别是在卫生与公众服务部部长凯瑟琳·西贝利厄斯要求他们捐款时更是觉得不得不捐。政府表示,为非营利组织推广参保的活动募捐完全符合法律规定,布什政府在推出老年医疗保险 D 部分之前也做过同样的事。①

没有波士顿红袜队来帮奥巴马政府推广参保(尽管几年后,奥巴马会让 NBA 球星斯蒂芬·库里和勒布朗·詹姆斯来做一些宣传)。但他们在好莱坞确实有很多朋友,在演员布拉德利·库珀的敦促下,奥巴马同意出演喜剧网站 Funny or Die 上的一个节目《蕨间访谈》(Between Two Ferns)。该节目以主持人扎克·加利菲亚纳基斯对嘉宾的冒犯而闻名,白宫也很配合;加利菲亚纳基斯问奥巴马,总统图书馆是否会设在肯尼亚,如果别人不再让他在篮球比赛上赢球,他会怎么做。作为回应,奥巴马贬低了电影《宿醉》(Hangover)的第三部,这是加利菲亚纳基斯主演的最近票房惨败的电影。在访谈中,他为 HealthCare.gov 做了宣传。②

---

① Sheila Hoag, Sean Orzol, and Cara Orfield, "Evaluation of Enroll America: An Implementation Assessment and Recommendations for Future Outreach Efforts," RWJF, July 28, 2014, https://www.rwjf.org/en/library/research/2014/07/evaluation-of-enroll-america.html; Anne Filipic, "After Nearly Six Years of Unprecedented Enrollment Success, Enroll America Is Ready to Pass the Torch," HuffPost, March 16, 2017, https://www.huffpost.com/entry/after-nearly-six-years-of-unprecedented-enrollment_b_58c9b302e4b0537abd956d9a; Ron Pollack, Anne Filipic, and Rachel Klein, "Securing the Enrollment of Uninsured Americans in Health Coverage," Health Affairs, May 3, 2013, https://www.healthaffairs.org/do/10.1377/hblog20130503.030625/full/.
② Ashley Alman, "Obama Pushes Obamacare Enrollment on 'Between Two Ferns' with Zach Galifianakis," HuffPost, March 11, 2014, https://www.huffpost.com/entry/obama-between-two-ferns_n_4938804; Ian Crouch, "Obama Wins on 'Between Two Ferns,'" New Yorker, March 12, 2014, https://www.newyorker.com/culture/culture-desk/obama-wins-on-between-two-ferns; Matt Wilstein, "The One Joke Obama WH Wanted to Cut from 'Between Two Ferns,'" Daily Beast, September 25, 2019, https://www.thedailybeast.com/scott-aukerman-reveals-the-one-joke-obama-white-house-wanted-to-cut-from-between-two-ferns.

有些玩笑的效果比其他的好，但在节目播出的最初 24 小时内有 1 100 多万人观看，是迄今在 Funny or Die 网站上观看量最多的视频。HealthCare.gov 的访问量也出现了激增；官方称，当天的流量增长了 40%。到那时，人数一直在稳步上升，盯着网站注册参保人数成了政策专家和记者最喜欢的消遣。许多人关注了一个名为"平价医保法注册"（ACA Signups）的网站，密歇根州的网页设计师查尔斯·加巴开始只把这个当作爱好，结果证明，这个网站甚至比政府自己的数据更能预测结果。①

眼睛盯着数字的加巴，是难得一个发出乐观声音的人。早在 2 月初，他就是最早预测参保人数可能真的会达到国会预算办公室预计或至少非常接近的人之一。尽管加巴也过于保守，他的这种乐观被证明是正确的，因为参保人数在最后一周激增。人们在参保中心外面排起长队，等待了几个小时才上了保险，电话打不通，网站动弹不了——到此时，网站已经有了溢出功能，人们可以留下电话或电邮地址来跟进。政府将参保的最后期限推迟了几天，并在最后一晚明确表示，任何在午夜前到达现场的人都有机会买到保险。②

到了 4 月中旬，白宫公布了最终参保人数：超过 800 万。

批评者正确地指出，年轻人参保没有达到法律制定者所希望的比例，这可能意味着最终保险公司的健康受益人会变少，迫使其在未来

---

① Jeff Yang, "'Between Two Ferns' Boosts Traffic to Obamacare Website—but Will It Last," *Wall Street Journal*, March 12, 2014, https://www.wsj.com/articles/BL-SEB-80280.
② 关于查尔斯·加巴，参见 Jason Millman, "This Guy Knew When Obamacare Enrollment Would Hit 5M Before Anyone Else. Now He's Predicting 6.2M," *Washington Post*, March 19, 2014, https://www.washingtonpost.com/news/wonk/wp/2014/03/19/this-guy-knew-when-obamacare-enrollment-would-hit-5m-before-anyone-else-now-hes-predicting-6-2m/; Charles Gaba, "My Ballpark QHP Predictions for January, February and March," ACA Signups, February 7, 2014, https://acasignups.net/14/02/07/my-ballpark-qhp-predictions-january-february-and-march. 我没有那么大胆，但早在 2013 年 11 月，在读了一份关于 HealthCare.gov 第一个月注册情况的令人沮丧的报告之后，我就说，还有时间让网站运转起来，如果问题解决，注册人数将接近目标。我对《平价医疗法案》的很多看法都是错误的；有件事我做对了。

几年提高保费。人们经常购买的保险计划方案有很高的免赔额，供应者的网络也范围窄，当然新用户还没有遇到这些问题，因为他们中的大多数人还没有提出严重的索赔。但情况会随着时间的推移而改变。①

尽管如此，当很多人都在应对费率冲击时，也有很多人在体验"保费带来的快乐"；事实证明，通过交易所购得的保险比以前买的保险便宜，通常是因为补贴。没有人有确切数字到底有多少人最后省了钱，又有多少人最后付了更多的钱，但来自凯撒家庭基金会的一项调查显示，会有更多的人省了钱。当然，即使是那些付了更多钱的人也得到了更多的保险保障——此外，还有数百万人得到了基本上免费的医疗补助。②

早在10月份，拉什·林博就宣称美国人对参保"不感兴趣"，直到3月底，众议长约翰·博纳还在网上预测，没有保险的人数会上升，因为太多人失去了保险。《国家评论》的编辑里奇·劳里曾表示，只有已经有保险的人才会参保。事实证明，这些预测都不对。③

奥巴马在白宫简报室宣布了参保人数，几个月前，在HealthCare.gov崩溃的最惨淡时刻，他和他的团队面临着他总统任期内最严厉的一些质疑。奥巴马利用这个机会指出，批评该计划的人在许多方面都

---

① Sarah Kliff, "Obamacare's Narrow Networks Are Going to Make People Furious—but They Might Control Costs," *Washington Post*, January 13, 2014, https://www.washingtonpost.com/news/wonk/wp/2014/01/13/obamacares-narrow-networks-are-going-to-make-people-furious-but-they-might-control-costs/.
② Jonathan Cohn, "Finally, We're Getting the Real Story on Obamacare Rate Shock," *New Republic*, June 19, 2014, https://newrepublic.com/article/118250/obamacare-rate-shock-kaiser-survey-suggests-critics-exaggerated-story.
③ Sarah Kliff, "Predicted Obamacare Disasters That Never Happened," *Vox*, July 15, 2014, https://www.vox.com/2014/7/15/5898879/seven-predicted-obamacare-disasters-that-never-happened; Paul Krugman, "Zero for Six," *New York Times*, June 26, 2014, https://krugman.blogs.nytimes.com/2014/06/26/zero-for-six/; Arit John, "Pundit Accountability: The Best and Worst Obamacare Predictions," *Atlantic*, April 1, 2014, https://www.theatlantic.com/politics/archive/2014/04/pundit-accountability-the-best-and-worst-obamacare-predictions/359969/.

是错误的，例如，他们预测《平价医疗法案》将导致更高的医保通胀（事实并非如此）或者将增加赤字（事实并非如此）。"这个法案正在起作用。"奥巴马说。

奥巴马在讲他事先准备好的讲话时相对克制，但在问答环节（无论如何，按照他的标准来看）激动起来——几分钟后，一名记者终于问起了有关医疗保健法的问题。"好的，让我们谈谈这个。"奥巴马说，接着把讨论引向了他一直希望的方向。

奥巴马谈到了他前一天遇到的一位女士，她最终通过该法律获得了保险。"这对她来说不是抽象的。她在拯救自己的家庭。她在挽救自己的生意。"他还攻击了依然没有扩展他们的医疗补助计划的那些共和党州官员，"原因无非是政治怨恨……这是错的。应该停止。那些州的人应该能够像其他人一样获得医疗保险。"

但最重要的是，奥巴马谈到了华盛顿的共和党人，谈到了他对他们依然把注意力集中在废除法案上感到沮丧。"我们已经为此进行了5年的政治斗争，"奥巴马说，"我们需要去做点别的事情了。"①

反对派可不这样想。

---

① "President Obama Speaks to the Press," YouTube video, 31:25, posted by Obama White House, April 17, 2014, https://www.youtube.com/watch?v=1BTOvPwVtpo.

二十三、蓄意破坏

1.

对《平价医疗法案》最成功的攻击之一，始于佛罗里达州共和党参议员马可·鲁比奥。

鲁比奥是古巴移民的儿子，他从政是从最底层——1991年在国会实习——开始，后来赢得了地方政府和州议会的选举。35岁的时候，他成为了佛罗里达州众议院有史以来第二年轻的议长。他有一种天生的、真诚的魅力，能让选民缴械投降，同时他对吸引了政治专业人士的政策也感兴趣。他还曾是大学里的橄榄球运动员。佛罗里达州共和党即便在实验室里也造不出一个比他更完美的样板。①

作为议长，鲁比奥与州长查理·克里斯特不和，克里斯特也是共和党人，但经常挑战党派正统观念。当克里斯特利用他的监管权限收紧汽车的排放标准时，鲁比奥抨击这些标准是"欧洲式的大政府强制令"。2010年，当克里斯特竞选佛罗里达州参议员时，鲁比奥在共和党初选中对他发起了挑战。克里斯特极易受攻击，因为他支持奥巴马的经济刺激方案，疏远了茶党。来自"增长俱乐部"（Club for Growth）的一则带有攻击性的广告，放了一段克里斯特在总统访问佛罗里达期间在台上给奥巴马一个快速拥抱的视频。②

鲁比奥在竞选中宣扬自己是真正的保守派，会与奥巴马对抗而不是拥抱他。他赢得了拉什·林博和博主/煽动者米歇尔·马尔金的热情支持，并容光焕发地登上了《国家评论》杂志上的封面。"如果说有一张面孔可以代表共和党未来的话，那非马可·鲁比奥莫属，"牧师、前阿肯色州州长迈克·哈卡比对记者马克·雷伯维奇说，"他是我们的巴拉克·奥巴马，但更有内涵。"③

2009年夏天，共和党初选的民调显示，克里斯特以2比1的优势领先鲁比奥。10个月后，民调出现逆转，鲁比奥在共和党初选中获得了60%的支持率，克里斯特的支持率不到30%。克里斯特退出了初选，宣布将以独立人士的身份参加普选，他的确这样做了——与民主党候选人肯德里克·米克争夺选票，让鲁比奥轻松获胜。

鲁比奥直言不讳地批评了后来成为《平价医疗法案》的立法，2013年，他开始抨击当时鲜为人知的条款：风险走廊④，该条款使保险公司在早年研究如何在新市场定价时免受巨额损失。人们希望该方案在很大程度上是自筹资金的，让获得巨额利润的保险公司付钱给该方案，而出现巨额亏损的保险公司将从中获得资金。但鲁比奥表示，这一方案最终将亏损，并可能促使保险公司压低定价，以抢占市场份额。他开始称之为"保险公司救助"方案，借用的是自2008/2009年金融危机中布什和奥巴马救助银行以来一直堪称政治毒药的

---

① Evan Osnos, "The Opportunist," *New Yorker*, November 30, 2015, https://www.newyorker.com/magazine/2015/11/30/the-opportunist.
② Perry Bacon Jr., "In Florida House, Rubio Led a Conservative Revolt Against Fellow Republicans," NBC News, April 13, 2015, https://www.nbcnews.com/meet-the-press/florida-house-rubio-lead-conservative-revolt-against-fellow-republicans-n338791; Aaron Sharockman, "PolitiFact-Charlie Crist Says He Didn't Endorse Stimulus Bill," PolitiFact, November 5, 2009, https://www.politifact.com/factchecks/2009/nov/05/charlie-crist/charlie-crist-says-he-didnt-endorse-stimulus-bill/; Carol E. Lee, "When a Hug Becomes a Kiss of Death," *Politico*, November 17, 2009, https://www.politico.com/story/2009/11/when-a-hug-becomes-a-kiss-of-death-029519.
③ Mark Leibovich, "The First Senator from the Tea Party?," *New York Times Magazine*, January 6, 2010.
④ risk corridors，在政府管保险、设置限制的情况下，保险公司可能会面临亏损，设立风险走廊旨在共享结余、共担超支，以分摊亏损风险。——译者

一个说法。①

事实上，风险走廊并不是一个新颖或有争议的概念。老年医疗保险计划 D 部分就有这样一个条款——与《平价医疗法案》中那个只有三年时效的版本不同，老年医疗保险计划 D 部分中的那条是永久性的。尽管鲁比奥声称废除风险走廊将对消费者有利，但其可能的后果是剥除了至少某些保险公司所需要的支持，迫使它们要么提高保费要么完全退出市场。

这些细微差别没有得到太多的考虑。再比如，《平价医疗法案》的起草过程给该法案留下的本来易受攻击的隐患还包括，风险走廊方案并没有专门的资金支持，这就意味着它取决于国会批准拨款。2014年末，一群致力于必须通过的年终支出法案的共和党议员又添加了一个条款，使得风险走廊方案几乎没有任何资金支持。②

安迪·斯拉维特此时已应西贝利厄斯在卫生与公众服务部的继任者西尔维亚·伯维尔的要求，接管了"老年医疗保险和医疗补助服务中心"。他的部分工作是会见国会山的立法者，他没用多长时间就明白了《平价医疗法案》在政治上独一无二的艰难。

如果老年医疗保险有问题，那类需要国会关注的问题，共和党办公室通常都乐于听取他的意见，乐于合作找到解决办法——即使从长远来看，他们有将该计划私有化或削减开支的打算。毕竟，这关系到他们的选民所向。但这种态度并没有延伸到《平价医疗法案》，无论是因为这些立法者认为这对足够多的选民来说不重要，不足以确保他们的合作，还是因为随时抵制奥巴马医改的压力实在太大了。

整个 2014 年，随着共和党人准备攻击风险走廊基金的迹象变得

---

① Marco Rubio, "Marco Rubio: No Bailouts for ObamaCare," *Wall Street Journal*, November 19, 2013, https://www.wsj.com/articles/no-bailouts-for-obamacare8217s-bumbling-1384815095.
② Yuval Levin, "Rubio and the Risk Corridors," *National Review*, December 17, 2015, https://www.nationalreview.com/corner/did-rubio-kill-obamacares-risk-corridors-yuval-levin/.

愈加明朗，斯拉维特和其他官员警告说，尤其是那些小型保险公司可能无法生存。这种危险对于州合作保险公司来说尤其严重，后者是肯特·康拉德想出来的一种全新的、非营利保险形式，旨在作为公共医保选项的准替代品。斯拉维特强调，合作保险公司似乎在农村地区最为重要，他希望共和党人能重新考虑自己的立场。但共和党人没有。

斯拉维特并不是唯一一个被共和党议员断然拒绝的人。保险业官员可能并不喜欢《平价医疗法案》，但他们喜欢稳定的体系而不是不稳定的——他们当然不想失去风险走廊带来的收益。可他们游说的共和党人"对可行性根本不感兴趣"，一位保险业高官后来说道，"当时的讨论都是政治层面的"。①

10月份，卫生与公众服务部能够准确计算出风险走廊会支付多大（或者更准确地说，多小）金额。通知那些小型保险公司的工作落在了曼迪·科恩身上，她是"老年医疗保险和医疗补助服务中心"的一名官员，也是内科医师。她说，作为一名医生，她很久以前就学会了如何告诉患者及其家属坏消息，包括死亡即将来临——她知道，对于一些刚刚起步的保险公司来说，情况可能就是这样。她没有夸大其词。在全国范围内运营的23家合作保险公司中，有20家最终倒闭，高管和分析师一再指出风险走廊的损失是主要原因。在"老年医疗保险和医疗补助服务中心"那边，那个月被称为"糟心的10月"（Sucktober）。②

在国会山外，对风险走廊的攻击让一些保守派感到沮丧，他们正

---

① 作者对保险业某高级官员的采访。
② 作者对曼迪·科恩和安迪·斯拉维特的采访；Sabrina Corlette, Sean Miskell, Julia Lerche, and Justin Giovannelli, "Why Are Many CO-OPs Failing? How New Nonprofit Health Plans Have Responded to Market Competition," Commonwealth Fund, December 2015, https://www.commonwealthfund.org/publications/fund-reports/2015/dec/why-are-many-co-ops-failing-how-new-nonprofit-health-plans-have; Caitlin Owens, "Even If You Like Your Obamacare Co-Op Insurance, You Probably Can't Keep It," Atlantic, November 15, 2015, https://www.theatlantic.com/politics/archive/2015/11/even-if-you-like-your-obamacare-co-op-insurance-you-probably-cant-keep-it/452244/。

越过《平价医疗法案》看向未来的政策辩论——共和党人是否真的可能有朝一日决定建立一个基于私营保险的全民医保制度，正如他们曾经认为的那样。曼哈顿研究所的叶甫盖尼·费伊曼在 2014 年写道："如果想让保险公司更广泛地参与个人市场，就需要给根胡萝卜来抵消不可避免的不确定性。"但多数保守派人士感到兴奋，没想到共和党领导人找到了如此有效的方式来破坏《平价医疗法案》仍处于起步阶段的市场。专栏作家马克·蒂森在《华盛顿邮报》上撰文，列举了一些保险公司的失败案例，然后欢呼鲁比奥开发了"一种毒药，正在从内部扼杀奥巴马医改"。①

这样的说法是个很大的线索，有助于说明为什么《平价医疗法案》的发展轨迹似乎偏离了民主党人视为楷模的马萨诸塞州改革的发展轨迹。马萨诸塞州的医保法得到了两党领导人的支持，他们与社区领导人、公司官员和医保行业代表肩并肩站在一起。几乎每个人都想让医疗保健法发挥作用。没有人会为失败叫好。

相比之下，《平价医疗法案》的敌人似乎多于盟友，不仅在华盛顿，在很多州也是如此。

2.

田纳西州就是这样的州之一，考虑到该州一贯的政治形象，这并不是完全可预测的。该州的两位参议员拉马尔·亚历山大和鲍勃·考克是人所共知的温和派，至少在共和党党团里是这样。该州州长比尔·哈斯拉姆是一位以商业为导向的共和党人，《平价医疗法案》的

---

① Yevgeniy Feyman, "Obamacare's Risk Corridors Won't Be a 'Bailout' of Insurers," *Forbes*, January 22, 2014, https://www.forbes.com/sites/theapothecary/2014/01/22/obamacares-risk-corridors-wont-be-a-bailout-of-insurers/#3ada6e8d64ca; Marc Thiessen, "How Marco Rubio Is Quietly Killing Obamacare," *Washington Post*, December 14, 2015, https://www.washingtonpost.com/opinions/how-marco-rubio-is-quietly-killing-obamacare/2015/12/14/c706849a-a275-11e5-b53d-972e2751f433_story.html.

设计者曾经设想他很可能会忠实地实施这项计划,因为这将意味着他所在的州会获得更多的资金,并以一种对市场相对友好的方式让该州居民获得医疗保险。

这一预感在 2012 年时似乎是对的,当时哈斯拉姆宣布,尽管他反对《平价医疗法案》,但他正在考虑让本州开办自己的交易所。但在那时,田纳西州的政治格局正在发生变化,其方式跟全国政治格局的变化一样。茶党很早就在田纳西州站稳了脚跟,在纳什维尔的盖洛德奥普兰会议酒店举行了 2010 年的全国代表大会。2010 年,茶党活动人士帮一批共和党人进入了州议会,使共和党获得了更大的多数席位并形成了一个越来越难对付的右翼势力。①

宣布交易所管理意向的最后期限是 2012 年 12 月,随着日期的临近,保守派活动人士和组织开始向哈斯拉姆施压。截止日期前几天,在州议会大厦台阶上举行的一次集会上,一位当地电台主持人警告说:"如果比尔·哈斯拉姆不能说不,那么我们是时候换一位州长了。"②

几天后,哈斯拉姆说了不。③

---

① Kate Zernike, "Convention Is Trying to Harness Tea Party Spirit," *New York Times*, February 5, 2010, https://www.nytimes.com/2010/02/06/us/politics/06teaparty.html; Judson Phillips, "The Tea Party Ten Years Later," *Tennessee Star*, February 24, 2019, https://tennesseestar.com/2019/02/24/judson-phillips-commentary-the-tea-party-ten-years-later/; Nick Carey, "Tea Partiers Yearn for a 'Truly Red' Tennessee," Reuters, May 18, 2012, https://www.reuters.com/article/us-usa-politics-tennessee/tea-partiers-yearn-for-a-truly-red-tennessee-idUSBRE84H0UD20120518.

② Andy Sher, "Tea Party Pressures Tennessee Gov. Bill Haslam," *Chattanooga Times Free Press*, December 6, 2012, https://www.timesfreepress.com/news/local/story/2012/dec/06/tea-party-pressures-tennessee-governor/94436/; "Tennessee Eagle Forum Newsletter," *Tennessee Eagle Forum*, December 6, 2012, https://www.votervoice.net/iframes/EAGLE/newsletters/12200.

③ Jeffrey Young, "Tennessee's GOP Governor Is Latest to Reject Obamacare Health Insurance Exchange," *HuffPost*, December 10, 2012, https://www.huffpost.com/entry/bill-haslam-obamacare_n_2272290?guccounter=1; Stephanie Mencimer, "Tea Party Trying to Kill Obamacare ... by Friday," *Mother Jones*, December 11, 2012, https://www.motherjones.com/politics/2012/12/tea-partys-obamacare-hail-mary/. 欲从更广的角度看待这个问题,参见 David K. Jones, *Exchange Politics: Opposing Obamacare in Battleground States* (New York: Oxford University Press, 2017)。

但田纳西州和其他每个州一样,当时面临的最重要的决定是是否要扩大享有医疗补助的资格。田纳西州在这方面有着漫长而复杂的历史。20世纪90年代初,州长内德·麦克沃特获得了一项特殊的联邦豁免,让更多的人进入管理式医疗,其理由是这将降低成本,让州政府用有限的资源做更多的事情。这项名为"田州医保"(TennCare)的新项目,其初衷是大幅提高保险覆盖率。但该计划从未完全兑现其承诺,十年后,以商业为导向的民主党州长菲尔·布雷德森监督了一系列的大幅削减,导致没有保险的居民人数大幅增加——某些时候,受累的是那些突然无力支付医药费的医疗弱势群体。[1]

《平价医疗法案》的医疗补助扩展,提供了一个机会来扭转这种局面,并实现"田州医保"最初的医保覆盖目标,只是这次是华盛顿提供了大部分资金。这一想法在立法机关一直成功无望,2013年初,哈斯拉姆说他也反对。但在2014年底,哈斯拉姆宣布,他将推出一个适用于田纳西州的版本,它将更加依赖于私营保险和激励人们养成健康的行为,同时仍将大幅扩大覆盖范围。"在田纳西州,我们近两年前做出了不扩大传统医疗补助的决定,"哈斯拉姆说,"这是一种另辟蹊径的方法,是田纳西州特有的解决方案。我们的方法是负责任的,也是合理的,我真心相信它可以成为从根本上改变田纳西州医保状况的催化剂。"[2]

---

[1] Jonathan Cohn, *Sick* (New York: HarperCollins, 2009), Kindle edition, 115-140; Natalie Allison, "'I did what had to be done': How Phil Bredesen's 'Painful' TennCare Cuts Play into US Senate Race," *Tennessean*, September 17, 2018, https://www.tennessean.com/story/news/politics/tn-elections/2018/09/18/phil-bredesen-tenncare-tennessee-us-senate-marsha-blackburn/1217149002/.

[2] Cass Sisk and Tom Wilemon, "Tenn. Gov Won't Expand Medicaid to Cover Uninsured," *USA Today*, March 27, 2013, https://www.usatoday.com/story/news/nation/2013/03/27/tennessee-medicaid-health-care/2024599/#:~:text=%E2%80%94%20Tennessee%20will%20not%20expand%20its; Abby Goodnough, "Governor of Tennessee Joins Peers Refusing Medicaid Plan," *New York Times*, March 27, 2013, https://www.nytimes.com/2013/03/28/health/tennessee-governor-balks-at-medicaid-expansion.html; Richard Locker, "Tennessee's GOP Governor Unveils Alternative to Medicaid Expansion," Governing, December 16, 2014, https://www.governing.com/topics/health-human-services/tns-tennessee-medicaid-expansion.html; Rachana Pradhan, "Tennessee Tees Up Medicaid Expansion Battle," *Politico*, December 15, 2014, https://www.politico.com/story/2014/12/tennessee-medicaid-expansion-113577.

他心目中的计划，经过了各种保守的扭曲，与大多数自由主义者设想的医疗补助扩展计划相去甚远。但奥巴马政府正积极与田纳西州合作，以确保该提案能够符合医疗补助计划的法律要求，因为官员们认为这是惠及数十万没有保险的田纳西州低收入居民的绝佳机会。①

田纳西州这边，一些知名的民主党人及其盟友对此表示同意。赞扬哈斯拉姆的人当中有田纳西州司法中心的官员，该中心是田纳西州最为知名的社会正义倡导组织和当地劳工联合会。州议会的资深民主党人克雷格·菲茨休也表示支持。"在如何最大限度地处理好这个问题上，州长和我经常有意见分歧，但今天我很高兴能与他站在一起，努力使它获得通过。"菲茨休说，"这条路无疑会很崎岖，一路上会有分歧，但我们的党团将尽我们所能确保所有田纳西州人都能获得更实惠、更优质的医疗照护。"②

这个想法似乎很受欢迎；一项民调显示，支持者与反对者约是3比1。华盛顿那边，亚历山大和考克分别对这一想法给予了称赞。但在州议会内部，立法者的热情要低得多（只有少数人出席了哈斯拉姆的宣布仪式），保守派则完全充满敌意。右翼智库"灯塔中心"（Beacon Center）抨击了哈斯拉姆付出的努力，称其试图"扩展医疗补助并将奥巴马医改的触角伸进我们州"。"繁荣美国人协会"田纳西州分会的一位官员说，该组织"对哈斯拉姆州长感到失望，甚至在其他州的州长坚持立场，保护自己的选民不受这一灾难性法律影响

---

① Rick Lyman, "Tennessee Governor Hesitates on Medicaid Expansion, Frustrating Many," *New York Times*, November 16, 2013, https://www.nytimes.com/2013/11/17/us/politics/tennessee-governor-hesitates-on-medicaid-expansion-frustrating-many.html; Jason Millman, "Three Republican Governors Have Now Endorsed the Medicaid Expansion Since the Midterms," *Washington Post*, December 15, 2014, https://www.washingtonpost.com/news/wonk/wp/2014/12/15/three-republican-governors-have-now-endorsed-the-medicaid-expansion-since-the-midterms/.
② Emily Kubis, "Reactions to Medicaid Expansion Plan," *Nashville Post*, December 15, 2014, https://www.nashvillepost.com/home/article/20480618/reactions-to-medicaid-expansion-plan.

之时，他还一意孤行决定在田纳西州大力实施奥巴马医改"。①

"繁荣美国人协会"不仅批评了这个提议，还发起了一场反对它的运动，包括播放将支持扩展的投票说成是"支持奥巴马医改"的广告，并在脸书上发布以奥巴马的脸来吸引人的帖子。该组织说，投票支持扩展的那些议员"背叛了田纳西州人"。"繁荣美国人协会"还花钱用巴士把活动人士从诺克斯维尔送到纳什维尔的州议会大厦。"我对政府运作的项目持怀疑态度"，其中一个活动人士在一次集会上对 NBC 新闻说，尽管他明确表示他喜欢老年医疗保险，因为它"更好"，而且他"往这个里面存了一辈子的钱"。②

哈斯拉姆为扩展发起了自己的宣传，有时强调帮助穷人在道德上必须为之："我的信仰不允许我走在这条道的另一边，忽视可以满足的需求，特别是在这种情况下，即需要帮助的是那些在有生命危险的情况下无法获得医疗服务的田纳西州人。"他说道。他还试图通过广泛传播民调结果来消除与奥巴马医改的联系，民调显示绝大多数共和

---

① "63% of Tennesseans Support Medicaid Expansion," Tennessee Justice Center, https://www. tnjustice. org/tennesseans-support-medicaid-expansion-63-percent/; Andrea Zelinski and Emily Kubis, "Haslam to Call Special Session on Medicaid Expansion," *Nashville Post*, December 15, 2014, https://www. nashvillepost. com/home/article/20480644/haslam-to-call-special-session-on-medicaid-expansion; Kubis, "Reactions to Medicaid Expansion Plan"; Jeff Woods, "Obama Haters Waste No Time Opposing Haslam's Medicaid Plan," *Nashville Scene*, December 15, 2014, https://www. nashvillescene. com/news/pith-in-the-wind/article/13057296/obama-haters-waste-no-time-opposing-haslams-medicaid-plan.

② "In Rebuke of Tennessee Governor, Koch Group Shows Its Power," NBC News, February 6, 2015, https://www. nbcnews. com/politics/elections/rebuke-tennessee-governor-koch-group-shows-its-power-n301041; Andy Sher, "Americans for Prosperity Aims for Tennessee Influence," *Tennessean*, May 5, 2015, https://www. tennessean. com/story/news/politics/2015/05/05/americans-prosperity-aims-tennessee-influence/26947607/; WBIR Staff, "Koch Brothers Group Relaunches Ads to Defeat Insure Tennessee," WBIR, March 31, 2015, https://www. wbir. com/article/news/politics/koch-brothers-group-relaunches-ads-to-defeat-insure-tennessee/311597540; Andy Sher, "Tennessee Governor's Medicaid Expansion Plan Fails Again," Governing, April 1, 2015, https://www. governing. com/topics/health-human-services/tns-tennessee-medicaid-expansion-fails-again.html.

党选民反对这项法律,但只有一小部分人反对扩展医疗补助。①

这还不够。这个提案从未得到委员会的批准。共和党领导人说,这项计划最终将让该州花费巨大,即使资金将来自对医院新核定的付款额,而不是一般的基金。一些民主党人认为,反对与扩展本身的好处并无关系,更多是与签署法律使扩展成为一个选项的总统有关。"反对扩展的人把一切都和奥巴马总统联系在一起,"州议会一位民主党议员说,"那才是扼杀扩展的真正原因。"奥巴马政府官员艾略特·菲什曼曾应该州要求与哈斯拉姆的幕僚合作,他称这一结果"令人心碎",特别是考虑到为找到一种能满足保守派反对意见的覆盖模式而付出的艰苦努力。"这是由外部驱动的,是党派的歇斯底里所致。"菲什曼说。②

切身体会到其后果的人之一,是一位居民,他叫唐尼·吉恩·里皮,他是纳什维尔西北部一个村镇的泥瓦匠,他从屋顶上摔下来,摔断了背部的骨头和腿骨,做了4次手术后,最终欠下了6万美元的医疗债务。如果他住的地方再往北50英里,他很可能就不会有这债,还能得到更好的医疗,因为往北50英里就进入了肯塔基州境内,该州已经扩大了医疗补助范围。"我们都在美国,但有些州扩展了医疗补助计划,有些州拒不扩展,"里皮的搭档这样告诉来报道他们的遭遇的记者拉查娜·普拉丹,"我只是觉得这不公平。"③

田纳西州和肯塔基州是两个人口结构和规模相似的毗邻州,将两

---

① David Plazas, "Haslam Counters Critics, Makes Case for Insure Tennessee," *Tennessean*, February 2, 2015, https://www.tennessean.com/story/opinion/2015/02/02/haslam-counters-critics-makes-case-insure-tn/22774731/.

② "Tennessee Legislature Rejects Medicaid Expansion," *Modern Healthcare*, February 4, 2015, https://www.modernhealthcare.com/article/20150204/NEWS/302049940/tennessee-legislature-rejects-medicaid-expansion; Steve Benen, "Paranoia Derails Medicaid Expansion in Tennessee," MSNBC, February 5, 2015, http://www.msnbc.com/rachel-maddow-show/paranoia-derails-medicaid-expansion-tennessee;作者对艾略特·菲什曼的采访。

③ Rachana Pradhan, "The Wrong State to Have an Accident," *Politico*, July 13, 2013, https://www.politico.com/agenda/story/2016/07/obamacare-equal-benefits-000163/.

者对比反映出了扩展医疗补助——或者以田纳西州的情况而论不扩展医疗补助——的决定可能会产生多大的差异。2013 年,这两个州未参保的非老年成人的比例几乎相同:肯塔基州为 21%,田纳西州为 20%。到了 2015 年,这一数字在肯塔基州已降到 8%,但在田纳西州仅降到 15%。根据联邦基金会的研究,在这两个州因费用问题而得不到医疗照护的成年人比例也以不同速度下降,其中低收入居民的差异最大。[①]

3.

在田纳西州州议会否决哈斯拉姆的提案时,大约一半的州还没有扩展医疗补助。在拒不扩展的州当中,有南部最大的三个州:佛罗里达州、佐治亚州和得克萨斯州。根据亨利·J. 凯撒家庭基金会研究人员的计算,总体而言,因本州官员阻挠扩展而无法享有医疗补助的保险覆盖缺口约为 300 万人。[②]

保险覆盖缺口并没有得到媒体的太多关注。被关注的倒是保险公司在某些市场上遇到的困难。

在《平价医疗法案》生效之前,奥巴马政府官员及其盟友担心新市场的不可预测性会吓跑保险公司。事实证明,这种担心是没有根据的。保险公司因有机会获得新客户而兴奋,但它们第一年的保费低于预期。

[①] Susan L. Hayes, Douglas McCarthy, David C. Radley, and Sara R. Collins, "Health Care Coverage and Access Rates in Kentucky Reflect the ACA's Successes," Commonwealth Fund, March 17, 2017, https://www.commonwealthfund.org/blog/2017/health-care-coverage-and-access-rates-kentucky-reflect-acas-successes.

[②] "The Coverage Gap: Uninsured Poor Adults in States That Do Not Expand Medicaid-An Update-Issue Brief-8659-03," Kaiser Family Foundation, October 23, 2015, https://www.kff.org/report-section/the-coverage-gap-uninsured-poor-adults-in-states-that-do-not-expand-medicaid-an-update-issue-brief_/

但在许多州，参保人看起来并不像精算师所期望的那样。相对而言，年轻人少，老年人多；健康的人少，不健康的人多。保险公司的应对是提高保费。虽然有些保险公司很快就想出了如何管理市场，但有些却完全退出了某些州。在有些州，官员们开始担心有可能出现"光头"县，没有保险公司去那里为自购保险的人提供保险。

市场的难处与该法的局限性有很大关系，而这些局限性反过来又常常反映出该法的支持者为使其提案在国会获得通过而做出的妥协。民主党人已经减少了强制令的罚款，以满足该党成员的要求并争取一些共和党人的支持，这些共和党人认为惩罚太过苛刻，减少了健康人继续不参保的动力。而对高收入人群逐步取消补助——这是将支出保持在1万亿美元以下的结果之一——意味着，特别是在保险价格上涨的情况下，对一些中产阶级来说，保险成本似乎很高，甚至高得惊人。

更笼统地说，依靠竞争使医疗保健更平价的整个前提是，保险公司为了以低保费赢得客户，将利用其杠杆作用压低医生、医院和其他医疗保健提供方的收费。这本应优于单纯由政府定价的传统方法，而欧洲国家体制就是这么做的，但美国政客不愿意考虑。

在实际操作中，保险公司让医疗保健提供者接受较低价格的方式是让它们鹬蚌相争，威胁只吸收那些同意较低理赔金额的提供者。在只有一家医院系统主导市场的地区，这根本行不通。这是农村地区经常发生的一个问题，因为排除该医院系统将会导致太多的病人无处求医问药。正如艾奥瓦州的一位教授在思考自己所在州的情况后所指出的那样，"如果你向东走4个小时，你可以瓜分芝加哥的医疗保健提供者，但在艾奥瓦，你不能那么干。这使得降低成本很难"。[1]

---

[1] 这位教授是布拉德·赖特，一位卫生政策学者，当时在艾奥瓦大学任教。Jonathan Cohn, "An Iowa Teenager Didn't Wreck His State's Health Care Market. Here's Who Did," *HuffPost*, October 29, 2017, https://www.huffpost.com/entry/iowa-teenager-obamacare-scapegoat_n_59f4715de4b077d8dfc9dd70。

这个例子不是假设的。2016 年，艾奥瓦州是保费上涨和保险公司纷纷逃离这两种情况同时发生的州之一。根据凯撒基金会的数据，该州符合资格的人口只有 19% 在交易所参保。这一比例是所有州中最低的。[1]

但是低参保率不仅仅是《平价医疗法案》设计缺陷的一个副产品。这也是州领导人采取或没有采取行动的结果。特里·布兰斯塔德是一位共和党州长，1983 年至 1999 年任职，2011 年他作为茶党掀起的浪潮的一部分再次担任州长宝座，他加入了对《平价医疗法案》的诉讼，拒绝创建州交易所的呼吁，并拒绝将本州资源用于广告和外展的提议。"政策项目"（Policy Project）是艾奥瓦州一个有进步倾向的监督组织，其研究主任彼得·费舍尔说："我们基本上对《平价医疗法案》毫无热情，因为我们的州长不喜欢它，也没有做很多他本可以做的事情来让该法案在艾奥瓦州更好地发挥作用。"[2]

艾奥瓦州尤其麻烦，因为该州相当大一部分人口仍持有旧的祖父条款保险方案，并没有在新的交易所参保。其中一个重要原因是艾奥瓦州蓝十字保险公司"威尔马克"（Wellmark）决定在头几年不加入交易所，继续执行现有的营利性保险方案。这是全国仅有的两个这么做的蓝十字保险公司之一。

到目前为止，威尔马克是该州最主要的保险公司，也是维持大多数祖父条款保单的保险公司。因为它有这样一个值得信赖的品牌，而在交易所提供保险服务的公司对该州人口来说大多闻所未闻，因此许多保户认为他们最好还是继续持有原来的保单。他们的健康状况往往相对较好，因为那些投保前已患有疾病的人群，就算能够投保，也不能在费率没有大幅提高或在大额收益没有排除的情况下得到威尔马克的保险方案。有这些保险方案的人通常都很满意，因为它们价格低

---

[1] 数据由凯撒基金会提供，依据的是 2016 年的现阶段人口调查。
[2] Cohn, "An Iowa Teenager."

廉，涵盖了大部分医疗服务，尽管得了重病的人可能会遇到隐藏的缺口和限制。正如艾奥瓦州人、预算与政策优先中心分析师莎拉·卢埃克指出的那样，"对成千上万的艾奥瓦人来说，就好像从没有过《平价医疗法案》"。①

在艾奥瓦州交易所，为数不多的成功吸引客户的保险选择之一是交易所的合作社机构，名叫"合作机会"（CoOportunity）。它是首批获得联邦政府批准的公司之一，在艾奥瓦州和内布拉斯加州拥有12万保险用户，是全美第二大合作社。但和威尔马克的其他竞争对手一样，它吸引的客户健康状况相对较差；该公司表示，它必须在13个月内为21例器官移植手术提供资金，对于这样一个规模不大的客户群来说，这是个很高的数字。②

"合作机会"很快就以强大的客户服务而闻名。它一直指望风险走廊支付的6 600万美元来帮助它渡过早期的难关——就像风险投资最终会帮助一些营利性保险公司从更大的损失中生还一样。但由于马可·鲁比奥及其盟友最后争取来的资金发生了变化，该公司按照安排只能获得700万美元。几天后，艾奥瓦州保险专员宣布，他将接管这家保险公司，并对其进行清算，因为该保险公司已无法

---

① Clay Masters, "Health Insurance Startup Collapses In Iowa," NPR, January 14, 2015, https://www.npr.org/sections/health-shots/2015/01/14/376792564/health-insurance-startup-collapses-in-iowa; Cohn, "An Iowa Teenager"; Louise Norris, "Iowa Health Insurance Marketplace: History and News of the State's Exchange: Obamacare Enrollment," Health Insurance. Org, July 19, 2020, https://www.healthinsurance.org/iowa-state-health-insurance-exchange/; Charles Gaba, "Iowa: *Approved* 2017 Avg. Rate Hikes: 30.1% (+Some Rare *transitional* Plan Data)," ACA Signups, August 30, 2016, http://acasignups.net/16/08/30/iowa-approved-2017-avg-rate-hikes-301-some-rare-transitional-plan-data.
② Joe Gardyasz, "CoOportunity Health Approved to Operate in Iowa," Business Record, March 28, 2013, https://businessrecord.com/Content/Finance—Insurance/Finance—Insurance/Article/CoOportunity-Health-approved-to-operate-in-Iowa/171/833/57299; Abby Goodnough, "Health Care Success for Midwest Co-Op Proves Its Undoing," New York Times, February 16, 2015, https://www.nytimes.com/2015/02/17/us/success-proves-undoing-of-health-insurance-co-op.html.

履行其财务义务。①

尽管威尔马克避免在交易所出售保单,但它确实出售了一些符合《平价医疗法案》规定的保单——这意味着,投保以前已患病的人可以得到这些保单。但在2016年,威尔马克公司宣布保费上调约40%。该公司表示,原因是利用率高于预期。换言之,这些保单吸引了健康状况较差的人,就像"合作机会"一样。②

在一系列讨论公司财务前景的报告会上,威尔马克的一位官员特别提到了一位受益人:此人患有严重的遗传疾病,其治疗费用每月高达100万美元。这位官员说,这些治疗是威尔马克不得不提高保险费的更大原因之一。她后来更详细地描述了那位受益人,一个患有血友病的十几岁男孩。《得梅因纪事报》的健康记者托尼·利斯就此事为《今日美国》写了一篇报道,被一再转载,很快,这个一个月要花100万美元的血友病男孩的故事就传遍了社交媒体。就连《青少年时尚》杂志也写了他的故事。

威尔马克的高管没有透露这个男孩的身份,也没有说明他住在哪

---

① Michael Sparer and Lawrence D. Brown, "Why Did the ACA Co-Op Program Fail? Lessons for the Health Reform Debate," *Journal of Health Politics, Policy and Law* 45, no. 5 (2020): 801–816, https://doi.org/10.1215/03616878-8543274; Clay Masters, "How a Health Insurance Co Op Collapsed in Iowa," Governing, January 14, 2015, https://www.governing.com/topics/health-human-services/how-a-health-insurance-startup-collapsed-in-iowa.html; Trudy Lieberman, "Why Did CoOportunity Fail?," *Columbia Journalism Review*, January 19, 2015, https://archives.cjr.org/united_states_project/why_did_cooportunity_fail.php; Tony Leys, "CoOportunity Health to Be Liquidated," Des Moines Register, January 23, 2015, https://www.desmoinesregister.com/story/news/health/2015/01/23/iowa-liquidating-cooportunity-health/22223393/; Timothy Jost, "Risk Corridor Payments, UnitedHealth, Cooperatives, and the Marketplaces," *Health Affairs*, November 20, 2015, https://www.healthaffairs.org/do/10.1377/hblog20151120.051894/full/; Steve Jordon, "CoOportunity Health Started in 2013 with Close to $150M in Federal Loans," Omaha.com, December 28, 2014, https://omaha.com/livewellnebraska/cooportunity-health-started-in-2013-with-close-to-150m-in-federal-loans/article_2452180b-6854-5da8-a835-9d9430c7a5bb.html.

② Tony Leys, "Wellmark Plans 38% to 43% Increases for Some Customers," *Des Moines Register*, May 12, 2016, https://www.desmoinesregister.com/story/news/health/2016/05/12/wellmark-plans-38-to-43-increases-some-customers/84277758/.

里。但是当艾奥瓦州的一对夫妇读到这个故事时,他们几乎可以肯定报道里写的就是他们的孩子。这个孩子患有严重的血友病,需要用血液替代品治疗,非常昂贵,没错,一个月的费用高达100万美元,因为他的身体免疫系统对标准输血会发生排异反应。这种病非常痛苦。血液会聚集在关节和器官周围。处于婴儿期和学步期时,每当父母轮流抱他,孩子会痛苦地扭来扭去;等他长到十几岁,他会宁愿在急性发作时昏过去。人造血制品是天赐之物,可以减少发作的频率和严重程度,尽管需要每天(通过男孩皮肤上的永久静脉留置针头)输注。

支付治疗费用一直是个挑战。他的父母都拒绝了就业,目的是保住以前雇主的福利,尽管雇主的保单也有限额,而血友病治疗可能会超标。他们考虑过离婚,这样他们中的一个就可以宣布低收入并享受医疗补助,但后来《平价医疗法案》出台了,为收入不高的人群提供了不受福利和补贴限制的保障。

他们正是这部法律应该帮助的那类人,他们终于可以松口气了。但现在,他们觉得自己成了艾奥瓦州保险市场问题的替罪羊——不管这些问题多么真实,都与政府官员和该州最大的保险公司所做的选择有很大关系。"我哭了两个星期,"在一确定我不会透露她家的情况后,男孩的母亲告诉我,"通过报道,我儿子不仅知道了他是人们不能投保的原因,还知道人们为了照顾他而不得不支付更多的保险费。他很害怕,这很让人难过。"[1]

4.

如果说田纳西州和艾奥瓦州是《平价医疗法案》本不该出台的案例研究,那么加州就是它理应出台的案例研究。

---

[1] 经过几周的搜索,我终于找到了这家人,并在《赫芬顿邮报》上发表了一篇文章。Cohn, "An Iowa Teenager"。

加州是该计划的早期热情拥护者，这不仅仅是因为该州是美国最可靠的自由主义州之一。它长期在医疗改革方面创新，还利用政府将保险覆盖范围扩大到穷人和医疗弱势群体。早在20世纪90年代，正是加州官员为后来的克林顿医保计划提供了蓝图。十年后，共和党州长阿诺德·施瓦辛格与民主党州议会合作，制订了加州版的马萨诸塞州计划。

这一努力因资金问题的争端而告失败，但实现全民医保的决心依然存在，当《平价医疗法案》成为法律时，施瓦辛格正处于州长任期的最后一年，他自豪地签署了这项法律，使加州成为第一个授权自己成立交易所的州。他的继任者、民主党人杰里·布朗延续了施瓦辛格的立场，签署了授权扩展医疗补助的法案。①

这一扩展，在2011年向某些群体开放了参保机会，这也是加州未参保率从约17%降至7%的最大原因，成为全美最大的降幅。剩下的大部分未参保者都是无证居民，根据法律，他们既得不到医疗补助，也得不到补贴性保险。在合法居民中，只有3%没有参保。而覆盖范围的变化也有所不同；随后的研究表明，通过加州医疗补助计划扩展获得医保的人，不太可能取出发薪日贷款（表明有债务累积），也不太可能因无法付房租而面临被房东驱逐。另一项研究发现，加入医疗补助计划减少了低收入加州人的自付费用。②

---

① Noam Levey, "So You Think Obamacare Is a Disaster? Here's How California Is Proving You Wrong," *Los Angeles Times*, October 7, 2016; Jonathan Cohn, "Trump Says Obamacare Is 'Imploding.' That's News to California," *HuffPost*, June 10, 2017, https://www.huffpost.com/entry/covered-california-obamacare_n_5936cf84e4b013c4816b639f; "Governor Brown Signs Historic Medi-Cal Expansion with the State Budget," Health Access, June 28, 2013, https://health-access.org/2013/06/governor-brown-signs-historic-medi-cal-expansion-with-the-state-budget/.

② Xenia Shih Bion, "Researchers: Medicaid Expansion Equals Better Coverage, Better Outcomes," California Health Care Foundation, June 14, 2019, https://www.chcf.org/blog/researchers-medicaid-expansion-equals-better-coverage-better-outcomes/; Heidi Allen, Erica Eliason, Naomi Zewde, and Tal Gross, "Can Medicaid Expansion Prevent Housing Evictions?," *Health Affairs* 38, no. 9 (2019): 1451–1457, https://doi.org/10.1377/hlthaff.2018.05071; Ezra Golberstein, Gilbert Gonzales, and Benjamin Sommers, "California's Early ACA Expansion Increased Coverage and Reduced Out-of-Pocket Spending for the State's Low-Income Population," *Health Affairs* 34 (10): 1688–1694, https://doi.org/10.1377/hlthaff.2015.0290.

但医疗补助计划扩展的影响可能在联邦政府资助的社区诊所最为明显,比如洛杉矶的圣约翰威尔儿童和家庭健康中心。它的首席执行官吉姆·曼吉亚长期在医疗保健领域活动,他在 20 世纪 80 年代开始参与为湾区艾滋病患者提供治疗的项目。1995 年,当曼吉亚接管圣约翰医院时,它只有一家。到 2016 年,已经发展到十几家了。

这种增长是逐渐发生的,在 21 世纪初,它得益于小布什总统提供的资金,布什虽然不喜欢大政府,但他在做得克萨斯州州长时就对联邦诊所充满热情,那时他可以近距离了解联邦诊所的工作。《平价医疗法案》提供了新一轮的支持,这要归功于伯尼·桑德斯为拉票而争取来的额外资金,以及一个简单的事实:随着医疗补助计划的扩展,更多的圣约翰医院患者有了某种形式的保险。

除了新开的诊所,《平价医疗法案》还使圣约翰医院能提供新的服务,如饮食和锻炼课程,并开设了农产品市场——这对经常缺乏品类齐全的杂货店的社区尤其重要。"很明显,我们本身无法解决贫困问题,"曼吉亚说,"但我们可以对贫困带来的一些健康状况做点什么——赋予患者权力并教育他们,这样他们就可以掌控自己的健康了。"

圣约翰还增加了心理健康和成瘾顾问,并加倍努力改进预防措施;患者群体的儿童疫苗接种率从 76% 上升到 89%,而宫颈癌筛查率从 40% 上升到 88%。这些变化都不是非典型的;根据联邦基金汇编的数据,在《平价医疗法案》颁布后的 6 年里,全国范围内的诊所就诊次数增长了 26%,其中牙科就诊(很多诊所提供的另一项服务)增长了 43%,行为卫生保健的就诊增加了 57%。[1]

---

[1] Jonathan Cohn, "Congress Left Health Care for Millions of Poor People in the Lurch," *HuffPost*, February 4, 2018, https://www.huffpost.com/entry/community-health-center-fund-money_n_5a75174fe4b0905433b44227; Connie Lewis, Pamela Riley, and Melinda K. Abrams, "Care for Millions at Risk as Community Health Centers Go Over Funding Cliff," Commonwealth Fund, December 21, 2017, https://www.commonwealthfund.org/blog/2017/care-millions-risk-community-health-centers-lose-billions-funding.

尽管如此，加州实施《平价医疗法案》的亮点是其交易所——"加州全保"（Covered California），其保费逐年微增长，保险公司在很大程度上能够保持利润增长。①

加州允许其交易所与保险公司直接谈判并将那些不符合要求的公司排除在外，是少数能做到这些的州之一。这种"积极购买者"（active purchaser）模式，是从马萨诸塞州借用的又一样东西。加州的用法之一是限制福利设计，因此购买者只有很少的选择。"如果你是一个在考虑银牌产品的消费者，你通常会发现六七个银牌产品，不同之处在于他们有不同的医生，也许还有不同的理念，"加州交易所首席执行官皮特·李说，"没有区别的是福利设计。消费者不会搞不懂他们的自付费用额等。""加州全保"还要求保险公司支付大部分门诊医疗费用，即使是那些没有达到免赔额的人，这样即使是不经常使用医保的人也能从中受益。②

以这种方式限制选择，似乎有违竞争逻辑，竞争可以追溯到1970年代，几十年来一直是医疗政策思维的主线，而且还影响了《平价医疗法案》的核心设计。但皮特·李和"加州全保"的其他官员熟悉的研究表明，选择太多会适得其反。大多数人并没有完全理解像"共同保险"这样的术语的真正含义（它是人们在达到免赔额后自付费用的百分比）。即使是消息灵通的购买者，也弄不清保险公司总是隐藏在极小字体附加条款中的保险福利的复杂性。③

---

① John Bertko, Andrew Feher, and Jim Watkins, "Amid ACA Uncertainty, Covered California's Risk Profile Remains Stable," *Health Affairs*, May 15, 2017, https://www.healthaffairs.org/do/10.1377/hblog20170515.060064/full/.

② Cohn, "Trump Says Obamacare Is 'Imploding.'"

③ Erin Taylor, Andrea Lopez, Ashley Muchow, Parisa Roshan, and Christine Eibner, *Consumer Decision making in the Health Care Marketplace* (Santa Monica, CA: RAND, 2016), https://www.rand.org/content/dam/rand/pubs/research_reports/RR1500/RR1567/RAND_RR1567.pdf; Yaniv Hanoch, Thomas Rice, Janet Cummings, and Stacey Wood, "How Much Choice Is Too Much? The Case of the Medicare Prescription Drug Benefit," *Health Services Research* 44, no. 4 (2009): 1157 – 1168, https://doi.org/10.1111/j.1475-6773.2009.00981.x; Jason Abaluck and Jonathan Gruber, "Heterogeneity in Choice Inconsistencies Among the Elderly: Evidence from Prescription Drug Plan Choice," *American Economic Review* 101, no. 3 (2011): 377 – 381, https://doi.org/10.1257/aer.101.3.377.

"以前我卖保险的时候,如果你看一下所有公司的名册——其实这些公司与现在市场上的公司非常相似,你那时可能有100种不同的选择,"一位为"加州全保"工作的经纪人解释道,"我们现在真的缩小了范围,购买某家保险公司产品的消费者有很多选择,但他们做出糟糕决定的可能性变少了。"

与大多数州一样,私营保险改革最明显的影响发生在那些以前无法获得体面医保的人身上。住在洛杉矶北部的作家兼编辑玛丽安·哈默斯就是其中之一。

多年来,她有的保险跟大多数自由职业者的一样:一份福利有限的保单。当交易所保险有了之后,她换了保险,做了迟迟未做的定期体检。在做腹部检查的过程中,医生摸到一个肿块。她得了卵巢癌。

但她所持的保险并不完美。这些保单的提供者圈子相对狭窄;当她因一家保险公司决定退出市场而不得不更换保单时,她不得不同时更换一批医生。一个数据输入错误在她的电子文件中造成了一个问题,而这个问题似乎没有人能够解决。

但她说,即使有这些麻烦,这项保险仍是极有用的——不仅因为没有人能拿走她的保险,而且因为她知道这将支付她的癌症治疗费用,其中包括数次手术和数轮化疗。"如果没有《平价医疗法案》,"她说,"我真的不知道该怎么办。"[①]

很多人都有同感。但他们的故事似乎从未引起过太多关注。

---

① Cohn, "Trump Says Obamacare Is 'Imploding.'"

二十四、让医保再次伟大

1.

2014年中期选举时，医疗保健是一个大问题，尽管选民关注的不是网站传奇，也不是与《平价医疗法案》有关的任何事情。

8月初，由于非洲暴发埃博拉疫情，世界卫生组织宣布国际卫生紧急状态。报告令人毛骨悚然。症状包括发烧和严重的胃肠道问题，后续会出现严重的内出血，经常导致器官衰竭，死亡率远高于50%。9月下旬，一名在得克萨斯州达拉斯市探亲的利比亚男子被诊断出患有此病，一周后死亡，但在死亡之前感染了两名救治他的医护人员。

奥巴马已经派美国疾病专家和工程技术人员前往非洲，从源头上帮助治疗和阻止这场疫情。但他拒绝停止所有国际旅行，尽管不断有此类呼吁。奥巴马说，保持人员和援助的开放流动极为重要，这与公共卫生专家的共识相呼应。奥巴马说，只要在入境口岸仔细筛查，再加上对任何国内病例进行隔离，美国应该没有问题。

眼科医生、肯塔基州共和党参议员兰德·保罗指责奥巴马让"政治正确"左右公共卫生政策。当奥巴马试图安抚公众时，福克斯新闻的主持人珍妮·皮罗满脸不相信地说："你不想让我们惊慌对吗？可我不想我们死掉！"在纽约出现一例确诊病例后，唐纳德·特朗普在推特上发文说："埃博拉病例已经在纽约被确认，官员们疯狂地试图找到他接触过的所有人和物。奥巴马的错。"[1]

回击是愤怒的，也是不合理的。公共卫生官员能够隔离和治疗少数感染病毒的美国人；每一个在美国本土感染埃博拉病毒的人都活了下来。这是一个成功应对危机的模式——6年后，随着另一种致命病毒的暴发，这种模式看起来会更有效。①

当选民在2014年11月的第一周去投票的时候，他们并不清楚这些。有关埃博拉的报道充斥着电视广播，也助长了对奥巴马失败的保守叙述，帮助共和党人赢得了众议院多数席位，并自2006年以来首次拿下参议院的控制权。阿肯色州的汤姆·科顿和内布拉斯加州的本·萨塞等大保守派的到来，只会增强共和党对废除奥巴马医改的保证，而这仍是共和党议程的核心，尽管它比在以往的竞选活动中受到的关注要少得多。②

但一些新的共和党人持保留意见，其中就有赢得了参议院西弗吉尼亚州席位的雪丽·摩尔·卡皮托。她的选民中有超过10万人已经加入了该法案的医疗补助扩展计划；按百分比计算，这在全国医疗补助计划参保人数中位列第三大增幅。尽管卡皮托在2009年和2010年

---

① Rebecca Kaplan, "Sen. Rand Paul Sounds Ebola Alarm," CBS News, October 1, 2014, https://www.cbsnews.com/news/sen-rand-paul-sounds-ebola-alarm/; Erik Wemple, "MSNBC's Chris Hayes Highlights Fox News's Extreme Coverage of Ebola," *Washington Post*, November 12, 2014, https://www.washingtonpost.com/blogs/erik-wemple/wp/2014/11/12/msnbcs-chris-hayes-highlights-fox-newss-extreme-coverage-of-ebola/; Donald Trump, Twitter post, October 23, 2014, 10:24 p.m., https://twitter.com/realdonaldtrump/status/525472979443273728?lang=en.

② 一家追踪服务机构发现，在大选前的最后一周，埃博拉在有线电视新闻中被提及了4000次。Eric Boehlert, "When the Press Buried Obama for Ebola—and Two Americans Died," Press Run, July 30, 2020, https://pressrun.media/p/when-the-press-buried-obama-for-ebola; Jeremy Peters, "Cry of G. O. P. in Campaign: All Is Dismal," *New York Times*, October 9, 2014. 虽然不可能确切知道埃博拉危机在中期选举中发挥了什么作用，但调查和随后的学术研究表明，它帮了共和党候选人。Alec Beall, Marlise K. Hofer, and Mark Schaller, "Infections and Elections," *Psychological Science* 27, no. 5 (2016): 595–605, https://doi.org/10.1177/0956797616628861; Tom Jacobs, "Ebola Fears Helped the GOP in 2014 Election," *Pacific Standard*, March 15, 2016, https://psmag.com/news/ebola-fears-helped-gop-in-2014-election; Steven Shepard, "Poll: Dems in Danger over Ebola," *Politico*, October 20, 2014, https://www.politico.com/story/2014/10/politico-poll-ebola-democrats-112017; Philip Rucker and Robert Costa, "Battle for the Senate: How the GOP Did It," *Washington Post*, November 5, 2014; Molly Ball, "The Republican Wave Sweeps the Midterm Elections," *Atlantic*, November 5, 2014, https://www.theatlantic.com/politics/archive/2014/11/republicans-sweep-the-midterm-elections/382394/。

任职于众议院时曾投票反对《平价医疗法案》，尽管她在竞选时承诺废除该法案，但她明确地拒绝了批评州议会扩展医疗补助的决定，也拒绝暗示她将取消扩展带来的保险覆盖。"我们要正视现在的处境，我们必须想想如何继续前进。"她说。①

选举结束后，她说，她仍然坚定地致力于废除该法案，但希望"保留有效的部分，去掉无效的部分"。②

2.

即将成为多数党领袖的米奇·麦康奈尔知道，他的一些党团成员心情复杂。就在中期选举之前，他曾警告说，鉴于参议院需要60票，要通过全面废除法案将是困难的。保守派大声疾呼，称这一声明为"投降之举"，因为它似乎不允许使用和解程序，就像特德·克鲁兹及其盟友所要求的那样。（保守派倡导团体"遗产行动"表示，通过和解推动一项法案"表明了对废除法案的严肃态度"。）麦康奈尔的一名助理说，他对这种做法持开放态度。③

在众议院，议长博纳似乎并不特别渴望再次将奥巴马医改作为优先事项。和其他一些资深共和党人一样，他越来越把废除该法案视为

---

① Lisa Diehl, "W. V. in Top Tier of Medicaid Expansion," *Daily Yonder*, August 12, 2014, https://dailyyonder.com/wv-top-tier-medicaid-expansion/2014/08/12/.
② Trip Gabriel, "West Virginia Democrats Face an Uneasy Time," *New York Times*, December 28, 2013; Greg Sargent, "A Good Question for Republicans About the Affordable Care Act," *Washington Post*, January 21, 2014, https://www.washingtonpost.com/blogs/plum-line/wp/2014/01/21/a-good-question-for-republicans-about-the-affordable-care-act/.
③ David Nather, "Ted Cruz out on a Limb on Obamacare Repeal," *Politico*, November 11, 2014, https://www.politico.com/story/2014/11/ted-cruz-obamacare-repeal-112791; "Cruz: Republicans Won Because US Wants Obamacare Repeal, No Amnesty," *Daily Signal*, November 5, 2014, https://www.dailysignal.com/2014/11/05/cruz-republicans-won-us-wants-obamacare-repeal-amnesty/.

一种政治负担——需要反复投票,这样议员们才能向其选民展示进展,同时扰乱了其他的立法工作,因为任何涉及医疗保健的事情都会变成是否支持总统医改法的斗争。"很明显,人们还没有准备好放手,而我们需要做的,一直都是眼前的事,"博纳的前高级助理布伦丹·巴克在几年后这样告诉我,"我认为(领导层)可能会乐于为它大干一场,然后去干点儿别的事情。但这不是我们其他议员的立场,他们都需要继续看到我们为之奋斗。"①

情况对博纳来说尤其艰难,因为有关如何废除法律的辩论,与关于他领导能力和众议院共和党核心小组更广泛的方向迅速升级的斗争交织在一起。

保守派活动人士在 2013 年政府停摆之后更加坚信,他们的问题在于领导无能。几个月后,当众议院的共和党二号人物、博纳的潜在继任者埃里克·坎托在初选中输给了一位名叫戴夫·布拉特的经济学教授时,这种情绪引发了本季最大的政治动荡。布拉特相对来说是一个政治新人,他得到了与茶党有关的保守派活动家和福克斯新闻主持人劳拉·英格拉姆的支持。这足以让他脱颖而出,哪怕他只为竞选筹集到了 23.1 万美元。主要问题一直是移民而非医疗保健,但重要的是传递出来的更广泛的信息:领导层中没有人在政治上是安全的。②

在中期选举之后,博纳再次在议长的竞选中胜出。但是 25 名共和党议员投票反对他,这一数字是两年前的 2 倍多。1 月,在众议院共和党年度闭门会期间的一次秘密会议上,一群保守派同意成立一个"自由党团",其目标是推动领导层——和共和党党团的其他成员——更为

---

① 作者对布伦丹·巴克的采访。
② Jay Newton-Small, "Here's How Eric Cantor Lost," *Time*, June 10, 2014, https://time.com/2854761/eric-cantor-dave-brat-virginia/; Philip Bump, "David Brat Just Beat Eric Cantor. Who Is He?," *Washington Post*, June 10, 2014, https://www.washingtonpost.com/news/the-fix/wp/2014/06/10/david-brat-just-beat-eric-cantor-who-is-he/; Reid Epstein, "David Brat Pulls Off Cantor Upset Despite Raising Just $231,000," *Wall Street Journal*, June 11, 2014, https://www.wsj.com/articles/david-brat-beats-eric-cantor-despite-raising-just-231-000-1402455265.

积极地与政府对抗,包括在《平价医疗法案》上。夏天,"自由党团"的领导人之一、来自北卡罗来纳州的众议员马克·梅多斯提出一项动议,要求撤换主席,这是议会罢免议长的一种隐蔽策略。①

梅多斯没有足够的赞成票来实现这一目标。但这是表明党团正在如何变化的另一个迹象,到秋天,博纳已经看够了。作为虔诚的天主教徒,博纳将教皇对华盛顿的正式访问称为其职业生涯的巅峰,随后他宣布辞去议长职务,离开国会。在离开之前,他促成了一项关于废除法案的妥协:众议院将通过一项和解法案,保留该法律的一些关键内容,包括为扩展医疗补助计划提供资金。在参议院,这对麦康奈尔来说很好,但对他越来越烦心的保守派来说就不是了。克鲁兹、鲁比奥和几个盟友威胁不投票,在他们的坚持下,参议院修改了法案,把用于帮助人们获得医疗保险的每一块钱都拿掉了。众议院同意了这个新的、更为雄心勃勃的版本,并将其送交总统。②

不出所料,奥巴马否决了这项法案,但通过该法案的这次演练,给了共和党一个未来行动的模板,因为它需要参议院议事法规专家就和解规则允许的内容做出裁决。例如,共和党人认识到他们不能完全取消计划生育基金,但可以大幅减少计划生育项目所能得到的资金。共和党人还预览了民主党人将如何反对废除法案。奥巴马在否决时引用的统计数据,是他的经济顾问根据国会预算办公室的估计推断出的废除法案可能产生的后果:获得必要医疗护理的人数减少 90 万,为医疗账单苦苦挣扎的人增加 120 万,每年还有 1 万人因失去该法律的援助和保护而死。奥巴马写道:"这项立法将使数百万辛勤工作的中

---

① Ryan Lizza, "The War Inside the Republican Party," *New Yorker*, December 14, 2015; Lauren French and Jake Sherman, "House Conservative Seeks Boehner's Ouster," *Politico*, July 28, 2015, https://www.politico.com/story/2015/07/house-conservative-john-boehner-ouster-120742.

② Timothy Jost, "Senate Approves Reconciliation Bill Repealing Large Portions of ACA (Updated)," *Health Affairs*, December 4, 2015, https://www.healthaffairs.org/do/10.1377/hblog20151204.052111/full/.

产阶级家庭失去他们应得的平价医疗保障。"①

奥巴马之所以这么说,是因为随着《平价医疗法案》的全面生效,它正在实现其主要目标:帮助人们获得保险。盖洛普研究发现,截至 2015 年第一季度,美国成年人没有保险的比例已降至 11.9%,这是该组织有记录以来的最低水平。研究人员开始收集证据,证明新参保的人,无论是在医疗还是在经济上都有所好转。作为回应,共和党人通过了一项法案,在没有提出任何替代方案的情况下废除了奥巴马医改,彻底抹杀了这些成果。②

这是一种熟悉的套路,可以追溯到 2010 年的第一批废除议案。共和党人一直承诺,他们即将达成一个替代方案,它将提供与《平价医疗法案》一样好或乃至更好的医保覆盖范围。但那个替代方案一直没有出来。

《赫芬顿邮报》一位名叫杰弗里·杨的记者开始非正式地跟踪这些公告,他在推特上发布每一条公告时都写了个"及时!"。他在一家社交媒体网站上存了一份这些推文不断更新的列表,到 2015 年,已经有超过 50 个条目。"现在随便哪一天,"杰弗里·杨写道,"共和党人都会同意他们的奥巴马医改的替代方案。随便哪一天!与此同

---

① Jennifer Haberkorn, "The Real Reason for the Obamacare Repeal," *Politico*, December 3, 2015, https://www.politico.com/story/2015/12/obamacare-repeal-real-reason-216409; "Budgetary and Economic Effects of Repealing the Affordable Care Act," CBO, 2015, https://www.cbo.gov/sites/default/files/114th-congress-2015-2016/reports/50252-effectsofacarepeal.pdf; Office of the Press Secretary, "Veto Message from the President—H. R. 3762," Obama White House, January 8, 2016, https://obamawhitehouse.archives.gov/the-press-office/2016/01/08/veto-message-president-hr-3762.

② Jenna Levy, "In U.S., Uninsured Rate Dips to 11.9% in First Quarter," Gallup, April 13, 2015, https://news.gallup.com/poll/182348/uninsured-rate-dips-first-quarter.aspx; Samantha Artiga and Robin Rudowitz, "How Have State Medicaid Expansion Decisions Affected the Experiences of Low-Income Adults? Perspectives from Ohio, Arkansas, and Missouri," Kaiser Family Foundation, June 17, 2015, https://www.kff.org/medicaid/issue-brief/how-have-state-medicaid-expansion-decisions-affected-the-experiences-of-low-income-adults-perspectives-from-ohio-arkansas-and-missouri/.

时，我从一个愚蠢的笑话中得了很多好处。"①

3.

共和党人的问题并不在于缺乏想法。像美国企业研究所的詹姆斯·卡普雷塔和尤瓦尔·莱文以及仍在曼哈顿研究所的阿维克·罗伊等政策专家，已经撰写了正式提案。而且国会中的一些共和党人也拼凑出了实际的立法。

其中一个是来自佐治亚州的众议员汤姆·普赖斯。作为拥有密歇根大学学位的第三代医生，他在1979年毕业后搬到了亚特兰大郊区，为的是"逃离寒冷"，加入埃默里大学著名的整形外科住院医师计划。他留下来开了一家私人诊所，在一次合并后成为该州最大的骨科集团。②

普赖斯最初是通过佐治亚州医学协会参与政治的，因为和许多医生一样，他认为医疗事故法反复无常，惩罚过度——迫使医生对正确的医疗判断进行事后品评，进行不必要的检查，并为责任保险或不公平的判断（有时两者兼而有之）支付了大量费用。当他开始亲自游说议员时，他意识到他们中的许多人并不真正了解卫生政策。当州参议院的一个席位空出来时，他参与竞选并获胜。③

佐治亚州有一个公民立法者（citizen-legislator）模式，开会不多，好让这些立法者保住他们的正常工作，在普赖斯上任的头几年里，即便是在努力促成佐治亚州的医疗保健法的同时也继续从事骨折方面的工作。但让他成为一名优秀外科医生的自信以及对细节的关

---

① Jeffrey Young, "Just in Time!," Wakelet, https://wakelet.com/wake/34004f5e-b297-4143-9ccd-9f9c97745fe0.
② Melissa Nann Burke, "Trump's Pick for Health Chief Is a Lansing Native," *Detroit News*, November 29, 2016, https://www.detroitnews.com/story/news/local/michigan/2016/11/29/tom-price/94602446/.
③ 作者对汤姆·普赖斯的采访。

注，也推着他进入了立法领导层，直到 2002 年，当佐治亚州共和党人自重建时代以来首次拿下州参议院多数时，他成为党团领袖。在普赖斯手下的众议员约翰尼·伊萨克森决定一年后竞选美国参议院议员后，普赖斯竞选了美国众议院的空缺席位，并成功了。①

  普赖斯对医疗保险与支付的兴趣可以追溯到 20 世纪 90 年代初，以及关于克林顿计划的辩论。大约在他于佐治亚州议会大厦谈论医疗事故改革的同时，他第一次涉足政坛，那是在一次有关克林顿计划的简报会上与艾拉·马加齐纳和希拉里·克林顿会面。他让这两位在一份提案上签名并留作纪念。但他也是这两个人计划坚定的、直言不讳的反对者，考虑到他的专业背景，这也许并不奇怪。尽管美国医学会对这一想法很感兴趣，而且许多医生，特别是儿科医生和家庭医生，经常大力支持全民医保，但专科医生和外科医生特别倾向于持怀疑态度或完全敌对的态度。②

---

① 作者对汤姆·普赖斯的采访；Greg Bluestein and Tamar Hallerman, "Tom Price: The Georgia Lawmaker Who Will Lead Trump's Health Policy," *Atlanta Journal-Constitution*, January 12, 2017, https://www.ajc.com/news/state—regional-govt—politics/tom-price-the-georgia-lawmaker-who-will-lead-trump-health-policy/zuBYBN5nw4UmIehW4MnQ9I/; Heather Mongillo, "Rep. Tom Price Talks Health Care, Jobs," *Eagle*, October 11, 2011, https://www.theeagleonline.com/article/2011/10/rep-tom-price-talks-health-care-jobs; Áine Cain, "Trump's HHS Secretary Tom Price Has Resigned—See How He Went from Surgeon to Capitol Hill," *Business Insider*, September 29, 2017, https://www.businessinsider.com/tom-price-secretary-health-and-human-services-career-2017-9; Abby Goodnough, "Trump Health Secretary Pick's Longtime Foes: Big Government and Insurance Companies," *New York Times*, January 16, 2017, https://www.nytimes.com/2017/01/16/health/tom-price-health-secretary.html?mcubz=1.

② 解释为何如此的理论包括他们的执业性质（全科医生对病人的生活有更全面的看法，专科医生与他们的互动更偶然）、他们与政府的互动（全科医生认为这是保险的来源，专科医生认为这是干扰的来源），以及财务状况（全科医生经常赚钱少税也少，专科医生经常有更多的医疗债务要付）。Jonathan Cohn, "Rand Paul's Political Views Make Perfect Sense When You Look at His Medical Background," *HuffPost*, April 8, 2015, https://www.huffpost.com/entry/rand-paul-doctor_n_7027214; Greg Dworkin, "A Look at Doctors' Political Leanings by Specialty," *Daily Kos*, February 22, 2015, https://www.dailykos.com/stories/2015/02/22/1365669/-A-look-at-doctors-political-leanings-by-specialty; JAMA Network Journals, "Study Examines Political Contributions Made by Physicians," *ScienceDaily*, June 2, 2014, https://www.sciencedaily.com/releases/2014/06/140602162652.htm。

不过，普赖斯仍然对这个问题感兴趣，在他进入国会以后，拟定了一些重大的医疗保健提案。2009年，当民主党人正在起草后来成为《平价医疗法案》的立法时，普赖斯制订了一个替代方案，他称之为"赋予患者权力第一法案"。在接下来的几年里，他在每一届新的国会中都推出了一个新的、稍加修改的版本，直到2015年，它才成为奥巴马医改的一个可能的替代方案并受到关注。

像许多共和党的提案一样，该法案对购买私营保险者有税收抵免，还有保守派称为对投保前已患病人群的保护。但是财政补助总的来说比《平价医疗法案》提供的要少得多，尤其是在低收入人群中。保险公司可以提供不包含处方、心理健康或康复服务的保险方案，并且不限制自付费用。对投保前已患病人群的保险保障，只适用于那些"连续投保"的人。对于未能"连续投保"的人，将有"高风险池"提供最低限度的保险作为权宜之计。

普赖斯说，这种方法将有助于人们获得医疗保健，同时保留他认为美国医学最好的东西，即对创新和高质量医疗的保证。他认为，这两者都取决于一个蓬勃发展、在政府干预最小的情况下追逐利润的私营部门，取决于患者在购买何种保险方面有很大的灵活性。

在一个没有《平价医疗法案》的世界里，通过并实施普赖斯法案，可能会增加获得保险的机会，并减少处在边缘的未投保的人数。但是《平价医疗法案》存在，不管它的优缺点是什么，它都为大约2 000万人提供了保障。实施普赖斯的计划——换句话说，用它来取代奥巴马医改，就像他希望共和党人会做的那样——将导致拥有保险的人减少很多，并使更多人面临巨额医疗费用。

保险覆盖减少的主要原因是普赖斯的法案预期政府支出减少；简单地说，就是对人们的帮助会减少。但其他因素也很重要。共和党医疗计划的一个共同特点是，为那些一直连续投保的人提供保障，这在理论上听起来不错。但这并不能帮助那些因交不起保费而导致保险失效的人。而且，如果没有更多资金用于扩展医疗补助计划，那么这个安全网就不复存在了。

4.

根据大多数的共和党提案，包括普赖斯法案和奥林·哈奇交给参议院的一项提案，一些人会省钱，因为（如果他们富有的话）他们的税会降下来，或者（如果他们相对健康的话）他们不会为那些病人的医保而在经济上承担太多。但差不多出于同样的原因，那些投保前已患病的人以及那些在购买保险后出现严重健康问题的人，更可能面临巨额有时甚至是毁灭性的费用，因为他们更有可能面对保险公司核保，因为保单的综合收益会较少。这会导致更多的人没有保险。

这类权衡在医保政策中是不可避免的，而且不难理解，为什么共和党官员会热衷于普赖斯和哈奇等人的立法，鉴于这些官员对昂贵的再分配性质的政府项目很是反感。相当一部分选民可能也有同样的感受，在2015年和2016年，共和党人本可以像民主党人在2007年和2008年那样，利用他们新获得的对国会的完全控制权——围绕一种方案达成共识，教他们自己的议员了解细节，并说服公众相信他们的计划利大于弊。

但是，正如一些保守派知识分子和共和党官员后来告诉我的那样，这种对话从来没走多远。"每个人都想参与一项替代法案，"一位前共和党助理说，"但大多数共和党议员并不真正了解这意味着什么……你会觉得，他们从来就没有真的很在乎政策是什么。他们只需出于政治目的参与一份法案，好告诉别人，他们是支持'替代'的。"[①]

"很明显，关于'替代'的讨论不够多，"在加入特朗普政府之

[①] 作者对共和党某高级助理的采访。

前曾担任过参众两院的共和党幕僚的健康经济学家布莱恩·布拉斯说,"有更多的工作突出了《平价医疗法案》中哪些做得不够好。"参议院共和党人的长期高级助理、后来成为华盛顿最有影响力的医疗保健说客之一的迪安·罗森说:"共和党人在医疗保健问题上表现出一种思想上的简单或者说懒惰,被误认为是在制定政策。我认为,在废除和替代的问题上,我们这是搬起石头砸自己的脚。"①

一场内部辩论并不容易,因为在医疗保健问题上,共和党分裂成了一些截然不同的派别。有人想要一个缩小版的《平价医疗法案》,或者其他一些帮助人们获得医疗保险但规模较小的方案。有人想把医疗保健推向一个全新的方向,改造现有的政府计划,甚至是雇主保险,以释放竞争和自由市场的力量。还有一些人只想废除《平价医疗法案》,并不特别关心有什么东西可以取代它。

"没有完成得比较像样的功课是围绕一个单一计划,一套可能得到大多数共和党人支持的具体立法项目进行整合的,"普赖斯说,"显然,纵观这一问题的历史,这一点对我们来说一直都很难,因为对于联邦政府在医疗保健中应该做什么以及应该扮演什么样的角色,始终存在许多不同的观点。"②

如果真要认真讨论一下共和党的医疗保健的方向,就需要换个思考角度,弄明白为什么马萨诸塞州的改革模式,在几年前还被该党相当一部分人及其支持者所接受,但现在却成了禁地。"共和党这边到底发生了什么?"格拉斯利的前助理罗德尼·惠特洛克后来这样对我说,"马萨诸塞州的计划,是由共和党州长罗姆尼签署,并得到了共和党政府也就是布什政府批准的。……传统基金会的人,他们当时就在签字仪式上。当时马萨诸塞州计划就是范本。……到了2010年3月,共和党意识形态究竟怎么了,受诅咒了吗?"③

---

① 作者对布莱恩·布拉斯和迪安·罗森的采访。
② 对普赖斯的采访。
③ 作者对罗德尼·惠特洛克的采访。

The Ten Year War

搞清楚这前后的差别是党派领导人所做的事情,前提是当一个目标对他们及他们的党员来说都很重要时。但正如共和党人及其支持者经常承认的那样,共和党人和医疗保健的现实是,这个问题只对他们中相对较少的人重要。

他们由顾问、学者和战略专家组成的庞大网络中,情况确实如此。("搞卫生政策的人中,左派大约是右派的 30 倍",布拉斯说,他与卡托研究所的迈克尔·坎农一样,都看到了"死抠细枝末节的政策专家之间的分歧"。)在国会山也是如此。民主党人花了一个世纪的时间试图建立全民医保,并认为这是一个公正社会的重要组成部分。与之不同的是,共和党人似乎更关心的是姿态(反对奥巴马和奥巴马医改),而不是医疗保健本身的实质内容。即使到了为原则而战的程度,大多数共和党人还只是对民主党的各种提议做出反应,而不是试图做出自己的改变。"共和党人负责税收和国家安全,"布伦丹·巴克说,"他们不做医保。"①

在 2015 年和 2016 年,国会的共和党人还有最后一个理由不就医保问题提起诉讼,那就是总统竞选正在进行中。许多立法者认为,他们会从该党的最终提名人那里得到线索——尽管,特别是在选举周期的早期,很少有人知道提名人会是谁。

5.

大多数人都记得唐纳德·特朗普的总统竞选活动,记得他当时乘特朗普大厦的自动扶梯下楼,声称墨西哥正在把毒贩和强奸犯送过边境。他还抨击《平价医疗法案》,说那是一个"弥天大谎"和"大灾难",并谈到一位医生朋友,说其病人正在为新的保险选项而挣扎。

---

① 对布拉斯和巴克的采访。

"我们必须废除奥巴马医改。"特朗普说。

对于特朗普来说,这并不是一个新的战斗口号。在他首次正式涉足政治时,他在 2011 年保守党派政治行动大会上发表了一次演讲,当时他正在考虑 2012 年的总统竞选,他也做出了类似的承诺。大约也就是在那时,他控制了自己的推文推送,并开始将其用于政治抨击。《平价医疗法案》就是经常被攻击的一个目标——一开始,特朗普说它会对商业和经济造成损害;后来,是网站瘫痪以及启动时的其他问题。2013 年 11 月,他在推特上写道:"失信。一个数十亿美元的网站。奥巴马医改无药可救。废除!"①

特朗普关于医疗保健法的推文,与他发表的其他任何声明的准确性大致相同,也就是说,这些推文充满了半真半假和彻头彻尾的不实之词。他把 2009 年和 2010 年一些最自以为是、最被广泛揭穿的谎言找出来改头换面,在推特上说"奥巴马医改为非法移民提供免费保险",说"奥巴马医改确实对医疗护理实行了定量配给。现在,老年人只能接受'舒适死去'而不是脑部手术"。2014 年,当参保人数达到 800 万大关时,特朗普在推特上说:"奥巴马医保的参保人数是个谎言。数字会被白宫适时'重新调整',可能是在 2014 年大选之后。"②

但到了 2015 年,特朗普越来越关注的问题是在交易所购买保险

---

① "Donald Trump @ CPAC 2011," YouTube video, 13:59, posted by Gary Franchi, February 14, 2011, https://www.youtube.com/watch?v=PlT9fAkj0XU; Igor Bobic and Sam Stein, "How CPAC Helped Launch Donald Trump's Political Career," HuffPost, February 22, 2017, https://www.huffpost.com/entry/donald-trump-cpac_n_58adc0f4e4b03d80af7141cf; Democracy in Action, "Feb. 10, 2011 Donald Trump at CPAC," P2012, February 2011, http://www.p2012.org/photos11/cpac11/trump021011spt.html; Donald Trump, Twitter post, November 19, 2013, 4:38 p.m., https://twitter.com/realdonaldtrump/status/402913699242856448.

② Donald Trump, Twitter post, February 28, 2012, 2:08 p.m., https://twitter.com/realdonaldtrump/status/174571702091644928; Donald Trump, Twitter post, November 28, 2011, 9:13 a.m., https://twitter.com/realdonaldtrump/status/141157735420006400; Donald Trump, Twitter post, April 23, 2014, 3:43 p.m., https://twitter.com/realdonaldtrump/status/459055101370712064.

的人的保费上涨。尽管他经常引用夸大的数字,但这回他的确碰巧发现了一个真正的、在政治上强有力的情况,而且还影响了许多州。保险公司因为希望更多的健康人参保而定价过低,随着它们意识到这一点,它们正在提高保费。①

《平价医疗法案》的捍卫者指出,像这样的保费调整在最初几年是意料之中的,而且如果没有共和党的破坏,保费不会上升得这么快。拥护者接着说,即使上调了价格,补贴也保护了大多数购买者,使其免受直接影响。但中上阶层的承包商和小企业主不太可能有资格获得补贴。他们是共和党的一个关键投票群体,尤其容易接受特朗普讲的有关奥巴马医改的故事——说那是大谎言的产物,说谎的是那些精英民主党人,他们急于把美国纳税人的钱花在无证移民和其他不应享有福利的人身上。

特朗普并不是唯一一位就《平价医疗法案》提出这些观点的共和党总统候选人。2016年的每位共和党总统候选人都承诺要废除此法;每个人都说此法是基于谎言。但俄亥俄州州长约翰·卡西奇是个例外,他引用《圣经》中帮助穷人的圣谕,成功地推动了医疗补助计划的扩展,除他之外,每个共和党人都认为这项法律基本上没有任何拯救价值。

但就在特朗普抨击奥巴马医改的同时,他也不遗余力地表示,他相信全民医保——他吹嘘说,这一立场使他有别于传统共和党人。

考虑到特朗普作为一个贪婪的房地产开发商的背景,这听起来并不相称,但这并不是特朗普最近偶然发现的一个观点。早在1999年,特朗普就曾对CNN主持人拉里·金说过:"我保守,甚至可以说非常保守,但我也相当开明,在医疗保健和其他方面更加开明。我真的想说,如果没有国防和医疗保健,那一个国家的目的是什

---

① Sarah Kliff, "Obamacare's Premiums Are Spiking. Does That Mean the Law Is Failing?," *Vox*, October 26, 2016, https://www.vox.com/2016/10/26/13416428/obamacare-premiums-failing.

么？如果你不能照顾本国的病人，还是算了吧。那就完了，我是说这不好。所以在医疗保健方面，我是非常开明的。我相信全民医保。"①

一年后特朗普出版的畅销书《美国，值得我们拥有》里，也有类似的说法。"我们不应该听到这么多家庭被医疗费用压垮的故事。……4 000多万美国人日复一日地生活在恐惧中，担心疾病、伤痛会耗尽他们的积蓄或将他们拖入倾家荡产的境地，我们如何才能真正像我们国家的缔造者所希望的那样去'追求幸福'？"这本书还赞扬了加拿大的单一支付制度，虽然它不赞成在美国建立同样的制度，但呼吁建立一个公私混合的体制，听起来非常非常像1993/1994年的克林顿计划。（此书还将传统基金会的斯图尔特·巴特勒作为灵感源泉。）②

"（特朗普）喜欢每个人都有保险的想法，"自由撰稿人戴夫·希夫莱特，也就是这本书的执笔者后来告诉我说，"他没有坐在那里思考政策。我只是出于直觉地认为，他觉得这样做是正确的。"特朗普在2016年的竞选中继续这样表述，当时他告诉《60分钟》的斯科特·佩利："每个人都必须有保险。我这样说，不符合共和党的论调。我想照顾每个人。我不在乎这会不会让我失去选票。每个人都会得到比现在更好的照顾。"③

但是，如果有理由认为特朗普真的喜欢听起来像是个最终将为每个人提供很好的医疗保险的总统，那么就没有理由认为他理解或关心全民医保的基本理念，即照顾弱势群体的共同责任。也没有理由把他

---

① "Transcript: Donald Trump Announces Plans to Form Presidential Exploratory Committee," CNN.com, October 8, 1999, https://www.cnn.com/ALLPOLITICS/stories/1999/10/08/trump.transcript/.
② Dave Shiflett, *The America We Deserve* (New York: St. Martin's, 2000), Kindle edition, 216, 229.
③ 作者对戴夫·希夫莱特的采访；Aaron Blake, "Trump's Forbidden Love: Single-Payer Health Care," *Washington Post*, May 5, 2017, https://www.washingtonpost.com/news/the-fix/wp/2017/05/05/trumps-forbidden-love-singe-payer-health-care/。

说过的话视为经过认真考虑的政策立场的证据,因为作为一名候选人,他没有制订出任何类似计划的东西。他做出的唯一坚定的承诺就是废除这项法案,而这将把保险从数千万的人手中夺走,从而使整个国家离全民医保更远。

最终,竞选团队公布了一份包含7个简短要点的清单,每个要点都支持一个熟悉的保守概念,比如允许保险公司跨州销售。这份清单没有监管细节,没有关于资金的具体数字,也没有覆盖范围估计——换句话说,这不是一个有意义的竞选提案。记者向竞选团队追问细节时,听到的是夸夸其谈、口号和胡说八道的混合体。当记者丹·戴蒙德写下出双方的问答时,不得不附上一张比回复还要长的事实核查单,以标明所有的夸张说法和不实之词。①

特朗普的对手也注意到了这些。在2016年2月休斯敦的一场辩论中,克鲁兹指责特朗普支持"社会化医疗",鲁比奥则嘲笑特朗普缺乏对政策的理解。如果克鲁兹毕业的那所大学的辩论赛评委来为辩论中的交锋打分的话,稀里糊涂的特朗普显然是输家。他无法解释全民医保如何与保守派的想法一致(因为在2016年,保守派拒绝了这一前提),也无法解释他的计划将如何帮助人们获得保险(因为他没有任何计划)。但特朗普的候选人地位不断上升,先是超过了鲁比奥,然后又很快超过了克鲁兹。

最终,共和党初选中关于医保的对话就像共和党把持的国会中关于医保的对话一样。一切都围绕着废除,而不是替代方案;围绕着情绪,而不是政策。在这方面,没有人能比得上特朗普。

---

① Robert Pear and Maggie Haberman, "Donald Trump's Health Care Ideas Bewilder Republican Experts," *New York Times*, April 8, 2016, https://www.nytimes.com/2016/04/09/us/politics/donald-trump-health-care.html; Dan Diamond, "Donald Trump Hates Obamacare-So I Asked Him How He'd Replace It," *Forbes*, July 31, 2015, https://www.forbes.com/sites/dandiamond/2015/07/31/donald-trump-hates-obamacare-so-i-asked-him-how-hed-replace-it/#119523604e98.

6.

民主党初选中关于医疗保健的辩论截然不同。希拉里·克林顿急于重提她的招牌性话题,呼吁建立一个公共选项并提供更优厚的补贴,以降低保费和自付费用。如果这些政策和其他政策得以实施,将使《平价医疗法案》变成一个比众议院2009年通过的法案还要慷慨的计划。根据联邦基金和兰德公司研究人员的估计,没有保险的人数将减少960万之多。这仍然达不到百分之百的医保覆盖率,但将接近一些欧洲体系达到的水平。这是一个大胆的议程,尽管几乎没有人注意到这一点,因为希拉里的主要对手有更为大胆的提议。①

希拉里的对手是伯尼·桑德斯,他的标志性事业仍然是全民医保。桑德斯对《平价医疗法案》表示赞赏。他看得出更多的人有了保险,并且知道医疗保健通胀已经放缓,可以说节省的钱甚至超过了奥巴马承诺的2 500美元。但尚不清楚《平价医疗法案》的医疗改革在多大程度上导致了这一趋势,正如桑德斯不断指出的那样,美国仍然拥有迄今为止世界上最昂贵的医保体系。桑德斯指出,即使是许多参保的人也无力支付账单,或正与保险公司的官僚作风作斗争,更不用说数百万仍然没有保险的人了。他认为私营保险公司往好里说,是浪费的源头,往坏里说是对受益人的威胁。他不想巩固现有的制度,而是想摧毁它,建立一个单一的、

---

① Christine Eibner, Sarah Nowak, and Jodi Liu,"Hillary Clinton's Health Care Reform Proposals: Anticipated Effects on Insurance Coverage, Out-of-PocketCosts, and the Federal Deficit," Commonwealth Fund, September 23, 2016, https://www.commonwealthfund.org/publications/issue-briefs/2016/sep/hillary-clintons-health-care-reform-proposals-anticipated.

由政府运营的保险计划。①

早在2008年的总统竞选中,全民医保的拥护者、俄亥俄州众议员丹尼斯·库奇尼奇是大多数选民事后才想到的合适人选。2016年,桑德斯是一个合法的挑战者。他为全民医保等事业进行了漫长而孤独的斗争,使他成为越来越多选民的英雄——他们是新一代的进步人士,身上没有20世纪80年代、90年代和21世纪第一个十年的政治创伤,他们对民主党在那些时期制定政策的局限性感到沮丧。

他们并不认为《平价医疗法案》是个千载难逢的变革,单是其通过就需要付出巨大的政治努力。他们认为这是一个需要做出很多妥协、存在严重缺陷的计划,远远比不上其他国家的制度。当桑德斯向他们承诺建立一个政府运营的体系,在这个体系中,没人会欠下自付费用,也没人必须与私营保险公司打交道时,他们认为这听起来简直太好了。"社会主义"这个词并没有让他们感到不安,让喜欢它的人失去雇主保险的前景也没有令他们忧虑。

随后的民主党初选辩论激烈,尽管从某种意义上说,两位候选人的争论不过是各说各话。桑德斯提出,他的制度在优点上更胜一筹,因为它将保证全民覆盖,消除浪费和令人沮丧的保险公司官僚做法,并且至少在理论上更有效地控制成本。希拉里·克林顿则指出,她的设想更可行,因为它不会威胁到那些满足于现有保险的人,而且不需要大幅排除医疗保健行业遇到的政治上的困难。

希拉里·克林顿最终赢得了提名,尽管不是因为她的医疗保健计划。她的医疗保健计划没有像"全民医保"这样的时髦口号,也不

---

① Jason Furman and Matt Fiedler, "The Economic Record of the Obama Administration: Reforming the Health Care System," White House Blog, the Obama White House Online Archive, December 13, 2016, https://obamawhitehouse.archives.gov/blog/2016/12/13/economic-record-obama-administration-reforming-health-care-system; Jonathan Cohn, "Bernie Sanders Releases Health Plan and It's Even More Ambitious Than You Thought," HuffPost, January 17, 2016, https://www.huffpost.com/entry/bernie-sanders-health-plan_n_569c3ddde4b0b4eb759ecf51.

是一个简单的概念，它保留了现有制度的大部分内容。对许多进步人士来说，她的计划只是先发制人、自我毁灭性妥协的又一个例子。

在大选中，希拉里·克林顿尽了最大努力将她对医疗保健的愿景与特朗普的愿景进行了对比——她正确地指出，两者的差别在于有人承诺在《平价医疗法案》的基础上再接再厉，使它惠及更多的人，有人却决心取消它。但就医疗保健引起的关注而言，通常是是对负面新闻的回应，包括安泰保险8月份宣布它将退出自己仍在提供保险的15个州中的11个。

安泰保险表示，这是因为风险池倾斜造成的财务损失；后来发表在《赫芬顿邮报》上的私人信件暗示，该公司可能因奥巴马政府审查安泰与哈门那公司（Humana）拟议合并，而试图给政府一些颜色看看。其中的细枝末节并没有给人留下太多印象。虽然不可能知道这些事态发展对选举产生了什么影响，但可以想象，它转移了一小部分选票，而这在2016年足以改变选举结果。①

---

① Jonathan Cohn and Jeffrey Young, "Aetna CEO Threatened Obamacare Pullout If Feds Opposed Humana Merger," *HuffPost*, August 18, 2016, https://www.huffpost.com/entry/actna-obamacare-pullout-humana-merger_n_57b3d747e4b04ff883996a13.

二十五、童子军

1.

保罗·瑞安从未料到唐纳德·特朗普会成为总统，他似乎也没有对这一前景感到特别兴奋。2015年12月，在特朗普提议阻止所有穆斯林入境后，瑞安谴责了这一提议，他告诉记者，这"不是这个政党的主张，更重要的是，这不是这个国家的主张"。即使在特朗普获提名板上钉钉后，瑞安也观望了一段时间才给出他的支持。①

瑞安此时已经接替了四面楚歌的博纳成为议长，当他2016年6月在家乡的《珍妮斯维尔公报》上发表的一篇评论文章中最终接受特朗普时，他说这纯粹是为了他们推进共和党议程的共同利益。"他和我有分歧，这不是秘密。我不会假装我们没有分歧。"一天之后，特朗普攻击了一位在某民事案件中对他做出不利判决的法官，说这位法官的墨西哥血统使其对他有偏见。瑞安称特朗普的这番话"令人难以接受"，并称他的话"有点像教科书上对种族主义言论的定义"。10月，当特朗普自吹"通过抓女人的下体"抓住女人的那期《走进好莱坞》节目播出后，保罗召集了一个电话会议，告诉共和党同僚他们应该放心大胆地放弃提名的候选人，正如记者安娜·帕尔默和杰克·谢尔曼后来报道的那样。"我不会为唐纳德·特朗普辩护。"瑞安说。②

这种反感是有道理的，因为很难想象共和党政治中有哪两个人的背景或风格比他们两人更为不同。瑞安是个土生土长的中西部人，对待自己的天主教信仰很认真，并全心全意爱着他的妻子和三个孩子。

当特朗普称他为"童子军"时，瑞安把这当成是一种赞美。他在政坛的上升轨迹，从实习生到立法助理，再到演讲稿撰写人，最后到国会议员，是努力的结果，而非因为是名人。20 世纪 90 年代，作为华盛顿特区的一名年轻员工，他曾兼职做过服务员和健身教练，以赚取外快。他有与合适的人（比如一位认识国会议员的大学教授，以及他在国会山得州墨西哥餐厅服务过的知名共和党人）建立人际关系的本事，而且他会凭借对公共政策的认真、不懈的热情来赢得他们的喜欢。③

瑞安喜欢把自己想成一个为了有所作为而从政的人——就在最近几年，有所作为意味着他在演讲中要更多地谈论贫困问题，以及他所说的共和党可以做些什么来解决贫困问题。他经常回忆起他以前的导

---

① Jay Newton-Small, "Speaker Paul Ryan Condemns Donald Trump's Ban on Muslims," *Time*, December 8, 2015, https://time.com/4140558/paul-ryan-donald-trump-muslims/; Eric Bradner, "Ryan: 'I'm Just Not Ready' to Back Trump," CNN, May 6, 2015, https://www.cnn.com/2016/05/05/politics/paul-ryan-donald-trump-gop-nominee/.

② Paul Ryan, "Paul Ryan: Donald Trump Can Help Make Reality of Bold House Policy Agenda," *Janesville Gazette*, June 1, 2016, https://www.gazettextra.com/archives/paul-ryan-donald-trump-can-help-make-reality-of-bold-house-policy-agenda/article_293b0946-3341-53fd-8d16-f4ca2cf13531.html; Emmarie Huetteman and Maggie Haberman, "Speaker Paul Ryan, After an Awkward Courtship, Endorses Donald Trump," *New York Times*, June 2, 2016; Donovan Slack, "Paul Ryan Rips Trump Comments as 'Textbook Definition of Racist,'" *USA Today*, June 7, 2016, https://www.usatoday.com/story/news/politics/onpolitics/2016/06/07/paul-ryan-rips-trump-comments-textbook-definition-racist/85548042/; Emmarie Huetteman, "The Rocky Relationship of Donald Trump and Paul Ryan, a History," *New York Times*, https://www.nytimes.com/2016/08/04/us/politics/paul-ryan-donald-trump.html; Jake Sherman and Anna Palmer, *The Hill to Die On: The Battle for Congress and the Future of Trump's America* (New York: Broadway Books, 2019), 23.

③ Sherman and Palmer, *The Hill to Die On*, 30; Mark Leibovich, "This Is the Way Paul Ryan's Speakership Ends," *New York Times* Magazine, August 7, 2018; Jennifer Steinhauer and Jonathan Weisman, "Fast Rise Built with Discipline," *New York Times*, August 29, 2012; Tim Alberta, "The Tragedy of Paul Ryan," *Politico*, April 12, 2018, https://www.politico.com/magazine/story/2018/04/12/how-donald-trump-upended-paul-ryans-plans-217989; Tim Alberta, "Inside Trump's Feud with Paul Ryan," *Politico*, July 16, 2019, https://www.politico.com/magazine/story/2019/07/16/donald-trump-paul-ryan-feud-227360.

师杰克·肯普——前美国橄榄球联盟四分卫和国会议员，后来担任老布什政府的住房和城市发展部部长。肯普是后来被称为"富有同情心的保守主义"的早期支持者，支持的倡议包括像建立所谓的"联邦授权区"①，即试图通过为企业投资低收入社区提供税收优惠来振兴这些社区。正是在杰克·肯普基金会的赞助下，2016年初，瑞安与蒂姆·斯科特共同主持了一场关于贫困问题的总统论坛，斯科特是南卡罗来纳州参议员，是共和党党团中唯一的非裔美国人。②

关注低收入美国人的困境和需求，在一定程度上是对2012年总统大选以及伴随瑞安在共和党选票上的地位而来的审视的回应。多年来，他一直将这个国家划分为两类人："制造者"和"接受者"，前者缴纳的税款比他们获得的政府福利多，后者得到的东西比他们付出的多。瑞安认为，美国有太多的接受者却没有足够的生产者，而奥巴马支持的《平价医疗法案》等政策通过直接补贴更多中低收入者的保险，使天平更加朝这个方向倾斜。

这是低效的，更糟糕的是，在瑞安看来，这是完全错误的。瑞安在2009年的一次演讲中援引了自由派作家安·兰德的学说，他表示："仅仅说奥巴马总统的税太多或者医疗保健计划由于这样或那样的政策原因而不起作用是不够的。受到攻击的是，现在正发生的事情的道德，以及它如何有悖于正按照自己的自由意志努力生产、达成目标、走向成功的个体的道德。"③

这种看法与瑞安的经历一致。他从2010年开始担任众议院预算委员会主席，在此期间他的多份提案设想了大幅削减食品援助和医疗

---

① Empowerment Zone，美国国会设立，体现了社区发展的思路，包括衰退产业区，其特征是失业率较高、经济落后、主导产业衰退等。——译者
② Michelle Cottle, "Can Paul Ryan Push Republicans to Prioritize Poverty?," *Atlantic*, January 14, 2016, https：//www.theatlantic.com/politics/archive/2016/01/can-paul-ryan-move-his-party-to-prioritize-poverty/424101/.
③ Elspeth Reeve, "Audio Surfaces of Paul Ryan's Effusive Love of Ayn Rand," *Atlantic*, April 30, 2012, https：//www.theatlantic.com/politics/archive/2012/04/audio-surfaces-paul-ryans-effusive-love-ayn-rand/328754/.

补助等项目，而实际上有数百万人靠这些项目维持生计，在某些情况下，甚至靠这个活命。与此同时，预算案提议减税，而具体的减税方式使最富有的美国人受益匪浅。美国预算与政策优先中心是一个左倾机构，其负责人罗伯特·格林斯坦可以说是华盛顿在贫困问题上最有影响力的倡导者，他说，如果瑞安的议程获得通过，将产生"美国现代史上最大规模的自下而上的收入再分配"。独立分析表明，这种描述并不夸张。①

瑞安在2014年的宣言《前进之路》（*The Way Forward*）中写道，他后知后觉地明白了自己的言论为何会疏远那么多美国人。"我很快意识到，我一直使用的这个短语暗含了对接受政府福利的群体的某种评判——这与美国理念有着深刻的冲突。"但是，如果说瑞安是在反思他的措辞，他就不是在反思他的信仰或议程。相反，他仍然一如既往地专注于遏制，或者更确切地说，缩小福利国家的规模。尽管他最近谈到要保护社会中最弱势的成员，但那些人在医疗保健方面的痛苦挣扎似乎并没有太多占据他的思考。"未参保"这个词，在他的书中一共只出现了三次，尽管有许多页专门讨论了卫生政策。②

瑞安支持废除的另一个重要理由与联邦预算有关。他说，削减开支对减少赤字至关重要。但是，尽管瑞安喜欢称自己为财政鹰派，尽管华盛顿记者团经常这样描述他，但只要提案来自共和党，他就一贯

---

① Robert Greenstein, "Greenstein on the Ryan Budget," Center on Budget and Policy Priorities, March 12, 2013, https://www.cbpp.org/blog/greenstein-on-the-ryan-budget-0.

② Paul Ryan, *The Way Forward* (New York: Grand Central Publishing, 2014), Kindle edition, 142. 其中两处引言是在他批评《平价医疗法案》扩大医疗补助的段落中，他说"有医疗补助和没有保险之间没有什么区别"（Ryan, *the Way Forward*, 178）。尽管这在当时的保守派圈子里是一个流行的论点，但现有的最佳研究表明，情况恰恰相反，医疗补助计划在财政和健康方面都有了改善。参见 Madeline Guth, Rachel Garfield, and Robin Rudowitz, "The Effects of Medicaid Expansion Under the ACA: Updated Findings from a Literature Review-Report," Kaiser Family Foundation, March 17, 2020, https://www.kff.org/report-section/the-effects-of-medicaid-expansion-under-the-aca-updated-findings-from-a-literature review-report/。

支持增加赤字的措施。乔纳森·查伊特在《纽约》杂志上评论道："坚持相信瑞安是一个如假包换的赤字鹰派,不仅掩盖了他议程中丑陋的细节,而且几乎让人们忽略了他在整个职业生涯中所做的一切。"①

这方面最明显的例子是瑞安在2003年投票支持布什的老年医疗保险药物福利,这项福利大大增加了赤字,因为它没有补偿收入或削减。瑞安后来说,他只是在自己认为的优先事项中做出选择,那就是把医疗保健政策推向私营企业的方向的好处大于更大的赤字带来的坏处。

2016年,当瑞安意识到特朗普可能成为总统时,他引用了类似的道德计算。瑞安说,不管他有什么疑虑,制定保守派议程的机会都太宝贵了,不容错过——他在大选第二天的一次新闻发布会上宣布："我对我们能携手合作感到非常兴奋。"

2.

24小时后,两人在华盛顿会面。作为拍照活动的一部分,瑞安陪着特朗普走到大楼的西门廊,让这位当选总统一睹1月20日宣誓就职时将会看到的情景。当瑞安在解释一旦施工人员完工,就职典礼大楼和观礼场地会是什么样子时,特朗普想看看他是否能找到自己的新家。瑞安向右边做了个手势,指着宾夕法尼亚大道另一端的一丛树。树丛后面的大楼是财政部,瑞安解释说,财政部的后面是白宫。②

---

① Jonathan Chait, "The Legendary Paul Ryan," *New York*, April 27, 2012; Derek Thompson, "Paul Ryan's Sad Legacy," *Atlantic*, April 11, 2018, https://www.theatlantic.com/politics/archive/2018/04/paul-ryans-sad-legacy/557774/.
② 作者对共和党某高级助理的采访;"President-Elect Trump Viewing Inauguration Site," C-SPAN video, 2:54, November 10, 2016, https://www.c-span.org/video/?418429-101/president-elect-trump-viewing-inauguration-site。

特朗普对华盛顿的行事方式一如他对华盛顿的街道规划一样陌生。一个月后，当瑞安去特朗普大厦参加为期三小时的议程讨论会时，很多时候都是瑞安在解释通过立法的机制，特别是在谈到预算和解问题时——共和党人很早就决定要通过这条路来废除法案。特朗普都听进去了，没有太多反对意见。正如瑞安愿意放下对特朗普行为和竞选活动的反对，特朗普也愿意放下对瑞安在竞选期间疏远他的愤怒。无论是在内容还是在策略上，他都可以听从议长大人的意见。

米奇·麦康奈尔也是如此。这位参议院多数党领袖从未对医保政策表现出任何特别的兴趣，除了在与他的党团保持一致反对奥巴马立法时。就他所关心的问题而言，他的首要任务主要是通过一项大的减税法案，并让保守派的人当上法官。他很乐意让瑞安在废除法案一事上承担重任，推动参议院迅速通过随便什么法案，然后继续处理其他事务。

相比之下，瑞安真的很在乎。他坚信成功的关键是速度。特朗普一就职马上就会拥有最大的影响力，而在过去几年里多次投票赞成废除该法案的共和党人，一定会热切地支持一个这么做的良机，因为现在他们有了一位愿意签署这项立法的总统。延期实施——比如说两年——将足以打造出一个替代品。一旦《平价医疗法案》被废除，那么采取替代方案的紧迫性会促使一些民主党人与共和党领导人合作，制定一个符合保守派对政府恰当角色的理解的替代方案。

瑞安明白，在没有替代方案的情况下废除这项法律，无论在政策上还是政治上，都存在风险，因为不可能确定国会最终会建立什么样的新制度（如果有的话）。但他认为冒这种风险是值得的，因为构建并通过一个替代方案肯定要更多的时间。每个人都看到了民主党人在2009年的艰难挣扎，当时他们的议案被搁置了数月。共和党人解决分歧的时间越长，他们在制定减税政策之前必须等待的时间也越长（等待就可能会失去更多的政治支持），而减税政策是许多议员都认为更重要的。①

然而,并不是每个共和党人都对瑞安的做法如此热心,12月,一些共和党参议员开始公开表达他们的担忧。没有人直截了当地说他们将投票反对"废除和推迟"立法,正如众所周知的,但HELP委员会主席、田纳西州的拉马尔·亚历山大表示,"同时"立法更有意义。缅因州的苏珊·柯林斯说:"任何废除《平价医疗法案》的努力都应该有一个替代它的框架。"②

保守派政策专家也警告不要试图单单废除。乔·安托斯和詹姆斯·卡普雷塔说,一旦废除立法获得通过,保险公司很可能会迅速离开交易所。从理论上说,废除立法可能两三年内不会生效。他们说,实际上,该计划将在第一年内崩溃,造成混乱,让人们失去保险。③

瑞安曾试图平息这些担忧,他在12月告诉《密尔沃基哨兵报》:"很明显,会有一个过渡和衔接办法,这样就不会有人被弃之不顾,也不会有人处境更糟。"1月初,当选副总统迈克·彭斯在与参众两

---

① 作者对共和党多位高级助理的采访。减税对共和党人及其支持者来说是如此重要,以至于一些人建议在医疗改革之前先着手这项立法。共和党领导人反驳说,废除立法将降低国会预算办公室对未来政府收入的预测,使减税对预算的影响看起来更小——尽管这种论点的逻辑甚至对许多预算专家来说都没有意义。Kevin Drum, "Why Does Obamacare Repeal Have to Come Before Tax Cuts?," *Mother Jones*, April 13, 2017, https://www.motherjones.com/kevin-drum/2017/04/why-does-obamacare-repeal-have-come-tax-cuts/; Howard Gleckman, "What Delaying Affordable Care Act Repeal Means for Tax Reform," Tax Policy Center, January 11, 2017, https://www.taxpolicycenter.org/taxvox/what-delaying-affordable-care-act-repeal-means-tax-reform。

② Louise Radnofsky and Kristina Peterson, "Health-Law Backers Target Key Republican Lawmakers," *Wall Street Journal*, December 23, 2016; Nancy LeTourneau, "Chaos over Obamacare 'Repeal and Delay,'" *Washington Monthly*, December 6, 2016, https://washingtonmonthly.com/2016/12/06/quick-takes-chaos-over-obamacare-repeal-and-delay/; Tierney Sneed, "Key GOP Senator: The Sooner We Come Up with ACA Replacement the Better," Talking Points Memo, December 6, 2016, https://talkingpointsmemo.com/dc/lamar-alexander-obamacare-sooner-the-better。

③ Joseph Antos and James Capretta, "The Problems with 'Repeal and Delay,'" *Health Affairs*, January 3, 2017, https://www.healthaffairs.org/do/10.1377/hblog20170103.058206/full/。

院的共和党人会晤中支持废除和推迟战略。①

但在政府内部，这个问题并没有得到解决。特朗普不断改变主意，这取决于最近和他交谈的是谁，而他一直不断接到电话，有些是外界的朋友和倡导者，有些是个别国会议员，他们似乎都有他的私人手机号。在特朗普执政第一年的大部分时间担任卫生与公众服务部部长的汤姆·普赖斯后来对我说："我们会就我们要做的事做出具体的决定，得到总统的批准，然后在 24 小时内，这个决定就会改变。毫无连贯性一致性。你总是不得不重复前一天甚至前一周已经做完的事。"②

反对废除和推迟的声音与日俱增。起初，怀疑主要来自相对温和的共和党参议员，如亚历山大、柯林斯以及田纳西州的鲍勃·考克。到了 1 月份，与特朗普关系更密切、比他还要保守的参议员也怀疑了起来，比如威斯康星州的罗恩·约翰逊和阿肯色州的汤姆·科顿。最强烈的反对声来自肯塔基州参议员兰德·保罗，他 1 月 6 日在推特上写道："我刚刚和@ realDonaldTrump（特朗普的推特账号）谈过，他完全支持我在废除奥巴马医改的当天替代它的计划。"考虑到保罗对《平价医疗法案》一向言辞严厉，他的反对意见尤其值得注意，而且许多同事想知道他是否私下里希望废除行动失败，因为肯塔基州和西弗吉尼亚州一样，有很多人是通过《平价医疗法案》获得保险的。③

---

① Craig Gilbert, "Paul Ryan: Obamacare Phaseout Will Leave 'No One Worse Off,'" *USA Today*, December 5, 2016, https://www.usatoday.com/story/news/politics/2016/12/05/paul-ryan-obamacare-phaseout-leave-no-one-worse-off/95002488/.
② 作者对汤姆·普赖斯的采访；他说，在他任职特朗普政府期间，情况一直如此。
③ M. J. Lee and Phil Mattingly, "Republicans Increasingly Worried About Obamacare Plan," CNN, January 10, 2017, https://www.cnn.com/2017/01/10/politics/republicans-unhappy-obamacare-strategy/index.html?sr=twpol011017republicans-unhappy-obamacare-strategy1137AMVODtopLink&inkId=33200438; Aaron Blake, "The GOP Has Officially Hit the 'Buyer's Remorse' Stage on Obamacare Repeal," *Washington Post*, January 10, 2017, https://www.washingtonpost.com/news/the-fix/wp/2017/01/06/the-gop-is-getting-skittish-on-repealing-obamacare-right-away-which-is-probably-smart/; Rand Paul, Twitter post, January 6, 2017, 9:25 p.m., https://twitter.com/RandPaul/status/817557831683608576.

两天后，保罗和特朗普在保罗的推特上再次交谈，在那次交谈之后，特朗普和瑞安同意改变路线。消息一点点传开——先是特朗普告诉《纽约时报》的玛吉·哈伯曼，废除和替代将"很快或同时发生，用不了多久"；然后，瑞安告诉国会山的记者："我们的目标是把这些都一股脑推出"；最后，特朗普在特朗普大厦的新闻发布会上宣布，"这基本上会是同时进行。它们会有不同的部分，你知道的，但极有可能是在同一天或同一周进行，但也可能是同一天。可能是同一小时。"①

在废除的同时进行替代的决定，可能是共和党人在 2017 年做出的最关键的战略选择。这是第一次，问题不在于《平价医疗法案》是否足够好，而是《平价医疗法案》是否比共和党的替代方案更好。

这是这部法律的缔造者多年来一直在等待的一场辩论——在奥巴马总统任期的最后几周，他们已经尽了一切努力来启动这场辩论。

3.

到 2016 年底，大多数曾为《平价医疗法案》的通过忙前忙后的白宫工作人员早已离开。南希-安·德帕尔回到了私营部门，在一家私募公司任职。彼得·奥萨格也是如此。菲尔·席利罗正参与几个外部项目，目前仍在与民主党人合作。拉姆·伊曼纽尔成了芝加哥市

---

① Maggie Haberman and Robert Pear, "Trump Tells Congress to Repeal and Replace Health Care Law 'Very Quickly,'" *New York Times*, January 10, 2017, https://www.nytimes.com/2017/01/10/us/repeal-affordable-care-act-donald-trump.html；"Speaker Paul Ryan: GOP Will Work on Repealing, Replacing Health Law 'Concurrently,'" *Los Angeles Times*, January 10, 2017, https://www.latimes.com/nation/ct-paul-ryan-obamacare-repeal-20170110-story.html；Madeline Conway, "Trump Promises to Repeal and Replace Obamacare 'Essentially Simultaneously,'" *Politico*, January 11, 2017, https://www.politico.com/story/2017/01/trump-presser-obamacare-repeal-replace-233479.

市长。

但珍妮·兰布鲁决定工作到奥巴马任期的最后一天。她曾是政府中较为极化的人物之一,这令一些同事感到沮丧,他们认为她过于教条或总想控制太多。但她激起了其他人的强烈忠诚,甚至连批评者也承认(正如有人告诉我的那样),"没有人比她更努力,没有人比她更在乎"——在一个充斥着拼命攫取权力之人的城市里,她却总是在思考政策。①

兰布鲁也是奥巴马政府的最后幸存者,有点像那部法律本身,经历了许多濒死时刻。继 2012 年全美独立企业联合会案的口头辩论之后,即使是支持者也对该法律的存续持悲观态度的时候,兰布鲁的工作之一就是起草逐渐废除该法律的计划,因为政府必须在一个固定的、相对较短的时间框架内管理这一过程。这有点像一个死囚安排处决自己,除非在最后一刻,州长——在这件事上是首席大法官——宣布缓刑才能得救。②

《平价医疗法案》在特朗普总统任期内幸存的可能性,似乎比它在罗伯茨的法庭上幸存的可能性还要小。在大选后的第一天,白宫感觉像停尸房,国内政策委员会和卫生改革办公室里的情绪尤其低落。兰布鲁邀请了大约 12 名白宫员工去她的办公室,发了一圈他们放在冰箱里的啤酒。她在房间里走来走去,问是否有人认为医疗保健法能扛过即将到来的废除程序。没人给出肯定的回答,直到最后轮到兰布鲁表态。她说他们都错了。她预言,一年后,它依然有效。③

兰布鲁想的和奥巴马一模一样。共和党人鼓吹要废除该法案,并就此事多次投票。但这些投票并没有产生现实的后果,因为共和党没有控制两院,即使控制了,他们也知道奥巴马会否决。共和党人从来就没有认真考虑过从酒店保洁或办公楼保安那里夺走医疗补助将意味

---

① 作者对奥巴马政府多位高官的采访。
② 作者对珍妮·兰布鲁的采访。
③ 作者对兰布鲁和奥巴马政府某位高官的采访。

着什么，也没有想过告诉在职的父母，没错，保险公司拒绝为他们的儿子或女儿的糖尿病投保是可以的，又将意味着什么。

现在情况不同了。尽管共和党人可以尝试调整废除立法以减轻其影响，但每一次调整都会带来不同的权衡。共和党人很快就会发现，每做出一系列让步，就会新生出一批愤怒的选民或利益集团，还有（最终）新一批焦虑的议员。

反弹的严重性，将不可避免地取决于公众是否理解废除的后果。在这个问题上，没有人比即将离任的总统本人更能教育选民。尽管在某种程度上，这次选举感觉像是对他总统职位或者至少是它所代表的东西进行全民公决，但他仍然是这个国家最受欢迎、最受信任的领导人之一，他让这种公信力发挥了作用。他接受了 Vox 新闻网站记者埃兹拉·克莱因和莎拉·克利夫长达一小时的现场采访，这两位记者是医疗政策方面读者最多和最受尊敬的记者。他把利益相关者和倡导者请到白宫，敦促他们畅所欲言。而他会见民主党人是私下里在国会山。①

在每个场合，奥巴马传达的信息都是一样的："现在是共和党人必须进一步亮出自己底牌的时候了，"他在 Vox 的采访过程中说，"人们需要能对它进行辩论，需要能对它进行研究，就像我们通过《平价医疗法案》时那样。让美国人民来衡量：这会带来比奥巴马医改更好的结果吗？"

"如果他们确信自己可以做得更好，"奥巴马接着说，"他们就不应该害怕亮出来给所有人看。"②

国会山的民主党领袖们已经在发表同样的论点了。《平价医疗法

---

① Sarah Kliff and Ezra Klein, "Obama on Obamacare: Vox Interviews the President on January 6," *Vox*, December 30, 2016, https://www.vox.com/policy-and-politics/2016/12/30/14112324/vox-obama-interview; 对奥巴马政府某位高官的采访。

② Jeff Stein, "Transcript: President Obama Talks to Vox About Obamacare's Future," *Vox*, January 6, 2017, https://www.vox.com/policy-and-politics/2017/1/6/14193334/obama-vox-interview-transcript.

案》的大多数主要设计者也都不在那里了。鲍卡斯和韦克斯曼已经退休；肯尼迪去世了。而在参议院，接替里德的民主党领袖查克·舒默从来都不是《平价医疗法案》的最大支持者。

早在2009年，考虑到政治风险和中产阶级选民可能会觉得这与他们无关，舒默是最不热衷于推行重大医疗改革的人之一。他一直希望换个话题，经常转而大谈就业，而在特朗普赢得大选后，舒默对两党达成某种基础设施协议的可能性大做文章。但在早期，舒默与奥巴马的观点一致。舒默说，如果共和党人想废除《平价医疗法案》，他们有义务向全国解释他们究竟打算用什么取代。

前政府官员也开始有了动作。在接任美国进步中心主席之前，与西贝利厄斯在卫生与公众服务部共事过的尼尔拉·坦顿，在大选开始后不久便发出了一封电子邮件，告诉美国进步中心宣传部门的工作人员，他们将专注于捍卫这部法律，强调这部法律所取得的成就并阐述废除它的后果。这方面最早的努力之一是托弗尔·斯皮罗（2009年和2010年曾是HELP委员会的工作人员）与人合写的一份研究简报，报告显示，如果废除立法获得通过，保险公司很可能会放弃新市场，不管该立法是否会推迟两年或三年实施。这份研究简报出现在选举日过后不到两周，是乔·安托斯和詹姆斯·卡普雷塔等保守派知识分子后来向共和党人提出的论点的早期版本。由此看去，斯皮罗可能会成为推特上呼声最高、最顽固的废除立法的批评者之一。[1]

安迪·斯拉维特是少数几个能与斯皮罗的社交媒体输出相匹敌的人之一，许多人认为，一旦他作为老年医疗保险和医疗补助管理人的任期结束，他将重返医疗保健行业。但是，因为已经投入了这么多时

---

[1] 作者对尼尔拉·坦顿和托弗尔·斯皮罗的采访；Topher Spiro and Thomas Huelskoetter, "Republican ACA Repeal Bill Would Unravel the Market Even Before It Goes into Effect," Center for American Progress, November 16, 2016, https://www.americanprogress.org/issues/healthcare/reports/2016/11/16/292394/republican-aca-repeal-bill-would-unravel-the-market-even-before-it-goes-into-effect/。

间来帮助拯救及随后实施《平价医疗法案》,当共和党人要把整个事情搞砸时,斯拉维特不打算袖手旁观。

在任期的最后几周,斯拉维特利用自己在推特上的推送,对这项法律发表了更多意见,直接踏上了作为一家机构的负责人禁止涉足的宣传路线。(而与之相对的特朗普政府机构负责人后来会越过这条线而不受惩罚。)斯拉维特任期结束的那一天,他完全放飞了自我,成为社交媒体上无处不在的废除立法批评者。他所做的不只是发推文。他开始在全国各地发表演讲,并与政府其他旧部合作,包括兰布鲁(曾在世纪基金会工作)和克里斯·詹宁斯(他在奥巴马的白宫任职结束后,又回到了咨询公司)。在一些自由主义倡导团体的帮助下,他们协调传达的信息,策划了一场反攻,以阻止废除行动。①

他们定期互通电话并招徕新人,引来了至少十几个乐于加入的前政府官员。据一位参与者说,一种熟悉的态势很快就形成了,兰布鲁负责分配任务,这让一位活动家不禁发问:"她知道我们不再为她工作了,对吧?"②

伊齐基尔·伊曼纽尔决定开展他自己的、没那么公开的宣传活动

---

① 作者对安迪·斯拉维特的采访; Sam Brodey, "Andy Slavitt Already Saved Obamacare Once. Can He Do It Again?," *MinnPost*, March 23, 2017, https://www.minnpost.com/politics-policy/2017/03/andy-slavitt-already-saved-obamacare-once-can-he-do-it-again/; Juliet Eilperin, "A Cross-Country Bus Tour Aims to Help Save the Endangered Affordable Care Act," *Washington Post*, January 15, 2017, https://www.washingtonpost.com/national/health-science/a-cross-country-bus-tour-aims-to-help-save-the-endangered-affordable-care-act/2017/01/15/7fa1a71a-db3b-11e6-ad42-f3375f271c9c_story.html?utm_term=.d423e820e845; Eric Boodman, "Andy Slavitt Can't Stop: How a Health Care Wonk Became a Rabble-Rouser," STAT, May 25, 2017, https://www.statnews.com/2017/05/25/andy-slavitt-aca-town-halls/; Joanne Kenen and Dan Diamond, "Ex-Obamacare Boss Wants to Broker a Ceasefire in the Health Care Wars," *Politico*, January 23, 2017, https://www.politico.com/story/2017/01/obamacare-slavitt-repeal-replace-234017; Michael Shear and Robert Pear, "Former Obama Aides Lead Opposition to Health Care Repeal," *New York Times*, July 27, 2017, https://www.nytimes.com/2017/07/27/us/politics/obama-resist-health-care-repeal.html。

② 作者对奥巴马政府某位前高官的采访。

来阻止废除。他在2011年离开了政府，加入了宾夕法尼亚大学的教师队伍，继续写作和做研究，并宣传他、鲍勃·科彻和彼得·奥萨格努力推动的后来写进《平价医疗法案》的各种医疗改革。在最终被写进法案的那些措施中，他尤其为捆绑支付的尝试感到自豪。早期的研究表明，捆绑支付正在省钱并提高质量，正如他们所希望的那样，尽管这一成功远没有那些并不成功的实验得到的关注多。

在政府内部辩论的语境中，伊齐基尔属于更注重控制医疗成本而不是确保人们有保险的那类人。但在更广泛的美国政治辩论的语境中，他仍然坚定地站在全民医保这一边，捍卫《平价医疗法案》。他还有一项该法律的其他设计师都没有的资产：与特朗普有直接联系。

这源于他的弟弟阿里·伊曼纽尔，一位好莱坞超级经纪人，在特朗普出演电视真人秀《学徒》（The Apprentice）时，他恰好是特朗普的代理。在阿里的建议下，特朗普在大选后向伊齐基尔寻求专业建议，并在12月伊齐基尔乘坐往返于费城和华盛顿之间的阿西乐（Acela）特快列车时通过电话联系到了他。考虑到这趟车上所有的政客和记者，伊齐基尔担心有人会无意中听到他们的对话，所以他走进卫生间，开始陈述自己的观点。伊齐基尔解释说，废除作为一个口号效果很好，但它造成了糟糕的政策，违背了特朗普确保每个人都有保险的承诺。伊齐基尔说，随之而来的混乱和破坏会最终落到特朗普身上，而这不是开启总统任期的方式。

特朗普建议伊齐基尔在就职典礼后来白宫。伊齐基尔说，鉴于过渡期间要做出的各种决定，这为时已晚，于是得到了邀请，下周在纽约向特朗普通报情况。见面后，爱交际的特朗普对有权有势的伊曼纽尔兄弟所取得的成就赞不绝口，并谈到了伊齐基尔的师承。尽管特朗普对精英们不屑一顾，但众所周知他对学术资历格外痴迷，尤其是常春藤联盟学位——他常常自吹毕业于宾夕法尼亚大学沃顿商学院（在福特汉姆大学上了两年之后他转学到那里），并自称在那里获得了很高的分数（随后的媒体调查表明他并没有）。①

伊齐基尔带着只有一页的讲稿来了（他是故意这样的，因为他知道多了特朗普就没耐心了），并接着自己在阿西乐特快上的观点继续说下去；伊齐基尔建议，特朗普应该关注制药行业，而不是把重点放在废除上。他指出，奥巴马曾试图抑制处方药价格，但失败了，这迎合了特朗普对超越奥巴马的痴迷。他还称赞特朗普的孩子们，希望以此讨好特朗普。

伊齐基尔并不是在单打独斗。他一直将他的所为告知舒默、坦顿和其他民主党战略专家，他们一致认为值得一试。伊齐基尔还主张，至少特朗普必须向美国人民展示替代方案是什么样的——这也是民主党人一直提倡的，特朗普最终采纳了这一观点。无论伊齐基尔的游说是否影响了这一决定，但他肯定给特朗普留下了印象，2017年，特朗普邀请他再去磋商。

这次简报会在总统就职典礼几周后举行，地点是椭圆形办公室，当时有关立法的辩论已然开始。与会者阵容更大：有彭斯和瑞安，以及幕僚长雷恩斯·普里巴斯、战略专家史蒂夫·班农和其他几位助理。汤姆·普赖斯和安德鲁·布雷姆伯格也出席了会议，后者是一位国内政策顾问，也是白宫医疗改革的尖兵。伊齐基尔坚称，只要特朗

---

① 作者对伊齐基尔·伊曼纽尔的采访。特朗普在福特汉姆大学学习两年后转到沃顿商学院，从未进入院长嘉许名单，也没有以优异的成绩毕业。一名前招生官员后来表示，他与特朗普会面是因为特朗普的人情，后者是他的朋友；一本关于特朗普的书称这次会面帮助他获得录取。Michael Kranish, "Trump Has Referred to His Wharton Degree as 'Super Genius Stuff.' An Admissions Officer Recalls It Differently," *Washington Post*, July 8, 2019, https://www.washingtonpost.com/politics/trump-who-often-boasts-of-his-wharton-degree-says-he-was-admitted-to-the-hardest-school-to-get-into-the-college-official-who-reviewed-his-application-recalls-it-differently/2019/07/08/0a4eb414-977a-11e9-830a-21b9b36b64ad_story.html; Dan Spinelli, "Why Penn Won't Talk About Donald Trump," *Politico*, November 5, 2016, https://www.politico.com/magazine/story/2016/11/donald-trump-2016-wharton-pennsylvania-214525; Jonathan Valania, "Fact-Checking All of the Mysteries Surrounding Donald Trump and Penn," *Philadelphia*, September 15, 2019, https://www.phillymag.com/news/2019/09/14/donald-trump-at-wharton-university-of-pennsylvania/。

普停止试图废除《平价医疗法案》，一些民主党人就会与特朗普就修改该法案进行合作。瑞安说他不相信。伊齐基尔寡不敌众，但他咬住不松口，也许后来还说动了某些人。说到某处，班农示意了布雷姆伯格一下，让他代表主张废除一方发言，以转移话题。①

特朗普对伊齐基尔的到来表示感谢，然后又回去忙活废除《平价医疗法案》的事了。如果说他对废除法案或其潜在影响有疑虑，他并没有表现出来。但其他一些共和党人则不然。

4.

2016年，瑞安代表众议院共和党人发布了一项议程，名为"更好的方式"，其中包括《平价医疗法案》的替代方案。与普赖斯和哈奇的法案一样，它呼吁用"连续投保"条款（这意味着保险失效的人将不再有保障）和高风险资金池（众所周知过去长期资金不足）取代对投保前已患病人群的保障。它为购买保险提供税收抵免，但提供的补助要少于《平价医疗法案》。

这些变化，再加上它呼吁将医疗补助转变为整笔拨款——也就是说，联邦政府给各州一笔预先确定的资金，而不是让该计划的成本随着需求上升或下降——这意味着它可能会产生与其他主要保守计划相同的效果。政府支出会下降，一些税收也会下降。但是有保险的人会少很多，而医疗费用的负担会更直接落在老人和病人身上。

瑞安和他的高级盟友明白这一切。他们准备通过把注意力集中于他们认为对普通美国人有利的方面来为自己的方案辩护。不受欢迎的个人强制保险将不复存在。保险公司可以提供更多种类的保险方案，包括福利不够优厚但价格更便宜的险种，以吸引那些认为自己不太可

---

① 对伊曼纽尔的采访；Cliff Sims, *Team of Vipers*（New York: St. Martin's, 2019），Kindle edition, 118-119。

能有大笔支出的年轻人和较为健康的人。"我们知道我们永远不会在保险覆盖上比得过《平价医疗法案》，"2017年担任瑞安高级顾问的布伦丹·巴克事后这样告诉我，"我们总是试图证明我们会以成本优势获得成功。"①

但这并不是特朗普所谈论的废除方式。

在竞选中，特朗普曾承诺全民覆盖，强调他不在乎这话是不是不像共和党说的。作为当选总统，他仍在这么说。"我们将为每个人提供保险，"特朗普对《华盛顿邮报》的罗伯特·科斯塔说，"有些圈子里有一种哲学，如果你付不起钱，你就得不到想要的东西。这种事情不会发生在我们的身上。"他接着说，美国人"可以期待有很好的医疗保健。它将以一种非常简化的形式提供给大家。更便宜、更好。"②

一位众议院助理后来想起了采访上线的那一刻，因为这位助理的电话一直在振动，同事发来的短信多到让手机发烫，所有的人都在问"搞什么名堂"。但众议院领导人也做出了巨大承诺。就在瑞安告诉记者替代和废除这项法律将"同时"发生的当天，领导众议院共和党大会委员会的华盛顿女众议员卡西·麦克莫里斯·罗杰斯说："所有因为奥巴马医改而获得医保的人都不会失去医保。我们正在提供解决方案。我们不会把任何人身上的毯子扯下来。"③

关于不会从任何人身上扯下毯子的说法，是众议院共和党人的新口头禅，尽管这比特朗普的承诺更微妙，但仍然很难与共和党人的实际提议相一致。这一说法，在一则官方消息宣布后显得尤为大胆，当时据称截至12月中旬，已有1150多万人通过交易所买了2017年的

---

① 对布伦丹·巴克的采访。
② Robert Costa and Amy Goldstein, "Trump Vows 'Insurance for Everybody' in Obamacare Replacement Plan," *Washington Post*, January 16, 2017, https://www.washingtonpost.com/politics/trump-vows-insurance-for-everybody-in-obamacare-replacement-plan/2017/01/15/5f2b1e18-db5d-11e6-ad42-f3375f271c9c_story.html.
③ 对共和党某高级助理的采访。

医疗保险。这个数字比上一年增加了30万。瑞安及其盟友认为，情况看起来并不像崩溃近在眼前以致需要共和党迅速废除这项法律。①

《华盛顿邮报》的迈克·德博尼斯获得了一段党内闭门会的录音，其中，共和党员向领导人提出了有关即将出台的计划的尖锐问题，由此，对共和党承诺和其政策之间距离的焦虑在1月下旬被公之于众。

"我们告诉那些人，我们不会把毯子从人们身上扯下来，"来自新泽西州的众议院议员汤姆·麦克阿瑟说，"但如果我们动作太快，实际上就是会把毯子从人们身上扯下来。"比尔·卡西迪是路易斯安那州参议员，也是一名外科医生，他想知道替代方案是否将继续为医疗补助计划的扩展提供资金，因为即使是许多倾向保守的州，包括他所在的州，都很拥护医疗补助计划的扩展。俄勒冈州众议员、能源与商业委员会主席格雷格·沃尔登对此的回答是"我们尚未做出这些决定"。②

其他问题也纷纷出现。共和党人一致认为，他们想取代《平价医疗法案》对私营保险的补贴，但无法就如何取代达成一致。一个很大的争议是关于是否提供可退还的税收抵免或扣除。税收扣除只适用于要缴所得税的人，这会把穷人和一部分中产阶级排除在外；税收抵免将惠及所有人。但税收抵免将使政府付出更大的代价，同时也引发了另一个问题。许多政治专业人士，包括国会预算办公室的分析师，认为税收抵免是一种支出形式；因此，共和党人决心对税收抵免附加《海德修正案》的限制。但议事法规专家可能会裁定堕胎的事与预算问题无关，因此不可能将其纳入和解法案。

共和党内部的辩论听起来越来越像是民主党起草《平价医疗法

---

① Haberman and Pear, "Trump Tells Congress."
② Mike DeBonis, "Behind Closed Doors, Republican Lawmakers Fret About How to Repeal Obamacare," *Washington Post*, January 27, 2017, https://www.washingtonpost.com/politics/behind-closed-doors-republican-lawmakers-fret-about-how-to-repeal-obamacare/2017/01/27/dcabdafa-c491-11e6-a547-5fb9411d332c_story.html.

案》时困扰他们的争议。但民主党人早在完全控制政府之前就已开始着手解决这些问题。然后,他们又花了一年的时间起草这项立法,尽管这个过程在政治上很痛苦,但最终还是达成了共识。

共和党领导人相信,随着事情发展,他们也有了类似的共识。汤姆·普赖斯对我说:"我认为,我们政府里的所有人都没有认识到这事会有多难,因为多年来,所有共和党人都在公开支持废除该法案,所以很多时候,我们以为他们会趁此机会团结起来这么做。"而事实上,共和党人"完全没有准备好",迪安·罗森说,他站在他那些同样沮丧的共和党当事人的有利位置,看着整件事的发展。"他们没有承担过繁重的工作,也没有打下多年前就必须打下的深厚思想基础。"相反,他们几乎是要从零开始,试图在几周内完成立法。①

他们也是在一个高度集中、严格控制的过程中进行的。在这一点上,再次与2009年的情形形成了鲜明的对比。佩洛西和里德让他们管辖的几个委员会起草法案;只有在各小组批准立法后,领导人才完全控制了这一过程。2017年,瑞安从一开始就管起了这个流程。他是预算委员会的老人,以前写过医保提案,所以他牵头也是有道理的。他有经验,也有人手。瑞安确实与相关委员会主席密切合作。但随着立法逐渐成形,领导人将与其他议员讨论,或以书面,或在私人房间里,内容不可记录下来。一些人抱怨说他们没有机会真正参与,抱怨提议的修改没有得到认真的讨论。"那就是保罗的领导风格,他认为自己比任何人都聪明。"一位特别沮丧的前共和党众议院议员后来说道。②

2月底,"政客"网的保罗·德姆科拿到了一份草案并就此写了文章,这引发了对税收抵免与税收扣除的早期争论。但众议院领导人

---

① 作者对普赖斯和迪安·罗森的采访。
② Billy House and Arit John, "Republicans Hide New Obamacare Draft Under Shroud of Secrecy," *Bloomberg*, March 1, 2017, https://www.bloomberg.com/news/articles/2017-03-01/republicans-hide-latest-obamacare-draft-under-shroud-of-secrecy;作者对某位共和党国会议员的采访。

仍然没有准备好公布草案。这甚至激怒了一些共和党人,尤其是国会山另一边的共和党人。参议员兰德·保罗开始带着一台便携式办公室复印机在大楼里四处寻找秘而不宣的众议院医保法案。这是一个宣传噱头,效果很好,记者们都跟着他,民主党人也为他加油。佩洛西的办公室在推特上发布了一张很多狗在大楼里走来走去的图,暗示这些狗可以帮忙找出那个神秘的立法。①

一直以来,共和党对《平价医疗法案》的一大抱怨便是立法过程。共和党人喜欢说,民主党人在国会没有足够时间审议的情况下强行通过法案,而且修正案的最终投票是根据和解规则进行的,这样只需要参议院的 50 票。但是构成了最终法规大部分内容的参议院最初议案,已经按常规程序以 60 票通过了。立法的早期版本在委员会听证会开始前数周就已公开,在没有正式的、全面的国会预算办公室评估的情况下,就不会进行投票。两党的议员以及独立的外部分析人士,都有足够的时间来梳理法律措辞,弄清楚它的真正含义。

这种认真彻底的审查正是瑞安的流程旨在避免的。但匆忙和保密有其后果。当瑞安和领导人最终公布他们的议案时,相对来说,很少有议员对其了解到足以回答批评。而批评无处不在。美国各大医院集团写了一封联名信,警告"那些寻求平价医疗保险的人将面临极不稳定的情况","当前享有(医疗补助的)参保者将失去保险,而且

---

① Paul Demko, "Exclusive: Leaked GOP Obamacare Replacement Shrinks Subsidies, Medicaid Expansion," *Politico*, February 24, 2017, https://www.politico.com/story/2017/02/house-republicans-obamacare-repeal-package-235343; David Weigel, Sean Sullivan, and Mike DeBonis, "Conservative Groups and Lawmakers Demanding 'Full Repeal' Could Derail Obamacare Rollback," *Washington Post*, March 2, 2017, https://www.washingtonpost.com/powerpost/conservative-groups-and-lawmakers-demanding-full-repeal-could-derail-obamacare-rollback/2017/03/02/0bf3f1a0-feaa-11e6-8ebe-6e0dbe4f2bca_story.html?itid=lk_inline_manual_18; House and John, "Republicans Hide New Obamacare Draft"; Amber Phillips, "Rand Paul, a Copy Machine and a 'Secret' Obamacare Bill," *Washington Post*, March 2, 2017, https://www.washingtonpost.com/news/the-fix/wp/2017/03/02/rand-paul-a-copy-machine-and-a-secret-obamacare-bill/.

为包括儿童、老人、残疾人在内的最弱势人群提供医疗服务的计划将被削减"。美国医学会、美国退休人员协会和一众病人权益倡导团体,也纷纷站出来反对该议案。①

所有这些团体都支持《平价医疗法案》。努力获得他们的支持,一直是改革者的一个主要关注点,因为20世纪90年代克林顿失败的一大教训就是需要压制特殊利益集团的反对。这在很大程度上解释了,为什么2009/2010年的立法过程花了这么长时间,特别是考虑到民主党对医院和制药商做出的让步;为什么该计划不能比过去更有效地控制成本。但这也意味着,在2017年,捍卫《平价医疗法案》在医保覆盖方面取得的成就,符合这些群体的自身利益。

医疗保健组织的反对并没有阻止共和党人奋力前进。该议案在领导层提出后不到4天就获得了筹款委员会的批准——值得注意的是,这是在国会预算办公室完成评估之前。众议院最重要的委员会签署了可能是国会任期内最重要的立法,却没有对其最重要的影响进行正式评估。②

但几天后国会预算办公室的评估结果出来了。一旦出来,辩论就再也不一样了。③

---

① America's Hospitals and Health Systems to Members of Congress, March 8, 2017, https://cdn2.vox-cdn.com/uploads/chorus_asset/file/8118041/HALO_Letter_to_House_AHCA_3-8-17.0.pdf; Sy Mukherjee, "These 3 Powerful Groups Are Slamming the GOP's Obamacare Replacement Plan," *Fortune*, March 8, 2017, https://fortune.com/2017/03/08/gop-healthcare-plan-aarp-ama-aha/.

② Sarah Kliff, "Republicans' Rushed Health Bill Is Everything They Said They Hated About Obamacare," *Vox*, March 9, 2017, http://www.vox.com/policy-and-politics/2017/3/9/14867490/gop-obamacare-dead-of-night.

③ "American Health Care Act," CBO, March 13, 2017, https://www.cbo.gov/publication/52486; Jonathan Cohn, "Devastating CBO Report Exposes the Empty Promises of Obamacare Repeal," *HuffPost*, March 14, 2017, https://www.huffpost.com/entry/gop-health-care-plan_n_58c7de3be4b0428c7f1312a3; Sarah Kliff, "CBO Estimates 24 Million Lose Coverage Under GOP Plan. The Devastating Report, Explained," *Vox*, March 13, 2017, https://www.vox.com/2017/3/13/14912520/cbo-ahca-gop-plan.

5.

2 400 万。根据国会预算办公室的评估，如果众议院议案成为法律，最终将会有 2 400 万人没有保险。报告中毁灭性的结论还不止这一条。共和党的议案改变了保险补贴的方向，这样一些老年人将为他们的保险支付更多的费用，而一些年轻人则会支付更少的费用。[1]

这一评估结果并不令人意外。早在 2016 年末和有关 2017 年共和党议程的过渡会议上，保守派专家和一些国会山高级幕僚就警告说，国会预算办公室的评估结果可能会是灾难性的。几位政府官员对这些警告不以为然，说这没什么大不了的，因为在 202 区号[2]以外，没有人会关心国会预算办公室。[3]

相比之下，瑞安的团队及其一些盟友要更有准备些，认为他们可以证明国会预算办公室高估了覆盖人群的减少。他们对国会预算办公室的批评也有一定的可取之处。正如该机构后来得出的结论，个人强制保险最终并不像预测所显示的那样重要——一些前共和党官员愤怒地指出，现在才承认未免为时已晚，对他们的事业毫无助益。[4]

但国会预算办公室的惯常做法早在 2009 年和 2010 年就损害过民

---

[1] "American Health Care Act," CBO, March 13, 2017, https://www.cbo.gov/publication/52486; Jonathan Cohn, "Devastating CBO Report Exposes the Empty Promises of Obamacare Repeal," *HuffPost*, March 14, 2017, https://www.huffpost.com/entry/gop-health-care-plan_n_58c7de3be4b0428c7f1312a3; Sarah Kliff, "CBO Estimates 24 Million Lose Coverage Under GOP Plan. The Devastating Report, Explained," *Vox*, March 13, 2017, https://www.vox.com/2017/3/13/14912520/cbo-ahca-gop-plan.
[2] 即首都华盛顿。——译者
[3] 作者对共和党某位高级助理和共和党战略专家的采访。
[4] Glenn Kessler, "The CBO's Shifting View on the Impact of the Obamacare Individual Mandate," *Washington Post*, February 26, 2019, https://www.washingtonpost.com/politics/2019/02/26/cbos-shifting-view-impact-obamacare-individual-mandate/.

主党的立法。国会预算办公室是一个严格的无党派机构，但它的预测会受制于其任务中不可避免的不确定性，与这样一个机构打交道，是所有立法者必须做的事情。无论 2 400 万这一数字是否准确，国会预算办公室预测的要点几乎肯定是正确的。众议院的法案将剥夺相当一部分美国人的保险，这些人现在依靠的是《平价医疗法案》的覆盖。唯一的问题是受影响的人究竟会有多少——还有他们身上会发生什么。

多年来，在主流媒体的报道中，这些人常常被忽略，可有可无。而在保守派媒体中，他们是彻头彻尾的隐形人，这可能是即使是那些原本预计国会预算办公室会得出粗略数字的共和党领导人也认为他们的立法能幸存下来的原因之一。所有共和党官员都不断从支持者那里听到消息，他们的媒体渠道都是有关奥巴马医改的问题的报道，比如费率冲击和保险公司倒闭，有五位数免赔额的人需要看医生却看不起。特朗普尤其喜欢这些情况，因为在他的集会上，他要求废除《平价医疗法案》的呼声总是会引发尖厉的欢呼。①

特朗普和其他共和党人察觉到的愤怒是真实存在的。如果没有相当数量的人觉得自己的处境变得更糟，废除事业就不会发展到今天的地步。但是奥巴马医改的故事还有另一面，是关于那些从这部法律中受益并迫切希望它继续有效的人的。

这样的人有很多很多。随着奥巴马医改濒临被废，这些人大声疾呼起来。

---

① 克里夫·西姆斯后来在回忆录中回忆道，特朗普在与伊齐基尔·伊曼纽尔会面时说的话就是一个迹象。当伊齐基尔建议特朗普制定妥协方案而不是废除这项法律时，特朗普提醒他，废除这项法律的口号在集会上是多么受欢迎。"人们讨厌它，医生。说实话，你没有在竞选期间上过街。人们讨厌它——我是说恨它。"特朗普说，每当他喊出他标志性的口号，说他"将废除并取代被称为奥巴马医改的灾难!"时，人群"会发出前所未闻的尖叫"。特朗普对人群反应的描述是准确的，但他的人群并不能代表整个国家。Sims, *Team of Vipers*, 119.

二十六、拇指朝下

1.

这股风潮始于 2017 年 2 月初，当时瑞安仍在起草法案。最早与之对抗的人之一是共和党众议员格斯·比利拉基斯，这是他的第六个任期，代表的是佛罗里达州坦帕北部的一个保守选区。他的市民大会通常非常沉闷，出席者寥寥。这一次有 200 人，座位满满当当，墙边也站着成排的人。

一些人举着写有"奥巴马医改拯救生命"的标语，还有一个人给出的是个人感言。伊万·桑顿 21 岁，他说自己患有马凡综合征（Marfan syndrome），这是一种影响结缔组织的遗传性疾病，可能危及生命。桑顿引用了该法律对投保前已患病人群的保护，说："取消《平价医疗法案》，就等于剥夺了我的自由和正义，那会要了我的命啊。"[①]

一周后，另一次市民大会也吸引了差不多的人数，这次，一位当地的家庭医生提出了他的观点。"我以前每天有两三个自费病人，现在可能每两周左右才有一个。"彼得·里凯蒂回忆起了过去的日子，那时因为没有保险，很多病人不得不自付全款看病。"常来的人病得很重，我不得不让他们去医院。"为数不多的支持废除的与会者之一，是当地的一位共和党官员，他说："《平价医疗法案》里有个条款，74 岁以上的人都必须去见一个死亡咨询委员会。"人群高喊"骗子！"，并用嘘声盖过了他的话。[②]

在田纳西州的默弗里斯博罗，共和党代表黛安·布莱克听到一个叫杰西·波鸿的老师的发言。波鸿有备而来——比如，共和党人提议的高风险保险池在历史上是如何提供劣质保险的,已经退出田纳西州保险市场的安泰保险是如何利用其加入交易所作为杠杆来获批与哈门那公司合并的。但她的主要论点是关于她的信仰。波鸿说:"作为一名基督徒,我的人生哲学就是,对不幸的人要拉一把。"她警告说,如果没有《平价医疗法案》,那些已患病的人最终会得到较差的保险,或根本没有保险。"过去就是这样,"波鸿说,"如今将重蹈覆辙。也就是说,我们正在实实在在地惩罚病得最重的那些人。"③

比利拉基斯和布莱克在市民大会上的视频在网上疯传。参议员汤姆·科顿在阿肯色州斯普林代尔市某次活动的片段也是如此,那次活动使2 000个座位的礼堂座无虚席。提问者之一是25岁的卡蒂·麦克法兰,她患有遗传病,她说:"如果已患病者人群得不到保险,我会死的。这不是夸张,我真的会死。"她想知道为什么共和党人没有真正的替代方案。另一个女人说:"我可以告诉你,如果没有《平价医疗法案》的话,我们一家三口,包括我自己,都必死无疑,必死无疑。"她问科顿:"你有什么样的保险呢?"观众哄堂大笑。④

---

① Quincy Walters, "Obamacare Supporters Take Over Town Hall," WUSF Public Media, February 6, 2017, https://wusfnews.wusf.usf.edu/health-news-florida/2017-02-06/obamacare-supporters-take-over-town-hall.
② "'We Need This Affordable Care Act': Voters Discuss Health Care at Florida Town Hall," YouTube video, 2:42, posted by Washington Post, May 11, 2017, https://www.youtube.com/watch?v=pBl9U49mb20; "Man to GOP Rep:'Obamacare Saved My Daughter,'" YouTube video, 2:10, posted by CNN, February 11, 2017, https://www.youtube.com/watch?v=N3tLWf6LPBM; Sarah Kliff, "A GOP Official at a Town Hall Tried to Argue Obamacare Has Death Panels. It Did Not Go Well," *Vox*, February 12, 2017, https://www.vox.com/2017/2/12/14588086/death-panel-town-hall.
③ "Teacher's Town Hall Question Goes Viral," YouTube video, 2:58, posted by CNN, February 10, 2017, https://www.youtube.com/watch?v=H2qvE4uQHy4.
④ Mollie Reilly, "Angry Constituents Hammer Tom Cotton at Town Hall:'Do Your Job,'" *HuffPost*, February 22, 2017, https://www.huffpost.com/entry/tom-cotton-town-hall-arkansas_n_58ae22e7e4b057efdce8e110; Emily Crockett, "Woman with Dying Husband Confronts Tom Cotton:What Kind of Insurance Do You Have?,'" *Vox*, February 22, 2017, https://www.vox.com/policy-and-politics/2017/2/22/14704812/tom-cotton-town-hall-angry-obamacare-insurance; Doug Thompson, "'I Will Die,' Springdale Woman Tells Cotton," Arkansas Online, February 23, 2017, https://www.arkansasonline.com/news/2017/feb/23/i-will-die-springdale-woman-tells-cotto/.

科顿预料到了这些棘手的问题。在他的选区发生多起抗议活动之后，他同意参加见面会，在意识到有多少人打算出席后，搬到了一个更大的场地。抗议组织者来自"不可分割"的奥沙克分会（Ozark Indivisible），它隶属于一个草根组织，其分会遍布全国各地，这是特朗普赢得总统大选当天就开始的对他的更广泛抵制活动的一部分。

"不可分割"组织是利亚·格林伯格和埃兹拉·莱文的创意，这两位 20 多岁的前国会助理在大选后在网上发表了一本手册，介绍如何通过地方激进主义影响国会和打击特朗普。他们把自己作为前国会山助理的专业知识带到了这次实践中，他们还记得 2009 年夏天茶党抵制活动产生的影响，当时劳埃德·道格特（莱文的前老板）和汤姆·佩里洛（格林伯格的前老板）都遇到了反对民主党医疗改革的抗议活动。2017 年的抗议始于"妇女游行"，其规模使特朗普的就职典礼相形见绌，然后是机场抗议特朗普禁止 7 个穆斯林占多数的国家的人来美旅行。活动人士为这些活动所做的组织工作，给他们留下了一个良好的基础（电子邮件分发列表、国会在各选区办事处的位置），他们随后用来举行医疗保健示威活动。[1]

"不可分割"组织连同"美国进步行动基金中心"以及新成立的"捍卫我们的医保"等组织所起的作用，吸引了共和党官员的注意。"抗议现在已经成为一种职业，"白宫新闻秘书肖恩·斯派塞这样告诉《福克斯和朋友们》[2]，"他们完全有权这么做，别误会。但我认为，我们应该实事求是地称呼它，这完全不是我们在过去几十年里看到的那些有机的抗议活动。茶党就是一个非常有机的运动。而这已经成为一个报酬优厚的水军运动。"[3]

---

[1] Leah Greenberg and Ezra Levin, *We Are Indivisible: A Blueprint for Democracy After Trump* (New York: Atria/One Signal, 2019), Kindle edition, 151；作者对埃兹拉·莱文的采访。

[2] 福克斯新闻的一档早间脱口秀节目。——译者

[3] David Weigel, "In Echoes of 2009, Republicans See 'Astroturf' in Democratic Protests," *Washington Post*, February 6, 2017, https://www.washingtonpost.com/news/post-politics/wp/2017/02/06/in-echoes-of-2009-republicans-see-astroturf-in-democratic-protests/.

但是说关于这场抗议活动是"水军运动"的说法,可能比关于茶党运动的说法更不正确。"不可分割"组织最初几个月的预算很小,完全依靠在网上筹得的小额捐款维持运转。根据莱文的说法,该组织从不向有个人故事的人发出号召。他们是自发参与。[1]

这些活动人士也是在为更广泛的人群发声。《平价医疗法案》在其存在的大部分时间里都在民调中处于劣势,反对者多于赞成者。2017年初,随着支持率上升和反对率下降,情况发生了变化,最终将支持率首次推高至50%以上。甚至在2017年之前,有关废除的问题就始终显示为大多数人持反对意见。[2]

公众对《平价医疗法案》的看法变化,无论多么微小,都是不容忽视的,这倒并不是因为该计划本身突然表现得更加有效。通过交易所提供的保险,仍然使许多被保险人面临高昂的自付费用和不近人情、反应迟钝的保险官僚机构。市民大会上的大多数抗议者实际上也承认了这一点,说他们都支持改进《平价医疗法案》,或者在某些情况下,用单一支付计划之类的东西取代它。但是,他们从共和党人那里看到和听到的却是完全不同的东西:他们在试图在没有任何像样一点的替代品的情况下取消该计划。[3]

2009年茶党抗议者心中的愤怒是真实存在的,无论是因为觉得政府手伸得太长管得太宽,将税款用在他们认为不应得之人身上,还

---

[1] 对莱文的采访。
[2] Mollyann Brodie, Elizabeth Hamel, Ashley Kirzinger, and Drew Altman, "The Past, Present, and Possible Future of Public Opinion on the ACA," *Health Affairs*, February 19, 2020, https://doi.org/10.1377/hlthaff.2019.01420.
[3] Margot Sanger-Katz and Haeyoun Park, "Obamacare More Popular Than Ever, Now That It May Be Repealed," *New York Times*, February 1, 2017, https://www.nytimes.com/interactive/2017/02/01/us/politics/obamacare-approval-poll.html; Dhrumil Mehta, "Does Trying to Repeal Obamacare Actually Increase Its Appeal?," *FiveThirtyEight*, March 29, 2019, https://fivethirtyeight.com/features/does-trying-to-repeal-obamacare-actually-increase-its-appeal/; Adrianna McIntyre et al., "The Affordable Care Act's Missing Consensus," *Journal of Health Politics, Policy and Law*, October 2020, https://doi.org/10.1215/03616878-8543222.

是觉得这一切都是在一位他们认为身份非法的非裔美国总统的授意下发生的。他们还认为，奥巴马和民主党人在这部法律的作用上撒谎——几年后更是如此，届时人们发现有些人不能遵照自己夸下的海口执行计划。

2017年参加抵抗运动的人也同样愤怒，原因截然不同。特朗普在普选中丢了近300万张选票，他能成为总统只是因为他碰巧在合适的州赢得了足够的支持，拿下了选举团。这似乎并不像是批准了像废除这样的大事。就算《平价医疗法案》的一些卖点被证明是夸大或不实的，该计划的总体效果还是像民主党人所承诺的那样：数百万人得到了保险。而相比之下，废除的效果将与特朗普及共和党承诺的相反。数百万人将失去保险。

2.

抗议活动一直持续到3月，瑞安和他的副手们试图通过保守派记者里奇·洛里所称的"记忆中最糟糕的重大立法"，并组建一个多数联盟。他们采取了立法者惯用的方式——通过达成多个协议，首先对立法进行修订，这将有效地为纽约州北部和长岛的一些县节省23亿美元，否则这些地方将把这笔钱花在该州的医疗补助计划上。该条款只适用于纽约州的这些县，这些县的代表包括共和党众议院议员克里斯·柯林斯和约翰·法索。批评家们联想到2009年关于参议员本·纳尔逊和"给玉米剥皮者回扣"[①]的争议始末，开始将柯林斯-法索修正案称为"水牛城贿

[①] 内布拉斯加州参议员本·纳尔逊要求参议院领导人取消医疗法案中在该州有争议的医疗补助协议。参议院多数党领袖哈里·里德（内华达州民主党人）向本·纳尔逊提供了1亿美元的医疗补助资金（这笔钱被称为"给玉米剥皮者回扣"），以帮助他取胜。　译者

The Ten Year War　　417

赂"(Buffalo Bribe)。①

那些摇摆不定的纽约州共和党人是温和派"星期二集团"的成员,该团体的人认为法案中削减开支和收回保险的规则走得太远了。国会预算办公室预测的保险覆盖范围大幅减少令他们震惊。许多人也反对削减"计划生育"项目的预算,因为他们是堕胎权的支持者。

但即使瑞安不得不处理这些反对意见,他也在与"自由党团"及其在保守派运动中的盟友打交道,这些人开始称瑞安的法案为"奥巴马医改2.0版"。他们希望更大幅度地削减开支,并对导致保险更昂贵的有关投保前已患疾病的规定进行更严厉的打击。"我们的网络在反对奥巴马医改一事上前所未有地花了更多的金钱、精力和时间,""繁荣美国人协会"总裁蒂姆·菲利普斯说,"现在终点在望,我们不能允许一些人半途而废。"②

通常情况下,白宫会从中斡旋,达成某种妥协,让两方议员都满意,而喜欢吹嘘自己谈判技巧的特朗普也渴望扮演这一角色。"我们需要一位能写出《交易的艺术》③ 这种书的领袖。"特朗普在2015年的竞选声明中说道,他提到的是这本畅销书巩固了他作为企业决策者的声誉。但至少在其私营部门职业生涯的后期,特朗普之所以成功,主要是因为他

---

① Rich Lowry, "How the GOP Crackup Happens," *Politico*, March 15, 2017, https://www.politico.com/magazine/story/2017/03/how-the-gop-crackup-happens-214919; Matt Fuller and Jonathan Cohn, "GOP Health Care Bill Offers Upstate New York a Sweetheart Deal," *HuffPost*, March 20, 2017, https://www.huffpost.com/entry/new-york-sweetheart-deal-gop-health-care-bill_n_58d06f8de4b0ec9d29debda4; Jimmy Vielkind, "Health Care Bill's 'Buffalo Bribe' Detonates Across New York," *Politico*, March 21, 2017, https://www.politico.com/story/2017/03/health-care-new-york-medicaid-236328.
② Jeremy Peters, "Patience Gone, Koch-Backed Groups Will Pressure G. O. P. on Health Repeal," *New York Times*, March 5, 2017, https://www.nytimes.com/2017/03/05/us/politics/koch-brothers-affordable-care-act.html; Fredreka Schouten, "Koch Groups Slam GOP Health Care Replacement Plan as 'Obamacare 2.0,'" *USA Today*, March 7, 2017, https://www.usatoday.com/story/news/politics/onpolitics/2017/03/07/charles-koch-david-koch-obamacare-repeal-opposition/98851754/.
③ *The Art of the Deal*,特朗普1987年出版的自传。——译者

善于营销自己的品牌和他自己，尤其是在 NBC 的《学徒》节目中。①

就重大立法进行谈判，需要关注实质内容而不是作秀。在 2009 年和 2010 年，奥巴马之所以能够达成协议，是因为他对立法的细节有着扎实的把握，比如这些细节如何融入他想要完成的更广泛的计划，哪些部分会吸引哪位国会议员。即使在他提醒田纳西州相对保守的民主党人吉姆·库珀该法案的赤字削减时，他也不忘向支持全民医保的丹尼斯·库奇尼奇强调医保覆盖范围的扩大。特别是在最后，当立法进入讨论环节时，奥巴马还能通过引述哈里·杜鲁门的精神或是像他在众议院民主党党团的最后一次演讲中所做的那样，提醒议员们通过这部历史性的立法，是他们中大多数人来到国会的初心所在，以此激发议员们的崇高目标感。

特朗普这个人，可能比许多局外人意识到的更有魅力。但他对掌握细节所需投入的工作缺乏耐心，对立法应该包含的内容没有做出过坚定的承诺，除了想取胜——以及可能想毁掉奥巴马的遗产——之外，没有表现出任何使命感。作为一名候选人，他没有经历过制订计划的过程。作为总统，他没有为研究共和党的提案做出过肉眼可见的努力，而是把一切都丢给了保罗·瑞安。这些在 3 月底显现了出来，当时特朗普正试图锁定众议院的选票。"他从不谈论政策，""星期二集团"的联合主席、宾夕法尼亚州共和党人查理·登特回忆道，"他只会说，'让我们把这件事做完吧。让我们在这里做个交易吧。'"②

---

① Michael Kruse, "'He Pretty Much Gave In to Whatever They Asked For,'" *Politico*, June 1, 2018, https://www.politico.com/magazine/story/2018/06/01/donald-trump-deals-negotiation-art-of-deal-218584; John Cassidy, "Donald Trump's Business Failures Were Very Real," *New Yorker*, May 10, 2019, https://www.newyorker.com/news/our-columnists/donald-trumps-business-failures-were-very-real; Mike McIntire, Russ Buettner, and Susanne Craig, "How Reality-TV Fame Handed Trump a $427 Million Lifeline," *New York Times*, September 28, 2020.
② 作者对特朗普政府多位高官和共和党助理的采访。布莱恩·布拉斯说："（特朗普）时期没有太多人从事医疗保健政策运动，我认为特朗普总统听共和党人念叨太久了，说我们必须废除并取代奥巴马医改。他支持废除和取代奥巴马医改，并希望国会在政策细节上发挥主导作用。当他获胜时，他只是猜想国会能兑现承诺，因为他们一直在谈论这事"；作者对查理·登特的采访。

有时特朗普会礼貌地表达出这个意思，有时则不然。3月23日，他在白宫会见了各个派系。"星期二集团"的会议以特朗普的发言开场，他对脑子里的一些事一通抱怨，包括MSNBC的乔·斯卡伯勒和米卡·布热津斯基最近对他的冒犯。然后他开始围着桌子转，经过一个接一个的与会者，来到了登特面前，当时登特坐在副总统彭斯的对面。①

几天前，登特在一次类似的会议上解释了自己对该法案的反对意见，此刻他说他没有改变主意。当他开始谈论医疗补助时，特朗普打断了他的话。"如果这个法案败了，我就怪你。那就是你的错。"登特记得特朗普当时这样说道。会开到后来，特朗普再次点名问登特："还是坚决反对吗？"当登特点头并开始说话时，特朗普把头转向另一个方向说："我不想听。"②

特朗普与"自由党团"的会晤也没有产生赞成票，尽管敌意少了些，进行了一系列更为复杂的谈判。当月早些时候，根据"政客"网和《纽约时报》的报道，马克·梅多斯和俄亥俄州的吉姆·乔丹直接联系了特朗普，称他们认为瑞安没有理会他们的担忧。特朗普表示自己愿意与他们直接谈判。但在国会山与众议院共和党全体党团的会议上，特朗普在同僚面前把梅多斯单独拎出来，说如果北卡罗来纳州人投反对票，"我就找你算账"。

班农、彭斯和其他白宫官员在艾森豪威尔行政办公楼举行的一次会议上，也做了类似的敲打，班农告诉议员们，"你们别无选择，只能投票支持这项法案"。班农的姿态尤其引人注目，因为他曾经领导

---

① Julie Hirschfeld Davis, Thomas Kaplan, and Robert Pear, "Trump Warns House Republicans: Repeal Health Law or Lose Your Seats," *New York Times*, March 21, 2017, https://www.nytimes.com/2017/03/21/us/politics/house-republicans-health-care-donald-trump.html.

② 对登特的采访。克利夫·西姆斯的回忆录中也记载了这次会面。除了对话中有一些小的差异外，这些叙述是一致的。西姆斯回忆说，特朗普对登特说，"你在毁掉你的政党"，说登特"自私"，最后说，"我和他玩完了"。Cliff Sims, *Team of Vipers* (New York: St. Martin's, 2019), Kindle edition, 125。

过、至今仍与之关系密切的"布赖特巴特"新闻网站（Breitbart）最初攻击了众议院的法案，因为它会提高老年人的保费——这呼应了民主党人的看法，只不过特别关注的是构成特朗普选民基础的那些人。但是，和特朗普一样，班农现在也强调需要不惜一切代价获得胜利。而他和白宫团队的其他成员越是倚重"自由党团"，"自由党团"的人就越是目中无人。①

3月24日是星期五，上午，众议院领导小组去了议长办公室，准备把这项议案全部撤回来，因为他们知道它肯定会败。随后，白宫打电话来传达了一个信息：坚持下去。普里巴斯和彭斯在国会山俱乐部会见了"自由党团"的人，那是个豪华的餐厅，与众议院办公楼隔街相望。"自由党团"的人的反馈是积极的；太半票数近在咫尺。

"我们都面面相觑，"一位当场的助理后来向我讲述道，"我们有赞成票了？这倒没听说过。"瑞安和他的副手——多数派领袖凯文·麦卡锡和党鞭史蒂夫·斯卡利斯——在接下来的90分钟里一直都在打电话，他们脱下夹克，握着手机，重新整理党鞭名单，看看他们是否遗漏了什么。他们没有。其中根本没有赞成票。②

这也正成为一种熟悉的经历，因为白宫官员会将积极的情绪作为承诺来汇报。"你不想阻拦他们去争取选票，"一位前国会助理在谈到白宫的立法操作时说，"但他们会进来说，'我们认为我们只需要再争取三四张票'，而我们知道那意思大概是30张。"③

---

① Tim Alberta, *American Carnage*（New York：HarperCollins，2019），Kindle edition，436-437；作者对国会中某位共和党人士的采访。史蒂夫·班农的这段话最早见于 Axios 的记者迈克·艾伦在 2017 年 3 月 25 日的时事通讯中报道，https://www.axios.com/newsletters/axios-am-54b3f49b-5219-4565-8e8d-2264ef377fe4.html；Katie McHugh, "7 Reasons Why Obamacare 2.0 Is All But Guaranteed to Impose Crushing Costs on Voters, Hurt Trump's Base, and Hand Power Back to the Democrats," Breitbart, March 10, 2017, https://www.breitbart.com/politics/2017/03/10/7-reasons-why-obamacare-2-0-is-all-but-guaranteed-to-impose-crushing-costs-on-voters-hurt-trumps-base-and-hand-power-back-to-the-democrats/。
② 作者对共和党多位高级助理的采访。
③ 同上。

当天下午，瑞安亲自去了白宫。他和特朗普同意取消投票，在一个气氛阴郁的新闻发布会上，面色苍白的瑞安宣布："奥巴马医改仍是美国的法律……在可预见的未来，我们将与奥巴马医改共存。"①

3.

马克·梅多斯在许多方面都是现代共和党议员的原型。

他在佛罗里达州坦帕市郊外长大，自称是个书呆子，在一个女孩拒绝与他约会后，他就开始跑步，改变身材。他的父亲是一名绘图员，母亲是一名护士，收入既不丰厚也不稳定——他后来认为这一经历塑造了他的世界观，即个人主动性无比重要。"在贫穷中长大让我无比珍惜工作。"他说。②

梅多斯在南佛罗里达大学获得文科副学士学位后，搬到了北卡罗来纳州，并和一个高中时代的熟人结婚，他们两人在大学时期开始交往。夫妻二人开了一家三明治店，后来把店卖掉赚了一些钱，之后梅多斯改为从事房地产开发和投资，赚了更多的钱。他以金融家和地方党主席的身份参与了共和党的政治活动。当一位资深的"蓝狗"民主党人决定退休，而不是寻求一个新近不公正地改划的选区席位时，

---

① "Speaker Ryan：'ObamaCare Is the Law of the Land,'" C-SPAN video, 2:00, March 24, 2017, https://www.c-span.org/video/?c4663454/speaker-ryan-obamacare-law-land.
② Caitlin Bowling, "Meadows Touts Rise as Self-Made Businessman," *Smoky Mountain News*, October 31, 2012, https://www.smokymountainnews.com/news/item/9204-meadows-touts-rise-as-self-made-businessman; Brittney Parker, "Candidate Profiles Continue as Election Looms," *Macon County News*, October 18, 2012, https://web.archive.org/web/20150623051246/http://www.maconnews.com/news/3796-candidate-profiles-continue-as-election-looms.

梅多斯加入了竞选。①

新的选区线一划,多出了阿什维尔周围一片正在转型的农村地区。这里有废弃纺织厂的低端残余,也有已搬到卡罗来纳山区的佛罗里达人和佐治亚人留下的一些高档养老院。这两处,住的绝大多数是白人和虔诚的教徒——还有坚定的共和党人。在一次有多位候选人的初选中,梅多斯赢了,他的办法是给主要支持者(包括当地的茶党)留下深刻印象,并且既支持老式的保守主义(援引里根的话,承诺"伸出援手而不是施舍")又支持奥巴马时代的强硬(提醒大家警惕社会主义以及自由派法官威胁要照伊斯兰教法行事)。"我们要夺回我们的国家,"梅多斯在YouTube上的一个竞选站点上说,"2012年是时候把奥巴马送回肯尼亚老家或别的什么地方了。"②

梅多斯在国会任职还不到一年,就帮助谋划了众议院在撤销对奥巴马医改的拨款使之停摆一事中所扮演的角色,从而首次产生了影响力。两年后,当他提出罢免博纳的动议时,梅多斯可以说是共和党党团中最有影响力的成员之一——考虑到他任期极短,而且没有立法可资吹嘘,这一成就不容小觑。梅多斯是一个善于沟通的人,对与国会山记者聊天或发短信有着无尽的兴趣,这对他很有帮助。梅多斯比他的大多数资深同事更明白,政治的首选货币是头条新闻而不

---

① Steve Contorno, "As Trump Mulled Chief of Staff Pick, U.S. Rep. Mark Meadows's USF Degree Was Fixed on Wikipedia," *Tampa Bay Times*, December 18, 2018, https://www.tampabay.com/florida-politics/buzz/2018/12/18/as-trump-mulled-chief-of-staff-pick-u-s-rep-mark-meadowss-usf-degree-was-fixed-on-wikipedia/; Mark Barrett, "Mark Meadows Has Taken Chances in Rapid Rise to Power," *Asheville Citizen Times*, April 1, 2017, https://www.citizen-times.com/story/news/local/2017/04/01/mark-meadows-has-taken-chances-rapid-rise-power/99865648/.

② 他至少在一个场合说过这句话。他还暗示民主党参与了北卡罗来纳州的毒品交易。Shira Tarlo, "More Mark Meadows Weirdness: Trump Defender Has Long History of Spreading Conspiracy Theories," *Salon*, February 28, 2019, https://www.salon.com/2019/02/28/more-mark-meadows-weirdness-trump-defender-has-long-history-of-spreading-conspiracy-theories/。

是拨款。①

梅多斯也有演戏天赋。有报道称，他是2013年讨论在领导层来场政变的众议院议员之一，随后他去了博纳那里，跪下乞求原谅。2017年，众议院领导人抱怨说，他对废除法案的反对，部分是针对实质内容，部分是为了再次博得关注。如果是这样的话，他成功了——这在很大程度上要归功于特朗普，后者在取消投票一周后仍在推特上对梅多斯及其团队发泄不满："如果自由党团不麻利地加入，他们将损害整个共和党议程。等到了2018年，我们除了要与民主党斗，还要与那些人斗。"②

梅多斯对废除法案的反对，似乎并没有损害到他在他老家的声誉（当地的茶党组织对他反对"瑞安医保"表示敬意），也没有损害到他在保守派政治世界的地位（米歇尔·马尔金感谢自由党团的"鼎力支持"）。但梅多斯仍在考虑终结奥巴马医改。在瑞安撤回议案的那个周日，梅多斯告诉ABC的乔治·斯蒂芬诺普洛斯说，放弃努力就好比在一场超级碗比赛中场休息时撤下当时的"爱国者队"四分卫汤姆·布雷迪，不知道马上就能反败为胜。③

---

① Leigh Ann Caldwell, "Architect of the Brink: Meet the Man Behind the Government Shut-down," CNN, October 1, 2013, https://www.cnn.com/2013/09/27/politics/house-tea-party/index.html.

② 博纳经常讲述这个故事，他的幕僚长对此表示支持，称其为"我在国会见过的最奇怪的行为"。参见 Lauren French and Jake Sherman, "House Conservative Seeks Boehner's Ouster," *Politico*, July 28, 2015, https://www.politico.com/story/2015/07/house-conservative-john-boehner-ouster-120542; Alberta, *American Carnage*, 230; Donald Trump, Twitter post, March 30, 2017, 9:07 a.m., https://twitter.com/realDonaldTrump/status/847435163143454723; Clare Foran, "Trump Threatens a 'Fight' Against the Freedom Caucus," *Atlantic*, March 30, 2017, https://www.theatlantic.com/politics/archive/2017/03/trump-house-freedom-caucus-primary-challenge-fight/521307/.

③ "Thank You Mark Meadows for Standing Strong Against RyanCare," Asheville Tea Party, https://ashevilleteaparty.org/thank-you-mark-meadows-for-standing-strong-against-ryancare/; Michelle Malkin, Twitter post, March 24, 2017, 10:02 a.m., https://twitter.com/michellemalkin/status/845274637021831168; "'This Week' Transcript 3-26-17: Sen. Chuck Schumer, Rep. Mark Meadows, Roger Stone, and Scott Pruitt," ABC News, March 26, 2017, https://abcnews.go.com/Politics/week-transcript-26-17-sen-chuck-schumer-rep/story?id=46372022.

这是个隐晦的说法，揭示了当时几乎所有人都没明白的东西。梅多斯已经接触过登特，提出了起草一个可能通过的新的妥协方案的想法。登特把这个提议带回了"星期二集团"，但被后者拒绝了——登特后来说，部分原因是"星期二集团"的许多人都是司法委员会的成员，认为他们应该把任何交易都交给主席处理。但是"星期二集团"的一名成员，来自新泽西州的汤姆·麦克阿瑟，决定直接和梅多斯合作。副总统彭斯也参与其中，特朗普也（基本上）暂缓在推特上攻击共和党同僚。瑞安派出了一位重要的政策顾问马特·霍夫曼来解决细节问题。①

此次失败的经历被证明是一个有效的激励因素（就像2009年民主党人经历的一样），一项协议开始成形。"自由党团"的主要要求是缩小或最好取消福利标准（即要求包括心理卫生、处方等在内的所有计划都如此）和定价标准（即禁止或多或少根据健康风险来收费）。梅多斯同意让各州任选，因为大多数对这一变化犹豫不决的温和派来自该国较自由的地区，那里的官员更有可能保留现有的规则。②

登特和"星期二集团"的其他成员对汤姆·麦克阿瑟单方面向前推进的行为感到愤怒，后来把他从领导位子上赶下台。可一旦"自由党团"作为一个整体认可了这项协议，保守派团体也支持这项协议，白宫和众议院领导人就又有了动力。他们挑选了一个关键的温和派人物——密歇根州的弗雷德·厄普顿，为高风险池提供了一些额外支出，并为投保前已患病人群采取了其他措施。他们通过调整该州

---

① Dent interview; Tara Palmeri, "Inside Trump's Quiet Effort to Revive the Health Care Bill," *Politico*, April 26, 2017, https://www.politico.com/story/2017/04/26/trump-obamacare-repeal-replace-237654.
② Matt Fuller and Jonathan Cohn, "Some Republicans Think They May Have a Health Care Deal," *HuffPost*, April 19, 2017, https://www.huffpost.com/entry/republicans-health-care-deal_n_58f819f7e4b0cb086d7df486?g39=.

养老院的医疗补助资助公式，赢得了佛罗里达州一位共和党人的支持。①

早在 2009 年，瑞安就说过，"我认为我们不应该通过那些我们没有读过也不知道成本的法案"。现在，在 2017 年，他正是在这种情况下要求进行全体投票，此时立法顾问仍在敲定措辞，国会预算办公室仍在紧锣密鼓地计算。他的议员就在他身边。在一次党团会议上，亚利桑那州共和党人、前战斗机飞行员玛莎·麦克萨利号召同事们完成这件"该死的事"。几个小时后，他们批准了 217－213 号法案。②

特朗普兴高采烈，邀请投赞成票的共和党人到玫瑰园参加庆祝的新闻发布会。他表扬了众议院领导人，也祝贺了自己："我来自一个完全不同的圈子，只做了很短一段时间的政治家——我做得怎么样？我还好吧？我是总统。嘿，我是总统。你能相信吗？对吧？我不知道，我以为你还需要一点儿时间。他们总是告诉我，还需要点儿时

---

① Joe Williams, "Republicans Have No Deal on Obamacare Repeal but Talks Continue," *Roll Call*, April 20, 2017, https://www.rollcall.com/2017/04/20/republicans-have-no-deal-on-obamacare-repeal-but-talks-continue/; "Repeal Obamacare Progress (MacArthur-Meadows Amendment)," Heritage Action for America, April 25, 2017, https://heritageaction.com/blog/repeal-obamacare-progress-macarthur-meadows-amendment; Thomas Kaplan and Robert Pear, "With \$8 Billion Deal on Health Bill, House G. O. P. Leader Says 'We Have Enough Votes,'" *New York Times*, May 3, 2017, https://www.nytimes.com/2017/05/03/us/politics/gop-eyes-8-billion-addition-to-win-a-crucial-vote-to-the-latest-health-bill.html; Timothy Jost, "New \$8 Billion for Those with Preexisting Conditions Appears to Boost AHCA; Critics Say Amount Is Too Low," *Health Affairs*, May 4, 2017, https://www.healthaffairs.org/do/10.1377/hblog20170504.059954/full/; Susan Ferrechio, "How Nursing Home Beds Moved One Republican from 'No' to 'Yes' on Healthcare," *Washington Examiner*, May 4, 2017, https://www.washingtonexaminer.com/how-nursing-home-beds-moved-one-republican-from-no-to-yes-on-healthcare.

② Dan Eggen, Twitter post, May 3, 2017, 8:07 p.m., https://twitter.com/DanEggenWPost/status/859922332604919809; Erica Werner, Twitter post, May 4, 2017, 10:25 a.m., https://twitter.com/ericawerner/status/860138281064943617; Timothy Jost, "House Passes AHCA: How It Happened, What It Would Do, And Its Uncertain Senate Future," *Health Affairs*, May 4, 2017, https://www.healthaffairs.org/do/10.1377/hblog20170504.059967/full/.

间。但我们没要。"①

特朗普还谈到了该法案的影响，信誓旦旦地说这将意味着更低的保费——从理论上讲会是这样，但主要是年轻和健康的人的保费减少。这是因为在使用新豁免条款的那些州，保险公司对投保人或投保内容的要求会更少。与此同时，有重大医疗需求的人可能更难付账单。甚至有一种可能性是，该法案如果获得通过，可能会削弱对有雇主保险的人的大病开支的保护。②

除此之外，还有大幅削减医疗补助和私营保险补贴，这是原始法案的一部分，《梅多斯-麦克阿瑟修正案》没更改。当国会预算小公室在5月晚些时候发布最终评估时，得出了与之前几乎相同的结论。国会预算办公室预测，2 300万人将失去医疗保障，而不是"人人享有良好的医疗保障"。③

这些人的命运现在取决于美国参议院。

---

① "Remarks by President Trump on Healthcare Vote in the House of Representatives," White House, May 4, 2017, https://www.whitehouse.gov/briefings-statements/remarks-president-trump-healthcare-vote-house-representatives/.
② Sarah Lueck, "Eliminating Federal Protections for People with Health Conditions Would Mean Return to Dysfunctional Pre-ACA Individual Market," Center on Budget and Policy Priorities, May 3, 2017, https://www.cbpp.org/research/health/eliminating-federal-protections-for-people-with-health-conditions-would-mean-return; Aviva Aron-Dine, Edwin Park, and Jacob Leibenluft, "Amendment to House ACA Repeal Bill Guts Protections for People with Pre-Existing Conditions," Center on Budget and Policy Priorities, April 21, 2017, https://www.cbpp.org/research/health/amendment-to-house-aca-repeal-bill-guts-protections-for-people-with-pre-existing; Matthew Fiedler, "Allowing States to Define 'Essential Health Benefits' Could Weaken ACA Protections Against Catastrophic Costs for People with Employer Coverage Nationwide," Brookings Institution, May 2, 2017, https://www.brookings.edu/blog/usc-brookings-schaeffer-on-health-policy/2017/05/02/allowing-states-to-define-essential-health-benefits-could-weaken-aca-protections-against-catastrophic-costs-for-people-with-employer-coverage-nationwide/.
③ Sarah Kliff, "The Most Devastating Paragraph in the CBO Report," *Vox*, May 24, 2017, https://www.vox.com/policy-and-politics/2017/5/24/15688010/voxcare-cbo-report-ahca-devastating; "Cost Estimate: H. R. 1628 American Health Care Act of 2017," CBO, https://www.cbo.gov/system/files/115th-congress-2017-2018/costestimate/hr1628aspassed.pdf.

4.

米奇·麦康奈尔在亚拉巴马州、佐治亚州和肯塔基州长大,他会把每个州都称为故乡。他童年发生的一件影响他一生的事是小儿麻痹症,从2岁持续到4岁。这段经历使他与母亲特别亲近,因为当时他父亲在海外服役,母亲不得不基本独自照顾他。长大成人后,麦康奈尔总是说这段经历给他注入了一种决心。

小儿麻痹症对身体的长久影响是一条腿虚弱,导致走路略有些跛。这限制了麦康奈尔在他热爱的体育运动方面的表现,因此他将自己的拼劲儿转向了政治——甚至在小时候就把它当作一项体育运动,并从高中开始定期参加公职竞选。他输过,也赢过,最终成为路易斯威尔大学学生会主席,在去肯塔基大学获得法学学位之前,他是该校的本科生。他性格内向,有点笨拙,但他一心想赢,这在他决定将政治作为自己的职业生涯时成了一个标志性特征。

那是20世纪60年代,肯塔基州已经开始从南方民主党州向南方共和党州转变。正如记者亚历克·麦克吉利斯在2014年的一本传记中写的那样,问题"不是米奇·麦康奈尔会加入哪个政党。而是他会成为哪种共和党人"。还是学生和竞选工作人员时,麦康奈尔就一直是民权的坚定支持者和越战的坚定反对者。他早期的赞助人和导师、参议员约翰·谢尔曼·库珀是该党洛克菲勒派别的温和派共和党人。[①]

但是,一旦麦康奈尔在20世纪70年代当选为县领导人,后来又成为美国参议员,他就开始在从堕胎到劳动法的所有问题上放弃自由派立场,转向了保守派立场——随着肯塔基州和共和党一起右倾,了

[①] Alec MacGillis, *The Cynic: The Political Education of Mitch McConnell* (New York: Simon & Schuster, 2014), Kindle edition, 7.

解麦康奈尔的人说这绝非巧合。其中一人后来告诉《纽约客》杂志的简·迈尔（彼时她在琢磨麦康奈尔的核心价值观），"你可以在他身上寻找更多的东西，但它并不存在。我希望我能告诉你他有不为人知的信仰，但其实他并没有。"①

麦康奈尔在 2007 年成为党团领袖，当时共和党人无奈放弃了他们的多数席位，正是在他作为少数党领袖的角色时，他把阻挠变成了一种艺术形式。他的办法是团结他所在政党反对奥巴马，并且和其他任何人一样（可能更甚）打破鼓励合作的传统执政规范。他大幅增加了阻挠议事手段的使用，以阻止立法获得赞成票，使得民主党人即使在他们占多数的情况下也无法通过立法。后来，当他成为多数党领袖时，他甚至拒绝为奥巴马选来接替（2016 年 2 月去世的）最高法院大法官安东宁·斯卡利亚的人举行确认听证会。麦康奈尔说，这是他最引以为豪的时刻之一。②

麦康奈尔在挫败奥巴马和民主党方面的成功，巩固了他作为战略专家的声誉。但通过立法，需要一套与阻止立法截然不同的技能。他非常乐意让众议院解决共和党教条中存在的矛盾和紧张，根据多篇报道所言，他没想到瑞安那一伙会成功。当他们真的成功的时候，麦康奈尔手上有了个大麻烦。

---

① Jane Mayer, "How Mitch McConnell Became Trump's Enabler-in-Chief," *New Yorker*, April 12, 2020.
② 同上。诺姆·奥恩斯坦和托马斯·曼也就麦康奈尔在打破国会规范方面所扮演的角色撰写了大量权威文章。Thomas Mann and Norm Ornstein, "How the Republicans Broke Congress," *New York Times*, December 2, 2017; Thomas Mann, E. J. Dionne, and Norm Ornstein, "How the GOP Prompted the Decay of Political Norms," *Atlantic*, September 19, 2017, https://www.theatlantic.com/politics/archive/2017/09/gop-decay-of-political-norms/540165/; Thomas Mann and Norman J. Ornstein, "The Republicans Waged a 3-Decade War on Government. They Got Trump," *Vox*, July 18, 2016, https://www.vox.com/2016/7/18/12210500/diagnosed-dysfunction-republican-party; Ron Elving, "What Happened with Merrick Garland in 2016 and Why It Matters Now," NPR, June 29, 2018, https://www.npr.org/2018/06/29/624467256/what-happened-with-merrick-garland-in-2016-and-why-it-matters-now。

废除之举显然已经变得不受欢迎，而民调并没有完全反映出这一点。2017年以前，激烈的争论有利于该法律的批评者。现在支持者的声音占了上风。他们出现在市民大会上，在某个特别令人心酸的时刻，在深夜的电视上，ABC的主持人吉米·金梅尔在休完陪产假后录制的第一个节目中发表了一段感人的独白。他尚在襁褓中的儿子患有先天性心脏病，出生后不久就需要做手术。这段经历让金梅尔想到了幸亏他有保险，然后又想到了那些没有保险的人。

"如果你的孩子快要死了——而他本不必死——那么你赚多少钱都不重要，"金梅尔泪流满面地说，"我想无论你是共和党人、民主党人或其他什么人，我们都同意这一点，对吧？"①

这是一个迹象，表明废除奥巴马医改的斗争已经冲破了孤立的、混乱的议会战术的世界（麦康奈尔在这个世界尽了最大努力），尽管内部游戏进行得也不太顺利。众议院仓促而就的程序甚至招致了保守派共和党参议员的批评，比如南卡罗来纳州的林赛·格雷厄姆。他在推特上写道："昨天敲定的一项法案尚未评分，修正案未得允准，经过了3小时的最后辩论——这样的法案应该谨慎看待。"其他参议员反对的则是可能造成的保险覆盖变少。"让我们面对现实吧，"奥林·哈奇说，"众议院的议案在这里是通不过的。"②

共和党参议员的反对并不是什么新鲜事。早在12月和1月，拉马尔·亚历山大和兰德·保罗就公开呼吁特朗普与众议院领导人放弃"废除和推迟"计划。汤姆·科顿3月在推特上警告说："不经重大

---

① Ed Mazza, "Tearful Jimmy Kimmel Breaks Down Revealing Newborn Son's Heart Surgery," *HuffPost*, May 2, 2017, https://www.huffpost.com/entry/jimmy-kimmel-baby-heart-surgery_n_590811f6e4b05c397681f094?ncid=inblnkushpmg00000009.
② Sean Sullivan, Paige Winfield Cunningham, and Kelsey Snell, "While House Passes GOP Health-Care Bill, Senate Prepares to Do Its Own Thing," *Washington Post*, May 4, 2017, https://www.washingtonpost.com/powerpost/if-house-passes-gop-health-care-bill-a-steeper-climb-awaits-in-the-senate/2017/05/04/26a901da-30bd-11e7-8674-437ddb6e813e_story.html; Robert Pear, "13 Men, and No Women, Are Writing New G. O. P. Health Bill in Senate," *New York Times*, May 8, 2017, https://www.nytimes.com/2017/05/08/us/politics/women-health-care-senate.html.

修改，众议院的医疗法案不可能在参议院通过。"①

但是，光有这种公开警告，却没有相应的私下警告。起草法案的众议院共和党助理之间一直保持着联系，却也只是偶尔与参议院工作人员交谈，即便如此，也大多是为了查问哪些内容超出了和解规则的范围。"他们并没有试图影响政策。"筹款委员会的共和党高级助理艾米莉·默里告诉我说。特朗普政府官员也没有出面调解。这与2009年和2010年的情形形成了又一个鲜明的对比，那时，民主党经常与两院的领导层和委员会工作人员举行电话会议，通常南希-安·德帕尔或珍妮·兰布鲁也会在线上。②

对民主党人来说，其结果是两个基本结构相同的法案和一群尽管存在制度性紧张关系，但已经理解了彼此的想法和局限的立法者。2017年5月的共和党议员处境则截然不同。一个议院已经通过了一项法案，而另一个议院甚至还没有开始制定一项法案，而重大的、根本的问题，比如是否改变医疗补助制度，如何延续对投保前已患病人群的保护等，仍然没有答案。"回过头来看，我们本应有更多的协调和沟通，"默里说，"我们本应至少每周与众议院、参议院和政府举行会议。"③

麦康奈尔的解决方案是用瑞安的方式来构建一个法案——由他亲自起草。他成立了一个由13名参议员构成的顾问小组，并确保包括大保守派特德·克鲁兹和迈克·李（他们俩倾向于让麦康奈尔难受，就像众议院"自由党团"让博纳和瑞安难受一样），以及更温和的拉马尔·亚历山大和奥林·哈奇。该顾问小组不包括苏珊·柯林斯或任何女性。作为党团中最不保守的成员，柯林斯最不可能投票支持该法案。即便如此，考虑到众所周知她对这一问题很感兴趣，以及她担任

---

① Tom Cotton, Twitter post, March 9, 2017, 5:53 a.m., https://twitter.com/TomCottonAR/status/839791318020866048.
② 作者对艾米莉·默里的采访。
③ 同上。

The Ten Year War

缅因州保险专员已有5年的事实,她的缺席还是很显眼的。①

亚历山大和哈奇,一个是HELP委员会主席,一个是财务委员会主席,这意味着他们不仅为这项任务带来了专业知识,还带来了可提供支持的工作人员。但麦康奈尔完全绕过了通常的委员会程序;他的计划是把立法直接付诸表决。就连保罗·瑞安也让自己的法案通过了委员会的最后审议(markup),尽管很敷衍了事。"像这样极端保密的情况是没有先例的,至少在制定卫生法时是没有过的。"朱莉·罗夫纳写道,她从20世纪80年代就开始报道医疗保健领域的问题。麦康奈尔及其盟友也曾指责民主党干扰国会通过《平价医疗法案》。但是根据Vox网站的一项分析,2009年,参议院民主党人就医疗立法问题举行了22次单独的委员会听证会。参议院共和党人一次听证会也不会举行。②

一个目标是在投票前保护立法不受过多的公众监督。"我们并不愚蠢。"一位匿名的共和党助理告诉阿克肖斯。然而,就像在众议院一样,当麦康奈尔在6月底公布该法案时,这种保密付出了代价,引起了外部分析人士、倡导者以及组织的大量批评,而大多数共和党人对此毫无准备或不愿反驳。特朗普曾告诉共和党参议员,众议院的法案过于"刻薄",在边缘人群那一块,麦康奈尔的立法比瑞安和众议院共和党人提出的更慷慨。但它仍然将成本转移到老人和病人身上。它仍然设想减少政府开支来帮助人们获得保险。在48小时内,持反

---

① Pear, "13 Men."
② Julie Rovner, "Veteran Health-Care Reporter: The Senate's Secrecy over Obamacare Repeal Has No Precedent," *Atlantic*, June 14, 2017, https://www.theatlantic.com/politics/archive/2017/06/the-senates-secrecy-over-health-care-was-decades-in-the-making/530267/; Sarah Kliff, "I've Covered Obamacare Since Day One. I've Never Seen Lying and Obstruction Like This," *Vox*, June 15, 2017, https://www.vox.com/health-care/2017/6/15/15807986/obamacare-lies-obstruction; Sarah Kliff, Garet Williams, and Carly Sitrin, "The GOP Health Effort Takes Secrecy to New Levels," *Vox*, July 25, 2017, https://www.vox.com/policy-and-politics/2017/7/25/15880262/republicans-health-hearings-repeal.

对意见的组织的名单读起来就像是病人权益组织和医疗组织的名人录：美国退休人员协会、天主教健康协会、美国癌症协会癌症行动网络等。当国会预算办公室随后做出评估，2 200万人将失去医疗保险时，共和党参议员从柯林斯开始集体反水。[1]

由于医疗补助计划在参众两院的立法中都有了很大的改变，单凭这些数字并不能传达出该法案的全部影响。共和党人决心改变整个计划的资助公式，而不是简单地缩减《平价医疗法案》对资格的扩展。两项立法的细节有所不同，但每项都有可能——许多分析人士会说几乎肯定会——减少医疗补助向老年人和/或残疾人提供的服务。这些服务包括家庭助理和设备，这些能够让有严重精神或身体障碍的人找到工作、上大学和独立生活。[2]

共和党人想要这些改变，因为它们是限制这些项目增长和腾出资金用于减税的一种方式，会实现保守派的两个长期目标。但是这些条款激怒了残疾人权益倡导者，包括今日美国残障人士服务项目（ADAPT），该组织的成员前往华盛顿，在国会山上演了一场"死亡抗议"。国会警察将他们带走的视频在社交媒体和电视新闻上炸了

---

[1] Caitlin Owens, "Senate GOP Won't Release Draft Health Care Bill," Axios, June 12, 2017, https://www.axios.com/senate-gop-wrapping-up-health-care-bill-but-wont-release-it-2440345281.html; Timothy Jost and Sara Rosenbaum, "Unpacking the Senate's Take on ACA Repeal and Replace," Health Affairs, June 23, 2017, https://www.healthaffairs.org/do/10.1377/hblog20170623.060756/full/; Sean Sullivan, Kelsey Snell, and Juliet Eilperin, "Senate GOP's Health Plan Debuts Amid Doubts," Washington Post, June 22, 2017, https://www.washingtonpost.com/powerpost/senate-gop-leaders-set-to-unveil-health-care-bill/2017/06/22/56dbe35c-5734-11e7-a204-ad706461fa4f_story.html; Jeffrey Young, "American Medical Association Slams Senate GOP Health Care Bill," HuffPost, June 26, 2017, https://www.huffpost.com/entry/american-medical-association-senate-health-care-bill_n_59514933e4b_02734df2c5070; Nick Visser, "Sen. Susan Collins Comes Out Against Health Care Bill," HuffPost, June 26, 2017, https://www.huffpost.com/entry/susan-collins-no-health-care_n_59519143e4b02734df2cdc97.

[2] Jonathan Cohn, "Cerebral Palsy Didn't Stop This College Junior. Obamacare Repeal Might," HuffPost, June 17, 2017, https://www.huffpost.com/entry/medicaid-cuts-disabilities_n_5941d2ade4b003d5948d133f.

锅,对废除法案的努力来说又是一次政治打击。①

削减医疗补助计划的幽灵在那些正与阿片类药物成瘾作斗争的州尤其令人不安,因为该计划资助了阿片类药物成瘾问题最为严重的低收入社区的治疗。这些州包括阿肯色州、俄亥俄州、宾夕法尼亚州和西弗吉尼亚州,这5个州有5名共和党参议员。肯塔基州也是个阿片类药物问题严重的州,一些倡导者认为这可能有助于解释麦康奈尔的复杂情绪以及兰德·保罗有时难以捉摸的反对意见——他们两人都想反对奥巴马医改,但也都知道自己所在的州依赖于它。②

麦康奈尔原本希望在立法公布一周后,也就是7月4日休会前举行投票。但这项法案正在失去支持,而不是获得支持,像威斯康星州的罗恩·约翰逊这样的共和党参议员就公开质疑这样的匆忙。"我们没有足够的信息,"约翰逊说,"我没有收到选民的反馈,他们没有足够的时间回顾参议院的法案。我们不应该在下个星期就进行投票。"③

与此同时,参议院民主党领袖对"不可分割"组织及其盟友的呼吁做出回应,拒不同意处理日常事务。这使得共和党人很难进行辩论和投票,因为得不到同意,参议院必须处理各种耗时的程序步骤。

---

① Ryan Grenoble, "Police Haul Off Protesters, Some with Disabilities, from Mitch McConnell's Office," *HuffPost*, June 22, 2017, https://www.huffpost.com/entry/mitch-mcconnell-health-care-protest_n_594be412e4b0a3a837bdf1b7; Katie Reilly, "Disability Advocates Forcibly Removed from Senate Protest Say It Was Worth It," *Time*, June 23, 2017, https://time.com/4831386/disability-advocate-protest-gop-health-care-bill/.

② Lisa Clemans-Cope, Dania Palanker, and Jane Wishner, "Repealing the ACA Could Worsen the Opioid Epidemic," *Health Affairs*, January 30, 2017, https://www.healthaffairs.org/do/10.1377/hblog20170130.058515/full/; Erin Schumaker and Igor Bobic, "What the GOP Health Bill Will Mean for Opioid Treatment," *HuffPost*, June 22, 2017, https://www.huffpost.com/entry/what-the-senate-gop-health-bill-will-mean-for-opioid-treatment_n_594aeb2ce4b0a3a837bcd1aa.

③ Sarah Kliff, "The Cruel Reality of High-Speed Health Care Legislating," *Vox*, June 26, 2017, https://www.vox.com/policy-and-politics/2017/6/26/15865598/senate-health-bill-fast-speed.

麦康奈尔态度软化，把投票推迟到休会之后。①

5.

麦康奈尔发现自己也处在了瑞安曾经所处的位置，在保守派和温和派之间左右为难，保守派认为废除法案做得不够，而温和派认为废除法案走得太远。他也没有从白宫得到多少帮助。宣布推迟投票三天后，特朗普在推特上写道："如果共和党参议员无法通过他们现在正在进行的工作，他们应该立即废除，然后在晚些时候取代！"这是麦康奈尔在1月份时最初倾向于的这个选项，特朗普在议员的要求下排除了它，如果说当时这些议员不太支持它，现在他们就更不可能支持了。②

到目前为止，没有人真的认为麦康奈尔制定的法案是个好政策。它有明显的疏漏，表明起草得较为草率，而其中一处疏漏，罗德尼·惠特洛克（格拉斯利的前助理）在推特上暗示可能会造成恶性循环。如果民调结果正确的话，政治上似乎也相当惨淡。然而，麦康奈尔和共和党人继续推进，这证明了国会共和党人废除奥巴马医改的动力有多大——因为他们认为这样做是正确的，因为他们认为他们的选民和金融家要求这样做，因为特朗普坚持这样做，或者还有其他一些原因。③

---

① Jennifer Haberkorn, "Democrats to Halt Senate Business over Obamacare Repeal," *Politico*, June 19, 2017, https://www.politico.com/story/2017/06/19/democrats-stop-senate-business-obamacare-239715; Russell Berman, "The Democrats Stage a Senate Slowdown over Health Care," *Atlantic*, June 19, 2017, https://www.theatlantic.com/politics/archive/2017/06/the-democrats-stage-a-senate-slowdown-over-health-care/530817/.
② Donald Trump, Twitter post, June 30, 2017, 6:37 a.m., https://twitter.com/realdonaldtrump/status/880737163247267840?lang=en.
③ Kliff, "The Cruel Reality of High Speed Health Care Legislating."

进入投票阶段是一个挑战，因为这需要 50 票，而柯林斯和来自阿拉斯加州的莉萨·穆尔科夫斯基都打算投反对票。正是在这里，约翰·麦凯恩成为了故事一部分。他曾在亚利桑那州接受刚刚诊断出的癌症的治疗；他回到参议院是个意外。当旁听席上的抗议者高喊"废除这个议案！"时，他对继续进行的动议投出了关键性的第 50 个赞成票，使得投票程序得以开始。这对麦康奈尔来说是一个巨大的胜利，每个人都非常关注它的影响，以至于很少有人关注麦凯恩曾警告说，他对产生这项立法的审议过程（或者说缺乏审议过程）并不满意。

麦康奈尔最初的希望是通过他的参议院法案，他已对其进行了修改，增加了特德·克鲁兹的另一项修正案，旨在削弱保险规则，并在这一过程中争取到持怀疑态度的保守派。他还在该法案中塞进了额外的阿片类药物治疗资金，以缓解几个共和党州长的紧张情绪，并锁定俄亥俄州的罗伯·波特曼和西弗吉尼亚州的雪丽·摩尔·卡皮托的赞成票。但该法案仅获得了 43 票。接下来，麦康奈尔尝试了一个基本上是"废除和推迟"版的法案。一项类似法案 2015 年以 52 票通过，但麦康奈尔的这个只获得了 45 票。①

最后一种选择是"瘦身版废除"。从纸面上看，该法案所要做的只是取消个人强制保险以及雇主为其雇工投保的要求。实际操作中，这是启动协商委员会谈判的一个工具，参众两院领导人可以在谈判中共同制定更具实质性的立法。麦康奈尔能得到 49 票，这非同小可，但他需要 50 票——换句话说，至少要从柯林斯、麦凯恩和穆尔科夫

---

① Kelsey Snell, "Senate Passes Obamacare Repeal, Planned Parenthood Defunding Bill, Putting Republicans on Record," *Washington Post*, December 3, 2015, https://www.washingtonpost.com/news/powerpost/wp/2015/12/03/senate-passes-obamacare-repeal-planned-parenthood-defunding-bill-putting-republicans-on-record/; Alicia Parlapiano, Wilson Andrews, Jasmine C. Lee, and Rachel Shorey, "How Each Senator Voted on Obamacare Repeal Proposals," *New York Times*, July 25, 2017, https://www.nytimes.com/interactive/2017/07/25/us/politics/senate-votes-repeal-obamacare.html.

斯基那里弄到 1 票。

柯林斯没可能。她明确表示反对，而且她来自缅因州，一个倾向民主党的州。麦康奈尔对弱势议员的需求很敏感，也就放过了她。他下更大功夫去争取穆尔科夫斯基的支持，白宫也是如此。内政部长瑞安·津克打电话给穆尔科夫斯基和阿拉斯加州参议员丹·沙利文，说穆尔科夫斯基的反对票可能会影响政府在一系列对该州重要的项目上的决定。①

但穆尔科夫斯基有其独特优势来招架住这种恐吓。早在 2010 年，在一场初选中输给莎拉·佩林支持的茶党候选人之后，穆尔科夫斯基以非原定候选人的身份参选并获胜。她不欠麦康奈尔什么，在她输掉初选后，麦康奈尔并没有支持她保住级别的努力。她也有实质性的担忧，特别是在她支持的堕胎权问题上，还有废除《平价医疗法案》对医疗补助计划意味着什么。在阿拉斯加州，每 10 个参保人中就有 4 个是阿拉斯加原住民，穆尔科夫斯基与各部落关系密切，他们的支持在她 2010 年的胜利中至关重要。②

于是就剩下麦凯恩了，他的顾虑包括害怕众议院会接受瘦身版的废除立法，原封不动地通过，然后就此了结。保罗·瑞安直接来找他谈话，承诺会有一个真正的协商委员会谈判，之后麦凯恩和他的老朋友林赛·格雷厄姆一起出席了一个新闻发布会，谈到了瑞安和他的谈

---

① Erica Martinson, "Trump Administration Threatens Retribution Against Alaska over Murkowski Health Votes," *Anchorage Daily News*, July 26, 2017, https://www.adn.com/politics/2017/07/26/trump-administration-signals-that-murkowskis-health-care-vote-could-have-energy-repercussions-for-alaska/.
② Jeff Stein, "Why Alaska's Lisa Murkowski Isn't Afraid of Donald Trump," *Vox*, July 27, 2017, https://www.vox.com/policy-and-politics/2017/7/27/16030520/murkowski-republican-health-bill; "Any Version of Repeal Harms Alaska Natives," Families USA, July 2017, https://familiesusa.org/wp-content/uploads/2017/07/FUSA_and_POCA_Alaska-Native-American_Factsheet_7-26-17revision.pdf; "Urging Congress to Protect Provisions That Benefit Tribes in Any Repeal of the Affordable Care Act," National Congress of American Indians, June 2017, http://www.ncai.org/resources/resolutions/urging-congress-to-protect-provisions-that-benefit-tribes-in-any-repeal-of-the-affordable-care act.

话。但有时，麦凯恩似乎没有注意听格雷厄姆所说的话。一位共和党前助理后来回忆起当时的情景说："我相信这是一个人在新闻发布会上说服自己相信'这东西真他妈太蠢了，我必须干掉它。我们简直太蠢了，竟然在这里做瘦身版废除法案这种事，却只为了证明我们可以通过一些东西。我们恳求他们永远不要捡起它（可我们不会相信他们会就此罢手），只有这样我们才能继续前进。这就是我们的处理办法。去他妈的，我要把整件事了结掉'。"①

麦凯恩在去参议院议事厅的路上，偶遇了康涅狄格州的民主党参议员克里斯·墨菲，告诉墨菲，他要给很多人一个惊喜。他向议事厅外的记者们传达了类似的信息："等着看好戏吧。"他说。尽管如此，大多数人都认为这项法案会通过，因为如果不知道肯定会通过，麦康奈尔是不会让大家投票的。很少有人注意到，当穆尔科夫斯基走过麦凯恩坐的那张桌子时，麦凯恩做了一个拇指朝下的动作。②

过了一会儿，就在午夜过后，麦凯恩与查克·舒默和约翰·科宁进行了交谈，后者是得克萨斯州共和党人、麦康奈尔的首席副手。舒默咧嘴笑，科宁表情严肃，而这一次，他们的交流正好在两名国会记者的视线范围内，两名记者立即在推特上公布了他们所看到。"我想我们有大消息了！！！！"彭博社的史蒂文·丹尼斯写道。《赫芬顿邮报》的马特·福勒告诉他的粉丝："我现在只能说查克·舒默和约翰·麦凯恩进行了交谈，舒默笑着离开了。"③

麦康奈尔举行了稍前的投票，原定 15 分钟，实际上延长到 1 小时，只是为了争取一些额外的时间。麦凯恩进行了大力游说，接着是彭斯（当时在参议院），然后是鲁比奥。但不起作用。当舒默在投票前做最后发言，谴责匆忙投票并敦促大家投反对票时，麦凯恩不断点

---

① 作者对特朗普政府多位高级官员和共和党战略专家的采访。
② 作者对克里斯·墨菲的采访。
③ Steven Dennis, Twitter post, July 28, 2017, 12:10 a.m., https://twitter.com/StevenTDennis/status/890786555442282496; Matt Fuller, Twitter post, July 28, 2017, 12:08 a.m., https://twitter.com/MEPFuller/status/890786101555675137.

头。麦凯恩再次离开了议席——根据随后的报道，这次是接听白宫打来的电话——然后返回，做了标志性的大拇指朝下的手势。

投票结束，废除立法的最后一次努力以失败告终，垂头丧气的麦康奈尔走上前，向他的同事们宣布了这一结果。

"是时候向前看了。"

6.

废除立法的努力引起了许多以前从未关注过政治的人的注意。其中一人是伊丽莎·斯洛特金，前美国情报官员，住在密歇根州的霍利，一个离底特律西北大约一小时车程的小镇。

斯洛特金对医疗账单有着丰富的第一手经验，因为在她还是个孩子的时候，就目睹了母亲与一种侵袭性的乳腺癌作斗争，此病最终需要切除双乳。这一诊断结果使她母亲成了投保前已患病之人，使她无法找到像样的、平价的医疗保险——而且，她的保险一度完全失效。她感觉不舒服，去了一家诊所，被诊断为卵巢癌。斯洛特金和她的哥哥想方设法地为母亲付医药费；斯洛特金后来回忆说，有一次，她不得不通过电话向医院提供一个信用卡号码，这样她母亲就能做扫描了。斯洛特金和她的未婚夫将婚礼时间提前，安排在了她母亲接受化疗的间隙。她母亲参加了婚礼，还算有力气举杯祝酒和跳舞。6个月后，她去世了。①

斯洛特金是一位伊拉克问题专家，曾在布什和奥巴马政府任职。2017年，她和丈夫决定离开华盛顿去密歇根州，在私营部门找工作。斯洛特金后来回忆说，他们当时坐在家里沙发上，看到电视上报道了特朗普与众议院共和党人在玫瑰园举行仪式庆祝废除法案通过。斯洛

---

① 作者对伊丽莎·斯洛特金的采访。

特金一直在关注这项立法，回想着母亲的煎熬，她越想越愤怒，并开始考虑竞选国会议员。然后镜头移到了特朗普的右边，在几英尺外，她所在选区的共和党众议员迈克·毕晓普正咧嘴大笑。斯洛特金说，她当即转头看向丈夫说，就这么定了。于是她开始参加竞选。①

在接下来的几个月里，当斯洛特金准备发起一场竞选活动时，共和党人又一次尝试废除立法——这次是路易斯安那州参议员比尔·卡西迪和南卡罗来纳州参议员林赛·格雷厄姆提出的法案。它也失败了。此时，共和党人迅速将注意力转移到一项减税法案上，这种他们通过得很轻松。该法案包含了某种医疗保健方面的胜利，因为它将对个人的强制性惩罚降到零，实际上取消了这一条。这个条款在2008年的民主党初选中引发了太多争论和争议，这下不复存在了。经济学家，包括国会预算办公室的那些在内，预测保险市场会突然出现严重恶化，但这种情况从没有发生，这在一定程度上证实了批评人士的说法，即经济学家一直高估了它的影响。②

但即使取得了这样的立法成就，共和党人在政治上还是遇到了麻烦，一个重要原因是对废除立法的强烈反对。中期选举的结果与2010年几乎完全相反，民主党人在废除立法的投票问题上猛烈抨击共和党现任议员，共和党人则拼命想转移话题，当他们转移不了时，就谎报自己的投票情况。在亚利桑那州，曾敦促她的同事们"赶紧把这档子破事了了"的众议院共和党人玛莎·麦克萨利现在宣称，"我们回不到奥巴马医改之前的日子了"。在新泽西州，其修正案曾使废除立法起死回生的众议院共和党人汤姆·麦克阿瑟说："我们将

---

① 作者对伊丽莎·斯洛特金的采访；另见 Lauren Gibbons, "Former U.S. Defense Official Elissa Slotkin announces Congressional Run," MLive, July 10, 2017, https://www.mlive.com/news/2017/07/former_us_defense_official_eli.html。
② Sarah Kliff, "Republicans Killed the Obamacare Mandate. New Data Shows It Didn't Really Matter," *New York Times*, September 18, 2020, https://www.nytimes.com/2020/09/18/upshot/obamacare-mandate-republicans.html。

一如既往地致力于为那些投保前已患病者提供医保。"①

不过,在密歇根州,这个问题可能发挥了最大的作用,部分原因是斯洛特金非常有效地利用了它。一则电视广告展示了她婚礼的家庭录像,画质颗粒粗糙,但看得出她母亲裹着围巾,举杯祝酒。然后是斯洛特金的镜头,她在自家农场散步,谈论她母亲付医疗账单的事,还有毕晓普跟特朗普在玫瑰园参加活动的情景。"当我见到国会议员毕晓普出现在白宫时……我内心的某些东西崩溃了,"斯洛特金说,"毕晓普先生,这是渎职,这是个可怕的罪。"②

毕晓普为自己辩护的方式和许多其他共和党人一样——他谈到了自己的妻子,她也患有疾病,并暗示这证明他不会破坏任何人获得医疗服务的机会。但在采访和辩论中,当面对预测时,他无言以对——预测显示,他所支持和庆祝的众议院法案将导致数百万人得不到医疗保障。2016年,乘上特朗普的东风,毕晓普以17个百分点的优势拿下了他的选区。到了2018年,他以4个百分点之差输给了斯洛特金。

很多人与他有一样的遭遇。正在竞选美国参议院席位的麦克萨利在本应获胜的选举中落败。麦克阿瑟和其他一些现任议员也失去了自己的席位。当这一切结束时,共和党人丢掉他们在众议院的多数席位,尽管他们失去的席位比民主党人在2010年失去的要少,但这在很大程度上是他们因选区划分不公而获得的地理优势的副产品。他们以9个百分点的差距输掉了全国普选,相对于输掉了众议院候选人的总票数,这比民主党8年前的差距还要大。这证明了医疗保健的政治

---

① Simone Pathé, "He Helped Write the GOP's Health Care Bill. Now It's Catching Up with Him," *Roll Call*, October 29, 2018, https://www.rollcall.com/2018/10/29/he-helped-write-the-gops-health-care-bill-now-its-catching-up-with-him/; Jonathan Cohn, "Republicans Are Still Rewriting History on Pre-Existing Conditions," *HuffPost*, October 16, 2018, https://www.huffpost.com/entry/mcsally-republican-pre-existing-conditions_n_5bc62785e4b055bc947ade8a.

② Jonathan Cohn, "Republicans Are Using Their Families to Defend Their Records on Health Care," *HuffPost*, October 9, 2018, https://www.huffpost.com/entry/pre-existing-conditions-obamacare-bishop-slotkin_n_5bbbad09e4b01470d0540f38.

已经发生了多大的转变，就像爱达荷州、内布拉斯加州和犹他州批准扩展医疗补助计划的投票活动取得了成功一样，这三个州都极为保守，共和党人执政期间曾阻止了扩展医疗补助计划。①

这些都不意味着《平价医疗法案》是安全的。特朗普政府仍然有破坏它的手段，并且已经在部署了，比如，削减广告资金，尽管内部研究显示广告是有效的。与此同时，来自20个州的保守派官员提起诉讼，声称由于现在的个人强制为零，整个法律突然变得违宪了。即使是保守派律师也承认，这起诉讼毫无意义，但共和党任命的一名地区法官做出了对其有利的裁决，上诉法院的合议庭——共和党任命的两人构成了三人合议庭的多数——支持其基本论点，使得此案进入了最高法院的轨道。

这是一个迹象，表明关于医疗保健，特别是《平价医疗法案》的斗争，注定会继续下去。但是最直接的威胁，即由共和党国会通过、共和党总统准备签署的废除立法，不复存在了，更重要的是，选民已经做出了明确的裁决。

《平价医疗法案》有很多让美国人不喜欢的地方。但他们不想回到过去。

---

① Jonathan Cohn, "It's Not Just About Pre-Existing Conditions—Medicaid Is on the Ballot Too," *HuffPost*, November 5, 2018, https://www.huffpost.com/entry/medicaid-expansion-obamacare-midterms-republicans_n_5bde7aafe4b04367a87d340c.

结论　变化的样子

1.

《平价医疗法案》的缔造者们希望在法案签署10年后的2020年3月23日,在华盛顿特区举办一次活动以纪念他们的成就。巴拉克·奥巴马和南希·佩洛西都计划出席;前卫生与公众服务部部长西尔维亚·伯威尔将主持这次活动。结果新冠暴发,华盛顿陷入停摆。庆祝这项法律的活动被搁置,这已经不是第一次了。

在那之前的几个星期,我去这个城市采访了奥巴马,他的办公室就在乔治敦附近一栋不起眼的大楼里。他上身穿着一件黑色长袖衬衫,领口敞开,下身着深灰色的裤子,脚上是一双休闲鞋。"我连袜子都没穿",他说,还称这身打扮是"不再当总统的最大好处"。穿什么都随便,他说;他不再考虑怎么穿搭才好。但他的领带总是沾上汤水。

我们的采访原定30分钟,结果持续了55分钟。我问过他在职业生涯的关键时刻以及《平价医疗法案》出台过程中的心态,比如在2009年1月和8月,那时有人建议他快刀斩乱麻迅速达成协议,出台一项小规模的立法,他拒绝了;再比如,在2010年1月白宫西厅谈判期间,众议院和参议院民主党人几乎不能忍受同处一个屋檐下。

关于他做出的各种实质性选择,奥巴马再次说到,如果从零开始,他会如何推动单一支付,说到马萨诸塞州改革的成功如何引起了他的注意。"我从未不切实际地认为这是一个绝对最优的计划。"

他说。但这种模式似乎在那里行得通,而且得到了两党的支持,使之成为"一个有吸引力的选择,一个政治上可行的起步房(starter home),你可以以此为基础来建设。"然后,他谈到了他对两党的支持从来没有实现的失望——我还没问,他就主动提起了吉姆·德明特的滑铁卢路线,以及他向查尔斯·格拉斯利甚至是米奇·麦康奈尔提出的一些建议。"我们没有接受任何这些东西。"奥巴马说。

我让他说一说自己最大的失误。"你是说除了 HealthCare.gov?"他回答,"这依旧是我自己造成的最痛苦的创伤。"但他心中挥之不去的遗憾是,未能预料到共和党竟如此激烈地反对,立法斗争期间如此,立法过后更甚。他谈到了过去围绕大规模医疗改革的斗争,比如 1965 年的老年医疗保险计划,以及 2003 年的老年药物福利计划,无论哪一次,法案一经通过,"每个人都往前看,努力让它发挥作用"。但这一次,共和党人没有往前看。奥巴马在余下的总统任期内,无法通过解决问题和不断扩建来加固当初的起步房,而是拼命保护它不被彻底摧毁。

奥巴马说,尽管一路艰辛,他还是为这项法律所取得的成就感到骄傲:"我每天都会遇到这样一些人,他们说,'我儿子 28 岁,没有医疗保险,我说服他在你一通过《平价医疗法案》后就参保。他大学毕业后第一次做了体检,发现生了肿瘤,发现得及时。现在他很好,他和妻子刚生了个孩子。谢谢你'。"

在采访最后,我问起他在签字仪式上的发言这部法律证明美国可以做大事,做复杂的事。这段经历动摇了他的信仰吗?"没有,"他答得很快,"因为法律通过了,2 000 万人得到了医疗保险,而且这部法律依然有效。"然后他停顿了一下,睁大了眼睛,又张口道:"但我认为,这次经历确实揭示了我们当前政治体系中的一些重大结构性问题,这样的问题使得做大事比以前困难得多。"①

2.

下一场关于医疗改革的大辩论可能很多年内都不会发生。或者可能马上发生。这在一定程度上取决于政治上发生的其他事情,以及最高法院如何裁决奥巴马医改案。但争论迟早会发生,一旦发生,两个方向都是有可能的。

一种是改弦易辙,缩小《平价医疗法案》的规模,或者完全取消它。这仍然是共和党及其盟友的议程。这么想是要减少保守派本能地反对的东西,从而降低税收,放松监管,减少联邦开支。但对许多人来说,反对奥巴马医改也反映了对全民医保的更基本的拒绝态度,从定义上讲,全民医保意味着将每个人都纳入一个有大量再分配的体系——也就是健康人出钱帮病人支付费用,富人支付额外费用让穷人获得医疗保障。

共和党人希望减少这种再分配,或者根本没有这回事。如果有一天他们能如愿以偿,健康的人会省钱,至少在他们保持健康的时候是这样,收入较高的人也不用付那么多税了。但是,医疗费用的负担将转移到那些有更多健康问题的人和那些钱较少的人身上,这就是过去十年里共和党每一个严肃计划的可靠预测所显示的。

保守派可以在理智上诚实地证明这种做法。它包括实用的论点(他们认为这对经济有利,会鼓励更多的医疗创新,等等)和理念上的论点(他们认为再分配是不公正的,是对自由的侵犯)。未来几年,共和党人可能会努力将这一议程转化为政治上可行的方案,就像他们中的一些人一直在努力做的那样。但正如保守党派战略专家和前

---

① 作者对奥巴马的采访。

共和党官员反复告诉我的那样,共和党似乎对医疗保健或更广泛的立法没有足够的兴趣。重点越来越多地放在煽风点火和轮番在福克斯新闻上露面,而不是在起草法律上。

另一种解决医疗问题的方法是,继续民主党自罗斯福和杜鲁门时代以来一直在进行的全民医保运动。这意味着要想方法确保每个人都有保险——争取99%的人都有保险,而不仅仅是92%的人。这意味着要提高福利,使每个人都能负担得起去看医生、开处方或住院的费用,而不必支付大笔的自付费用。今天,这甚至对许多享有"良好"医疗保障的美国人来说都还是个问题。理想情况下,这也意味着采用一个更简单的体系,在这个体系中,患者和医疗保健提供者不会经常与保险公司就开账单和批准问题斗来斗去,也不会在不同保险方案和医疗网络之间切换。①

《平价医疗法案》与之前的克林顿计划一样,试图通过一个更加保守的计划实现全民医保的自由目标,而该计划在很大程度上依赖于私营保险公司之间的竞争。但是这种计算的知识基础似乎越来越不稳固,尤其是在控制医疗费用方面。尽管该法律的交付改革可能有助于减缓医保支出的增长,但保险公司之间的总体竞争并没有像专家们希望的那样推动医保体系效率的提高。即使是许多受过市场优点和政府控制危险方面教育的正牌经济学者,现在也在怀疑,制定国家整体医疗保健预算、让政府监管价格或者两件事都做,对美国来说是否像在其他发达国家一样时机成熟。

如果继续朝着这个方向前进,直到每个人都有医保,美国最终可能会为每个人提供一个单一的、由政府运营的保险计划。美国也可能最终形成一组受严格监管的私营计划,其运作方式更像公共事业,两者之间存在某种结构性竞争。或者,美国可能会推行某种混合方式,也许是一个基本的公共计划再加上私营补充政策。简言

---

① U.S. Census Bureau, "Health Insurance Coverage in the United States: 2018," November 18, 2019.

之，美国最终可能会拥有存在于世界上经济最发达国家的任何一种国民健康保险。

今天在美国政治中最受关注的版本是伯尼·桑德斯和他的追随者一直在推动的单一支付提案：全民医保。但是，国家医疗保险的不同版本之间的区别在总体方案中并不那么重要。现实情况是，任何一个以较低自付费用、政府对支出的某种控制来覆盖所有人的体系，看起来都会比美国现有的更像全民医保。这么说并不是想吓到任何人。全民医保和哈里·杜鲁门在1940年代提出的基本理念是一样的，它存在于美国人所珍视的老年医疗保险的DNA中。

无论是一举建立，还是在《平价医疗法案》的基础上逐步建立这样一个体系，都会有自己的成本和复杂性——可能比这种体系的拥护者所能想到的要多得多。这就是政策的本质。鉴于当前的医疗生态系统在很大程度上依赖于现有的资金安排，单单是转型就将是一个巨大的挑战。拥护者需要证明这是可能的。他们还需要让美国人相信，他们可以在不牺牲质量、创新或便利的情况下，保证人们更好地享有医疗。

鉴于其他国家最好的医保体系的表现，这事应该不会太难。但这将需要学者、工作人员、官员以及活动家做更多的工作，就像在上一次大规模的医疗改革一样。[1]

3.

唐纳德·特朗普上任后，说过这样一句著名的话："没人知道医疗保健会如此复杂。"但事实并非如此。民主党人知道这一点，这也是《平价医疗法案》能成为法律的一个重要原因。

---

[1] 有关国外的医疗体系及其优点的概述，参见 Ezekiel Emanuel, *Which Country Has the Best Health Care?* (New York: Public Affairs, 2020)。

民主党人花了数年时间，就提案内容以及如何在国会通过达成共识。他们有条不紊地与利益集团和利益相关者建立联盟。他们做了艰难而乏味的政策制定工作。当他们的机会来临时，他们已准备利用它，尽管即使在那时政治上对他们并不利。

他们做出这番努力的一个原因是，他们对自己所要做的事情的实质深信不疑。似乎并不完全是巧合的是，许多对《平价医疗法案》的出台负有极大责任的民主党人都和医疗体系打过交道，有着对其影响重大、有时甚至是伤痕累累的个人经历，无论是奥巴马还是南希-安·德帕尔，母亲都死于癌症，都记得母亲曾为医疗账单伤神。还有珍妮·兰布鲁，她曾亲眼看到父母在家照顾那些没有保险的人。还有安迪·斯拉维特，他帮助自己最好朋友的遗孀还清了丈夫欠医院的债。还有伊齐基尔·伊曼纽尔，他曾看着病人死在病房里。还有泰德·肯尼迪，他经常谈起他在上世纪70年代带着儿子小泰德治疗癌症时遇到的那些悲痛欲绝的患儿父母。

医疗改革对民主党来说也很重要，因为其基本理念与该党自罗斯福时代以来的主张相吻合。就其核心而言，全民医疗就是在共有的脆弱中获得共有的力量。这是一种认识，即任何人都可能生病或受伤，而通过集中资源，每个人都会平安。这与社会保障和老年医疗保险是完全相同的概念，也是为什么负责它们的政党花了近一个世纪的时间试图将医疗保障扩展到其他人群。

《平价医疗法案》看起来和这两个项目不太像。私营保险和公共保险混杂各有其相互关联的补贴与监管，联邦政府和州政府之间的责任划分——这完全是另外一回事，没有哪个是理想的。但全民医保的拥护者愿意接受第二、第三和第四好的解决方案，因为过去失败的幽灵在他们的脑海中若隐若现。对于像约翰·丁格尔和亨利·韦克斯曼这样的民选官员以及他们的许多顾问来说尤其如此，他们认为2009年的改革很可能是他们此生的最后一次。"我们有这一代人的机会，"

南希·佩洛西告诉我,"我们没有错过。"①

他们的一些选择可能是不明智的。也许奥巴马和哈里·里德给马克斯·鲍卡斯的压力再大些,也许鲍卡斯应该早点放弃"六人帮"。也许减少赤字本不应该成为这样的优先事项,也许可以把资本花在比个人强制保险更好的地方。也许对医疗行业应该多一点敌意,对改革的进步支持者应该多一点爱。

但是,任何马后炮都必须明白实时做出这些决定有多难。奥巴马和里德给鲍卡斯留了余地,因为没有鲍卡斯,他们就无法通过法案。减少赤字对于安抚更保守的民主党人至关重要。个人强制保险能确保国会预算办公室给出好评。摆平那些行业团体能防止他们阻挠立法。

想象《平价医疗法案》有一个总体上更好的版本很容易。鉴于2009年和2010年的政治环境,比《平价医疗法案》更好的版本能在国会通过是很难想象的。最好的证据或许是最终立法以微弱优势通过。如果没有奥巴马拒绝放弃改革,如果没有里德精心策划的党团会议,如果没有佩洛西在斯科特·布朗当选后的奇迹般的工作,就连这点微弱优势都是遥不可及的。

回顾历史,可以帮助我们正确看待这一成就。能做到规模与《平价医疗法案》不相上下的医疗保险扩展的,唯有1965年创立的老年医疗保险和医疗补助制度。但是约翰逊和他的盟友在国会拥有的多数席位更大,另外,他们运作时政府的信任度更高、赤字更低,而那时立法本身就是一种非常不同的举动。

4.

事实上,《平价医疗法案》是一个研究案例,能看出当今政策制

---

① 作者对南希·佩洛西的采访。

定是如何运作的，美国政治的深层次失调肯定会影响未来任何类似的雄心勃勃的改革努力。应对气候变化，扭转经济不平等加剧的趋势，让人们能再次上得起上大学——实际上，今天进步议程上的几乎所有事项——都将面临医疗改革颁布前后所遭遇的类似障碍。如果这些事业的拥护者希望取得成功，他们需要从这十年之战中吸取教训并适应起来。

这项任务要从掌握反对派的真正本质开始。无论对于如何通过，还是如何实施，《平价医疗法案》的运作理论都认为，采用一些保守的想法至少能确保获得共和党人的支持。但是，如今的共和党人比美国现代史上任何时候都更针锋相对，意识形态上也更极端。这种转变已经酝酿了几十年，其根源可追溯到20世纪60年代的两极分化，以及保守派在这一时期有意识地决定拒绝而不是适应新政和伟大社会提出的福利制度。

这意味着，在国家层面上，马克·梅多斯和特德·克鲁兹的政党不会容忍约翰·查菲或约翰·海因茨给出的现代版，也不会容忍马萨诸塞州州长米特·罗姆尼的版本。而在各州，这意味着不坚持极端保守政策的共和党人要自担风险。在这两个层面上，这意味着反对将是大量存在的，聚集式的，反对的理由不是基于论点的优劣，而更多的是基于谁在提出论点。很难不得出这样一个结论：对于最疾言厉色批评奥巴马医改的人来说，无论是出于党派认同、种族，还是两者兼而有之，让他们反感的是"奥巴马"这部分，而不是"医改"这部分。

这有助于解释为什么废除法案失败：最终，即使是许多表示讨厌这项法律的共和党选民也不想失去它带来的好处。这也有助于解释为什么该党在2018年失去了众议院多数席位，或许还有为什么特朗普在两年后竞选连任失败。

尽管如此，共和党对医疗保健和其他方面的全面反对策略的政治后果不算太大。在过去的六届总统任期中，共和党人占了一半，尽管在此期间只赢得了一次普选。在这段时间的大部分时间里,他们还控制了国会的至少一个议院,让他们对政策拥有有效否决权,现在他们也主导着司法系统。造成这样的局面,最大的原因是参议院和选举团的小州偏见,还有不公正的改划选区,使得当前保守党派对政治结果产生了不成比例的影响。①

这一现实不仅使进步改革的拥护者更难获得权力。这还让他们更难使用权力。《平价医疗法案》所经历的一切便是证明。一个参议院有50名议员,代表了绝对多数人口,有能力通过立法,本应可以制定一个更雄心勃勃的医疗保健法案,提供更慷慨的福利,可能会使其更受欢迎。一个众议院,如果没有太多不公正的改划选区,总统是由民众而不是选举团选出的,可能仍处于民主党的控制之下——这让他们能够做出历史上早年大项目所做的那种调整和改进,但《平价医疗法案》没有这样的机会。

向前看,进步派必须要么削弱这样的结构性障碍来改变,要么用普通民众的力量压倒它们。近年来最有希望的迹象之一是,一场运动的发展不仅致力于选举领导人,而且致力于推动包括全民医疗在内的各项事业。

但美国政治的一些方面并没有改变,其中之一就是公众的纠结和矛盾情绪。美国人对现状有强烈的偏向,即使他们不喜欢现状。在医疗保健方面,他们对新的、更好的医疗保险替代方案的承诺持谨慎态度,特别是当这些承诺来自一个他们像20世纪50年代和60年代那样不信任的政府时。这种缄默限制了奥巴马及其盟友所能取得的成就,也必将限制下一代改革者,很可能迫使他们做出同样

---

① 正如埃兹拉·克莱因在2020年大选后所写的那样,"政党争夺公众支持的基本反馈循环被打破了,如果他们辜负了公众的支持,他们就会在选举中受到惩罚,因此他们会改变。但这只对共和党不利"。Klein, "The Crisis Isn't Too Much Polarization. It's Too Little Democracy," *Vox*, November 12, 2020, https://www.vox.com/21561011/2020-election-joe-biden-donald-trump-electoral-college-vote-senate-democracy。

的妥协。

如果是这样的话,那就很令人恼火了。妥协常常发生。但人们很容易忽视即使是做出巨大让步的改革也能取得的成果,《平价医疗法案》便是如此。

5.

《平价医疗法案》的遗产之一是政治上的,共和党人在2018年和2020年每次发誓要保护投保前已患病之人时,都表明了这一点。正如威廉·克里斯托尔在他著名的1993年备忘录中预测的那样,一旦人们有了福利,再想把福利拿走,几乎是不可能的。美国还不存在全民医保,但全民医保的一些原则现在已经被广泛接受。可接受的政治对话的界限已经改变,而且很可能永远改变了。[1]

《平价医疗法案》的另一个遗产是人性上的。在这一点上,它毫不含糊。2020年的一篇主要文献综述,梳理了一些关于这一主题的最重要的研究,得出结论称:"《平价医疗法案》在保护美国人免受疾病带来的财务风险方面,取得了实质性的、广泛的改进。"它包括:越来越少的人拖欠信用卡还款或拖欠房屋贷款还款;更多的人接受癌症筛查和糖尿病维持治疗;最终,本可避免的医疗问题会越来越少。有证据表明还有其他好处,比如创业或兼职的自由度更高,因为保险不再依赖于有一个慷慨大方的大雇主。并非每个人的境况都有所改善,当然也不是每个人都感觉更好了。但这些改善是实实在在的,

---

[1] For more on the political effects of the Affordable Care Act, see Lawrence R. Jacobs and Suzanne Mettler, *Journal of Health Politics*, *Policy and Law*, August 2020, https://doi.org/10.1215/03616878-8255505.

而且意义重大。①

在美国,也许没人比凯撒家庭基金会的拉里·莱维特更仔细地盯着这项法律的影响了,可能也没人能像他那样因为拥有的学识和坦诚而得到更广泛的尊重。他告诉我:"《平价医疗法案》和任何一项重大改革计划一样,都有取舍,但是赢家肯定多于输家。"②

这些赢家不仅仅是统计数字。他们是真实的人。我知道,因为我见过他们中的一些。

密歇根州一家咖啡店的咖啡师从梯子上摔下来,摔断了几根脚趾,但他能付得起医疗账单,而后回去工作,因为他通过该州的医疗补助计划扩展获得了医保。

有一个加州女孩患有肺动脉狭窄,这是一种先天性心脏病,需要频繁接受手术,加上仍在进行的筛查和药物治疗。她的医疗费用接近她全家健康保险的终身福利限额——后来《平价医疗法案》宣布这

---

① Sherry Glied, Sara Collins, and Saunders Lin, "Did The ACA Lower Americans' Financial Barriers To Health Care?", *Health Affairs*, March 2020, https://www.healthaffairs.org/doi/abs/10.1377/hlthaff.2019.01448. See also Madeline Guth, Rachel Garfield, and Robin Rudowitz, "The Effects of Medicaid Expansion Under the ACA: Updated Findings from a Literature Review," Kaiser Family Foundation, March 2020, https://www.kff.org/report-section/the-effects-of-medicaid-expansion-under-the-aca-updated-findings-from-a-literature-review-report/; Jacob Goldin, Ithai Z. Lurie, and Janet McCubbin, "Health Insurance and Mortality: Experimental Evidence from Taxpayer Outreach, Quarterly Journal of Economics," NBER, working paper No. 26533, December 2019, http://www.nber.org/papers/w26533; Anna L. Goldman, Danny McCormick, Jennifer S. Haas, and Benjamin Sommers, "Effects of the ACA's Health Insurance Marketplaces on the Previously Uninsured: A Quasi-Experimental Analysis," *Health Affairs*, April 2018, https://www.healthaffairs.org/doi/10.1377/hlthaff.2017.1390; Hannah Archambault and Dean Baker, "Voluntary Part-Time Employment and the Affordable Care Act: What Do Workers Do with Their Extra Time?," Center for Economic and Policy Research, October 2018, https://cepr.net/images/stories/reports/atus-aca-2018-10.pdf; Sara R. Collins, Munira Z. Gunja, Michelle M. Doty, and Sophie Beutel, "How the Affordable Care Act Has Improved Americans' Ability to Buy Health Insurance on Their Own," Issue Brief, Commonwealth Fund, February 2017, https://www.commonwealthfund.org/publications/issue-briefs/2017/feb/how-affordable-care-act-has-improved-americans-ability-buy.

② 作者对拉里·莱维特的采访。

些限额是违法的。

还有一个20多岁的北卡罗来纳州社区大学生,在餐馆兼职做勤杂工,一次车祸差点让他失去手臂。他在他母亲名下的保险里,那是他母亲在联邦补贴的帮助下通过HealthCare.gov购买的。他得到了他所需要的医疗护理,最终重返校园。①

《平价医疗法案》的确存在不小的缺陷,令人痛苦的妥协,是一次令人遗憾的不完整的尝试,旨在建立一项其他发达国家已经存在的基本权利。这也是半个世纪以来通过的最雄心勃勃、最重要的国内立法,是朝着一个更完美的也更人道的合众国迈出的一大步。

它还远远不够好,但比它之前要好得多。在美国,这就是变化的样子。

---

① 我在以下文章中讲过他们的故事:Jonathan Cohn, "This Is What Obamacare's Critics Won't Admit or Simply Don't Understand," *HuffPost*, February 18, 2017, https://www.huffpost.com/entry/obamacare-what-went-right-critics_n_58a725dce4b045cd34c11b4c and Jonathan Cohn, "It's Not Just About Pre-Existing Conditions—Medicaid Is on the Ballot Too," *Huff Post*, November 14, 2018, https://www.huffpost.com/entry/medicaid-expansion-obamacare-midterms-republicans_n_5bde7aafe4b04367a87d340c。

资料和信息来源

这本书主要源于我对医疗保健和医疗保健政策的报道，这是我职业生涯的主业，其中大部分时间我是在为《新共和》和《赫芬顿邮报》工作。但我也大量借鉴了其他人的作品，包括分析人士、历史学家，尤其是我的记者同行们的作品。

这其中包括一些写过我在此讨论的主题的作者。如果不阅读社会学家（也是我很久以前的编辑）Paul Starr 的著作，尤其是 *The Social Transformation of American Medicine*，就不可能写出美国医疗体系的历史。其他一些美国医疗保健的经典之作也是非读不可：Ted Marmor 的 *The Politics of Medicare*，Jonathan Oberlander 的 *The Political Life of Medicare*，Jill Quadagno 的 *One Nation, Uninsured*，Rosemary Stevens 的 *In Sickness and in Wealth*，以及 Jacob Hacker 的 *The Divided Welfare State*。有关克林顿医疗保健计划的基本历史，尤其必读的有 *Boomerang* by Theda Skocpol，*The Road to Nowhere* by Jacob Hacker，和 *The System* by Haynes Johnson and David Broder。

这不是第一本关于《平价医疗法案》历史的书。正如我的引文所表明的，我从其他几个人的著作那里读到并学到了很多东西：Steven Brill 的 *America's Bitter Pill*（HealthCare.gov 的故事讲得特别好），Lawrence Jacobs 和 Theda Skocpol 的 *Health Care Reform and American Politics*（把历史与二位作者相当深厚的知识背景结合了起来），John McDonough 的 *Inside National Health Reform*（其中包括以第

一人称对马萨诸塞州改革的讲述),Tom Daschle 的 *Getting It Done*(包括他在奥巴马政府时期的部分回忆),Richard Kirsch 的 *Fighting for Our Health*(这是以一个活动家的视角),Bryan Marshall 和 Bruce Wolpe 的 *The Committee: A Study of Policy, Power, Politics and Obama's Historic Legislative Agenda on Capitol Hill*(基本上是关于能源与商业委员会的日常记录)以及 Paul Starr 的 *Remedy and Reaction*(将该法律置于历史背景下)。《华盛顿邮报》的人在《平价医疗法案》成为法律几周后发表的《里程碑》,仍是一篇非常准确、写得很好的报道。

至于深入了解关键人物,我很幸运有好几本传记可资借鉴,特别是 Molly Ball 的 *Pelosi*,Peter Canellos 和 the *Boston Globe* staff 的 *Last Lion*,Adam Clymer 的 *Edward M. Kennedy*,David Garrow 的 *Rising Star*,Edward Klein 的 *Ted Kennedy*,Nick Littlefield 和 David Nexon 的 *Lion of the Senate*,Alec MacGillis 的 *The Cynic*,以及 Richard Wolffe 的 *Renegade*。我对特朗普和共和党人的了解大多是从阅读 Tim Alberta 的新闻报道(他把报道汇编成 *American Carnage* 一书),以及 Jake Sherman 和 Anna Palmer(后者写了 *The Hill to Die On* 一书)的新闻报道开始的。Jeffrey Toobin 的 *The Oath* 是我了解最高法院的宝贵资源。

谈到记者,我知道报道医疗政策和医疗政治的圈子里都是些最聪明和最卖力的人。本书注释里都是他们的名字,但我想在这里单独列出一些,因为我了解的很多东西都来自每天阅读这些人的作品,他们是:Reed Abelson, Stephanie Armour, Carrie Budoff Brown, Paige Winfield Cunningham, Paul Demko, Dan Diamond, Phil Galewitz, Abby Goodnough, Bob Herman, Matthew Holt, Joanne Kenen, Phil Klein, Kim Leonard, Noam Levey, Trudy Lieberman, Amy Lotven, Susannah Luthi, Shefali Luthra, Harris Meyer, Louise Norris, Charles Ornstein, Robert Pear, Rachana Pradhan, Jordan Rau, Elisabeth Rosenthal, Margot Sanger-Katz, Dylan Scott, Andrew Sprung, Zach Tracer 以及 Jon Walker。

Charles Gaba 不是新闻工作者,但他的博客和任何出版物一样不可或缺。我很幸运能和业内最好的记者之一 Jeffrey Young 一起工作。如果一个人（包括我）不逐字逐句地读 Ezra Klein 和 Sarah Kliff 的每篇报道，就不可能了解《平价医疗法案》的前前后后。Julie Rovner 的作品也是如此，她教会了我们所有人如何做好这件事。

对于参考文献，我没有引用广泛报道的公共事件（比如选举结果）。对于访谈，我不得不依靠匿名的消息来源，我尽量明确谁在讲话，尽可能表明党派归属和机构立场。（"助理"是指在国会山工作的人。）虽然我只列出了我的主要信息来源，但我已经尽了最大努力用不止一个来源来确认事实；当做不到这一点时，我至少向其他消息来源核实了，看看我的消息来源是否可信。即便如此，在行文中当我真的非常依赖某人的回忆或观点时，我还是试图及时指出。

致　谢

这本书写了 10 年，却更像是 20 年。在此我要感谢很多人，首先是那些花了那么多宝贵时间和我通电话，亲自见我，或是通过电子邮件回复我的消息来源。我特别感谢那些向我敞开心扉，讲述自己在医疗费用上苦苦挣扎的人们。他们教会了我从阅读报告和与专家交谈中学不到的东西；现实世界总是和学术期刊上的世界不同，也更复杂。他们还不断提醒我，为什么这些辩论如此重要。现实生活取决于这些辩论的结果。

许多记者、学者和朋友就本书章节的草稿给了我建议或反馈，他们是：Jonathan Chait, Matt Fuller, Tara Golshan, Ezra Klein, Ben Miller, Julie Rovner, Emma Sandoe, Michael Tomasky, Jeffrey Toobin, Joan Walsh 和 Jason Zengerle。Shefali Luthra 提供了一位医疗保健记者的专业知识，她够年轻，所以对（于我而言）类似于历史重现的事情总能够有新的认识。我想不久我们就会读到她的一本专著。Mark Van Sumeren 提供了一个在医疗保健领域度过了职业生涯并非常关心如何使其发挥作用的人的视角。他对密歇根大学橄榄球队也了如指掌。David Grann 是我所知的最有才华的文字工作者。他还擅长与作家交谈，引导他们度过写作的心理危机，这也许是因为他能感同身受。

其他一些阅读了大部分手稿的人值得特别鸣谢，首先是 Nora Caplan-Bricker，几年前还是一名年轻记者的时候，她精湛的文学才华就已显而易见。（我特别感谢她在视觉描述方面的帮助，在这方面我是出了名的无能。）我第一次见到 Adrianna McIntyre 时，她还是密歇根大学的一名本科生。截至本书写作之时，她即将完成博士学位，成为教授，专攻卫生政策。学术界有她是幸运的，她未来的学生也是幸运的。

多年来，我一直依赖于一个小型专家群来提供新闻报道的思路、反馈和指导。其中包括：Loren Adler、Drew Altman、David Anderson、Samantha Artigua、John Ayanian、Robert Blendon、Linda Blumberg、Thomas Buchmueller、Tsung-Mei Cheng、Sabrina Corlette、Cynthia Cox、Matthew Fiedler、Craig Garthwaite、John Holohan、Paula Lantz、Helen Levy、Sarah Lueck、Tricia Neuman、Len Nichols、Jonathan Oberlander、Karen Pollitz、Sara Rosenbaum 和 Andy Schneider。我要特别感谢（乔治敦大学的）Edwin Park，还有（预算与政策优先中心的）Aviva Aron-Dine 和 Judith Solomon，他们检查了我的分析部分，以确保政策的准确性。我还要向已故的普林斯顿大学经济学家 Uwe Reinhardt 深表感谢，他有一种特殊的天赋，能够用易于理解、经常是搞笑的方式解释政策——并认为这种天赋的一个很好的用途就是接听电话、回复电子邮件，说得更宽泛一点，就是辅导那些不断纠缠他的年轻记者。

另一个值得关注且令我永远感谢的人是凯撒家庭基金会的拉里·莱维特。这些年来，很难形容我从他身上所学之多，从他那无尽的耐心和乐观中受益之多。在医疗保健领域，我不知道还有谁在专业知识和体察入微方面比他更广受尊重，谁在诚实正直方面比他更广受认可。在克林顿政府任职后，他就再也没有进过政府，但他与各种背景的记者和政策制定者的对话，给美国的医疗政策留下了不可磨灭的印记。

能有芝加哥大学的 Harold Pollack 这样的良师益友，我倍感幸运。每当读到一份新的公共政策研究报告，不管是什么主题，我通常会先给他打电话，因为很有可能他已经读过它和关于那个主题的所有材料了。他也是你会在这个星球上遇到的最善良、最正派的人之一。(在此我也非常感谢芝加哥大学卫生管理研究中心给予我的经济支持。)

我做医疗保健报道的时间涵盖了我在《新共和》和《赫芬顿邮报》这两家出版物工作的时间。无论在哪家,那些出色的、支持我的同事都让我受益良多,是他们帮助我完成了报道,其中包括 Brian Beutler, Sarah Blustain, Hillary Frey, Ryan Grim, John Judis, Richard Just, Suzy Khimm, Rebecca Leber, Alec MacGillis, Kate Marsh, Rachel Morris, Kevin Robillard, Noam Scheiber, Peter Scoblic, Amanda Terkel 以及 Danny Vinik。编辑部还有太多实习生和同事,在此无法一一点名,他们的工作从未得到应有的赞誉。我要特别感谢 Frank Foer,他是我在《新共和》的编辑,他派我撰写了一系列医疗保健文章,并在该法案通过之后立即巧妙地整理出一篇关于它的回顾性长文。那篇题为《他们是怎么做到的》(How They Did It)的文章,在很多方面都是本书第二部分的最早提纲。

关于《赫芬顿邮报》,我要特别感谢 Arianna Huffington(是她带我加入该报), Sam Stein(是他告诉 Arianna 让我加入,也感谢他读了本书的一章草稿), Kate Sheppard(他是个伟大的经理人,更是个好人),还有我的搭档 Jeffrey Young(他为我做了很多,包括阅读了一章)。多年来,我远远地欣赏着他的作品。我不知道的是,他也是个很棒的同事。

我与三位才华横溢的本科生研究者 Mariana Boully Perez, Leah Graham, Melanie Taylor, 以及三位一丝不苟的事实核查员 Ben Kalin, Hilary McClellen, Isaac Scher 一起工作。这六人都很勤奋,足智多谋,而且非常有耐心,因为本书的工作过程时常停顿,又不可预测。要明确的是,文本中的任何错误,责任都在我。

我的经纪人 Kathy Robbins 认识我时,我才刚开始从事职业新闻工作,不知怎的,她看到了我写书的潜力,而这种潜力对当时包括我在内的很多人来说并不明显。我永远感谢她和她的得力助手 Janet

Oshiro，不仅感谢她们愿意代表我，还要感谢她们提供的编辑指导和（必不可少的）鼓励。有罗宾斯工作室作为你的代理机构，就好像有个出版社，再加上一个啦啦队，在你身边。

说到出版商，我很幸运能找到圣马丁出版社，更幸运的是，我能和 Tim Bartlett 合作，他是一位才华横溢、极富智慧的编辑，正如大家交口称赞的那样。他从一开始就看到了这个项目的可能性。在他的助理 Alice Pfeifer 和执行总编 Alan Bradshaw 的帮助下，他设法确保本书的完成，尽管大部分的写作和编辑工作都发生在把我们所有人生活都闹得天翻地覆的一场全球疫情期间。

我的岳母 Carol Mainville 欣然同意阅读整本手稿，尽管我相当确定这不是她通常会主动拿起的那类书。她不是出版专业人士；她是个科班出身的物理学家。但我的上一本书出版前，她也这么做了，一如以前，她提供了和专业编辑一样富有洞察力的评论。

我的两个儿子，汤米和彼得，在我写第一本书的时候还是小孩子。他们现在长大了不少，这意味着我们不会再坐在地板上玩乐高或画画，我也不能把他们抱上床，这个仪式总是会花上 30 分钟，因为他们知道什么样的问题会促使我用很长的时间来解释历史、当天的事件或我最喜欢的电影。但是他们作为青少年，同样给了我很多快乐——事实证明，他们也很擅长反馈评论。没有他们，或者没有我的妻子艾米，我都不可能完成这本书。在过去一年里，我妻子艾米的职业生活安排得满满当当，不仅要管理她自己的研究、担任几十名学生的导师，还要运用她（无与伦比）的组织技能帮助协调密歇根大学应对新冠疫情的工作。即便如此，她还是挤出时间照顾我和孩子们，忍受我作家身上的神经质——相信我，这可不是件小事。每天我都会想到我的生命里有她是多么幸运。

我想不必说，没有父母和祖父母，没有人能成为现在的样子。当我想到我写的关于医疗保健的文章时，我看到了他们的影响无处不在，无论是对医学的兴趣（这是我祖父的职业），还是对社会正义的承诺（这是我祖母作为教师和工会活动家所倡导的）。而正是我父母的爱和关注，使我具备了从事（我父母都不太了解）新闻工作和承担类似大型项目的技能与信心。

写这本书的最后几个月异常艰难，因为我妈妈在与疾病斗争了很长时间后去世了。她生命的最后时光是在一家疗养院度过的，我花了很多时间在那里陪伴她，直到新冠疫情导致无法探视。她的智力水平下降了，但记忆力没有；直到最后，一提到家人，特别是她深爱的孙辈，她就会激动不已。我很感激这一点，也很感激在我们家人无法照料她的时候对她精心照料的那些人。这提醒了我们大家都是脆弱的，这一直是全民医疗背后的精神动力。

妈妈支持全民医保和为之奋斗的政治家，我想她在天之灵会因此而喜欢这本书的。当然，她会对这本书青睐有加，因为这是她深爱的儿子写的。她知道我也爱她，尽管我不确定她是否了解我有多么钦佩她对我们总能让世界变得更美好的信念。如果这本书没做什么的话，我希望它抓住了这种精神。

Jonathan Cohn
The Ten Year War: Obamacare and the Unfinished Crusade for Universal Coverage
Copyright © Jonathan Cohn, 2021
Published by arrangement with The Robbins Office, Inc.
International Rights Management: Susanna Lea Associates

图字:09-2022-0041 号

图书在版编目(CIP)数据

十年之战/(美)乔纳森·科恩(Jonathan Cohn)著;温华,申迎丽译.—上海:上海译文出版社,2024.6
(译文纪实)
书名原文:The Ten Year War: Obamacare and the Unfinished Crusade for Universal Coverage
ISBN 978-7-5327-9495-9

Ⅰ.①十… Ⅱ.①乔… ②温… ③申… Ⅲ.①纪实文学—美国—现代 Ⅳ.①I712.55

中国国家版本馆 CIP 数据核字(2024)第 084821 号

十年之战
[美]乔纳森·科恩/著 温 华 申迎丽/译
责任编辑/钟 瑾 装帧设计/柴昊洲 邵 旻 观止堂_未氓

上海译文出版社有限公司出版、发行
网址:www.yiwen.com.cn
201101 上海市闵行区号景路 159 弄 B 座
上海市崇明县裕安印刷厂印刷

开本 890×1240 1/32 印张 14.75 插页 2 字数 447,000
2024 年 6 月第 1 版 2024 年 6 月第 1 次印刷
印数:0,001—6,000 册

ISBN 978-7-5327-9495-9/I·5940
定价:66.00 元

本书中文简体字专有出版权归本社独家所有,非经本社同意不得连载、摘编或复制
如有质量问题,请与承印厂质量科联系。T:021-59404766